读客

读客悬疑文库

认准读客读悬疑，本本都是大师级。

人类灭绝

[日] 高野和明　著　百里　译

高野 和明

ジェノサイド

北京日报出版社

图书在版编目（CIP）数据

人类灭绝 / (日) 高野和明著 ; 百里译. -- 北京 :
北京日报出版社, 2023.2

ISBN 978-7-5477-4404-8

Ⅰ. ①人… Ⅱ. ①高… ②百… Ⅲ. ①推理小说 - 日本 - 现代 Ⅳ. ①I313.45

中国版本图书馆CIP数据核字(2022)第183220号

人类灭绝

作　　者：［日］高野和明
译　　者：百　里
责任编辑：王　莹
特约编辑：张　齐　　孟　南　　王　品
封面设计：陈艳丽
出版发行：北京日报出版社
地　　址：北京市东城区东单三条8-16号东方广场东配楼四层
邮　　编：100005
电　　话：发行部：（010）65255876
总编室：（010）65252135
印　　刷：三河市天润建兴印务有限公司
经　　销：各地新华书店
版　　次：2023年2月第1版
2023年2月第1次印刷
开　　本：889毫米×1270毫米　1/32
印　　张：18
字　　数：394千字
定　　价：69.90元

目录

楔子

プロローグ

搬来这座豪宅已经很多年了，他仍然不习惯。每晚的睡眠都极浅，应该不仅仅是年岁渐长的缘故。在一段远谈不上熟睡、只是丧失意识的时间过后，格雷戈里·S. 万斯一如既往地被电话铃声唤醒。

他同接线员简短交谈几句后，又在床上待了一会儿，享受不被任何事烦扰的宝贵时间。然后他缓缓起身，高举双臂，伸了伸懒腰，尽量张大嘴打了个哈欠。他调低水温，冲了个澡以清醒头脑，接着换上妻子准备好的西装。

餐室里，妻子和两个女儿在吃早饭。女儿们因为被迫起床而心情不好，对学校诸多抱怨，万斯恰如其分地附和着，实际上只是一个耳朵进一个耳朵出。即使他对家人的关怀少了许多，妻子也不再像以往那样抱有怨言。也许这是万斯经过漫长斗争后赢得的特权之一。

宅邸兼做办公场所，一进走廊就是公共空间。万斯将脚边四十磅重[①]的手提箱拿出房间。这个手提箱通称“核足球”，顾名思义，箱子里放着非常危险的东西，一旦使用不慎，便可以使人

① 约18.1千克。——译者注（本书注释如无特殊说明，均为译者注）

类灭绝。万斯若要下达核攻击命令，必须用上它。

“早上好，总统先生。”

事先叫来的萨缪尔·吉布森海军中校走上前来。他是通过了彻底身家调查的“干净美国人”之一。

“早上好，萨姆[①]。”

中校接过手提箱，用手铐将箱子的提手同自己的手腕铐起来。万斯和他一同走下楼梯，与特勤局的保镖会合，朝白宫西厢走去。途中，总统遇到国家安全局特工，接过了一张小塑料卡片。这张卡片有个昵称，叫“饼干”。卡片表面印着随机生成的核导弹发射码，用嵌入“核足球”中的键盘输入这些随机代码，就意味着总统下达了核攻击命令。万斯将这张卡片装进钱包，放入上衣内袋。

透过总统办公室的窗户，可以望见沐浴在朝晖中的玫瑰园。万斯等待着参加总统每日例会的成员现身。不久，副总统、总统幕僚长、国家安全委员会顾问、国家情报总监、中央情报局局长等人获准进入办公室。

众人落座，互致早安。总统察觉来者中多出一人。此人是末座的一名六十岁左右的白人男子——总统科技顾问梅尔韦恩·加德纳博士。他似乎也觉得自己出现在此有些不妥，正耸着双肩，显得坐立不安。银发下的眼睛闪烁着智慧的光芒，着装朴素不张扬，以此形象来参加这个星球上最高掌权者举行的会议，看上去确实有些格格不入。

万斯平静地说：“早上好，博士。”

---

① 萨缪尔的昵称。

“早上好，总统先生。”加德纳博士的微笑稍稍缓和了现场的气氛。与会者中，只有这位科学家具备一种难得的气质：不具威胁性。

“我受沃特金斯先生之邀前来参会。”加德纳说。

万斯将目光投向国家情报总监查尔斯·沃特金斯。

“我们需要听听加德纳博士的意见。”沃特金斯说。

万斯轻轻点头，尽量不露出不满。带博士来应该事先征得自己同意。沃特金斯就任新设的国家情报总监一职后，常常独断专行，这让万斯颇为恼火。

不过，叫博士来的理由总会揭晓的。想到这里，他再次调整心情。如何抑制突发的暴怒情绪，是他近年来所研究的课题。

“这是今早的总统简报。”

沃特金斯递过一本皮质活页本，上面记录着过去二十四小时美国所有情报机构收集到的重要消息。

开头的两条情报，是有关万斯发动的中东战争。伊拉克和阿富汗两国的战况并不令人满意。伊拉克的治安日益恶化，而潜伏在阿富汗的恐怖分子的藏身之所仍未查明，美军士兵的伤亡人数却与日俱增。战死人数与总统的不支持率成正比。万斯后悔开战时盲目听从了国防部长的建议，进攻敌区的兵力只有陆军参谋长所要求的五分之一。不到十万的兵力，足以搜捕独裁者、击垮小国主权，但要恢复全部占领区的治安，却是杯水车薪。

第三条情报更令人不安——在中东活动的中情局准军事人员中出现了双重间谍。

中情局局长罗伯特·霍兰德获准对此进行说明：“关于双重间谍，我们发现了新的泄露情报的形式。倘若他的嫌疑属实，那嫌疑人就不是将机密情报泄露给敌国，而是泄露给人权监督团体。”

“非政府组织？”

“是的。我们有关‘特别引渡’的情报泄露了。”

听完详情后，万斯绷着脸说：“这件事，下次同法律顾问一道再议吧。”

“好的。”霍兰德说。

第四条情报是有关同盟国领导的健康状态。某国首相患上了抑郁症，无法正常工作。报告认为，该国尽管迟早会有新首相上台，但亲美路线应该不会改变。

万斯一边阅读第五条和第六条情报，一边心不在焉地听取分析员的补充说明。终于，他翻到了最后一页。标题是这样写的：

人类面临灭绝危机　非洲出现新生物

万斯抬起头：“这是什么？好莱坞的电影简介吗？”

只有幕僚长对总统说的笑话报以微笑，其他人全都沉默不语，脸上写满困惑。万斯紧盯着国家情报总监。年长的沃特金斯迎上总统的视线，没有表现出丝毫紧张，只是淡淡地答了一句：“这是国家安全局的报告。”

万斯想起来，华盛顿近郊的雷斯顿曾出现过致死率很高的病毒，联合国陆军传染病医学研究所和疾病对策预防中心曾一同进行了封锁隔离。这次也是这种问题吗？

万斯将视线重新落回报告，开始阅读。

刚果民主共和国东部的热带雨林中出现了新生物种群。若任由这种生物繁殖，不仅对美国国家安全保障有重大威胁，甚至可能使全人类面临灭绝的危机。1977年由施耐德研究所发布的《海斯曼报告》中，已就这一事态做出过警告。

万斯将报告从头到尾仔细浏览了几分钟，然后将身子靠在沙发背上。他终于明白为什么这次会议要邀请科技顾问参加了，于是语带讥诮地说："这不会是宗教激进主义分子写的吧？"

沃特金斯仍然用公事公办的语调说："这是可信的情报，是具备专业知识的分析员经过详细调查后的结果……"

"好了。"万斯打断道。这份报告让他倍感不快，不是报告的内容，而是报告本身就不该存在。"我想听听加德纳博士的意见。"

发言权被礼貌地转移给了一旁待命的六十岁左右的科学家。加德纳支支吾吾地说："二十世纪后半叶就有科学家预料到会发生这场危机。总统简报里提到的《海斯曼报告》，也是反映相关议题的资料之一……"

这一本正经的回答让万斯再次感到震惊，除了感慨科学家的所思所想已超出他的理解能力外，还有一种从心底涌起的屈辱感。出现了将导致人类灭绝的新物种？谁会相信这套鬼话？

"博士，你也认为这条情报可信？"

"只能说有可能。"

"我准备了一份《海斯曼报告》。"沃特金斯从文件夹中取出一份新材料，"相关的条目下已经贴了标签。就是第五节。"

万斯扫了一眼这份写于二十世纪的报告。待他读完，加德纳博士便说：“这次的情报是间接获取的。除了发出情报的人，没人能确认这种生物的存在。我认为美国政府应该派特工前去调查情况。”

沃特金斯接话道：“现阶段处理这个问题比较简单，成本也不高，估计几百万美元就能解决。不过，必须严格保密。”

“有没有具体方案？”万斯问。

“我已命令撰写《海斯曼报告》的施耐德研究所筹划应对之策，本周末就能提供选择方案。”

这话听起来不错。万斯的大脑飞速转动。作为战争当事国的总统，最好能尽快将多余的麻烦处理掉。他现在对这个问题深恶痛绝。

“就这样吧，方案出来了再给我看。”

“好的。”

早上的每日例会结束后，在九点开始的内阁会议上，这些问题又被提了出来。经过短短两分钟讨论，国防部长拉蒂默总结道：“这是生物学上的问题，交给施耐德研究所解决就行了。”

最后，在总统的倡议下，所有人都低下头向上帝祈祷。

会议结束后，中情局特工进入内阁会议室，回收发给阁员们的总统简报复印件。作为最高机密，这份材料必须送至中情局总部保管。在2004年夏末举行的这次会议上，提及了什么情报，讨论了哪些问题，知晓答案的人全世界不足十个。

第一部
海斯曼报告

ハイズマン・レポート

1

漫天沙尘中，三辆被改装成装甲车的GMC Suburban[1]正在飞驰。最末那辆大型SUV[2]的后门敞开，载货平台上放着一张掉了腿的沙发，面朝后方。乔纳森·“猎鹰”·耶格正坐在这个临时搭建的射击平台上，目光炯炯地监视着后方。

还有五分钟才会抵达位于安全地带的宿舍。在巴格达长达三个月的工作总算要告一段落。

雇主西盾公司分配的全是保护来访者的任务。美国的报道组、视察战后复兴进展的英国石油公司董事、亚洲小国的大使馆工作人员——世界各国的重要人物走马灯似的到访，而保障他们安全的就是耶格及其同事。

开始执行保护任务时，强烈的阳光仿佛能刺穿肌肉，但现在已温和许多。傍晚时分，即使穿上防弹衣和沉重的战术装备，也会感到几分寒冷。随着气温的下降，这座布满灰黑色低层住宅的城市愈显荒凉。从明天开始就是长达一个月的假期，耶格却高兴不起来。他想留在巴格达。这里虽然没有文明城市那样的和平，但对耶格来说，却是个虚拟游乐场。

① 通用汽车公司旗下的一款商务越野车。
② “运动型多用途汽车”的简称。

低空掠过住宅屋顶的直升机、划破夜晚宁静的迫击炮弹的破空声、被遗弃在荒漠中的战车残骸，还有那总是漂浮着尸体的底格里斯河……

作为人类文明的发祥地，五千两百年间，这里历经战乱。在二十一世纪初叶的今天，这里又遭到新敌人的入侵。入侵的异族文明尽管打着政治的名义，但真实目的无疑是深埋在地下的丰富石油资源。

耶格也明白，这场战争毫无正义可言。不过，正义与他无关。重要的是，这里有可以挣钱的工作。假如返回家人身边，他将面临比战场更加残酷的现实。只要留在巴格达，即便无法陪伴独子，他也能用“必须完成交给自己的任务”来为自己开脱。

远处传来零星的枪声，是美军的M16突击步枪发出的。不过，没听到敌人的AK47自动步枪的声音，应该没有发生真正的战斗。

耶格收回视线，看见一辆小车正从后方的车队中疾驰而出。透过太阳镜，耶格辨认出那是一辆古老的日本车。这种车型在巴格达很常见，搞自杀式炸弹袭击的恐怖分子对其青睐有加，因为这种车在冲入袭击目标之前，不会引人注意。

在肾上腺素的作用下，耶格的视线逐渐聚焦。Suburban车队走的这条干道是所谓的“杀戮地带”，出发前举行的会议上有人给出过警告。过去三十天，武装分子的攻击目标发生了变化，从美军士兵扩展到了私营军事公司雇员。在这短短几千米的道路上，已有十多名警卫遇害。

无线电通话器中传来车队开路车的声音：“右前方路侧发现不明车辆，停在立交桥下。早上那里没有车。”

那很可能是载有简易炸弹的车辆。武装分子肯定在远处监视着这条干道，手指就放在遥控引爆装置上。虽说是简易炸弹，可一旦爆炸，照样可以掀翻装甲车。

“怎么办？回去吗？”

“等等，”耶格对着嘴边的无线麦克风说，“后方有一辆小车在接近。”

那辆日本车离他们只有五十米。

“下车！”耶格右手举起M4卡宾枪，挥舞左臂，向跟踪车打手势。但那辆小车不但没有减速，反而加速追了上来。

“启动干扰电波。”警卫队队长麦克弗森命令道。恐怖分子通常会使用手机遥控引爆，只要发送干扰电波就能阻止爆炸。

“正右干扰电波发射。”先头车辆答道。

麦克弗森指示道：“径直往前冲，把跟踪车赶走！”

“明白。”耶格答道，然后再次扯开嗓子命令日本车后退。

对方置若罔闻。布满沙尘的前挡风玻璃后，露出伊拉克司机充满敌意的脸。根据私营军事公司安保人员的交战规则，耶格立即开了枪。射出的四发子弹击中日本车保险杠前的地面，水泥碎片四溅。

尽管遭到警告射击，小车的速度却没有丝毫减缓。耶格抬起枪口，对准了引擎盖。

“小心简易爆炸装置！”

无线电通话器中刚传出麦克弗森的怒吼，车体就随着低沉的爆炸声颤抖起来。发生爆炸的不是前方的立交桥，而是距离耶格的枪口数百米的后方道路。路旁孤零零矗立的椰枣树被升起的黑烟笼罩。又有一个心怀强烈信仰和憎恨的人死了，这是巴格达司空见惯的一幕。倘若后方的小车也发生同样的事，耶格会被瞬间炸成肉泥。

耶格省去了第二阶段的警告射击，将M4的枪口对准司机。瞄准器中，红色的光点飘移到伊拉克人的鼻根附近。

别闭眼！耶格在心中朝司机大喊。别让我看见恐怖分子自爆前一刻的悲壮表情，否则我就会开枪。

伊拉克司机的脸上第一次闪现出恐怖的神色。他是打算自杀吧？耶格加大了扣在扳机上的力道，瞄准器中的男人骤然缩小。那辆小车终于减速了。

忽地，黑暗笼罩了路面。Suburban车队从立交桥下穿过，停在桥下的不明车辆也没有发生爆炸。

待跟踪车辆改变方向之后，耶格报告说："后方安全了。"

"明白。"麦克弗森从前面第二辆车上答道，"回基地。"

耶格想，难道小车司机不是恐怖分子，只是挑衅我们的普通市民？立交桥下的那辆车也没有装载炸弹，只是凑巧熄火了停在那里？

这些都不得而知。唯一确定的是，自己被人报以强烈的仇恨，因此感到恐怖，并且萌生了杀害一个自己从未与之交谈过的人的念头。

三辆装甲车Suburban在美军检查站接受完检查，穿过为防止装有炸弹的汽车闯入而设置的弯路，进入安全地带。这里是巴格达的中心，过去是统治这个国家的独裁者的宫殿。

西盾公司的住所就在路边，与宫殿相隔不远，是一座由水泥和砖建成的两层建筑，外层的涂料已经剥落。这座建筑的房间出奇地多，没有人知道它在被租给私营军事公司前是干什么用的，也许是政府机构或者学校宿舍。

车队停在前院，六名警卫队队员从车上下来。所有队员，包括耶格在内，都是美国陆军特种部队，即“绿色贝雷帽”特种部队出身。大家互相击拳，庆祝任务完成。奔至车旁的维修组组员发现，打头车辆的车身侧面有被高性能狙击枪击中的痕迹，却并不在意。这类情形他们已司空见惯。

“‘猎鹰’，”麦克弗森叫住了朝宿舍走去的耶格，“不用写报告解释你为什么开枪。今晚在屋顶开派对。”

“明白。”耶格咧嘴一笑，以示谢意。麦克弗森是要开派对欢送自己吧？明天接替他的人来后，自己就要孑然一身离开队伍了。这一行的规则是，工作三个月休息一个月。下次归队的时候，说不定与自己共事的就不是现在这拨人了。倘若被不长眼的子弹击中，说不定就阴阳永隔了。

“打算怎么休假？回国吗？”

“不，去里斯本。”

麦克弗森知道耶格为何会去葡萄牙，于是微微点头道：“加油！”

“好。”

耶格返回二楼的四人房间，将M4卡宾枪放在高低床的床铺上，卸下战斗装备，放入柜子。发给他的武器弹药必须留在这里。搬家的时候，背包里只需装少量个人物品。

耶格收拾行李的手突然停住，他看到了贴在柜门上的家人照片。那还是六年前全家正处于幸福之中时拍的，地点是北卡罗来纳州的家中。耶格和妻子莉迪亚、儿子贾斯汀坐在客厅的长椅上，对着照相机微笑。坐在耶格大腿上的贾斯汀，个子还很小，即便伸开双臂，也没有父亲的身体宽。他继承了父亲的棕发和母亲的蓝眼睛，他纯真的笑容像极了母亲，发起脾气来则跟特种部队出身的父亲如出一辙。夫妇俩经常讨论将来这孩子会更像谁。

耶格将照片夹入读到一半的平装书里，接着取出手机，给里斯本的妻子打电话。两地的时差有三个小时。那边应该刚过午饭时间，但他知道，医院中的莉迪亚是不可能打一次电话就能找到的，于是他在语音信箱中留了言，让妻子听到后打回来。他快速做完了M4卡宾枪的保养，带着手机和笔记本电脑返回宿舍一楼。

娱乐室中热闹非凡。不大的房间里放着破旧的电视、沙发、咖啡机，还有可以自由使用的电脑。他没和边上网边说笑的同事混在一起，而是将自己的电脑接入高速网络。他知道等待自己的是失望，但还是打开了学术论文搜索网站。

果然，今天仍然一无所获。网上找不到一篇关于“肺泡上皮细胞硬化症”治疗取得突破的文章。

“耶格，”宿舍管理者阿尔·斯特法诺在门口招手道，“到我办公室来，有客人找你。”

“找我？”耶格一面猜测来者是谁，一面跟着斯特法诺走出娱乐室，前往楼梯旁的管理事务室。

打开门，坐在待客沙发上的中年男人站了起来。他身高一米八，跟耶格相仿。短袖T恤和工装裤的打扮与警卫人员一样，年龄却比耶格大两轮儿，有五十多岁。尽管表情严肃，但他的嘴角仍浮现出微笑，透露出军人特有的精明。男人朝耶格伸出了手。

斯特法诺介绍道：“这位是西盾公司的董事威廉·莱文。”

这个名字耶格听说过。雇用耶格的这家私营军事公司，由号称陆军最强部队的三角洲特种部队的前队员创办，莱文是公司的二号人物。公司业绩能突飞猛进，完全仰赖于经营层与军方的密切关系。威廉·莱文也是身经百战的老兵，与其他特种部队出身的人一样，绝不是那种死板的官僚。

跟这种人打交道，应该不必拘谨。耶格一面这么想，一面与莱文握手。

“你好，莱文先生。”耶格平静地说，“我是乔纳森·耶格。”

“有绰号吗？”莱文立即问。

“‘猎鹰’。”

“好，‘猎鹰’，坐下说吧。”莱文请耶格坐进沙发，然后对斯特法诺说：“我们单独谈谈吧？”

“嗯，当然可以。”斯特法诺答道，离开了自己的办公室。

只剩下两人后，莱文才像刚反应过来似的，环顾着房间问：“这个房间的保密装置可靠吗？”

“除非斯特法诺把耳朵贴在门上。”

莱文没笑：“这无所谓，咱们这就进入正题。你能不能把明天开始的休假往后延？”

“什么意思？”

“你能再为公司工作一个月吗？”

耶格想象着，倘若自己推迟里斯本之行，莉迪亚会说什么。

“待遇不错，日薪一千五百美元。”

报酬比现在高出好几倍，但耶格没有因此而高兴，反而心生戒备。为什么西盾公司的二号人物会亲自给自己安排工作呢？“是去阿尔·希拉吗？”

“什么？”

耶格说的是伊拉克战斗最激烈的地区。“是阿尔·希拉地区的工作吧？”

“不，工作地点不在那里，你要去另外的国家。会给你二十天时间准备，要求十天内完成任务。估计五天就能完成，但无论几天，你都会得到三十天的报酬。”

月入四万五千美元，确实是个不错的提议。现在耶格家特别需要钱。

“工作的具体内容是什么？”

“现在还不便说明。只能透露三点。第一，这项工作的发包方，是包括法国在内的北约加盟国中的一个。因此，不是俄罗斯或中国，更不是朝鲜。第二，这项工作并不怎么危险，至少比在巴格达安全。第三，这项工作与某个特定国家的利益无关，而是服务于全人类。”

尽管耶格对工作内容完全摸不着头脑，但至少听懂了自己不会遭遇太大危险。

“既然如此，为什么日薪会这么高？”

莱文泛着皱纹的眼角流露出一丝厌恶：“话说到这份儿上，我以为你已经听懂了。总之，你要干的活儿见不得人。”

耶格闻言终于明白过来，他要做的是脏活儿，多半是暗杀任务吧。不过，莱文说与某个特定国家的利益无关。如果不是政治暗杀，那还会有什么暗杀？

“如果你接受任务，就先在保证书上签字，然后进入准备阶段。到时你就会知道任务的具体内容了。不过，如果你签了保证书，就意味着，你在知道工作内容之后不得中途退出。”

“你担心我会泄露机密情报？没这个必要。我有接触绝密情报的资格。”

美国的军事情报根据保密程度分为三等：秘密、机密和绝密。要想获得各级别情报的接触资格，就必须通过严格的身份审查，包括接受测谎仪测试。离开陆军之后，耶格一直在更新自己接触绝密情报的资格，因为如果不这样做，他就无法从事由美国国防部发包给私营军事公司的工作。

“当然，我知道你是特种部队出身，值得信任。但我们还是希望加强保密措施，以防万一。”

见莱文如此含糊其词，耶格又有了新的猜测。或许，这位三角洲特种部队出身的董事交给他的任务的保密级别比“绝密”还高，属于“绝密特别情报”或“绝密注意区分情报”。从对方的语气判断，莫非是白宫主导的暗杀任务，即所谓“特批接触计划”？这种任务对接触情报的条件做出了最严格的限制。但这说不通啊，因为通常这种任务都由三角洲部队或海军的海豹突击六队完成，不会交给私营军事公司。

莱文催促道：“怎么样？想不想干？”

耶格心头涌上一种奇妙的感觉。当他只有十二三岁时，离婚的父母曾问他想跟谁，此刻的感觉竟同那时差不多。高中毕业前夕，在决定入伍以获取大学奖学金时，他也体会过这种踌躇不定的焦虑感。他知道，自己此刻正站在命运的岔路口。向左还是向右，选择不同，今后的人生也会大相径庭。

“有问题尽管提，我尽量告诉你。”

“真的没危险？”

“只要不犯错。”

“就我一个人？”

“不，包括你在内有四人，将组成一个小组。”

四人是特殊部队的最小编制。

“其他雇用条件同以往一样。我们会发给你经过校准的武器，如果你在执行任务的过程中死亡，根据《国防基本法》，我们将支付六万四千美元给你的遗属。”

“能给我看看保证书吗？”

莱文满意地笑了，从军用公文包中取出一份文件。“不要再犹豫了，相信自己的运气吧！你是个吉星高照的人。”

“我？”耶格的嘴角浮起自嘲的微笑，“我倒觉得自己是个不幸的人。”

“不，你已经是好运当头的幸存者了。”莱文收起笑容，“其实，这份工作本来有六个候选人，但他们相继遭到武装分子的袭击，都身亡了。听说连私营军事公司的安保人员也成了袭击目标，不是吗？”

耶格点头。

“所以，我今天总算能跟候选人面对面说话了。”

耶格用数字驱散心中弥漫开的不祥感。一个月四万五千美元，有什么理由拒绝呢？就算是脏活儿又怎样？自己不过是一次性的工具而已，就像手枪一样。无论杀了谁，都不是枪的错。有罪的是开枪的人，是下达杀戮命令的人。

耶格将保证书通读了一遍，并没有发现比刚才的口头说明更多的东西。接下来只需下决心签字。

莱文递过一支钢笔。耶格正要取，上衣口袋中的手机振动起来，于是他收回了手。

“不好意思。”耶格取出手机，看了眼屏幕。是里斯本的妻子莉迪亚打来的。“签字前，我想跟妻子商量一下。本来说好明天去见她的。”

莱文用猎人打量束手就擒的猎物般的眼神看着耶格：“去吧！”

耶格按下接听键，将手机贴在耳朵上。他还没出声，就听见莉迪亚细微的声音。这饱含绝望与不安的声音，他已经听过许多次。

“约翰[1]？是我。出事了。”

“怎么了？”

莉迪亚抽泣了片刻，继续道：“贾斯汀被送进重症监护室了。”

又得花钱了，耶格想。看样子只好在保证书上签字了。

“镇定点儿，之前不也挺过来了吗？”

“这次不一样，痰里有血。”

听到儿子的病出现晚期症状，耶格不禁后背发凉。莱文打了个告辞的手势，离开了事务室。走廊旁的楼梯上，传来下班的警卫人员嘈杂的脚步声。

“真的？”

“我亲眼看到的。一条条的红线，像线头一样。”

“红线……”耶格喃喃地重复着，想起了那名葡萄牙主治医生的名字，此人是肺泡上皮细胞硬化症的世界权威，“格拉德医生怎么说？”

莉迪亚哽咽起来，耶格听不清她讲了什么。他仿佛看见妻子正用手拭泪的模样。

---

① 乔纳森的昵称。

“格拉德医生怎么说？”

“医生说，孩子的心脏和肝脏都出现了问题……恐怕撑不久了。”

耶格拼命转动近乎停滞的大脑，搜索关于这种绝症的知识。如果肺泡开始出血，那就只剩下一个月的寿命。

莉迪亚哀求道：“明天你能到吧？”

我必须立刻飞到儿子身边去，耶格想。可是，治疗费怎么办？耶格凝望着事务室紧闭的大门。自己一直在坚持，现在终于要撑不下去了。他的意识渐渐模糊起来。

为什么自己此刻站在伊拉克肮脏宿舍的走廊里，紧握着电话？为什么自己此刻会在这里？

“约翰？”妻子的哭声传进耳朵，“在吗？约翰？”

2

不幸这种东西，在旁观者眼中和当事者眼中截然不同。

载着父亲遗体的灵车，在神奈川县厚木市狭窄的商业街中穿行。古贺研人坐在殡葬公司安排的黑色轿车中，缓缓地跟在灵车之后。

这是一个普通的日子，正午刚过，冬季温暖的日光下，沿途步行的购物者中，没有人回首看向这列黑色的车队，也没有人同情车上这个年轻人。

得知父亲诚治的死讯以后，研人的心中始终空落落的，整个人就像丢了魂一般惶惶不安。他急匆匆地赶到医院，父亲的死因是“胸部大动脉瘤破裂”。此后的五天里，他和母亲都没放声大哭，而是茫然无措地随波逐流。伯父接到讣闻从山梨赶来，主动操办起了葬礼。在他看来，弟媳妇只是家庭主妇，侄儿只是个瘦小的研究生，难以独自应对这种大变故。

研人从小就不尊敬父亲诚治，因为父亲总是否定他。父亲性格乖僻，尽管顶着大学教授的头衔，但在研人眼中，父亲却是一个失败的成年人。所以他非常惊讶，三十分钟前，当自己将花装进父亲长眠的棺材里时，眼泪怎么会止不住地流下来。莫非这是血缘关系所致？研人一边这样想，一边擦拭着镜片后的泪水。

棺盖随即盖上，包围在各色鲜花中的遗体从研人的视野消失。这是最后一次见到父亲的模样了。这个面容憔悴的长脸大学教授同自己之间二十四年的父子亲情从此终结。

车子载着遗属和参加葬礼的人抵达火葬场，棺材被放进焚化炉，是两种焚化炉中便宜的那种。人都死了，为什么还要用金钱划分等级呢？研人不禁开始厌恶日本人的生死观。

三十位亲戚与友人进入二楼的等候室。研人独自站在焚化炉前，注视着紧闭的炉门。门背后，父亲的遗体正被烈火焚烧。

研人的脑海里，浮现出中学时代读到的科学启蒙书中的一段。

你血液中流动的铁元素，是四十五亿年前超新星爆炸时产生的。它们在太空中飘游，于太阳系形成时汇集到地球这颗行星上，然后以食物的形式进入你的体内。

进一步说，你身体中无处不在的氢元素，也是宇宙诞生时产生的。此前的一百三十七亿年中，它们都存在于这个宇宙中。而现在，它们成了你身体的一部分。

构成父亲肉体的各种元素，又回归了原来的世界。

科学知识让至亲的死亡显得无味。

研人转身离开，爬上靠着宽敞大厅墙壁的楼梯，朝二楼的等候室走去。

铺满榻榻米的房间中央，参加葬礼的人围坐在一张大矮桌周围。母亲香织虽然难掩憔悴之色，但精神似乎还撑得住，她正端坐着与前来吊丧的旧友和亲戚交谈。

此外，研人还见到了从甲府来的祖父母和伯父一家。古贺家原本在山梨县的甲府经营商店，家境优渥。虽然最近为争夺客源与大型超市陷入苦战，但继承家业的伯父还是设法维持着全家老小的生活。在这个商人家庭中，研人的父亲身为次子，是一个另类的存在，他从老家的大学考入东京的研究生院，取得博士学位后没找工作，而是留在大学继续从事研究。

研人感觉自己无法融入父亲那边的亲戚。他四下寻找座位，最后在最靠边的坐垫上坐下。

“是研人吗？”桌子对面，一个黑发中夹杂银丝的瘦弱男人开口道。

那是父亲的朋友，报社记者菅井。他曾多次造访厚木的老家，所以认识研人。

“好久不见，你都长这么大了啊。”菅井挪到研人身旁，“听说你在读研？”

“是。”

“什么专业？”

“在药物化学实验室做有机合成。”研人生硬地答道。

研人本想就此结束对话，但菅井又刨根究底地问：“具体是什么工作？”

研人只好继续作答：“现在电脑可以设计药物，我的工作是根据设计图将各种化合物组合起来，制造出药品。”

“就是在实验室里摇试管吧？”

“对。”

“是有益人类的工作啊。”

“嗯，是。”即使是句表扬，也让研人很不舒服，“因为我只会干这个。”

菅井惊奇地歪着头。就算他是报社记者，也打探不出研人内心的想法，因为连研人也说不清自己有何能力，适合做什么工作。现在研人什么都不是，也从未想过将来要成为什么样的人。

“日本的科学基础还很薄弱，你要努力啊！”菅井说。

明明什么都不懂，别瞎说“基础还很薄弱”，研人心中不悦。他并不喜欢这个大报社的科学记者，不过菅井也没做错。对方热情搭讪，自己却冷言以对，研人觉得有点儿对不起人家。

十年前，全国报纸的科学专栏都刊登了父亲的研究成果。作为科学家，诚治达到了事业的顶峰，而写这篇报道的人就是菅井。当时，社会普遍关注“环境激素”问题，父亲通过在大学实验室中的实验，证明饱受争议的合成洗涤剂原料不会破坏人类的内分泌系统。

论文作者：多摩理科大学　古贺诚治教授

看到这些报纸上刊登的文字，研人和父亲都感到无比自豪。但不久后，研人对父亲的尊敬就开始转为怀疑，因为他得知，父亲从那家合成洗涤剂生产商处拿到了大量研究经费。

为什么专攻病毒学的父亲，会研究起扰乱内分泌的化学物质？实验到底是否中立客观？父亲有没有篡改实验数据，以迎合资金提供者呢？

后来，世界各国学者就“环境激素”对人体的影响进行了研究，但没有得出“明显有害”的结论。另外，学者们又不能百分之百断定其无害，于是结论便模棱两可了。那是当时科学所能达到的极限。然而，研人当时只有十多岁，正是叛逆的年纪，所以始终对父亲抱有怀疑，并将写报道的菅井与父亲视为一丘之貉，认为他们是内心肮脏、行为龌龊的成年人。

“真是太遗憾了。你父亲明明挺硬朗。”坐在研人一旁的菅井似乎对同龄人的猝死深感震惊。

“感谢您不远万里，来参加先父的葬礼。”

“别这么说，我能做的仅此而已。”菅井俯首道。

为避免尴尬，研人拿起茶壶，倒了两杯茶。

菅井一边喝茶，一边述说着同研人父亲之间的往事。比如诚治在实验室里颇有威严、诚治对独生子其实非常自豪，总之都是肥皂剧中那套陈旧的台词。听着听着，研人越发觉得父亲的人生了无趣味。

不久，话题就聊完了，报社记者话锋一转，问：“对了，今天会做头七的法事吗？”

“会。”

“等收集完骨灰我就告辞，趁现在还没忘，我有句话想对你说。”

“什么话？”

“研人，你有没有听说过《海斯曼报告》？”

“《海斯曼报告》？”是学术论文吧，研人想。但他并不认识叫海斯曼的学者。“没听说过。”

“这样啊！你父亲曾托我调查这份报告，现在我不知该如何推进下去。”

“《海斯曼报告》是什么？”

“三十年前，美国的一家智库向美国总统提交的报告。你父亲想了解这份报告的详细内容。”

根据父亲的研究专业判断，应该是为了寻找病毒感染的对策吧。“与我无关。”研人说。

自己的语气竟然出人意料地冷漠。菅井诧异地看着研人：“好吧，那就算了。”

菅井怎么想都无所谓。父子之间的关系，绝不是外人可以说三道四的。这个世界上不存在百分之百父慈子孝、其乐融融的家庭。

过了一会儿，殡葬公司的人通知大家下楼。所有人结束了压抑的谈话，起身朝楼梯走去。

研人站在焚化炉前，迎接已被烧成白骨的父亲。乳白色的骸骨散落在炉台上，简单而凄凉，向大家陈述着一个铁一般的事实：此人已经离开这个世界。祖父母、伯父和母亲小声啜泣。这也是父亲死后，研人第二次流下眼泪。

接下来举行了头七法事，送别父亲的仪式全部结束。

次日早晨，研人被闹钟叫醒。他飞快地吃过早餐，离开了厚木的老家。他必须返回研究生生活——居住在六叠[1]大小的出租屋里，整日按照副教授的指示重复枯燥的实验。

在冰冷的空气中，研人离开了三居室的住宅，不禁担忧起孤身一人的母亲。虽然当前外祖父母还住在家中，但他们走后那里就只剩母亲一人。身为儿子的研人，难以想象五十四岁就成寡妇的母亲会有何种感受。

分别时，母亲请求他“偶尔回来看看”，但他只是敷衍地说“嗯，会的”，便匆匆前往厚木车站。

研人读的东京文理大学位于靠近千叶县的锦糸町，从神奈川县看，那里刚好在东京的另一头。东京文理大学是一座拥有一万五千名学生的综合大学。步行十五分钟就能到达最近的锦糸町车站，从车站朝东北方向走，便可看到一条名为“横十间川”的运河。大学校园横跨运河两端，左侧是理科院系，右侧是文科院系。唯独医学院及大学附属医院孤零零地矗立在车站附近。学校已有九十年历史，一直在修建新校舍。当年农学院的广阔农田上，如今已密密麻麻地排列着学院的校舍。校园中的水泥路，以及水泥路两侧外观不起眼的建筑，都同东京的其他综合大学一样，给人以冷酷之感。

从老家出发，他要连续坐两个小时电车才能到学校，有充足的时间考虑自己的未来。他开始忧虑家里的经济状况。研人正在

① “叠”是日本面积单位，1叠约等于1.62平方米。

读研二，已经决定继续攻读博士，所以没去求职。因此，未来三年里，他的学费和生活费都必须依靠母亲。

学文科的一个朋友曾嘲笑他“啃老”，敦促他“自己去挣学费”，但这只是可以丢弃学业、耽于游乐的文科生的幼稚想法。药学院的所有课程几乎都是必修科目，缺一个学分就无法毕业。通过药剂师国家考试和毕业考试之后，学生还得天天泡在研究生院做实验。其间的忙碌程度，已不能用“过分”形容，而是达到“超乎想象”的程度。平常从上午十点到深夜，研人都在药物化学实验室里度过。理论上只有星期天和节假日可以休息，但实际上，他有半数节假日都要留在实验室做实验。他从未休过长假，即使是盂兰盆节和元旦也顶多休息五天。考上大学后，他必须过九年这样的生活，才能获得博士学位，完全没精力打工挣学费。

要是放在一个月前，自己还赶得上求职活动的末班车，研人不禁抱怨起来。自己到底该何去何从？他之所以打算攻读博士，并不是因为热爱研究工作，只是没有下定决心踏入社会。相反，入学之后，研人一直心里犯嘀咕：自己是不是选错了人生道路？他从未觉得药学和有机合成有趣，只是因为别的也干不了，只好继续沿原路走下去。可以预见，自己倘若再这样过上二十年，注定会像他父亲那样，研究冷门的学科，沦为不入流的研究者。

到达大学，从理工学院后门进入药学院大楼，研人的脚步越来越沉重。他意识到，自己走得越慢，就越觉得自己没用，于是索性加快了步伐。

登上铺着亚麻油毯的狭窄楼梯，研人来到三楼的“园田实验室”。在走廊上打开门，门后是一段较短的走廊。走廊两侧是放储物柜的小房间和会议室，走廊尽头是教授室，尽头的左侧便是实验室。

研人将羽绒服放入储物柜，换上平日的打扮——牛仔裤配运动服——朝教授室望去。敞开的大门内，系着领带的园田教授正在工作。

园田停下手头的工作抬起头，看到研人，立刻露出担忧的表情。教授即将年届六十，平常总是以与其年龄不相称的活力鞭策研究生们，但此刻却一脸沉痛。

“节哀顺变。你的心情好些了吗？”园田问。

“嗯。”研人点头，向教授为父亲葬礼送花致谢。

“虽然没见过你父亲，但毕竟是同行，我是真心感到哀痛。”

研人对导师的吊唁深为感动。园田本来在大型制药公司工作，是成功开发出多款新药的超一流研究者。他利用工作间隙撰写了大量论文，因此被这所大学的研究生院聘为教授。除了做研究，他在其他事务上也精明强悍，从制药公司手上拿到了许多共同研究项目，保证了充沛的研究经费。研人不禁做起比较，要是自己的父亲也像导师这样优秀就好了。

也许园田觉得自己的哀悼之词令研人悲伤，便话锋一转：“古贺，那你现在可以回来继续做研究了吗？”

研人刚想回答“是”，话到嘴边却收了回来，他心中盘算，除了安放骨灰，自己还要做什么。“或许会再请几天假。”

“嗯，没关系，要请假随时告诉我。”

“谢谢。”

最后教授鼓励道：“好吧，工作，工作。”说着就将研人领进了隔壁实验室。

实验室比一般的房间大，面积相当于四间教室。研人将大半时光都耗在了这里。实验室中央是被一分为四的巨大实验台，上面摆满了实验器具和化学试剂。房间的三面墙壁都排列着研究者用的桌子、试剂架，以及装有强排风的通风柜，混乱之中透露出实用主义的机械美。

园田实验室专门研发治疗自体免疫性疾病的药物，成员包括教授、副教授，以及二十名研究人员，但一月份，实验室里却格外清静。药学院的学生正在准备药剂师国家考试，硕士毕业的学生则忙于求职，房间里分外空荡。

“古贺，你累坏了吧？”负责指导研人的学长、博士二年级的西冈主动慰问道。

他两眼通红，好像刚刚痛哭过，但他不是因为同情研人而掉眼泪，只是通宵做实验熬红了眼。

研人想起西冈曾发来的哀悼短信，便说：“谢谢你的短信。”

“哪里。没能去守夜，实在抱歉。”

“你们这么忙，我怎么好意思请你们都来。我才应该道歉，请了五天的假……”

“别见外。”西冈眨着充血的眼睛说。

实验室里陆续有人进出，每个人都向研人暖语慰藉。平常干练刻板的女研究员们，也都一反常态地亲切有加。正是有这些人的存在，研人才能勉强将研究生活坚持下去。

研人站到分配给自己的实验台位置上，投入工作。有机合成工作的目标是生成以碳为主要成分的化合物。打个比方，碳原子是四价，氧原子是二价，于是一个碳原子可以同两个氧原子结合，形成二氧化碳。听上去简单，但实际操作就不同了。让结构更复杂的分子发生反应，形成想得到的化合物，可不是那么简单的事。剂量、温度、催化剂等条件若有细微的变化，结果就会不同。园田实验室就是要找到可以作为药物使用的分子结构，对其加以改良，提高其活性，最后造出新药。

现在，分配给研人从事的课题，是在主要由碳、氧、氮构成的“母核”的基本结构上，添加“侧链”原子团。实验台上贴着副教授给出的“菜单”，指示研人该依照什么顺序进行什么反应。不知为何，药学系的实验同做菜有相通之处，所以药学院以女生占多数，大学本科阶段可占九成，研究生阶段也有近一半，这在理科院系中可谓特例。

将试剂和器具准备齐全，花费了研人一上午的时间。他利用等待实验结果的间隙，来到窗边自己的桌子前，启动电脑。不出所料，邮箱里有很多吊唁邮件。他很感激朋友们的关心，逐一回了信。但处理到最后一封信时，他却突然僵住了。收件箱的邮件列表中，出现了一个不可思议的寄件人地址：

多摩理科大学　古贺诚治

研人将这行字审视了好几遍，不禁汗毛倒竖。

这是已过世的父亲发来的邮件。

研人险些叫出声，他连忙闭上嘴，环顾四周。实验室的同事正埋头于各自的工作，没人注意到他。

研人推了推眼镜，将视线重新移向显示屏。收件时间是今天凌晨零点整。也就是说，这封信是父亲过世五天多后发出的。邮件名是：研人收，父亲。

病毒邮件或骚扰邮件不会冒用父亲的名字，难道这是谁的恶作剧？

确认杀毒软件处于运行状态后，研人点开了邮件。液晶屏幕上，浮现出九磅小字写成的正文。

研人：

你收到这封信，意味着我已在至少五天前从你和你母亲面前消失了。但你们不用担心，也许几天后，我就会回来。

真是莫名其妙。“回来”难道是指从冥界归来吗？研人继续往下读。

不过，考虑到我不能立即回来，所以我想拜托你一件事：

打开被冰棍儿弄脏的书。

还有，不要对任何人提到这封信，包括你母亲。

信到这儿就结束了。

文字虽少，却充满谜团。看似遗书，却没有提到死亡。这究竟是谁发的信？是不是利用软件定时发出已写好的邮件？如果父亲用了这种软件，那他一定预料到自己将要“消失”。但这明显不可能啊。

研人的目光停在了信末的一句话上：

打开被冰棍儿弄脏的书。

研人思忖再三，终于领悟了这句话的含义。这封信千真万确是父亲发出来的。研人念小学时的一个暑假，父亲对他实施精英教育，曾打开化学参考书，教他元素周期表。研人当时正吃着冰棍儿，冰水从冰棍儿上滴下来，将“锌”旁边染上了粉红色。知道这件事的，只有父亲一个人。

那本弄脏的书应该在老家父亲书房的书架上。本想打电话让母亲代为查看，但那样做就违背了父亲“不要对任何人提到这封信”的指示。不过，如果遵从父亲的遗愿，就得坐两个小时的车回家一趟。

研人靠在椅背上想，“被冰棍儿弄脏的书”里，到底隐藏了什么秘密？

3

耶格乘飞机进入南非共和国，接着马不停蹄地从约翰内斯堡飞往开普敦。这里是南半球，季节转换为盛夏。耶格坐上当地泽塔安保私营军事公司派来机场接他的车，朝开普敦郊外的某训练基地驶去。

这个国家是私营军事公司的发源地。这种以军事服务换取酬金的生意，在终结非洲大陆各国的内战中取得了一定的成果。但胜利一方又夺取了其他国家的矿产资源，结果形成了另一种丑陋的局面：嗜血的佣兵集团依靠武力霸占了内战国家的矿产资源。南非政府制定了《反佣兵法》，禁止向外国提供军事服务，但在援助伊拉克复兴的名义下，新公司又如雨后春笋般涌现出来。泽塔安保公司就是其中之一，据说同耶格的雇主西盾公司有转包关系。

车从市内朝郊外行驶。透过车窗，美丽的海岸线、广阔的葡萄园和连绵的群山尽收眼底。耶格坐在大篷卡车的后座，一心思索着自己的选择是否正确。

在巴格达，他曾想过拒绝西盾公司的提议，前往妻子所在的里斯本。然而，通过同妻子和格拉德医生通电话，他了解到，为了延长儿子的性命，必须支付高额的医疗费。过去四年，贾斯汀都在国外接受先进的医学治疗，银行卡已透支到极限。自己必须去挣钱，即便这意味着自己会因此失去与儿子相处的宝贵时光。

目前，格拉德医生成了他最后的依靠。罹患肺泡上皮细胞硬化症的孩子，几乎不到六岁就会死亡，没有一个病人活到九岁。作为这种病的少数世界级权威之一，格拉德医生使用了一切治疗手法，将贾斯汀的性命延长到八岁。虽说出现末期症状后就只剩下一个月可活，但耶格仍期待那位医生能让儿子再多活几个月。这样的话，这次工作完成后他就来得及赶回去，陪儿子走完人生的最后一程。

可是，假如贾斯汀死了，自己该怎么办呢？莉迪亚又将做何抉择？

耶格同莉迪亚的婚姻已数次濒临破裂。贾斯汀两岁时突然呼吸困难，陆军医院查明病因后，提到了“单基因遗传病”这个名词，解释说：“每个人都拥有来自父母双方的一组基因。即便一方的基因出了问题，只要另一方正常就没事。但在偶然情况下，假如父母双方的基因都有相同问题，孩子就会患病。很不幸，你们的孩子就是这种情况，决定其肺部发育的基因的一个位点发生了变异，导致肺部无法正常摄入氧气。”

耶格深感自责，莉迪亚也是相同的心情吧。也许医生看穿了两人的心思，补充道：“这不是任何人的错。硬要说的话，只能怪运气不好。每个人都或多或少有异常基因，只是你们俩碰巧在同一个位点出了问题。”

然而，耶格很难接受“运气不好”这种说法。如果不同莉迪亚结婚，孩子就不会得绝症。莉迪亚也对丈夫抱有相同的埋怨。两人互相指责，无休无止，结果只是互相伤害。虽然双方都知道这样做于事无补。

就在家庭行将破裂之时，他们听说了葡萄牙里斯本医科大学附属医院的安东尼奥·格拉德医生，但耶格的军队保险在海外无法使用。而且，妻子在葡萄牙的住宿费和儿子的治疗费，也不是薪酬等级为E-8的耶格上士可以承担的。

一天，耶格结束长期任务回家，夫妻间又爆发了争吵，耶格终于提出了离婚。但莉迪亚没有同意。她出人意料地提出，双方应该再忍受三年。莉迪亚像往常那样痛哭流涕着说：“贾斯汀懂事之前就得病了，一直被病痛折磨，从未享受过一天快乐。如果我们离婚，只会让他更加悲惨，不是吗？”

曾在离异家庭中长大的耶格，当然明白其中的道理。短暂休假过后，他又返回了军中。在阿富汗作为特种部队的一员执行空袭导航任务时，他认识了参战的私营军事公司的雇员。此人原来是海豹突击队队员，他告诉耶格，倘若耶格想加入公司，他可以代为介绍。

这真是求之不得的机会。尽管加入私营军事公司没有福利也没有退休金，但年收入却是陆军的三倍以上，最少有十五万美元。耶格等到禁止士兵调动和退伍的“止损条例”暂时解除的机会，脱离了军籍，然后让妻子迁居到葡萄牙。

莉迪亚说再等三年，而在格拉德医生的努力下，这一期限被延长到五年。不过，如今贾斯汀肺泡出血，他所剩的时间最多只有几十天了。

在儿子被上帝召入天堂之前，耶格要维持家庭的完整，但之后一切都完了。自己多半将孤独终老，不再是保卫祖国的战士，而是为钱搏命的佣兵。

“到公司总部了。”

司机的一声提醒令耶格回过神来。一看手表，已经从机场出发一个多小时了。泽塔安保公司的四轮驱动车穿过岗哨大门，进入公司内部。这里是干燥的丘陵地带，由围墙包围的一大片土地上，建有公司总部大楼、训练基地，以及可供运输机起落的机场。

他们正前往的公司总部大楼共有三层，是一座建筑面积极大的地中海风格建筑，淡黄色的大楼外壁将私营军事公司散发出的火药味儿完全掩盖了起来。光看这座建筑，谁都会认为这里是华丽的酒店。

耶格边下车边把思绪切换到工作上。是时候忘记悲惨的现实，开始另一场表演了。

耶格带着装有私人物品的背包和运动包进入门厅，迎接他的是一个留着小胡子的高个子男人。他身着土黄色套装，目光冷峻，仿佛根本不会笑。这个明显行伍出身的男人操着南非腔英语道：“我是作战部长麦克·辛格尔顿，你的朋友已经到了，我带你进屋吧。”

耶格跟在辛格尔顿身后，进入建筑内部。迷宫般的走廊两侧的门上挂着门牌号。辛格尔顿敲了敲109号房的房门，然后推门进屋。

这是一间宿舍。之前当佣兵时，耶格住惯了这种小房间——房间两侧放着高低床，正面靠里则是各自的储物柜。唯一不同的是，这里多了一张小书桌。

“各位，”辛格尔顿发话道，“我带来了一位新同事，乔纳森·‘猎鹰’·耶格。”闲聊中的三个男人抬起头，望向门口。看得出，这三人之间也并不熟悉，谈话中透着一丝紧张。他们即将成为出生入死的战友。

“下午五点，二楼会议室集合。”说完，辛格尔顿就离开了房间。

“‘猎鹰’，我是斯科特·‘毛毯’·迈尔斯。”首先开口的是一位神色沉稳的消瘦男子，大概只有二十多岁，在佣兵中属于年轻的。这种场合的自我介绍，一般都按照性格的开朗程度排序。

耶格微笑着同“毛毯”握手：“幸会。”

接着伸出手的是与耶格年龄相仿的男子：“沃伦·盖瑞特，我没绰号。”

盖瑞特一副深谋远虑的参谋模样，看似不起眼，但到危急关头一定是中流砥柱。

迈尔斯和盖瑞特是白人，似乎都是美国国籍。第三位则是亚洲人，身材矮小，但从脖子到肩膀的肌肉却异常发达，明显服用了类固醇药物。

“柏原干宏。”亚洲人自我介绍道。

“干……公？”耶格反问道，迈尔斯和盖瑞特大笑起来。

“谁都念不准他的名字。”盖瑞特说，“日本人的姓名太复杂了。”

迈尔斯问：“在你以前工作的地方，别人都怎么叫你？难道是‘干’？”

“不，是‘米克’。”日本人不耐烦似地说，显然他并不喜欢这个称呼。

“好，那就米克吧。”盖瑞特说。

在这一行里，日本人相当少见。耶格的兴趣被勾了起来：“能不能问问，入这行前你是干什么的？”

“法国外籍兵团。”米克用带着浓重口音的英语答道，“再之前，我在日本自卫队。”

问题来了。按惯例，私营军事公司往往会将同一出身的成员编成一组。即便同属美军，陆军与海军陆战队的战术和装备都不一样，一旦编排不当，就会让所有队员的生命陷入危险。因此，私营军事公司的佣兵通常会延续军队时期的编制。

“我在美国陆军特种部队。”耶格说，然后将询问的目光投向剩下的两人。

迈尔斯道：“我在美国空军伞降救援队。”

美国空军伞降救援队拥有高水平的医疗技术和战斗能力，是专门负责救援的特种部队。他们的口号是：为了我之外的生命。在佣兵中，很少有人拥有这样的履历。

最后，盖瑞特说：“我在海军陆战队的武装侦察部队。”

看来，这是一支拼凑而成的队伍，必须提前确认战斗时使用的隐语和手势，耶格想。而且，对于团队中唯一的亚洲人米克，还必须予以关注，以免他感到被孤立。

会议室狭小而且没有窗户。细长的桌子平行排列，对面是立在墙边的白板。

辛格尔顿于五点整准时现身。一见到迈尔斯拿着的笔记用具，这位作战部长就说：“下面开的会，不要做任何记录。所有的信息都记在脑子里。”

迈尔斯乖乖地将笔记本收了起来。

“大家彼此可能还不太了解，所以我在这里一边介绍，一边给大家分配任务。首先，你们全都有空降资格。这次任务，耶格担任队长，负责武器和狙击。你会英语、阿拉伯语和普什图语[①]，对吧？”

“对。”耶格答道。

“但这次任务，应该用不上你的专业技能和普什图语。”辛格尔顿接着对下一位说：“迈尔斯的任务是医疗。你除了英语，还会其他语言吗？”

“不会。”被分配担当卫生兵的年轻人说，“非要说的话，我还会点儿医学用语。”

辛格尔顿眼睑下垂，瞥了迈尔斯一眼。这位作战部长之前大概是南非正规军的将校吧。“下一位，盖瑞特，你负责通信。你会英语、法语和阿拉伯语，对吧？”

盖瑞特默默点头。

---

① 阿富汗普什图族民族语言，与达里语同为阿富汗的官方语言。

“最后，柏原，”辛格尔顿谨慎地发音道，“你负责爆破。你常用的是日语和法语，英语没问题吧？”

“还行。”米克答道。

这一含糊的回答令辛格尔顿面露不满，但他还是继续道：“下面讨论日程安排。”

在准备期间，除了每隔一天的四十千克负重长途行军和射击等基础训练，还要学习斯瓦希里语[①]，并接受黄热病等传染病的预防接种。

“下面介绍作战地域。”

辛格尔顿来到投影机前，打开幻灯片资料。首先出现的是非洲大陆的地图。辛格尔顿用激光笔指着大陆的中心说：“你们将空降到刚果民主共和国，那里以前叫扎伊尔。”

刚果民主共和国位于大陆的正中，是一个横跨赤道、幅员广阔的国家。国土自东向西，沿着刚果河越收越窄，最后与大西洋相连，首都金沙萨在西边的一角。从彩色地图上看，非洲热带雨林集中在刚果国内。可以说，这是一个被森林覆盖的国家。

“你们将潜入与首都金沙萨相反的方向，即东部的雨林中，执行搜索歼灭任务。你们要伪装成动物保护组织，所以头发必须再留长点儿。主要武器是AK47和狩猎用霰弹枪，不能携带分队支援武器。其他装备，我以后再介绍。”辛格尔顿对前空军伞降救援队队员说：“迈尔斯，你了解埃博拉出血热的知识吗？”

“了解。”

“因为同任务有关，你向大家介绍一下这种疾病吧。”

---

① 非洲语言之中使用人数最多的一种，刚果官方语言之一。

迈尔斯面露困惑，但还是开始对战友说道：“埃博拉出血热是目前已知的毒性最强的病毒性疾病。病毒进入身体后，将感染包括脑细胞在内的所有细胞，并对其进行大肆破坏。当人还具备生理特征时，内脏和肌肉就都融解了。感染者的耳、鼻、口、肛门，甚至毛孔都将流出被病毒感染的体液，最后七窍流血而死。埃博拉-扎伊尔型病毒的致死率是百分之九十。”

佣兵们面无表情地聆听讲解。迈尔斯站起来，指着屏幕上的刚果地图，继续道：“我们进入的刚果东部，周围都是埃博拉病毒流行的区域。西部的埃博拉河流域，东北部的苏丹，以及东部的肯尼亚与乌干达国界附近，都曾发现过埃博拉亚种病毒。”

耶格举手问：“有这种病的治疗方法吗？”

“没有。一旦感染，就只能向上帝祈祷了。”

接着盖瑞特问：“你说致死率是百分之九十，那剩下的百分之十怎样了？”

“身体免疫力取胜，最后活了下来。”

“哦！”盖瑞特轻叹一声。

辛格尔顿继续说：“尽管你们去的地方在病毒流行地域之外，但仍要万分小心。因为病毒宿主很可能是蝙蝠，所以千万不要被蝙蝠咬到，或者接触蝙蝠的粪便。而且，这种病毒还能感染人之外的灵长类动物，所以你们也不要靠近黑猩猩、大猩猩和小型灵长类。”

耶格再次提问：“感染后有什么症状？”

“发热，呕吐，初期症状与疟疾相似。不过，埃博拉病毒特别喜欢攻击眼球和睾丸。”

听到这话，队员们第一次皱起了眉头。

“所以，如果有人眼睛发红，那就有可能感染了埃博拉病毒。”

“我可不想检查别人的睾丸。”迈尔斯的话把大家都逗乐了。

一直沉默不语的米克用结结巴巴的英语问：“为什么这种病没像艾滋病那样在全世界扩散？”

“问得好。”迈尔斯表扬米克道，“这种病的潜伏期特别短，感染后大约七天就发病。也就是说，患者还没来得及传染更多的人就死了。”

“原来如此。”

辛格尔顿问所有队员：“你们都明白埃博拉病毒有多可怕了吧？”

四人点了点头。尽管大家都没问，但所有人脑子里都浮现出一个问题，并且都知道问题的答案。如果执行任务的过程中，有队友感染了埃博拉病毒，该如何处理？没有救援直升机，只能将注射器和吗啡分给被感染的队友，将他扔在雨林里。这就是战地佣兵的宿命。为了获取高昂的报酬，耶格等人已经沦为可以被随意抛弃的棋子。

“下面进入今天的正题：刚果民主共和国的形势。”辛格尔顿操作幻灯片，屏幕上显出下一份资料。队员们被突然映入眼帘的凄惨画面吓了一跳。泥泞的道路上，散乱地堆放着男女老幼的尸体，有的双手被绑在背后，有的被砍掉了脑袋只剩躯干。

“种族屠杀。”辛格尔顿说，“现在，刚果正在进行所谓的‘第一次非洲大战’。死亡人数已达到‘二战’后的最高值——四百万。停战协议多次被打破，至今看不到战争结束的希望。”

见四人面露狐疑，辛格尔顿解释说：“这是真的，只是报纸和电视上都没有报道。这就是所谓的‘报道差别’，发达国家的新闻机构不会关心死了多少非洲人。相比大屠杀，他们更乐于对七头大猩猩遭杀害的事件大书特书。不过话说回来，非洲人本来就不是濒危动物。”

辛格尔顿僵硬的表情转化为冷笑。这个南非人肯定是种族隔离制度的支持者。

“刚果之所以内乱频发，根本原因在于殖民统治。宗主国[1]比利时的民族政策是，在原本共存的民族，即图西人和胡图人之间制造敌对情绪。宗主国毫无理由地将图西人定为优秀民族，并加以优待，招致胡图人的反感。两个民族间的憎恨日积月累，终于爆发了卢旺达大屠杀。”

耶格对这次暴乱相当熟悉。卢旺达的总统是胡图人，他的飞机被人击落，这成了大屠杀的导火索。胡图人纷纷化身为暴徒，对图西人展开袭击。在广播的煽动下，许多市民手持弯刀、棍棒前去杀死邻居。为了将图西人斩草除根，攻击的矛头首先对准了妇女和儿童。屠杀集团迅速组建起来，加剧了民族对立。胡图人担心图西人报复，于是更加残忍无情。还有人造谣说，杀死图西人就能得到农庄。杀戮愈演愈烈，遇害者中甚至有人拿钱乞求被枪爆头，以避免被钝刀剁成肉泥。此外，还有不少胡图人被当作图西人给错杀了。

种族屠杀开始一百天后，图西人在国外组织军队发动反击，终于让事态平息下来。但那时全国人口的十分之一，也就是至少八十万人已经被杀害了。

“卢旺达建立起图西人的政权，重获和平。结果出现了历史

---

① 对殖民地或附属国进行统治的国家。

修正主义者，企图否认大屠杀的存在。”辛格尔顿冷笑着继续道，“全世界知道的只有这些。然而，惨祸并没有结束。这次大屠杀又成了‘第一次非洲大战’的导火索。”

幻灯片切换为刚果周边的放大地图。辛格尔顿手中激光笔的光点在卢旺达和西边的刚果之间扫来扫去。

“一些卢旺达大屠杀的始作俑者逃入邻国刚果，发动越境袭击。刚果政府默许了这一行为，从而激怒了卢旺达政府。至此，对立的双方演变为卢旺达和刚果。卢旺达联合同为图西人政权的乌干达，着手推翻刚果独裁政权，为刚果东部的反政府游击队提供军事支援，煽动其发动武装叛乱。这一计划取得了巨大的成功。叛军迅速攻入西部的首都，赶走独裁者，建立了新政权。坐上新总统宝座的是卢旺达支持的叛军首领。但事情非但没有就此尘埃落定，反而陷入了泥沼。”

幻灯片再次被切换，这次是三张并列的同一地区地图，显示出刚果各地武装割据形势的变迁。

“新总统抹除自己身上的傀儡迷彩，背叛了支持自己的图西人，同留在刚果东部的胡图人武装组织勾结起来。不用说，卢旺达再次被激怒，于是联合乌干达和布隆迪入侵刚果，企图打倒新的独裁者。走投无路的刚果新政权寻求邻国的帮助，跟乍得等邻近诸国结成联盟。于是，1998年，非洲大陆上爆发了十多个国家参加的大战。”

见辛格尔顿停了下来，耶格举手发言：“参战国有充足的财力维持这么大规模的战争吗？”

辛格尔顿再次冷笑道：“这本就是一场有资助者的战争。战争开始不久，其真实目的便暴露了出来，那就是刚果地下的丰富资源，钻石、黄金、电脑上使用的稀有金属以及油田。入侵刚果的国家正是为了占有矿物资源才浴血拼杀的，欧洲和亚洲的近百家企业紧随其后。矿山公司向掠夺资源的一方提供军费，借此分一杯羹。卢旺达出口了超出本国产量的矿物，发达国家明知这些物品是掠夺来的，却仍然大量购买。为了获取制造手机所需的钶钽铁矿，数十万刚果人惨遭杀害。美国、俄罗斯等大国表面上支持刚果政府，暗中却为卢旺达和乌干达提供资金援助。这样一来，不论哪一方获胜，都可以确保他们获取地下资源的权益。如果以资金的流动考量，这场战争堪称世界大战，各大国几乎都卷入其中。”

“人力资源呢？”盖瑞特问，“如此规模的战争，如何保证充足的兵源？”

“一开始，征兵的对象是失业者，然后扩大到贫困阶层。只要参军，至少可以吃饱肚子。尽管如此，兵力仍然紧缺，现在甚至会绑架孩子充当士兵。可以说，这已经不是国家间的战争了，刚果的大半国民都不支持这场愚蠢的武力冲突。然而，少数无赖始终存在，比如两百个武装分子就能绑架一大帮孩子，组成一支一万人的军队。独裁者领导的政府军也是半斤八两。他们袭击掠夺本国的村庄，杀害本国的人民。”辛格尔顿重又指着地图说，“现在，刚果西部到南部都由政府军统治，但北部和东部仍处于混乱之中。本为盟友的卢旺达和乌干达，为了争夺地下资源而决裂，以至于局势不可收拾。你们将潜入的东部地区，有二十多个武装组织在缠斗。战争的参与者自己都弄不明白谁是敌人。所以，如今刚果的现状就是，民族仇恨高涨，到处都有种族屠杀。虽然联合国维和部队也被派遣到那里，但他们不可能关照到广阔雨林的每个角落。”

耶格问："那我们是为哪一方战斗呢？联合国维和部队？"

"你们不加入任何一方。你们避开武装分子的耳目，潜入雨林内部。你们的任务与这场战争无关。"

"具体是什么任务？"

"我还不能告诉你们详情。当前，你们的任务是心无旁骛地进行训练。"

耶格想起了陆军时代，一进军队，新兵就会被强行灌输一种规则，那就是"别提问"。

"刚果没有精良的武器装备，也没有定点轰炸那种干脆利落的战术。没有大义，没有意识形态，也没有爱国心。那里只有摒除了一切虚饰的、赤裸裸的战争，是对地下资源的争夺、民族间的仇恨以及用弯刀和轻型武器进行的厮杀。"辛格尔顿恢复了冰冷僵硬的表情，用一句话结束了此次会议："潜入作战地域后，如果不想看到地狱，就千万不要接触人类。"

4

等到星期天，研人起身返回厚木老家。他惊讶地发现，才过几天，家里就已变得清冷寂静。

母亲香织依旧面容憔悴，幸亏有外祖父母的陪伴，她的忧伤才得以排遣。

在客厅同家人闲聊了一会儿后，研人走上楼梯。二楼有三间房，四叠半的小房间便是父亲的书房。三面墙壁上排满了书架，房间正中央孤零零地摆着一张桌子。

一进房间，研人就被父亲的气息包围，心头涌起一丝感伤，但立刻就被好奇心取代。他开始寻找父亲邮件中提到的那本“被冰棍儿弄脏的书”，很快就在书架最下层中间位置找到了。那本书是：《化学详解（上）》。

书中到底有什么呢？研人翻开封面，发现书已被加工过。页面上有一个精心掏出的洞，里面藏着一封对折的信。

研人拿起信封端详。信封上写着“研人收”三个字，是父亲的笔迹。信封里装着一张字条和一张银行卡。

字条上逐条罗列着以下内容：

1. 立刻销毁这本书和这张字条。

2. 桌子抽屉里放着一台黑色的小型笔记本电脑。注意保管，绝对不要交到他人手上。

研人返回桌边，打开抽屉。果不其然，里面放着一台A5大小[①]的笔记本电脑。取出电脑，接通电源，却只显示蓝屏，操作系统无法启动。似乎什么地方出问题了。研人只好强行关闭电脑，继续阅读字条。

3. 银行卡你可以自由使用。你可能不知道卡主是谁，

① A5大小相当于210毫米×148毫米。

但不用担心。卡上有五百万日元。密码是帕皮的生日。

研人惊讶地看着大型银行发行的这张银行卡。卡的表面印着的卡主是“铃木义信”，研人确实不知道这是何人。

密码是帕皮的生日。

帕皮是研人小时候养的一只蝴蝶犬。研人搜索记忆深处，想起了它的生日：12月6日。每年的这天，研人一家都会围在小狗身边，给它奉上一顿大餐。

可是，倘若这个账户上留下了巨款，那应该是父亲的遗产。遗产税该怎么交？父亲是不是考虑到独子的学费和生活费，才留下了这笔钱？

研人继续往下读。

4. 现在立即前往以下地址：

东京都町田市森川1-8-3-202。

钥匙在外侧楼梯第一级的内侧，用胶带贴着。

5. 这些事绝对不能对别人提，一切行动必须由你独自完成，即使对妈妈也要保密。你的脑子里必须绷紧一根弦：今后你使用的电话、手机、电子邮件、传真等所有通信工具都有可能被监视。

字条上的内容就此结束。

最后一段好像被害妄想狂的疯言疯语，令研人不禁皱起了眉。父亲之所以将字条放在只有他们父子知晓的这本书中，也是为了防范被监视吧。难道父亲不仅胸部大动脉出了问题，精神也不正常？

“你在干什么？”

背后突然有人问，研人惊得差点儿跳起来。回头一看，母亲香织正站在门口。

“饭做好了，去吃吧。”

“嗯。”研人心不在焉地答道，一面飞速地思考。要不要把字条的事告诉母亲？但父亲告诫自己必须“保密”啊。

“我再查阅点儿资料就去吃。”说着，研人将字条放进《化学详解（上）》中，悄悄合上了书。

香织并未起疑，径直走下了楼梯。

研人又将字条读了一遍。只好前往第四点提到的那个町田的地址了，他想。从厚木回锦糸町的路上就能顺道去看看。这就像一场奇怪的角色扮演游戏，他不得不玩儿下去。研人将字条和银行卡装进口袋，把“被冰棍儿弄脏的书”和小型笔记本电脑夹在腋下，沿楼梯下楼。

饭厅里，只准备了研人一人的早餐。研人坐到椅子上，问：“外公外婆呢？”

“去散步了，顺便买东西。”母亲有气无力地答道。她原本丰润的面庞现在无比消瘦。

研人一边动筷，一边若无其事地问：“父亲去世前，有没有什么异常举动？”

母亲没答话，研人抬起头，发现母亲惊异地张嘴看着他。研人猛然醒悟：母亲之所以形销骨立，并不仅仅因为丧偶，应该另有理由，而这应该同父亲留给自己的神秘信息有关。

“研人你也发现了？”香织问道。

“发现什么？”

母亲确认外祖父母都不在场后说：“我一直都有不好的预感。你父亲去世前好几个月，样子都不对劲儿。”

“样子不对劲儿？怎么不对劲儿？”

“他忙得不得了，经常很晚回家。”

“是为了忙工作上的事吧。”就是因为太忙所以丢了性命，研人想，“医生也说是过劳死。”

“不只如此。我见他每天都很晚才回家，于是忍不住问他每天晚上都在干什么。你父亲是这么说的……”

母亲打住话头，研人催问道：“父亲怎么说？”

“他说大学朋友的孩子常年闭门不出，他是去给那孩子当家庭教师了。”

明显是谎话。父亲就是这样，撒谎很容易被看穿。既然身为大学教授，就没理由去兼职做家庭教师。父亲为不回家而编造谎言，其中肯定有蹊跷。

“对了，”研人想起另一件怪事，“父亲是在三鹰车站倒下的吧？”

“是啊，这也不对劲儿，对吧？”

研人想起了十天前的事。听说父亲突然倒地的消息，研人便跑出了实验室，但他要去的地方不是老家厚木，也不是父亲的工作地多摩市，而是东京都三鹰市的急救指定医院。从老家坐电车到那里需要一个小时，与父亲的通勤路线也相距甚远。根据留在医院的警察和急救医生所述，父亲在三鹰车站站台等车时，胸部动脉瘤破裂，被紧急送入医院，终因抢救无效死亡。可是，父亲为什么会去三鹰车站呢？研人觉得，父亲一定是因为工作上的事而经过三鹰的，不过……

研人想起了刚才看到的那张充满被害妄想意味的字条，一丝恐怖掠过心头。父亲是不是被谋杀的？他不禁如此猜想。冷静点儿！他对自己说，回想父亲死亡的状况，怎么都找不出可疑之处。赶往医院后，研人听到了医生的说明。根据CT扫描图像诊断，死因是胸部大动脉瘤破裂。作为药学专家，研人当即判断，这不可能是中毒引发的症状。父亲毫无疑问是病死的。

然而，研人念念不忘父亲死后发送的邮件。父亲预估到自己会“消失”，于是准备了那封邮件。他没有预料到自己会死，但无疑料想到了自己会遇到麻烦。

“而且，”母亲继续说，“我本想感谢叫急救车的人，但最后却找不到。据说是个和你父亲在一起的女人，但那人很快就离开车站了。”

研人还是第一次听到父亲当时同一个女人在一起。

“是个什么样的女人？”

“长发披肩的瘦女人，四十岁左右。”

研人渐渐明白了母亲的想法。

“妈，难道你想说……”

香织露出恐惧的神情，点了点头。

“但是，”研人支吾道，“但是爸爸他会这样吗？”

简直难以置信。一身旧西装、欠缺研究经费的瘦小大学教授，郁积了不平之气的父亲，在年届花甲时，搞出一段风流韵事？不过，与父亲遭遇谋杀的假设相比，这种情况的可能性更大。父亲竟然以这种不体面的方式死去，研人不禁为之沮丧。父亲托付自己完成的角色扮演游戏，莫非是为了给他这段不伦恋做善后？

“你想多了。”研人尽量轻描淡写地说。事到如今，他只能避免母亲接触真相。“那个和父亲在一起的女人，也许只是碰巧在场罢了。”

“但愿如此吧。”香织轻叹道。

乘电车去町田时，研人一路昏昏沉沉，感觉自己周遭的世界突然都变了模样。之前他只把父母当父母，直到现在才意识到，他们还有一层特殊关系：夫妻。此刻在他眼中，父母也成了两个普通人。

也许，自己做孩子的时代已经结束了，研人想，虽然他认为自己已是大人。所谓父母，大概会用自己的生命给孩子上最后也是最重要的一堂课，不管这课是好是坏。

研人在町田站下车，朝银行走去。他熟悉这里的街道。因为这里距老家只有二十分钟的路程，他念高中时常到这里买书、看电影。这里处在父亲通勤路线的中间位置，所以父亲才会选在这里租房子与情人幽会吧？

那张银行卡的发卡行支行就在时装店旁边。研人来到自动取款机前，将卡主为“铃木义信”的银行卡插入机器，输入密码“1206”，查询余额，果然有五百万日元。

研人仿佛吃了一记轻拳。这就是父亲的隐匿资产，也就是俗语说的“私房钱”吧。研人被这笔巨款震惊了，仅仅确认余额就退了卡，没有取出一分钱。父亲搞婚外情的嫌疑越来越大了。

研人回到车站附近，查看街道示意图，寻找位于“町田市森川1-8-3”的公寓。他发现，那一带的街对面就是林立的商店和餐馆。

穿过办公楼和住宅楼之间的缝隙，有一条从车道分出去的小路。那座可疑的公寓应该就在路的尽头。这条私有小路的右侧是隔音墙，左侧是铺满碎石子的停车场围墙，将尽头的公寓同外面的繁华喧嚣隔开。

研人走到深处，终于看到了他要寻找的目标。他不禁停下脚步，望着前方那座灰泥涂墙的两层木制建筑。

外墙已现裂缝，窗框歪歪扭扭，外侧楼梯上布满铁锈。

这称得上是昭和年间的遗物了吧，透着陈腐气息，杂草丛生的荒地像护城河一样围在周围。它孑然独立在高楼群中，几乎可以被忽略，看起来好像挺过一波波拆迁大潮的古董。这里非常隐蔽，但作为与情妇偷欢的爱巢，又太阴森了，好像怨灵鬼屋。实际上，这座建筑的周边几乎不见人影。

举步前行需要莫大的勇气，但研人还是踏上杂草，进入了院内。根据窗户数判断，一楼和二楼各有三个房间。父亲在字条上写的房间号是“202”。研人查看了邮箱，但上面没有任何住户的姓名。

研人走到建筑的外侧楼梯旁，不安地环顾四周，将手伸入最下一级阶梯的内侧。

指尖感觉到了胶带，而且不止一处贴有胶带。他胡乱撕掉胶带，摸出了三把钥匙。他感受到父亲病态的戒备心理，对父亲的印象再度恶化。

接着，他踮着脚登上楼梯。二楼的走廊上一共有三道门。研人来到中间的202室前。门上没有门牌，只挂着一把闪亮的门锁，应该是最近刚换上的。研人拿着三把钥匙试了一番，终于打开了房门。

玄关仅容一人站立，右侧是安有煤气炉的灶台，左侧有扇板门，那应该是厕所入口。研人脱掉鞋，进入房中。短短的走廊尽头有一扇拉门。门后会不会是一张铺着艳丽床单的双人床？研人想象着种种淫秽的画面，拉开了门。

房间里漆黑一片，但出人意料地温暖，可以听见空调发出的微弱声响。研人摸着墙壁，找到电灯开关后打开。在荧光灯阴冷的灯光下，研人瞪大了眼。他被房间里的景象惊呆了。

这里绝不是与情妇偷欢的房间，它只有六叠大小，挂着的遮光窗帘将光线完全阻绝在外。

房间被一张巨大的餐桌占据，桌上放着各种各样的实验器具，从A4大小[①]的笔记本电脑、充当试剂架的书架，到滴管、锥形烧瓶、旋转式汽化器、紫外线灯，一应俱全。墙边的冰箱也不是家庭用的，而是实验室的专业设备。研人相当熟悉这些实验器具，非常像有机合成实验室里的那一套。

购入这些器材应该耗资不菲。地板上放着睡袋和洗漱用具，很明显，使用者打算住在这里进行实验。

就在这时，背后传来了生物窸窸窣窣的声响。研人本以为这个房间里除了自己没有别的活物，于是惊惧地转过身。窗户正对面的墙上有一个之前未发现的壁橱，上层放着一个透明的塑料大箱子，配有换气装置和自动投食机——这是饲育实验动物用的箱子。箱中有四十只小白鼠，每十只分为一组。这些小白鼠好像在

① A4大小相当于210毫米×297毫米。

这座破旧楼房的壁橱里活到现在。

可怜的是，右半只箱子里的二十只小白鼠，看起来都非常虚弱。出于怜悯，研人想拯救它们，但他工作时不使用实验动物，所以不知如何处理。他发现水瓶中的水不够，想接自来水补充，但又担心是不是应该使用灭菌水。种种超出专业知识的问题令他不知所措。思虑再三，他决定临走前到附近便利店买瓶矿泉水。

研人再次环顾这间古怪的实验室。父亲到底是出于何种目的才准备了这样一间房间呢？对了，查查实验记录不就行了吗？回过神来的研人，在桌上找到了一本研究者用的大开本笔记本。

翻开笔记本，里面夹着一个信封，信封里有一张字条，上面是几行打印的字。

研人：

你终于找到了这封信，真不容易。见到这间古怪的实验室，你一定相当诧异吧。但我接下来要说的才是正题。我在从事一项秘密研究，在我消失期间，希望你能替我继续。

父亲的遗言中，再次出现了未能预计到自己会死的文字。不过，这段文字并没明确指出“消失”是什么状态。

这项研究只能由你独自进行，不要对任何人说。不过，倘若你察觉自己有危险，可以立即放弃研究。

父亲的被害妄想症又犯了。研人不禁皱眉，继续浏览。

首先，A4大小的白色笔记本电脑中有必要的软件，就使用这台笔记本吧。从家中带来的A5大小的笔记本电脑，绝对不能交给别人。请保管在身边。

实验台前放着无靠背的转椅，研人坐到椅子上，将父亲遗言里提到的两台笔记本电脑放在手边。机身颜色一黑一白。他首先启动A4大小的白色笔记本。尽管他知道自家那台黑色笔记本无法启动，但还是试着开了机。这台黑色电脑里应该藏有父亲的私人文件和电子邮件吧，研人暗忖。他还不知道父亲在三鹰车站倒地时，身边的那个女人是谁，所以现在还不能完全排除父亲出轨的可能。

等待两台电脑启动期间，研人继续阅读字条。

具体的研究内容：

1. 你要做的是设计并合成孤儿受体的激动剂。
2. 作为靶标的GPCR的详细信息在A4大小的笔记本电脑里。
3. 2月28日之前完成。

研人不禁发出一声呻吟，父亲的要求太离谱了。因为涉及专业外的知识，他反复读了好几遍，确认自己没有误解。

综合父亲的指示，他大致明白了任务。细胞表面上有许多种被称为“受体”的蛋白质。受体上有凹陷，特定的配体由此嵌入，与受体结合，细胞由此开始生命活动不可或缺的运作。男性激素、女性激素等配体之所以有健体、美容的功效，就是因为各种激素与激素受体结合，使细胞活化，引发一系列生化反应。

顾名思义，“孤儿受体”的功能和与其结合的配体，目前皆未知，父亲要求他制作的是激活孤儿受体的物质。

然而，“作为靶标的GPCR”，即G蛋白耦联受体，是绳子一样细长的蛋白质，包含七个α螺旋组成的跨膜结构域，结合位点位于受体的中心，因为其形态极难确定，制造与其结合的配体难如登天。

要完成这项任务，必须召集制药公司等大型研究机构中的优秀研究员，耗费至少十年时间和数百亿日元。即使如此，也仍然困难重重，前途难测。这样浩大的工程，交给一个研二的学生，要他用五百万日元，在一个月之内完成，无异于天方夜谭。

父亲凭什么有这样的自信？线索只能从父亲留下的实验记录里找，但那跟研人的专业领域相差太远了。

实验记录只有短短四页。开头的“研究目的”写着：设计并合成变种GPR769的激动剂。

原来如此，“变种GPR769”就是作为靶标的孤儿受体的名称。所谓激动剂，是与受体结合、激活细胞的药物，换言之，就是人工制造的配体。但研人懂的仅限于此。接下来是“研究顺序”：

变种GPR769的立体结构分析

电脑辅助设计及作图

合成

试管内的结合分析

活体内的活性评价

除了合成，其他四项都需要别的领域的专业知识，研人无法判断这样的研究顺序是否妥当，但他觉得父亲似乎太小瞧制药这一行当了。调整合成药物的结构使其达到最优，然后进行人体临床试验，这些重要而费时费力的环节都被省掉了。

这时，研人突然想到一个问题："变种GPR769"是人类细胞的受体，还是其他生物的？既然是"变种"，那负责编码的基因肯定发生了突变。这种突变使持有这种受体的生物，产生了怎样的变化？如果这种受体属于别的生物，那不进行临床试验就说得通了。

父亲留给自己的两台电脑，似乎也不能立刻派上用场。父亲让他使用的白色笔记本电脑装的是Linux[①]系统，对于有机合成研究者来说并不熟悉，而另一台小型电脑依旧无法启动。

要继承父亲的遗志，就必须借助他人的智慧，但这又会违背"这项研究只能由你独自进行"的指示。

研人接着阅读字条上的指示。还剩最后一条。

我想我不久就会回来，但万一迟迟未归，请照此行事：

将来某一天会有个美国人来访。你把合成的化合物交给他。你在英语环境中工作，英语对话应该驾轻就熟吧，这点我就不行了。（笑）

这字条本是父亲的遗书，但字里行间却透露着明朗的气氛。研人跟着文中的父亲一起笑了笑，考虑起"迟迟未归"这句话。父亲何止是长期不能回来，实际上是永远也回不来了。也就是说，研人必定会遇到那个美国人。但这个美国人是谁？不善英语

---

① 一种计算机操作系统，发布于1991年。

会话的父亲，怎么会有美国朋友呢？

结果，谜团非但没有解开，反而越来越扑朔迷离。唯一能确定的是，父亲希望制造出能同“变种GPR769”结合的物质。对研人而言，只有在确定这项研究有无实现可能之后，才能决定将来何去何从。

研人起身，穿上羽绒服。正要合上实验记录时，他发现页边空白处写着一行英文。研究内容都是用圆珠笔认真书写的，唯独这行英文使用墨色很淡的铅笔草草写就。

Heisman Report #5

好像在哪里听说过。

《海斯曼报告》——

报社记者的脸浮现在他的脑海中。

5

白宫地下的局势研究室内，战时内阁的成员们齐聚一堂。这个没有窗户的细长房间被天花板上的荧光灯照得通亮，但充斥在空气中的阴郁之气却并未消散。

这里的一切都缺少色彩。红木会议桌、黑色皮革椅、正襟危坐的高官们的黑西装——室内所有人和物都是灰暗的，个体的轮廓互相渗透，整个房间仿佛变成了一个生命体，让人不寒而栗。但身为这个超级大国的首脑、国家人格的体现、最高决策者的总统先生，却显得异常烦躁。

“原因找到了吗？”上座的万斯总统将满腔愤懑投向一字排开的高官们，“造成这么大的损失，只可能是我们泄露了情报所致，对吧？”

看着不敢应声的阁员们，万斯总统指定了回答者：“我在问你，查理①。”

国家情报总监沃特金斯无奈地从简报上抬起头，回答道：“您说得没错，私营军事公司雇员在伊拉克的死亡人数剧增，但过去一周已经恢复到以前的水平。我想可能是我们的反情报对策发挥了作用。”

“你没有回答我的问题。敌人是怎么知道我们的行动计划的？”巴格达的武装分子为什么能高效狙击私营军事公司的雇员呢？沃特金斯自己也不知道答案，但这应该不是他的责任。“对于私营军事公司的活动，国防部可能比情报机构更加清楚。国防部应该掌握了他们的行动计划，或者是国务院……”

“根据调查，我们没有出任何问题。”拉蒂默一如既往地皱着眉说。

副总统张伯伦闻言用责备的语气道：“中情局是不是低估了宗教武装组织的情报收集能力？”

这种沉闷的会议，本届政府的这些高官已参加过多次，每次

① 查尔斯·沃特金斯的昵称。

都能敏感地觉察出会议气氛的微妙变化。副总统张伯伦显然已经把情报机构抛了出来，让大家都把过错归结到那些家伙身上。

“没这回事。”出言反驳的，是一直保持沉默的中情局局长霍兰德。他满头银发，留着小胡子，身上散发着与情报机构首脑相称的神秘气息。“我们的分析没有纰漏。”

“你如此肯定，有何依据？”张伯伦质问道。

国防部长拉蒂默插话进来：“这个问题以后再议吧。重要的是，私营军事公司的佣兵成了煤矿里的金丝雀[①]。无论他们中死了多少人，民众都不得而知。可是，如果相同的伤亡发生在美军身上，舆论就会对政府大加挞伐。现在绝不能让战死人数再上升了。”

霍兰德勉强点头，以免毫无意义的争论持续下去。最后，他怨恨地瞥了眼总统国家安全事务助理。缓和政府各部门之间冲突应该是这家伙的职责。

“今天会议就到这儿吧？”总统边说边着手整理文件。

这时总统的幕僚长艾卡思道：“还有国际刑事法院的问题。”

万斯轻叹一声，问总统首席法律顾问华莱士：“撤销签名的事进行得如何？”

“联合国秘书处拒绝受理我们提出的撤销请求。”

万斯咂了咂嘴。上届政府后期，前总统在设立国际刑事法院的国际条约上签了字。如果继续批准这个条约，美国人在犯下战争罪之后，就不得不接受国际法庭的审判。于是本届政府单方面撤销了签名，但联合国并不买账。

---

① 17世纪，英国人将金丝雀放到矿井里检测空气质量。如果金丝雀死了，表示矿井里的空气已达到令人中毒的水平。

他们以为自己是谁啊！万斯在心里咒骂道。

“我们只好推进缔结双边豁免协定了。”巴拉德国务卿说。这名原军人中的和平主义者在进入新一届政府之后，立即丧失了存在感，但仍忠实地履行着自己的职责。“这样，与我们缔结协定的国家，就无法将美国籍的人员送到国际刑事法院受审。”

“太手软了。”万斯说，“对那些不同我们签订豁免协定的国家，直接断绝一切经济援助。”

巴拉德未表明自己的主张，道：“那就这么做。”

“好，各位，回去工作吧。”总统宣布散会。

细长的桌子两侧，内阁阁员及其副官开始准备离开。等最近的位置空出来后，万斯呼唤幕僚长说：“把加德纳博士叫来。”

“好。”艾卡思说，拿起内线保密电话的话筒，“请加德纳博士进来。”

六十岁左右的科学家与高官们擦肩而过，进入局势研究室。

“你好，博士，让你久等了，不好意思。”

万斯从椅子上站起来，迎接总统科技顾问。对如今的万斯来说，能放下戒心与之交谈的人相当宝贵。也许是感受到了总统的亲切，加德纳也露出温和的笑意，坐到总统身边。

在场的中情局局长霍兰德忘记了刚才被群起而攻的不快，饶有兴致地观察着科技顾问的言行。出于兴趣订阅业余科学杂志的霍兰德，对这次“特批接触计划”仍抱有极大的怀疑。本届政府是不是过分低估了威胁？如果总统每日简报上所说的新生物真的出现，不仅美国，整个人类都会迎来生死存亡的问题。而此时此刻，那种生物就在刚果雨林深处悄悄成长。

进入主题之前，万斯先从别的简单问题着手。

“上次请教的那个问题，那个……叫什么来着？”

“胚胎干细胞？”

“对，胚胎干细胞。博士的意见是，应该重启研究？”

“是的，否则美国的竞争力就会明显下降。”

万斯的想法被当面反驳，但他却没有生加德纳的气。他并不是从科学和伦理的角度去思考，而是出于不失去保守基督教徒支持的考虑。

“可那是个相当棘手的问题。我很感激博士的建议，但以前的政策改不了。这是我深思熟虑后的结论。”

“我当然尊重你的决定。”加德纳也出言谨慎，“那就努力研究相关领域吧。二十一世纪绝对会成为生物学的时代，美国绝对不能落后。”

这种问答的方式，真希望其他高官也能掌握，万斯想。他让幕僚长为加德纳端来一杯咖啡，然后缓缓问道：“计划进展得如何？”

特批接触计划的科技顾问啜饮着咖啡答道：“开始有些缓慢，现在已经顺风顺水了。承蒙拉蒂默部长的好意，国防部为我准备了非常好的房间。”

“好意”这个词反映出加德纳的人品。在白宫，仅凭好意通常办不成任何事。万斯忍不住笑了，却发现列席者中唯独霍兰德仍然板着脸。中情局局长在担心什么呢？万斯想。

“是特别计划室吧？”

“对，那里就像这个房间——”加德纳环视局势研究室道，“电视会议装置和显示各种信息的屏幕一应俱全。房间的负责人是施耐德研究所一名优秀的年轻人，他的设计曾被选为备选方案。他全权处理所有事务。”

拉蒂默国防部长说：“刚过三十岁就当上高级分析员，真是出类拔萃。虽然现在还没干出成绩，但将来一定会有所作为。”

万斯知道这句评价的潜台词，之所以选此人负责，是因为一旦计划出了问题，可以直接开除他了事，相当省心。实际上，本次基于《海斯曼报告》的计划，在所有正在进行的秘密计划中，优先级最低。

“执行计划的人选也已敲定，他们已经在南非开始训练了。”

万斯问了个他自己略关心的问题：“倘若上次提到的生物真的存在，是不是可以认为，它已经成了美国的威胁？”

“这倒不用担心。它还没长到足够对美国构成威胁。说起来，它还只是婴孩。”

“原来如此。那就按计划早点儿干掉它。”

“好，干掉它。”加德纳点头道。

对于这位自己亲信的科技顾问，万斯首次产生了生疏感。这位沉稳的绅士，不仅没有反对进行那项肮脏的任务，反而积极推进。万斯推测，即使对于并不信仰极端宗教教义的科学家而言，那种生物也极其危险吧？

“对了，”加德纳问，“这次计划通知国会了吗？”

“只通报了预算。”

副总统张伯伦补充道：“法律规定，在行动开始前至少三十天，必须向参众两院的上层通报预算额，但没有必要透露具体的行动计划。那帮家伙不知道我们打算干什么。当然，他们也不知道参与计划的人员是谁。”

加德纳似乎放心了。他只是一名学者，却参与了美国的绝密计划，激动得夜不能寐。万斯忍不住笑了：“有劳博士费心，计划才能顺利实施。”

加德纳点头道：“刚才提到的计划的执行者，实际上已经制订了缜密的方案。我可以保证，他们一个月内就能完成任务。”

在一旁聆听对话的霍兰德神经质般地摸着胡子，努力不让自己太悲观。无论是总统还是科技顾问，似乎都低估了敌人。万一那种生物与文明社会发生接触，好不容易维持住的世界秩序就会在转瞬间崩坏。

霍兰德的思绪转移到被召集到南非的那四个人身上。为了避免人类的厄运，他们会成为献给上天的祭品吧？

6

在此之前，任务越是艰巨，就越能缓解耶格心中的伤痛。迫在眉睫的生命危险，难以承受的肉体折磨，能够让他忘记那些更令他痛苦的问题。然而，在儿子只能再活一个月的当下，无论多么残酷的训练，都无法成为耶格的镇痛药。

背负四十千克重物行走四十千米，这种耐久行军对陆军时代的耶格来说根本不足挂齿，但成为私营军事公司的警卫后，他执行的都是城市里的安保任务，耐力不知不觉下降了很多。离开泽塔安保公司的基地，沿着贯穿丘陵地带的土路前进了十千米，他就已经气喘吁吁了。每走一步，身上的负重就令他的气力丧失一分。南半球的太阳悬在北部的天空中，烈日下，维持体温所必需的汗水瞬间就蒸发了。作为队长，耶格走在行列的第二位，不住地提醒自己将注意力集中在这痛苦上。但苦难人生的种种片段，却不住地浮现在他的脑海中。

那时耶格才七岁，想方设法拉着妹妹玩儿打仗游戏。有一次，父亲开着车，载着一家四口去阿肯色州走亲戚。途中停靠汽车旅馆，父亲独自去前台办理入住手续，耶格透过后座的窗户注视着父亲。父亲同办事员隔着柜台谈笑，从裤子后袋中取出钱包，办事员递给父亲一支签字用的圆珠笔。少年耶格想，自己总有一天也会成为父亲，肩负起同样的责任。

然而，本应成为榜样的父亲，却背弃了自己的职责，抛弃了家庭，母亲不得不到超市当仓库管理员，拉扯两个孩子长大。高中毕业前，耶格告诉母亲，自己想参军。一向坚强的母亲闻言后，变得沮丧不已。十八岁的耶格，还不能理解母亲对自己所寄予的厚望。直到后来，耶格为了自己的孩子而不惜以命相搏时，才多多少少明白了母亲当时的心情。

从懂事之日起，贾斯汀就知道，有一个敌人想夺走他的性命。他也知道，自己必须独自战斗，而且终有一天会力竭而死。

每次去病房探望儿子，耶格都会抱着一大堆玩具，从模型车、激光枪，到最新款的变形金刚。他想看见孩子露出的笑脸，但输着液的贾斯汀一点儿都不高兴。他只是呆呆地盯着小手里的机器人，仿佛玩儿玩具是强加在他身上的痛苦的义务。

耶格这时才深感生命的脆弱。五年后还能存在于这个世界上的不是贾斯汀的肉体，而是塑料制成的机器人。

我想看到孩子的笑脸，我想看到他活泼捣蛋的模样。就算他把桌上的杯子打翻，就算他在家中的墙壁上乱写乱画，我都不会责骂一句，只会默默地看着他。他想干什么都行，我还可以跟他玩儿投球游戏，只要他能恢复健康，像其他孩子一样……

“耶格。”

有人用口音浓重的英语叫他，耶格回过神，抬起头，看到走在前面的米克停了下来。

“要不要休息下？”米克提议道，但他自己并无疲劳之色，倒是身后的盖瑞特和迈尔斯累得不行。

“好，休息十分钟吧。”

一行人避开烈日，来到树荫里，卸下了背包。他们各自发着牢骚，抱怨体力衰退，训练过于繁重，但很少听见有人使用军队里常用的脏话。这支拼凑而成的队伍里，竟然人人都很绅士，耶格不由得感叹起来。通常来说，四个人里有两三个人脏话连篇也没什么奇怪的。

“对这次的任务，我总感觉有点儿不安。”迈尔斯脱掉徒步鞋，给被鞋磨破皮的脚贴上创可贴，说，“我从未接受过真正的雨林训练，当空军时也没有。为什么我会被选中干这个活儿？”

盖瑞特说：“说明这工作很简单吧？”

耶格没有发表评论，他也不知道任务的具体内容。

“米克，你接受过雨林训练吗？”

“有。”在法国外籍兵团当过兵的日本人点了点头。

在海军陆战队的武装侦察部队中服过役的盖瑞特，应该也对密林作战相当熟悉。耶格对迈尔斯说：“在雨林里，可怕的不是猛兽，而是昆虫这样的小动物。传播疟疾的蚊子，在指甲缝里产卵的跳蚤，还有蛇、蝎、蜂、蜘蛛等等。被来历不明的生物叮上一口就可能丧命，所以首先要注意喷涂驱虫剂。不仅要喷在皮肤上，还要涂在衣服上。防蚊罩也是必备品。”

“睡觉的时候怎么办？需要像平常野营时那样带帐篷吗？”

耶格将话题抛给盖瑞特：“海军陆战队是怎么做的？”

“我们啊……”盖瑞特被突然问到，有点儿结巴，“带的是简易型帐篷。”

“简易型帐篷？在雨林里？”

“嗯……”盖瑞特保持着冷静的表情，补充道，“在补给充足的情况下是这样。”

“我们的做法是用树枝制作吊床。”米克插话道，“让身体跟地面保持一定距离，这样就能防范蛇和蜈蚣。”

“对，不错。”盖瑞特说，“陆军的特种空勤部队也是这么干的。”

耶格不禁怀疑起盖瑞特的履历来。他真的在海军陆战队的武装侦察部队中干过？私营军事公司的某些警卫人员，会伪造履历往自己脸上贴金，而这样的谎言有时会要了同伴的命。倘若四人编制的小队里有一人派不上用场，就等于战斗力下降了百分之二十五。

耶格观察着冷静下来的盖瑞特，疑窦丛生。盖瑞特明显不是爱慕虚荣的人，但就一名海军陆战队出身的人而言，他的举止又太老实了。今后必须好好观察这个人的技能表现。

耐久行军虽然比预定时间超出一个小时，但好歹结束了。

“没事，头一次都会这样。”在训练基地迎接他们的作战部长辛格尔顿说，脸上却难掩不满之色。

四人将让自己吃尽苦头的背包放在寝室，没换衣服就去参加下一个训练科目。

泽塔安保公司总部大楼后部是一片广阔的空地，有机场、机库和各种训练设施。耶格等人来到大楼外面，看到了给军用运输机搬运物资的叉车。他们还是第一次在这个基地内看到辛格尔顿以外的公司员工。好像被隔离了，耶格下意识地想。看来，这次他们执行的果然是美国制订的机密计划。

“下面发给你们武器。”辛格尔顿说，将一行人带到了一个水泥制仓库。

武器库内部蔚为壮观，不仅有各种各样的重型武器和小型武器，还有火箭筒、迫击炮，以及空降作战中使用的降落伞。在纷争地带流通的，主要是东欧国家制造的武器，但这里却准备了来自世界各国的精良装备。

辛格尔顿站在摆着一排突击步枪的枪架前。“之前我说过，你们的主要武器是AK47和狩猎用霰弹枪。随意挑选吧。后备武器就用格洛克17好了。”

充当先头侦察兵的米克拿起了霰弹枪，立即转身问辛格尔顿：“我们在雨林中遭遇敌人的可能性大吗？”

“非常小。”

米克将霰弹枪放回枪架，拿起了AK47。

四个人在战术背心中塞入了八个预备弹匣，将9毫米口径的半自动手枪插入腿部枪套。耶格的心中涌起了熟悉的自豪感。只要拿起杀人武器，就会幻想自己无所不能，这应当是男人与生俱来的一种病吧。

辛格尔顿接着给大家分发弹药袋。“里面有夜视仪和格洛克手枪的消声器，今晚还要进行夜间强攻训练。”

任务的具体内容露出冰山一角。攻击目标是反美武装分子的营地吧?

“好，去射击场吧。”

室外射击场与武器库隔机场相望。耶格等人使用人形枪靶，对AK47进行零位校正，调整照门，确保在一百米的距离内准确地射击。

然后是战斗射击训练。他们采用站立和趴伏的姿势对自动竖立的人形枪靶进行射击。耶格观察了盖瑞特的表现，他的枪法很准，换弹匣的动作也很流畅，可见训练得相当熟练。这家伙之前究竟是干什么的?为什么要编造海军陆战队出身的谎言呢?

他们将准备好的弹药全部打光后，辛格尔顿宣布日落后继续训练，大家便去吃饭休息。在总部大楼的食堂用餐期间，耶格等人没有见到其他人。厨房里也没有人影。饭菜在四人来之前就放在桌上了。

一个小时后，一行人被召集起来进行夜间强攻训练。这次他们坐上了大篷卡车，前往另一处训练场。在大篷卡车停下来的时候，西边地平线上的一抹残照也被黑暗吞没了。耶格跳下车，映入眼帘的，是被车头灯照亮的简陋建筑。那是人质营救训练用的模拟房屋。

“戴上夜视仪!”

辛格尔顿一声令下，所有人都戴上了目镜。周遭微弱的光线在夜视仪的辅助下增强不少，眼前呈现出染上荧光绿的景象。

“给格洛克手枪装上消声器。”

辛格尔顿接连下令，四人遵照执行。

“跟我来。”

手持电筒的辛格尔顿进入模拟房屋。屋内是一块边长约一百米的四方形空地，但又不是简单的广场。半球形的古怪物体——还没有半个人高——并排在左右两侧。总共有十二个，每个上面都有入口模样的洞，让人联想到阿拉斯加土著因纽特人建造的冰屋。

“下面传达训练要点。”也许是四周被黑暗笼罩的关系，辛格尔顿的语气相当沉重，“把那排东西想象成帐篷，里面有三到四个人。假定这些人都在睡觉，你们用装有消声器的格洛克手枪，尽可能快地将所有人杀死。”

迈尔斯微微耸了耸肩，但透露四人内心动摇的动作仅此而已。作战部长依次打量着耶格等人，仿佛在评估一般。电子图像中，辛格尔顿冷酷无情的面庞像极了以杀人为乐的恶魔。

“三分钟内决定下手顺序，然后开始实施。”

辛格尔顿下令后，拿着秒表离开了大家。

“从四个方向进攻。”

耶格当机立断，向其他三人交代了作战顺序。两列帐篷，每列六顶相对放置，从每列的左右两端开始发动进攻是最有效的。

“我能不能问个问题？”盖瑞特听完说明，请求发言道，“怎么应对逃出来的人？”

耶格惊讶于自己的轻率。即使给手枪安装了消声器，枪声也不可能完全消失。在夜晚的雨林里开枪，其音量足以惊动附近的野兽。“好，那这么办，两人从北侧顺次发起进攻，另外两人占据广场中央和南侧的战位，防范有人逃出。”

“谁来负责攻击？”迈尔斯问。

“我来。”米克当即说。

队长耶格指示另外两人：“盖瑞特在中央，迈尔斯在南侧待命。我和米克逐个解决目标。”

“明白。”迈尔斯小声回答。

“各就各位。”

耶格话音一落，小队就全体散开，悄无声息地朝各自的战位前进。

自己要杀的大概有二十人，耶格盘算着。这真是一份肮脏的工作。但是，那些真正的目标是什么人呢？潜伏在刚果的恐怖分子吗？事到如今，他只有相信招募自己的西盾公司董事的话了：“这项工作与某个特定国家的利益无关，而是服务于全人类。”

耶格来到一排帐篷的尽头，盖瑞特和迈尔斯已经抵达战位，等待队长的信号。耶格将夜视仪转向另一排帐篷，看到米克已经躬身靠近，紧握格洛克手枪，做好了攻击准备。

耶格左手向下一挥，宣告行动开始。他用眼角余光瞥见米克已经动手，自己随即也冲入了第一顶帐篷。入口的高度刚到胸口，他只好像窥探地窖一样朝里看，一发现人形物体就立即将枪口对准，但扣在扳机上的手指却僵住了。放在帐篷中的是儿童人偶。四个小人卧躺在地上，从幼儿到十岁孩童不等。

背后传来四声低沉的枪响。米克对第一顶帐篷发动了袭击。在高度压力之下，耶格的指尖扣动了扳机。陆军时代长达十五年的训练，将他的大脑和肉体改造成了毫无怜悯之心、只知执行任务的机器。耶格的射击极为精准。眉间被击穿的儿童人偶就像活人一样弹跳了一下，然后静止不动了。

米克已经解决了第二顶帐篷，正转战到第三顶。耶格也以运动员般灵敏的动作转向旁边的目标。训练不知不觉演变成了杀人竞赛。耶格和米克一起将子弹倾泻在“孩子”们身上，但耶格的进度比米克落后一点儿。从第四顶帐篷出来时，他已经打了十四发子弹。他一边移动一边迅速更换弹匣。剩下的两顶帐篷中的八个人偶也被八发子弹打得支离破碎。

耶格和米克在广场的一头会合，辛格尔顿下令道：“盖瑞特、迈尔斯，去确认战果。”

两人默默地走出来，从最远的帐篷开始检查。他们也明白自己攻击的目标是什么了吧。盖瑞特默默执行着命令，而迈尔斯无力地摇起了头。

两人返回辛格尔顿身边，分别报告了确认的结果。

“没有活下来的。”

“任务完成。”

作战部长看着秒表说：“从开始到结束，共计近六十秒。时间可以通过训练进一步缩短。明天的训练，是用模拟弹处置逃跑者。今天到此结束。训练头一天，大家都辛苦了。”

一行人在辛格尔顿的率领下，朝停在一旁的大篷卡车走去。所有人都沉默不语。耶格跳上车，正欲关闭后门时，终于开口道：“等等。我们犯了一个低级错误——把空弹匣落下了。”

辛格尔顿咂了咂嘴，将刚放下的手刹又拉了起来。

“马上回去拿。”

耶格再次戴上夜视仪，飞奔回漆黑的训练场。他在帐篷后面搜索，用徒步鞋的脚尖探查地面，终于找到了合适的场所。耶格跪在地上，一面注意不弄脏工装裤，一面将胃里的东西全吐了出来。

自己怎么会如此幸运？乌干达年轻人又惊又恐。刚刚开的银行账户内，竟然已存入了两亿乌干达先令，相当于十二万美元。这可是他年收入的三百倍啊。

这全都拜首都坎帕拉的这家网吧所赐。它位于鳞次栉比的商店的一角，紧挨着林立的高楼。网吧的上网费很贵，所以他每周只能去一次。但网吧里的十多台电脑散发着巨大的魅力，吸引他去探索未知世界。

起初他只是凭兴趣浏览网站，然后渐渐萌生了学习电脑的念头，于是四处搜索电脑编程方面的信息。他中学便辍学去帮父母做事，所以对知识极度渴求。如今干的木匠活儿并不称心，他幻想着能从事电子方面的工作。

在网上闲逛的时候，他发现了自己的新价值。他登录了求职类型的社交网站，把自己包装成一个乌干达观光导游，并寻找相关工作。在建筑工地认识的朋友来自全国各地，有必要的话，他可以从他们那里获取信息，以免自己的冒牌导游身份暴露。

半年过去了，什么纰漏都没出。然而，就在上个月，他收到一封邮件，是由一个自称罗杰的英国人发来的："将车和粮食运入贵国的邻国——刚果民主共和国，这样的活儿你接不接？"

刚果如今流血战争频发。他本想当即拒绝，但对方提出的报酬却高得令人晕厥。

"预付金一亿乌干达先令，另外一亿作为购买车和搬运物资的费用。工作完成后，再支付你两亿乌干达先令。"

含必要经费在内，他们总共要给自己四亿乌干达先令。

不会是玩儿我吧？但他转念一想，英国富豪应该给得起二十四万美元，于是立即回信说："我接。"对方又发来指示：

“在斯坦比克银行开户，告诉我账号。”然后，就在刚才，他发现自己的账户被转入了巨额预付金和必要的经费。

为确认自己没在做梦，他试着取了一小笔钱，结果钞票就顺利到了手。看来，英国人是真的要托他办事。

走出银行，他忍不住四下张望，以防钱被偷走。他甚至担心剩余的钱让银行保管是否安全。自己就要成为城里最富的人了吧！尽管这个国家在持续发展，但仍然非常贫穷，就连首都坎帕拉，能用上电的区域也是有限的。街上的行人来自各个民族，来往的也是日本产的老款车。走在杂乱无章的街道上，他盘算着去给父母和三个妹妹买些什么。现在又不是圣诞，要是把高级牛肉带回家，反而会招致怀疑。

回家之前，年轻人顺道去了一趟那家堪称幸运起点的网吧。他检查了邮箱，发现罗杰又发来了一封邮件，内容再次令他震惊。在“钱已按约定汇出”的通知之下，写着如下文字：

> 你应该也预想到了吧，这次委托的任务具有危险性。所以，我给你最后一次选择的机会。下面两个选项，你选择哪一个？
>
> 1. 现在就收手。如果你做此选择，那已汇给你的两亿乌干达先令就归你了，不用返还。
>
> 2. 继续干下去。在指定的日期，将准备好的四轮驱动汽车、食物及其他物资送到刚果东部的纷争地带。如果你做此选择，我将按照约定，支付剩下的两亿。
>
> 性命攸关，希望你在深思熟虑之后做出选择，不可有半点虚假。请速回复。

年轻人简直不敢相信自己的眼睛。倘若选1，自己什么都不做就可以得到两亿乌干达先令。他不知道对方怎么会给自己这种选择。难道是为我着想吗?

年轻的乌干达木工离开座位，朝里面的柜台走去，拿起一个装着可乐的纸杯。他一边喝着碳酸饮料润喉，一边思考着自己的名字：萨纽。这是“幸福”的意思。

他下定决心，回到电脑前面，给罗杰写信：我选择2。

大冒险即将开始。

7

星期一上午，研人通过柱层析法提炼出了合成的化合物。将混合物试剂溶解在细长玻璃管中的氯仿里，分离后形成清晰的层次。此外，他还添加了0.2%的甲醇。结果证明他是对的。读了快两年的硕士，他的实验技能的确提高了许多。

去午休一下吧，研人一边想，一边朝储物室走去。将父亲留下来的笔记本电脑放入背包，研人离开了实验室。

前一天，从父亲私设的实验室回来时，他找房屋中介了解了情况。中介告诉他，那座古老的房子已决定拆除，居民正在陆续搬迁。“现在住进去的话，租金会非常便宜，但两个月后就会被赶出来。”中介说。如此看来，那个地方应该鲜有人至。父亲之所以会在那里租房子，想必就是为了避开旁人的视线。出于某种理由，父亲托付研人做的神秘研究必须秘密进行。

回到自己的住处后，研人上网搜索《海斯曼报告》，却一无所获。然后他又尝试搜索“Heisman Report”，但依然毫无头绪。如今在网上输入一个语句，很少会出现没有搜索结果的情况。看来，要了解《海斯曼报告》的详情，就不得不去找那个叫菅井的报社记者。

研人离开药学院大楼，通过运河上的水泥桥，朝文科校区的学生食堂走去。这是他常年养成的习惯。他边走边眺望学生食堂的窗户，看本科时代一起参加英语社团的女生在不在，这时忽然有人从旁打招呼：“古贺。”

转头一看，来者是河合麻里菜。一段时间没见，她的短发已经及肩了，但一双笑盈盈的大眼睛还是和以往一样。

“好久不见。”麻里菜微微抬头，看着身材矮小的研人，塞满书的双肩包沉甸甸地压在她的肩头，“过得好吗？”

“嗯，还好。”研人条件反射般答道。麻里菜多半还不知道研人父亲过世的消息吧。研人并不想破坏当下的氛围，于是顺着话头往下说：“你呢？”

“还是在跟卡罗尔战斗。”

“卡罗尔？”

“刘易斯·卡罗尔。”

“哦。”研人反应过来，应该是《爱丽丝梦游仙境》的作者吧。没想到童话也成了英语文学的研究对象。

“你研究卡罗尔的什么啊？”

“我正在研究的是——”麻里菜露出恶作剧般的表情，

用漂亮的英文发音说，“Perhaps looking-glass milk isn't good to drink……”

“哎？”研人问，“什么牛奶不能喝啊？”

“镜中的牛奶啊。刚才我念的是《爱丽丝梦游仙境》中的一节。”

“镜中的牛奶不能喝啊。”研人心中一惊。英语文学的世界和化学的世界发生了直接联系。“刘易斯·卡罗尔是化学家吗？”

“好像是数学家。为什么这么问？”

研人立刻抓住时机，给她的研究提供建议：“刚才那一句，说的是对映异构体。拥有手性[①]中心的化合物，可以形成形状完全一致但却无法重合的两种结构，就像右手和左手一样。换言之，它们就像一对镜像。只有右手性物质可以作为药物，左手性物质则有毒，例如可导致胎儿畸形的反应停[②]。‘镜中的牛奶不能喝’，说的就是这个吧。”

麻里菜呆呆地听完，支吾了一句：“嗯。”然后问：“你现在在研究什么？”

“该怎么说好呢……”研人推了推眼镜，尽量简单地说明，“我正在给学长留下的‘母核’结构添加各种‘侧链’，比如氨基、硝基。”

“这样啊。真辛苦。”

“嗯。”

---

① 手性（Chirality）是自然界的本质属性之一，指一个物体与其镜像不重合。生命活动重要基础的生物大分子，几乎全是手性的。

② 药物名称，又名沙利度胺，具有治疗女性怀孕早期呕吐的功效，但会造成胎儿畸形。

“那我去图书馆啦。”麻里菜换上刚碰面时的笑脸走开了。

研人目送她离开，不禁有点儿后悔。如果说“研制治疗风湿病的新药”，也许会更容易理解吧。

研人闷闷不乐地走进食堂，买了一张套餐饭票。食堂里，文科、理科的学生都很多。学生们普遍认为，文科院系食堂的饭菜更好吃。

从配菜窗口取过套餐，刚走几步，研人就看见一个坐在窗边的学生朝他招手，是本科时代认识的土井明弘。他如今被分入临床系，在实验室里重组大肠杆菌的基因，制造特定的蛋白质。

“好久不见。”

研人坐到土井对面，土井会心一笑：“我在这儿全看见了。”

“看见什么了？”研人不解地问。

“那是文科的女孩吧？你们在交往吗？”

这本来是个吹嘘的机会，但研人还是实话实说道：“若即若离吧，像靠范德华力相连的两个分子。”

“哦……”土井呻吟道，“真可怜。”

“实验室里有个不错的女孩，但我们都是金属原子，靠稳固的金属键相连，动弹不得。”

“真想共价键结合啊。”

“是啊。”

两人沉默地吃了一会儿各自的肉饼套餐。

“不过，”土井将味噌汤一饮而尽道，“女孩子都喜欢会说话的男生，而我们这些人却被训练得笨嘴拙舌。”

“我们受过这等训练？”

“你们实验室也有研讨会吧？”

“当然。”

研人的实验室每周会举行一次“论文研讨会”。由事先指定的学生在大家面前做最新论文的解读。只要稍有未经证明的结论或是逻辑错误，就会受到猛烈的批判，所以发言者必须字斟句酌。如果不经过这番锻炼，就当不了合格的科学家。父亲生前经常抱怨：“在文科领域，擅长花言巧语、弄虚作假的人也可能混出头，但在理科领域就不能有半点儿虚假。”

可是，这种训练也会造成副作用：在社交场合过分深思熟虑，习惯性地发表科学见解。比如一群人正兴高采烈地谈论美味蛋糕的话题，自己却在思考味觉受体的作用机制。

“我知道土井你想说什么。”

“不敢说错话，就会不敢说话。”土井接着又说道，“何况文科的女孩子，是不会找‘三K’男友的。”

研人被戳中了痛处。所谓“三K”，是指“辛苦”“肮脏”“危险”[①]，而基础学科研究室，能找到“三K”的最好例子。研人他们每天工作十四个小时，同刺鼻的试剂打交道，必须穿着运动鞋，以便发生事故时逃跑，被称为“三K”也是在所难免吧。

“女孩不喜欢‘三K’，喜欢‘三高’。”

“‘三高’是什么？”

“高学历，高个头，高收入。”

自己充其量只满足“高学历”这一条吧，研人想。

土井哀叹道：“女人真是可悲。”

“是吗？”研人说。

---

① “辛苦”“肮脏”“危险”这三个词的日语发音都以“K”打头。

土井惊讶地问："难道你赞成女人这种选择标准？"

"你想想看，雌性总会选较强的雄性做配偶，这是生物学规律，人类也不例外。如果世间的女性都不想跟'三高'的男性结合、繁衍后代，那文明肯定会衰退。"

"话虽如此，但世上有种东西叫爱情。"土井似乎比研人浪漫，"你这种歪曲的价值观，只会让你更加不受女生欢迎。"

"我的价值观很歪曲吗？"

"是啊。"土井点点头说，"实在有点儿孤僻。"

研人之前也意识到了这一点。尽管不愿承认，但自己的确完全继承了父亲的乖僻性格。

"做个更阳光的青年吧，那样才能泡到文科女生。"

研人向土井投去怨恨的目光，但他突然意识到，眼前这个人正是自己寻找的人才。

"对了，我有事想问你。"研人说着取出父亲的实验记录复印件，"我要制作GPCR的激动剂，按以下顺序操作是否可行？"

土井仔细阅读了研人递过来的复印件，说："这是在制作激动剂吗？不是在寻找先导化合物？"

"对，不是在找候补物质，而是最终的完成型。"

"我看懂的只有最后这两项……"

土井指着"试管内的结合分析"和"活体内的活性评价"。研人问："这两项操作的目的是确认合成的化合物是否可以跟受体结合吧？"

"嗯。首先制造拥有靶标受体的细胞，在试管内确认激动剂是否能与其结合。接下来用实验动物进行活体内评价，比如改造小白鼠基因，制造拥有该受体的个体，然后喂食化合物，评估实际的效果。”

研人想起了那座破楼里饲养的四十只小白鼠。

“这么说，这个方法没有错？”

“也不是……”土井摇头道，“怎么看都太简单了。而且，临床试验及其后的步骤全都省略掉了。说句不好听的话，太不专业了。”

“是啊。”研人附和道。父亲是病毒方面的学者，说他在制药方面不专业也不为过。“那这个呢？”

研人从背包里取出A4大小的白色笔记本电脑，启动后说：“你懂Linux吗？”

“一点点。”土井答道，操作了一会儿电脑说：“里面装的软件我没见过。你听说过‘GIFT’吗？”

“没。”

土井启动了“GIFT”软件。数秒后浮现出的画面，令两人同时惊呼起来。

窗格分为三列，占据右半部分的大窗格中，显出一幅奇特的CG图像①。微微起伏的平面上，布满厚花瓣一样的突起，中心是袋状空洞。图像精致而怪异，让人怀疑是用相机拍出来的。

看了好一会儿，研人才意识到，这可能是细胞膜表面的放大图像。一微米不到的极小世界被展示在了十五英寸②的屏幕上。

“看上去有点儿怪啊。”土井移动着鼠标，指着左侧的两个窗格说，“这里是相关信息。这幅CG图是‘变种GPR769’。”

原来如此，研人终于开窍，这就是问题受体。父亲想要得到

① 计算机软件绘制的图像的统称。
② 合38.1厘米。1英寸合2.54厘米。

的，就是能结合进中心凹陷处的物质。

“下面的窗格，写着制造这个受体的基因的碱基序列。可是……”土井双臂抱胸，“你知道GPCR有多少种吗？”

“七八百种？”

“是的，其中只有一种的形态被真正掌握，那就是牛的网膜细胞上的受体。对于其他GPCR，只能类推其结构。也就是根据基因的碱基序列的相似度，推测其完成品。这个模型多半也是这样生成的，但我不能完全确定。”

“这个软件还有什么别的用途吗？”

“这个嘛……”土井顿了顿，拿起实验记录的复印件，“也许这个软件是用在最初的两个项目上的。”

研人把头探过来查看。

变种GPR769的立体结构分析

电脑辅助设计及作图

看来，“GIFT”这个软件的作用，是根据基因信息，预测能制造出怎样的蛋白质，描绘其实际形态，并设计与蛋白质结合的物质的化学结构。

“就是说，按照这个软件的指示制药就行了？”

“总觉得有点儿假。”土井说，“我对电脑辅助制药可不在行，你最好去问别人。”

“你有懂这方面的朋友吗？”

“这方面……”土井望着虚空，“啊！有！制药物理化学实验室有个厉害的角色，是韩国来的留学生。”

“哦？”研人好奇地问，“韩流啊？”

“我之前曾请教过他分子动力学模拟的问题，他简单几句话就把我说懂了。”

“这么说，他在语言方面没问题？”

“日语很流利，英语也可以。”

“能不能给我介绍一下？”

“好啊。我去问问对方有空没。”土井欣然答应，看了看手表。他该回自己的实验室了。土井端着吃完的套餐盘子站起来，说：“那下次见。”

“拜托了。”

“我们一起努力，早日与女孩子共价键结合吧。”土井朝餐具返还口走去。

研人笑着目送土井离开，将笔记本电脑放回背包。父亲托付自己进行的研究，只有等韩国留学生登场后再说了。

研人拿起手机，着手进行剩下的工作。昨天晚上，他从老家的母亲那里打听到了那名报社记者的联系方式。但正要拨打《东亚新闻》科学部的直通电话时，他突然想起了父亲的警告。

今后你使用的电话、手机、电子邮件、传真等所有通信工具都有可能被监视。

研人虽然觉得这纯属天方夜谭，但还是隐隐产生了一丝不安。他环顾了一圈食堂，没有发现特别可疑的人，于是平静下来，拨打了记录在手机里的一个号码。

回铃音响了几下，一个年轻男子的声音传来：“你好，这里是

《东亚新闻》科学部。”

“不好意思，我叫古贺，请问菅井先生在不在？”

“请稍等。”

在父亲的葬礼上，他对菅井态度简慢，想必菅井也对研人没有什么好感吧。但情报只能从菅井那里获取。

“喂？请问是哪位？”菅井接起了电话。

“我是古贺。前不久承蒙您来参加先父的葬礼，非常感谢。”

“啊，是研人啊。”菅井语带亲切地说。

研人松了口气，继续说：“我有件事想要请教您。葬礼上，您曾向我提到过《海斯曼报告》，那是怎么一回事？”

“啊，那件事。《海斯曼报告》……对。”菅井沉默片刻道：“今晚有空吗？”

“今晚？我要在实验室里待到十二点。”

“能不能中途溜出来？如果八点在锦糸町的车站会合，我还能请你吃饭呢。”

“好。”虽然觉得这样有点儿麻烦，但能感觉到菅井如父母般的关怀。研人算了算实验能推迟多久，然后说：“九点的话，我或许可以想办法出来。”

“好，那九点车站南口见。你一定要空着肚子来哦。”

锦糸町是位于东京都与千叶县交界处的一个商业区。不过，这里与新宿和涩谷的商业区不同，它离住宅区很近，兼具闹市和商业街的功能，既有鳞次栉比的老酒馆，也有贩卖生活品的超市、包含影城的现代购物广场，此外还建有可以演奏一流交响乐的音乐厅。总之，文化、民俗方面的店铺设施，在这里几乎都找得到。

研人顶着凛冽的寒风，在JR[①]线的车站前等待菅井。一想到那个报社记者的脸，关于父亲的记忆就一起涌入脑海，思绪的大半都是父亲抱怨连连的身影。

在厚木的家中同父亲晚酌时，父亲对自己说了很多话。他告诉研人，理科生的终身总薪资比文科生少五千万日元。按工作总时间四十年计算，理科生每年要少赚一百万日元以上。

“报酬少得可怜，还谈什么科学立国？王八蛋。”醉醺醺的父亲痛骂政治家道，“那些文科浑蛋，就靠窃取我们的业绩过活。电话、电视、汽车、电脑，全都是科学家发明的。只会耍小聪明的文科浑蛋对文明的发展有什么贡献？”

当时研人只有十几岁，对父亲的抱怨相当厌烦。不过，后来遇到的一件事，让他认识到父亲的怨言是有道理的，那就是关于蓝色发光二极管开发的判决。

蓝色发光二极管曾被认为无法开发，却有技术人员完成了这一创举，接着就爆发了技术人员和其所属公司之间旷日持久的法律纷争。公司认为该发明可以带来一千二百亿日元的收益，然而法院判给技术人员的补偿只有区区六亿日元。尽管一审时判了两百亿，但二审推翻了一审的判决。这只能理解为，司法机构不再独立行使职权，而是看企业家脸色行事。

科技界对此判决失望透顶。这些伟大的发明家催生了全世界数万亿市场，报酬却仅相当于全美职业棒球联盟球员的年薪。许多科学家推测，此判决之后，日本的国际竞争力将大幅衰退。在

① Japan Railways，日本大型铁路集团。

科技实力直接决定国力的时代，科学技术人员遭如此冷遇，国家谈何发展？用不了多久，日本就会被中国、韩国和印度赶超。

“人类文明要是毁灭就好了。”研人的父亲冷笑说，“能够复兴科学文明的只有理科。文科那帮家伙永远只会夸夸其谈。”

研人长大成人后，渐渐理解了父亲话语中的道理。念本科的四年中，研人忙得焦头烂额，好不容易才能抽出时间参加英语社团。与此相反，文科生连课都不去上，整日吃喝玩乐，至少研人是这么觉得的。但这帮家伙毕业后，竟能挣到五千万日元，这样的反差令研人难以接受。这个社会似乎黑白颠倒了，流汗劳作的人，反而没有吃喝玩乐的人挣得多。不过，这个想法又令研人很不舒服——他发现自己继承了父亲的乖僻性格，就像与生俱来的基因一样，他想摆脱，却无论如何也摆脱不了。

锦糸町的车站前，研人将冻僵的双手插入羽绒服口袋，忽然想起了父亲生前的一个谜。

“既然你这么讨厌自己的工作，辞职不干不就得了？”研人曾对酒后絮叨不已的父亲说。

父亲闻言答道：“但我不能停止研究啊。”

“为什么？”

“从事研究工作后，你就会明白。”父亲说，脸上露出了少见的幸福微笑。

那微笑是怎么回事？它反映出父亲怎样的内心呢？研人自己尽管也开始了研究工作，但还是没找到答案。多年的研究生活只让他明白一件事：理科生生存不易。

人流涌出车站闸机口。研人将方才的种种思虑抛诸脑后，在车站大厅上下车的乘客中搜索那张熟悉的面庞。不久，一个人朝他走来，向他举起手。

研人穿过人群，朝菅井走去。

“让您专程跑一趟，真不好意思。”

正值壮年的报社记者没打领带，毛衣外套着夹克和大衣。他从眼镜背后看着研人，笑道：“你一个人住，很少好好吃一顿吧！肉、鱼、中国菜、东南亚菜，你喜欢哪一种？”

研人在吃方面从不讲究，他选择了最简单的食物：“吃肉吧。”

“好。”菅井望着站前环岛周围的建筑群，“那就吃烤羊肉吧。”说着，他迈出了步子。

研人被领到一家小酒馆风格的餐馆。馆子里有隔间，每个隔间仅容数人围桌而坐。两人相对而坐，点了烤羊肉自助餐。

他们喝着大杯啤酒，吃着羊肉，有一搭没一搭地聊了会儿研人的父亲诚治，最后菅井主动触及了正题。

“上次你提到了《海斯曼报告》……”

“是的。”研人探出身，“我看到父亲的实验笔记里用英文写着《海斯曼报告》，想弄明白那是什么东西。”

“实验笔记？里面只写了这个？”

“还有‘第五节’，《海斯曼报告》第五节。”

“嗯。我也只是模模糊糊地记得，那个报告有五节。”菅井翻眼思考着，“我之前说过，这是美国智库提交的报告吧？”

“说过。我觉得可能同父亲的专业病毒学有关。”

“也涉及病毒学方面吧？”菅井的视线落回到研人身上，“简单地说，《海斯曼报告》是关于人类灭绝可能性的研究。”

研人不禁瞪大眼睛看着报社记者：“人类……灭绝？”

“没错。你们这代人或许没有切身体会。这份报告是在大概三十年前提出的，当时美国和苏联对立，双方拥有大量核武器，战争一触即发。全世界都担心核战争一旦爆发，人类就会灭绝。”

“大家真的这么担心？”

“嗯，那是冷战时代。古巴导弹危机将世界推到了核战争爆发的边缘。”

研人惊骇不已，这听上去就像科幻小说。

“开发核武器的物理学家预测到全面核战爆发的危险，设置了‘末日时钟’，也就是人类灭绝的倒计时。氢弹试验成功时，时钟的分针被拨近到午夜零点，也就是人类灭绝时刻的两分钟之前。不过幸运的是，后来苏联解体了，分针也被拨离了。”

服务员来收空盘子，菅井又点了杯啤酒，继续道：“在这样的形势下，美国白宫开始对人类灭绝的问题进行研究，以期找出原因并采取相应的对策加以预防。智库中的学者约瑟夫·海斯曼罗列了将来可能导致人类灭绝的原因，总结在报告中。这就是《海斯曼报告》。”

“为什么父亲会对这种事情感兴趣？”

“刚才经你一提，我也想起来了，那份报告也许跟你父亲的专业有关。报告里是不是有病毒感染之类的内容？”

“您是说，致死性病毒导致的人类灭绝？”

“对。”

莫非父亲是要应对人类灭绝的危机？就凭父亲那样寂寂无名、连研究经费都捉襟见肘的大学教授吗？想到父亲那瘦削、憔悴的模样，研人忍不住笑了出来。父亲与人类救世主的形象相差太大了。

见菅井惊讶地看着自己，研人敛住笑容。

“您知道《海斯曼报告》的详细内容吗？”

“接受你父亲的委托后，我反复查阅了新闻剪贴簿，但一无所获。不过报告发布的时候，杂志刊登了特别报道。”

话虽如此，但那是大约三十年前的杂志，很难找。

“不过，”菅井继续说，“我在报社工作，有办法搞到手。你父亲说无论如何都想知道详情，我就找到了华盛顿分社的年轻同事，请他上美国国家档案馆查阅报告原文。”

“我也能看看吗？”

“嗯，应该很快就会有回音了。我拿到报告后就通知你。”

“拜托您了。”

享用完烤羊肉大餐，在锦糸町同菅井道别后，研人返回自己的出租屋。

两人专心于谈话，没怎么喝酒，研人现在依然清醒。他打开房间的灯，开启空调，坐到床边的小桌前，从背包里取出父亲留下的两台笔记本电脑。

按下黑色A5大小笔记本电脑的开关，仍旧没有启动的迹象。只好强制关机，转而摆弄更大的笔记本电脑。

这台笔记本电脑顺利启动。“GIFT”软件界面占满屏幕，细胞膜中的孤儿受体3D画面也一如先前。

研人费力地操作着不熟悉的软件和操作系统，将输入“GIFT”的“变种GPR769”的碱基序列拷贝到U盘上，然后把自己平常使用的电脑连上网络。

他打开碱基序列搜索网站。只要输入特定的碱基序列，就能找到拥有类似序列的基因。

将“变种GPR769”的碱基序列粘贴到搜索窗，设定搜索的对象为“人类”，研人进行了BLAST搜索[①]。尽管这并非研人的专业，但他在本科时学过，做这种搜索还难不倒他。倘若问题受体是与病毒感染有关的蛋白质，那父亲的研究牵涉到《海斯曼报告》就不奇怪了。

搜索结果出来了，研人紧盯着屏幕，同“变种GPR769”相似性最高的当然是“GPR769”。九百多个碱基中，只有一个不一样，这就导致构成受体的氨基酸中，有一个被替换为别的东西。

研人顺着网页链接，查询“GPR769”的信息。尽管包含医学术语的英文读起来令人头痛，但他多少还是领会到了要点。

类型：孤儿受体

功能：未知

配体：未知

发现于肺泡上皮细胞中。

117Leu被Ser置换，就会诱发肺泡上皮细胞硬化症。

研人对这一病名非常陌生，继续搜索了这种病症的情况。

肺泡上皮细胞硬化症

原因：常染色体隐性遗传导致的单一基因疾病。

病因基因类型已确定，孤儿受体GPR769的亮氨酸被

---

① BLAST是一种在蛋白质数据库或DNA数据库中进行相似性比较的分析、搜索工具。

丝氨酸置换，就会诱发病症。

症状：肺泡上皮细胞硬化，呼吸衰竭。肺性心脏、肝脏肥大，伴随肺泡出血等。有后遗症。

易发病年龄为三岁。患儿多在六岁前死亡。

治疗：只有治标疗法。如注射类固醇，全身麻醉后进行肺清洗等。

流行病学：发病率无地域差异。十万人中约有一点五人患病。

这并不是研人期待看到的信息。这种病与病毒感染无关，跟父母的遗传基因突变有关。

本以为能有重大突破，结果只是竹篮打水一场空。自己的判断完全错了，这在实验中屡见不鲜。每当这时，指导教授园田就会重复同一句话：抛开先入为主的观念，仔细思考到底出了什么状况。

这句话是希望他们思索为何会出现预想之外的现象。研人离开桌边，开始沉思父亲究竟要干什么。父亲的目的显而易见。

你要做的是设计并合成孤儿受体的激动剂。

研人意识到一个重大问题：自己一直忽略了父亲的研究中最重要的部分。由于牵涉到专业之外的知识，研人斟酌再三，以确保自己的结论无误。

虽然不明白“GPR769”担负何种功能，但它无疑是肺泡上皮细胞细胞膜中的“受体”。倘若其功能不全，则会致人死亡，从这点看，它定然发挥着正常呼吸所不可欠缺的某种作用。而这种“受体”若要发挥机能，就必须有相对应的“配体”。

人体在分泌出“配体”后，会借助血液将之运往“受体”所在的位置。一旦“配体”与裸露于细胞膜外表面的“受体”相互“识别”并进入“受体”的凹槽中，两者就会因分子间的物理及化学反应而相互结合。“受体”上的凹槽会内向收缩，带动整个“受体”开始收缩。因为受体贯穿了细胞膜，所以这一变化也影响到细胞内侧。“受体”末端部分的移动，会对细胞中其他蛋白质产生作用，而这些蛋白质又会激活和启动其他一系列物理和化学变化，化学信号就这样在细胞内传递，最终传到细胞核中，使某特定的基因发挥效应。换言之，受体和配体的结合，就像启动细胞运作的开关。

就“变种GPR769”而论，凹陷部分发生变异，无法与配体结合，这个开关就打不开，肺就不能正常工作，于是发病。要让细胞恢复正常功能，就只能生产药物，也就是人工制造出一种替代原来配体的物质，只与“变种GPR769”结合，发挥开关的作用。这就是研人父亲想制造的激动剂。

激活“变种GPR769”的激动剂。

研人呆立在桌前，大张着嘴，继续思考。

毫无疑问，这种激动剂就是治疗夺取孩子性命的绝症——肺泡上皮细胞硬化症——的特效药。

研人的呼吸急促起来。他紧盯着电脑屏幕上的信息，在心里计算。他很快算出了答案。肺泡上皮细胞硬化症的患者，在这个地球上有大约十万人。也就是说，如果成功开发出这种激动剂，就能拯救全世界十万名儿童。

“十万人？”研人不禁大叫起来，扫视了一圈狭小的出租屋。我这个住在锦糸町六叠大小房间中的研究生，能拯救十万人？

这难道就是父亲要做的事？父亲不吝私财，就是为了拯救那些患病的孩子？

将来某一天会有个美国人来访。你把合成的化合物交给他。

莫非那个美国人有一个患肺泡上皮细胞硬化症的孩子？他怀着救治爱子的强烈期待来找研人？

可是……研人又转而苦恼起来。实事求是地说，研制这种药的难度实在太大了。即便汇集制药企业的所有力量，也不能保证开发成功。而父亲给出的研制方法被土井斥为“幼稚”。纵使合成出了药物，不进行临床试验也无法确保其安全性。

身为病毒学者的父亲为什么要做非专业的研究呢？这种研究的胜算何在？

研人决定再坚持尝试一段时间，心中却不由得打鼓：这就像是用蜘蛛丝钓大鱼，行得通吗？

医学院里有认识的人吗？研人这样想着，开始搜索本科时代的关系网。

8

耶格等人与外部的联系受到严格限制。他们不能收发电子邮件，想联络家人，只能使用宿舍里的电话。而且，根据保证书条款，他们不得透露自己如今身在何处。

“这部电话通过好几层中转才拨出去，”盖瑞特说，“就算有人要查，也很难查清电话的源头。”

这部房间内的电话，促进了队员的团结。即便不偷听，许多个人隐私还是会钻进耳朵。耶格的孩子患有绝症，迈尔斯因为父母投资房地产失败而加入私营军事公司，盖瑞特打算存钱创业，而米克没有可以打电话的亲人。这些事都不再是四人之间的秘密。

每次与莉迪亚通话，耶格总是感到心情沉重。贾斯汀的病情越来越重，格拉德医生的治疗收不到预期效果。这样下去，贾斯汀恐怕熬不到耶格结束当前工作的那天。

“为什么我们需要你的时候，你总是在工作？”接受这份报酬丰厚的工作是两人共同的决定，但莉迪亚还是责问丈夫，“现在丢下工作过来行吗？”

既然已在保证书上签字，就不能这么做。放弃工作要赔偿巨额违约金。除了耶格之外，迈尔斯也为签下契约而感到懊悔不已。夜间强攻训练结束后的第二天，射击训练中使用的人形靶标被替换成真人般儿童大小，这样做的目的再明显不过，耶格他们要杀的，可能是一群孩子。到了晚上，他们又前往摆着帐篷模型的训练场，将子弹打在儿童模样的人偶上。

训练开始后的第五天，上午是体能训练和射击训练，整个下午要进行室内学习。大家都预感到，很可能是要详细说明任务。

把射击场上的儿童形靶标打成蜂窝后，四人返回总部大楼。迈尔斯在进入大楼前终于道出了心中的不安。

“没想到竟是这样的任务。你们也不知道吧？”一向开朗的迈尔斯罕见地流露出厌恶的表情，“倘若真让我们屠杀孩子，大家真会下手吗？”

每晚忍住呕吐继续训练的耶格深表赞同。贾斯汀的死已经无法避免了。为了让我的孩子延长几天性命，就可以夺走四十个孩子的性命吗？

见盖瑞特和米克沉默不语，耶格问：“不过，大家都在保证书上签了字，还有什么办法？”

“现在是最后的机会了。在得知具体任务前抽身，我们就不会泄露机密，他们或许会同意。”

“不可能。这么容易退出，就没必要让我们在保证书上签名了。”

“保证书有没有法律效力还值得商榷。到了法庭上，雇主又能说什么？他总不能说‘我命令他们杀小孩，但是他们不服从’吧？”

盖瑞特插话道：“改变态度并不明智。”

迈尔斯瞪大了眼睛：“为什么？”

“私营军事公司都同国防部有关系。我们倘若违约，就会被赶出这个行业。到时候，我们只能在沃尔玛停车场当收费员了。”

只有杀人专长的四人，无奈地陷入了沉默。耶格可以一枪杀死五百米外的敌人，也可以从背后一刀插入敌人的肾脏，令敌人来不及惨叫就丧命。儿子贾斯汀崇拜的竟是这样的父亲。在和平社会中无法容身的父亲，却被儿子奉为为自由而战的英雄。贾斯汀天真的崇拜令耶格羞愧难当。他觉得自己只是穿着战斗服的大骗子。

“何况，”盖瑞特继续道，“我们也许被卷进了巨大的阴谋当中。这次我们执行的多半是白宫委托的暗杀任务。也许是特批接触计划。要是中途抽身，可能会遭遇难以想象的灾难。”

“意思是会被干掉？”

“或者被戴上恐怖分子的帽子，引渡到叙利亚或乌兹别克斯坦这种喜爱酷刑的国家。”盖瑞特压低声音继续道，“万斯当局干得出这种事。”

四人不禁背脊发凉，是因为他们察觉到已被严密监控。这些话是绝不能在宿舍里说的。

耶格站在总部大楼的后门外，脑海中浮现出一名老兵的身影。他住在耶格故乡郊外的一栋古老的房子里，名叫杰克·莱利，是一名越战老兵。他总是坐在门廊里喝罐装啤酒，从未见过他从事任何工作。在邻居眼中，他不是战场归来的英雄，而只是社会的累赘。

在高中听了陆军征兵官的宣讲后，耶格回家途中找到莱利：“我想参加陆军。”

莱利用浑浊的黄色眼睛看着耶格，说：“想干什么是你的自由。”

才不是什么自由，耶格想，而是迫于无奈。

“不过，”莱利补充道，“我只有一句话要对你说，所谓士兵，就是打着保卫国家的名号上战场杀人，越善良的人，越会受到良心的谴责。”

十七岁的耶格听不明白：“什么意思？”

“有的人可以心安理得地伤害别人，有的人却不行。”

莱利是哪种人？看看他脚边的空啤酒罐就知道。难道他正因为太过善良，才成了附近居民的眼中钉？

自己如果屠杀了四十个孩子，会不会变得像莱利一样？

“米克，”迈尔斯问日本人，“你怎么看这次任务？”

“我会完成任务。”米克说。他从训练的第一天开始就毫不犹豫地朝人偶射击。“让我干什么，我就干什么。这是我的工作。不，这是我们的工作。”

迈尔斯讥讽道：“即使是屠杀孩子，你也不在乎？”

平常毫无表情的米克，此刻脸上浮现出冷笑，仿佛在骂迈尔斯胆小。迈尔斯勃然变色。耶格一看情况不妙，立即插话道：“等等，现在还不能确定我们是否真的要屠杀孩子。在了解任务的详情之前，不要贸然下结论。”

迈尔斯咂了咂嘴。这时门开了，辛格尔顿走了出来。高大的作战部长俯视着四人，狐疑地质问道：“你们在干什么？”

“讨论战术。”盖瑞特答道，“我们出身不同，要先讨论。”

“快吃饭。下午会向你们讲解任务的详细内容。”

四人闻言交换了一下眼神。

“你明白我刚才的战术了吗？”耶格说，“敌不动，我不动，方为上策。”

“嗯，明白。”迈尔斯点头道，“就算要撤退，也不必操之过急。”

“不错。”

下午一点，吃完午饭的四人进入会议室。不出所料，等待他们的只有辛格尔顿一人。在任务开始前，可能见不到辛格尔顿之外的人吧。

四人分别落座后，辛格尔顿操作笔记本电脑，将资料投影在屏幕上。

“先看这个。这个男人有什么异常？”

画面中是一个非洲男人的照片。年龄应在三十岁左右，但头发中夹杂着银丝，所以也许更老一些。他穿着不合身的破烂衬衫，带着平易近人的温和表情，敞开的领口中露出发达的肌肉。他肩膀不宽，并不那么强壮，肤色也不深，耶格猜他可能是靠近北部非洲的人。

“然后看这个。”辛格尔顿展示了第二张照片。

耶格等人惊讶地注视着屏幕。刚才那个黑人男性旁边，站着一个巨人。这个巨人是白人男性，他同黑人的形体差异之大，如同成人与儿童。黑人的头顶还不到白人的胸部。

“请记住这个高个子白人的模样。他叫奈杰尔·皮尔斯，在美国东部的某所大学担任人类学教授。”

奈杰尔非常瘦，皮肤晒得很黑，胡须留得很长，年龄四十岁上下，与其说是学者，不如说更像邋遢的冒险家。

“我要说明，皮尔斯身高一米八七，跟我差不多。而他身边的非洲人，身高不足一米四。”

“为什么这么矮？”盖瑞特问。

“这个非洲人属于俾格米①族。”

见四人点头，辛格尔顿继续道：“俾格米这个名称也许带有偏

① 即英文的pygmy，有矮人、侏儒的意思。

见，但正像你们所看到的，他们确实十分矮小。除此之外，他们与常人无异。不过，他们的肤色与亚洲人相近，所以人类学上将其与其他非洲人区别划分。”

作战部长戴上老花镜，拿过手边的笔记本。“下面讲授人类学方面的知识，但我也只是照本宣科，你们千万别问深奥的问题。”

辛格尔顿嘴角上挑，露出微笑。但对他这个玩笑，耶格四人都漠然以对。

辛格尔顿不以为意，继续讲解：“在座的诸位或许没意识到，我们属于农耕民族。我们的主要食物是农作物。然而，俾格米人属于狩猎采集民族，居住在森林中，靠打猎和采集植物度日。”

幻灯片切换到第三张。非洲大陆的地图上，沿赤道从东向西标示出一片区域。

“这是俾格米人的居住地区，跟热带雨林的分布一致。虽然他们为何身材这么小还不得而知，但有一种理论认为，这是适应环境的结果。这样小的身体，在枝丫低矮的森林中才能穿梭自如。十岁之前，他们跟我们一般人没什么差别，但此后就停止生长，以孩童般的体格过完余生。”

耶格觉察到了这场人类学讲座背后隐藏的信息。儿童大小的人形靶标，莫非代表俾格米人？想到这里，他心中的重负骤然减轻，但新的疑问又涌现出来。尚未开化的森林土著应该跟我们的工作不沾边吧？为什么有人想杀死他们？

盖瑞特举手问：“俾格米人是哪国人？”

“虽然名义上，他们是居住地对应国的国民，但并未获得实质上的公民权利。他们不按国籍划分，而是按民族。刚才照片中的男子属于姆布蒂人，居住在刚果东部的伊图里森林。”

刚果东部正是耶格等人将要潜入的作战地区。看来谈话即将触及核心问题。耶格接着盖瑞特问："伊图里森林也是'第一次非洲大战'的战斗地区之一吗？"

辛格尔顿闻言，意味深长地笑了。"是。"他说，"但这里进行的不是正规战，而是游击战——掠夺附近的村庄，大规模屠杀异族。除此之外，在这一地区活动的武装分子，包括刚果政府军，还会进入森林，猎杀俾格米人作为食物。"

"什么？"迈尔斯惊叫起来。

"这是食人文化。当地人认为，俾格米人比人类低等。他们相信，吃了俾格米人的肉，就能获得神秘的森林力量。于是他们猎杀俾格米人，将其剁成块儿，丢进大锅里烹煮，撒上盐吃掉。联合国观察团已经确认了这一事实。"会议室中，似乎只有说话者本人依然淡定，"澳大利亚的白人殖民者也曾以屠杀土著人为乐。塔斯马尼亚岛上的土著人被杀得一个不留。"

辛格尔顿宛如以欣赏人性丑恶为乐的恶魔。对即将揭晓的作战内容，耶格感到强烈的不安。

"话题重新回到姆布蒂人这个俾格米族的一支吧！"

辛格尔顿操作电脑，向大家展示了刚果东部的放大地图。全长一百千米的道路纵贯南北，路旁零星分布着许多村落，此外就看不出人类存在的痕迹。地图基本上被绿色覆盖。

"这是他们居住的伊图里森林。姆布蒂人以数十人构成的'游群'为集团，过着集体生活。雨季时，他们会定居在农耕民族的村落附近，而旱季，比如现在，则进入森林进行狩猎采集。他们搭建狩猎营地，过段时间再迁移到数千米之外，建立新营地。之所以频繁更换扎营地点，似乎是为了避免食物资源枯竭。"

地图上显示出由东向西的八个点。

“这八个圆点，是由四十人集群的‘康噶游群’的营地，横向宽度约三十五千米。这就是你们的作战区域。”辛格尔顿面朝四人道，“下面介绍具体的作战内容。”

耶格在椅子上坐直，聆听详细的作战计划。

“作战代号‘守护者’。你们使用假名，伪装成野生动物保护团体的职员，从乌干达的恩德比机场由陆路进入刚果。到时会有人带领你们到伊图里森林。然后你们潜入森林，在没有补给的条件下单独执行任务。你们要尽量避免与当地人接触，避开武装分子，在森林中潜行，抵达康噶游群的狩猎营地，消灭他们。”

“为什么？”迈尔斯未经请求发言许可就质问道，“杀死俾格米人的理由是什么？”

“听完再说话，迈尔斯！”辛格尔顿吼道，“你们有十天时间完成任务，但如果一切顺利，五天就能完成任务。为确认战果，你们要用摄像机将康噶游群的四十具尸体拍下来，传回电子数据。然后你们根据指示前往撤退地点，乘直升机离开刚果。执行任务的过程中如遭遇武装分子，不需要遵守特别的交战规则，想怎么干都行。”

耶格举手，获准提问。

“作战地区中只有俾格米人的康噶游群吗？”

“不，十千米之外，还生活着其他一些游群。”

“那如何识别呢？怎样将目标区分出来？”

“方法是刚才提到的人类学者奈杰尔·皮尔斯。他因田野调查而与康噶游群一同行动。他轻信停战协定，没想到进入刚果后，战争再度爆发，因而被困在那里不得脱身。皮尔斯所在的营地就是你们的目标。”

“这就是说，皮尔斯也是我们的攻击对象？”

“不错。”

“连美国人也杀？”迈尔斯小声嘟囔道。

辛格尔顿瞪了卫生兵一眼，说：“那我就来回答你的问题。为什么我们必须杀死俾格米人和美国人类学者？半年前，在伊图里森林中发现了新型病毒。这种病毒跟埃博拉病毒一样，宿主不明，特别容易感染灵长类。然而最大的问题是潜伏期和致死率。从感染这种病毒到发病长达两年，致死率为百分之百。也就是说，感染者有充足的时间将病毒传播给别人，一旦被感染，就是死路一条。若这种病毒扩散到外部，将在全世界扩散，甚至可能导致人类灭绝。”

四人被这始料未及的情况惊呆了。耶格终于掌握了计划的全貌。他被征召时所听到的那番话并非虚言——这是一份肮脏的工作，同时也是服务于全人类的工作。

“‘守护者’计划的目的就是解除这一危机。我说到这里，你们应该已经明白——包括奈杰尔·皮尔斯在内的康噶游群四十名成员，是现在确认的唯一的感染者集群。”

迈尔斯反驳道：“把四十人隔离起来不就行了吗？”

“在主权崩坏、二十余个武装势力混战的地区，不可能派去大规模医疗团。为了避免涉足第一次非洲大战之嫌，各国都很犹豫。此外，必须紧急处置他们的原因还有一个，那就是刚才提到的食人文化。倘若武装分子吃掉了康噶游群的人肉，会产生什么后果？首先士兵会全被感染。当他们掠夺附近村庄、强奸妇女时，又会扩大感染。再加上，联合国维和部队也对当地女性施加性虐待，这种病毒迟早会蔓延到别的大陆。”

“被这种病毒感染后，会出现什么症状？”

“这不能说。因为涉及高度机密，能告诉你们的病毒情况到此为止。”

“等等。”盖瑞特尽量保持语气平稳，以免激怒作战部长，“对我们来说，有一个问题必须了解清楚：执行任务的过程中，我们有没有感染病毒的危险？”

“不用担心。我们有防范措施。这种病毒只有一个弱点，只要感染时间不超过一个月，服药就可以轻易驱除。”辛格尔顿从衬衣胸袋中掏出一粒透明胶囊，里面装着白色粉末，“这是某国陆军研究机构开发的药物。你们完成任务后就吞下胶囊。不过，千万不要因为有特效药就掉以轻心。执行作战任务时，一定要避免同目标发生肉体接触。开枪时别让血溅到身上。只要做到这两点，就没危险了。”

“这种药，在未感染的状态下吃，也没关系吧？”

“当然。完全无害。”

“明白了。”盖瑞特点头道。

问答就此中断。大家都陷入了沉默，沉重的空气弥漫室内。耶格意识到，包括迈尔斯在内，所有人都最终决定参加作战计划。到底是哪个浑蛋制订了这个计划？他不禁怒火中烧。

“我知道大家都很不满，但这也是迫不得已。倘若刚果是和平国家，事情就不会这样发展了。我们能做的是，在事态变化前尽早解决问题，无论如何都必须成功。拜托你们四位了。”接着，辛格尔顿的语气中流露出对四人的关心：“最后我再补充三点。歼灭康噶游群后，你们必须采集研究用的标本——几种脏器和血液。清单我日后再谈。”

“这是我的工作？”迈尔斯有气无力地问。

“其他三人也要帮助迈尔斯。”辛格尔顿间接肯定道，“注意别感染。”

耶格问了个很小但很重要的问题：“尸体损坏，会泄露我们的任务吗？如果联合国维和部队发现尸体，应该会意识到这不是普通的战争。”

“不用担心这个。当地民兵组织不仅吃人肉，还会割走尸体的一部分当护身符。维和部队会认为这是那帮家伙干的。”

耶格不禁对计划的周密性咂舌：“原来如此。”

“回归正题。第二个追加任务是，把奈杰尔·皮尔斯的笔记本电脑，完整无损地带回来。”

虽然不知道为何要这样做，但大家没有异议。

“最后也是最重要的，倘若在执行任务的过程中，遭遇从未见过的生物，必须第一时间将其杀死。”

四人听不懂了。

仿佛听不懂英语而一直沉默的米克开口问道：“你说什么？没见过的生物？”

“是的。只要你们发现从未见过的生物，就立即将其杀死。”

“你指的是病毒吗？”

“不是，病毒肉眼不可见，我所说的是具有形体的动物。”

“我不明白……”米克支吾起来。

耶格插话道：“非洲的雨林中，我们没见过的生物不是有很多吗？”

盖瑞特和迈尔斯笑了，辛格尔顿却一本正经地说：“那些生物基本上不会超出你的想象，比如某种蝴蝶或蜥蜴。而我说的生物，是你们分辨不出类别的特殊生物。”

“你能说得具体点儿吗？”

“雇主提供的信息是有限的。”辛格尔顿面露难色。所谓雇主，就是委托泽塔安保公司执行这项任务的外国政府，多半就是白宫吧。“我能告诉你们的只有这些，未见过的生物就在刚果雨林中，很可能潜伏在康噶游群的狩猎营地里。它有着谁都未曾见过的形态。还有，这个生物现在并不凶暴，行动也很缓慢，凭你们的枪法，一发子弹就能将其解决。完成这个任务后，你们必须完整回收它的尸体。”

“可是，只有这些信息……”

“给我的信息只有这些！”辛格尔顿强行打断，做总结发言，“这个生物的最大特征，就是你一眼能看出它是未知生物。那一刻，你们的大脑或许会混乱。但你们不要多想，不要有疑问，比如这是什么生物之类的。一发现就直接杀掉。这是‘守护者’计划首要的攻击目标。”

9

这天，研人傍晚就中断了实验，将从小卖部买来的杯面三下五除二吞下肚子后，便朝医学院所在的东京文理大学附属医院赶去。从理科校区走十分钟，就能见到一座十二层的巨大建筑，他与吉原学长就约在那里见面。本科时代，他俩曾在联谊会上见过几次面。

来到医院背面的员工便门，研人向门卫说明来意后进入主楼。他有些不自在，总觉得医学院比药学院更高等，心里有点儿自卑。

乘电梯上楼时，研人想起进入大学后的新生欢迎会上，药学院院长曾昂首挺胸地训话说："如果你们成为医生，救治的患者顶多万人。但如果你们成为药学研究者开发出新药，就能拯救超过百万的人。"

确实如此。倘若开发出治疗肺泡上皮细胞硬化症的药物，不仅能救治现在世上的十万名患者，未来可能患上此病的孩子也会因此受益。研人用院长的话鼓励自己，但一想到现实的困难，一股无力感又油然而生。

反正是知其不可而为之，研人决定还是不抱太大期望为好，否则失败后定会大失所望。

他在五楼下了电梯，前往儿科护士站。一名忙碌的护士发现了他，问："你是来探访病人的吗？"

"不，我来见吉原医生。"

护士点点头，朝护士站里一群穿白大褂的人说："吉原医生，有人找。"

一个短发男人转身应道："来了。"那人就是吉原。听说吉原高中时代还在练习剑道，如今却成了医生。

一看到研人，吉原就用独特的低沉嗓音说："好久不见。"他穿着白衬衫，打着领带，套着白大褂，与学生时代的形象迥然不同。研人自己则是旧羽绒服加牛仔裤的打扮，显得特别不搭调。

"这么忙还来打搅，非常抱歉。"

"哪里哪里，咱们去医务室吧。"吉原走出护士站，带着研人离开。

“你当儿科医生了？”

“没，我现在还是实习医生，在各个科室轮流转。儿科也不错，但不适合我。”

“不适合？”

“又累又不挣钱，还是到别的科室当医生比较好。”吉原回望着儿科病房说，“儿科医生是跟金钱无缘的好医生，我这人比较虚荣，没办法加入他们的行列。”

等电梯时，吉原切入正题：“你是因为肺硬症来找我的吧？”

肺硬症是肺泡上皮细胞硬化症的简称。

“是的。”

“抱歉，现在的医疗技术水平还不够，只能尝试治标的做法，但能延长患者多久的性命，就说不准了。”

“也就是说，一点儿治疗办法都没有？”

“没有。”吉原断定道。

“基础研究也没有进展？”

“世界上，只有葡萄牙的格拉德医生在开发这种病的治疗药物。”

“治疗药物？”研人惊讶道。没想到这么快就有意外收获。“进行到哪一步了？”

“这方面我也是门外汉。请稍等。”

电梯来到上一层，吉原进入一个挂着“医务室”牌子的房间。走廊两侧排列着各个科室，吉原进入的是儿科医务室。室内摆放着许多桌子，或许是已近黄昏，房间里没有多少人。吉原打开角落里的一个储物柜，取出一摞纸后走出来。

“我把看过的论文下载了下来。”

“劳你费心了。”研人接过论文，粗略地浏览了一遍。

“这离临床试验还差两个阶段吧？”

“看上去是。”

里斯本医科大学的格拉德教授已经建立了变种GPR769的立体结构模型，正以此为基础，设计与该受体结合的化学物质，检测活性。这可能是世界上最先进的临床应用研究了。

“不过，他已经进行到先导化合物结构最优化这一步了。”

“什么意思？”

“意思是，他已找出可能成为药物的化合物，正将其改造为药理活性更高的结构。”

岂止慢人一步，这位葡萄牙医生的研究比自己领先了许多年。用蜘蛛丝钓鱼果然是痴人说梦。在破旧公寓六叠大小的实验室里闭门造车，根本无法与格拉德博士的研究同日而语，就像少年棒球联盟的队伍无法与全美职业棒球联盟的队伍抗衡一样。

“也就是说，研制出治疗肺硬症的药物指日可待了？”

“还不知要等多少年呢。先导化合物适合成为药物的概率，也只有千分之一，顺利的话也要五年以上。”

“那现在的患者就没救了吗？”

“我想是的。”吉原叹了口气，“跟我来。”说着，他朝走廊深处的重症监护室走去。

“我负责的患者中，有一位肺硬症患者。”

“哦？”

通过双开式门扉，门后就是重症监护室。走廊的墙上安着巨大的窗户。透过窗户，可以看见重病患者躺在室内的床上。

“从左边数第三个。”吉原小声说。

在成人患者当中，一个六岁左右的女孩孤独地躺在床上。她痛苦地闭着双眼，皮肤已经变成青紫色。挂在支架上的输液袋的数量显示出这孩子的病情有多么严重。

床边有位年轻护士，以及看似孩子母亲的三十多岁女人。为避免带入病菌，母亲戴着口罩。她明显哭过，精神濒于崩溃。

护士将女孩的氧气面罩掀起，擦掉嘴巴周围的红色鲜血。研人像被人戳了一下脑袋似的，往后退了一步。

“这是末期症状，那孩子只剩一个月的生命。”

悲惨的现实令研人不忍直视，心中越发苦涩难当。自己救不了那个孩子。从父亲遗留下的那间寒酸、破旧的实验室，可以想见自己的现实处境。

仿佛是为了惩罚自己，研人看了眼病床上的名牌。上面写着：小林舞花，六岁。这辈子都不会忘记这个名字吧，这个自己不得不见死不救的孩子。

“我想挣钱，但也想拯救患者。”吉原说，“你是读药学的，一定要研制出治疗肺硬症的药物啊。”

“可一个月内绝对不可能。”研人无力地答道，脑海里浮现出父亲嘱咐的二月二十八日的最后期限，正是一个月后。

天已经黑了很久，气温也下降了不少。人行道旁的横十间川上，冬季飞来的候鸟正浮在水面上休息。

返回实验室的路上，研人双手插在羽绒服的口袋里，如同负伤的野兽般垂头丧气地走着。濒死女童的身影在他脑海中挥之不去。

那孩子究竟犯了什么错，非要遭受那样的痛苦？为什么年仅六岁就要面临死亡？作为科学工作者，研人知道这些问题的答案，因为时间对所有人都是不平等的，这很残酷，却又是事实。

药学研究者要做的，就是对抗大自然的威胁，但自己到目前为止究竟做了什么？进入大学后的六年，自己浑浑噩噩，光阴都被蹉跎掉了。

话又说回来，自己能做什么呢？研人抬头仰望星空，宇宙浩渺，无数光年外恒星的光芒点缀着地球的夜空。

肺泡上皮细胞硬化症的特效药，总有一天会开发成功。但至少要到五年以后，而不是一个月以内。在被这种无力感压得喘不过气来的同时，他又想起了父亲的遗言。研人依然抱有一丝希望。就算是无名大学的教授，作为科学工作者，父亲也应该接触过逻辑训练。既然自费投入数百万日元建立实验室，那应该对开发出特效药有所了解。现在唯一的线索就是安装在笔记本电脑里的“GIFT”软件，但研人不知道它有什么功能。

看来，最后的希望只能寄托在那个懂电脑制药的韩国留学生身上了。答应帮忙联络的友人土井，应该已经打听到了对方的时间安排。研人正考虑给土井打个电话，突然听到有人在叫自己。研人专心思考自己的事，没有听见对方的第一次呼叫。直到对方第二次喊自己的名字，他才停下脚步。

研人已走到理科校区药学院大楼的后面。这里晚上基本没人经过，光线昏暗，只有远处的自行车停车场里亮着荧光灯。

到底是谁在叫自己？研人在黑暗中瞪大双眼，没看到人影。那是女人的声音，研人甚感诧异，正要迈步，突然听见背后传来轻微的脚步声。

转过身，只见一个身材苗条的中年女人站在身后。她穿着朴素的大衣，没有化妆，带着理科女性独特的清爽感。

“你是古贺研人吧？”对方轻声问。

是理学院的教员吧？但这人也太像幽灵了，研人想。

“对，我就是古贺。”

“我想和你谈谈，有空吗？”

“嗯，有。”研人迟疑地答道。

“那请跟我来。”女人说着就要领研人往大学校园外走。

“等等，您找我有什么事？”

“是你父亲的事。”

“我父亲？”

女人紧盯着研人，点了点头。

“我有一些话，一定要跟你说。”

“您怎么知道我是古贺诚治的儿子？”

“以前你父亲给我看过你的照片，他很为你感到骄傲。”

研人立即就看穿对方在说谎。自己的父亲才不会为自己感到骄傲。

“请跟我来。”听到自行车停车场里传来学生说话的声音，女人加快了脚步。

“我们要去哪里？”

“外面很冷，到车里谈吧。”

“车？”这么问的时候，不知不觉已经走到了后门。大学围墙下的细长车道旁，停着一辆小型商务车。车停在街灯之间，只能看出是辆黑色轿车。

研人一下子停住脚步。不知为何，他觉得只要坐进那辆车，就无法返回校园了。“不能在这儿说吗？”

“可是……”

“到底是关于我父亲的什么事？”这个问题刚一出口，研人有点儿混乱的大脑里又浮现出另一个疑问。

“不好意思，您是哪位？”

“啊，我是……”女人的目光游移起来，“我姓坂井，以前跟你父亲共事过。”

“坂井女士？全名是？”

“友理，坂井友理。”

研人从未听说过这个名字。“怎么写？”

陌生女子告诉他写法后问：“你父亲没跟你提起过我？”

“没。您找我到底所为何事？”

坂井友理瞅了一眼商务车。“听说你父亲过世了，我很惊讶。”

那为什么没到厚木吊唁？

“您跟我父亲是什么关系？”

“我们一起研究病毒。”

“在多摩理科大学吗？”

“不是，我在外部研究机构工作。”

“就是说，你们共同搞研究？”

“没错。研人同学，你真的从未听说过我的名字？”

研人只好点头。父亲生前行动成谜，所以无从推量坂井友理的话有几分可信。

“今天我想问的，就是你父亲的研究。实验的重要数据都在你父亲那里。”

“数据？”有那么一瞬，研人几乎相信了对方的话。对研究人员来说，丢失实验数据当然是重大问题。

“你父亲是不是留下了一台小型的黑色笔记本电脑？”

研人愣住了。坂井友理说的，是父亲留在书房里的那台无法启动的电脑。

从家中带来的A5大小的笔记本电脑，绝对不能交给别人。请保管在身边。

“我……我不知道。”他连忙否认，但对方明显看出了他的心理活动。

坂井友理见研人假装镇定地推眼镜，便“哧”地笑了。

“你跟你父亲一模一样啊。”

研人惊讶地看着对方的笑脸。没想到这个阴森的女人会笑。研人第一次发现，她尽管不施粉黛，却很漂亮。

“去车里谈吧？”友理再次发出邀请，“里面暖和。”

可商务车贴了车膜，看不见车内，看上去不像是女人的车。车门仿佛随时都会打开，冲出一群男人。“在这儿谈就行。话说回来，那台A5大小的笔记本电脑怎么了？”

“我可没说A5大小哦。”

又犯错了！又要让坂井友理抓住把柄了。

“不过，我要说的，也是A5大小的笔记本电脑。”友理恢复认真的表情，“你父亲的遗物在你手上，对吧？”

研人无言以对，张口就可能自掘坟墓。

“把那台电脑给我。”

研人思忖片刻，改变策略：“电脑确实在我手上，但父亲说不能交给别人。”

“这是理所当然的，毕竟电脑里有研究数据。你自己应该也不会把实验笔记带出实验室吧？”

看来坂井友理在研究机构工作好像是真的。不搞科研的人，不会提这种话。

“你父亲没想到自己会死。”

这句话也没错。父亲的遗书并未以自己去世为前提，这相当古怪。

“我们的研究陷入停顿，请你务必将电脑给我。”

研人问：“父亲在三鹰车站倒地时，是什么样子？”

坂井友理欲言又止，歪着头斜眼注视着研人。研人再次询问这个身材苗条、长发及肩、四十岁左右的女人：“父亲痛苦吗？”

“我不知道。”

“叫救护车的是坂井女士吧？”

“不是我。”女人断然否认。研人不相信。这个人绝对是最后一个跟父亲说话的人。可她为什么要离开现场呢？坂井友理应该是出于某种原因才匆忙弃父亲而去的。

“我也是为了你好。”友理说，“把电脑还给我。”

“为我好？什么意思？”

“我不能说。”

“那我也不能把电脑给你。”

友理沉默不语，眼神迷离起来，仿佛在思考下一步该怎么做。研人不禁提高了警惕，等待对方回应。“明白了。”她淡淡地答道，大出研人所料，“那告辞了。”

对话骤然结束。友理快速返回车上，研人都来不及挽留她。

研人困惑地目送她离开。再多谈一会儿，应该就能探明对方的身份。研人觉得车牌号码或许能成为线索，便走上前去查看。但他惊得霎时僵住了。透过那辆商务车的后车窗，隐约可见一个人影。

除了坂井友理，还有人在车上。

研人本能地感到危险。友理将手放在驾驶席一侧的车门上，转过头。黑暗中，两道凶险的视线朝研人直射而来。

研人连忙后退，返回大学校园。围墙之后车子渐渐看不到了，但反而增强了恐惧感。研人转身快步走开，来到药学院大楼时，已经不知不觉跑了起来。他一口气冲上楼，朝同学们所在的实验室跑。到了三楼走廊，他停下来，窥视楼下。没有被追踪的迹象。

到底是自己杞人忧天，还是刚刚虎口脱险呢？

研人打开门，进入园田实验室。会议室里，几个女生正坐在沙发上其乐融融地喝着茶。从里面的实验室里，传出副教授指导研究生和学生们操作实验器具的声音。

熟悉的画面令研人平静下来，他掏出手机，给父亲之前的工作单位打电话。现在还不到七点，实验室里应该还有人。

回铃音响了两遍，对方就接起了电话。“这里是多摩理科大学。”

说话的是个男人。研人问：“滨崎副教授在吗？”

“我就是。”

“我是古贺诚治的儿子，古贺研人。”

“是你啊。”对方好像想起了葬礼上有过一面之缘的研人。

研人为自己的冒昧打扰道歉后，提出了问题：“我有件事想问您，我父亲生前是不是在外部机构跟别人一起做共同研究？”

“共同研究？没这事。”

“那您认识一个四十岁左右、叫坂井友理的研究人员吗？”

“不认识。”

坂井友理果然在说谎。她到底是什么人？想到这里，研人不禁背脊发凉。

今后你使用的电话、手机、电子邮件、传真等所有通信工具都有可能被监视。

难道自己的手机被坂井友理窃听了？

“不过，”滨崎继续道，“不知道是否与你的问题有关……古贺教授请了长假。”

“长假？”研人重复道，然后强忍住慌乱问，“什么时间段？”

“一个月，到二月二十八日为止。你父亲如果健在的话，明天就开始休假了。关于共同研究的事，我能想到的就这么多。”

看来，父亲真的要制造治疗肺泡上皮细胞硬化症的特效药。二月末开发出药物，然后交给那个将要现身的美国人。“明白了。不好意思，给您添麻烦了。”

“哪里，有问题随时可以问我。”滨崎说着就挂断了电话。

研人关掉手机，但身上的那股寒意却没有消失。他一边返回同学们所在的实验室，一边思考那个叫坂井友理的女人。她想要的只有一样东西，父亲留下的笔记本电脑。不是新药开发所需的机器，而是那台无法启动的小笔记本电脑。

揭开谜团的关键，就沉睡在那台沉默的黑色电脑里。那里面到底记录了什么？

10

装有防弹玻璃的高级轿车中，拉蒂默国防部长一大早就不太高兴。现在，他必须研究提升驻伊拉克美军战斗力的计划，但无聊的问题却接二连三地冒出来。

“贩毒集团的小喽啰怎么了？”拉蒂默把手上的报告丢了出去，不耐烦地说，“口头说明就好。”

后座的国家情报总监沃特金斯和中情局局长霍兰德毫不掩饰遗憾的神色。没必要继续修补同国防部长之间的嫌隙了。这家伙遇到什么事都归咎于情报部门失职，他们已经受够了。

“准确地说，不是什么喽啰，是骨干。”霍兰德说，“但外表上，他是空壳公司的职员。这个人乘小型飞机从哥伦比亚前往美国，途中飞行员昏了过去。”

或许是旧病复发，飞行员陷入短时昏迷，飞机高度骤降。贩毒集团的骨干察觉到异样，握住操纵杆。那时飞机即将坠入大西洋。这个没有飞行资格的贩毒骨干，费了九牛二虎之力才将飞机恢复为水平飞行。飞机大幅偏离航线飞行半个小时后，飞行员终于醒了过来。见到近在咫尺的海面，他大惊失色，猛拉操纵杆，飞机紧急上升。一架来历不明的飞机穿过雷达网，出现在迈阿密外海四百五十千米的防空识别区内，这令北美各地惊慌失措。如果空军飞机紧急起飞的时间再晚十几分钟，总统应该就会转移到白宫东厢的地下掩体中。

“只是一系列低级错误导致的结果。”霍兰德若无其事地说，“北美防空司令部查明了原因，重新评估了防空体系。再也不会发生类似的事件了。”

“那这份报告就从今早的简报上删掉吧。”拉蒂默将文件塞了回去。

高级轿车在雪地上前行，前方就是庄严的圣瑞吉斯酒店。白宫已经很近了。拉蒂默连忙扫了眼接下来的简报资料。简报揭露了防备俄罗斯间谍对策的不足之处，指出了俄罗斯军事通信网的脆弱性。现在又不是冷战时期，这种情报无法取悦总统，但也不会让他不高兴。拉蒂默将这份报告保留在简报中。

密闭的车内反常地安静下来。国防部长能干预总统每日简报的内容，沃特金斯和霍兰德似乎没有与这种人闲聊的意愿。

拉蒂默思考着最后那份指出对俄网络战优势地位的报告。从公元前开始，人类之间的战争就不再只靠武力决定胜负。战士们勇猛而悲惨的战斗背后，还进行着另一场暗战，那就是情报战。密码生成者和解读者的智力角逐，左右了许多战争的趋势。第二次世界大战中，在自由民主主义旗帜下联合起来的盟军，打败了独裁者领导的法西斯国家，但如果美英两国没有解读敌国的密码，结局可能就会有所不同。全世界也可能被法西斯分子征服。可是，随着恩尼格玛密码的破解，第三帝国的野心破灭；而紫色密码的解读也导致了日本的溃败。

然而，情报战几乎都是秘密进行的，不为外界所知，所以在一般人看来，胜利应该归功于那些开发了雷达技术和核武器的科学家。如今，半个多世纪过去了，情报技术取得了巨大飞跃，出现了网络战这一全新的战争形式。这种战争的主战场不在现实世界，而在电脑网络之中。只要具备高超的黑客技术，就能令任何一个大国陷入混乱。无论是发电厂、上下水道，还是各种交通基础设施，乃至金融交易和军事命令系统，都由电脑控制，而黑客能对电脑通信网络发动致命攻击。进入二十一世纪后，美国就曾遭受过好几次这样的攻击；美国也对若干假想敌国发起过类似攻击。倘若二十一世纪爆发大规模战争，那就一定是“数学家的战争”。

“关于报告的最后一项，”拉蒂默说，“对俄罗斯的密码，我们解读到何种程度了？”

“去问国家安全局吧。”霍兰德局长把竞争对手的名字抛了出来。

也许是觉得光这么回答不够礼貌，沃特金斯又补充道：“我们处于优势这一点毫无疑问，尤其是解读公钥的能力，我们堪称一流。”

“那是什么？”

“是因特网上最常用的一种密码，比如RSA密码。”见拉蒂默想听详细解释，沃特金斯只好继续说下去，“RSA密码使用了素数。素数是只能被1和自身整除的数。将两个素数相乘很简单，但对其乘积进行因数分解就难了。”

拉蒂默皱眉道：“怎么说？”

“比如，”沃特金斯心算了片刻，“203是由哪两个素数相乘后所得，这个问题很难立刻给出答案吧？”

“确实。”

“答案是7和29。”

“真不知道原来你的数学这么厉害。”拉蒂默的赞誉中带着惯常的讽刺。

“我也是从国家安全局的人那儿学来的。”沃特金斯不以为意，“RSA密码将两个素数的乘积作为加密的秘钥，而加密信息的接收方将这两个素数作为解密的秘钥。就算加密钥匙公开了也没关系，因为没有人能够分解出那两个素数。”国家情报总监耸了耸肩，“如果您想了解更详细的情况，就得请教数学家。”

“等等，就是说，只要知道加密数字由哪两个素数相乘，就能破解加密信息？”

“不错。”

“那将素数一个个乘起来与加密用的数字进行对照，迟早能试出来不是吗？”

“理论上是这样。但您不必担心，因为加密用的数字非常大。现行RSA密码的强度，除非使用国家安全局庞大的计算机资源，否则根本不可能进行因数分解。”

“明白了。”拉蒂默点头道。国家安全局的超级计算机超过三百台，它们已经不是用台数来计算，而是用安装面积来计算。“那帮家伙喜欢巨额预算。”

“还有优秀数学家。”沃特金斯面色凝重地说，“我可能在杞人忧天，但现代密码有一个致命的缺陷。倘若出现一名天才数学家，编出对大整数进行素因数分解的划时代的计算程序，那因特网就不再安全。国家机密也会泄露。这样一名天才，极有可能通过网络战争掌控世界霸权。”

“这真的会成为现实吗？”

“大部分专家认为，这种计算程序不可能设计出来，但并没得到数学界证实。可能会有人想出素因数分解的新方法。”

高级轿车抵达宾夕法尼亚大街1600号后，从西北门进入白宫，直达总统办公室所在的西厢。利用下车前的短暂时间，拉蒂默又提到另一个话题：“对了，上次提到的‘除妖行动’怎么样了？”

“是说阿富汗的事？”

“不，是刚果。”

“哦！”沃特金斯点头道。

对特批接触计划尤为关注的霍兰德竖起耳朵，认真聆听另外两人的谈话。

“那位‘天才少年’正全力以赴吧？”

“你是说施耐德研究所的那个年轻人？”

“嗯，那个人很能干，跟加德纳博士十分合拍。”

“关于计划的具体进展，你有什么新消息吗？”

明明身为国防部长，拉蒂默却对国防部主导的特批接触计划一无所知。霍兰德再次意识到，只有自己在认真对待这次威胁。

“特别计划室的人已经将作息时间调为刚果时间。”沃特金斯答道，“计划提前实施了。执行计划的队员都是精英，所以训练早于预定时间结束了。”

“优秀的队员？”

“听说是的。”

“那太可惜了。”拉蒂默叹息道，“不过，既然是总统做出的决定，我们也无能为力。”

“我认为总统的决定是正确的。计划大约半个月后完成。请等待最终报告。”

霍兰德盯着没有触及重点问题的沃特金斯的侧脸。国家情报总监道貌岸然的表情仿佛在说：“别多嘴！”本届政府中，总统对谁带来的情报失望，谁就注定会倒霉。尽管本次特批接触计划已经出现了不祥的征兆，但必须对总统隐瞒实情。关于日本进行的反情报工作，温和的加德纳博士早晚都会告诉总统吧。

守护者计划要提前一个多星期实施，这是作战部长辛格尔顿观察训练过程后做出的决定。四名队员在军队时代打下了良好的体能基础，训练短短十天后，他们就恢复了耐力，足以在热带雨林中行军十天。

这对耶格来说求之不得，这样他就可以早点儿前往里斯本去看贾斯汀了。

对于突然下达的出发命令，大家都没有惊慌，只是平静地做着准备。四人领到了各种装备：吊床、地图、指南针、水壶、GPS[①]装置、长距离侦察用口粮。为防范丢失，辛格尔顿严令每人将对抗致死性病毒的特效药装在防水袋中。执行计划所必需的武器弹药也一应俱全。不过，为伪装成民间人士，他们能暴露在外的武器只有AK47。这种突击步枪在刚果随处可见，据说不到一美元就能买到一支。半自动手枪和夜视仪等必须放在普通背包里。耶格同米克商量后，决定再携带上手榴弹和枪榴弹发射器。为防止遭遇武装分子，他们必须确保最低限度的火力。

在离开南非前的最后一次会议上，大家拿到了必要的文件：伪造的护照、野生动物保护团体的身份证、黄热病预防接种证明，以及刚果武装分子独自颁发的若干通行证。

“作战地区的战况是，”辛格尔顿说明道，“尽管刚果政府军派出了大量军队，但反政府势力仍占据优势地位。地方民兵组织支配着伊图里森林的中心区域，而伊图里森林南北的广大地区处在乌干达和卢旺达的控制之下。倘若与这些反政府军发生接触，千万不要将通行证拿错了。那些家伙为了不招致国际社会的

① “全球定位系统”的英文简称。

反感，都会故意摆出爱护动物的姿态。”

辛格尔顿的话中不知何时杂入了讥讽。武装分子真以为，与数百万条人命相比，国际社会更在乎几千头大猩猩?

“最后发放现金，每人各一万美元。只要贿赂刚果的官员和军人，他们什么都肯干。有时候还可以利用武装势力之间的矛盾保护自己。要做好两手准备。”

四人各分得五十美元的纸币两百张。他们的负重又因此增加。

“时光匆匆，我同你们的交往就此结束。希望上帝保佑你们。”

耶格等人同作战部长握了握手，将个人物品留在宿舍后，离开了泽塔安保公司。打包好的物资和武器弹药将另行运出。四人分别乘不同的航班，先后抵达乌干达首都坎帕拉。

与耶格的预想相反，坐落在维多利亚湖畔的坎帕拉充满现代感。他没想到，在非洲大陆中央，竟然会看到高层建筑群。尽管就位于赤道之上，但因为海拔高，所以并没有酷暑之恼。置身这座百万人口、活力四射的城市中，让人忍不住想出去散散步，但为避人耳目，他们只能留在酒店房间中。

太阳落山后不久，卫星电话响了一下就停了。耶格将伪装用的旅行箱放在房间里，空手离开了酒店。干道上笼罩着令人窒息的热气。柴油车排放的烟雾中，人流如织。在首都的中心区，鳞次栉比的商店的灯光映照着路上的人群和车辆。

耶格看着左侧通行的车道，想起这个国家是英国的殖民地。没有一个行人回头看耶格，叫他“穆尊格”——这是斯瓦西里语中“白人”的意思。路上见到的都是黑人，根本没有欧美人和亚洲人的身影。

耶格担心自己暴露，一看到街边小贩身后的大篷卡车，便飞快地跳上了车。

驾驶席上坐着一名非洲裔中年男子，旧衬衫的袖子下是肌肉发达的手臂，看样貌是一个已经成家的办事员。男人用带口音的英语说："请给我钥匙。"耶格将酒店钥匙从口袋里拿出来，交给司机。

"我来退房。"司机发动卡车，一边缓缓行驶一边说，然后伸出右手，自我介绍道："我叫托马斯。"

耶格同他握手，报上了自己假护照上的名字詹姆斯·亨德森。"叫我吉姆好了。"

"好，吉姆。这个给你。"托马斯将座位上的纸袋递给耶格，"晚饭。"

"谢谢。"袋子里装着耶格从未见过的快餐连锁店的汉堡，那似乎是某家在乌干达获得特许经营权的公司。肚子早就饿了的耶格立刻打开纸袋，一口咬了下去。

"真好吃。"

"那就好。"托马斯咧嘴笑道。

这个看似和蔼的司机应该是中情局雇用的当地工作人员吧，耶格猜测。托马斯也不是他的真名。不过，耶格并不想深究这个问题。他知道，自己无论怎么问对方都不会说实话。根据执行机密任务时必须贯彻的"知悉权"原则，不必要的情报不会被告知。托马斯应该也不知道，为什么要将这个叫詹姆斯·亨德森的男子送到邻国的战斗地区去。不过，通过交谈耶格了解到，托马斯的国籍是乌干达。

"这个国家要是能有像样的政治和教育，就能加入发达国家行列了。”托马斯由衷地感叹道。

“不是已经开始发展了吗？”耶格附和道。

托马斯的脸上浮现出复杂的笑容：“这几年，刚果的矿物源源不绝地输入进来。”

耶格想起，乌干达是第一次非洲大战的当事国。

“是掠夺来的物资吧？”

“不错。刚果的矿产资源储量在世界上数一数二。乌干达军队煽动刚果东部的民族仇杀，以维持和平的名义占领该地区，将矿产秘密输送回来。不过……”托马斯苦着脸继续道，“我不希望你们因为这件事就对乌干达产生偏见。头脑发热发动战争的是高层领导，不是普通国民。”

“美国也一样。”耶格答道，“任何国家都一样。”

他们用了将近一个小时才摆脱拥堵。令人惊异的是，这座城市的十字路口竟没有红绿灯。车又行驶了几千米，首都的模样便迥然不同了。非洲广阔而深邃的星空低垂在昏暗的住宅区之上。望着窗户中透出的油灯灯光，耶格不由得揣度起这里的人都过着怎样的生活。是不是一边为工作和家庭所恼，一边寻找着微小的快乐？那一定不是安逸的生活吧，但又只能如此度过。尽管物质生活上有贫富之分，但从内心衡量，这里的人与美国人没什么不同。

行驶在红土道路上的车慢了下来。在车头灯的照耀下，只见一个男人站在路旁。是盖瑞特。耶格朝驾驶席挪了挪身子，让跳上来的同伴入座。

“你是怎么到这儿来的？”耶格问。

盖瑞特微笑着，指了指前挡风玻璃：“坐那个。”

一辆商务车沿着逆向车道飞快地开走了。七座的车中，塞了十多名乘客。

“我拼车过来的。真是一段宝贵的经历啊。”

卡车加速行驶，又开了近一个小时，停在一片没有人烟的平原。手刹拉起的声音消失在非洲大陆厚重的夜色之中。耶格下车后，痴痴地看了一会儿头上的星空。满天的繁星仿佛在窃窃私语，让人感觉不到周围的寂静。此时此地，才能真真切切地感受到地球是一颗飘浮在宇宙之中的行星。

托马斯钻出驾驶席，手持电筒，朝卡车后部走去。载货平台上，只有外侧堆着木箱，内侧还留有可供数名男子横卧的空间。木箱被推开，耶格上车前就躺在这里的迈尔斯和米克站了起来。

“终于可以休息了？”

托马斯指着四个背包和AK47突击步枪，说：“你们的东西都在那里。”

四人开始准备穿越国境线。从各自的装备中取出战术背心和腿部枪套，穿戴在身上，然后拿起枪械，将子弹推进步枪和手枪的枪膛。装夜视仪的袋子虽然也放在手边，但为了避免电池消耗，他们只会在必要时使用。

接下来，他们取出驱虫剂，涂在皮肤、衣服和背包上。一系列程序完成后，托马斯将木箱中的便携式无线电通话器交给了他们。四人确认了无线电频率，然后将通话器放入身体和肩头的口袋中，将耳机戴在头上。

“都准备妥当了吗？”

见四人点头，托马斯返回车后部，用力举起木箱，堆成两排，以免从外面看见载货平台内部。迈尔斯打开笔形电筒，四人借着微光，靠在左右两侧的木箱上，坐了下来。

引擎再次启动，车缓缓开走。迈尔斯关闭手电筒，载货平台内漆黑一片。

耶格问："木箱里放着什么东西？"

"废料什么的，都是些乱七八糟的东西。"迈尔斯答道，"至少可以充当沙袋。"

耶格打开自己的手电筒，查看堆满载货平台后部的木箱。木箱之间，有意留出了四条狭窄的缝隙，正好适合做枪眼。托马斯果然是专业人士。

漫长的旅途中，车身一直都在摇晃。路面的情况通过轮胎传来，每当摇晃得不那么厉害时，他们就知道车正通过城市。耶格努力让自己入睡，但只能断断续续地打瞌睡。

凌晨时分，卡车停了下来，从耳机中传来托马斯的声音："我们即将穿越乌干达国境。"

藏在载货平台的四人侧耳倾听外面传来的声音。托马斯正坐在座位上说话，用的是斯瓦西里语，对方好像是乌干达国境线上的卫兵。托马斯曾一度下车交涉，但很快就回来发动了卡车。

"我们已离开国境，进入乌干达与刚果之间的缓冲地带。"

三千米后应该就是刚果民主共和国。但没过几分钟，卡车又停了下来。

"刚果一侧出现一名士兵、两名孩子兵，全都带着步枪。"

耶格等人悄悄端起AK47，单膝跪地，防备不期而至的战斗。

驾驶席外有人正对托马斯大喊，是孩子尚未变声的嗓音，反复说着"五百美元"，似乎是在索要贿赂。托马斯语气强硬地回复了几句，最后双方达成了一致。托马斯给他们香烟，他们放托马斯通行。

载货平台上的四人在摇晃的车内保持同样的姿势，等待进入刚果。不久后，卡车慢了下来，托马斯通过耳机报告说："出现三名士兵，携带步枪。出入境管理事务所中应该还有十二名士兵，但没必要担心。"

控制这一带的武装势力接受了乌干达的支援，所以身为乌干达人的托马斯应该可以通过。但耶格等人还是打开了夜视仪，以防万一。两眼前方浮现出荧光绿的电子图像。耶格打了个手势，其他三人便朝木箱后移动。

卡车停了下来。隔着窗户交谈了几句后，托马斯就下了车。应该是去出入境管理事务所。不过，他们还是听到有人在卡车周围走来走去。耶格从木箱间的缝隙往外窥视，隐约可见一个穿着战斗服的黑人士兵，此人明显对载货平台上的货物很感兴趣。这时又出现一个士兵，两人开始交谈，然后笑了起来，也许是在开玩笑吧。两人就这样用手搭向装货平台，爬上了卡车。

耶格打手势示意盖瑞特和米克发动攻击，射杀那两人，自己则准备好跟迈尔斯一起将他们的尸体拖进载货平台。

士兵们将最外面一排木箱卸下来，检查箱内，没有发现值钱的东西，不禁咂起了嘴。盖瑞特和米克叉开双脚站住，两手紧握装有消声器的格洛克手枪。在第二排木箱被卸下的瞬间，他们就会将子弹射入两个士兵的额头。不过，士兵们并没有继续卸下去，这是双方的幸运。他们将木箱放回原位，跳下了载货平台。

不一会儿，托马斯回来了。同先前一样，他仅花了少量的钱就打发了索贿的士兵，平安地返回了驾驶席。托马斯的声音从耳机中传来："我们已经进入刚果。现在不是武装分子的活动时间，但请不要放松警戒。"

载货平台内的四人决定轮班，两个小时一班，两人站岗，两人小憩。在能睡觉的时间睡觉，这是执行特殊任务时的铁则。

可是，进入刚果境内后，道路状况急剧恶化，让人根本无法入睡。按理说，入境的路应该是这一带唯一铺修过的干道，但实际上却只是一条泥路，路面凹凸不平，而且非常狭窄，卡车根本无法绕开那些坑。大篷卡车剧烈摇摆，震动。为避免陷入坑里动弹不得，托马斯将载货平台上的长木板卸下来，垫在路上的洞穴和泥泞之上，保证卡车顺利通行。这些重体力劳动都由托马斯一人默默完成。

车开了将近一夜。凌晨四点，他们终于到了终点。车缓缓停下来，退入一条岔道。树枝与大篷刮擦，折断的啪啪声在车内回响。

“我们到了。”

四人站起身，活动了一下僵硬的腰腿肌肉，接着分开像防波堤一样的木箱，带着各种装备跳到地上。

天还没亮，空气中弥漫着浓重的树木气味。气温比较低，只穿一件长袖衬衫会感觉冷。

耶格打开手电筒，眼前的景象令他大吃一惊。卡车所停的小路仿佛一条隧道。从左右伸展出的树枝，形成一道延伸到远方的拱廊。作为文明社会的一员，耶格的认识被颠覆了。这不是道路两侧有森林，而是在幽深广阔的森林中，蜿蜒着一条若有若无的细线，一条由名为“人类”的小动物踩踏出的兽道。

四人解下战斗装备，放回背包，穿上装有GPS装置的摄影师背心。大家都是棉衬衣加工装裤的打扮，光看外表，应该不会被识破身份。

耶格摊开地图说：“我们来确认一下现在的位置。”

托马斯比画着解说道："这条南北延伸的干道就是通往国境的土路。再往前，车就走不动了。一来路况很差，二来道路尽头有个叫曼巴萨的镇子，有民兵组织驻扎。我们现在在干道西侧的小路上。"

GPS上的坐标与托马斯的说明一致。地图上显示，他们前面是一个叫阿拉夫的村落。耶格等人接下来就要进入森林，沿着与干道平行的线路北上。距离攻击目标康噶游群所在的营地大概七十千米。耶格推断，如果顺利的话，五天之内就可以完成任务：两天用于抵达目标地区，一天用于确定康噶游群的营地，另外两天用于侦察和歼灭。

"最新消息，昨天，民兵组织与刚果政府军在距离此处一百千米的东北方进行了战斗。政府军阵亡六十人，数万人流离失所。此外，维和部队也遭到反政府军埋伏，伤亡若干。"

在一百千米开外，只要不是正规战，对他们就构不成问题。但这次的情形不同，附近只有一条贯穿雨林的道路，而且道路两侧几千米内，零星分布着一些可能成为掠夺目标的村落。如果武装分子向南进军，肯定会同他们在干道上相遇。可见，托马斯在此处将他们放下来是明智的。

"武装分子不仅会袭击沿路的村庄，还可能袭击雨林中的部落。你们千万要小心。"

看来，必须从密林深处前往康噶游群了，耶格暗忖。

"最后一件事，这是你们订购的物品。"

托马斯从卡车的载货平台上取出四把砍刀，交给耶格等人。乌干达司机完美地完成了他的任务。

"托马斯，谢谢你。"

“别客气。”托马斯微笑道。

其他三人也都感激地同托马斯握了握手。

“那我就回乌干达了。祝你们顺利。”说完，他就钻进了驾驶席。

载着一堆破烂的大篷卡车右转，消失在雨林之中。周围陷入一片黑暗。耶格等人摘下推至额上的夜视仪，打算暂时藏身雨林中，等日出后再开始行军。

各自负重四十千克的四人默默地互相点头示意，然后毫不犹豫地迈开了步子。

守护者计划的执行者们，就这样融入了非洲大陆中央的暗黑林海中。

11

自从那个叫坂井友理的女人出现后，研人一直生活在紧张与不安之中。每当需要使用手机和电子邮件时，他都怀疑有人在监视他；每次走夜路，他都觉得背后有人尾随。

这个周末的晚上，研人故意推迟了实验进度，调整了回家时间。如果跟指导自己的西冈学长一起离开实验室，到出租屋的那段路上，就可以两人同行。

“古贺。”同年级的女生招呼道。

研人转过头："怎么了？"

"有客人来了。"

"客人？"

"嗯，就在门口。"

平常不会有人到实验室找他，研人的脑中不禁拉响了警报。从实验台前无法看到实验室的门口。

"是什么人？"

"你自己去看看啊。"

"不会是中年女人吧？"

"不是，是男的。"

"男的？"另一种不安涌上心头。莫非又有新的威胁？带上氯仿洗脱液，出现危险就让对方闻——这个念头在他脑中一闪而过，但立刻就被打消了。与悬疑电视剧不同，假如现实中实际采用，有可能会置对方于死地。

研人战战兢兢地来到过道，朝门口望去。在实验室内靠门很近的地方，站着一个衣着整洁、态度谦逊的男生。他不胖不瘦，戴着一副小型眼镜，目光温和地看着研人。

与预想相反，来者是个治愈系角色。暂时放下戒备的研人走上前，自我介绍道："我就是古贺。"

对方答道："土井同学介绍我来的。"

"土井？"研人反问后，才想起对方是谁，忍不住开心地叫起来，"啊！你就是制药物理化学的……"

"不错，我叫李正勋。"

直到韩国留学生自报姓名，研人才听出对方有口音。

"我叫古贺研人，幸会。"

正勋微笑着问："你现在在忙吧？要不改天再谈？"

研人瞟了眼手表，现在是晚上七点半。不过幸运的是，今天是星期六。

"小李，今晚你有安排吗？"

"没有。"

"那三十分钟后碰面如何？"

"没问题。"

研人想起来，打算给对方看的两台笔记本电脑还在出租屋。"不好意思，能不能去我住的地方碰面？从这儿走十分钟就到了。"

"那里可以停摩托吧？"

"应该没问题，你等等。"研人进入会议室，拿起不知是谁留下的记录用纸，在上面画了去他家的路线，然后返回说，"这栋公寓的204室，八点见。"

"好的。"

"那等会儿见。"

同李正勋分手后，研人连忙着手完成工作。在实验台上设置好需一晚才能完成的反应后，他就匆匆离开了实验室。

一想到自己那间狭小的出租屋会迎来外国人，他感觉有点儿不可思议。考虑到冰箱中已空空如也，研人在小卖店关门前冲进去，买了一堆罐装果汁和零食。他本来还想买些啤酒，但客人要骑摩托来，劝人家喝酒好像不合适，于是就作罢了。

研人奔驰在夜路上，思绪飘回了中学时代。回父亲老家时，他曾与祖父和伯父发生口角，原因是他家上一代人非常讨厌中国和朝鲜半岛的人。

“那些家伙不值得信任。中国人和朝鲜人都一样。”伯父在酒席上强调。研人起初非常惊诧。他没有想到，甲府竟然居住着这么多外国人。

“伯父，你们跟中国人和韩国人打过交道吗？”研人问。

伯父翻着白眼说：“没有。”

这次轮到研人翻白眼了：“都没打过交道，为什么讨厌他们？”

旁边的祖父黑着脸插话道：“我年轻时在东京，曾跟朝鲜人吵架，结果被他们暴打了一顿。”

研人问膂力过人的祖父：“你跟日本人吵过架吗？”

“吵过好多次。”

“那你也讨厌日本人？”

祖父张大了嘴：“瞎说什么！日本人怎么会讨厌日本人？”

“那就怪了，都是吵架，为什么偏偏讨厌朝鲜半岛的人？”研人将祖父所说的“朝鲜人”换成了“朝鲜半岛的人”。尽管“朝鲜人”只是民族称谓，但从老人口中说出来，不知为何总带着轻蔑的感觉。研人并不想跟着他们戴上民族歧视的有色眼镜。“爷爷和伯父讨厌那些人的理由也太牵强了吧？”

“胡说八道！”祖父怒骂道，憋在心底的敌意瞬间爆发了。

“你这个年纪，就爱说这种话。”伯父也用教训的口吻说，“跟你父亲一样爱扯歪理。”

研人未料到，自己竟会因为这件事遭到祖父和伯父的讨厌。难道骨肉亲情还不及对“中国人”和“朝鲜人”的憎恨重要？小城市里寂寂无名的人，能断定外国人是劣等民族吗？不过，他们口中的“中国人”和“朝鲜人”这两个词到底指的是什么？是那些他们从未对话过的人吗？如果是那样，他们根本就不了解这两个词所指的对象。身为长者，难道没发现这是自相矛盾的吗？还是中学生的研人，对祖父和伯父的愚钝深感震惊。

此后不久，研人了解到日本人曾发动过大屠杀，便越发不寒而栗。关东大地震后，流言四起，说朝鲜人到处放火，向井中投毒。政府、官员、报社也参与散布此等毫无根据的流言，煽动日本人屠杀了数千名朝鲜半岛出身的人。除了用手枪、日本刀和棍棒虐杀外，甚至还残忍地将受害者仰面绑在地上用卡车碾死。据说，当时的日本人因为使用武力吞并朝鲜半岛而感到内疚，担心遭到报复，这种恐惧愈演愈烈，最后转化为暴行。不久后，暴行就失去了控制，以至于许多日本人也被当作在日朝鲜人，惨遭杀害。

令研人毛骨悚然的是，实施这些野蛮行为的人，主要是普通市民。如果种族主义思想浓厚的祖父和伯父当时也在现场，肯定会加入大屠杀的行列。一般来说，能心平气和地发表种族主义言论的人，会在某种诱因的作用下爆发残忍的本性，变成杀人不眨眼的刽子手。

他们究竟被什么恶魔附身了？遇害者到底遭受了怎样的恐怖和痛苦？连日本人自己都不知道自己有多么可怕。

在这恐怖的真相背后，唯有一点让研人感到慰藉，那就是伯父恶狠狠撂下的话："跟你父亲一样。"在上中学之前，研人一直未觉察到日本社会里暗藏的种族歧视，这都是拜家庭环境所赐。父亲诚治对海外留学生尤其热情，经常笑眯眯地说"小刘的论文写得很棒"，或者"金同学的会议报告十分精彩"。这种个性被独子研人继承了下来。在研人看来，这是自己从父亲那里继承下来的唯一值得夸耀的美德。

阪神大地震时，在日的韩国人和朝鲜人同日本人曾互相帮助，研人一边爬公寓的楼梯一边想。时代已经变了，他只能祈祷，这位即将到访的客人不恨日本人。对后代来说，愚蠢的先祖是沉重的负担。

研人进入房间，将扔得到处都是的衣服迅速收起来，确保六叠大小的房间中有可供迎客的空间，然后将放在床下的两台笔记本电脑放到桌子上。

约定时间刚到，窗外便传来摩托车的排气声。摩托停在了公寓外。研人来到狭小的阳台上俯视小巷，发现李正勋已从摩托车上下来，正在脱头盔。骑大型摩托的研究人员真的是凤毛麟角。

研人回到玄关，打开门。正在上楼的正勋抬头道："打搅了。"

"请进。"

正勋脱鞋进屋，笑着扫视了一圈室内。

"劳烦你跑一趟，真不好意思。"

"哪里，我突然来访，该不好意思的是我。"

两人再次寒暄后，研人便请正勋坐到桌前的椅子上。

"我想请你看的是这两台笔记本电脑。"

"就是这两台？"正勋问。

"是的。"研人答道，忽然察觉跟正勋见面后，两人的对话就像语言学入门书那样生硬，"对了，小李你今年几岁？"

"二十四岁。"

"我也二十四岁，我们说话就别见外了。"研人提议道，接着连忙问："你知道'见外'是什么意思吗？"

"知道知道。"正勋也换上了轻松的口吻。

研人笑着说："你叫我研人好了。"

"那你叫我正勋吧。"

"好。随便喝。"研人将刚买来的果汁放在地上，进入正题道，"首先是这台小电脑。它无法启动，有没有办法知道它里面是什么数据？"

正勋打开A5大小的笔记本电脑，按下电源键。屏幕一如既往呈现出一片蓝色。反复启动和强制关机了几次，正勋只好放弃。他取出自己的笔记本电脑，将其用网线同黑色小笔记本连起来，又进行了一系列操作。不熟悉电脑的研人压根儿不知道正勋要做什么。

大概半个小时后，正勋转头对坐在地板上的研人说："搞不懂。"

"果然棘手吧？"

正勋点头道："我怀疑它坏了，但又不能百分之百确定。"

"就是说，它可能坏了？"

"有可能。"正勋思索片刻，一向柔和的视线突然凌厉起来，那是研究人员所特有的表情，"借给我一周时间，让我更仔细查验，行不？"

"唔……"研人也思索起来。父亲在遗言中告诫他绝不能将电脑交给别人，而且不久前还出了坂井友理那件事。倘若将笔记本电脑交给正勋，会不会也给他惹上麻烦呢？

"我想给你，但这不是我的机器，不能交给别人。"

"那就没办法了。"

"我们休息一会儿吧。"研人说，递给正勋一罐饮料。

研人趁休息间隙思考另一台电脑的问题。他想让正勋研究可能与其专业有关的“GIFT”软件，但又不知如何解释给他听。尽管一个月内开发出治疗绝症的特效药有如痴人说梦，但研人还是想听听正勋的看法。

研人认为韩国留学生值得信任，于是开口道：“咱们下面要谈的事，你能不能保密？”

正勋诧异地皱起眉，点了点头。

“我必须在一个月内制造出GPCR的激动剂。”

“什么？一个月？”

“不错。‘GIFT’软件就是达成这一目的的工具。”

研人简明扼要地介绍了父亲嘱咐他完成的奇怪研究。得知研人的父亲最近过世了，正勋由衷地表示慰问，此外就一直沉默着倾听。最后，当说到父亲的计划中缺失了制药的重要环节时，研人不禁感觉有点儿羞愧。“这行不通，对吧？我爸的专业是病毒学，他肯定想得太简单了。”然而，正勋并没有当即对研人父亲的方案予以否定。他的表情一本正经，应该正在开动脑筋思考。“那我就抛开固有观念，纯粹从逻辑角度谈谈。”

“请讲。”

“我明白你父亲制订这个计划时的想法。”

“什么？”研人惊愕地探出身子。

“成功实施这个看似不可能实现的计划的条件只有一个，即‘GIFT’这个软件十全十美。”

“十全十美？”

正勋点头道：“如果能准确建立受体模型，并完美设计出与其结合的药物的化学结构，那接下来只需按部就班地操作就行了。”

“就是说，接下来只需要按照药物的化学结构将其合成出来？”

“是的，所以说，你父亲制订的研究步骤，是成功合成药物的最基本条件。”

如果制药软件能生成完美的设计图，那合成出化合物就等于制造出药物。姑且不论假设是否成立，单从逻辑角度看，这一论断确实没错。

A4大小的白色笔记本电脑中有研究所必需的软件，你就使用它吧。

原来父亲在遗书中，给出了充分的指示。正勋说得对，只要“GIFT”软件十全十美，父亲的计划肯定就能成功实施。

“可这个世界上有那么强大的软件吗？”

“没有。”正勋断然否定。

研人大失所望：“那逻辑上成立有什么用？”

“我那么说是出于对你父亲的尊敬。”正勋笑道，朝更大的电脑伸出手，“咱们看看‘GIFT’软件吧。”

电脑很快启动，屏幕上浮现出“变种GPR769”的CG图像。正勋惊叫起来：“这是什么？”

“从专业角度看，果然很奇怪？”

“我还从没见过如此真实的图像。唔……怎么说呢？这么设计还是有道理的。”

正勋注视着七个α螺旋组成的跨膜结构受体，过了好一阵子，他才移动鼠标，敲击键盘，确定“GIFT”的各项功能，嘴里不时嘟囔着“原来如此”或“怎么回事”，间或还笑出声来。查看完毕后，正勋说：“真是不可思议！这个软件领先了当今科学水平五十年。以现代人类的水平，不可能写出这样的软件。”

“就是说，它超越了人类的智慧？”

“对，超越了人类的智慧。通过基因的碱基序列，就能知晓受体蛋白质的立体结构，从而设计与其结合的药物的化学结构，还可以预测药物与受体结合后的复合体的结构。对了，这是什么？”

菜单中有一个写着“ADMET”的选项。这一术语同研人的专业有关。“这是吸收、分配、代谢、排泄和毒性五个英文单词的首字母缩写，是药物进入体内后的状态指标。”

“哦……”正勋似乎明白了，“是药物在体内的动态和毒性吧？”

“这个软件，连‘ADMET’都可以预测？”

“嗯，光看这个功能，并没什么好稀奇的，因为其他软件也能预测药物在体内的动态和毒性。但‘GIFT’还可以指定生物种类，选择人或鼠。还有基因组输入栏，必要时实施定制医疗。”

研人也开始真切意识到“GIFT”这个软件有多么不同寻常。“如果这个软件十全十美，那就不需要临床试验了。”

“嗯。整个制药工程都可以由这个万能软件承担。人要做的，只是合成药物和确认结果而已。”

研人和正勋相视而笑。

“接下来——”正勋再次看向电脑，似乎对这个神奇的软件倍感兴趣，“我们来找找这个软件并不完美的证据吧。你有什么好办法？”

“不知道这个有没有用？”研人将塞在书架上的一摞纸拿出

来，那是实习医生吉原下载的肺泡上皮细胞硬化症的相关论文，“葡萄牙的研究人员发布了刚才提到的那种受体的立体结构。”

正勋浏览了一遍论文，喃喃道：“是同源建模啊？太好了。”然后反复比对“GIFT”中的图像。真实的CG图像变成了由球和带组成的抽象模型。将受体的活性部位放大后，与配体结合的部分就从原子层面上显示出来。

“果然如此。”正勋说，“两种模型差别很大。原子坐标的数值也不一样。”

“这么说，‘GIFT’是骗人的？”

正勋却苦着脸说：“现在还不知道。从逻辑上说，有三种可能，葡萄牙的研究人员错了，或者‘GIFT’错了，或者两者都错了。”

研人对正勋不肯轻易下判断的态度深表敬佩。强大的逻辑思维能力是科学工作者唯一的武器。

“其实，计算机辅助药物设计已经遇到了瓶颈。就算是最先进的软件，也很难准确预测膜蛋白质的立体结构。葡萄牙的博士多半也使用了错误的模型。”

正勋打开自己笔记本电脑中的软件，拷贝了碱基序列的信息，输入“GIFT”。“这种蛋白质的结构是已知的，我们来做个试验，对比一下‘GIFT’生成的结果吧。”

敲击回车键后，屏幕上出现了一串英文：请连入因特网。

“这是为什么？”正勋不解地问。

研人将高速因特网的网线接入A4大小的白色笔记本电脑。机器接入赛博空间后，“GIFT”的画面也改变了。

Remain time（剩余时间） 00:03:11

这个数字正在逐秒递减。

“只要三分钟？”正勋嘟囔道。

三分钟后，“GIFT”就给出了答案。窗口中浮现出正勋指定的蛋白质的立体结构。正勋仔细比对，神情越来越严肃。“奇怪，这个软件准确描绘了一百个氨基酸构成的蛋白质的结构。”

研人也惊讶不已。这不就证明了“GIFT”是完美的吗？

但正勋仍然没有立即下结论。

“我首先想到的是，这个软件是冒牌货。”

“那它怎么能模拟出蛋白质的结构？”

“它要求在计算时连上网，对吧？”

“嗯。”

“它可能找到网上已有的蛋白质结构，假装是自己计算的结果。只要接入蛋白质数据库，就能找到许多类似的信息。”

“原来如此。”研人说，但马上又发现了新问题，“可是这样一来，我们不是就无法判断‘GIFT’的真伪了吗？”

“没错。我们无法辨别‘GIFT’是自己计算出的正确结果，还是盗用了别人的发现，因为正确的结构只有一种。但如果计算未知的结构，那谁都不知道‘GIFT’和其他的模型谁对谁错。”

他们似乎中了一个狡猾至极的圈套。不过，倘若“GIFT”是冒牌货，那到底是谁出于何种目的，大费周章地开这种玩笑？

正勋问：“你父亲熟悉编程吗？”

“完全不懂。”

“那他是从哪里得到这个软件的？”

“不知道。”

礼物——这个软件的名字，渐渐飘散出阴森的气息。

“还有一种可能，即‘GIFT’确实是十全十美的。当然，这只是假设。”正勋强调道，“如果这一假设成立，那‘GIFT’就可能是装有云系统的黑客软件。”

“云系统？”

“是的。这是寻找外星人的‘SETI计划’用的方法。要从宇宙电波中探测出可能是智慧生命发射的信号，需要异常庞大的计算量。于是该计划招募了大量志愿者，将他们的电脑联网，利用他们电脑CPU①的一部分进行计算。数十万台电脑集中起来的话，其计算能力将超过超级计算机。”

“我能说句题外话吗？”

“可以。”

“他们有没有找到外星人？”

“还没有。”

研人有点儿失望。

“银河系中心发出的来历不明的电波，过去只检测出六次。现在这些电波仍然是个谜。世界各国的天文学家，已经制订了报告程序，应对找到外星人的情况。”

“哦。”

“言归正传。”

正勋迅速将关注点从外星人转移到“GIFT”上。

“决定软件性能的重要因素有两个：电脑的计算能力和

---

① 计算机的中央处理器。

算法。”

“算法指的就是计算步骤吧？”

“不错。省略无用的计算，用更少的步骤获得正确的答案。”

研人拼命思考，理解这些非专业知识。

“如果这台电脑接入了分布式计算系统，将计算任务分配给其他电脑，那计算能力就会大大提高。但是，即便将一亿台电脑连起来，也不可能完成分子动力学模拟计算。”

这一点研人也明白。正因为计算不完美，才要在制药过程中收集与结构活性相关的数据，研究更合适的化学结果。发达国家之所以争相研制超级计算机，也是因为计算能力与科学技术水平直接相关的时代已经来临。

“能弥补计算能力不足的，是简化计算步骤，也就是算法。尽管使用了各种方法，但完美的算法是不存在的。算法不同，答案也会不同。这就是当今科学的局限性。换言之，目前人类所掌握的计算能力还不够强，也没人发现完美的计算步骤。”正勋做出结论。

研人道：“也就是说，‘GIFT’不可能十全十美。”

“根据常识判断，应该如此。”正勋答道，但脸上依然带着不确定的神色。

“你还有什么疑惑？”

正勋的话突然含糊起来：“怎么说好呢，那种感觉……”

“感觉？”

“嗯……这个软件，用起来感觉很奇怪。”

“怎么说？”

“唔……怎么说呢？”正勋揪着头发，将他心中异样的感觉翻译成日语，“用的时候觉得，这个软件真像是万能的。”

这种感觉，恐怕只有精通软件的正勋才明白吧。

“开发这个软件的，应该是非常优秀的研究人员。从表面上看，他对分子层面和电子层面极其复杂的生命活动都了如指掌。倘若这个软件真的能用，那授予开发者多少个诺贝尔奖都不为过。”

研人也有同感。

“不过，好像也没有直接证据表明，这个软件是冒牌货。这软件设计得太巧妙了。”

“开发这个软件的人有何目的呢？”

“这也是个谜。在专家眼里，这个软件是‘不可能存在的’，而普通人又不知道这是什么软件。”

研人闻言大悟：“非专业的研究人员可能会受骗。”

“什么意思？”

“就像我父亲那样的病毒学者啊。他会不会上了当，相信这是‘万能制药软件’？”

研人的脑海中浮现出那个名叫坂井友理的女人。她跟父亲是何关系目前还不得而知，是不是她带着这个软件主动找到父亲，提议开发治疗绝症的药物呢？诱饵就是新药所带来的巨大专利费。但实际上，“GIFT”只是冒牌货。坂井友理打算吞掉父亲投入的研究资金后一走了之。坂井友理用他人名义开立银行账户，向父亲展示账户上的大量存款，然后诱骗父亲将钱汇入该账户。

可是，为什么在父亲死后，坂井友理要冒着危险出现在研人面前呢？如果她想要回的小电脑里储存着欺诈行为的证据，比如来往的电子邮件，那就解释得通了。她对安装着“GIFT”的电脑置之不理，是因为从软件入手，追查不到她头上。

“老爸怎么那么糊涂啊。”研人愤愤地说。

“你父亲也有值得肯定的地方。”正勋劝慰道。

可是，这一推论还存在一处说不通的地方，那就是《海斯曼报告》。这份人类灭绝研究报告的第五节写着什么？研人拜托报社记者菅井去找这份报告，但至今没有消息。不光是《海斯曼报告》，这次的“新药开发欺诈”最好也同菅井谈谈，研人想。有必要的话，甚至要做好报警的准备。

“这台机子能借给我吗？”正勋指着装有“GIFT”的电脑问，“我还想再玩玩。”

“嗯，可以。”

“谢谢。”

正勋跟研人聊了大约一个小时，交换了手机号码，然后在午夜前离开了。交谈中，研人了解到这个韩国留学生的特殊经历。他在祖国读高中时跳了一级，十七岁就上了大学，头脑相当聪明。流畅的日语是在学校学会的。后来，大学休学服兵役期间，他又在美军基地工作，掌握了英语。跳级也好，服兵役也罢，国家不一样，学生所处的环境也大相径庭。

研人目送正勋离开，顿生觅得知音之感，心情为之大振。他在狭窄的浴室里冲凉、刷牙，做好睡觉的准备，然后躺在床上，做出了最终的决定。既然知道“GIFT”无法使用，那就只能认为父亲留下的研究不可能实施。他只能放弃开发肺泡上皮细胞硬化症的特效药。

总之，肯定不行，对挫折已经习以为常的研人对自己说。拯救十万个孩子？真是不自量力的妄想。

但有一幅画面却在脑海中萦绕不去。

是那个嘴边满是鲜血、饱受痛苦的小女孩。

小林舞花。

从研人的公寓出发，步行二十分钟，就能见到那个孩子。她躺在医院的病床上，因为无法摄入足够的氧气而痛苦地喘息。此时此刻真实存在的那个女孩，一个月后就会从世界上消失。

死——掉。

这个地球上，没有一个人可以帮助那个孩子。

“浑蛋。”研人小声咒骂，关掉台灯，打算入睡。

他在床上辗转反侧，却始终无法熟睡。半睡半醒之间，思绪和梦境交替，杂乱无章。空无一人的实验室、因实验失败而一筹莫展、遭到导师指责、笼中蠕动的小白鼠、细胞膜上张着大嘴的孤儿受体……这些零散的片段在黑暗中浮现出来。突然，一段轻柔的电子音乐不知从何处传来……

研人吓了一跳，这才意识到自己刚才睡着了。右臂伸出被窝外，拿起仍在地板上继续鸣叫的手机。

他半睁开眼，看着液晶屏幕，上面显示“不明号码”。现在是凌晨五点，房间中还一片漆黑。研人不耐烦地接通了电话。“喂？”

“古贺研人，请注意听我说。”

“喂？”

尖厉的声音在耳边回响：“古贺研人，请注意听我说。”是用电脑制作的人工声音，毫无抑扬顿挫之感，“古贺研人，请注意听我说。”

“你是哪位？怎么在这个时间打电话过来？”

对方忽略了研人的愤怒，自顾自地说道："三十分钟内离开你的房间。三十分钟内离开你的房间。不要留在你房间。不要留在你房间。"

人工声音用古怪的日语将每句话都重复一遍。恶作剧吧？研人这样想着，正要挂断电话，内容又变了："小电脑不要给别人。小电脑不要给别人。"

研人意识到这说的是A5大小的笔记本电脑。他从床上爬起来，侧耳倾听电话里平板的声音。

"三十分钟内离开你的房间。不要留在你房间。小电脑不要给别人。"人工声音又将之前的话重复了一遍，然后补充道，"快从你的房间逃走。快从你的房间逃走。关上你的手机。关上你的手机。"

"喂？"研人呼叫的同时电话就断了。

研人敲了敲头，摆脱睡意。在寒冷的房间中回想着那段古怪的话，体内仿佛也刮起了一阵冷风。

小电脑不要给别人——

三十分钟内离开你的房间——

快从你的房间逃走——

这明显是警告。莫非三十分钟后，会有人来这个房间抢夺笔记本电脑？

关上你的手机——

研人连忙关机，但仍旧不知是否该相信警告。会来抢电脑的，只可能是那个叫坂井友理的女人。那打电话来的是谁？尖厉的人工声音，多半是将文字输入电脑后生成的。之所以无视研人的提问，自顾自地说下去，就是因为这些文字是提前准备好的。

不要留在你房间——

这句话的意思听得懂，但说法很别扭。难道是外国人？研人的脑海里不禁浮现出李正勋的面庞。不对，正勋的日语要流畅得多，几乎称得上完美。

研人爬下床，打开灯和空调。因为睡眠不足，大脑昏昏沉沉的。如果是坂井友理冲过来，那就没什么好担心的。研人尽管身材瘦弱，但假如拼尽全力，也能把她赶跑。

快逃——

可是，人工声音听起来却异常紧张，仿佛在说“不逃走的话，后果不堪设想”。

研人刚进厕所，一股寒气就再次蹿上脊背。那天晚上，坂井友理是乘商务车来大学的，那辆车中还有一个身影。对方不止一个人。

坂井友理曾说过：“我也是为了你好。”现在，研人终于理解了这句话的言外之意。那是在威胁研人，不交出电脑就有性命之虞。

研人思来想去，十多分钟就这么浪费了。可是，到底该怎么办？研人明白自己的性格优柔寡断，但这个时候必须当机立断。在上厕所、洗脸期间，研人决定好了下一步该怎么走。他并非相信警告电话，但保险起见，还是决定暂时离开房间，观察一下事态发展。不如去便利店打发时间，待天亮之后再返回公寓吧。

研人换上衣服，带上钱包和房间钥匙，将已关机的手机放进口袋。慌乱中，他差点儿忘了带走最重要的东西——A5大小的笔记本电脑。这玩意儿该怎么带走呢？他脱掉身上的羽绒服，从衣柜中翻找出户外穿的大衣。大衣胸部有一个放地图用的口袋，刚好可以将那台小电脑放进去。

这时，窗外传来汽车的引擎声。时间是五点二十六分。还剩四分钟，研人边想边拉开窗帘和窗户，悄悄来到阳台。周围还很黑。借着路灯的光芒，研人俯视楼下单向通行的狭窄小巷，只见一辆商务车就停在阳台下方，外形同坂井友理的车很像，但颜色不一样。毫无疑问，那辆车是专门挑选可以堵住公寓出入口的位置停下的。

研人感觉自己的后路被切断了。要离开这座建筑，只能从那辆车的旁边经过。

副驾驶席上下来一个男人，站在车边。那人动了动肩膀，似乎在抬头张望，研人连忙缩回了头。这到底是怎么回事？他微弯着腰，返回屋内，突然意识到自己犯了一个致命错误。房间里亮着灯，窗户开着，窗帘也没拉上。下车的男人应该猜得出房间里有人。

下面传来车门开开关关的声音。对方有几个人？研人正这样想着，门外就来人了。刺耳的门铃声反复响起，按门铃的人好像怒不可遏。研人浑身发抖。事到如今，假装不在是行不通了。他来到门口，通过猫眼观察。薄门板外，站着一个眼神凶狠的中年男人，身穿制服。他身后站着两个戴着白色口罩的男人。

研人不敢回话，忍着尿意继续窥视外面。站在前排的男子朝后面的同伴点头。其中一个戴口罩的男人拿出放大镜模样的东西，盖在猫眼上。研人的视野顿时模糊，看不见外面了。

研人立刻意识到对方在做什么。通过放大镜能修正猫眼透镜造成的歪曲，从而从外面窥视室内。也就是说，戴口罩的男人肯定看到了门内侧的研人。

研人不禁往后退了几步。这时门外爆发出怒吼："古贺先生！古贺先生！请开门！我们是警视厅的！"

警视厅？警视厅是什么？思维混乱的研人问自己。

"我们知道你在里面！快开门！"

对方是警察。研人尽管不知道对方为何而来，但明显感觉到来者不善。星期天一大早就嚷嚷着自己是警察，目的是引起公寓里其他住户的注意。研人无奈地拧开门把，半开着门，但没有取下门链。

"你是古贺研人先生吧？"最前面的男人露出整张脸，递出身份证似的东西，"我是警视厅的门田。请让我们进去。"

研人紧张得口水都干了。"你们有何贵干？"

自称门田的男人的脸色越发严厉。"是关于你父亲诚治先生的事。"

"我父亲？"

"请解下门链，打开门，我会把详细情况告诉你。"

莫非警察已经开始调查新药开发欺诈案了？研人心中涌起淡淡的期望。但警察凌晨突然造访，这无论怎么解释都不能说是好事。研人对目光阴沉的三人说："能不能出示一下警察证？"

门田咂了咂嘴，打开证件夹，再次出示警察证。

"警察证的封皮难道不是黑色的吗？"

"老款是那样。现在使用的是这种。"

研人看到了门田警官所属的部门。"警视厅公安部①是干什么的？"

---

① 在日本，公安部是隶属于警视厅的机构，日本的公安是以"维护公共安全和秩序"为目的的警察，主要负责处理与国家安全相关的恐怖主义活动、情报工作等。

门田合上证件夹，说："我们是协助调查的。国外有警察向我们询问最近过世的古贺诚治教授的事。"

"国外的警察？"研人慌乱的大脑总算冷静下来。父亲去过的国家有哪些？为参加学术会议去过美国和法国，还有为调查HIV[①]去过非洲的扎伊尔。

"具体是哪国的警察？"

"美国。"

"美国的哪个州？"

"不是某个州的警察。找上我们的是联邦调查局，也就是FBI。"

研人闻言大惊："联邦调查局想知道什么？"

"你父亲涉嫌犯罪，联邦调查局委托我们调查，他在前往美国研究机构时，是否窃取了实验数据。"

研人呆呆地盯着门田。再怎么可怜，父亲也不至于堕落到犯罪的田地吧。但研人立刻想到了间接证据，突然感到如坠冰窟。那证据就是父亲留下的神秘遗言。遗言中，父亲似乎不知道自己会死。

你收到这封信，意味着我已在至少五天前从你和你母亲面前消失了。

难道说，父亲已经预见到自己将被警察拘留？

"当然，你父亲已经过世，我们并不是要追诉他。不过，我们必须确认事实关系。"

---

① "人类免疫缺陷病毒"的英文缩写，又称"艾滋病病毒"。

研人不知道自己该相信什么。这时候，身为研究者的自己该何去何从？逻辑。对，我们能依靠的只有逻辑。不要匆忙下结论。学习一下昨晚正勋的态度。父亲的遗言是什么？从遗言中能推导出什么结论？

但你们不用担心。也许几天后，我就会回来。

研人低下头，眼前的警察从视野中消失了。父亲是无辜的，他这番话的意思是，即便自己被警察带走，几天过后也会洗脱嫌疑回来。

“你父亲留下的电脑在你这儿吧？”门田问。

“电脑？”研人反问道，一股怒火涌上心头，连自己都为之一惊。你们少打我父亲的主意！

“对，就是研究用的电脑。”

小电脑不要给别人——

研人问：“父亲窃取的是实验数据，不是软件吧？”

门田皱起眉，不太确定似的说：“是实验数据。”

“最后问一句，”研人固执地说，“你们来这儿，是因为怀疑我父亲，不是怀疑我吧？”

“当然不怀疑你。我们只是找你配合调查。”

研人心里盘算，看来，自己就算逃跑，应该也不会被问罪。

“这里的所有电脑都要没收。请让我们进去。”

研人抑制住颤抖，鼓起勇气说：“我拒绝。”

警察眼色骤变。门田从上衣口袋中取出一张文件，伸到研人的鼻子底下。“这是法院的搜查没收许可证。我们在执行强制搜查。你不同意我们也要进来。”

快从你的房间逃走——

“好吧，那我放下门链。”研人说，门田将插在门缝里的鞋尖缩了回去。

研人以迅雷不及掩耳之势关门上锁。门外立刻传来了咚咚咚的敲门声，他刚拧紧的门锁又被人从外面拧开了。研人大惊。警察已经从房东手里拿到了备用钥匙。他想穿上运动鞋，但慌乱中鞋带缠绕在了一起。一名警察手持巨大的钢铁大剪伸入门缝，试图剪断门链。

研人好不容易才穿上鞋，冲过六叠大小的房间，跳入阳台。咔嗒，背后传来金属破裂的声音。门链被剪断了。研人用眼角余光瞥见警察蜂拥而入。没有时间了。研人翻过阳台栏杆，单手按住胸部地图袋中的笔记本电脑，跳到商务车的车顶上。高度大约一米五。耐冲击结构的车体，通过自身凹陷，使坠物得到缓冲。

从车顶滚到地上的样子一定相当难看，但现在不是注重仪表的时候。研人安然无恙地站在路上，朝与商务车来时相反的方向跑去。

一回头，只见驾驶席上跌跌撞撞冲下第四个警察。那人双手抱头，表情痛苦。刚才研人落到车顶时，好像刚好砸中了那人的头。这算是袭警吗？研人惴惴不安，但并没有放缓奔跑的速度。

星期天的凌晨，居民区还不见人影。研人没跑到一分钟就已经上气不接下气了。必须甩掉他们，研人心急如焚。对方可是追踪的高手。跟他们耗得越久，就越对自己不利。

研人来到四车道的大路上。稀疏的车流中，看不见出租车的影子。穿过大路进入小巷，忽左忽右，进入另一条大路，这次总算遇到了出租车。研人挥舞双臂，钻进停下的出租车。转身查看，没发现警察跟上来。

想告诉司机去哪儿，但发现自己也不知道目的地。出租车朝向两国[①]方向。可去那里太近了，研人身上的钱又不够打车去太远的地方。

“到秋叶原。”研人说。这个时间，电车已经开始运营了。

“好的。”司机答道，踩下油门，打灯左转。

研人在后座上平复呼吸，暗自思忖：自己是不是闯大祸了？此刻警察说不定正在给厚木的老家打电话。母亲要是知道了儿子的犯罪行为，肯定会惊慌失措吧。逃到安全的地点后再同母亲联络为好，刚想到这儿，耳边又响起了电话中听到的警告。

关上你的手机——

现在自己总算明白，那毫无抑扬顿挫的人工声音说的是什么意思。只要手机信号被三个基站捕捉到，手机的位置就能被计算出来。如果不想让警察查出自己在哪儿，就不能打开手机。今后要联系谁，就只能使用公用电话。

出租车抵达与锦糸町相距三站的秋叶原站。付了打车费后，研人身上只剩下两千日元。但幸运的是，他不用担心钱的问题，因为他的钱包里塞着“铃木义信”的银行卡。

研人朝车站走去，思考着自己该前往何处，这时才意识到父亲早为自己准备了藏身之处——就是町田那间破旧的公寓。记载着那个地址的字条藏在只有研人和父亲知道的书中，也就是说，即便研人的所有通信工具都遭到监视，警察也无法获知父亲私设

---

① 东京两国桥周边一带，两国与锦糸町仅相距一站。

的那个实验室。所有应对之策父亲早已筹谋妥当，研人不禁心生感叹。

站在自动售票机前，研人回头观察身后。没人跟踪。他边看铁路路线图，边将换乘路线记在脑中，然后通过闸机口。

事到如今，自己只能姑且藏身町田，等待最后的线索——《海斯曼报告》全文传回日本的那天。

12

伊图里森林里的行军开始后的第二天早上，耶格从浅睡中醒来，躺在吊床上查看手表。背光电子屏上刚好显示的是五点三十分。特种部队中培养出的敏锐时间感并没有退化。

耶格钻出盖在吊床上的蚊帐和防水布，跳下吊床。密林中空气湿冷。黎明前的微光中呈现出不自然的白色，耶格凝神细看，才发现自己已被浓雾包裹。

雾中，米克持枪站岗的身影，宛如战死者的亡灵般浮现出来。他们四人轮班站岗，两个小时一班。米克转过头，轻声道："没有异常。"

耶格点头，将视线投向另外两张吊床。盖瑞特和迈尔斯正微微打鼾。米克揭开防水布，叫醒两人。

所有人起床后，开始做出发前的准备。收拾起吊床，拆掉作为支柱的树枝。他们每人只备有两套衣服，一套干衣服睡觉时穿，一套湿衣服行军时穿。他们重新喷上驱虫剂，吃掉味道不佳但至少能补充能量的压缩干粮，吞下防疟疾的药物，完成排泄，再把临时厕所用土填埋起来。

这次执行的潜行任务，有相当优越的条件。一般来说，潜入周围都是敌人的地区，必须将排泄物装进塑料桶，以彻底掩埋痕迹，就连厕纸都不允许使用。可是，在边长数百千米的广大伊图里森林中，是不用担心这个问题的。在这里，守护者计划的四名执行者不过是大海里的鱼苗罢了。

耶格打开地图和GPS装置，确认今天的行军路线。他们议定了若干会合地点，以防突遇战斗后被打散。

四人背上沉重的背包，手持武器，米克打头，其后依次是耶格、盖瑞特和迈尔斯，他们呈战斗警戒行军队形前进。这个队形可以防备来自正面、侧面、后面的攻击。不过，因为热带雨林中异常昏暗，他们彼此间的间隔比通常行军队形的间隔更近。

行军一个小时后，雾散了。阳光从树冠的间隙中射下来，为他们在幽暗的雨林中照明，引导他们朝更深处进发。

无穷无尽的林海消磨着耶格的斗志。密林里似乎有一种魔力，能让置身其中的人消沉下去。这里是原始而独立的世界，人类在这个世界中不过是穿着衣服、直立两足行走的外来物种。尽管这里生机勃勃，但人类却格格不入。行军久了，一股乡愁般的孤寂感便油然而生。

特种部队的教官说过，只有一种办法可以应对雨林带来的不安和恐怖，那就是确认你所面对的威胁。天气？气温？饥饿？方向感丧失？有毒小动物？确认威胁后，就集中精力去解除那些威胁。只要不存在威胁，就没什么好害怕的了。

对，只要确认这里没有威胁就不用害怕，耶格对自己说。耶格曾在东南亚密林参加过雨林战训练，但这里的环境与东南亚截然不同。尽管在赤道附近，这里却因高海拔而无酷热之忧。林中一阵风拂过，身上的汗水就被舒舒服服地吹干了。虽然存在昆虫和蛇等小动物的威胁，但它们数量不多，只要不粗心大意就没问题。最值得庆幸的是，不论走到哪儿都有干净的河流，打上来的水比在巴格达时分配到的矿泉水还好喝。

俾格米人已经在这里生活了数万年，倘若伊图里森林生存条件恶劣，他们早就灭绝了。没有理由过度害怕这座密林。

前方的米克停下来，打手势召集大家。耶格等人轻手轻脚地朝先头侦察兵聚拢。

“那是什么？”米克用AK47的枪口指着灌木的枝干问，“难道是从未见过的生物？”

耶格沿米克指的方向看过去，只见一个乌黑的生物贴在树干上蠕动，就像拉直了的蚯蚓。“这是一种蚂蟥吧？”耶格说，“虽然没见过，但并非超乎想象。”

“不用杀了装起来吧？”

“别管它。”

盖瑞特笑出声来：“我们是博物学家吗？”

光滑的生物以出人意料的敏捷身手，朝迈尔斯跳过来。迈尔斯大惊躲开，其他三人都笑了。

这时候，附近的草丛中传来响声。耶格等人立刻将枪口对准声音传来的方向。一个中型犬大小、外形酷似鹿的动物爬起来，朝森林深处跑去。它刚才似乎在睡觉，被人声惊醒后逃掉了。

此刻正好适合停下来休息片刻。耶格下令休息，将背包放在树木之间狭窄的空地上。坐在杂草之上，大树的根从地面突起，如同竖着的木板，用来当靠背再合适不过。

迈尔斯一边喝水一边问大家：“刚才那种生物，你们觉得是什么？”

“我一点儿头绪都没有。”盖瑞特说。

“也许是一条平蛇。”米克说。

“那是什么？”

“是日本的一种未确认的动物。找到了还能拿赏金。”

“看来我们不应该来刚果，应该去日本啊。”

米克的故乡日本是什么样的国家呢？耶格想。脑海中浮现出混乱拥挤、闪烁着艳俗霓虹灯的大都市，但或许这只是对日本的成见。

迈尔斯扫视四周，确定森林中没有别的响动后，压低声音说：“我总觉得这次的任务有些不对劲。”

耶格问：“怎么说？”

“仔细想想，我们执行的任务对象是两种截然不同的东西，病毒感染者以及从未见过的生物。”

“我没有专业知识，”盖瑞特说，“被病毒感染的生物，会不会像妖怪一样变形呢？”

“那是好莱坞电影中的情景。从生物学角度说是不可能的。”迈尔斯断言道，“说不定，计划的真实目的只是暗杀。”

“暗杀俾格米人？”

“不对。是暗杀同姆布蒂人待在一起的人类学者奈杰尔·皮尔斯。”

“这个我也想过。”耶格说，“如果只需要杀死皮尔斯，那就应该制订别的计划。没有必要连姆布蒂人一起杀死。”

“是为了杀人灭口？”

“只要发动夜间强攻就不用担心我们的身份暴露。即便有姆布蒂人见到我们，他们也不知道我们是谁。”

“这么看，计划的目的果然是杀死病毒感染者啊。”

“我担心的是计划完成之后。”米克说，“我们必须搜集尸体的脏器带回去，比如大脑或者生殖器。”

想到这项恶心的任务，迈尔斯不禁愁眉苦脸起来。

“那我们带回去的就是可怕的病毒。这个计划的真实目的，莫非就是搞到病毒来制造生物武器？”

“美军有规定，不能开发生物武器。”耶格为老东家辩护道，“但我也不知道实际情况怎样。”

迈尔斯想说什么，却打住了话头。其他三人也都停下来，全神贯注地聆听。从上风处传来微弱的拨开草丛的声音。是脚步声。而且不是一个人的。至少有五个。他们不是简单地靠近，而是呈分进合围态势，要将耶格等人包围起来。

四人握紧突击步枪，无声无息地站起身。米克指了指自己，表示自己来承担侦察工作。耶格点头同意。米克枪口微微朝下，呈接敌准备姿势。耶格和迈尔斯负责掩护，随时准备对前方一百八十度范围内的可疑目标射击。盖瑞特则负责后方警戒，防范敌人声东击西。

森林里枝繁叶茂，视野不佳，米克只能小心翼翼地移动。为防止跟丢，耶格等人紧随在米克身后。

过了一会儿，米克突然停下，悄悄躲在大树树干后，用枪瞄准前方。但他没有开枪，而是全身放松，枪口朝下，打手势让同伴上来。

耶格等人陆续靠拢，朝米克所指的方向望去。只见大约五米远处，在林木稀疏的一角，一群大型类人猿正在移动。是七头黑猩猩。从近距离观察，它们显得很大，站立起来跟矮个头的人相当。

这些秘境中的居民并没有觉察到自己正被人类监视。打头的黑猩猩不动声色地发出信号，后方的黑猩猩都弓着身子靠上前来。这明显是在发号施令，这群黑猩猩正在进行对敌秘密行动，仿佛一群穿着类人猿制服的人在表演一样。

“它们是不是在模仿我们呢？”盖瑞特忍住笑，嗫嚅道，“黑猩猩特种部队。”

耶格也兴致勃勃地看着黑猩猩。它们背后低矮的树丛中，另一群生物若隐若现。十多只猴子正悠闲地坐在那里，梳理着毛发。

耶格拿着军用双筒望远镜观察，觉察到不祥的气氛。突然，攻击开始了。悄悄靠近的七头黑猩猩发疯似的狂叫起来，朝低矮树丛中的猴子冲去。与此同时，周围的树枝全都摇晃起来。树丛中的猴群尖叫着四散而逃，但一只落在了后面。七头黑猩猩凶神恶煞地冲向那只蹲坐在地、手足无措的猴子。

四周陷入喧嚣之中。兴奋不已的类人猿声嘶力竭地大喊大叫。

是在争夺领地吧？耶格猜想。但没多久，他就发现情况不对劲。发生争斗的地点只有一处，那就是树丛中央。七头黑猩猩在那里继续对那只猴子施暴。它们围住猴子又抓又咬，令其身负重伤。耶格不明白，黑猩猩这么做到底是为了什么，但他心底隐隐不快，就像目睹了人类之间的暴行。

有两头持续施暴的黑猩猩，从两侧抓住猴子的手臂，一齐将它举起来，动作流畅，配合默契。忍受暴行的猴子刚一离地，它怀中的什么东西，就被对面的猩猩首领一把夺走了。耶格简直不敢相信自己的眼睛。被夺走的是小猴，岁数上相当于人类的婴孩。遭攻击的猴子拼死保护自己的孩子。猩猩首领则抱着猎物跑开了，边跑边抓着小猴子的两腿甩来甩去，用小猴子的头猛砸大树树干。小猴子发出痛苦的哀号，但猩猩首领置若罔闻，撕下小猴子的一条胳膊，开始吃起来。

迈尔斯呻吟道："怎么会……"

周围的黑猩猩兴奋到了顶点，全身毛发倒竖，忘情地高叫着。位于这场疯狂盛宴中心的猩猩首领露出老奸巨猾的眼神，灵巧地使用双手，交替啃食着小猴子的肉和树叶。其他黑猩猩也凑上前去，想分一杯羹，却遭到首领无视。独占猎物的首领将小猴子的头塞进自己嘴里，啃下皮肤和肌肉，雪白的头盖骨露了出来。悲惨的是，小猴子这时还没死。猩猩首领吧嗒着嘴，一点点将其残肢吞下肚。

米克默默地注视着这一幕，端起AK47突击步枪，对准猩猩首领。

"住手！"

盖瑞特话音刚落，米克就扣下了扳机。受惊的黑猩猩四散而逃。米克发出的子弹击穿了小猴子的头颅，结束了它的痛苦，但子弹也贯通了猩猩首领的喉咙，它身后的树丛上顿时鲜血四溅。一大一小两具尸体落入草丛。

"可恶的猩猩。"米克咒骂道。

迈尔斯目瞪口呆地转过头，看着日本人，仿佛对方是一个病人。盖瑞特则脸朝下，微微摇头。

不安在四人之间蔓延。他们刚才目击的不是动物间简单的同类相残，而是交织着理性和疯狂的、有组织的杀戮行动。也就是战争。

耶格端着沉甸甸的突击步枪，问自己：难道人类在成为人类之前，一直在自相残杀吗？

满身伤痕的母猴跑到自己孩子的尸体边。刚才还在母亲怀中的小猴，此刻已成一具被抛到地上的没有头颅和右臂的尸体。人类无从知道，母猴现在是何种心情。

“好戏结束了。我们离开这里吧。”耶格小声提醒道。万一附近有武装分子潜伏，他们应该已经听见刚才的枪声了。

“米克，今后除非必要，不得开枪。”

日本人朝他露出鄙夷的冷笑。耶格热血上头，好不容易才控制住了愤怒。他压制住殴打异族的冲动，但他不理解为什么米克要射杀它们。是为了不让小猴子受苦，还是出于对黑猩猩首领的憎恶？说不定两者都不是，米克开枪只是为了向低等动物夸耀武力，满足可笑的虚荣心罢了。

“走吧。”说着，迈尔斯就迈出了脚步。盖瑞特面无表情地跟在后面。只有米克一脸得意，让耶格不由得怒火中烧。对于刚才发生的事，大家似乎都不想深究。

四人回到放背包的地点。耶格背上装备。待四人排成纵队后，他扬了扬下巴，指示米克前进。

快走，你这个疯狂的日本佬！耶格在心中骂道。

万斯总统的手上，拿着一张手脚被炸掉的幼儿尸体照，是一个伊拉克儿童。在针对反美武装分子的大规模扫荡行动中，大量无辜平民伤亡，这孩子只是其中之一。

总统面露不快，将照片推给邻座的副总统张伯伦。张伯伦的表情没有一丝变化。

为了说服这两个冷血的男人，会议桌对面的国务卿巴拉德必须尽快想出接下来的说辞。

“不要管死了多少老百姓。”张伯伦先发制人，“要是被媒体知道了，会给我们惹麻烦。”

国防部长拉蒂默也点头赞成。

巴拉德挨个儿打量围坐在内阁会议室桌旁的官员，希望能唤醒他们心底深处的良知。“可是，伊拉克已经有十万市民死于我军的攻击，你们认为这样能获得伊拉克人民的支持吗？”

“这种程度的附带损害是被允许的。”张伯伦言之凿凿地说。

如果张伯伦的家人在别国的军事攻击中遇害，他肯定不会发表这样的言论吧。巴拉德将憎恶与讥讽都藏在心底，耐着性子说：“假如这种大规模的破坏持续下去，敌对势力就会越发仇恨我们。从维持当地治安的角度出发，我们也应该尽快增派军队。”

“这不是你该管的事吧！”张伯伦驳斥道。

“我认为，做军事决定时，必须考虑外交上的后果。”曾担任过参谋长联席会议主席的巴拉德说。

“此事早已议定，事到如今不能推翻。”万斯支持副总统道。

见周围的人纷纷点头，巴拉德忍不住纳闷儿，新保守主义什么时候开始如此流行了？这些人原本不是保守党的激进分子啊！

“这个议题到此为止，可以吗？”幕僚长艾卡思询问总统的意见，推动会议继续进行，“在进入最后的议题前，请无关人士离席。”

国防部长的助理们陆续走出内阁会议室，但负责非洲事务的人员留了下来，此外，还有内阁中枢和情报机构的数名领导。巴拉德不再固执地阐述自己的观点。

“最后的议题是什么？”张伯伦问。

“是上次提到过的特批接触计划。”幕僚长答道，“代号‘涅墨西斯’。”

众人闻言都松了口气，就像艰难谈判之后在餐会上轻松享用甜点一样。只有国家情报总监沃特金斯和中情局局长霍兰德尽力掩饰着内心的紧张，因为他们知道，特批接触计划面临着艰难局面。

总统科技顾问梅尔韦恩·加德纳博士被请入内阁会议室时，高官们都微笑着表示欢迎。

“那我开始说明吧。”加德纳谦逊地入座，用颤悠悠的声调说，“涅墨西斯计划正在顺利进行。再过几天，在非洲执行的第一阶段任务就会结束。但现在遇到了一个小问题。根据国家安全局的报告，日本那边出现了不安定的迹象。”

“日本？”万斯不解地问，“为什么是日本？”

“具体情况还不清楚。也许只是杞人忧天，但谨慎起见，我们还是采取了措施。”霍兰德当即看出总统依然不解，于是继续说，“东京有人试图入侵‘涅墨西斯’。经调查，锁定嫌疑人为古贺诚治及其儿子。古贺诚治最近病死了，但他的儿子仍在进行入侵活动。”

“他儿子是什么人？”

“一个叫古贺研人的研究生。”

张伯伦问：“这个人的专业是什么？新闻学还是宗教学？”

“药学。他父亲的专业是病毒学。”

“他们怎么会知道我们的秘密计划？”

“这个还在调查。中情局东京分局已招募当地工作人员与这名青年接触。此外，联邦调查局也委托了当地警察局的反恐小组展开行动。”

沃特金斯补充道：“当然，无论是中情局的日本雇员，还是当地警察，对‘涅墨西斯’都一无所知。一切尽在我们的掌控之中。”

“嗯，这样啊。”原本应当担任涅墨西斯计划总负责人的国防部长拉蒂默说，“特别计划室的联络员说，最好听听你的意见。”“你”是指国务卿巴拉德，“万一我们在日本不得不采取野蛮手段，日本政府会予以配合吗？”

“野蛮手段具体是指？”

“这个嘛……”拉蒂默装起了糊涂，“特别计划室的负责人应当会考虑恰当的手段吧？”

“负责人是指上次提到的那个年轻人？”万斯问。

“对，听说头脑非常聪明。”

“只要我们做得不是太过分，日本政府就不会拒绝配合。”巴拉德掂量着两国的关系说。然后，一向稳健的他又补充了一句：“野蛮手段请留到万不得已时再用吧。”

听到这番对话，霍兰德忽然想到了“墓地”。那里是叙利亚的一处拷问设施。被送到那里的人会发现，迎接自己的是棺材大小的单人间、各式各样的拷问器具，以及热衷于折磨犯人的拷问官。万斯对这种侵犯人权的行为义愤填膺，指责叙利亚是“流氓国家”，但这只是欺骗全世界的无耻谎言。正是万斯自己无视不许虐待战俘的《日内瓦公约》，将可疑的恐怖分子交给叙利亚政府，要求其代行拷问。成为美国拷问装置的国家不只叙利亚一个，埃及、摩洛哥、乌兹别克斯坦等国也都接收了美国交付的敌对战斗人员。执行这一被称为“特殊移送”的致命任务的，正是霍兰德所领导的中情局。

作为总统帮凶的中情局局长忧郁地注视着格雷戈里·S. 万斯。这个担任美国总统的中年白人男子拥有世界上最大的权力。他只要发表演讲，就会受到满场长时间的起立鼓掌。但也正是这个风度翩翩的绅士，下令将成百上千人送去拷问，并残忍杀害。

这个撒旦般的男人只要出手，就能将那个日本研究生捏得粉碎吧。

13

研人在黑暗中醒来，见天没亮，便想接着再睡，直到他发现手脚都无法自由伸展，才意识到，自己正睡在父亲私设的实验室里。

他将蜷缩的双臂从睡袋中抽出，看了看手表。时间是上午九点。也许是太疲劳了，自己竟然睡了这么久。昨天，从出租屋的二楼跳下，摆脱警察的追踪，展开这辈子头一次大逃亡之后，他转乘多辆电车抵达町田，从“铃木义信”的账户中取出现金，购买了换洗的衣服，就这样度过了一天。今天是逃亡生活的第二天。

研人起床后，差点儿伸手拉开遮光窗帘，但他止住了，因为他担心被附近的人看到室内的模样。如果有人发现了这个可疑的实验室，说不定会报警。

他打开六叠大小房间的电灯，去厨房洗脸。今天还有许多必须做的事情。

将昨晚买的面包吞下肚当早餐，然后去照料那四十只小白鼠。但在打算给鼠笼做扫除时，研人发现壁橱深处放着一捆文件，上面的文字不是日语，而是英语。

第一张文件是海外运输公司开具的发票。货物从葡萄牙的里斯本医科大学送到东京的多摩理工大学。寄件人是Dr. Antonio Gallardo。

安东尼奥·格拉德博士。

研人想起此人是肺泡上皮细胞硬化症的世界级权威，不禁大惊，连忙翻看别的文件。七万六千欧元的账单和收据上，记载着小白鼠的数量：四十。看来，壁橱中的四十只小白鼠，是父亲花了一千万日元巨款从格拉德博士那儿买来的。

另外的文件上，清楚地记载着这些购得的小白鼠分为两类，一类是正常的小白鼠，另一类是表现出肺泡上皮细胞硬化症症状的小白鼠。

研人看着四个笼子中的右边两个。那里的二十只小白鼠弱不禁风，它们被改造了基因，患上了肺泡上皮细胞硬化症。

仔细想想，既然父亲打算制作治疗绝症的特效药，那准备这些实验用的小白鼠也是理所当然。为了检测合成药物在个体内的活性，必须准备患病的动物。

研人之所以慌张，是因为在这个破旧公寓的壁橱中饲养基因改造的小白鼠是违法行为。基因改造的动物是自然界中不存在的生物，法律规定饲养者必须承担严格管理的义务。

可是，研人并不会因此将眼前的小白鼠处理掉。他一面照顾它们，一面打起精神，以防它们逃出去。不管怎样，接受过基因改造的小白鼠也没有几天可活，除非研人造出治疗肺泡上皮细胞硬化症的特效药。

无力感充满了他内心的每个角落，研人只好默默动手清洁小白鼠的住处。

上午离开实验室，前往秋叶原。有几个电话研人必须打，但电话号码存储在手机的通信录里，而手机不能开机。他必须想办法解决这件事。

研人在新宿站换乘地铁。尽管警察有可能在追踪自己，但他决定只做最低限度的提防。他逃跑时也曾到过秋叶原站，警察或许会在那里设下埋伏，所以他提前一站下车，然后步行进入电器街。

研人边走边搜寻工学院朋友的那种机器，终于在第四家店铺里找到了。那是一种可握在手中的箱型机器。走进咖啡店，坐在角落的座位里，他启动了刚买到的机器。发射手机干扰电波的装置立即显示出威力。柜台背后的年轻女人“喂！喂！”地嚷嚷起来，将信号中断的手机从耳边拿开。

研人在心中说了声“对不起”，摸出自己的手机，打开机器，屏幕上显示出电波接受状况：无信号。无线通信基站受到干扰，无法接收研人手机发出的电波。这样一来，他的位置就无法被侦测到。研人放心地调出通信录，将可能会用到的电话号码一个个记在本子上。

做完这一工作后，研人离开咖啡馆，进入大街边上的电话亭，直接拨打了老家的电话号码。

“喂？”

“是研人吗？”听到儿子的声音，母亲就兀自唠叨起来，“昨晚我就给你打过好几次电话。你是怎么了？家里现在一团糟。”

不祥的预感袭来。

“一团糟？”

“警察来家里搜查了你父亲的房间和遗物。”

警察居然找到了自己的老家。跟研人一样，母亲听到的调查理由也是配合联邦调查局的调查。

“有个警察还问了个奇怪的问题：‘被冰棍儿弄脏的书在哪里？’”

研人突然背脊发凉。

打开被冰棍儿弄脏的书。

这是父亲发来的电子邮件中唯一的指示。警察竟然连这点都知晓，可见父亲说得没错，电子邮件已遭到监视。

今后你使用的电话、手机、电子邮件、传真等所有通信工具都有可能被监视。

那不是父亲的被害妄想，确实有人在监视自己。恐惧和不快同时涌上他的心头。一种看不见的强大力量正要抓住自己，将他碾为齑粉。

“研人，你知道警察说的那本书吗？”

“不知道。”研人立即作答。“被冰棍儿弄脏的书”和里面的字条，研人都遵从父亲的指示处理掉了。不过，父亲到底在做什么呢？无论是研人猜想的新药开发欺诈，还是警察所说的联邦调查局的调查，似乎都不是真相。父亲生前的行动背后，莫非还隐藏着更大的秘密？

“此外，警察还说，要是接到你的电话，就通知他们。”

“通知警察？”

“是啊，你是不是在外面惹事了？”

“我什么都没干。”研人如此回答，焦躁地打量四周。如果老家的电话安装了逆向追踪装置，就可以锁定自己打电话的电话亭。

“我们通过电话的事，能不告诉警察吗？”

“为什么？”

“我不想惹上麻烦。实验室的工作都忙不过来呢。”

“但是……”

“对了，我的手机坏了，打不通。有什么事的话，我会主动联系你。”

“研人……”

研人挂断电话，快步走出电话亭，沿着人行道飞速离开现场。经过一家家电器店和游戏软件专营店，走出大概一个街区后，他才回头望了一眼。电话亭背后，一个蹬着自行车的制服警察正在赶过来。研人的心跳骤然加速。那警察难道是来找我的？

研人穿过横向的小巷，快步走进另一条大街。背后没有警察追来的迹象。他搭上一辆出租车，转移到附近的商业街神保町，再次进入电话亭，给实验室打去电话。

接电话的园田教授听出对方是研人，不禁惊叫了一声，但马上像是提防周围有人一样，压低声音说：“古贺吗？你到底干了什么事？”

“啊？”本打算请假的研人一头雾水，反问道，“出什么事了？”

“刚才警察拿着逮捕证来抓你了。”

研人大惊：“逮捕证？他们说我犯了什么罪？”

“听警察说，你有三条罪状：妨碍执行公务，损坏器物，还有过失伤害。你真的干过这些事？”

这么一提，研人全都想了起来。他妨碍警察搜索出租屋，逃跑时压塌了车顶，伤及驾驶席上的警察头部。

“不，”研人慌忙解释，“这肯定是误会。”

“你要是清白的，就找警察说清楚。”

“知道了，我会的。”为了让教授安心，他只能这样说，“我也许会休几天假，不知是否可以？”

“嗯，你别担心实验室这边，先处理好自己的事情吧。”

“警察还说了什么吗？”

“我听到的就这些。不过他们还问了实验室里所有人，了解你的朋友关系。”

“朋友关系？”

“我猜他们怀疑你逃到朋友家了。”

这下援军算是全完了，研人想。今后若联系实验室的朋友，他们就会通知警察。好不容易记下的电话号码，大半都无法使用了。

“总而言之，你现在先去最近的警察局自首吧。”

“好。”研人答道，“让老师担心了，真是抱歉。”说完，他挂断了电话。

事态恶化的速度超出预想。实验室的电话也可能安装了逆向追踪装置，研人不能久留，立刻起身赶往地铁站。

现在自己成了罪犯。倘若被警察抓住，后果肯定很惨。不仅有可能被迫从研究生院退学，还有可能进监狱。

实验室这会儿一定炸开锅了，想到这里，研人不禁陷入绝望。所谓“坏事传千里”，自己一定成了玷污校园圣地的罪人了。屈辱和不安令研人掉下了眼泪。

他坐上地铁，不知该去哪里。警察早晚有一天会抓住他。是不是该去警视厅公安部“自首”？总觉得不是明智之举。一来要坐牢，二来整件事有种说不清道不明的诡异气息，恐怕不是自首就能了事的。为什么美国的联邦调查局要诬蔑父亲？为什么日本警察想方设法要逮捕自己？在这些人背后，似乎隐藏着巨大的力量，正悄悄朝研人伸出魔爪。在举手投降前，至少得先搞清事情的来龙去脉才行。

地铁抵达涩谷站，研人下到站台，离开车站。此时他做出了“维持现状”的结论。既然如此，应该按照原定计划，查出《海斯曼报告》的内容。

来到涩谷的街上，研人找到一个电话亭，走进去，拿起话筒，掏出记有号码的笔记本，给菅井打去电话。回铃音响了三下后，报社记者接起了手机。

“是研人啊。”

对方平和的声音让研人放下心来。警察似乎还没有查到菅井头上。

“我给你的留言听到了吗？”

“抱歉，我的手机坏了，没法听。”

“那我告诉你。华盛顿分社的同事今早发邮件过来了。”

“是不是查到《海斯曼报告》的情况了？”

“不，结果相当意外。《海斯曼报告》三个月前被收回了，现在已经不能查阅了。也就是说，这份报告被列为机密文件了。”

“机密文件？”

“不错。凡是涉及美国国家安全问题的文件，一律不准公开。”

美国国家安全问题？对日本的研究生来说，像是另一个世界的事。可研人隐隐感到，这跟自己被卷入的麻烦有着某种联系。先前就盘桓在心头的压迫感越发强烈，令他不由得毛骨悚然。父亲的遗言，似乎早已预期这一切将会发生。

> 这项研究只能由你独自进行，不要对任何人说。不过，倘若你察觉自己有危险，可以立即放弃研究。

“可是，为什么突然被列为了机密文件？”

“这我也不知道。如果你一定要了解那份报告，还有最后一个手段。我之前也说过，你可以去调查三十年前的杂志。当时那份报告还不是什么机密。”

“要去哪儿找过去的杂志？”

“国立国会图书馆里应该就有。”

研人之前曾去过国立国会图书馆，所以他对这个提议有些不安。入馆时，必须登记姓名和住址。虽然尚不确定警察是否会搜查图书馆，但毕竟太过危险。

“抱歉，没能帮上什么忙，还有什么事吗？”

“没有……”研人说，但还是决定提最后一个请求，“不好意思，还有一件事。我想请您帮忙调查一个人，不晓得方不方便？”

“身份调查？这得找社会新闻部的同事了。你想调查什么人？”

研人希望菅井能再次出手相助，于是报上了“坂井友理”这个姓名，并描述了这个神秘女人的长相和年龄。

菅井似乎很感兴趣：“她想要你父亲的电脑？还有其他线索吗？”

“我猜她应该是理科的研究人员。”

“虽然没太大把握，但我会调查一下的。不过你的手机坏了，我怎么联络你呢？”

“如果您不介意，就由我打电话给您吧。”

“好的，你任何时候打都可以。”

“非常感谢。”

研人郑重致谢，挂断了电话，不由得松了口气。他知道自己接下来要做什么——在一堆堆旧杂志中寻找《海斯曼报告》的蛛丝马迹。

研人来到中心街，找到一家网吧，坐在狭窄的隔间里，用电脑搜索。他发现日本最大的杂志图书馆就在东京都内。那里可以查阅明治时代以来的七十万册杂志，而且幸运的是，那家图书馆是私营的。

或许，明天傍晚自己就能知道父亲带自己加入的这场大冒险的来龙去脉。关于人类灭绝的研究报告，应该就沉睡在那座图书馆的藏书中。

14

倾盆大雨从天而降，犹如来自天上的洪水。一粒粒大雨滴不断地敲打着树冠，整个森林发出地动山摇般的怒吼。

对正处于旱季的刚果而言，这种恶劣天气非常罕见，但对接近攻击目标的耶格等人来说，这却是大好良机。姆布蒂人下雨时一般不外出狩猎，而是待在营地里。耶格等人不用担心与他们不期而遇，也不用担心被他们听到脚步声，可以放心大胆地搜索他们的居住地。

由约四十名俾格米人构成的康噶游群，在干道沿线设有定居营地，在森林深处设有八个狩猎营地，他们就在这些营地间迁徙。八个狩猎营地东西全长三十五千米。耶格等人正在接近最深处的营地。

在距离营地一千米的地方，耶格等人在树木浓密的地方铺开防水垫，搭起遮雨布，换上雨林迷彩战斗服和战术背心等全套装备，在战术背心中塞满预备弹匣。然后他们又前进了大概六百米，在茂密草丛的缝隙间放下背包，作为集合地点。由于雨林中前进十米就会丧失方向感，所有队员都用GPS装置记录下现在的位置。

“从南北两个方向接近目标。”耶格召集队员，简单地传达了指示。所有人的脸上都涂着暗色迷彩，只有眼白部分在闪光。“盖瑞特和米克从北面接近，迈尔斯和我从南面接近，确认奈杰尔·皮尔斯是否在营地中，同时掌握准确的人数。”

见其他三人都认真点头，耶格非常满意。自从米克射杀两只动物以来，队中的气氛就发生了微妙的变化，从融洽和睦变为沉默寡言，只是一心完成任务了事。事到如今，耶格忧虑的只有一点，那就是队员之间会不会公然反目，但这或许只是杞人忧天。作为专业战斗人员，大家应该很清楚，内讧只会让自己陷入绝境。如果感情用事，就很可能置自身于死地。耶格将对日本人的反感深埋在心底。

“我必须事先提醒大家。”盖瑞特开口道，“这个地区武装分子的无线电通信受到联合国维和部队的监听，为了不被监听网侦测到，我们的无线电通话器输出功率不能太高，最大通信距离只能是两百米。而且，我们要尽量避免无线电通信。如果你们听见其他人按了五次通话键，就返回集合地点。”

最后，耶格提到了那条令人费解的命令：“还有就是关于‘从未见过的生物’。倘若遭遇不明生物，第一时间将其杀死，并回收尸体。”

三人点点头，脸上浮现出苦笑，耶格也淡淡一笑。

守护者计划的执行者分成两拨，小心翼翼地沿各自的路线出发。耶格不敢小看姆布蒂人。他们是森林之子，在雨林中生活了数万年，极度适应这里的环境。即便是作战经验丰富的特种部队队员，在这片幽深的森林中，也无法与他们为敌吧？

前进约十分钟后，林后出现了一片开阔地。GPS上的经纬度与泽塔安保公司会议上公布的数值吻合。耶格和迈尔斯躲到大树的树荫中，取出双筒望远镜，观察狩猎采集民族的营地。

树木之间豁然出现的广场比强攻训练时的场地小多了，边长大约二十米，中心放着木结构的长椅，周围排列着半球形的小屋。不过，大雨中的营地里看不到一个人，小屋半数都摇摇欲坠。

耶格和迈尔斯握着装有消声器的格洛克手枪，用力踏在泥泞的路面上，缓缓进入广场。他们交换手势，确定各自负责的小屋，然后展开行动。

耶格从面前一列的头一个小屋开始行动。直径两米左右的小屋构造一目了然，数根长树枝弯成半圆形，两端扎入地面，形成骨架，上面只盖着一层大树叶，构造相当原始。

耶格逐一检查小屋，同时留意是否存在人类以外的生物。说不定“从未见过的生物”就潜藏在无人小屋的角落里。可他目之所及，只有小虫而已。

不久后，他们就确认这个营地里没有人，于是耶格打手势告知森林中负责监视的盖瑞特和米克，并下令集合。

“这里有篝火的痕迹，”迈尔斯小声报告，“还比较新，估计不久前这里还有人。我们要找的四十个人多半已经转移到下一个营地了。”

耶格点点头，四周笼罩着令人毛骨悚然的寂静。阴暗的营地突然绽放出光芒。

两人抬头望天。从早晨下到现在的雨终于停了，乌云急速散去。进入雨林之后，他们还是第一次看见完整的天空，就像从深海上浮，终于将头探出水面一样。

盖瑞特和米克悄无声息地从小屋的阴影中现身。耶格向队员发出指示：“朝下一个营地进发。在东边五千米处。”

现在是下午两点，天黑之前应该能赶到。

四人返回放背包的地点，重新开始行军。他们已经进入了康噶游群的领地。雨声消失了，所以必须万分小心，以免发出声响。

又过了大约一个小时，也许是阳光直射地面，雨水开始蒸发的缘故，空气中弥漫着一股浓郁的森林气息。树木、腐叶和泥土的臭味交杂在一起，连周围的空气都变沉重了。

蹚过几条涨水的小河后，耶格隐约听见了人的声音。起初他还以为是幻觉，但凝神细听后，他确定那不是鸟兽的声音，而是人的叫声。耶格立刻用GPS装置确认此地位置，距离康噶游群下一个营地大约一千米。

走在前面的米克也察觉到了什么，转过身，打手势示意停下。排成纵队的队员们就地单膝跪地，查看前后左右是否有异样。他们听到了男子的叫声。那似乎不是毫无意义的叫声。虽然模糊不清，但却具有语言所特有的抑扬顿挫。

突然，叫声戛然而止。四人用了几分钟观察周围的情况，确认不存在任何威胁，然后集合到耶格身边。

迈尔斯嗫嚅道："有没有人听出那人在叫什么？"

"我觉得像英语。"盖瑞特答道，"但听不出具体内容。"

众人面面相觑。姆布蒂人说的是当地农耕民族的语言——本地语，还有斯瓦西里语和法语，没有英语。四人预计到的最糟糕状况是，反政府军正在袭击康噶游群。入侵刚果东部的乌干达和卢旺达武装的通用语应该是英语。

"是在呼救吧。"迈尔斯说。

"不像，声音是一个人发出的，而且听起来不像尖叫。"耶格说，"所以应该不存在攻击。"

"那是谁在叫？难道是那个叫奈杰尔·皮尔斯的人类学者？"

再谈下去也无济于事，耶格决定采取行动。"所有人放下装备，将这里定为集合地点。米克，带上枪榴弹发射器。"

耶格和米克取出塞在背包里的HK69枪榴弹发射器，将预备的四十毫米口径枪榴弹放入弹药袋，然后又给盖瑞特和迈尔斯分别发了五颗手榴弹。

装备准备完毕后，跟先前一样，四人分为两组，从南北两个方向接近一千米外的营地。

接受过雨林内搜敌训练的耶格没走出几步就发现了小径。茂盛的草丛中，隐隐浮现出草被拨开的痕迹。这是姆布蒂人狩猎用的路径吧。他观察地面，没有发现武装分子的行军痕迹。

行进半个小时左右，林木背后传来鸡鸣和人的说话声，是姆布蒂人。语调中透露出和谐的氛围，显然他们并没有遭到军事威胁的迹象。

耶格靠近营地边缘，挑了附近的一棵老树，轻手轻脚地爬了上去。迈尔斯留在地面，负责警戒。

耶格双臂撑着离地三米左右的树枝，从枝叶中探出头，拿着双筒望远镜，首次亲眼观察俾格米人。

尽管相隔一段距离，仍然可以清楚地看出他们体格矮小。以白种人的标准而论，他们的身形就像一群小学生。他们浑身肌肉发达，但不知为何，许多人的下腹部都鼓着。或许是生活在日照不足的雨林中的原因，他们的肤色都不深。男人穿着破旧的短裤，女人则裹着五颜六色的布料。耶格还看到了上半身赤裸的女人，但她们的乳房就像穗子一样垂向地面，唤不起丝毫情欲，更像是展示人类这种生物的活标本。

若不是身上穿的一点儿衣服，以及烹饪用的锅和刀，他们的生活仍与数万年前如出一辙。尽管他们远离文明社会，但逐个打量那些男女老幼的面庞，仍能发现现代人具有的一切表情——单纯、稳重、智慧、轻佻、慎重等等。

离天黑还有一段时间，射入广场的阳光已经被森林遮挡，周围几乎笼罩在黑暗之中。耶格着手收集执行计划所必需的情报。

营地中分布着十一座小屋，彼此相隔数米，呈“U”形排列。因为耶格是从侧面观察，所以看不到靠近自己的那排小屋后有多少人。在对面负责侦察的米克等人，应该可以观察到死角。

成年男性几乎都在广场中央集会所模样的空地上，有十五个人。他们坐在木制长椅中，一边吸着纸卷烟，一边热烈地交谈。女人则在各自的小屋外准备食物，生火，然后坐在地上，烹饪白薯模样的果实。从耶格的位置可以看见五个女人，此外还有儿童。五个男孩忘情地踢着蔓藤编织的足球，六个女孩戴着用花做的头饰，有的在照顾婴儿，有的在帮母亲做饭。

耶格继续观察这些即将被自己杀死的人，竭力寻找着他们患病的表征。只要确信他们确实感染了致命病毒，那动手时就不会有罪恶感，就可以堂而皇之地告诉自己，将子弹送入他们的脑袋只是安乐死的手段，以免他们死于更恐怖的方式。然而，同期望相反，他们的行为举止表明他们非常健康。

这时，望远镜的狭窄视野中出现了一个特别的人。一个身材高大、皮肤白皙的中年男人。长长的胡须覆盖着下半张脸。肯定是人类学者奈杰尔·皮尔斯。他从最靠边的小屋中走出来，穿着打扮同姆布蒂人一模一样，褪色的衬衫配短裤。他站在姆布蒂人当中，简直就像巨人。

眼前就是康噶游群的营地，这已确凿无疑。他们之所以没有患病表征，多半是因为病毒还处在潜伏期。耶格不再理会心头的重压，开始思考是否应该今晚发动强攻。将他们杀得一个不剩，就可以消灭能灭绝人类的病毒。皮尔斯的脚边跟着一条瘦狗，如果这是一条看门狗，就必须首先解决掉。

原本逗着狗玩的皮尔斯突然站起身，环视周围的森林。乱动反而会暴露，耶格决定保持姿势继续监视。

皮尔斯身体后仰，深吸一口气，突然用英语大喊道："请听好了！你们都能听到我的声音吧？我知道你们就在附近！"

站在耶格下方的迈尔斯听到英语喊声，吃惊地转身瞪大眼睛，紧盯着营地的方向。

从音质和音调判断，这喊声和刚才听到的叫声，应该是同一人发出的。可是，人类学者究竟是在朝谁大喊呢？耶格查看营地中的情形，俾格米人对喊声置若罔闻，继续干着各自的活儿。

"我在跟你们说话！乔纳森·耶格、沃伦·盖瑞特、斯科特·迈尔斯，还有柏原干宏！守护者计划的四名执行者！"

盖瑞特的声音从耶格携带的无线电通话器中传来："我是G2。计划外泄了。"

耶格按了一下通话键，表示知晓，然后继续透过双筒望远镜观察人类学者。

"这里没有病毒感染者。守护者计划是一个骗局！你们会被杀掉！美国总统府一声令下，你们就全都会被杀掉！"

惊愕不已的迈尔斯从树下仰望耶格。

"盖瑞特，你应该有所预感吧！你的背信行为已经暴露了！你无处可逃了！"

奈杰尔·皮尔斯在说什么？盖瑞特的背信行为是怎么回事？耶格努力厘清混乱的大脑，自己的名字却飘进了耳中。

"还有耶格，你听我说！你的孩子有救！那种病是有治疗办法的！救贾斯汀的办法我早就准备好了！"

耶格头晕目眩。皮尔斯的话再明白清晰不过，他说他可以救贾斯汀。

始料不及的事态令耶格心神不宁，他静静等了一会儿，却没再听见人类学者的声音。奈杰尔·皮尔斯就像现身时一样，环视了一圈周围的森林，然后返回了只到他胸部高的小屋。

耶格和迈尔斯都一动不动。差不多过了一个小时，营地完全被夜色吞没。耶格按了五次无线电通话器的通话键，发出撤退的指令。

盖瑞特和米克已经在集合地点待命。耶格和迈尔斯回来后，米克小声通报说："周围没有异常。"

三人将盖在上半张脸上的夜视仪对着耶格，沉默不语，等待队长发话。

耶格不知道是否应当命令负责通信的盖瑞特请示雇主泽塔安保公司。可是，倘若奈杰尔·皮尔斯的话是真的，自己就中了白宫的圈套。况且，自己的儿子有救了。

长时间的沉默令米克忍不住开口了，他的声音中饱含愤怒："是谁泄露了计划？"

"这就难说了。"迈尔斯说，"我们处在计划的最底层，上面参与了计划的人不计其数。"

"皮尔斯说得很清楚，盖瑞特做出了背信行为。"

盖瑞特转头面对米克："你说泄露计划的人是我？"

"没错。"

盖瑞特哼了一声，笑道："想象力真丰富。"

"少装蒜。我知道你不是海军陆战队出身。你到底瞒了什么？"

“慢着！”耶格插话道，“所有人都放下枪！”

见三人不愿服从命令，耶格主动将突击步枪放在地上。迈尔斯紧随其后。发生争执的两人也勉强放下了步枪。

“我们来梳理一下情况吧。”耶格说，“奈杰尔·皮尔斯知道我们的作战计划，还声称守护者计划是骗局，不仅病毒感染不存在，而且我们所有人都会被杀掉。”

“说谎的人是他才对。”米克说，“他想扰乱我们的思想，从而阻止我们的行动，因为他不这么做就会死。”

“但他掌握的情报是正确的。他知道我们的真名而不是假名。而且……”耶格犹豫了片刻，补充道：“他还知道我有一个生病的孩子。”

“那又如何？你相信那家伙的话？难道你打算放弃计划？”

“米克，冷静！”迈尔斯规劝道，“如果马虎大意，我们都会把命搭进去。”

耶格一时焦躁不已。奈杰尔·皮尔斯说他有救贾斯汀的办法。这就意味着，贾斯汀是他手上的人质。

这时，盖瑞特突然插话：“我认为皮尔斯的话多半是真的。”

其他三人一起看着盖瑞特。

“至少我确实有遭到陷害的理由。”

“是谁想陷害你？”耶格问。

“白宫。”盖瑞特说着，举手止住想发问的米克，请求耶格道：“我想跟你单独谈谈。”

“好。”

“等等，我们也有权利旁听。”米克逼上前去。

迈尔斯抓住米克的肩。“这是军事行动，必须服从上级指挥。”

米克本想反驳，但见到迈尔斯的右手放在腿部枪套里的手枪上，便服软道：“好吧。”

耶格拿起步枪，和盖瑞特一起走进雨林深处。

与其他两人相隔很远后，盖瑞特说：“你也许已经发现了吧，我不是海军陆战队出身，而是现役‘蓝獾’。”

“蓝獾”是中情局特工的代号。

“你是情报机构的人？”

“没错，而且我干着见不得人的勾当。”

“见不得人的勾当？”

“宗教激进派的移送计划。逮捕被怀疑是恐怖分子的人，送入海外的秘密监狱。不久前，我突然接到新任务，派我参加守护者计划。情报机构给我的任务就是监视计划的执行。”

“你是中情局的眼线？”

“没错，我一直瞒着你们，非常抱歉。”

“这就是所谓的‘背信行为’？”

盖瑞特踌躇片刻，道：“不，皮尔斯说的是秘密移送计划的事。万斯政府对宗教激进分子刑讯拷问、关水牢、性虐，还将宗教激进分子秘密移交给叙利亚等第三国，让其代行更残酷的拷问。没有一个人能活着回来。你相信吗？在当今地球上，竟然还有人被绑在钢铁制的折叠床上，身体被折成两段而死。”这个男人罕见地激动起来，继续道：“这种做法明显触犯了国际法中的战争罪条款。于是我私底下跟某个以维护人权为宗旨的非政府组织取得了联系，自愿担任间谍，收集拷问的证据，为的是将格雷戈里·万斯作为战争犯送上国际法庭。”

“美国总统？”耶格惊讶地反问，“怎么可能？”

“是啊，明显不可能。可这至少可以对万斯构成威胁。只要国际刑事法院受理起诉，至少美国主导的刑讯拷问就不会再进行下去。”盖瑞特恢复了冷静的口吻，无奈地说：“所以，我是玷污国家荣誉的卖国贼，注定会被万斯政府杀死。”

耶格低下头，思索盖瑞特的话有几分可信。

“可是，奈杰尔·皮尔斯是怎么知道这些的？”

“我不知道。”

“如果只为了杀你一个人，何苦如此大费周章地设置骗局呢？”

“我猜守护者计划早已有之，这个计划的执行者最终必须死，所以他们才将我加入了执行者的名单。”

“那为什么要杀掉我们所有人？”

“为了封口吧，毕竟要杀死毫无过错的俾格米人。”

“这也说不通。如果皮尔斯的话可信，那致死性病毒也不存在，这样一来，就没有杀死姆布蒂人的理由啊。”

两人面面相觑。

“唯一的可能性，就是守护者计划中首要的攻击目标……”盖瑞特说，“‘从未见过的生物’。”

此前一直被当作笑谈的未知生物，忽然化作巨大的阴影，笼罩在耶格心头。“对这种生物，你有没有什么线索？”

“完全没有。”盖瑞特摇头道，紧盯着耶格说，“我知道的都告诉你了，信不信随你的便。”

耶格沉思片刻，做出决断。

“好，我们将更改计划的一部分。跟我来。”

两人返回原地，米克急不可耐地问："得出结论了吗？"

"嗯。今晚对康噶游群发动强攻，但目的不是歼灭姆布蒂人，而是绑架并审问奈杰尔·皮尔斯。直接问他想干什么。有人不赞成这个方案吗？"

迈尔斯和米克先后摇头。这是令人信服的决定。

"还要联络Z吗？"负责通信的盖瑞特问。"Z"是"泽塔安保公司"的简称。"是否要告知他们，我们即将发动强攻？"

"别管他们。"

"遭到伏击怎么办？"米克问，"那些家伙知道我们就在附近。"

"那就迎战。不过尽量不杀人。开枪吓唬他们，他们应该就会退却。然后立即将皮尔斯带出来审讯。十五分钟内做好准备，展开行动，明白了吗？"

队员们点点头，拿起放在脚下的AK47突击步枪。

杂志图书馆孤零零地矗立在世田谷区的住宅区里。这座两层楼的钢筋水泥建筑看起来不大，让人很难相信这里藏有七十万册杂志。

早上九点不到，研人到达图书馆时，已经有五个人在门口等候开馆。网上说，光顾这里的大多是媒体从业者，这些人应该就是吧。

玻璃门背后出现一个职员的身影，他准时打开了图书馆大门。研人跟在众人后面前往服务台，办理入馆手续。

"请在这里写下姓名和联系地址。"

馆员递给研人一张入馆登记卡，研人迷惑了片刻，然后在卡上填写了假名“田村大辅”和一个胡编的地址。说不定这已经构成了犯罪。

支付五百日元入馆费后，研人来到搜索区。只要在专用终端内敲入关键词，搜索结果便会呈列表形式显示出来。研人坐进空位，输入“海斯曼报告”，按下搜索键。

屏幕上显示出二十五本杂志。一看发行日期，基本都集中在1977年。菅井所言不差，都是大约三十年前的报道。

如此简单就查到了《海斯曼报告》，研人不禁有点儿失望。他来到服务台申请阅读这些杂志。

“请到二楼领取杂志。”研人沿着楼梯朝阅览室走去。这里装着玻璃窗，光照充足，排列着阅览用的大桌子。开馆时一同入馆的读者全都坐在座位里翻阅杂志。

“田村先生，请到借阅柜台来。”听见有人叫自己，研人连忙前去领取杂志。

二十五本杂志出人意料地重。研人分两次将杂志搬回自己的座位，思考该从哪一本看起。这里面既有正经八百的政治杂志，也有刊登色情照片的青年杂志，可谓五花八门，无所不包。研人决定先看些不那么累人的东西，于是拿起了一本名为《平凡危机》的杂志。

三十年前的色情照片上，模特的下半身还打了马赛克。研人不禁偷笑，突然想到周围有人，便告诫自己务必严肃。查找目录上有关《海斯曼报告》的文章，很快就有了答案。

美国政府绝密文件！“人类灭绝研究”揭露全面核战恐怖！

这是一篇长达五页的深度报道特辑。研人一字不漏地认真阅读起来。

文章探讨了核战爆发给世界带来的后果。美苏两国拥有的核武器加起来，足以将全人类灭绝二十余次。五万枚核导弹瞄准了世界各国的一万五千个攻击点，所有人都无处逃生。顺便一提，一枚标准战略核导弹的爆炸威力相当于两百万吨TNT炸药[①]，与第二次世界大战的无差别轰炸中使用的普通炸弹的总量差不多。而且，因为只有核导弹发射基地可以抵抗核打击，所以尽管核战初期人类都灭亡了，自动复仇装置仍会运行，于是无人的地球上将出现数万发核导弹在空中乱飞的场面。即便有人在地堡中存活，也会因为粮食断绝而死。那时地球上所有土壤都会遭到核污染，几乎没有动植物能存活下来。仅存的生物也会因为暴露在核辐射中而变异成怪物。

报告所批判的是人类暴露出的极端疯狂。研人不禁惊叹，人类这种生物竟然会如此愚蠢。不对，愚蠢的不是所有人，而只是有核国家的人。文中提到的是三十年前的核弹头数量，现在核国家的核弹头应该多得数不过来吧。

虽然这篇深度报道读起来有趣，但跟父亲委托自己进行的研究没有关系。《海斯曼报告》中记载着若干可能导致人类灭绝的原因，而报道只选取了恐怖的核战，其他原因则只字未提。

研人拿起第二本杂志——《GORON》1977年第6期。

核冬天会降临吗？美国秘密报告发出惊世警告！

---

① 一种烈性炸药，被称为“炸药之王”。

这也是关于核战的。正如菅井所说，二十世纪后半叶，核武器可导致人类灭绝，曾是热议的话题。可是，这些事情研人早就知道了。他将目光投向堆成小山的杂志。

看来，要从这里面找出有用的信息，得费很大一番功夫。

返回监视康噶游群的地点后，又过了六个多小时。耶格等人一直在等待实施绑架的时机。

俾格米人的狩猎营地笼罩在夜色之中。家家户户的门口都燃着柴火，火光摇曳，映着路人的侧脸，时隐时现。

幽暗森林中的火焰本身就不可思议。野生动物当然不会靠近火焰，耶格想。火是人类文明的标志，但人类并没有真正脱离自然。对耶格来说，这跳跃的火焰是能勾起爱与乡愁的温暖画面。

姆布蒂人吃完晚饭，拿出手制乐器，开始载歌载舞。他们的音乐才能令人惊异。笛、鼓、竖琴的乐声，配上歌声。朴素的曲调萦绕在一起，演化为出色的和声。他们仿佛在用欢喜而高亢的声音宣告，在这里，在这充满野性的暗黑雨林中，确实存在着人类这种生物。

耶格仔细观察他们是否有警戒行动，但矮小的人们只是在愉快地歌舞，丝毫看不出备战的迹象。中途，参加跳舞的孩子们手指天空，开始念诵什么。耶格顺着他们的视线望去，只见满天繁星中，有一颗正从南到北高速移动。在他们眼中，近地轨道上的人造卫星是什么模样呢？

绑架目标奈杰尔·皮尔斯中途返回自己的小屋，再也没有现身。用红外线成像装置观察小屋内部，却被堆积的行李阻挡了视线，无法看到皮尔斯。

十一点已过，热闹的宴会终于结束，女人和孩子们返回各自的小屋，只剩下八个男人留在广场中央的集会所聊着天。

不久就过了午夜零点。凌晨两点时，所有人都睡觉了。四人又等了一个小时，确保康噶游群的全部四十个成员都已沉睡。

行动之前，耶格做了最后一次检查。如果在黑暗中战斗，戴夜视仪的一方就会处于压倒性的优势地位。他查看了两只狗睡觉的地方，它们太瘦弱了，很难发挥看家犬的作用。

盘踞在树上的耶格轻手轻脚地落到地面，对负责周边警戒的迈尔斯点了下头，按了两次无线电通话器的通话键，向另外两人发出开始行动的信号。

耶格和迈尔斯从广场南侧绕到东侧，进入营地。他们中途停下来，摘下通信用耳机。“U”字形排列的小屋中，传出此起彼伏的鼾声。没问题，大多数人都已熟睡。戴上夜视仪，耶格朝奈杰尔·皮尔斯居住的小屋看去，而盖瑞特和米克正从小屋后方接近。

耶格轻轻放下AK47，用肩带挂在肩上，拿出装有消声器的格洛克手枪。为避免发声而塞在口中的毛巾，已经装进了战术背心的前口袋。

耶格打手势指定各自的位置，其他三人缓缓行动，背朝小屋围成防御圈。广场对面伏卧睡觉的狗没有一点儿动静。

是时候开始行动了。

耶格慢慢迈开步子，抵达小屋侧面。他竖起耳朵，但没有听到鼾声。皮尔斯也许还没睡，不过这在他的预料之内。只要用枪对准他，他就无从抵抗。

耶格微微弯腰，紧握手枪，绕到小屋前。入口没有遮掩。夜视仪的电子影像反映出屋内的情形。不用寻找，绑架目标就在眼前。满脸胡须的奈杰尔·皮尔斯的脸正对着门口。他坐在地上，注视着耶格。但耶格并未胆怯，用枪瞄准对方的眉间，低声命令道：“不许动。”说着就要钻进小屋，但他顿时僵住了。

夜视仪捕捉到了某种异样的东西。耶格汗毛倒竖，战栗不已。皮尔斯的怀中抱着一个他从未见过的生物。

这个生物的最大特征，就是你一眼能看出它是未知生物。

未知生物也直勾勾地注视着耶格。没有体毛，手足短小，样子酷似人类的幼儿。然而，他的头部却明显与众不同。

那一刻，你们的大脑或许会混乱。

与人类幼儿相似的生物有一颗硕大的脑袋，额头浑圆而突起，从额头到下巴，面部轮廓骤然缩窄，形成一个倒三角形。身体只有三岁幼儿般大小，五官则显得更稚嫩，如同头盖骨都未长硬的新生儿，仿佛只有头部以下在成长。

但你们不要多想，不要有疑问，比如这是什么生物之类的。

但那张脸又与人类婴儿有极大不同，眼睛大如铜铃，眼角上挑。他翻眼盯着耶格。从他的视线中，可以感受到清晰的意识和智慧。那锐利的目光说明了什么？警戒？好奇？疯狂？邪恶？面前这无法理解的存在，令耶格惊恐不已。他像人类，但他不是人类。

一发现就直接杀掉。

耶格回过神来，用枪对准这从未见过的生物，说："这是什么？"

研人抵抗住色情照片中搔首弄姿的美女们，终于在第十八本杂志上发现了要找的报道。

《现代政治季刊》杂志1977年夏季刊。杂志很小，只相当于一本小册子。在杂志的卷首，可以看到本期杂志是名为《美国智库研究》的特辑。

研人在特辑中发现了一篇文章，写着"下面全文收录施耐德研究所向白宫提交的《海斯曼报告》"。他不由得在图书馆的折叠椅上坐直了身子，满怀期待地读了下去。

很快，《人类灭绝原因研究及对策建议》这篇文章的标题就飞入眼帘。这是《海斯曼报告》的正式名称，执笔者是"施耐德研究所首席研究员约瑟夫·R.海斯曼博士"。

简短的序言中写有报告的目的和例外说明。

本报告未涉及天文学或地质学时间单位后的灭绝原因。例如，五十亿年后，太阳燃尽，地球也会毁灭；数十万年后，人类的Y染色体消失，无法生殖；等等。

原来如此，研人点了下头，进入了正文。

1. 宇宙规模的灾难

报告首先论及的是小行星撞击地球，以及随后的次生灾害。令研人略感意外的是，三十年前，这个问题应该还介于科学与科幻之间，而海斯曼博士竟然已经呼吁官方注意这种“近未来可能发生、不容忽视的问题”。

> 根据今年的地质学调查，其他天体撞击地球的频率比之前认为的高得多。

海斯曼博士真有先见之明。现在，世界各国都在监视地球附近的天体，足以毁灭大城市的小行星曾数次与地球擦肩而过。

2. 地球规模的环境变动

报告接下来论述了研人所不知道的一种可能性：“地球磁场南北逆转现象。”有证据表明，地球过去曾发生过多次南北磁极倒转的情况，甚至有假说认为这导致了恐龙灭绝。初看之下，这似乎是遥远未来的问题，应该可以归为“地质学时间单位后的灭绝原因”，但《海斯曼报告》是如此警告的——

> 过去两百年间，地球磁场急剧衰退，一千年后可能会完全消失，然后发生地球磁场逆转。但在磁场逆转之前，也就是地球磁场逐渐消失时期，失去磁场保护的地球，将饱受包括太阳风在内的有害宇宙射线的侵袭，不

仅人类，其他所有物种都可能灭绝。

三十世纪地球上生存的人们，是否已经具备了应对这一危机的技术呢？加油！研人在心里大声激励千年后的子孙。

3. 核战

报告中着墨最多的就是这个部分。报告发出警告，有限核战、全面核战、核导弹误射导致的偶发核战，都可能导致人类灭亡。

核攻击一旦发生，各方凭克制力所保持的均衡就会被打破，连锁式报复攻击必将一发不可收拾。

即便有节制地使用核力量，覆盖整个地球的致死粉尘也将破坏生态系统；或者一氧化氮浓度上升，破坏臭氧层，威胁全人类的生存。此外，食物资源遭到毁灭性破坏，将引发大饥荒，而这明显会成为新战争的诱因。届时，第三次世界大战将无法避免，而这也将成为人类的最后一场战争。

约瑟夫·海斯曼极力倡导避免核战，多半是为了弥补科学家造出核武器的过失吧。

4. 疫病：病毒威胁及生物武器

突然出现了父亲研究的专业领域，研人不禁感到意外。父亲关心的是《海斯曼报告》的第五节，研人原本以为到下一节才会论述病毒问题。

可以说，自然界中流行的疾病，通常不会导致人类灭绝。黑死病也好，西班牙流感也好，尽管对人类社会造成了莫大的破坏，但并没有发展到将我们灭绝的地步。人类这一物种是怎样凭有限的基因，对抗无数的抗原的，这还不得而知，但可以确定的是，人类抗体的多样性，使人们可以抵抗病原体。

研人想起，解开这个秘密的日本科学家[①]好像得过诺贝尔奖。

无论感染多么危险的疾病，人体的免疫系统都会产生有效抗体，战胜这种疾病。现在我们还健康地活在地球上，证明过去二十万年间没出现过灭绝人类的疾病。

然而，如今唯一值得担心的是，出现直接攻击人类免疫系统的病毒。

研人专注地趴到杂志上。这种病毒已经出现，那就是引发获得性免疫缺陷综合征，即艾滋病病毒。这种病毒简称HIV。

1969年6月，国防部高级研究计划局副局长在议会上证实："五到十年内，就能创造出免疫系统无法战胜的病

① 利根川进，生于1939年，因"发现抗体多样性的遗传学原理"，获得1987年诺贝尔生理学或医学奖。

原性微生物。”而如果将这种生物武器投入战争地区，或者从实验设施中泄漏，导致感染范围扩大，那就会危及人类这一物种。

研人惊呆了，努力搜索大脑中存储的有关艾滋病的知识。这种疾病是二十世纪八十年代前期在美国最先发现的。倘若美国国防部按部就班地推动计划，七十年代就能创造出“免疫系统无法战胜的病原性微生物”。考虑到病毒潜伏期，出现生物武器的时间同发现艾滋病的时间几乎完全吻合。

难道艾滋病病毒是美国开发的生物武器?

研人之所以会冒出这种想法，还有另一个理由。大概十年前，父亲诚治曾去过艾滋病肆虐的非洲扎伊尔，从事由文部省预算资助的流行病研究，目的是调查俾格米人中是否有人感染HIV。然而，父亲进入扎伊尔后不久，那里就爆发了内战，父亲侥幸活下来，得以返回日本。

研究病毒学的父亲、《海斯曼报告》、联邦调查局的搜查……将这些线索连在一起，就可以推出一个结论：父亲掌握了HIV是生物武器的证据，所以美国政府展开秘密行动，要将他杀掉灭口。

慢着！研人将身体靠在椅背上，凝望天花板，重新思考。把一切都归咎于美国的阴谋似乎说不过去。专家已对HIV展开了许多研究，并得到强有力的证据支持这种病毒的非洲起源说。而且，前往扎伊尔——政变后改名为刚果——做现场调查的父亲并非空手而归。他采集了俾格米人的一种——姆布蒂人的血液样本，结果证实他们不仅没有感染HIV，而且没有感染任何病毒。

父亲就算掌握了生物武器的证据，也没发现关键的病毒。

这个假说乍看很正确，但仔细一想又不得不放弃。研人从口袋里掏出皱巴巴的手帕擦拭眼镜。

终于看到了第五种可能。如果这次也一无所获，那所有的线索就全断了，与联邦调查局为敌的大冒险也将结束。想到去警察局自首时自己那副可怜样儿，研人就郁闷不已。研人的视线重新落在《现代政治季刊》杂志上，他要看的部分就在左侧的页面上。

5. 人类进化

生物进化只能通过基因位点突变，这条理论现在受到了挑战。观察化石资料可知，生物进化既是渐进的，也是断续的。在进化这一现象中，隐藏着一种未知的规律，即生物是通过渐进和断续两种方式新陈交替的。生物花费漫长的时间积累细微的变化，然后在某个时刻，性状突然发生巨大的改变——这种观点在我们灵长类生物身上也适用。

巴黎大学教授乔治·奥利弗在其著作《人与进化》中，从生物人类学的角度论述了人类的进化。他说："未来的人类将在不久后突然出现。"实际上，大约六百万年前，我们与黑猩猩有着相同的祖先，但那之后，我们便同黑猩猩分道扬镳，经过猿人、直立人、旧人、新人等阶段，进化至今，进化的速度明显加快。人类或许在旦夕之间便会产生飞跃式的进化。

由现代人进化而成的新人类，大脑新皮层会更发达，智力水平将远远凌驾于我们之上，奥利弗是如此描绘那种智力的："能理解四维空间，迅速掌握复杂的整体，拥有第六感以及无限发达的道德意识，拥有凭我们的悟性无法理解的精神特质。"

这种新人类出现的地方，更可能是偏僻蛮荒、与世隔绝之地，而不是文明国度。因为在那些地方，人群基数小，个体层面的基因变异更容易在人群间固定。

那么，新诞生的人类会如何行动呢？可以肯定的是，他们会消灭我们。现代人和新人类，这两个物种占据着完全一致的生态位。只有将我们除掉，他们才能获得生存空间。在他们眼中，现代人沉溺于互相残杀，而且拥有破坏地球环境的科学技术，是极度危险的低等动物。无论是智力水平还是道德水平都十分低下的生物，势必要被更高级的智慧生物所取代。

人类进化一旦发生，我们就将从地球上消失。北京猿人和尼安德特人的命运，将在我们身上重演……

第二部
涅墨西斯

ネメシス

1

阿瑟·鲁本斯接受幼儿园入园测试后，他的父母被园长叫了过去。“你们儿子的智商无法测定。”园长告诉他们。当然，这个“无法测定”是正面意义的，所以，在马里兰州经营小规模连锁餐馆的父亲和身为家庭主妇的母亲都高兴坏了。

鲁本斯满十岁时，他的智商虽然在测定范围内，但始终处于智力正态分布曲线①的末端。图表上的数据显示，鲁本斯拥有万里挑一的优秀大脑。将美国全国与他智力水平相当或在他之上的人集合起来，也不可能坐满棒球场的观众席。

不过，同大家的期待相反，鲁本斯很早就知道自己难成大器。十岁出头时，他就已经意识到自己缺乏独创能力。他尽管可以继承前辈所奠定的学问，但无法提出革新性的见解。人类历史上，构建高度科学文明的，是天才们头脑中的灵光一闪，而鲁本斯在人生的早期就已经知道，自己的大脑中没有接收这种天启的天线。

所以，十四岁进入乔治敦大学的鲁本斯，主动走下神童的宝座，满足于普通优等生的地位。他对金钱和权力都没有追求，只

---

① 反映智力水平的两头低、中间高的曲线。数值越接近曲线末端，表示智力水平越高。

对知识有超乎常人的渴望。为了满足这一欲望，所有的课他都去上，其中最吸引他的是科学史。从公元前六世纪的自然哲学诞生，到二十世纪理论物理学的发展——鲁本斯可以在科学史课堂上领略人类知识的全貌，享受其他东西难以取代的愉悦。从科学的角度反观人类历史，尤其令人唏嘘不已的是阻碍了欧洲人知识进步的黑暗时代。如果没有这段历史，人类最晚也可以在十九世纪登陆月球。

大学时代，鲁本斯的学习生活很充实，但其他方面却很糟糕。由于年轻而聪明，还有一头金发，相貌出众，所以他饱受学长嫉妒。经常捉弄鲁本斯的学长，总是流露出难以抹去的敌意。最令鲁本斯气恼的是，他们特别喜欢嘲笑鲁本斯是处男。这群得了红眼病的男生，用开玩笑的口吻贬低他人。在反复目睹他们丑陋的笑容之后，鲁本斯发现了一种倾向：智力水平越是低下的男生，越是渴望在性方面处于优势地位。如果见到鲁本斯同女生亲近，他们的语言就更加恶毒。这群愚蠢的男生，让鲁本斯联想到为争夺异性而两角相抵的公鹿。

自那之后，鲁本斯就成了一名冷酷的观察者。他装作懵懂无知，让对方得意忘形，暴露出心中的兽性。那些人不知道自己已被鲁本斯看透，将自己的动物本性暴露无遗。

在鲁本斯看来，社会生活中可见的所有竞争的原动力，都可以归结为两种欲望：食欲和性欲。为了比他人吃得更多，或者赚得更多，为了获得更有魅力的异性，人会蔑视、排挤他人。兽性越是强烈的人，就越爱用恫吓和计谋，越汲汲于攀上组织的顶端。资本主义保障的自由竞争，就是一种将原始欲望的暴力性转换为经济活动能量的巧妙制度。如果没有法律，如果不关照全民福祉，那资本主义内在的兽欲就得不到抑制。总之，人类这种动物，总是用智慧来掩饰、隐蔽原始的欲望，冠之以正当之名，并满足于这种自欺欺人。

进入大学六年后，二十岁的鲁本斯凭借数学基础论研究获得了哲学博士学位，并头一次了解到了女性肉体的美丽与温柔。后来他离开了熟悉的乔治敦，前往洛斯阿拉莫斯国家实验室担任博士研究员。为了学习复杂适应系统理论这门新科学，鲁本斯又到了圣菲研究所。在那里的咖啡馆里，他偶遇一名心理学家，听对方说了一番非常有趣的话，从此决定了今后的研究方向：美军士兵在战场的开枪率。

“你知道第二次世界大战中，与敌人近距离遭遇后，美军士兵扣动扳机的比例是多少吗？”

对这个闲谈中提到的问题，鲁本斯未做细想便答道：“十次里有七次吧？”

“不对，只有两次。”

见鲁本斯脸上浮现出惊讶与怀疑的表情，心理学家继续道：“剩下的八次，士兵都会以弹药补给等理由回避杀人行为。即便在遭受日军自杀式攻击之后，这个数字也没有变化。也就是说，对最前线的士兵来说，自己被杀的恐惧程度远不如杀死敌人的紧张。”

“真没想到，我还以为人类很野蛮。”

心理学家闻言一笑，接着说：“还有呢。对这个调查结果感到惊慌的是军方。士兵讲道德可不是什么好事。于是他们进行了如何提高开枪率的心理学研究，结果越南战争中的开枪率就陡增到百分之九十五。”

“军方是怎么做到的？”

“很简单。他们将射击训练的靶标从圆形换成了人形，并且让靶标像人一样自动竖起，然后根据射击成绩奖优罚劣。”

“操作性条件反射啊。”

“没错，就像通过投食器控制小白鼠的行为一样。不过……”心理学家沉下脸说，“这种‘一见敌人就条件反射开枪’的训练方法有一个重大缺陷，士兵只有在开枪时心理障碍才会解除，但杀死敌人后仍然会产生精神创伤。结果，越战老兵中出现了大量创伤后应激障碍症患者。”

“可是，”鲁本斯不解地问，“如果人类如此憎恶杀人行为，为什么还会有战争？就凭百分之二十的开枪率，美国又是如何在‘二战’中取胜的呢？”

“首先，在男性士兵中，有百分之二是‘天生杀人魔’，可以毫无顾虑地杀人，即精神变态者。但是，他们中的大多数返回社会后会过着普通的市民生活，只有在战争中，他们才会变成对杀人行为毫无悔意和自责的‘理想的士兵’。”

“可是，光靠这百分之二的士兵，怎么可能取得战争的胜利？”

“实际上，将剩下的百分之九十八的士兵培养成杀人恶魔是很简单的。首先，通过对权威的服从和归属集团的同一化，消除个人的主体性。然后，很重要的一点是，让士兵与杀戮目标保持距离。”

“距离？”

“嗯。这个词由两个概念构成：心理距离和物理距离。”

比如，如果敌人属于其他人种，或者语言、宗教、意识形态不同，那就会有心理距离，杀起来会容易得多。平时就与其他民族有心理距离的人，即相信自己所属民族优秀、其他民族劣等的人，在战争中很容易变为杀人者。在日常生活中，这样的人很常见。只要再将敌人劣等、与畜生无异的观念灌输进他们的意识，打着正义旗帜的杀戮就可以开始了。这种洗脑教育，在所有的战争中，乃至平时，都屡见不鲜。给敌人取诸如“日本佬”“越南猪”之类的蔑称，就是这种教育的第一步。

“为了保持物理距离，”心理学家继续道，“就必须使用武器技术。”

在战斗最前线迟疑开枪和不愿开枪的士兵，只要与敌人拉开一段距离，就会毫不犹豫地使用更具破坏力的攻击手段——发射迫击炮或舰载炮、飞机空投炸弹等。在眼前射杀敌人的士兵会背负终身难以愈合的创伤，而参加空袭、夺走上百人性命的投弹手则感受不到丝毫内疚。

“有学者说，想象力是人区别于动物的标志。可是，在使用武器时，人连最低限度的想象力都被麻痹了。他们根本想不到轰炸机下乱窜的人们会如何惨死。这种反常的心理不仅出现在军人身上，一般市民中也普遍存在。明白吗？”

鲁本斯点点头。人们往往会鄙视用刺刀杀死敌人的士兵，却将击落十架敌机的飞行员视为英雄。

“杀人武器的开发，强调尽量远离敌人，尽量用简单的手段大量杀伤敌人。于是，人类逐渐放弃了徒手搏斗，发明了刀、枪、炮弹、轰炸机等武器，以至于洲际核导弹。而且，在美国，武器工业成了国民经济的基础产业。所以战争永远不会消失。”

接触到这类研究的鲁本斯，察觉到现代战争的一个共通点。

战争当事者中最为残忍、决定发动战争的最高权力者，往往与敌人的心理距离和物理距离最远。出席白宫晚餐会的总统，既不会溅上敌人的鲜血，也听不见战友肉体被撕裂时发出的临终惨叫。总统几乎不用承受杀人所带来的任何精神负担，所以他与生俱来的残忍才会被彻底释放。随着军队组织的进化和武器的改良，现代战争中的杀戮必然愈演愈烈。战争的决定者下达大规模空袭命令时，不会感到半点良心上的责备。

那么，明知数十万人的性命将毁于一旦，却仍下令开战的一国领袖，其残暴性与普通人一样吗？还是说，他们本就是异常的人类，在社交性的微笑背后隐藏着非比常人的攻击性？

鲁本斯推测答案是后者。被权势欲所俘虏、在政治斗争中取胜的人，应该具有超常的好战资质。可是，在民主国家，这样的人反而会被选为领袖。民主选举遵从民意，被人民选中的人体现的正是集体的意志。换言之，战争心理学研究的其实是当权者的心理学。为了了解人发动战争的原因，就必须破解发动战争的人的精神病理。

在圣菲研究所，鲁本斯一边加深对复杂适应系统理论的认识，一边利用闲暇时间从事此类研究。返回洛斯阿拉莫斯国家实验室之后，他对以掌权者为唯一研究对象的战争心理学的兴趣也没有减弱一分。他在短时间内学习了精神病理学和临床心理学，运用病理学，尝试分析了下届总统候选人的人格，得出的结论是，假如格雷戈里·万斯当选总统，更可能发生战争。半年后，万斯在总统选举中获胜，鲁本斯判断人类历史将朝坏的方向发展，他非常渴望一窥万斯政府的内幕。当时他已经快三十岁，也萌生了结束学究生活的念头。是时候走出象牙塔，投身到人类这种生物构成的汪洋大海中了。

他首先通过洛斯阿拉莫斯研究所的同事，寻找能接近白宫的就职机会。国家机构都非常欣赏鲁本斯非凡的智力。陆军情报部和国防部高级研究计划局都向他发出了邀请，他不知做何选择。就在这时，他得知了一个以前从未听说过的智库：总部位于华盛顿特区的“施耐德研究所”。它是第二次世界大战后设立的诸多智库之一。其他研究机构设有经济、外交、军事战略等研究类别，而施耐德研究所专攻情报战略。表面上它是私营的公共关系公司，但实际上它最大的客户是中情局和国防部。之所以它的知名度远不如兰德公司，是因为研究所谨小慎微地活动，尽量避免引起公众注意。

施耐德研究所在保守派和自由派之间，持中立立场，所以同历届政府都保持着良好关系。鲁本斯觉得这是绝佳的机会，于是经过面试，进入了研究所。

在波托马克河河畔的一座外观并不起眼的六层建筑里，鲁本斯得到了专用的房间和“研究员”的头衔。他被告知，在完成必须处理的繁杂工作后，他可以继续从事自己喜欢的研究。他这才明白，自己那时还处在试用期。鲁本斯在不经意中接受了心理测试和测谎仪测试。联邦调查员走访了他所有居住过的地方，对他进行了彻底调查。一年后，他们确认，鲁本斯既不经济拮据，也没有外国亲属，既同所有反政府活动无涉，也没有犯罪经历或异常性癖，于是鲁本斯获得了绝密级情报的接触资格。他立刻忙碌起来，被提升为“分析员”，被派往国防部主导的情报战最前线。

这项机密任务是针对本国国民，而不是敌国的心理战。当时，万斯政权正在策划对伊拉克的军事入侵，必须将民意往支持开战的方向诱导。于是，国防部选拔了约八十名对其马首是瞻的退役军官，伪装成“基于个人见解支持进攻伊拉克的军事评论家”，送入各家媒体。利用媒体操纵人心其实非常简单。通过让电视中的评论家反复鼓吹伊拉克威胁论，万斯总统的支持率急速攀升。

但就在这时，中情局派出的三十名伊拉克裔美国人潜入伊拉克境内，掌握了伊拉克放弃开发大规模杀伤性武器的计划，并揭露尼日尔向伊拉克输出铀的文件是伪造的。可疑的核燃料已经被欧洲和日本的公司作为几年后的期货买断。可是，万斯政权却无视所有的报告，一意孤行，挑起战端。

除了完成分配给自己的工作，鲁本斯秉持观察者的立场，很早就看穿了这是一场旨在掠取石油资源的侵略战争。虽然不正义，却对国家有益。他尤其注重的，不是国家或者军工集团等抽象的存在，而是现实中的人。因为所谓国家的人格，本质上就是国家最高决策者的人格。

在主导侵略的政权中枢中，有人利用战争大发横财。在上届政府中任国防部长的张伯伦，曾积极推动军队业务委托给私营军事公司，政府换届后，他便到曾受惠于他的私营公司担任董事长，获取了巨额利益。万斯上台后，又将他召回白宫担任副总统，充当进攻伊拉克的急先锋。战争还未开始，他就着手勾画起战后复兴业务的蓝图。当然，战后承包伊拉克各种基础设施重建工程的，就是他自己经营的能源公司。最近他的个人资产猛增了数千万美元。

将自己的金钱欲披上新保守主义政治思想的外衣，这样的政治家在政府内部数不胜数。国防部长拉蒂默自己也与军需企业关系密切。

鲁本斯最无法理解的是万斯总统。从他的发言内容判断，他对伊拉克独裁者深恶痛绝，但为什么恨到必须杀掉对方？决定总统态度的，除了国家利益和军工集团的利益输送，或许还有万斯本人都未察觉的无意识动机。就这一点，鲁本斯以媒体报道为依据，追溯总统的生活经历，提出了一种假说：万斯之所以要打倒伊拉克独裁者，或许是他将其影射为家庭中的专制型父亲。鲁本斯嘲笑过自己，竟以如此匮乏的数据得出武断的结论，但倘若事实果真如此，那就太恐怖了。地球上某个人的父子关系不佳，竟然会导致超过十万人被杀。万斯如愿以偿的那天，一定会感到很空虚吧。自己打倒的其实并不是应该打倒的人。他所杀死的，只不过是自己内心深处虚构出的敌人而已。

无论如何，战争开始了。正当伊拉克战争打得如火如荼时，万斯总统宣布取胜。然后，如狼似虎的国家纷纷打着帮助战后复兴的旗号，进入伊拉克。如果战争结束的国家出现战死者，会影响战后声誉，所以许多国家就雇用私营军事公司的佣兵承担警卫工作，这简直就是一场黑色喜剧。费尽心思向美国表忠心的国家分得了主子施舍的残羹冷炙，即部分石油权益。这些国家的领导人醉心于非人道的国家利益，以子虚乌有的大规模杀伤性武器为口实，欺骗本国国民；这些国家的国民也甘心被骗，充当间接杀害伊拉克人民的凶手。各国能源企业冠冕堂皇地攫取了巨大的利益，市民也得以享受更便利的生活，被送往最前线的士兵则身心俱伤。

主导这场史上罕见的愚蠢战争的美国领导人，在人生走向终点时，一定会被他们所信奉的上帝打入地狱吧。

当伊拉克的战后事务陷入泥潭之时，鲁本斯被升级为高级分析员，但他下定决心离开施耐德研究所。这个研究所里能见到的东西他都见过了。接下来，他要去研究美国的再生能力。美国人不是笨蛋，万斯政府的愚蠢行径必将带来余震。下届总统选举，可能会诞生美国历史上第一个非洲裔或者女性总统。如果可以进入有力候选人的选举事务所工作，就可以更近距离地观察谋求最高权力者宝座的人的精神和兽性。

就在这时，他接到研究所内其他部门的传唤。在保密措施严密的会议室内等待他的、是负责与中情局和国家安全局等情报机构联系的对外协调部部长。

“先看看这个。”部长将一份名为《人类灭绝原因研究及对策建议》的论文递给他。看到执笔者是“施耐德研究所首席研究员约瑟夫·R. 海斯曼博士”，鲁本斯不由得暗暗吃惊。海斯曼博士的专业是理论物理学，但对其他科学门类也都通晓，可以说是博学广识、声名显赫的人物。尤其是科学史领域，他堪称学界泰斗。鲁本斯曾读过他的好几本著作。这位海斯曼博士，三十年前竟然曾隶属于施耐德研究所，这点连鲁本斯也不知情。

鲁本斯饶有趣味地读着《海斯曼报告》。通读后感受最深的是，博士是一位彻彻底底的反战人士。在冷战如火如荼时提出这份报告，肯定需要相当大的勇气。鲁本斯对海斯曼越发尊敬了。

“对这份报告，你有什么看法？”对外协调部部长问。

鲁本斯立即答道：“博士所言极是。”

部长点点头。“那再看看这个。”说着，他递出一份文件，“国家安全局监视非洲局势的部门截获了一封从刚果民主共和国发出的电子邮件，发信人是名为奈杰尔·皮尔斯的人类学者，收信人是他的研究伙伴。你的任务是详细调查和分析电子邮件中的内容，在一周之内提出报告。首要问题是，信中的内容是否可靠，这种事是否会真的发生，博士是否做了误判。”

“我能问两个问题吗？”

“可以。”

“为什么要找我来做这件事？这难道不是国家安全局和中情局的分析员的工作吗？”

部长淡淡一笑：“这是他们做不了的工作，只有你能解决。《海斯曼报告》发出的警告颇具现实意义，所以又轮到我们研究所登场了。”

鲁本斯点点头，提出第二个问题：“关于奈杰尔·皮尔斯这个人，是不是可以提供一些背景资料？”

“必要时参考一下这个。”部长从文件夹中取出一份报告。

鲁本斯首先通读了这份报告。根据国家安全局的身份审查，奈杰尔·皮尔斯是四十七岁的白人男性，父亲是大型贸易公司“皮尔斯海运”的老板。但奈杰尔·皮尔斯生来喜好学术研究，将家族产业的继承权让给了弟弟，二十七岁就取得了人类学博士学位，然后主要从事田野调查，四十一岁时成为罗斯林大学人类学系教授。

外界对皮尔斯的学术水平评价不高，他所写的关于俾格米人中的姆布蒂人的论文惨遭抨击：“作为游记非常有趣，但缺乏学术价值。”皮尔斯之所以还能继续担任教授，其实是因为家族运营的皮尔斯财团向学校提供了大量研究资金。中情局的报告对他的性格也有分析，说他“精神极其健康，不热衷于学术上的竞争和功名，可以说是全凭兴趣在从事研究”。可见，此人淡泊名利，与政治家的性格恰恰相反。

报告中附有一张照片。鲁本斯把皮肤晒得黝黑、满脸胡子的皮尔斯的形象铭刻在自己的脑中，然后把视线投向皮尔斯发送的那封电子邮件。那份文件上盖着“最高机密”的印章。鲁本斯原以为那是关于致死性病毒的邮件，读后却惊愕不已。

亲爱的丹尼斯：

如你所知，我相信了刚果政府和反政府势力之间的停战协议，返回了伊图里森林。我在那里又见到了好朋友姆布蒂人。不过，那里发生了令人惊异的事件，我想向你报告。但我下面谈及的内容，请你务必保密。我之所以给你发送这封邮件，是为了留下证据，证明我是最先见证人类历史新一页的人。

进入康噶游群的营地后不久，我就遇到了从未见过的生物，其形态很难用语言准确表达。尽管他的四肢和躯干像人类的幼儿，但只要看一眼他那奇特的头部，尤其是眼睛，就会知道他是另一种生物。我似乎天生就具备辨认异种生物的能力。我看到这奇特的人种时，思维霎时混乱，大脑中生出无数疑问，全身都僵硬了，丝毫动弹不得。

过了好一会儿，我才恢复正常的思考能力。我的脑海里冒出一个自己不想使用的词：畸形儿。我听说，这个生物是三年前由一对姆布蒂人夫妇所生。可是，经过持续观察，我发现这个生物不仅身体功能完全没有问题，而且还拥有与其年龄不相称的高度智慧。

此后几个月，我确认了这个孩子惊人的智力水平。可以说，他简直就是超人。详情我回国之后再讲，这里只举几个例子。

我向他教授英语，包括读写在内，两周时间他就掌握了。现在，他甚至能与我讨论政治、经济等复杂问题。不过，尽管他已出生三年，咽部却还未发育，尚不能发声对话。我们之间的沟通，都是通过笔记本电脑键盘进行的。

智力方面，他的数学抽象思考能力尤为出色。最让我惊奇的是，他能非常轻松地进行素因数分解。我在电脑上准备了四十位的合数，他只需要心算五秒钟，就能将之分解为两个素数。人类尚未解开的与素数有关的数学规律，竟然被这个三岁的孩子发现了。倘若美国政府，尤其是国防部知道这个俾格米孩子可以解读最高强度的RSA密码，那一定会万分震撼。不仅如此，就连证明黎曼猜想也并非遥不可及。

我写到这里，你应该已经猜到我想说的话了吧。考虑到异常发达的额头，以及解剖学上的幼期性熟[①]表现，可以得出这样的结论：这个孩子极有可能是大脑新皮层发生突变的新型人类，也就是说，人类极有可能发生了进化。至于他的DNA[②]的哪一部分发生了变异，以及他是否能与现在的人类交配，要等带他回归文明社会后才能检测清楚。

---

① 指生物保持着幼体形态就成熟了。

② “脱氧核糖核酸”的英文缩写。

顺便一提，这个孩子的父亲只是普通的俾格米人，母亲已经病死，除此之外并无特别之处。我还去周围其他游群做了调查，未能发现类似的个体。可见，康噶游群中的孩子双亲某一方的生殖细胞发生了突变。

刚果东部的战斗再次爆发，在战火平息之前，我无法离开伊图里森林。政府军和反政府军都凶残成性，我担心他们会袭击我们。我打算寻找机会，尽快将这个孩子带离刚果。

电脑和卫星手机不太好用，我可能没法再发电子邮件了。不要担心，一旦逃到安全地区，我就会立即与你联络。我再重申一遍，以上内容请务必保密。

期待与你再会。

奈杰尔·皮尔斯

读完邮件后，鲁本斯竭力避免脸上流露出兴奋的表情。这个职场不欢迎感情用事的人。“一周后我就提交分析报告。”他说了这一句，就离开了会议室。

鲁本斯再次惊叹于美国的情报能力。国家安全局是凌驾于中情局之上的世界最大情报机构，它同其他四个盎格鲁–撒克逊国家①一起，建立了窃听全世界的“梯队”系统，窃听世界上所有通信——固定电话、手机、传真、电子邮件等。不过，因为不可能处理所有的截获数据，所以只有与美国安全有关的信息，才会被电脑甄别程序筛选出来。这种甄别程序的词库中，肯定包含了皮尔斯博士邮件

① 指的是英国、加拿大、澳大利亚和新西兰。

中提到的特定词组。比如这封邮件中的“反政府势力”“素因数分解”“最高强度”“RSA密码”“美国”“国防部”“震撼”“战斗”等关键词，多半就被检测出来了吧。

国家安全局将皮尔斯博士的这封邮件视为重大问题的理由非常明显，那就是姆布蒂人孩子所表现出的素因数分解能力。倘若存在这种能力，那现代密码就会失效。这对美国来说，将是国家安全面临的重大威胁。

可是，在鲁本斯看来，这种对危机的认识是十分短视的。如果出现了超越人类智慧的生物，世界将会怎样？苦心经营方才维持住的人类世界的秩序，可能瞬间土崩瓦解。

看过截获的电子邮件后，鲁本斯返回母校乔治敦大学，一头扎进了图书馆，着手调查人类进化这种事发生的可能性。

查尔斯·罗伯特·达尔文和阿尔弗雷德·拉塞尔·华莱士两人几乎同时提出了“自然选择说”，这种假说在此后的一百五十年里一直都是生物进化的核心假说。生物通过突变改变性状，不适应环境的进化被淘汰，反之则会代代相传。这一过程经过世代重复，积累细微的变异，最终导致物种本身的改变。达尔文和华莱士连孟德尔遗传学都不知晓，更别提DNA了。他们仅仅通过观察自然就提出了这样的假说，其洞察力着实令人惊叹。不过，正因为这样，自然选择说也被批评为只论述了进化的某一方面。达尔文进化论只考察了突变发生后的情形，却对突变基于何种机制产生并无涉及。这种假说没有揭示进化现象的全貌。

随着分子生物学的发展，这一领域出现了许多新突破。核辐射等外部原因，或者形成生殖细胞时DNA的复制错误，都会导致生物遗传信息变异。实际上，由三十亿个碱基对组成的人类基因组，每两年就会有一个DNA上的碱基被别的碱基替代。可是，这种随机的变异几乎都是中性的，对生存无利无害，是否会作为物种整体的变异固定下去完全取决于偶然。

最近数十年间，分子生物学领域的大发现层出不穷，定论接连被改写。除了单个碱基替换、即位点突变之外，基因组也会变化。一个基因被复制，然后移动到别的部位，或者整条DNA链被复制两次，这些在生物进化史上都曾经发生过。这种剧烈的碱基序列变化便是生物进化的原动力。此外，二十世纪末，又有了一个惊人的发现：即使DNA不发生变化，生物的性状也会变化。甲基和乙酰基等原子团，可以促进或抑制基因表达。而且，因为这种化学修饰在亲子间能准确遗传，所以下一代将会继承上一代的变异。

对这种DNA变异机制了解得越多，鲁本斯就越是觉得，生物进化比从前认为的更迅猛剧烈。换言之，生物进化的速度远超过地质学变化。正如《海斯曼报告》所指出的那样："生物花费漫长的时间积累细微的变化，然后在某个时刻，性状突然发生巨大的改变。"

对人类进化做一个总结吧。六百万年前，某灵长类分出两条分支，一条黑猩猩分支，一条人类分支。但不可思议的是，六百万年间，黑猩猩基本没发生进化，而从拉密达猿人进化到人属期间，至少诞生了二十种以上的人类，最终演化为现在的智人。但这种进化并非只有一条线，而是有多条分支并行。在太古时代，地球上同时存在多种人类。五万年前离开非洲大陆、扩散到整个地球的新人应该也遇到了直立人和尼安德特人。与黑猩猩相比，人类的进化大大加速，对于这种现象，学界陆续提出了若干解答。

在人类大脑的基因中，有许多提高进化速度的物质，其中有一种同大脑皮质形成有关的基因，叫作“人类加速区1”。自从这个基因在生物进化过程中出现，在三亿年的时间里，就只发生过两次碱基替换。但在六百万年的人类进化过程中，该基因却有十八个碱基发生了变异。也就是说，在所有生物中，只有人亚科的动物，朝智力爆发式增长的方向发生了进化。

鲁本斯接着注意到了名为FOXP2的基因。黑猩猩也具有这种基因。尽管人类和黑猩猩的FOXP2基因相差甚微，但正是这细微的差别，导致了人类在语言能力方面远远超过黑猩猩。FOXP2被称为转录因子，它能促进其他六十一个基因的表达，但同时也会抑制另外五十五个基因的表达。单单一个基因发生变异，就可以改变上百个基因的功能。正是FOXP2上的细微改变，使人类获得了高度发达的语言能力。

鉴于人类DNA上的进化加速区及其细微的变异所带来的巨大影响，不能判定皮尔斯博士报告中关于人类发生进化的论断是谬误的。鲁本斯正要撰写分析报告时，发现了具有决定意义的一项研究。大约二十万年前出现的新人类，有十九万年都过着原始生活，为什么突然就构建出文明社会呢？这个问题的答案存在于人类基因组中。有迹象表明，六千年前出现的ASPM基因改造了人类的大脑。后来又发生了趋同演化，即地理上相互分隔的群体演化出相似的能力，于是各地的文明相继兴起。倘若这一假说成立，那么新人类就经历了大脑的进化，尽管新人类的规模并不大。在判定皮尔斯的论断是否正确之前，人类的进化就已经是既成事实了。

鲁本斯在图书馆完成调查后，返回乔治敦郊外的家。他打开电脑，一口气完成了上级交办的分析报告。在结论部分，他措辞谨慎地写道：

> 当前还不能断定皮尔斯博士电子邮件中提及的姆布蒂人幼儿是新物种，将其判定为头部形状奇特的人更妥当。不过，这种奇特形状是碱基序列变异所致，而且这种变异非但没有对当事人造成伤害，反而促进了其智力发育。就这点而论，称其为“进化后的人类”或“新物种”也是恰当的。

分析报告如期交到对外协调部部长的手中。部长当场就给鲁本斯布置了一项新任务。

“这件事已经写进总统简报里了。总统可能会要求我们拟订应对计划，你提前做好准备吧。”

“应对计划是指什么？”

“是指如何处理这种生物。”

鲁本斯面前又出现了一道难题。因为总统要的不是从生物学观点出发的应对方案，而是如何消除这个国家安全上的问题。他头脑中立即浮现出三个选择：放任、捕获和抹杀。但无论做何选择，都称不上完美的解决方案。

鲁本斯再次返回图书馆，收集应对计划所需的信息。他还没有触及那个根本性的问题：俾格米孩子的基因为什么会变异？进一步说，他父母的生殖细胞出了什么状况？

查阅所有资料之后，有参考价值的信息浓缩为三个假说。鲁本斯对这三个假说逐一做了仔细调查。

最先着手的，是DNA核小体结构方面的研究，即鳉鱼的碱基替换周期性研究。DNA并不是以双螺旋的形态直接存在于细胞内，而是缠绕在被称为组蛋白的球形蛋白质上，两者是线与线轴的关系。而且，因为DNA比组蛋白长，所以一条DNA在缠完一个组蛋白之后又会缠上另一个，就像一条长线有规律地缠绕在一列线轴上。在鳉鱼的DNA上观察到的变异是，与组蛋白结构的周期性相呼应，变异每隔两百个碱基就会发生。如果将这一研究应用到人类的进化上，就可以得出这样的推论：DNA上本来有些容易发生碱基替换的位点，人亚科生物大脑产生的有关基因，只是偶然与这些区间重合而已。随机的碱基替换反复进行，大部分受精卵都会因为基因错误而自然流产，而这一次，在刚果雨林生活的姆布蒂人中，出现了大脑成功进化的个体。如果这一推测成立，那生殖细胞变异就不是发生在康噶游群的所有成员身上，而仅限于变异孩子的父母某一方。这样一来，应对计划只需要针对这一对亲子即可。

第二个假说涉及“通古斯大爆炸”。1908年，西伯利亚深处的通古斯发生了神秘大爆炸。空中出现巨大的火球，八千万棵树被掀倒，距爆炸中心六十千米的人也被冲击波卷飞。其破坏力相当于一千五百万吨TNT炸药，也就是一千枚广岛原子弹的能量。尽管还不明确是什么引发了爆炸，但有人推测是彗星或小行星冲入地球大气层后在空中爆炸。爆炸地附近的植物，有的生长速度是普通植物的三倍，有的形态完全变异，这明显是核辐射导致基因异常引起的。但不可思议的是，尽管现场附近没有检测出残留的核辐射，但爆炸中心的植物变异率比核辐射引起的变异率高得多。

得知这一情况后，鲁本斯通过对外协调部部长联系上国家侦察局，取得了军事侦察卫星的数据。数据显示，每年大致有七次大气圈内的小天体爆炸。其规模尽管与通古斯大爆炸相差很远，但也相当于长崎原子弹的破坏力，即两万吨TNT炸药。如果这种天文现象能导致生物基因异常，而且发生在姆布蒂人居住的伊图里森林上空，那它很可能影响到附近的所有居民。但国家侦察局再次确认，过去二十年间，从未观测到刚果民主共和国上空发生过小天体爆炸。这种天体现象大多发生在无人知晓的海洋上空。于是，鲁本斯放弃了这一假说。

最后剩下的，是决定应对方案方向的“病毒进化说”。尽管这只是关于生物进化的许多假说中的一种，但这种假说中却包含了鲁本斯无法忽视的概念。病毒没有自我复制的能力，所以它们利用感染的生物细胞实现增殖，将自己的DNA整合到寄生的细胞DNA中，然后进行复制。不过，在整合DNA时，病毒有可能停止活动。于是被寄生的细胞中就加入了病毒的碱基序列，其变异在细胞分裂时被子细胞继承，因此基因组也发生了变化。或者，病毒也可以通过进入宿主生物的基因，作为其一部分实现增殖，而病毒在感染新的个体时停止活动，原来宿主的基因就被纳入了新宿主的DNA中。如果这种现象出现在生殖细胞中，而生殖细胞成为受精卵，添加的碱基序列获得新的功能，那么进化就会发生。倘若病毒进化说成立，那么通过病毒感染，生物进化就会同时发生在多个地点。

将这一假说应用到这次的问题上，就可以得出这样的推论：刚果雨林中出现了新型病毒，感染了姆布蒂人，促使其发生了进化。

接下来，鲁本斯调查了针对姆布蒂人的病毒感染进行过的流行病学研究，发现名为古贺诚治的日本病毒学者曾对姆布蒂人感染HIV的情况做过实地调查，而调查对象恰好包括康噶游群的四十名成员。说不定，古贺博士自己都没有意识到，他检测出了导致人类进化的未知病毒。

鲁本斯的学术兴趣被点燃，他立刻索要了日语书写的原始论文，交给国家安全局翻译。但遗憾的是结果令人失望。古贺做调查的时间在可疑的俾格米孩子出生七年前，也就是距今约十年前，而且康噶游群的四十名成员都没有感染病毒。

由于新型病毒可能是在古贺博士的调查后产生的，所以在拟订应对计划时，鲁本斯没有排除进化在若干个体身上同时发生的可能性。

大量研究结束后，鲁本斯暂时放下心来。看样子，“抹杀”这一最糟选择可以避免。只要超人类可能通过病毒感染诞生，就不可能通过杀光康噶游群的成员来根除威胁。这样的大屠杀应该是不会获得允许的。

比较剩下的两个选择——“放任”和“捕获”，就不得不放弃前者。倘若可能破解最高强度密码的高智能生物落入假想敌国手中，那将是极度危险的。

但不可否认，“捕获”这个选择也包含风险。根据《海斯曼报告》，超人类拥有“凭我们的悟性无法理解的精神特质”。面对我们发起的捕获行动，对方将做何反应是无法预测的。为了避免不测，就必须采取彻底的敌对行动，绝不能心慈手软。

所以，计划的第一部分是调查。将由特种部队护卫的专家队伍送进当地，确认皮尔斯发出的信息的真伪。

事实确认之后，计划进入第二阶段，即“将康噶游群的成员及所有计划执行者隔离”。之所以连计划执行者也要隔离，是因为他们有可能在当地的活动中感染病毒。任务完成之时，必须捏造隔离理由欺瞒计划执行者，比如为了避免埃博拉病毒或其他类似致死性病毒的蔓延。

计划的第三阶段，是对所有被隔离的人员进行生化检测，确定是否存在导致进化的病毒。如果检测出病毒，那之后的处置就交给政治家。从政治角度判断，政治家恐怕会开发抗病毒药物，将进化扼杀在摇篮之中吧。如果病毒不存在，那就会释放被隔离的人。

至于那个大脑发生变异的三岁孩子，应对办法是让他和他的父亲都加入美国国籍，照顾其生活，并将其置于当局的宽松监视之下。大前提是必须保证他作为一个人的权利，避免使用监禁等暴力手段，令其对现代人留下友好的印象，并利用其超人的智力为美国服务。

然而，鲁本斯拟订的计划，在提交后的第二天就被退了回来。

“高层的意见是，你的计划太拖泥带水了。”施耐德研究所会议室里，对外协调部部长说，“必须尽快消除对美国的威胁。”

“消除？”鲁本斯立即明白了这个词的含义。那就是抹杀。

“而且，你拟订的计划，无论是费用方面，还是实效性方面，都有问题。中东进行的两场战争已经让我们疲于应付了，我们没有精力隔离纷争地带的四十名俾格米人。”

“这件事可以不通过军事方法解决，要用民事办法。只要打着遏制致死性病毒蔓延的旗帜，就可以伪装为人道支援展开行动，在刚果战斗的各方势力就不会以美国为敌了吧？”

“我说，阿瑟……”部长放缓口气，教育面前这位轻率无知的分析员，“你不知道本届政府的脾气吗？即便你在这儿说服了我，他们也不会改变主意，只会去找另一个听他们话的机构办事。”

被上级点醒后，鲁本斯对自己的幼稚感到羞耻。没错，那些家伙的行事风格一贯如此。给反对意见挑刺儿，然后加以摒弃，让周围遍布支持者。这是披着民主决策外衣的独裁。万斯政府就是这样发动对伊拉克人民的杀戮的。

“高层的意见不会建立在你拟订的计划的适当性上，只会基于他们自己的偏好。本届政府是典型的牛仔气质，不喜欢慢条斯理的手段。他们的逻辑是，如果有人能破解最高强度的密码，那就抢在假想敌国知道那人存在之前干掉他。”

“可是，就算干掉了那个俾格米孩子，潜在的威胁仍然存在。如果变异是由病毒引起的，那康噶游群中可能还会诞生新的超人孩子。”

“高层也考虑到了这一点。”

鲁本斯惊愕不已，直勾勾地注视着桌子对面的部长。本以为自己已经掌握了万斯政府的精神病理，但看样子还是低估了他们的邪恶程度。尽管是在保密措施严密的会议室里，鲁本斯还是压低了声音问：“你是说，要把康噶游群的所有成员，连带奈杰尔·皮尔斯一起抹杀？”

部长苦着脸点头：“要想在华盛顿这里生存下去，就必须注意措辞。不是‘抹杀’，而是‘消除’。只要存在病毒感染的可能性，那要消除的就不只你提到的四十一个人，连计划执行者也必须消除。”

拼死抗辩的鲁本斯惊讶地发现，自己竟然有如此强烈的道德意识。“但这样做军方是不会允许的。派去执行任务的是特种部队，培养一个特种部队战士需要消耗数百万美元的税金。难道这样的精锐部队也要‘消除’吗？”

“不是还有私营军事公司吗？派佣兵去做好了。而且，一旦方案具体化，就会成为白宫主导的暗杀任务，采用外包的形式会更加安全。”

这可不是暗杀，而是种族屠杀，鲁本斯想。目标是一个新人类个体，对一个人的种族屠杀。

“如果病毒感染扩大到康噶游群之外怎么办？周边居民也全都要消除吗？”

“到时候会再做商议。明天就把新计划交上来。”部长命令道。离开房间时，他从门口转过身，补充道：“你要小心啊，阿瑟。”

在鲁本斯听来，这不是威胁，而是亲切的提醒。

鲁本斯离开研究所时，太阳还高悬在空中。他沿着华盛顿特区最惬意的街道——M大街朝家走去。这条街上商店鳞次栉比，尽管规模小，但出售的商品都质量上乘。在夏日阳光中，街道上充满了活力。鲁本斯眼中所见，是过着普通生活的善良人们。这平和的一幕可以抑制潜藏在心底的野蛮欲求。这才是美国啊，鲁本斯想。万斯政府在侮辱这个美国。

在通往普洛斯贝克特大街的陡梯旁，鲁本斯停下脚步，陷入沉思。抹杀进化后的人类，这一决定也有值得肯定之处。黑猩猩是无法利用人类的，同样，人类也控制不了超人类。如果留下他的性命，他极有可能会成为人类社会的威胁。问题是被殃及的其他四十人。如果不考虑如何营救他们，鲁本斯自己就会成为大屠杀的罪魁。

辞职这个念头一闪而过，但他很快打消了。就算自己辞职，状况也得不到任何改变。万斯会找一个顺从他的人取而代之，执行大屠杀。如果有人能避免更多的人牺牲，那这个人就只能是自己。

虽然可以直接给奈杰尔·皮尔斯发警告，但唯一的通信手段是通过皮尔斯的卫星手机发送电子邮件。而信一发出去就会被“梯队”系统截获，并锁定发送者身份。

你要小心啊，阿瑟。

鲁本斯感觉到了危险。自己不知不觉就卷入犯罪组织中，受到胁迫，不得不参加暗杀的勾当。其实，白宫酷似黑手党——总是遇到这样那样的麻烦，提出包括杀人在内的各种解决方案，然后付诸实施。

几经思量，鲁本斯终于决定了自己的路。

返回乔治敦大学附近的出租屋，进入小书房，鲁本斯着手拟订新的计划。

首先，为了让计划执行者进行大屠杀，就要保留“致死性病毒感染爆发”这种说法。这一把人类从灭绝危机中拯救出来的虚假计划，代号为“守护者”。

至于计划的背景说明，则要同之前的报告截然不同，不仅大量使用专业用语和难懂的概念，而且还不加注释。并且暗示，这一计划非常危险，极有可能以失败告终。

鲁本斯的言外之意是，对计划负责人的要求极高。这一秘密计划的指挥者，不仅要具备政治军事素养，还必须拥有以生物学为中心的跨学科知识，同时可以被政府高层在必要时轻易解聘。满足这些条件的人，是不可能轻易找到的——除了施耐德研究所的一名年轻分析员。

鲁本斯将赌注押在了这一点上。在伊拉克战争之前，智库就占据了军工集团的一席之地，在各个研究所工作的民间人士建立起所谓的“特别计划室”，主导了伊拉克战争。鲁本斯极有可能参与机密计划的实施。

凌晨时分，鲁本斯完成了计划制订，然后想出两个代号，补充到空白栏中。暗杀目标，即那个三岁的孩子，代号“奴斯”（nous）。这是希腊语中“超凡的智慧”的意思。耶稣会教士、思想家德日进提出的生物进化第三阶段“精神圈”（noosphere）的语源也是这个词。而抹杀奴斯的计划以希腊神话中的复仇女神“涅墨西斯”命名。这是“复仇”的拟人化神，导致恐龙灭绝的巨型陨石也是用这个名字命名的。

一个月后，被纳入特批接触计划的“涅墨西斯计划”得到了万斯总统的批准，正式启动。国防部辐射状走廊中的第三条地下设立了行动指挥部。屋外挂着“特别计划室第二科”的名牌。进屋之前，除了必须佩戴安保徽章和身份证外，还必须通过各种生物特征识别系统。鲁本斯获得了通过这些系统的资格，因为白宫已经任命他担任涅墨西斯计划的负责人。

一切都如鲁本斯所料。四名计划执行者来自私营军事公司，在他们杀死俾格米人之前，鲁本斯有权更改计划。鲁本斯下定决心，将用自己唯一的武器，即超乎常人的智力，捍卫四十多人的生命。

行动指挥部由十一名成员构成。监督官是国防部负责非洲问题的助理国防部长帮办，军事顾问和科技顾问各一名，下面是指挥部部长鲁本斯及其直属的七名部下——一名来自国防情报局，其他六名是中情局总部临时外派的。这些特工各有绝活儿，手下也有跟随人员随时待命。

科技顾问由梅尔韦恩·加德纳博士担任，这对鲁本斯来说非常幸运。博士的研究领域从量子力学延伸到物理化学，后来凭借分子生物学方面的贡献荣获国家科学奖。他不仅学识渊博，而且举止稳健，在火药味浓重的行动指挥部中，起到了缓和气氛的作用。而美国特种作战司令部派遣的军事顾问格伦·斯托克斯上校很难相处，不过，其他成员倒喜欢看到两名顾问之间发生分歧。

鲁本斯在计划开始前，同加德纳博士单独谈过一次话，目的是就一些基本的问题征求博士的意见。

“关于奴斯的处置方案，博士也支持抹杀吗？”鲁本斯劈头便问。

加德纳博士缓缓答道：“这也是逼不得已吧。那个三岁孩子长大后，如果能成功实现常温核聚变，那全世界的势力平衡就会被打破。除了能源问题，包括武器开发在内的科学技术、医疗、经济等方方面面，人类都将受其支配。到时候，世界的财富和权力就会掌握在奴斯手中。”

看来，科技顾问同鲁本斯一样，对刚果雨林中出现的生物学上的威胁做出了正确的评估。威胁就是“力”。令人恐惧的，不是核弹的破坏力，也不是最尖端的科学技术力，而是催生这两者的智力本身。

“遗憾的是，我们不大度。”博士继续道，“我们不允许有比自己更聪明的生物出现。不过，我个人倒是想见见奴斯。”

鲁本斯也有同感：“奴斯长大后，会是什么模样？”

“考虑到幼期性熟的可能，奴斯长大后的模样应该与现代人的孩子一样。尽管在婴儿期时相貌奇特，但他慢慢就会跟我们的孩子没有区别了。”

“原来如此。”

对类人猿祖先来说，现代人就是幼期性熟的类人猿。黑猩猩婴儿的头盖骨和人类成人的头盖骨差不多。考虑到俾格米人本就身材矮小，奴斯长大后就应当同现代人的孩童别无二致。

“这次任务最重要的因素，你认为是……”

“现阶段来看，应该是奴斯的智力水平吧。”

“没错，从截获的奈杰尔·皮尔斯的电子邮件判断，奴斯脑容量的增加，还仅限于大脑新皮层。”

“大脑发育的强度现在还是个谜。”加德纳叹息道，“奴斯的前额叶好像特别发达。”

“是的。”

“人类的精神活动主要集中在额叶，最好不要低估他的能力。”

“那就做最大限度的估量吧。”

“这才安全。”

最后大家一致认为，奴斯与现代人之间的智力差，和现代人与黑猩猩的智力差相当。奴斯现在三岁，智力水平已与现代人的普通成年人相当。

“势均力敌啊。”加德纳就像是找到了对弈敌手一样，不禁笑了起来。

计划开始实施后，鲁本斯立即着手信息管制。首先，他通过信息安全监督办公室，将在国家档案馆中沉睡的《海斯曼报告》指定为机密文件，同时撤销互联网上所有提及《海斯曼报告》的网站。通过国家安全局，令所有搜索引擎都搜索不到相关结果。

涅墨西斯计划起初进行顺利，但随着准备的深入，不安的气氛还是弥漫开来。最困难的部分，是确定潜入刚果雨林的任务执行者名单。

特别计划室的最高长官、助理国防部长帮办哈里·埃尔德里奇将白宫的想法告知鲁本斯："将沃伦·盖瑞特加入执行者名单。他是中情局的准军事人员，负责监视任务执行。"

鲁本斯惊讶地问："让中情局特工加入守护者计划？"

"是的。"

"这样做行吗？"

埃尔德里奇皱眉答道："这是上面的意思。"

根据"知悉权"原则，鲁本斯没被告知理由，但万斯政府明显想让沃伦·盖瑞特这个人消失。

至于剩下的三人，埃尔德里奇通过私营军事公司找到了合适人选。但这些在伊拉克活动的人陆续遭敌人攻击阵亡了。埃尔德里奇只好重觅人选，最后选定了陆军特种部队和空军伞降救援队出身的佣兵各一名，以及法国外籍兵团的日本人一名。各个成员的技能都没问题，但鲁本斯对乔纳森·耶格这个"绿色贝雷帽"特种部队前队员的资质提出了质疑。背景调查中写道，他的独生子患有绝症，命不久矣。在遭遇如此不幸时，患者家属都会产生强烈的自我破坏冲动。在执行残酷任务的过程中，耶格有可能自暴自弃。

后来，耶格孩子的问题以完全预想不到的方式表面化了。首先出现的是国家安全局的报告。他们发现，有人用日本国内的电脑对“Heisman Report”这个词进行了搜索。见到国家安全局确定的搜索者姓名，鲁本斯大吃一惊。

古贺诚治。

这不是对姆布蒂人的病毒感染进行流行病学调查的学者吗？他为什么会对《海斯曼报告》感兴趣？这应该不是单纯的巧合。涅墨西斯计划正是基于《海斯曼报告》中的警告才制订出来的，决定抹杀古贺博士的调查对象——康噶游群的四十名成员。

最糟的情况是，机密已经被泄露。鲁本斯立即着手调查，却发现了出人意料的事实：古贺博士1996年到扎伊尔做调查的时候，奈杰尔·皮尔斯正待在姆布蒂人的营地中。两人很可能见过面。可是，刚果内战爆发后，两人各自回国，并没有证据证明他们后来还有交流。

古贺诚治成了中情局和国家安全局的监视对象。他们首先窃取了古贺博士的所有通信信息，结果不仅没有掌握能解答疑问的证据，反而拿到了令鲁本斯越发困惑的报告：刚果东部和日本之间，存在着密码化的电子邮件往来。

“发信人和收信人都不清楚，密码也不可被破解。”

听到这番话，鲁本斯质问国家安全局的联络员：“既然已截获邮件，怎么会不知道发信人和收信人？”

“双方通过独立的通信协议进行通信。也就是说，他们搭建了秘密通信网。”

“可是，通信需要IP地址吧？只要问问日本的网络供应商应该就能查出来。”

“我们已经查过，同网络供应商签约的人失踪了。”

“怎么回事？”

联络员转述了日本方面负责反恐的机构——警视厅公安部外事三科的报告：“签约者债务缠身，已经失踪十年以上。当地警察怀疑，有人通过非法渠道购买了户籍，冒充失踪者，取得了IP地址。购买户籍是欺诈等犯罪中经常使用的手段。”

合同中登记的住址是东京北部平民区廉价公寓中的一个房间，警察在那里没有发现有人生活的迹象。无论是房屋租赁合同还是网络使用合同，用的都是失踪者的名字，根本无从查起。

“刚果这边查过没有？卫星通信服务使用合同是谁签的？”

“还是同一个日本人。”

鲁本斯暗忖，莫非这密码通信是古贺诚治和奈杰尔·皮尔斯所用？如果是这样，他们有何目的？

“难道国家安全局都无法破解密码的内容？”

“是的。他们使用的密码技术既不是RSA也不是AES，很有可能是一次性密码。”

鲁本斯马上就明白了。对称加密算法的一次性密码，已经被数学证明是不可破解的。这种加密方式之所以没有普及，是因为发信人和收信人必须在事前共有庞大的随机数，而这在现实中很难实现。现在使用一次性密码加密的通信，仅局限于美俄总统之间的直接通话热线。而刚果和日本进行通信的电脑里，一定有类似的密码系统。加密解密时使用的随机数，都提前储存在硬盘里。如果要破解密码，就必须搞到这组随机数。

“无法入侵用密码通信的电脑吗？”

“尝试过，但失败了。”

竟然有连国家安全局都无法入侵的电脑，鲁本斯不禁咂舌。

“能否在守护者计划中增加一项任务？”联络员说，“没收皮尔斯的电脑。只要将电脑中的随机数找出来，我们就能破解他们交流的信息。”

“好。”鲁本斯同意修正计划。反正守护者计划注定要中止。

力图整体把控计划的鲁本斯不得不承认，密码通信的存在令人不安。他开始怀疑，这背后有奴斯智力的支持。目前还只是猜测。敌人的手法异常高超，但只要识破了敌人的伎俩，就可以制订应对方案。

“继续刚才的话题。”联络员说，“是不是可以通过联邦调查局请日本警察配合行动，勒令网络供应商停止服务？”

鲁本斯接受了提议。只有消除不确定因素，计划本身才可控。

“就这么办。”

几天后，鲁本斯接到新的报告。锁定行踪不明者的IP地址之后不久，日本和刚果之间的密码通信马上就又恢复了。据说是用另一个假名开设的IP地址。鲁本斯觉得非常丢脸。可疑通信不仅没被切断，对方还觉察到了鲁本斯他们的存在。

“要再请日本方面配合吗？”

“不用了。对方多半会故技重演。继续监听通信，努力解读。”

“好。”

刚果和日本之间到底在干什么？为了整体掌握局势，除了展开信号分析外，鲁本斯还调动人员展开走访摸排。他向以美国驻日本大使馆为据点的中情局东京分局下达指令，招募当地工作人员，彻底调查古贺诚治这位学者。中情局列出了与博士有关系的人员名单，国家安全局对这些人进行窃听，选出有出轨行为的人，然后利用出轨证据和现金报酬威逼利诱，使其提供协助。代号以工作人员的职业命名，定为“科学家”。

然而，正当“科学家”开始秘密调查时，古贺博士却因为胸部大动脉瘤破裂而死。毋庸置疑，这是病死。接下来只有没收他留下的电脑。这台机器里，应该储存着破解密码通信所需的随机数。

这时，“梯队”窃听网又截获了新的猎物，搜索“Heisman Report”的人再次现身。这个人就是古贺诚治的儿子，一个名叫古贺研人的年轻人。这个研究生又开始了古怪的行动——在网上搜索肺泡上皮细胞硬化症这种绝症。而乔纳森·耶格的儿子所患的就是这种遗传疾病。

鲁本斯本以为诚治死后，刚果与日本之间的联系将就此中断，但诚治似乎将联络方法告诉了儿子。国家安全局成功截获的机密级别为“A”的情报是这样写的：

打开被冰棍儿弄脏的书。

古贺诚治死后，通过自动发信程序给儿子发了一封电子邮件，里面有这句话。古贺博士多半已经发现日本警察查封了一台服务器，预想到自己可能被拘捕吧。要破解这段简短指示，必然需要父子之间才掌握的某种信息。古贺博士预见到电子窃听的危险，于是采用了这一简单却有效的反情报对策。

可令鲁本斯费解的是古贺研人的行动。研人完全不考虑自己可能处在国家安全局的监视之下，毫无防备地接入互联网。后来，“科学家”与其接触后报告说，这小子好像对父亲生前的行动一无所知。

鲁本斯轻信了这份报告，结果第二次出丑。日本的工作目标只剩下博士的电脑，于是他派出当地警察去没收电脑。但有人提前给研人的手机上发了警告。出人意料的是，这段电脑合成的声音竟然是从纽约的公用电话发出的。美国大陆竟然也有人在帮他。收到消息的古贺研人摆脱警察逃走了。

到此为止，鲁本斯确信涅墨西斯计划所涉及的机密情报已经泄露。一个来历不明的集团将刚果、美国和日本三国联系起来，并且掌握了鲁本斯他们的行动。但鲁本斯百思不得其解，这个集团的目的是什么？就算奈杰尔·皮尔斯想救奴斯的命，他也没有任何可以防备四名佣兵攻击的手段。俾格米人只有原始的狩猎工具，根本无法对抗原特种部队队员的火力。即便想逃出营地，还有蹂躏伊图里一带的众多武装势力等着。无论如何他们也不可能活着逃出去。

与此同时，非洲大陆上的守护者计划正在稳步推行。四名任务执行者结束了训练，潜入刚果东部纷争地带，接近康噶游群的营地。

鲁本斯判断，尽管出现了机密泄露的问题，但计划本身还在掌控之中。暗杀奴斯的任务应该能成功进行。他要做的只是掌握好时间节点，变更部分计划，将其他人从抹杀名单中剔除。

现在——

美国东部时间夜晚九点，非洲中部时间凌晨三点。

守护者计划进入最后阶段。

鲁本斯与留在特别计划室内的六名部下一道凝望着墙上的屏

幕。屏幕上播放着军事侦察卫星从刚果上空飞过时拍摄的影像。正上方超级望远镜的镜头中，康噶游群的营地丧失了立体感，就像一幅黑白平面图。红外线摄影装置根据侦测到的物体温差，将其用从白到黑的渐变图像表现出来。

“U”字形排列的是一列帐篷。覆盖在帐篷上的树叶很薄，可以透视到内部。正在睡觉的人们的白色轮廓从黑色背景中浮现出来。

这段作为最高机密的现场直播让人觉得有点儿滑稽，因为守护者计划的执行者也出现在同一画面之内。营地南北各有两个体温九十八华氏度①的人影，他们好几个小时一动不动，监视着姆布蒂人的动静。在鲁本斯看来，他们就像是一群热衷于躲迷藏的孩子。

利用行动开始前短暂的平静，鲁本斯开始思考机密泄露一事。

警告电话是从纽约打给古贺研人的，可见己方阵营中出了奸细。包括这个神秘人物在内的敌人是如何知道特批接触计划的？鲁本斯梳理了总统以下的指挥系统，但只要美国机密通信网未被攻破，就不可能有人获悉涅墨西斯计划的概要。

想到这里，鲁本斯突然意识到了迫在眉睫的威胁。

奴斯会不会已经破解了现代密码？

之前同加德纳博士交流时，博士推测这个三岁孩子的智力相当于现代人的成人水平，但根据被截获的皮尔斯的电子邮件看，他在素因数分解方面已拥有人类难以企及的能力。如果发挥这种才能，不仅RSA密码，使用单向函数的其他密码也可以破解。与

① 约等于36.7摄氏度。

奴斯一同行动的奈杰尔·皮尔斯将笔记本电脑带入雨林中，从非洲大陆中央也可以连入赛博空间。

三排工作桌中最前排桌子上的外线保密电话响了，是南非的泽塔安保公司的定时联络电话。接电话的国防情报局特工艾弗里转头对最后排的鲁本斯说："还没有收到他们发动强攻的信号。"

乔纳森·耶格等四人大概是打算今晚侦察攻击目标吧。攻击行动则留待明天进行。

鲁本斯判断这是绝佳的机会，于是将准备在自己电脑中的文件打印出来。那是古贺诚治撰写的学术论文，可以证明康噶游群的四十名成员没有感染任何病毒。鲁本斯偷偷更改了调查日期。他拿着文件，朝埃尔德里奇监督官的座位走去。

"还有变更计划的余地。"他报告道，正准备回去的埃尔德里奇停了下来。

"根据奴斯出生后的流行病调查，姆布蒂人没有感染病毒。"

埃尔德里奇翻看着论文，皱起了眉。处在助理国防部长帮办高位的埃尔德里奇无法理解以蛋白质印迹技术为基础的检测报告。

"什么意思？"高级官僚问，"简单点儿说。"

对方的反应不出意料，鲁本斯稍感安心，看来伪造论文不会被追查了。"基因变异不是集团性的，而是个体上发生的。这样就不需要消除康噶游群的其他成员和奈杰尔·皮尔斯，以及守护者计划的执行者。"

"就是说，只需要处理奴斯和他的父亲？"

"没错。"

埃尔德里奇皱眉深思。这是一张精于算计的政治家的脸。他将手放在鲁本斯肩上，将他带到行动指挥部的一角。“能避免不必要的杀戮，我很开心。但只能赦免康噶游群的其他三十八名成员。为了保守机密，不能留下皮尔斯，还有四名计划执行者。”

“执行者都有接触机密的资格啊。”

埃尔德里奇固执地说：“这个决定无法更改。包括奴斯和他父亲以及奈杰尔·皮尔斯在内的七个人，按照当初的计划处置。”

鲁本斯无法理解。为什么高层如此固执地要杀死计划执行者？但他已隐隐觉察到这可能与沃伦·盖瑞特有关。最终他还是得杀掉七个人，但这已经是他能争取到的最好结果了。是应该谴责自己参加了暗杀计划，还是应该为自己救下了三十八条人命而松一口气？不管怎样，正因为不用亲手杀死计划执行者，埃尔德里奇和自己才能做此决断吧。

为缓解紧张气氛，埃尔德里奇露出微笑道：“告诉行动现场，没有必要将俾格米人都杀死。”

得到监督官正式许可后，鲁本斯穿过桌子间的间隙，去向艾弗里传达指示。

“阿瑟！”

听到有人大喊自己的名字，鲁本斯转过头去。一名部下正指着屏幕。鲁本斯将视线重新投向卫星画面，发现守护者计划的执行者开始行动了。但他们不是离开现场，而是佝偻着身子，慢慢地接近营地。

一开始鲁本斯以为这是侦察行动的一环，但他搞不懂为什么四个人要一起出动。就算要发动突袭，队形也不对啊。观察了一阵之后，他发现他们正从两个方向接近那排小屋最靠边的一个。鲁本斯立即觉察出异常。

“再跟泽塔安保公司联系，确认有没有收到进攻信号。无论回答如何，都下令‘G2’中止行动。”鲁本斯连忙发出指示。他好不容易才变更了计划，佣兵又要搞什么名堂？

“明白。”说着，艾弗里就拿起了电话。

人造卫星拍摄的侦察影像将另一个大陆的实况传回指挥部。应该是耶格的人影放下了突击步枪，取出手枪。其他三人见状，在小屋前面形成防御圈。因为这间小屋的屋顶覆盖的树叶很厚，红外线摄像装置无法透视小屋内部。

艾弗里将话筒从耳朵上拿开，高声道：“与‘G2’失去联系。”

“什么？”

就在鲁本斯反问的同时，耶格利索地展开了行动，从小屋侧面绕到正面，双手持枪站在入口处面朝小屋内部。

鲁本斯默默注视着卫星图像。假如攻击开始，就没办法停止了。康噶游群的四十名成员将被全部屠杀。

然而，画面中的人全都静止不动了，就像有谁按下了暂停键一样。

不一会儿，鲁本斯猜出发生了什么事。

乔纳森·耶格遇到了之前并不存在于这个世界的智慧生命。

他看到了奴斯。

2

“请冷静，我们不会反抗。”奈杰尔·皮尔斯抱着从未见过的生物，一字一顿地轻声说道。

耶格保持射击姿势，一动不动。他与模样奇特的生物四目对视。穿过夜晚雨林的风，无声地拂过脖颈。

“你能不能看看右边角落里的电脑？”

耶格立刻挪开视线。小屋内，泥地的一角放着一台开启了的笔记本电脑。耶格瞥了一眼就明白了。军事侦察卫星拍摄到的监视画面，清楚地显示出包围小屋的四人的身影。

“你们被国防部监视了。最好装作什么都没发生，回森林里去。”

耶格再次将视线投向令他顿时僵住的生物身上。那孩子畸形头部上的双眼熠熠生辉，宛如居住在森林中的精灵。

“监视卫星可能两分钟后就拍不到我们了。到时候我会去找你们。”

耶格背后传来米克的低吼：“你在干什么？快动手！”

“请相信我。”皮尔斯继续说，“两分钟后我就会给你看所有的证据。”

“证据？什么证据？”

“你们将被杀掉的证据。守护者计划的执行者将被国防部一个不剩地杀掉。”

就在耶格犹豫的一瞬，米克的身影进入了视野的一角。一看到米克双手握着的格洛克手枪，耶格条件反射地推开了他的枪口。尽管消声器消减了高音，但低沉的枪声还是让覆盖树叶的小屋为之一震。射出的子弹从皮尔斯和孩子头上飞过，冲入屋外的雨林。

不知道是米克要杀死“从未见过的生物”，还是耶格的抵抗导致了手枪走火。无论如何，现在都没时间争论了。耶格按住米克的手臂：“不要把枪带出去。”

“为什么？”

“卫星正在监视我们，可以探测到枪口的热量。”

“可是……”米克突然闭口。

哭声大作。耶格也大吃一惊，将夜视仪对准那个模样奇特的生物。

孩子紧抱着皮尔斯，哭得眼泪直流。他似乎被枪声吓到了。尽管容貌奇怪，但他本质上还是普通的孩子吧。心情平复的耶格开始冷静地分析现状。既然皮尔斯说要主动投降，那就没必要强行绑架他。

“撤退。”耶格对队友说，离开前又告诉人类学者，“我们在南边三十米处等你。假如你不老实，我们就会开枪。”

皮尔斯点了点头，胡须随之上下飞舞。

耶格面朝半圆形小屋，开始往后撤退。米克将刚开过的手枪插入皮带，用战术背心盖上。盖瑞特和迈尔斯拿着枪，保持接敌准备姿势，随耶格后退。

他们朝广场对面的森林移动，进入一个树木茂盛的角落。这里天空被树冠遮蔽，不用担心被侦察卫星拍到。耶格命令盖瑞特发出迷惑信息：“告诉Z，我们试图寻找‘未曾见过的生物’，但没有发现。”

“明白。”

“还有，告诉他们，‘天使’二十四小时后开始。”

“天使”是强攻开始的呼叫信号。

盖瑞特放下背包，取出军用电脑，开始写电子邮件。迈尔斯问：“里面是什么情况？”

“我看到了‘从未见过的生物’。”

迈尔斯惊讶不已，连珠炮似的问道：“你看到了？是什么生物？爬行动物？”

耶格不知如何作答，身边的米克说：“是外星人。”

“什么？”

小屋中射出一道光。奈杰尔·皮尔斯手持笔形电筒走出来，一只手臂中抱着刚才那个孩子。米克端起AK47，保持随时可以射击的姿势。

“就是那个。”耶格对迈尔斯说。但从远距离看，夜视仪中的图像显示的是人类的孩童。

在四人的注视下，皮尔斯把头伸进旁边的小屋，然后将孩子放进去，吹了声短短的口哨。广场对面的一条狗站起来，跑到这个高个子白人男性的脚下。皮尔斯带着瘦犬，遵照约定，来到耶格等人等待他的地点。

“怎么把狗也带来了？”米克警惕地问。

“做实验。”皮尔斯答道，“现在我就接着刚才的话讲。”

“不，等等。”耶格打断他，“首先由我们发问。你坐下。”

皮尔斯打量了全副武装的四人一圈，弯腰坐在地上。

“刚才那孩子是怎么回事？看上去不像人类的孩子。”

对方用学者式的机敏答道：“那是大脑产生突变的孩子，但不是智障儿。因为基因变异，他获得了比我们更优秀的头脑。”

“比我们更优秀？”

“比地球上任何人都优秀。白宫害怕的正是那孩子的智力。因为他可以破解包括军用密码在内的所有密码，所以白宫雇用你们杀他。”

“等等。”迈尔斯说，“突变让头脑更优秀？”

“是的。”

“如果真是如此，那只是基因异常罢了。人类发生了进化？”

“没错，就在这个地方，智人发生了进化。”

迈尔斯不可思议地摇了摇头，无言以对。

耶格无法否认人类学者的话，因为他已经看到了部分证据。“刚才的卫星影像，你是怎么搞到手的？”

“那孩子用我的电脑破解出来的。”

“这不可能。”盖瑞特插话道，“不可能这么容易就破解军用侦察卫星的信号。”

“可以做到。因为人类编写的程序语言有漏洞，那孩子对此了如指掌。”

“可是，就算能截获通信信号，信息也是被加密了的……”盖瑞特突然打住话头，“莫非他破解了密码？”

“不错，那孩子发明了破解所有单向函数的算法。我早就知道你们的计划，因为我可以接触机密计划。”

“那么，上头为什么要杀掉我们？”耶格提出了核心问题。

“这就要说到基因变异的原因了。守护者计划的制订者考虑到感染病毒的可能性，担心踏足此地的人感染了能改变子孙大脑的病毒。也就是说，白宫害怕你们成为感染者，你们生的孩子会发生基因异常。”

听到孩子基因异常这句话，耶格不禁皱眉。这正是他的孩子身上发生的事。

“但我知道，这样的病毒其实并不存在。当然，守护者计划实施的理由，即致死性病毒也不存在。这都是编出来的借口。真正的计划代号是‘涅墨西斯’，目标是要杀死包括你们在内的康噶游群的所有人。”

“那回到刚才的话题，你是不是说，你有我们会被杀掉的证据？”

皮尔斯点了下头，像是终于等到时机似的说：“你们是不是得到指示，在大屠杀结束后吞服一种药物？给你们药物的理由，据说是驱除致死性病毒，对吧？”

皮尔斯说的是泽塔安保公司交给他们的白色胶囊。皮尔斯似乎真的什么都知道。

“把胶囊给我。”

在犹豫不决的队员中，只有迈尔斯早早地拆开了防水袋。全队队员的四颗胶囊都放在袋子里。

皮尔斯拿出一颗。“我要拿出军用小刀，请不要开枪。”他提前声明，用刀将胶囊末端切断。出人意料的是，透明的胶囊竟然有四重结构。胶囊中还藏着更小的胶囊，中心的空洞中塞满微量白色粉末。

“这样的设计是为了延缓消化速度。”皮尔斯解释道，从口袋里取出熏肉片，撒上白色粉末，递给旁边的狗吃。狗咀嚼咽下之后，立即两眼翻白，嘴角流血，倒地毙命。

“你们服用胶囊后也会是相同下场。”

倒在地上的尸体一动不动。见到自己面对着的是如此强烈的杀意，四人都愣住了。

“是氰化物吗？”迈尔斯问。

“不错。一颗胶囊中的剂量是致死量的十倍。”

耶格抬起头，看着中情局的准军事人员。感受到视线的盖瑞特在夜视仪下咧嘴一笑：“你们这下知道，白宫有多么恨我了吧！”

盖瑞特似乎相信了皮尔斯的话。如今证据就摆在眼前，耶格已经不能再信任祖国了。服从命令的话，自己就会被杀。

“我们的敌人是美国？”

“嗯。”盖瑞特不情愿地点头承认。

沉默片刻后，愤怒袭上心头。

“国籍怎么办？”

“活着就好，别管是哪国的。”

“等等。”米克说，“你们相信这个人的话？”

“你不信的话，就把胶囊吞下去试试。”

米克看着死狗，无法反驳，沉默不语。

耶格转身面对皮尔斯，他心头还有些许疑惑。

“那你的目的是什么？”

“将那个孩子、我，还有你们所有人带出非洲大陆。”

四人面面相觑，大家的思绪又被拉回到难题堆积如山的现实。

“你有办法？”

“多少有些，但没有百分之百成功的把握。敌人不仅是白宫。这一带游荡的武装势力的动态也无法预测。”

“等等。”插话的又是米克，“我知道我们被锁定了。但如果要逃，带着这大叔和那怪孩儿是累赘。”

皮尔斯没有看日本人，而是继续盯着耶格说：“如果抛弃我们两个，你儿子贾斯汀就没救了。”

其他三人也望向队长。自己孩子的性命被当作讨价还价的砝码，耶格心中不禁升起怒火，但还是假装镇静地说：“你是说，你有救我儿子的办法？”

“嗯。我的朋友正在开发治疗肺泡上皮细胞硬化症的特效药，应该能在一个月内完成。只要服用了这种药，贾斯汀就会痊愈。”

如果皮尔斯所言不虚，那就能在贾斯汀迈进死亡深渊之前拉住他，耶格除了相信别无他选。如果什么都不做，儿子将必死无疑。问题是，他们这拨人能不能从这里逃出去。皮尔斯说得没错，他们的敌人不光是白宫。将伊图里一带的武装势力加起来，至少有七万兵力。怎样才能从敌人的包围圈里突围呢？

“而且，”皮尔斯转向米克，“我和那个孩子还能帮你们。我们能掌握国防部的动向。我觉得这笔交易划得来。”

队员们陷入沉默，仿佛融入了寂静的森林。他们全都面临着性命攸关的抉择。

耶格最后问皮尔斯：“通信手段有保证吗？可以同其他国家联络，并且不被‘梯队’窃听吗？”

“办得到，但多少有所限制，不可能想什么时候联系都行。”

“我想知道贾斯汀的病情。”

“过几天就能取得联系。”

“明白了。”耶格下定决心，面朝其他三人，“我跟皮尔斯行动，但有个条件。”

“条件？”皮尔斯满脸诧异。

“我只在儿子活着时跟你走，一旦贾斯汀死了，我就会抛弃你们这两个累赘。”

皮尔斯有点儿失算，脸上瞬间闪过惊愕的表情，但他立即恢复了坚定的口吻。

“好吧，完全没问题，因为你儿子肯定有救。”

人类学者的这句话赢得了耶格的好感。这五年里，他和莉迪亚所渴望听到却从未听到的那句话，今天第一次从皮尔斯嘴里说了出来：你儿子肯定有救。

耶格终于找到了战斗的意义。不是为了祖国，不是为了意识形态，也不是为了钱，而是为了救儿子的命。他对队友们接着说：“我不强迫你们。你们可以自己做选择。”

盖瑞特立即响应：“我跟耶格一起。”

“我也是。”迈尔斯说。

最后剩下的米克像西洋人一样耸耸肩，说：“大家一起行动更安全吧。”

耶格赞许地点点头，问皮尔斯：“那个孩子有名字吗？”

“阿基利。”

“我们去什么地方？”

“地球的另一端。逃离非洲，是一段非常遥远的旅程。”皮尔斯答道，“我们的最终目的地是日本。”

研人离开杂志图书馆，通过路边标识牌找到了公立图书馆，进入馆内。《海斯曼报告》并没有解开父亲生前的行动之谜。但他心中生出一种越来越强烈的感觉，仿佛自己已经掌握了某种决定性的线索。浓雾背后，他所搜寻之物的轮廓已若隐若现。

沿着公立图书馆的狭窄过道，他在“人类学”书架上抽出几本书，朝阅读角走去。《海斯曼报告》的第五节中涉及人类学，研人不具备这方面的知识。

通过浏览人类学入门书，研人了解了基本的人类史。六百万年前，人类同黑猩猩有共同的祖先，但此后人类就开始独立发展，许多人种在这个地球上诞生、灭绝。现代人是二十万年前出现在这个世界上的。当时，直立人、尼安德特人等其他人类也还存在。

比如，直到一万两千年前，印度尼西亚的弗洛勒斯岛上还住着一种名为弗洛勒斯人的直立人。他们身高只有一米上下，大脑容量只有现代人的三分之一，但智力水平很高，会使用火，制作石质工具狩猎。令研人吃惊不已的是，就在同一座岛上，从数万年前开始就居住着现代人。也就是说，两种人类在狭窄的小岛上共存了数万年。虽然不知道他们是否有过日常接触，但现在弗洛勒斯岛居民之中，还流传着关于洞穴小人的传说。不过，弗洛勒斯人后来不知为何灭绝了。

不仅是弗洛勒斯人，尼安德特人、北京人，这些灭绝人种应该都有最后一个个体存在。该个体有意识，有感情，具备理解自己所处状况的能力。他或她应该在某一刻意识到，不管如何搜索自己的世界，都找不到别的同伴。自己将陷入绝对的孤独，得知不仅自己的家人和朋友，连相同物种的成员都灭绝了，会是多么寂寞而绝望啊。太可怜了，研人光是想象一下就心如刀割。

如果《海斯曼报告》的警告有一条应验，那相同的灾难不久之后就会降临在人类身上。研人将书放回书架，离开图书馆，思考报告中的第五条。人类尚在进化之中，这应该是稳妥的推论吧。还没有生物学证据证明现代人已停止进化。

研人走在世田谷的街上，从兜儿里取出《海斯曼报告》的复印件。报告中说，“超人类”如果出现，他们的“智力水平将远远凌驾于我们之上”，具体地说，这种智力就是指“能理解四维空间，迅速掌握复杂的整体，拥有第六感以及无限发达的道德意识，拥有凭我们的悟性无法理解的精神特质”。

研人尤其在意的是“迅速掌握复杂的整体”这句话。对科学家来说，这是梦寐以求的能力。类似肺泡上皮细胞硬化症的发病机制，并不在单一细胞上发生。单单一个细胞中就有数以千计的生化反应交织纠缠，情况异常复杂，而要掌握病症的全貌无异于天方夜谭。那已经超越了人类的智力极限。

但是，如果有人能做到这一点会怎样？想到这里，研人不禁停住了脚步，后面的人差点儿撞上他。研人在车站前的商业街上呆立不动，周围的喧嚣越飘越远。

超越了人类的智慧。

自己说过的话浮现在脑海里。紧接着又传来李正勋的声音——

以现代人类的水平，不可能写出这样的软件。

如果出现了进化后的人类，那不就能写出万能的制药软件了吗？那种软件不仅能对靶标蛋白质的立体结构建模，设计与其结合的物质，还能准确预测药物在体内的动态。

从表面上看，他对分子层面和电子层面极其复杂的生命活动都了如指掌。

难道“GIFT”软件不是徒有其表，而是确实掌握了极其复杂的生命活动？难道《海斯曼报告》所警告的人类进化已经在地球上发生了？

研人垂下头，用手指扶了扶滑下鼻梁的眼镜，继续思考。倘若地球上出现了凌驾于人类之上的智慧生物，美国这样的超级大国会如何应对？会痛下杀手吧。尽管很想利用那种超人的智力为自身牟利，但智力相形见绌的人类怎么能做得到？自己反倒有被智慧生物支配的危险。

那么，进化了的“超人类”会如何行动呢？《海斯曼报告》预测他们会灭亡我们人类，但研人觉得不一定。首先，超智慧生物将做何判断，智力更低的我们是无法预测的。对方毕竟拥有“凭我们的悟性无法理解的精神特质”。而且，还有唯一暗示超人类存在的线索——“GIFT”。它如果是万能的制药软件，那就不啻于赠予人类的“礼物”。它不仅不会灭绝人类，反而会是将人类从所有病痛中拯救出来的福音。超人类可能在通过发明这一软件，向人类传达友好的信号。

感觉自己的思维有点儿跳跃，研人又返回原点思考。难道父亲通过直接或间接的方式接触到超智慧生物，得到了“GIFT”？而美国政府得知了这一点，于是过来抢夺？这样想的话就说得通了。要证明这一假说，就必须掌握超人类存在的证据，但他现在没什么办法。

研人谨慎地进行逻辑推理，最后得到一个答案：如果能用

“GIFT”成功开发治疗肺泡上皮细胞硬化症的特效药，就可以间接证明超人智慧生命的存在，因为现阶段凭人类的智力，开发不出那种万能软件。

但要开发特效药就需要援军，必须寻求那个头脑聪明的韩国留学生的帮助。怎么同李正勋取得联系呢？研人苦苦思索，想到了土井。

“是古贺啊？怎么了？”话筒另一头响起土井悠然的声音，研人不禁心生期待，“来电显示是‘公用电话’，我还说是谁呢。”

“我的手机坏了。我问你一件事，你有没有听说什么古怪的传闻？”

“古怪的传闻？”

“没什么，你没听说就算了。”

土井还没听说自己被警察追捕的事。警察还没有掌握他同其他实验室的研究生的交友关系吧。这样一来，警察也不知道自己经土井介绍与李正勋相识的事。

土井突然说：“啊，是那件事吗？”

研人大惊：“那件事是什么？”

“就是之前见过的那个文科女生。”

说的是河合麻里菜。

“很遗憾，不是。”

“你要是请我吃饭，我就帮你约她出来。”

目前自己正在逃亡，绝对不适合约会。

“不用了。”

“不用了？那就不吃饭，请我喝罐装咖啡就行了。”

“我不是这个意思。我现在忙，没时间。我挂了哈。”

“等等。你找我就这事？”

“嗯。”研人听出了对方的不解，补充道：“不要告诉别人我给你打过电话。详细情况过一阵子我再跟你说。”

“明白。”听土井的语气其实并不怎么明白，“你要是想请我吃饭，随时打电话。”

“好的。”

研人放下话筒，将河合麻里菜的身影从脑海里赶走，然后重新看向记有电话号码的笔记本。请一定要接电话啊，他一面暗暗祈祷，一面拨号码。话筒中传出了他期待的声音。

“喂，我是李正勋。”

“我是古贺。古贺研人。”

听到古贺的声音，正勋“啊”地惊叫了一声。莫非出了什么状况？研人不禁提高了警惕。

正勋兴奋地说：“刚才我给你语音信箱中的留言，你听到了吗？”

“没，怎么了？”

“是‘GIFT’。我对那个软件进行了细致的检验。”

“然后呢？”

正勋犹豫片刻，答道：“我说出来你可别笑。我怀疑那玩意儿是真的。”

这并没超乎研人的预想，但他还是忍不住暗暗吃惊。冷静下来后，他问：“你是怎么检验的？”

“我们实验室正在跟制药公司展开一项研究。我把新药物的化学结构输入‘GIFT’，令其预测结果。没想到，包括副作用在内的所有结果它都预测对了。因为这份数据从未发表，所以我只能认为是‘GIFT’自己计算出来的。反过来说，‘GIFT’的预测得到了实验验证。”

“实验化合物只有一种？”

“不，包括两种先导化合物和十种衍生物，所有与结构活性相关的数据都在误差范围之内。这绝不是偶然。”

“正勋，”研人尽量压制住兴奋说，“你今晚有事吗？”

“我六点可以从实验室出来。”

“你能来町田吗？虽然有点儿远。”

“町田在哪儿？”

“东京都的另一头。”研人说。

“那我骑摩托去吧。”

“注意别被人盯梢。”

“盯梢是什么？”

“就是有人在后面跟踪你。”先把风险说出来，这样才公平，研人想，“我先道个歉，其实我可能遇到了大麻烦……”

“怎么了？”

“最坏的可能是，警察抓捕你，或者把你驱逐出日本。”

正勋就像忘词了一样，沉默不语。

“如果你不怕，就来一趟。”

过了一会儿，正勋问：“这是最坏的可能，对吧？”

“不错。”

“那最好的可能呢？”

“全世界十万个孩子的生命得以挽救。”

“明白了。”正勋恢复了刚才爽朗的口气，“那我去。”

3

等待上司到达期间，鲁本斯待在行动指挥部附属的小会议室里，梳理过去的资料。

首先是国家安全局截获的古贺研人的通信记录。研人曾进入因特网上的蛋白质数据库，对“变种GPR769”执行了BLAST搜索。后来，他给一个叫吉原的人打电话，要求见面，目的是搜集肺泡上皮细胞硬化症的相关信息。根据中情局的调查，吉原是大学医院的实习医生。

接下来，是从纽约给古贺研人打去的警告电话。那是用公用电话打的。国家安全局查出，电话中的声音是电脑合成的，日语说得很不自然。虽然意思听得懂，但在母语为日语的人听来相当怪异。国家安全局的语言学者很快就弄清了缘由：这日语是用市面上的翻译软件从英语翻译而来的。发送警告的人多半不懂日语，加上警告本身很短，于是索性用机器翻译了事。问题是，这个人是谁？他怎么会得知涅墨西斯计划的内容？

鲁本斯浏览了最后一份资料，那是在伊拉克遭武装分子袭击身亡的私营军事公司雇员的名单，其中包含原本选出执行守护者计划的十五人。因为候补者陆续死亡，沃伦·盖瑞特以外的队员，只好由不在名单中的人顶替，即乔纳森·耶格、柏原干宏、斯科特·迈尔斯三人。

白宫开始关注伊拉克武装分子为何会准确发动攻击的问题。行军路线不固定，敌人却能发动伏击，他们是怎么得知绝密计划详情的？难道美国的军事通信被截获并破解了吗？

鲁本斯偏离正题，思索起在伊拉克发生的一起袭击。在某个地方城市，四名私营军事公司安保人员遇害。这些前特种部队队员在市区遭到伏击，在非常短的距离内挨了几十枪，当场毙命。在“真主伟大”的现场大合唱中，普通市民对美国人的憎恨爆发了。私营军事公司安保人员本就不受法律约束，在伊拉克滥杀无辜也不会被问罪。如此傲慢的态度，必然加速反美情绪升温。有一具尸体被民众踢打得脑袋都快掉了，其他尸体则被吊在干道的桥梁上。

野蛮行径刺激了美国发动疯狂的报复。美军联合伊拉克军，组织八千兵力，开始对被视为反美势力据点的地方城市展开总攻。为了给这四个人报仇，一场激烈的巷战爆发，有一千八百名士兵和市民死亡。另外，美军还大量使用贫铀弹，导致该地被放射性物质污染。将来这里将大量出现癌症患者和畸形儿。而这一切，都是这颗行星上自恃拥有最高智慧的生物所为。

“出了什么事？”一个冷静的声音从背后传来。

鲁本斯转身一看，加德纳博士正站在门口。因为是深夜被叫出来，他穿着便装，没有打领带。

等科技顾问在桌子对面坐下，鲁本斯开口道：“我们是不是低估了奴斯的智力水平？”

一听鲁本斯这么问，加德纳就意识到出现了重大问题，目光骤然严峻起来。

“有这种可能。关于奴斯的智力，现阶段还无法给出确定的结论，只能做普通推定。”

“就是说，不能否定奴斯的智力可能已经超越了现代人？”

加德纳点了点头：“或者他在特定领域的能力尤为出色，比如素因数分解。”

“还有呢？”

“回头看看《海斯曼报告》吧。”加德纳双手交叉，放在脑后，仰视天花板，“那份报告对超人类的能力做了设想，在我看来，其中的‘理解四维空间’和‘拥有第六感’不靠谱儿。奴斯如果要思考四维以上的空间，就必须采用数学抽象。而‘拥有第六感’却是神秘主义领域。作为科学家，我对此无话可说。”

鲁本斯也有同感。

“还有‘无限发达的道德意识’，拥有着这种意识的生命，相当于神。这也不是科学家该讨论的问题。”

这一点鲁本斯也同意。

“我认为正确的只有两点。首先是，拥有‘凭我们的悟性无法理解的精神特质’。现代人当然无法理解奴斯的思想和感情。因为假如大脑产生了变化，精神和思维也会变化。现在我们不就是被胼胝体更粗的人摆布，不得不屈服吗？”

鲁本斯笑了。

“我要强调的是最后一点。”加德纳在椅子上坐直，从桌上探过身，“那才是我们必须注意防范的问题。”

鲁本斯为自己的见解能与科技顾问一致感到欣慰。“是‘迅速掌握复杂的整体’的能力吧？”

“这句话虽短，内涵却非常丰富，包括对简化论的怀疑，在混沌状态前的困惑，等等。这是二十世纪后半叶的科学家期待下一代智慧生命所具备的能力。对了，你不就学过这方面的知识吗？”

“我曾在圣菲研究所学习过复杂适应系统理论，对复杂系统有所了解。”

“如果奴斯具备‘迅速掌握复杂的整体’的能力，那具体会出现什么情况呢？”

“被我们称为‘混沌’的不可预测的状态，也许对奴斯来说就是可以预测的。换言之，在复杂系统这一领域中，发生了范式转换[①]。”鲁本斯说到这里才意识到，下一代人类与现代人的差距是多么巨大，“如果是这样，那不仅自然现象，就连心理现象和社会现象等复杂系统，奴斯都可以对其建立高度精确的模型。具体地说，他不仅能更加透彻地解析生命现象，还可以准确预测经济动向、地震发生和长期气候变化。”

“说不定，奴斯此刻就可以准确预测十年后的天气。”

“可以这么说。”

“我有一个重要的问题：如果奴斯获得了这种能力，那我们可以理解他的思维吗？假如奴斯写了一本解释如何预测气象的书，我们是否能理解书中的内容？”

尽管问题尖锐而超乎意料，但鲁本斯毫不迟疑地答道：“恐怕不行。奴斯的智力远远超过人类，人类不可能跟上他的思维。”

“应该是吧。”加德纳淡淡一笑，“你是对的，阿瑟。”

讨论气氛热烈的小会议室突然沉寂下来。在鲁本斯看来，科技顾问露出的微笑中，既包含着无奈，也透露着轻松。承认人属生物智力进化的可能性，就意味着认同现代人的智力有限。不仅是智力，《海斯曼报告》所指出的超人类的特质恰恰就是现代人所欠缺的。我们无法“迅速掌握复杂的整体”，也没有“无限发达的道德意识”。这不是理性的问题，而是生物的习性。只有食

① 指长期形成的思维习惯、价值观的改变和转移。

欲和性欲都得到满足的人才会奢谈世界和平。一旦直面饥饿，隐藏的本性就会立即暴露。正像公元前三世纪的中国思想家所言，人类这种生物，“欲恶同物，欲多而物寡，寡则必争矣”[①]。

人类对永远和平的祈求总是无法兑现，因为在人类历史中，始终存在着自相残杀。除非我们自身灭绝，将问题交给新一代人类去解决，否则这一野蛮行径就无法根除。

鲁本斯的脑子里浮现出一个问题：从道德层面说，奴斯是更加高尚，还是更加残暴？他是愿意同智力水平更低的人种共存，还是要将我们消灭干净？就算他愿意与我们共存，我们依然会被他支配。就像现代人保护濒危动物一样，超人类多半会把我们中的一小部分保留下来加以管理吧。

敲门声传来，监督官埃尔德里奇与军事顾问斯托克斯上校一起现身。埃尔德里奇穿着高领毛衣和夹克，一副便装打扮，斯托克斯则是一身军服。

“我已对上校简单说明了情况。”埃尔德里奇说。

斯托克斯点头道：“我听说，计划执行者做出了超乎预期的行动。”

“是的。”

“我认为没必要惊慌。特种部队队员接受的训练要求他们根据现场情况随机应变。这次行动也是其中一环吧？”

鲁本斯本打算把那个惊人的假设说出来，但考虑再三，还是决定再等等。“负责卫星图像分析的中情局分析员正在赶过来。他到后，就能了解详细情况了。”

---

① 语出《荀子·富国》，意思是：人们需要和厌弃同样的东西，可是需要的多而东西少，东西少就一定会发生争夺。

埃尔德里奇点点头："现在应该基于客观证据展开行动。先前不是发现刚果和日本之间有加密通信吗？现在仍然没有破解。如果那是妨碍涅墨西斯计划的行为，那四名计划执行者就可能遭遇了不测。"

斯托克斯问鲁本斯："日本方面的调查进行得怎样？"

"已经锁定了古贺研人的藏身地，他潜伏在一个叫町田的地方。明天我们开始监视车站。但日本可以动用的人数有限，其他方面的调查不尽如人意。"

"我们有多少人？"

"专职的当地警察有十名，但他们光是监视古贺研人的行踪就忙得团团转。此外还有中情局分局的负责人，以及他招募的当地工作人员。"

加德纳问："所谓当地工作人员，就是代号为'科学家'的人吧？"

"不错。"

"他是什么来历？同古贺诚治是什么关系？"

"这个嘛……"鲁本斯与军事顾问面面相觑，"因为全权委托中情局，所以我不清楚。"

"好好梳理情况，做好面对最糟结果的准备。"埃尔德里奇说，"如果计划继续失控，就立即采取紧急处置措施。"

"什么措施？"加德纳问。

"将四名计划执行者和奈杰尔·皮尔斯，以及古贺研人列入恐怖分子名单，请求各国治安当局逮捕他们，然后对他们实施特殊移送。"

"特殊移送是什么？"

“这个不需要博士您操心。”埃尔德里奇敷衍道。

“就是所谓的‘野蛮手段’？”

面对一脸纯真与好奇的加德纳，政府高官打着官腔答道：“这是根据第77号国家安全令和第62号总统令制定的行政措施，具体内容保密。拿到总统签字的命令，各个机构就会展开行动。这样解释您明白吧？”

这等于什么都没说，简而言之一句话：不要深究这个问题。加德纳也识趣地放弃了：“嗯，我明白。”

对鲁本斯来说，最大的误判是古贺研人的行动。区区一介研究生，竟然能从司法机构手中逃脱，并潜伏起来，这是鲁本斯始料未及的。如果古贺研人早早地向警察投案自首，接受公安部的讯问，说不定还可以得到妥善处置。但如今埃尔德里奇脑中只有强硬对策。同华盛顿特区的其他官僚一样，埃尔德里奇唯恐职业生涯出现污点，所以思考模式与万斯政府保持一致。古贺研人一旦被捕，就会被立即送往代替美国实施拷问的国家，再也回不到家人身边。鲁本斯本想对他伸出援手，但日本的特工工作都由埃尔德里奇发号施令。

“日本这边看起来没问题了。刚果那边会采取怎样的紧急处置措施？”加德纳继续提问。

“如果计划执行者采取了意料之外的行动，那就立即将他们和奈杰尔·皮尔斯一同歼灭。我们打算利用雨林地带的武装分子对他们实施扫荡。”

加德纳瞪大了眼睛：“刚果的非法武装会帮助我们吗？”

“我们打算让一个在当地出入的武器商告诉武装分子，伊图里森林里潜伏着五个白人恐怖分子，抓到他们就可以获得巨额赏金。那些家伙见钱眼开，会调动数万兵力围剿皮尔斯等人。”

“可是，如果导致进化的病毒真的存在，武装分子也可能会被感染啊。”

“这个不用担心。鲁本斯取得的报告显示，病毒说被否定了。”

鲁本斯暗暗叫苦。自己本想伪造论文营救耶格等人，结果适得其反。

这时桌上的电话响了，一名部下请求进入房间。

“进来。”鲁本斯命令道。参加涅墨西斯计划的中情局特工迪亚斯与同事一道进入会议室。

“这是负责图像分析的弗兰克·休伊特。”

迪亚斯介绍的瘦高男子的胳膊下夹着一台笔记本电脑。必要的寒暄后，休伊特将电脑接上投影仪，开始汇报。

“这是不久前刚果上空拍摄的卫星侦察影像。”

监督官和两名顾问仔细观看。反映雨林内情形的画面是黑白的，分不出昼夜。守护者计划的执行者正在接近“U”形排列的小屋中最远端的那个。

“这个小屋应该是奈杰尔·皮尔斯住的。”

“有何证据？”鲁本斯问。

休伊特放大了画面的一部分：“小屋的阴影中，发现了几何学结构物。那是太阳能充电器的面板。”

“原来如此。”在没有电力的刚果雨林中，皮尔斯是利用太阳能为自己的电脑供电的。

迪亚斯用激光笔逐次指着屏幕上的四个人说：“背着医用包的是迈尔斯；携带通信仪器的是盖瑞特；剩下的两个中，手臂更长的是耶格。”

鲁本斯问军事顾问：“上校，你觉得他们在干什么？”

斯托克斯狐疑地眯着眼说：“看样子，他们不是要杀皮尔斯，而是打算绑架他。”

耶格将上半身探入小屋，其他三人继续保持防守队形。然后，一切都静止了。十几秒后，柏原放下突击步枪，换上手枪，来到耶格身边。这时不知出了什么状况，两人的身体都剧烈运动起来，但因为他们的上半身在小屋内部，所以无法看清详细情况。

“就是这里。”休伊特回放影像，并反复了多次，“要知道发生了什么，线索就在画面的一角。”

画面的中心转移到小屋后方，一棵树被放大了许多倍，直至一个灰色的正方形像素块覆盖在屏幕上。“同一时间，这里发生的情况是这样的——”最初黑色的正方形转瞬间变成灰色，然后慢慢恢复为黑色。

“树干的一部分瞬间升温。当然，这不是自然现象。应该是一个高速飞行的高温小物体射入了树干之中。”

“也就是说？”埃尔德里奇急于听到结论。

“从两人进入小屋的行为判断，正要开枪的柏原被耶格阻挡，发射出的子弹偏离了目标。虽然不能准确判定弹道，但我想应该是上方三十度左右。而且，从小屋退出来后，柏原没有把枪放回腿上的枪套，而是藏在腰间。他之所以这么做，可能是意识到自己正在被红外线侦察卫星监视。”

斯托克斯不解地问：“他们怎么知道自己正在被监视？”

埃尔德里奇的脸上也浮现出困惑的神色，只好将视线投向高智商的计划制订者。

鲁本斯相信事态正在向最坏的方向发展：卫星图像被截获了，美国已经面临国家安全的重大威胁。不仅如此，万斯政府可能完全落入了圈套之中。操控这个绝密计划的不是自己，而是奴斯。鲁本斯命令迪亚斯和休伊特离开房间，自己双肘撑桌，双手托头，陷入沉思。

制订涅墨西斯计划的最初依据，是奈杰尔·皮尔斯的那封电子邮件。但发信者发出前，应该预见到邮件会被“梯队”截获，目的是试探白宫在得知已进化出新人类后的态度。在刚果腹地被武装势力包围的皮尔斯和奴斯，一定期盼美国政府会保护他们。

可是，万斯政府却决定抹杀超人类。这样一来，皮尔斯等人就只有一个办法来逃往外界，那就是武力反击。但由于私营军事公司的活动受到国防部监视，想利用佣兵是不可能的。于是他们想到了策反守护者计划的执行者，使其站到自己一方。

说服沃伦·盖瑞特非常简单。白宫想要他消失，估计盖瑞特自己也意识到了这一点吧。要想活命，盖瑞特只能背叛雇主。

剩下的三人，应该也是基于某种标准选拔的。所以，不符合这一标准的候选者，在伊拉克被陆续干掉。奴斯将窃取的美国机密情报透露给伊拉克激进分子，借刀杀人。最后，符合标准的就只剩下耶格、迈尔斯和柏原。

至于选择空军伞降救援队前队员和日本佣兵的理由，鲁本斯暂时还不知道。不过，选择耶格的理由非常明确。结合日本的古贺研人的行动可以推测，皮尔斯已经告诉这名“绿色贝雷帽”特种部队前队员，肺泡上皮细胞硬化症有办法治疗。耶格为了挽救饱受病痛折磨的儿子，已经决定与美国为敌。

这个计划的背后，存在着一个以刚果的皮尔斯为中心，将日本和美国连接起来的网络。古贺诚治生前赴扎伊尔进行流行病学调查时结识了皮尔斯，被卷入了这场阴谋当中。而他死后，他的儿子继承了开发治疗绝症的药物的工作。可是，无论奴斯是否参与其中，治疗肺泡上皮细胞硬化症的特效药能否开发出来都尚存疑问。无论采用什么手法，时间都太紧张了。

埃尔德里奇打破漫长的沉默，问道："你在想什么？"

鲁本斯犹豫了，到底什么该说，什么不该说？怎样才能将牺牲控制在最小限度内？如今佣兵已经被吸纳到奴斯一方，营救他们的同时，奴斯也会活下来。那样做，不仅美国，整个人类社会都会陷入危机之中。

奴斯的智力水平已经足以截获美国的机密情报。接下来，他不仅不会表现出无限发达的道德意识，反而会残杀人类。他用极其巧妙的手法，将执行守护者行动的十五名候选人杀害了。这个三岁的孩子，难道不是人类的敌人吗？

"启动紧急处置措施吧。"斯托克斯上校打破沉默道，"尽管非常遗憾，但我们不能容忍计划执行者的反常行为。或许守护者计划不得不进入最终阶段了。"

鲁本斯推测，佣兵必定会选择背叛。他们已经知道，随身携带的抗病毒药物实际上是剧毒化学品。

"我也同意。"加德纳博士接话道。

"包括我在内，三人赞成。"埃尔德里奇说，转头面向鲁本斯，"你没意见吧？"

"嗯，没有。"鲁本斯不敢提出异议。他觉得现在应该静观其变。

"那么，从现在开始，本计划进入紧急处置阶段。"

涅墨西斯计划将演变成人类与超人类之间的对决吧？鲁本斯在心里想。

可是，人类能有多少胜算呢？

森林的拂晓凉意袭人。

晨雾笼罩下的康噶游群营地，排列在一起的小屋中飘出说话的声音，却不见人影。从覆盖着树叶的屋顶升起烟柱，屋内正在烧火取暖。

守护者计划的执行者只小睡了一会儿，因为他们要趁太阳还未升起，返回森林深处取背包。对耶格来说，他现在除了睡眠不足，身体还异常冰冷。他一直放心不下儿子。上次与莉迪亚联系已是一周前的事。

“‘守护者’这名字还真是合适。”把装备放在营地外苍郁茂密的树木下，盖瑞特说，“我们真成了人类学者和那孩子的守护者了，不是吗？”

也是我儿子的守护者吧，耶格想。

迈尔斯迫切地说：“真想早点儿见到阿基利。”

“见到了会失望的。”米克冷冷地说，“他是个可怕的小鬼。”

耶格半开玩笑似的问日本人：“米克，你不喜欢孩子吗？”

“那孩子不是人。”

“我问的是人类的孩子。”

米克注视着耶格，揣度着他提这个问题的目的。“我不喜欢弱小的人。被打了却不还手，只知道哭，我一见到这种人就不舒服。”

“你小时候就是吧？”

米克的眼中闪过一丝憎恶，但他立即换上了招牌式的冷笑：“长大后，我十倍奉还了那些欺负我的人。”

耶格窥见了支配米克的阴暗心理。这个日本人通过服用类固醇药物增强肌肉，特地到海外学习战斗技能，正是为了能挨揍也不哭，为了能反击对手吧。这极端的做法恰恰折射出，他在幼年时饱受欺凌。

这时，雾中传来了脚步声，一个高个子男人正朝他们走来。佣兵们的视线被走在皮尔斯旁边的小人影所吸引。阿基利只穿着粗布裤子，佣兵们得以观察他的全身。脖子以下的部分都与人类的三岁孩童没有差别。可是，一见到他那因突出而显得沉重的额头，以及那双奇特的眼睛，就知道他是人类之外的物种。尽管他刚起床，但昨晚令耶格骤然僵住的锐利目光依然威力不减。那个牵着皮尔斯的手、摇晃着脑袋走过来的孩子，怎么看都给人不真实的感觉，仿佛是从电影里跑出来的怪物。

“真可爱。”迈尔斯说。

其他三人惊讶地看着卫生兵：“你开玩笑吧？”

“没开玩笑。阿基利的眼睛同猫眼很像。”

说起来还真是如此，但耶格可不觉得这有什么可爱的。不可思议的是，看着眼前的阿基利，耶格竟然心生敬畏，仿佛在被迫瞻仰宗教绘画一般，这令他很不舒服。

“我喜欢狗。”

“确实像猫。”盖瑞特说，“那眼神就像能看穿我们的内心一样。不过，狮子的眼睛也像猫。”

“我猜他是狮子。”米克小声说，“那孩子相当危险。最好早点儿解决他。”

“别乱开枪。”耶格出言制止。

“早上好。”皮尔斯来到队员们面前，快活地打招呼，“诸位，这就是阿基利。”

队员们弯着腰打量阿基利，那孩子眼睛上翻瞪着大家，表情严肃。皮尔斯逐一报上成为孩子守护者的佣兵的名字，但阿基利的表情没有丝毫放松。

盖瑞特问：“这孩子懂英语吗？”

“懂。不过，因为咽部发育迟缓，他还不能开口说话。”皮尔斯露出夹在腋下的笔记本电脑，“想说话的时候，阿基利会通过键盘敲出来。”

在雨林深处堪称秘境的环境中，这样的表达手段显得格格不入。耶格直接提问：“阿基利，刚才皮尔斯先生说的话是真的吗？”

阿基利立即点头。队员们不禁惊叹起来。

盖瑞特接着问道：“你真的能破解密码？”

阿基利再次点头。

“怎么做？”

阿基利抬头看着皮尔斯，打手势表示要用电脑。人类学者递出键盘，阿基利的小手就舞动起来。两根指头交替敲击，屏幕上浮现出一行文字：就算说出破解的方法，你们也无法理解。

盖瑞特苦笑道：“被鄙视了啊。”

从旁观察阿基利的耶格产生了一丝疑问。看那孩子敲击键盘的样子，实在太不敏捷了。动作如此缓慢，却要编写入侵军事通信网的程序，姑且不论其智力水平，光是从工作量的角度考虑就不可能。于是耶格问："肺泡上皮细胞硬化症可以治疗吗？"

阿基利点点头。

"怎么治？"

电脑画面上浮现出答案："首先编写制药软件，然后用该软件设计药物，最后实际合成化合物。"

"这个软件是谁编写的？"

"我编写的。"

耶格想，这孩子也可能是经过了训练，将事先预估到的问题的答案敲出来罢了。

"能否让我做最后一次确认？"盖瑞特征求耶格的许可，"我想确认皮尔斯的话到底可不可靠。"

"你打算怎么做？"皮尔斯问。

"把这里所有的人都集合起来。"

"为什么？"

"如果你希望我们保护你，就照我说的做。"

皮尔斯面带不满，转过身，朝着营地用当地语言呼叫起来。人们从小屋中探头查看，走了出来。

耶格等人移动到营地中心的广场，迎面走来矮个头的姆布蒂人。四十名姆布蒂人并没有表现出多少警惕。他们的身高仅到佣兵的胸部，一个个脸上都流露着腼腆的微笑。

姆布蒂人口中纷纷冒出"卡里布"这个词，迈尔斯不明其义，也跟着说"卡里布"，逗得姆布蒂人大笑起来。

"'卡里布'是'欢迎'的意思。"皮尔斯说，"'你好'是'哈巴里'。"

耶格等人开始说"哈巴里"，姆布蒂人更加开心，也用"哈巴里”作答。

“告诉他们，我们是他们的朋友。”

盖瑞特看了一圈姆布蒂人，用疑似斯瓦西里语的语言慢慢说了一句话。这名最早被纳入守护者计划的中情局特工似乎早就掌握了当地通用语。他好像是在问：“有没有人懂斯瓦西里语？”过半数的人举起了手。接着双方一问一答，然后盖瑞特朝一个男人招了招手。来到耶格等人面前的男人三十岁左右，神情落寞，穿着旧T恤和短裤，身高大概一米四出头，体格在姆布蒂人中不上不下。

“他叫艾希莫，是阿基利的父亲。”

听完盖瑞特的介绍，耶格仔细观察起这个矮个子。他是一个普通人，除了比西洋人矮小外，身上找不出任何异常。

“我们还有个问题。”迈尔斯说，“能不能问问他，阿基利有没有兄弟？”

盖瑞特点头，用斯瓦西里语向艾希莫发问。艾希莫打着手势，表情悲痛地回答起来。盖瑞特侧耳倾听，似乎非常费力才能听懂，但经过一段漫长的问答之后，他终于把意思翻译出来了：“阿基利没有兄弟。艾希莫的第一个妻子在怀孕时生了病。他请求穆尊格，也就是白人医生救治，但妻子被带到远方的医院之后就再也没回来，应该已经死了。”

“穆尊格，穆尊格……”艾希莫反复嘟囔着，指着旁边的米克。在他眼中，亚洲人也是白人的一部分。

“后来，艾希莫的弟弟被毒蛇咬死，他就娶了弟弟的妻子，也就是阿基利的母亲。但她在生下阿基利后不久就因为大出血死了。”

艾希莫脸上的悲伤反映了原始社会中的残酷现实。因为缺医少药，他失去了两个妻子、弟弟，以及本应诞生的第一个孩子。

“后来艾希莫没有再娶妻，所以只有阿基利一个孩子。”

“两个妻子的死，应该都是胎儿造成的吧。”迈尔斯说，“如此看来，大脑的变异极可能是父系遗传。艾希莫的生殖细胞发生了变异，被他的孩子继承了下来。”

米克冷笑道：“有个不正常的父亲，孩子真是受罪。”

“这一点非常重要。如果变异是父系遗传，那要抹杀的就不只阿基利一人，还要将他父亲包括在内。如果他再生孩子，可能也会带有同阿基利一样的变异。”

“这点不用担心。”皮尔斯说，“我们一离开，康噶游群就会不复存在。这里的四十名成员将分散到其他游群中。他们没有居民登记，外人无法找到阿基利的父亲。”

这时艾希莫大叫起来，用痛切的语调重复着“库艾利”和“艾克尼”两个单词。盖瑞特询问多次，终于将对方想说的话翻译过来：“他说阿基利之所以生下来是那个样子，是食物的缘故。阿基利母亲怀他的时候，吃了不能吃的动物。”

“这不可能。”迈尔斯一本正经地否定道。

盖瑞特抬起头，用斯瓦西里语同周围的俾格米人讲话。迈尔斯的话被翻译成当地语言后，俾格米人哇地齐声呼喊起来。人群涌到盖瑞特身边，越发拥挤。尽管耶格听不懂对话的内容，但看得出俾格米人的情绪都非常激动。

盖瑞特逐一听取完大家的发言，向同伴解释说：“我向他们询问阿基利的情况。这里的所有人都觉得阿基利不是普通人。不光是外观不同，能力也很不一般。”

“具体表现在哪些方面？”耶格问。

“他很早就听得懂话。他能用的语言不只是金布提语，还包括斯瓦西里语，以及斯瓦西里语的方言金格瓦纳语。他还懂英语。雨季期间，他们在农耕民村庄附近生活，他用这段时间掌握了算数。托他的福，他们把肉卖给农耕的比拉人时，才没有算错账。”

“这种事情，头脑灵光点的孩子，不是都做得到吗？”

“还有别的表现。说出来难以置信——”盖瑞特带着不解的神色继续道，“阿基利可以用神奇的力量操控树叶。”

“树叶？什么意思？”

“我也听不懂。”

“问问本人不就行了吗？”说完，迈尔斯蹲到阿基利面前，“刚才的话你都听到了吧？”

阿基利点头。

“操控树叶是怎么回事？能不能演示给我们看看？”

阿基利的表情起了变化。他眯起眼睛，紧闭小嘴。耶格觉得这孩子是在笑。那是沉浸在游戏中的孩子才有的表情。

阿基利用手指在脚下的地面上画了一个小圆圈，捡起落叶，站起身。然后伸直手臂，高举树叶，像是在计算什么一样，绕着圆圈移动，最后松开手指，丢下树叶。树叶摇摇摆摆地飘落下来，落入阿基利画的圆圈中。

耶格等人花了一点儿时间才意识到，这是一个不可解释的现象。迈尔斯也拿起树叶，模仿阿基利的动作丢下树叶。从他手中脱离后，树叶被无法预测的气流扰动，结果落在了偏离目标一米的位置。

“你是怎么做到的？”迈尔斯问。

阿基利在键盘上敲出答案："我知道树叶的运动轨迹。"

"怎么知道的？"

"我只能说，我就是知道。"

这样的解释无法令人信服，但有一点可以肯定，阿基利具有其他人不具备的神秘能力。人类尽管可以发射火箭，登陆月球，却无法预测从一米高度落下的树叶的运动轨迹。

"诸位，咱们是不是可以到此为止了？"皮尔斯一边切换电脑上的画面一边说，"五分钟后，侦察卫星就会来。"

佣兵们不解地面面相觑。

"我们只能选择相信。"盖瑞特说，"我们要是吞下之前携带的胶囊，早就被毒死了。"

队员们不得不点头赞同，然后转移到森林中。

皮尔斯留在广场，向俾格米人交代着什么。多半是让他们表现得如同往常一样吧。姆布蒂人返回各自的小屋，开始烧火做饭。

在侦察卫星无法观察到的森林中，守护者计划的执行者同皮尔斯、艾希莫和阿基利父子会合。

"我想吃完早饭后再出发。"皮尔斯说，"给我看看地图。"

盖瑞特取出地图，在众人面前摊开。

"先介绍一下概况。尽管涅墨西斯计划准备得非常周全，但紧急事态的应对之策都局限在刚果境内。所以，只要我们越过国境线就赢了。我们的任务是突破国境，而敌人一定会全力阻止我们。"

现在大家所在的位置是刚果东端，距乌干达只有一百三十千米，只要四天就能赶到。可是，国境附近还有二十多个武装势力虎视眈眈。用橄榄球打比方的话，这是球门区前五码[①]的攻防之战。

耶格问："穿越国境的路线决定了吗？"

"准备了几个方案。会结合实际情况选择最佳路线。"

皮尔斯指着地图介绍三个方案，三者都通向刚果东部国境。第一条是穿过东部的布尼阿，第二条是穿过东南的贝尼，这两条线路进入的都是乌干达。第三条是南下到戈马附近，逃往卢旺达。其他任何方向都不能选，比如往西走，刚果辽阔的国土就会成为他们最大的障碍。

"你们怎么看？"

"我赞成往东走，但时间上特别紧张。"耶格答道，"我们只有五天的口粮。虽然可以靠打猎为生，但光是捕获猎物就需要耗费大半天，哪有时间逃出去？"

"这个不用担心。我已在沿途准备了补给物资和交通工具。"

"太好了。"盖瑞特惊叹道，"可是，问题还不止这个。随着时间的推移，国防部将会采用一切对抗手段。我们如果太磨蹭，就会遭到猛烈反击。"

"那就选择最短的路线吧，也就是正东那条。布尼阿前有一座叫科曼达的城镇，那里准备了车。考虑到道路状况，这条路比东南那条更省时间。但我们必须徒步去科曼达。"

距离一百千米，行军需要三日。耶格吩咐盖瑞特联络泽塔安保公司。

"就说迈尔斯感染了疟疾，'天使'被迫延期。"

---

① 约4.6米。

“明白。”

守护者计划的执行期限还剩五天。只要骗过国防部，就能在被他们发现前离开刚果。

“大家在离开营地之前，将GPS的电源都关掉。否则会暴露我们的位置。”

米克立马反驳道：“但如果关掉了GPS，如何在没有参照物的雨林中导航呢？光靠指南针和步测，如何到达一百千米外的目的地？”

“艾希莫会与我们同行一段距离。”皮尔斯说。

“艾希莫？”

见大家都在俯视自己，阿基利的父亲露出谦虚的微笑。

“那岂不是更糟？这家伙连指南针都没有啊。”

“在森林中，艾希莫判断方向的能力比我们更优秀。”人类学者加强语气道，“包括你在内。”

“既然要返回你的故乡，你就少抱怨两句吧。”迈尔斯安抚米克道，然后对皮尔斯说：“离开刚果后，如何前往最终目的地日本呢？”

“我准备了若干方案，但现在决定路线还为时尚早。目前我们要集中精力突破国境，这是最大的难关。”

“明白。”

耶格看了眼手表，确定了开始行动的时间：“六点出发，在此之前吃完饭，别忘了头上有侦察卫星。”

众人正要散会，突然响起了电子仪器发出的声音。皮尔斯从腰包里取出一部小型电脑。这不是同阿基利沟通时所用的笔记本电脑。A5大小的黑色机器与卫星手机相连。

人类学者凝视着电脑屏幕，脸色渐渐阴沉下来。

耶格问："是电子邮件？谁发来的？"

"别问了。"

"你在国外也有帮手吧？"

"有人提供情报，但我不会透露他的名字。"

"他提供了什么情报？"

"敌人比我们预想的更强大，已经察觉到我们的行动了。"皮尔斯关上电脑屏幕，对众人说，"涅墨西斯计划进入了紧急处置阶段。我们被列入了恐怖分子名单，悬赏一千万美元的通缉。这一带的武装势力必定会趋之若鹜，对我们大肆围剿。"

不过，守护者计划的执行者们面不改色。

迈尔斯说："出逃线路改为南方怎么样？"

"不。"盖瑞特摇头说，"南边也有武装势力盘踞。假如去那里，我们就会被两面夹击。"

耶格打开地图说："东侧的国境线有一百千米长，虽然敌人数以万计，但我们应该能找到突破口。就按照原定计划，向东部进发。"

"现在广播找人：铃木义信先生，如果您在，请到七楼咨询台。"

反复播放的室内广播令人生厌。这里是新宿一座大楼内的大书店，图书品种丰富，在东京数一数二。研人正在这里寻找专业书籍。今晚，等李正勋到了之后，就要开始开发治疗肺泡上皮细胞硬化症的特效药。但因为现在不能去大学图书馆，所以研人必须提前准备一些与新药开发有关的文献资料。

“铃木义信先生……”

厚厚的学术书都定价不菲，但研人不用担心钱的问题，想买哪本都可以，因为他手上有一张“铃木义信”的银行卡。

“铃木义信先生，如果您在，请到七楼咨询台。”

研人突然抬起头？

铃木义信？

尽管铃木这个姓很常见，但名也一致的话就不是偶然了。莫非有人在找我？

但会是谁呢？

研人的脑海里条件反射般蹦出一个念头：这会不会是警察的圈套？研人差点儿拔腿就跑，但总觉得这不太可能。警察应该不知道自己有“铃木义信”的银行卡。否则早就冻结账户，阻止资金流出了。此外还有一个疑点。现在播放广播找研人，说明对方知道研人正在书店。但既然知道他在这里，为什么不直接实施逮捕呢？

研人抑制住心头的恐惧，努力让自己冷静下来。自从收到父亲的电子邮件之后，发生的一连串事情，都受到严密逻辑的支配。如果有第三者知道“铃木义信”这个姓名，那就应当是熟悉内情的人，也就是知道父亲计划的人。

也许自己还有同盟者，研人猜想。会不会是警察来搜查出租屋的那个早上给他打警告电话的人？那通电话，除了内容之外，还有许多地方令他费解。来电显示不是“陌生号码”，而是“不明号码”。这就是说，对方很可能是从海外打来的。如果对方是外国人，电话中不自然的日语就解释得通了。莫非那个人如今到了日本，要找自己？

研人将放回书架的书再次取出来。对方会通过室内广播找自己，可能预估到研人判断对方不是警察。

书店内排满书架，视野不开阔。研人离开“药学”区，假装平静地朝收银台走。从书架间的过道偷看咨询台，他发现那里只有店员，没有别的客人。

身穿制服、负责咨询的女店员瞟了眼手表，再次对准室内广播用麦克风念道：

“现在广播找人：铃木义信先生，铃木义信先生……”

研人下定决心，朝咨询台走去。

“我就是铃木。”他说。

女店员从麦克风前转过头：“啊，铃木先生，让您久等了。您丢失的东西送到了。”

“丢失的东西？”

“这是不是铃木先生的东西呢？”

说着，女店员就递过来一部手机。

“对不起，为了查出失主，我看了手机里的内容。”女店员打开手机说。在机主信息栏里，显示着这部手机的号码、邮箱以及“铃木义信”四个汉字。“当然，我只看了这些。”

“不好意思。”研人说，心想必须处理好这一突然事件，“是在哪儿找到的？”

“‘有机化学’区前面。”

“是谁送过来的？”

“是我发现的。”

“掉在地板上了？”

“嗯。”

“真不好意思。”

研人伸手去拿手机，但女店员在交出手机前说：“如果有能确认您姓名的物品，能否给我看看？”

“姓名？”研人竭力抑制住惊慌，“姓名……姓名……我这会儿只带了银行卡。”

“那也行。”

研人从钱包中取出“铃木义信”的银行卡，交给女店员。

“非常感谢。”女店员微笑着将手机交给研人。

研人移动到旁边的收银台，给抱来的书付款。朝电梯走去时，他发现自己已浑身冷汗。必须尽早离开这座大楼，找个咖啡馆之类的地方检查这部手机。到底是谁，出于何种目的，费尽心思设计这么一出？这时，尖厉的手机来电铃声突然响起，研人吓得差点儿跳了起来。

屏幕上的来电提醒写着“帕皮”二字，这是研人小时候养过的宠物狗的名字。对方似乎想借此表示自己同研人是一伙的。研人冲入电梯旁很少有人经过的楼梯口，接起电话。

“喂？”

“你是研人吧？”话筒中传出瘆人的声音。那是用机器改变了频率的低沉声音，仿佛从地底传出一样。“我要说一件重要的事，你要一字不落地听好。”

研人没有问对方的身份，而是照吩咐竖起了耳朵。从日语的流畅度判断，对方不是外国人。看来，研人在日本和海外各有一名帮手。

“刚才你拿到的手机，不会被窃听，请安心使用。”

对方从头到尾看到了手机到研人手里的过程。那人此刻肯定就在这座楼里。研人从楼梯口探出半截身子，观察书店内部，但没有发现打手机的客人。

“不过，”低沉的声音继续道，“打电话时，务必选择好对象。给家人、朋友打电话非常危险。从他们的电话可以逆向追踪到你。”

“那有这手机岂不是没多大意义？”

“不，意义非常大。有了这手机，我就可以随时与你联系。”

“你同我是一伙的？”

“不错。”尽管被机器改变了声调，但还是听得出对方声音的亲切。

“你叫什么？”

“帕皮。”对方抿嘴笑道。

“我能问你一个问题吗？”

“那要看问的是什么。”

研人用手挡在手机送话器四周，小声问：“《海斯曼报告》第五节中的内容，会在现实中发生吗？”

“问题真尖锐啊。有出息。你读过那份报告了吧？”

“是的。”

“我刚才说的，就是对你问题的回答。”

研人将其理解为肯定。

“今后，这部手机一定不能关机，要随时保持可接通状态。睡觉时也一样，可以吗？”

“好的。”

“还有，从町田的实验室去别处时，不要乘电车。町田站的检票口从明天起就会有警察监视。”

研人打了个冷战。不知不觉间，警察的搜索范围就离自己如此之近。警察到底是怎么查到的呢？他想到的是电子钱包的使用记录。上下电车时，需要使用铁路公司发行的磁卡。如今已经到了必须怀疑周遭一切的地步了吗？研人想。

“不坐电车，那用什么交通工具？”

“坐出租车安全。你的钱足够用吧？除了町田站之外，你住的出租屋、大学校园、大学医院和你的老家，这四处地点也不能接近。那里也埋伏了警察。追踪你的警察总共有十名。听懂了吗？”

“明白。”

“那再联系。过一阵子，我会告诉你小笔记本电脑如何使用。”

“小笔记本电脑？是无法启动的黑色的那台吧？”

但对方已经挂断了电话。研人立即打开手机通讯录，里面只有帕皮一个人的电话。试着再打过去，对方却已经关机。即便在书店中搜索，不知道对方的长相也是白搭。至于如何使用无法启动的A5大小的笔记本电脑，看来只好等下次对方联系自己时再说了。

可是，研人暗忖，对方为什么不愿以真声示人呢？莫非对方是研人认识的人，怕研人靠声音识破？

总之，研人走下楼梯，来到新宿的街上。只需这么一部通信机器，孤立的自己就能再次与世界相连，他不由得安下心来。

研人在大街上迈开步子，考虑现在就把前几天该打的电话给打了，于是从口袋里取出记着电话号码的笔记本。他听从帕皮的警告，先在大脑中想了想给哪些人打才安全。警察知不知道他同报社记者有交往呢？尽管他认为应该没事，但因为刚好走过电话亭，所以以防万一，还是决定用公用电话打过去。

投入硬币，拨打号码，往常立刻就接起电话的菅井，这次却迟迟没有应答。回铃音响了大概十下，话筒里终于传来了熟悉的声音。

“喂？”

“我是古贺。”

“啊，研人啊。”

研人听出对方所处的环境十分嘈杂。

“菅井先生，您现在在哪儿？”

“我在出差，”父亲的老朋友答道，“但接电话没问题。你是想知道之前你问我的那个女研究者的事？”

“不错，关于坂井友理这个人，您查出来什么没有？”

“你说的人我不清楚，但我找到了一个年纪相符的嫌疑人。东京都医生联合会的名簿上，记载着一个同名同姓的医生。”

“医生？”研人搜寻记忆，想起了大学校园的阴暗角落中，主动找到自己谈话的坂井友理。不施粉黛的面庞，独特的清爽感觉——说她是医生，完全说得通。

“当时的电话簿上，刊登有这名医生执业的医院广告。是父女两代人经营的诊所。”

“诊所主攻什么方向？”

“妇产科。”

回答出人意料。如果是内科或心脏科，那就同肺泡上皮细胞硬化症有关了。

“去这家医院的话，就能见到本人吧？”

“我是在八年前的医生联合会名簿上找到她的名字的，后来这个名字就消失了。她脱离了医生联合会，关闭了经营的诊所。”

“发生了什么事？”

“不知道，我会继续调查。也许会查出她在什么地方同你父亲有联系。”

“不好意思。”有这名报社记者做援军，研人心里踏实了许多，“菅井先生，真的非常感谢您。”

“怎么又在感谢我？”菅井笑道，然后双方简单地道别，挂断了电话。

研人走出电话亭，一边朝新宿站走一边思索。怎样才能调查出坂井友理更详细的情况？她在大学现身时，要是自己记下了那辆商务车的车牌号就好了。他正为此后悔时，手机响了。

研人停下脚步。来电显示是“不明号码”，研人不禁紧张起来。是海外打来的电话。会不会是给自己发警告的那个外国人？研人跑进小巷，按下接听键，将手机贴在耳边。

“Hello？”

对方张嘴竟是英语，研人不由得惊慌失措。说话的是个女人。不知为何，研人的脑海里冒出了金发美女的形象。

“哈……哈罗？”研人口齿不清地回复。

对方用极快的语速喋喋不休地说起来，但研人一个字也没听懂。他唯一明白的是，这个女人正处在混乱状态。

研人努力将大脑切换到英语会话模式，挤出了一句老套的英语句型：“你能说慢点吗？”

对方顿了一下，然后说：“你是谁？”

“我？我的名字是古贺研人。”

“研人？你现在在哪儿？不，我是问，我在给什么地方打电话呢？”

研人以为自己理解错了对方的话，于是又说："请等等。我不明白你说的话。"

"我也不明白自己在做什么。"女人的口气缓和下来，尽量让自己恢复平静，"研人，你听好，我接到一个陌生人打来的电话。他告诉了我这个电话号码，让我打电话过来，向你报告我儿子的病情。他说，这样你就能救我的儿子。"

"我能救你的儿子？"

"是的。难道不对吗？"

研人突然想起了一句话：

将来某一天会有个美国人来访。

"我能问问你叫什么吗？"

"莉迪亚。莉迪亚·耶格。"

"莉迪亚·耶古女士？"

对方放缓语速，纠正道："是耶格。"

"耶格女士。"研人注意着发音，道，"你是美国人？"

"是，但我现在在里斯本。"

肺泡上皮细胞硬化症的世界权威就在里斯本。

"你打来电话是为了治你孩子的病？"

"是的！是的！"莉迪亚·耶格大叫起来，仿佛终于找到了救孩子的方法。

"你认识叫古贺诚治的日本人吗？"

"不认识。"

"你丈夫认识吗？"

“你是说约翰？他去国外了，我没法同他取得联系，不知道他认不认识这个日本人。”

“约翰·耶格先生做什么工作？病毒学研究者吗？”

“不。”莉迪亚说，然后沉默片刻，告诉研人，耶格在私营军事公司当佣兵。

研人反复问过几遍，但仍然不知道那是什么意思。多半是跟军事有关的工作吧。“你认识我们吗？”莉迪亚反问道，“约翰，也就是乔纳森·耶格，我，还有我们的孩子贾斯汀？”

研人记下了贾斯汀·耶格这个名字，这是继小林舞花之后第二个需要他拯救性命的孩子。

“我也不认识你们。你们多半是父亲的朋友介绍来的吧。是谁让你打这个电话的？”

“一个美国人。东部口音，上年纪了。”

这是不是就是给研人打来警告电话的人呢？

“这下你明白状况了吧？”

“是的。”研人答道。

“那你如何救我儿子？”

“开发新药。”研人答道，但双肩立刻就感到了重压。如果新药开发失败，那电话另一头的女人就会坠入绝望的深渊。

“这种药物能救贾斯汀吧？”莉迪亚说，声音阴郁，“我给你说说这边的情况。检查数值特别不好。按医生的话说，状况危急。也就是说，贾斯汀可能活不到下个月。”

研人无言以对，仿佛胸口遭受重击一般。贾斯汀·耶格的病况同小林舞花一样，离最后期限不到一个月。如果不能遵照父亲的遗言，在“2月28日之前完成”，两个孩子都会死掉。

“求你了，请你一定救救我的孩子。”莉迪亚的话语中听不出惹人怜悯的软弱，反而透露着与折磨她儿子的病魔对决的强烈意志。研人不禁想起了自己的母亲。这种坚强，一定是超越了语言、宗教、人种，为所有人类所共有的“善”吧。我一定要让遥远国度的这位勇敢母亲实现愿望。

“耶格女士，”研人抬头望天，尽量不让对方听出自己的喘息声，然后下定决心，说出了堪称人生最大赌注的一句话，“我答应你，一定会救你的孩子。”

4

鲁本斯深陷在自家客厅的沙发里，台灯灯罩下的光洒在身旁。

美国东部时间凌晨两点，非洲中部时间上午八点。

本打算回家小睡，但棘手的问题堆在面前，哪有心思睡觉。手中的便笺本上，问题被一一罗列出来。

鲁本斯举棋不定。尽管他不愿看到有人在自己制订的计划中死亡，但为了达到这个目的，就可以让奴斯存活下来吗？无论如何，现在涅墨西斯计划还没完全失控。必须预估对方的行动，抢占先机。如果自己猜得没错的话，奴斯计划在佣兵的保护下逃往国外。鲁本斯的视线落在便笺本上。

皮尔斯等人打算从什么地点逃离刚果？

这是最要紧的问题。非洲大陆广袤无垠，中情局的工作人员有限，无法覆盖全域。一旦皮尔斯等人逃离刚果，再想追踪他们就几乎不可能了。对涅墨西斯计划来说，唯一的有利因素是刚果国内的交通状况。以面积而论，刚果的国土与西欧相当。但这个国家的交通设施非常落后，只有一条连接东西的道路，除此之外，就得依靠飞机和沿刚果河而下的船。皮尔斯等人应该也非常清楚，这些交通网的要冲都被监视了。所以，他们的目标只有一个，那就是可以徒步穿越的东部国境线。军事顾问斯托克斯正在拉拢当地反政府势力。从地理上看，这是正确的判断。伊图里森林东侧，二十多个武装集团林立。要想阻止皮尔斯等人逃往国外，只能将希望寄托在这些“名声不太好的家伙”身上。

逃离非洲大陆的目的地是哪里？

如果皮尔斯等人逃出刚果，留在非洲大陆的可能性将非常低。这群人中大多是白人，在非洲行动太惹眼。那他们打算去哪儿呢？

鲁本斯望向便笺本上的第三条，寻找启示。

四名佣兵的选拔标准是什么？

奴斯陆续杀害了守护者计划的其他候选人，选定如今这四个计划执行者保护自己。

鲁本斯推测，在选拔他们的理由中，一定隐藏着破解奴斯逃亡计划的钥匙。选拔耶格和盖瑞特，是因为他们具有背叛雇主的条件，这点鲁本斯自己也考察过。那剩下的两人，柏原和迈尔斯，选拔他们的理由是什么？

鲁本斯从公文包中取出报告，回顾选拔计划执行者的过程。在柏原干宏上升为第一候选人之前，三名候选人遇袭身亡。这三个人同柏原有何区别？从技能考察，无论是空降资格还是实战经验，他们作为佣兵的能力并无差异。唯一不同的是“使用语言”这一项，只有柏原懂他的母语日语。这时鲁本斯想起了古贺诚治撰写的论文。那篇学术论文竟然一反常规，是用日语写的。考虑到科学世界中英语是通用语，只能理解为古贺博士不擅长英语。换言之，柏原入选的理由会不会是让他充当与日本联络的角色呢？如果这一推理正确，古贺博士死后，负责在日本联络的就是他的儿子，那个叫研人的年轻人。国防情报局的调查报告中写着，古贺研人可以使用英语。如此看来，古贺博士意外身亡后，柏原就没有存在的意义了。

基于这一点，鲁本斯继续深入思索。虽然没有确切证据，但皮尔斯等人会不会打算去古贺博士的母国？鲁本斯在便笺本上写下了“日本”，后面跟着一个问号。

这个叫柏原的日本人的过去十分有趣。报告的特别事项记载，十年前，他的父亲不知被谁打死了，母亲也身受重伤。但目击到犯人的母亲却拒绝提供证言，事件陷入迷宫当中。柏原投身法国外籍兵团，就是在这件事后不久。鲁本斯感觉其中有蹊跷，但仅凭报告中短短几行字很难做出判断。他觉得这件事应该影响不到涅墨西斯计划，于是转而关注下一份报告。

斯科特·迈尔斯。

这名空军伞降救援队前队员被选定为守护者计划的执行者时，在伊拉克已经有四名候选人遇难。迈尔斯之所以被选中，同他的出身密切相关——看重的就是他的医疗和战斗搜索救援技术。迈尔斯的经历中，记载着其他四人不具备的一项特殊技能：航空器操作资格。这应该是出于危机管理的需要。奴斯等人很可能计划乘飞机逃出非洲。

客厅中突然响起了手机铃声，鲁本斯发出不满的呻吟声，拿起手机，是特别计划室里的国防情报局联络员打来的。

“你在睡觉？”

“没有。调查出结果来了？”

“是。遵照你的指示，我们筛选了皮尔斯海运公司所有的船舶。一个月之内停靠非洲大陆港口的，只有两艘。停靠的港口是埃及的亚历山大港和肯尼亚的蒙巴萨。”

“阿拉伯半岛呢？”

“有若干油船会定期前往，但都在两个月后。”

“好的，停靠埃及和肯尼亚港口的两艘船中，有前往远东的船吗？”

“停靠肯尼亚的船会前往印度，然后返回美国。”

难道是经过印度前往日本？鲁本斯琢磨起来。他们越过刚果国境线之后，直接往东走就会抵达肯尼亚的港口。“通知相关机构，监视这两个港口，肯尼亚优先。”

“明白。”

“皮尔斯海运公司的飞机调查得怎样了？”

“只有一架公司董事使用的私人飞机，现在没有前往非洲的迹象。我们会继续监视这架飞机。”

“你们调查的对象包括联营公司吗？”

“是，连分包公司也彻底调查过。”

“我还想拜托你们调查一件事：皮尔斯海运公司的相关人员有无包租或购入飞机的计划。”

鲁本斯还未完全说完，对方就答道：“这个也调查过了。目前没有。”

“明白了，谢谢。”

如此看来，皮尔斯等人乘飞机离开非洲大陆的可能性很小。那就只能坐船。只要切断海路，就能封锁他们。鲁本斯挂断电话，视线重新落回便笺本。

反情报。

毫无疑问，美国的机密情报已经被奴斯破解。而鲁本斯被“知悉权”原则所阻挠，无法采取反情报对策。国家安全局运用的“梯队”系统和国内的秘密通信网到底是怎样的系统，他完全不得而知。唯一知道的是，各情报机构运用通信基础设施的状况错综复杂，不可能进行统一的通信管理。在这样的条件下，涅墨西斯计划进入紧急处置阶段的消息肯定已经泄露。

目前只能采取权宜之计：编造假情报，扰乱对方的视线。

手机再次响起。电话另一头是与联邦调查局保持联络的弗兰克·巴顿的声音。

“紧急事件。你能不能回特别计划室？”

说实话，鲁本斯不愿意回去，窗外已经开始下雪了。

“你在哪儿？”

“联邦调查局总部。”

“能不能到我家来？”

“抱歉，不能。我们需要在采取了安保措施的房间中谈。”

出了什么事？鲁本斯心中犯疑。

“到施耐德研究所的会议室怎么样？那个地方离我们双方都比较近。”

“好吧。”

鲁本斯使劲儿站起身，拿起放在桌上的奥迪车钥匙。

二十分钟后，在没有窗户的会议室里，鲁本斯和巴顿碰面了。就是在这个房间里，鲁本斯第一次见到了被截获的奈杰尔·皮尔斯发送的电子邮件。

“大事不好。我还没把这个情况告诉别人。”说着，巴顿从公文包中取出一个牛皮纸信封，“我要说的，是关于从纽约给古贺研人打的警告电话。”

鲁本斯忍不住探出身子：“查到什么了吗？”

“发出警告的人，用的是百老汇大街上的电话亭，那里来往行人众多。打电话的时间是星期六下午四点，日本时间清晨五点。同一天下午四点十分，与电话亭相距两个街区的药店监控摄像机捕捉到了走在街上的涅墨西斯计划参与者的图像。”

鲁本斯马上问：“是埃尔德里奇吗？”

巴顿没有作答，只是从牛皮纸信封中取出几张照片。对准药店入口的监控摄像机透过橱窗玻璃，拍下了走在外面的一名六十岁上下的男人。

“联邦调查局对模糊的图像进行了分析。”

拍下的是谁一目了然。鲁本斯倍感惊异，但转瞬就释然了，就像心中早就预感到会是这个人一样。

巴顿死死盯着鲁本斯，等待指示。鲁本斯说："单靠这个还构不成证据。只能说明他偶尔经过那里。"

"那我们就拜托密码城中的人调查吧。"巴顿答道。

世界上最大的情报机构——国家安全局规模庞大，以至于在马里兰州的一角形成了小城镇。尽管任何地图上都找不到这块区域，但这里却矗立着五十多座大楼，超过六万名职员和相关人员在此工作。他们的目标是窃听世界上的所有通信，解读密码，获取有利于美国国家利益的情报。国家安全局特别擅长旨在控制网络战争的各种技术的开发。

"那帮家伙什么都查得了。"

接到李正勋的电话后，研人来到夜色下的街道上。骑摩托来的正勋似乎没有想到，狭窄昏暗的小巷尽头竟然有一座公寓，而私设的实验室就在楼上。这座两层高的木质建筑没有长明灯，找不到也没什么奇怪的。

正勋将摩托停靠在黑暗中的外侧楼梯旁，在研人的带领下进入202室，在占据了六叠大小房间的实验设备前目瞪口呆。

"认识研人之后，惊人的事就接二连三。"

"还有更惊人的呢。"接着，研人就将事情的来龙去脉全盘托出。

听完述说之后，正勋半信半疑。但如今，超越人类智慧的制药软件就在手中，不可能对研人的话付之一笑。正勋沉思片刻，道："对于人类进化的可能性，既不能否定，也不能肯定。诚如研人所言，只能试着用‘GIFT’制造新药。凭现代人的智力水平，无法治疗那种病。”

得到正勋的认同，研人终于松了一口气。

“说起来，正勋你曾在美军军事基地工作过吧？”

“嗯。‘龙山’军事基地。”

“你对窃听有什么看法？不会是我的被害妄想症吧？”

“我不能打包票，但窃听在技术上可行。美国和英国都在运用‘梯队’系统窃听全世界的通信。远东方面，日本的三泽基地有窃听天线，印度尼西亚的上空有巨大的电波窃听卫星。海底光缆通信也全都遭到窃听，可以说没有一种通信方法是安全的。”

研人惊得说不出话来。自己活了这么久，却对所处的世界一无所知。我们就像被圈养在支配世界的一小撮人所打造的牲口栏里。他们能确保我们的日常安全时，我们毫无怨言。但他们并不是慈悲为怀的菩萨，而是人。一旦你触犯他们，他们就会毫不留情地将你捻死。研人如今就在遭他们蹂躏。标榜人权的美国居然率先践踏基本人权，这一事实本来就令人大跌眼镜。“通信保密”难道只是传说？

“因为‘梯队’系统也可以用于商业间谍活动，欧盟议会将其视为问题，但具体有何行动不得而知。”

“真恶心。”研人道出心中的不快，“那么美国声称的民主，不过是典型的双重标准吧？”

“我也这么看。不过，不光是美国人，我们所有人的行为都不完美。无论是法律上还是经济上，没有一个系统是完美的。就像发现软件缺陷后必须打补丁一样，如果人类真的是‘智人’，那百年之后这个世界将会变得更美好。”

“那也是我的希望，但眼下还有迫在眉睫的问题。‘梯队’系统正在监视我们。我还在犹豫要不要让正勋你介入。”

“我已经介入了。”正勋露出一如既往的温和笑脸，“我也想帮助患病的孩子们啊。”

正勋轻松的语气让研人倍感欣慰。

“那就干吧。”正勋从放在榻榻米上的背包里取出装有“GIFT”的机器。

研人把桌面收拾干净，给机器留出位置。已启动的笔记本电脑的屏幕上，浮现出“变种GPR769”的CG图像。受体在细胞膜上缓缓摆动，就像是一种生命体一样。

“‘GIFT’的基本方法论同现行制药软件并无差别。”正勋用研究者所特有的干练语气说，“如你所见，受体的形状已经确定。下一步，就是寻找能与受体在这个凹陷部位结合的化学物质。”

“找到了这种化学物质，就等于造出了药物。”

“不错。有两种方法可以确定药物的化学结构：一种是从零开始设计的全新设计法，另一种是从既有化合物中选出活性高的结构的虚拟筛选法。”

“你觉得应该用哪种方法？”

“试试全新设计法吧。也许会合成出复杂的结构，这个就不是我能搞懂的了，要你来判断。”

“明白。”

像上次一样，正勋将电脑连上网，然后面对屏幕。“这款软件厉害的地方在于，只需要输入你想要的结果，剩下的就无须担心了。”

“就是说，它是全自动的？”

“不错。”正勋乐呵呵地说，“将药物活性强度设为百分之百吧。”

正勋勾选了对话框中的相应选项，然后把手从鼠标挪到键盘上。随着手指的快速敲击，画面不断变化，从带状模型图到数字和字母构成的原子坐标一览表，令人眼花缭乱。

“只要指定了结合的部位，剩下的都由‘GIFT’来计算。”正勋解说道，“好了，生成特效药吧！”说着，正勋就按下了回车键。

屏幕上立即出现了“剩余时间01:41:13”的字样。

“一小时四十分。太厉害了！”

正勋差点儿跳起来。看着他兴高采烈的样子，研人不由得心生羡慕。自己如果也能对研究有如此高的热情，也许就会走上不同的人生道路吧。看着满脸笑容的正勋，研人突然想起了父亲生前露出的神秘微笑。“我不能停止研究啊。”父亲说这句话时脸上洋溢着无上的幸福，跟正勋此时一模一样。父亲想必对研究也一往情深吧。可是，研究究竟有什么乐趣呢？父亲的研究生活似乎也没有那么充实啊。

“肚子饿吗？”正勋问。

“饿了。咱们去吃点儿东西吧。”

两人用等待软件运行的时间，前往公寓附近的面馆。研人走在夜路上，瞪大眼睛观察周围，没有发现警察的影子。

两人坐在餐桌前，点了中餐套餐。因为面馆通宵营业，两人吃饱之后，继续留在店里，商量今后的行动方针。如果用“GIFT”成功设计出药物，那制药的第一阶段就算完成了。接下来便是实际的合成操作、与受体的结合实验，以及用小白鼠做简单的药理实验。

“我觉得公寓里的试剂不够用。”研人说，“必须想办法再搞一些。”

“试剂店卖不卖给我们？”

“他们不卖给个人。”

“那我去大学托其他实验室的朋友想想办法。”

“拜托了。就算成功合成出药物，剩下的操作如何完成？需要体外培养细胞和小白鼠做实验。”

“我没有临床知识，只能努力学习了。去找土井好好问问。”

研人想起了将正勋介绍给自己的土井。那家伙生性轻佻，对研究却很在行，肯定能帮上忙。

确定行动方针后，还有点儿时间。研人道出了一直盘绕在心头的疑问：“跟正勋在一起时，感觉很自然。韩国人和日本人有什么不同吗？”

“唔……”正勋偏着头思考了片刻。

“你别客气，想到什么就说什么。”

“举个例子吧。”正勋的视线重新落回研人身上，“我们韩国人有一种特别的感情。美国人、中国人、日本人都没有这种心理。韩语中用汉字‘情’表示。”

“情？”

“嗯。汉字写作‘情’。”

“这个字日本也有。”

“不，韩语中的‘情’同日语中的‘情’不一样。很难讲清楚。”

研人好奇地问：“你能解释一下吗？”

“非要解释的话，那是一种将人与人联系起来的强大力量。我们通过与好恶无关的‘情’，与素不相识的人联系起来。”

“就是友好和博爱的意思吧？”

“不是这么美好的东西。‘情’也是一种麻烦。因为无论是多么令你厌恶的人，都同你之间有‘情’相连。也就是说，我们无法百分之百拒绝他人。韩国的电视和漫画描写的几乎都是这个‘情’。”

“是这样吗？”研人看过几部韩国电影，但完全没有意识到这一点。鉴赏同一部作品，每个人的观点却是如此不同，研人不禁咂舌。

“更进一步说，人与物之间也有‘情’相连。我这么解释你懂吗？”

研人努力从感情上理解“情”为何物，但内心深处却没有萌生丝毫感情。

“不懂。”

“是吗？”正勋笑道，“‘情’这个词的意思，只有知道‘情’的人才明白。如果不知道词语指代的对象，就不能理解。”

这跟科学上的专业术语一样，研人想。对于专业之外的人，你再怎么解释，对方也听不懂。因为那已经超出了此人理解能力的极限。

“我觉得与日本人相比，韩国人之间的距离更近。”

“嗯，或许是吧。”

正勋平时所表现出的温文尔雅的气质也是由“情”所致吧，研人想。

“好了。”正勋看了看手表，“‘GIFT’的计算快结束了。”

研人从椅子上站起身，盘算着一定要成为有情之人。

付完账，两人离开面馆，再次提高警惕，返回矗立在黑暗之中的幽灵屋似的公寓。

六叠大小的房间的桌面上，A4大小的笔记本电脑屏幕闪烁着微光。研人打开屋里的灯，同正勋一道注视着屏幕。跃入眼中的是“None”（没有）这个单词。

“没有？”正勋尖叫起来，“没有是什么意思？”

“我也不知道啊。”

“太奇怪了。等等。”

正勋扑在电脑上，一连串操作之后，屏幕上浮现出一个化学结构式。由苯环和杂环构成的母核上连接着功能团，结构十分简单。“虽然‘GIFT’得出了结果，但受体只活性化了百分之三。也就是说，这个结构治不了病。”

“是让我们对这一结构进行最优化？”

“不，如果是那样的话，‘GIFT’就不会显示‘None’这一结果了。采用全新设计法，本应得出更好的结果。”正勋思考了片刻，道：“放弃全新设计法，尝试采用虚拟筛选法。”

正勋像先前一样，在“GIFT”里输入指令，按下回车键，显示计算将在九小时二十分后结束。

“一般来说，这种计算要几个月才能得出结果。”正勋笑道，“明早就能有结果，你给我打电话吧。”

“你明晚也过来吧。”

一看手表，已经快十一点了。正勋也要忙自己的事，研人感到很过意不去。

“正勋，真的非常感谢你。”

“不用谢。我也是出于兴趣。”这名来自韩国的才俊露出可爱的笑脸，“再见。”说完，他离开了私设的实验室。

窗外摩托发动机的轰鸣声渐渐飘远，冷清的公寓骤然寂静了许多。研人再次感受到有朋友相伴是多么可贵。可是，他不能事事都靠正勋。研人想了想接下来的工作量，不禁紧张起来，于是坐在桌前阅读专业书直至黎明，然后钻进睡袋里小睡了一会儿。

他好像做了梦，但记不起内容了。“GIFT”计算完成时，预先设好的手表闹铃响了。

上午八点。

拉上了遮光窗帘的实验室同睡前一样黑。研人从睡袋中爬出来，没有开灯，径直来到笔记本电脑前。“GIFT”算出了什么答案呢？一定要是高活性的结构啊，研人如此祈祷着，朝液晶屏幕望去。

屏幕上浮现出“None”这个单词。

5

艾希莫和阿基利父子，以及奈杰尔·皮尔斯从狩猎营地出发时，姆布蒂人悲伤不已，仿佛是世界末日来临。男女老少全都泣不成声。

耶格最初抱着同情心在一旁观看，但哭哭啼啼的分别实在持续得太久，最后他只好出面催促。

行军的第一天，皮尔斯告诉耶格，姆布蒂人之所以那么伤心，其实背后另有隐情。诞生了阿基利的这个游群为了避免被国防部攻击，只好分散到其他游群中。也就是说，艾希莫的离去，就意味着游群的解散。而且，年幼的阿基利进入森林也让人忧心不已。俾格米人是狩猎采集民族，对他们来说，森林是充满危险的异世界，孩子被严禁踏足其中。

四个人排出菱形队形，保护着中心的阿基利和皮尔斯。走在前面的是负责带路的艾希莫，以及负责先头侦察的米克。

皮尔斯的背包里塞满了食物、衣物、笔记本电脑、太阳能面板充电器，还有若干卫星手机。盖瑞特推测皮尔斯同国外的通信线路还是畅通的。就算通信被“梯队”系统截获，被迫切断与电话公司之间的线路，只要换另外的手机就能立刻恢复通信。除了背这一大包东西外，皮尔斯还将裹着阿基利的襁褓斜挎在肩上，所以这名瘦高的人类学者总是走不快。

离开同胞后，阿基利没有表现出半点的悲伤。在雨林内移动时，他总是在打量四周。那眼神十分古怪，让耶格禁不住怀疑他在谋划着什么。

此外，耶格对走在前面的艾希莫的表现也产生了怀疑。作为向导，他满怀自信地在雨林中行进，但有时候，他会折下树叶，做出箭头一样的标记，放在地面上。倘若敌对势力发动跟踪，这箭头不就成了绝佳的目标吗？而且，每次休息的时候，他都会随意躺在地上，在儿子面前吸大麻烟。

“他们有他们的行事风格。”皮尔斯对耶格说，“树叶道标在这个森林里随处可见。吸大麻是为了在狩猎时提高听觉灵敏度。与我们不同，他们不会过度吸食而精神错乱。”

“还有其他问题。”

耶格批评了艾希莫将火种包在大树叶里到处走的行为。一旦雨林顶部的树叶变稀薄，就有被红外线探测卫星探测到热量的危险。可是，皮尔斯却坚持让艾希莫携带火种，说这对俾格米人而言是必需品。

“给他一个打火机不就成了吗？”耶格说。

但皮尔斯听不进去：“不用担心。卫星何时经过头顶，我清楚得很。”

耶格觉得人类学者的顽固态度相当可疑，但还是顺从了对方。他一看到艾希莫那懦弱却和蔼的笑脸，态度就强硬不起来了。

结果，第一天他们只走了三十千米天就黑了。四名佣兵轮班站岗，两个小时一班。耶格站岗时，仔细观察了依偎在父亲身边酣睡的阿基利。或许是闭上了眼睛的缘故，阿基利看起来没有起初那么可怕了。

耶格无法理解的是，为何在不同人的眼中，阿基利的形象会迥然不同。现在的阿基利，只拥有不可思议的高度发达的智力，但是可能并不具备所谓的个性。他同人类的幼儿一样，正处于既非善也非恶的原始状态。迈尔斯和米克对他的印象之所以南辕北辙，应该是观察者精神投射的结果吧。耶格会有如此推测，源自他的从军经历。作为特种部队的一员被派驻海外，与语言和肤色不同的人接触时，会自然而然地看不起当地人。面对阿基利时，这种心理机制也在发挥作用吧。

望着阿基利无邪的睡脸，耶格又想起了得知自己快当父亲时的感觉。尽管阿基利属于别的种族，但他也是有智慧和人格的，耶格希望他能成为一个拥有强大而正确的思想的人。耶格心中潜藏着幼稚而好战的思想，比如手持兵器就自以为无所不能。倘若任由这种思想支配，他就很可能成为米克口中“危险的存在”。阿基利是由现代人所生的，他也完全有可能成长为那样的生物。

天亮了，第二天的行军开始。一个小时后，众人停下来休息。耶格问人类学者：“俾格米人打不打仗？”

“不打仗。”皮尔斯立即答道，“根据我的调查，他们在五十年前发生过一次内部纠纷，一个游群分裂成两个。仅此而已。”

“就是说，他们是天生的和平主义者？”

“他们只是比我们更聪明。俾格米人知道，人与人争斗会让整个群体陷入危机。所以，如果有人不能适应群体，或者夫妻吵架，就让当事者移居到别的游群，从而消除对立。”

“难道就没有发生过争夺食物资源的事？”

“不可能出现这种事。”皮尔斯立即否定道，“各个游群都严守各自所属的区域，捕获的猎物平等地分给所有成员。但这同我们世界中的所谓共产主义不同，是更富智慧的制度。首先，杀死猎物的人拥有猎物的所有权。然后，参加狩猎的成员，以及留守营地的成员，会分得他们的配额。通过这种复杂的分配方式，肉就会被均等地分到每个人手上。一方面满足了有功之人的所有欲，另一方面又防范了此人独占财富。”

耶格赞叹道：“你似乎很欣赏他们？”

“唔，可以这么说吧。还有，艾希莫他们的族名‘姆布蒂’的意思就是‘人类’。”众人在昏暗的雨林中稍作休息，听满脸胡须的学者侃侃而谈。自从与耶格等人相遇，他还是第一次表现得如此亲切。

“耶格，你听说过皮尔斯海运公司吧？”

“嗯。”

“我生下来就是那个公司的继承人。”

耶格震惊了。眼前这个衣衫褴褛的人，因为过着原始生活而几近营养失调，没想到竟然是个不折不扣的“富二代”。

“那你岂不是很有钱？”

“研究资金有所保障。”皮尔斯谨慎地肯定道。

“那为什么没继承家业？”

“我年轻时也想过，专攻人类学只是出于兴趣。但我很快就明白，自己当不了大企业的经营者。那个世界对我来说太肮脏了。”皮尔斯的脸上流露出厌恶和挫败的神情，“金钱只能吸引逐臭的可鄙之人。银行家和投资公司的人，只愿意同腰缠万贯的人握手。律师则同蚂蟥一样，贪婪地吮吸着财富的血。那些搜刮他人钱财的家伙的嘴脸，我一看就恶心，所以决定回去做自己喜欢的研究。在我眼中，俾格米人是最可爱的研究对象。”

不知何时，盖瑞特凑过来旁听。他看了看手表：“抱歉，打扰了你们谈话，但马上就该出发了。”

耶格站起身，讥诮道：“你生下来是俾格米人就好了，还当什么‘富二代’啊。”

皮尔斯微微一笑，给出了一个出人意料的答案：“我不这么想。我同那些夸夸其谈的自然爱好者不同。我会用电脑，生病了会求助于最新的医疗技术。我离不开万能的科学世界。原始社会中存在现代人所遗忘的乌托邦，这种说法荒唐透顶。在一个阑尾炎就能致人死地的世界里，怎能长久生活下去？”他眼睛里闪烁着既非悲伤也非惊叹的光芒，继续道：“在这残酷的自然环境中，俾格米人生存了数万年。他们的肉体得到了进化，依靠协作获取并分配每天的食物。这不是很了不起吗？”

“嗯。”耶格直率地表示同意，暗暗祈祷爱好和平的祖先之血也流淌在阿基利的身体之中。

众人重新开始行军，大约十分钟后，林海突然中断，视野豁然开朗。深褐色的伊图里河横亘在面前，河岸低矮，泥土裸露。河面宽约百米，河水奔腾不息。河对岸，离水面不远的地方就又是林海。伊图里河仿佛延伸在雨林之中的粗大血管。

艾希莫畏畏缩缩地指着这边的河岸，提醒佣兵们留意。一艘剖空大树造出的独木舟和几支船桨零乱地堆放在岸边。

耶格再次对艾希莫的能力感到震惊。为了避开敌人，他们离开姆布蒂人的生活圈，选择走雨林深处的道路，但在没有地图也没有指南针的条件下，艾希莫仍能准确地将众人引导到放置独木舟的地点。就连特种部队出身的耶格也无从得知，在没有标记的雨林之内，艾希莫是如何判断方向的。

“请注意两点。”皮尔斯对众人说，“第一，这条河里有鳄鱼，当地已有好些人丧命，大家一定要小心；第二，过河之后就能走到农耕民族的村落，可能会遭遇那一带游荡的武装分子。”

离开康噶游群的营地时，耶格等人已经做好了战斗准备。

“好，过河吧。”

带上装备的话，独木舟一次只能坐四人，所以船往返了两趟才将所有人运过去。过河后又走了大约十千米，雨林的植被明显发生了变化。不久，他们就看到了树林背后的耕地。这说明不远处便是分布在街道两侧的农耕民族村落。

耶格停止行军，在地图上确认现在的位置。沿着土路每隔几千米就是一个村落。眼前这个村子名叫阿曼贝雷。道路两侧是一间间小土屋。离目的地科曼达镇，直线距离还有大概六十千米。

“卫星到什么地方了？”

皮尔斯从腰包中取出小型电脑，确认道：“四十分钟后就到达我们上空。”

“我们从村庄之间穿行，以免被人发现。”

“等晚上再行动不是更安全吗？”

“现在还不到正午。我不想浪费时间。”

众人迅速制订了路线，保持菱形队形，朝森林内走去。

可是，从阿曼贝雷村背面绕道的时候，艾希莫愕然回头看着皮尔斯。与艾希莫并排行走的米克诧异地看了看艾希莫，然后猛然转过头，注视前方。他打手势示意大家停下来，指了指自己的耳朵，表示自己听到了古怪的声音。

耶格侧耳倾听。街道向北延伸，从那边传来微弱的鼓声。

仔细听了一会儿后，皮尔斯小声说：“不好了，民兵组织朝这边过来了。”

“你怎么知道？”

“那是比拉人使用的对话鼓。将语言的抑扬转换为鼓声进行通信，可以传达相当多的内容。”

“你能掌握民兵组织的规模吗？”

“这个不清楚，但他们都是穷凶极恶之徒，到处屠杀别的民族。他们本应该在更靠北的地方活动。”

佣兵们交换了一下眼神。

“他们是冲着我们来的？”米克问。

“看样子是。”盖瑞特点头道。

阿曼贝雷村的方向传来尖叫。大概村民们听到对话鼓的声音了吧。远远望去，仍能清楚地看到村民们从小屋中飞奔而出，一边嚷嚷一边东跑西窜。

耶格放下背包，将便携式无线电通话器的耳机戴在头上，指示皮尔斯道："把艾希莫和阿基利带到树荫里趴下！"

模样奇特的孩子显然知道发生了什么。他紧紧抱住父亲的腰，怯生生地望着耶格。

"我们不能从这儿逃出去吗？"皮尔斯问。

"必须等民兵组织通过了才能走。"耶格说，为了让对方安心，又补充道："这比没头苍蝇似的乱窜更安全。"

皮尔斯紧张地点点头，带着俾格米人父子躲到大树背后。迈尔斯留下来保护他们，耶格、米克和盖瑞特三人则打开枪上的保险，朝森林的边界走去。走出雨林便是开垦出来的土地，两百米之外排列着若干土屋。透过军用望远镜，可以看到附近跑回来的村民因恐怖而扭曲的面庞。

快逃啊！耶格在心中大叫。慢腾腾的话就会全被杀掉的！

这时，忽然响起了与现场格格不入的活泼音乐，仿佛是非洲民族音乐和摇滚的融合。循着声音传来的方向，用双筒望远镜朝北望去，只见三辆满载黑人的皮卡正飞速向村子驶来，所过之处，卷起漫天的尘土。打头那辆车的载货平台经过改造，安放着重机枪。民兵们挤作一团，身上裹着凌乱的野战服，像是抢夺而来的。

盖瑞特计算着敌人的战斗力。"四十三人。"

米克继续道："重机枪一挺，轻机枪三挺，若干AK，此外还有手枪、开山刀、柴刀、斧头和长枪。"

聚集在一处的村民们尖叫着一哄而散。有人逃慢了，被冲过来的武装车队撞飞出去。

四散的人们逃往周围的密林。耶格所在的方向，也跑来五个人，是一对父母带着他们的孩子。但毫无遮蔽物的田地最不利于逃跑。民兵们跳下车，从一家人背后用全自动武器射击。晴朗的天空下立刻鲜血四溅，父母和孩子相继倒地。他们被击中后，尖叫变成了恐惧的咆哮，那是濒死动物发出的绝望呻吟。

“迈尔斯，”耶格通过无线麦克风下达指示，“让皮尔斯他们堵住耳朵。”

“明白。”

田里痛苦打滚儿的亲兄妹身旁，一个未受伤的男孩正在大声哭喊，他年纪八九岁，与贾斯汀相仿。民兵们的弹雨毫无怜悯地袭来，孩子登时脑袋炸开花，倒地身亡。

“耶格，”迈尔斯的声音从耳机中传来，“皮尔斯问我们能不能出手帮帮村民？”

“不能。”耶格忍住恶心答道，“敌人的战斗力是我们的十倍，我们没有胜算。”

耶格身边的盖瑞特轻轻哼了一声：“那是什么？你们看看那些家伙的头饰。”民兵们的头上都垂挂着什么东西。用细线串起来的装饰物是人的耳朵和男人的阴茎。有人也把这些东西绑在步枪上。耶格记得，越南战争期间，有些美国兵也干过类似的事情。

五分钟前还一派祥和的阿曼贝雷村，如今成了战争的舞台。这是赤裸裸的战争，没有披上任何意识形态和宗教对立的虚假外衣。士兵闯入异族家中，开始抢夺食品、燃料、生活物资。士兵们将村民们集中在路旁的广场里，在众目睽睽之下，将女性村民逐个强奸。从女童到老妇，都成了民兵发泄兽欲的对象。

强奸完毕后，暴力继续升级，场面惨不忍睹。耶格从军时接受过训练，面对如此场景仍能保持镇静。可是，倘若监视地点再靠近一些，他能否如此淡定就说不准了。无论如何，现在目睹的凄惨光景，他到死都不会忘记吧。

男人们生来就具有的暴力倾向，一旦爆发，其行为之残暴没有人种之分。武力取胜的一方对异族大肆屠戮，他们砍断村民手足，割下村民头颅，这一幕与历史上重复上演无数次的大屠杀有何分别？无论是什么人种、什么民族，屠夫都是一样的。在这个地球上，人类从未建立天堂，却常常创造地狱。

如果这个地方有记者，一定会将杀戮记录下来吧。这种文章在唤起读者心中和平渴望的同时，也会撩拨他们对恐怖的猎奇心。低俗娱乐制造者和消费者只是口头上高呼世界和平，其实本质上与杀戮者属于同一物种，只是他们对此浑然不觉。

阿曼贝雷村的所有成年人都被杀死了。目睹父母遇害的孩子们被集中赶到某个地方，其中的十几岁少女被选出来，押上卡车。是要将她们当作性奴吗？瞅准机会想逃跑的男孩，被地上刚砍下的人头绊倒，一个民兵冲了上来，举起柴刀就砍，将男孩的额头劈成两半。其他孩子战战兢兢地注视着小伙伴倒在地上，脑花四流。大家都明白，厄运就要降临到自己头上了。手持重武器和刀具的武装分子将孩子们包围起来。

耶格已经忍无可忍，必须杀死那些野蛮人。耶格将突击步枪的准星，对准了首领模样的男子。

“住手，耶格。”米克低语道，“那样做会给我们带来危险。”

看到日本人的脸，耶格差点儿呕吐出来。

“难道你只会开枪打猴子？”

“你说什么？”

“米克说得对。”盖瑞特压低声音说，然后心有不甘地补充了一句：“我也想救那些孩子，但无能为力。”

为了抑制杀意，耶格回头望向森林，那里有他必须守护的人。结果他发现，那个孩子正瞪大了眼睛注视着这边。阿基利从迈尔斯的脚边露出脸，凝望着远处的村落。从他的眼中，看不出任何感情。而在他视线的彼端，对孩子们的大屠杀开始了。

耶格打了个冷战。不能让阿基利目睹这场惨剧，不仅因为担心异形孩子的心理受到影响，更因为阿基利并不站在与人类相同的立场。阿基利观察人类这种动物的杀戮行为，正如我们观看黑猩猩屠杀小猴子一样。我们拥有道德观念，却又经常屈服于兽性，而异质的智慧生物就在观察我们这种生物的习性。

“迈尔斯。”耶格连忙对无线麦克风说话。如果阿基利觉得我们人类是劣等动物，那就不妙了。“阿基利在看呢。”

迈尔斯转过头，发现阿基利正伸着头往外看，便将他拉回了树荫。但皮尔斯接着爬了出来，打手势让耶格等人返回雨林。耶格不知道发生了什么事，焦虑的皮尔斯拽下迈尔斯的耳机，通过麦克风对耶格说：“快回来！要被卫星拍到了！”

“什么？”耶格瞟了眼手表，离侦察卫星运行到他们上空还有二十分钟啊。耶格一边留意着民兵组织的动向，一边返回雨林。皮尔斯向他展示了小型电脑上的画面。卫星拍下了阿曼贝雷村的全貌，画面的一角，清晰地呈现出盖瑞特和米克趴在地上监视敌情的身影。

耶格通过无线电通知两人回来，然后凑到皮尔斯面前说：“不是还有时间吗？”

“也许我们被假情报骗了。在他们通过图像识别出我们之前，我们必须逃离这里。”

“去哪儿？”跑回来的盖瑞特问，“我想了解周边的状况。卫星图像能扩大范围吗？”

皮尔斯操作电脑，缩小画面比例，切换成边长十千米的四方图像。以阿曼贝雷村为中心，街道的北部和南部浮现出若干小点。将其放大后发现，那是搭载着重武器的车队。不是民兵组织，而是别的反政府军。

“浑蛋，敌人越来越多了。我们必须对付三组人马。”

耶格不禁皱眉。他们原本要往东走，但现在那里被武装分子堵死了。

“喂，”米克提醒大家注意，“看看那帮家伙。”

佣兵们用双筒望远镜朝村子望去。还有少数孩子没死，不过民兵们停止了杀戮。首领模样的男子将身子探入停在一边的皮卡，对着无线麦克风说话。不一会儿，男子突然转过头，朝耶格等人所在的方向张望。

“糟糕！”盖瑞特说，“他是不是得到了卫星传回的情报？”

看起来，国防部已经锁定了耶格等人的位置，通过武器商将其告知了民兵组织。

首领模样的男子对下属下达了命令。一个民兵跳上皮卡的载货平台，将重机枪对准了耶格等人的方向，开始扫射。佣兵们悄悄朝附近的大树移动，寻找掩蔽物。弹雨扫过左侧的灌木，朝他们逼近。

耶格对惊恐的皮尔斯说：“冷静，别乱动。”

子弹将周围的落叶打得飞舞起来，阿基利一动不动地抱住父亲的胳膊。

耶格等人冒着纷飞的弹雨，交替保护着三名要员，陆续朝森林深处撤退。突然，滞留在村中的民兵们活跃起来，一边杀气腾腾地叫嚷着，朝耶格等人的方向指指点点，一边拿起枪就往田里跑。他们似乎发现了杂草的晃动。

“快跑！”耶格压低声音指示道，“返回原来的路线！”

在迈尔斯的保护下，皮尔斯和艾希莫父子跑了起来。

田里毫无遮蔽物，盖瑞特和米克用自动武器对身后的民兵进行压制射击。十个敌人应声倒地，追击暂时停了下来。

耶格用步枪瞄准民兵组织的首领，扣下了扳机。子弹射出的瞬间，命中的快感就从右手传递到大脑。子弹的轨道比预估的稍稍偏低，但猎物并没有逃脱。目标所穿的迷彩服霎时破裂，漫开一片红色。以超音速袭来的7.64毫米口径子弹射穿了首领的下腹，撕裂了他的生殖器和膀胱，他当场死亡。刚才还叫唤不已的男人立即闭嘴，身体一软，跌倒在地。

这是耶格当兵之后不借助瞄准镜狙杀的第一个人。但他心中毫无杀人的罪恶感，反而爽快无比。穷凶极恶的野兽就应该遭此报应。杀！杀死这帮畜生！

耶格挨个儿狙杀了四个呆若木鸡的民兵才撤走。

晚七点。

手机突然响了起来，研人从一本血气分析[①]的专著上抬起头。

---

① 医学上常用于判断机体是否存在酸碱平衡失调以及缺氧和缺氧程度等。

李正勋该到了。莫非他要迟到，所以打电话给我？研人如此想着，拿起连在充电器上的手机，屏幕上浮现出帕皮这一名字。

研人连忙接通电话："喂？"

话筒里立刻传来了被机器处理过的低沉声音："现在马上把无法启动的笔记本电脑拿出来。"

说的是A5大小的黑色电脑。等了这么久，谜底终于要揭开了，研人心中充满了期待。

"我现在就教你使用方法。快！"

对方似乎很着急。研人从堆放实验器具的桌子一角取出电脑，打开屏幕。

"你待的这间町田的房间，接入了高速因特网，你知道吧？"

"知道。"上次正勋来的时候使用过网络。

"将网线接入电脑，按下电源键。"

遵命行事之后等了片刻，电脑一如既往是蓝屏。"又死机了。"

"没有死机。应该可以正常启动。屏幕上会出现对话框，要求你输入密码。"

"没有。"

"背景、对话框和输入的文字都显示为同一种颜色，也就是保护色。"

怪不得是蓝屏啊。秘密原来如此简单，研人不禁大失所望。

"这台机子已经连上网了。我下面告诉你密码，你不要输错了。"

帕皮说密码是一串小写字母：genushitosei。不知这是随机组合而成的，还是隐藏着某种规律。

“输完之后，按回车键。”

但画面没有任何变化。

“这里是第二道密码。”

帕皮又说了一段莫名其妙的字母：uimakaitagotou。

输入完毕，按回车键，突然屏幕切换成动画。笔记本电脑的小屏幕中，出现了另外一个世界。图像的清晰度很低，而且还在剧烈摇晃，无法辨认。只能从扬声器中传出的声音推测，局面相当混乱。可以听见衣服摩擦的窸窣声，还有痛苦的微弱呼吸声。

“你看到什么了？”帕皮低声问道。

“看到了图像，虽然不是很清楚，但看上去像是有人在雨林里奔跑。”

“你看到的是战争的实况转播。”

“战争？”

“此刻发生在刚果民主共和国的战争。”

父亲曾前往刚果进行研究，研人听到这个国名，不禁一怔。莫非这一系列神秘事件与非洲大陆中央有关？

“同时按下Ctrl键和Esc键，切换画面。”

研人如此操作后，战争的实况转播图像消失了，取而代之的是黑白的航拍照片。仔细一看，又发现这不是照片而是视频。电视新闻上见过的那种卫星图像。不过，声音依然没变，仍在转播“战争”实况。

帕皮将放大和缩小图像的操作方法告诉研人，最后说：“如果画面中的人物向你提问，你就回答。对着电脑说话即可。你们之间的通信都加密了，没人能破解，不用担心被窃听的问题。”

“等等，发生什么事了？”

“这是在营救进化的人类。他的命运就掌握在你的手中。”

“什么？”研人还未反应过来，对方已经挂断了电话。

研人张大了嘴，望着卫星图像。过了一会儿，他认出这是从雨林上方拍摄的。看似布满斑驳黑点的海面，实则是茂密的雨林。雨林下方有白点时隐时现。放大图像观察，发现那是若干米粒大小的人，他们在热成像摄像机中呈现为白色的轮廓。

实况转播中就是这些人吧，研人想，又切换回刚才的画面。图像仍在晃动。手持摄像机的人似乎在专心奔跑。画面中闪过一个体格健壮的西洋人的身影，他手中拿着步枪。那名白人男子看着摄像机，用英语怒吼道：“你到底在干什么？”

研人以为说的是自己，不由得惊讶地注视着屏幕。不一会儿，一个声音回答道：“通信线路还没有连上。”然后屏幕上浮现出一张覆满胡须的脸，正是手持摄像机奔跑的那人。戴着通信用耳机的男人似乎看得到研人，凝视着镜头问：“你是古贺研人吗？”

研人一头雾水，但还是用英文答道：“是的。”

“我们也能看到你。”男人的头像屡次离开屏幕，他痛苦地继续奔跑，但声音仍在继续，“这是通过因特网拨打的电视电话。”

笔记本电脑上部的嵌入式摄像头正在发光。对方也能实时看到町田公寓中的研人。

“你是谁？”

“奈杰尔·皮尔斯，我是你父亲的朋友。”

“我父亲？”研人注视着屏幕，发现奈杰尔·皮尔斯的眼神有些不正常。他努力避免眨眼，瞪圆的眼睛中充满了恐惧。

“停下！”画面之外，刚才拿枪的那个男人大叫道，摄像机停止晃动。男人用焦急而粗哑的声音问：“什么情况？”

皮尔斯连珠炮似的说："把你看到的画面切换到卫星图像。我没有看卫星图像的时间，我想让你告诉我你看到了什么。"

研人按照帕皮教的方法操作画面。奈杰尔·皮尔斯的图像消失了，屏幕上再次浮现出卫星图像。只有声音传输还保持着原来的状态。

"想象我们就在图像中心。你看到周围别的白点没？"

"时隐时现。"

"方向和距离呢？"

研人费力地读取着比例尺："东北一千米，东南九百米。其他地方也有。刚才东边也出现了白点。"

"有三组人？"皮尔斯大惊，接着又提了问题，但他声音颤抖，研人没有听懂。

"你说什么？"反复询问几次之后，扬声器里传出了另一个人的声音。令研人吃惊的是，他听到的是流利的日语。

"你是什么时候看到白点的？距离是多少？"

语气咄咄逼人。到底是谁在说话？研人一边想一边用母语答道："大概两分钟前。距离，唔……好像有五百米。"

"不要好像，说准确点儿。"

研人气不打一处来："这我可说不准。"

"笨死了。"看不见模样的日本人骂道，"现在还看得见那个白点吗？"

"看不见。藏到树下了。"

"继续为我们传递情报。"日本人撂下这一句后就走了。

皮尔斯又用英语问："研人，你跟莉迪亚·耶格通过话吗？"

话题转换得太突然，研人好不容易才跟上："通过。"

“她的儿子贾斯汀还活着吗？”

“活着。”研人答道，突然察觉房间中来了人。他惊愕地抬起头，发现正勋正站在六叠大小房间的入口。他曾告诉这位韩国朋友，进来的时候不用敲门。正勋咧嘴一笑，好奇地用唇语问研人在做什么。

“你先待那儿好吗？”研人制止正勋道。

皮尔斯惊讶地问：“你旁边有人？”

“没有。”研人立即撒谎道。要是让对方知道自己违背了父亲“这项研究只能由你独自进行”的遗言就糟了。“只有我一个人。”

“那就好。继续为我们传递情报。用英语。”

“明白。”

“刚才那个点，是不是接近图像中心？”

研人将视线移回屏幕，上面全是树木的黑影。“不知道。全被树挡住了。”

扬声器中传出一声夹杂着痛苦与焦躁的呻吟。

“假如出现白点，就通知我。”皮尔斯说，然后转头告诉耶格：“贾斯汀还活着。”

森林中，正聚精会神应对武装分子追击的耶格突然一愣：“你在跟谁通话？”

“日本的援军。”

为什么偏偏是日本佬？耶格暗骂。到了日本，岂不是还有一堆米克这样的浑蛋等着我们？

“掌握敌人的动向了吗？”

皮尔斯摇头，脸色苍白：“消失在树冠下了。”

“安静！”负责警戒东面的米克说，“刚才的民兵应该还在追踪我们，马上就要追上了。”

现在敌人增加为三组。其他从北面和南面接近阿曼贝雷村的武装分子，也进入了森林搜索耶格等人。

“那我们去西南。”

皮尔斯将耶格的指示传达给领路的艾希莫，只见艾希莫小声问了什么。皮尔斯皱起眉，小声对大家说：“等等。艾希莫说不要动。他好像确定敌人的位置了。”

“什么？”

佣兵们俯视着这个只有孩童般身高的森林居民。艾希莫单膝跪地，一动不动，好像完全变了一个人。在他的脸上，平常悲戚的神色一扫而空，取而代之的是仿佛蕴含着森林神秘力量的超然。艾希莫微睁着眼睛，像雷达天线一样缓缓地左右摇头。耶格意识到，他是在捕捉细微难辨的声响。

艾希莫伸出手臂，指了指东北、东、东南三个方向，然后对皮尔斯嗫嚅了几句。

“东边的敌人最近。”皮尔斯翻译道。恐惧不已的人类学者颤抖着双肩，慢慢趴在地上。“他说，对方在狩猎网的范围，也就是两百米以内。”

耶格等人压低身子，将突击步枪的枪口对准浓密的树林。

“耶格。”迈尔斯从旁低声呼唤。耶格转过头，看见阿基利紧紧地拽着卫生兵战斗服的下摆。“阿基利好像也有话说。”

陪伴阿基利的皮尔斯将小型电脑放在阿基利面前。阿基利在键盘上敲击出一串文字：

现在马上向东南偏东六十米的地点投掷手榴弹。

耶格立刻猜到阿基利的意图——声东击西。很难想象这个孩子竟然会有如此计谋。

“行得通吗？”

年仅三岁的军师点了点头。

“你确定？这样做只会暴露我们的位置吧？”耶格又确认了一遍。但阿基利胸有成竹的模样没有丝毫改变。这孩子的眼中射出令耶格相形见绌的残忍光芒。耶格忧心忡忡：对人类这一敌人的憎恶，是不是正在阿基利心中快速发芽？

阿基利发出第二道指示：

投掷地点变为前方五十米。快！

耶格没有选择交战，而是声东击西。他端着步枪，蹑手蹑脚地在森林中前进。在他身后，另外三名佣兵做好掩护射击的姿势。耶格终于听到了逼近的民兵的脚步声。敌人就在一百米以内。

耶格从战术背心上取下手榴弹，拔掉保险栓，瞄准阿基利指出的地点投出去。爆炸物在空中划出一条抛物线，众人全都趴在地上。手榴弹落在腐叶土上，没有发出任何声响，短暂的寂静之后，突然爆炸。无数金属片飞溅，摇晃着周围的树木，几乎与此同时，耶格左前方十点方向传来齐射的轰鸣。靠近他们的民兵朝手榴弹爆炸的方向开了枪。树叶在弹雨中飞舞，树枝纷纷落地。这时，右前方又响起了枪声。从另外两个方向靠近的武装分子也都朝手榴弹的爆炸地点射击。

阿基利通过片段式的情报，就能准确预测到两组人的行动。耶格一面向后撤退，一面对这个孩子的能力惊叹不已。现在就算发出点声音，也不用担心被察觉。

众人离开现场，朝西南方前进。

然后就是一路疾走，紧绷的肌肉仿佛都在嘎吱作响。与“日本的援军”通信的皮尔斯告诉大家，东北的第三组敌人正在靠近。但为了避开卫星的侦察，他们在厚密的树冠下行进，无从得知现在的位置。掌握不了正确的纬度和经度，就无法判断敌人的距离和方位。

逃亡中唯一可以依靠的就是艾希莫的方向感。这个在森林中如鱼得水的姆布蒂人，以令人惊异的精确度，返回了上午来时的路。艾希莫一路回收留下的标记，带着大家连续行走了一个多小时，终于走出森林，再次来到伊图里河的岸边。

只要渡过了这条河，就能摆脱敌人的追击。耶格叹了口气，呆呆地看着一百米外的河对岸。独木舟就在对岸，当地人似乎把他们留下的船划了过去。

耶格通过皮尔斯的翻译问艾希莫：“其他船在哪里？”

皮尔斯将艾希莫的回答翻译为英语：“上下游都有，但都太远了。走路去的话，需要很长时间。”

“位置清楚了。”盖瑞特摊开地图，指着河流曲线上的一点说，“我们就在这里。敌人是什么情况？”

皮尔斯通过耳麦与日本通信，然后指着地图说：“根据三分钟前的情报，追击我们的敌人在这个位置。”

他指着的是距现在位置两千米的后方的一点，与耶格等人的来路一致。

“他们在追踪我们的脚印。”米克说，“二十分钟内就能追上我们。”

耶格与同伴们对视，发现旁边有一双大眼睛正盯着自己。阿基利默默地观察着人类这一物种。耶格开始卸下沉重的装备。“我去把船弄过来。”

皮尔斯扬眉道：“你想游泳？不是说河里有鳄鱼吗？”

“为我祈祷吧。”

耶格只在裤腿上插了把枪，便站到岸边的淤泥中。河面波浪翻滚，河水浑浊，看不清水中的情况。

耶格下定决心，登山靴刚迈入河水之中，迈尔斯就大叫道：“等等！保险起见，大家都趴下！”

迈尔斯将手中的手榴弹投入离岸十米左右的水中。伴随着一声闷响和一道闪光，手榴弹在水面上炸开了花。周围浮现出一条条脊背线——是鳄鱼群，大概有十条，其中一半正偷偷朝岸边爬过来。佣兵们举起步枪，将皮尔斯和艾希莫父子置于防御圈中。耶格一边感谢迈尔斯的机智，一边跳入河中。

他拨开浊流，开始自由泳。尽管已有心理准备，但河水的实际流速比看上去快多了，稍不留意就会被急流卷走。在什么都看不到的水中，耶格使尽全身气力划水，突然感觉肚子碰到了什么东西。隔着衬衣传来了某种生物的感触。多半是鱼吧，不会是鳄鱼。他尽量将注意力集中在目标上，避免陷入恐慌。游到对岸去，将同伴救出来。必须让阿基利看到，这个世界上还有自己这样的人。

游到宽阔河面的中央附近，耶格全身就像灌了铅一样，突然沉重起来。不可思议的是，肉体的痛苦竟然让耶格对迄今为止充满重压的人生感到释怀。父母离婚，投身军旅，爱子患病——令他痛苦的所有苦难仿佛化为了浊流的水压。“够了。”耶格在水中吐出短短几个字。我要渡过这条河。不是为了别人，而是为了我儿子。

如果此刻在岸边看着自己的不是阿基利而是贾斯汀，那该多好啊。为了救你，我就算溺死也在所不惜。

耶格踩着水，大口大口呼吸着氧气，他抹掉脸上的泥水，意外地发现自己离岸边已经不远了。不到二十米了。用最后的气力游过去，手脚终于碰到了水底的淤泥。耶格爬上岸，喘息着站起来，左右打量，观察抵达的地点。自己被冲到了下游，离独木舟已有相当一段距离。必须抓紧时间划船返回对岸，将阿基利等人载过河。

耶格踩着淤泥走出浅滩，但水面上突然蹿出一条鳄鱼，血盆大口一开一合，仿佛上了弹簧。看那架势，好像要将猎物撕成碎片。耶格抽出手枪，朝鳄鱼头部连续射击。最初的五发子弹打断了鳄鱼的神经。失去控制的鳄鱼，巨大的身躯在水中翻滚，溅起无数水花，甚至数次跃入空中。耶格又射出五发子弹，要了鳄鱼的命。

这条巨大的鳄鱼一动不动，坚硬的表皮上滴着血。耶格俯视着鳄鱼说：“别小看我！”

研人一直凝视着卫星图像，完全不知道“刚果的战争”进展如何。扬声器中偶尔会传出说话声，但被嘈杂的背景音所冲淡，听不清内容。

距上次通话大概二十分钟后，研人听到了通信线路那一头爆发出欢呼声。如此高兴，事态大概有所好转吧？切换画面后，屏幕上浮现出那张瘦削的布满胡须的脸，他背后是一条大河。

"研人，好样的。通信会暂时中断。"刚果雨林中，皮尔斯通过麦克风与研人对话，接着对另一个人说话："切断我跟研人之间的通信线路。"

研人这时才知道，有一个第三者在监控通信。多半就是帕皮吧。小型笔记本电脑的电源自行切断，战争的实况转播结束了。

"刚才是怎么回事？"正勋问。他站在桌子旁观察，以免自己被电脑摄像头拍进去。

"我也不太明白。"

"显示的卫星图像是真的。"曾在美军基地上班的正勋说，"你的话好像可以相信。"

"你还不相信我？"

"在制药成功之前，还不能妄下定论。"

确实是这样。研人在椅子上坐直身子，努力切换思维，从刚果的战争转向制药。自称是父亲朋友的奈杰尔·皮尔斯、营救进化人类的计划、战争的舞台刚果，这些线索汇集起来，为一连串事件勾勒出大致的轮廓。参与这个计划的有四人：父亲、皮尔斯、从外国打来警告电话的人，以及自称帕皮的日本人。研人觉得帕皮应该是所有人的头目，但对此人的身份依旧毫无头绪。

此外，随着小型电脑功能的明确，另一个问题也迎刃而解，即那晚在大学校园里现身的坂井友理的目的。那个女人之所以要夺走小型电脑，不就是为了切断日本与刚果之间的通信线路吗？

"那么，结果怎样？"

被正勋催问后，研人才回过神。那感觉相当奇妙，就像自己飘到非洲大陆的魂魄，又被召回到町田的公寓一样。研人打开A4大小的笔记本电脑给正勋看。

“虚拟筛选也没得出类似药物的结构。”

正勋望向装有“GIFT”的电脑，盯着“None”这个单词，嘟囔道：“奇怪啊。”

研人不知道正勋在想什么。“GIFT”很可能是用数百万种已知的化合物与变异受体匹配，寻找可以结合的物质。但如果是这样，应该就能找到至少一种合适的结构啊。“这软件难道真是骗人的？”

“不是。对我们来说，‘GIFT’就像真理一样，只能相信。如果怀疑，就只好放弃制药了。”正勋扑在电脑上，重复上次的操作，“奇怪。有若干低活性的候补结构。”

“如果有活性，就表示至少是可以结合的吧？”

“嗯，但每种结构的活性都不到百分之二。”

“虚拟筛选当然只能得出这种结构。所谓虚拟筛选，就是通过更换化合物的侧链，选出活性高的结构。”

“那为什么‘GIFT’还是得出了‘None’的结果呢？”正勋调出受体的CG图像，“这是模拟对接的图像。有一种候补化合物，在这里结合了。”

细长的“变种GPR769”贯穿细胞膜的透视图呈现了出来。看得出，另外的小化合物插进了半透明的袋状部位。正勋将低活性化合物逐一与受体结合，受体的形状微微扭曲变细，伸入细胞膜内侧的末端部分小幅摇摆。

“啊！”正勋叫了一声，转头看着研人，“我终于明白了。不光是结合部位，整个结构都变了。”

“怎么回事？”

正勋打着手势解释道：“与配体结合后，正常的受体会往内侧萎缩。这种变化会使受体的末端部分激活其他蛋白质。然而，这个受体的一个氨基酸被替换，结果不仅结合部分，连整个受体的形态都发生了改变。所以，无论与什么化合物结合，本来应该发生的萎缩都无法进行。”

研人理解了朋友想表达的意思：“也就是说，受体发挥不了应有的作用？”

正勋点头道：“无法治疗肺泡上皮细胞硬化症的原因就在于此。我们解开了‘变种GPR769’不为人所知的一个秘密。”

正勋异常兴奋，研人却高兴不起来。他望着父亲遗留下来的这间寒碜的实验室，用绝望的口吻说：“这么说，药是造不出来了？”

正勋一直闭着嘴，目光涣散，开始思索起来。

在研人的脑中，本来应该柔软的受体变成了僵硬的赝品。“不可能治疗那种病。无论合成什么药物，对受体本身都不起作用。特效药更无从谈起。”

正勋抬起头，犹豫地问：“研人，我能不能说句话？”

“什么？”

“科学的历史，就是那些不说‘不可能’的人创造的。”

正勋委婉的斥责，激起了研人心底的共鸣。

“只有我们才能救那些患病的孩子。可能行不通，但我们必须想办法。”

研人想起了应该救助的两个孩子的名字。小林舞花、贾斯汀·耶格——在彻底失败之前，必须打消放弃的念头。

“明白了。我们试试！”

正勋微笑起来。

两人不约而同地抬起头，凝望着木纹天花板。两人头挨着头，仿佛在仰望星空一般，陷入深深的思索。如果有第三人在场的话，只会觉得这是两个坐着发呆的年轻人吧。但科学家的工作就是这样。

半个小时后，正勋站起身，在实验台和墙壁之间来回走动。一会儿用韩语，一会儿用日语，就像说梦话一样嘟囔着专业用语。研人抱着头趴在实验台上，下意识地抖着腿，然后去盥洗台用冷水洗脸。怎么样才能控制这全长仅十万分之一毫米的受体？

“总感觉我们漏了什么。”正勋望着壁橱上层的小白鼠说，“说不清是什么，但总觉得哪里不对劲儿。”

“不对劲儿？具体怎么说？”

“说不清楚。感觉不自由，就像被困在墙壁中一样。”

所谓墙壁，就是思维的藩篱吧，研人想。

“我们不研制药物，直接进行基因治疗怎么样？”

“成功的可能性更小。而且我们没时间了。”

正勋表示同意，痛苦地呻吟道：“能不能抛弃既有概念，换一种截然不同的视角？”

这句话让研人想到了一个形象：从外部注视着他们的一双眼睛。这双眼睛的所有者，是“GIFT”软件的编写者，智力水平超越人类的新人类。

“还是要制药。一定会有制造激动剂的方法。”

“为什么？”

“父亲去世后发生的一连串事件，好像经过了完美设计。照这样的趋势，既然得到了‘GIFT’，只要使用‘GIFT’应该就能开发出特效药。”

“‘GIFT’？”正勋大叫起来，就像直到现在才意识到万能软件的存在一样，“解决问题的关键就是‘GIFT’。我们去做那些现有软件做不到、只有‘GIFT’可以做到的事情不就行了吗？啊，等等。”

正勋单手扶额，紧皱眉头，一动不动。不光荧光灯照亮的狭小六叠房间，乃至整个公寓都悄无声息，仿佛空无一人。

正勋的视线终于聚焦在远方的一点上。看他那忘我的表情，就像在注视某个不属于这个世界的东西。挑战难题、寻求答案的科学家都会有这样的表情吧，研人想。

“异位。”双颊起了鸡皮疙瘩的正勋说，“谁也没用过的新方法。用它就能治那种病。”

研人听过“异位”这个词。就是“不同部位”的意思。药物与受体结合的部位，不光是中央的凹陷。受体的外侧也露出了带有化学/物理性质的分子，只要制造出合适的化合物，就能与这些“不同的部位”结合，使受体整体的形状改变。想到这里，研人也明白了。

“就是说，让化合物在受体外侧结合，改变受体整体的形状？”

正勋点头道：“既然受体无法活性化，那只好用这个手段了。只要输入想要的结果，‘GIFT’就会设计出合适的激动剂。而且，我们指定的结合部位不是一个，而是两个——纠正变形受体的异位部位，以及与激动剂结合的原来的活性部位。”

“就是说，制造两种药？”

“不错，就是所谓的‘异位并用药’。世界上还没有制药公司使用过这种新方法。但有‘GIFT’的话就可以做到。”

可是，在所剩不多的时间内，能合成出这两种新药吗？研人惴惴不安起来，但还是学着正勋的样子，将“不行”二字吞下肚。什么都没做就打退堂鼓，这样的恶习该改了。

正勋坐进椅子里，操作“GIFT”。为了复活变异的受体，正勋设定了条件，按下回车键。屏幕上显示一行信息：“剩余时间42:15:34。”两天后才会得出答案。

“我无法确定异位部位在哪里，只能指定一个范围。如果不行，就只好重新来过。”

研人终于没能忍住，叫苦道：“可是，如果重复计算太多次，就没时间合成了。”

“只能赌一把了。”正勋神情严肃地说。

自从冒险开始后，自己的生活便充满变数，研人想。每每山重水复疑无路，结果总会柳暗花明又一村。这次说不定也是这样。

6

埃伦站在门厅中，像往常一样目送丈夫上班，但这次她伫立良久，隐隐有种不祥的预感。分别时丈夫说的话，是她不安的原因。

“我也许会离开一段时间。”梅尔[①]说，埃伦同他结婚已快

① 梅尔韦恩的昵称。

四十年了，“不用担心，过几天我就回来。”

埃伦不解地皱起眉，丈夫吻了她一下，朝车库的方向走去。最近丈夫突然喜欢开玩笑，这也是其中一个吧，埃伦想。大约半年前，丈夫的工作时间就变得不规律起来，每次问他，他总是会用电影中常用的台词逗妻子开心：“我为政府办事。”埃伦当然知道丈夫在为政府办事。他身居高位，是家人的骄傲。可他没告诉家人，他在忙什么。

梅尔到底在什么地方，干什么工作?

小雪没完没了地下着，丈夫开着福特牌轿车缓缓驶入车道，对妻子微微一笑，然后离开了。站在门口的埃伦想起了那台神秘的机器。去年夏天快结束时，家里收到了一台小型笔记本电脑。丈夫唯一的兴趣就是摆弄机器，埃伦猜这应该是他邮购的。但梅尔却怔怔地盯着电脑，好像对此一无所知，然后就带着电脑进了书房。

那天之后，梅尔的性格就变了。话越来越少，沉思的时间越来越多，但自从得到那台小型笔记本电脑之后，他脸上就经常挂着快活的笑容，似乎从人生所有的苦难中解脱出来了一样。当然，埃伦也问过丈夫那台电脑里有什么，但丈夫却敷衍说：“跟你说了，你也不会明白。”这是智力超群的丈夫的口头禅。埃伦想知道的，不是电脑里的内容，而是丈夫表情背后隐藏的秘密，但一看到他无忧无虑的笑脸，埃伦就明白自己的担心是多余的。于是埃伦不再追问。

可疑的电脑放在一个古怪的地方——厨房的抽屉里。现在，惶惶不安的埃伦很想取出电脑打开看看。但她不像丈夫，对电子仪器不在行，很难做到看过之后不留痕迹。

梅尔打开转向灯，绕过远处的十字路口。埃伦正要返回温暖的家中，猛然发现丈夫的车消失的刹那，一辆黑色大篷货车启动了。这辆停在路边的货车并没有跟踪丈夫，而是朝她这边开来。埃伦想起了丈夫半开玩笑似的说的一句神秘的话。

“要是有陌生男人闯进家里——”丈夫一边将小型电脑放入厨房的抽屉一边说，“你就第一时间来这里，把这台电脑给煮了。”

“煮电脑？”妻子反问道。

梅尔说：“就是把它放进微波炉，打开开关。”

黑色大篷货车无声无息地靠过来，在前院对面停下。埃伦的不安一点点变为恐惧。她看见陌生的男人跳下货车，不禁双脚发软。没想到，恐怖电影中常见的画面，有一天会变成现实。进入前院的四个男人都戴着墨镜，穿着黑西服。

“早上好！”

打头的男人低声致意，但完全听不出亲切。埃伦畏缩后退，好不容易才把自己的身子移进屋里。

“不好意思。”男人们对惊惧的埃伦毫不客气，直接跑到门口，“你是加德纳夫人吗？”

“是。”埃伦答道。

“我是联邦调查局的莫雷尔探员。”男人出示了证件，其他三人也利索地照做，“很抱歉，给你添麻烦了，可以让我们进屋吗？”

埃伦相信丈夫说的就是这种情况。

“有什么事？”她用尽量平稳的语气问。

“你丈夫的事。”

“我丈夫？你们知道我丈夫是美国总统的科技顾问吧？”

“嗯。我们知道这是梅尔韦恩·加德纳博士的府上，所以才请求你让我们进去。”

埃伦脑子里想的已经不是质问男人的来意，而是是否遵照丈夫的吩咐去做。近四十年来，丈夫对妻子总是言听计从，自己至少必须报一次恩。

“我们有法院的搜查令，详情我们进屋再说吧。我们可以进来吗？”

埃伦没有点头，而是将来者关在了门外。因为动作很快，她没来得及看到莫雷尔探员的表情有无变化。埃伦匆忙拧上门锁，朝房间里面跑去。似乎从后门也传来了急促的敲门声。埃伦没时间确认这是不是错觉，也顾不上重新穿好跑掉的鞋，她径直冲进厨房，拉开洗碗池下的抽屉，取出黑色的小型笔记本电脑，遵照丈夫的嘱咐，将电脑放进微波炉，将定时旋钮转到最大。转眼间，电脑就迸出噼噼啪啪的火花。埃伦担心电脑和微波炉会一起爆炸，正要离开，一条粗壮的胳膊伸过来，将定时旋钮转回原位。

埃伦惊恐地转过头，发现八个男人全都涌入了厨房，自己几乎就要被挤成肉饼。

“请不要干扰搜查。”莫雷尔探员说，“那样对你丈夫会更不利。”

一个男人打开微波炉，取出里头的电脑。

“梅尔做了什么惹总统不高兴了？”埃伦问。

“他有泄露国家机密的嫌疑。我们已经掌握了证据。”

“他被捕了吗？”

莫雷尔顿了一下：“是的。现在应该被捕了。”

“可是他就算从我面前消失，过几天也会回来的。”

“哦？”执法者似乎被勾起了兴趣，“此话怎讲？”

“他离家之前说过，过几天就能回来。我丈夫总是说话算数。”埃伦对丈夫深信不疑，“你们可不能小瞧国家科学奖的获得者。”

见面地点定在地图室，这是为了营造友好的氛围，算是对老部下的最后一次关照。同总统办公室和内阁会议室不同，在地图室里可以轻松地交谈。

万斯总统沿着白宫一楼的走廊，来到总统科技顾问等候的房间，打开了门。加德纳博士坐在壁炉前的齐本德尔式扶手椅上，手铐被解开了。他即将被移送到联邦调查局总部，却丝毫看不出紧张和动摇。不仅如此，他还彰显出与洛可可风格装饰的房间相匹配的不凡气度。万斯想不通，博士辉煌的人生已经破灭，为何还能如此沉稳。

万斯把特勤局的跟班留在走廊上，自己进入房间与博士单独会面。他斜对着博士坐下，跷起腿，叹了口气，缓缓开口道：“博士，到底是怎么一回事？”

加德纳用一如既往的恭敬语气答道：“我也不知道，总统阁下，到底发生了什么？”

“根据我得到的报告，他们怀疑你泄露了涅墨西斯计划的机密。”

“要把我送上法庭受审？”

“你如果不配合，就只好如此了。”万斯强作忧虑状，想让博士明白，他得到了总统的特别优待。毕竟总统亲自给了他解释的机会。

“我只不过是星期六傍晚去过纽约的百老汇大街而已。仅凭这一点根本构不成证据，到法庭上也判不了罪。”

“不，情况比你想象的更糟。”万斯拿不准该说明到什么程度。除了涅墨西斯计划，万斯还发起了另一项特批接触计划——国家安全局与民间通信业者勾结，未经法院授权就对美国国内的所有通信进行窃听。加德纳博士的背叛行为多半就是被这一窃听网所发现的。

“他们采用了我不知道的某种方法，找到了什么证据，对吧？”

万斯正要张嘴肯定，博士紧接着又问：“换句话说，您确信掌握了证据？”

万斯不知道博士为何会一反常态地强硬。但听他的语气，又不像是犯罪嫌疑人被逼入绝境后恼羞成怒。非要说他有何言外之意的话，那就是警告。万斯惊诧地注视着这位向来举止稳重的绅士，慎重地措辞道：“你似乎在强烈质疑你的犯罪证据。”

加德纳闻言开心地笑了：“不知您是否愿意拨冗听我谈谈我的兴趣呢？”

万斯看了眼手表，他的日程安排得相当满。国务院即将发表《人权白皮书》，担任讲解的顾问官员还在另一个房间等着。但科技顾问的警告引起了总统的注意。最后，万斯答道：“好，但只给你五分钟。”

“我从小就喜欢摆弄机器。”加德纳开始说，“到如今，我最喜欢干的就是买来零件自己组装电脑。上周休假时，我又去逛电器商店，购买了CPU和硬盘。这些零件都是店里的新品，我随机选出了一些。”

万斯将一个稍显怪异的词重复了一遍：“随机？”

“嗯，然后我回家组装了新机器，安装操作系统，安装了事先下载到移动存储设备里的最新补丁，还装了杀毒软件，做了病毒扫描。当然，没查出任何病毒，因为机器是全新的，还没接入过外部网络。”博士竖起食指，提醒总统注意，“重要的是接下来的部分。我将以前在别的电脑上生成的短文输入这台电脑，那是一篇用市场上出售的翻译软件生成的日语文章。因为有急事要联系日本人，于是我制作了这篇译文用作诱饵。后来我才知道对方会说英文，自己做了无用功。”

博士刚才是在承认自己的罪行吗？万斯想着，继续听下去。

“我在路由器上做了手脚，安装了报警系统，对通信进行监视。接着，我将新电脑连入网络，但既没有浏览网站，也没有发送电子邮件，而是就那么放了一段时间，然后切断了网络。但令人惊讶的是，不知为何，机器竟然进行了自动通信，并将日语消息发送了出去。我检查了报警系统，没有发现电脑遭到‘零日’漏洞攻击的迹象。”

加德纳抬头瞥了眼总统的反应。虽然万斯对数码技术知之甚少，不怎么理解博士的话，但他注意到了博士陈述的一个事实，他没收发任何电子邮件。那么国家安全局是怎么搞到证据的呢？

“总而言之，事情是这样：我将略有瑕疵的一段文字输入新电脑，连上网，但没有浏览网站，也没有进行任何通信，这台电脑没有遭到任何针对未知漏洞的攻击。如果从我的电脑中找到了什么证据，那从技术上讲只有一种可能，即全世界通用的美国产操作系统中，暗藏了可供美国情报机构入侵的后门。”

万斯心生戒备，努力控制身体的颤抖，保持认真聆听的姿势，眉毛没皱一下，丝毫看不出他内心的真实情感。

“如果被起诉，我会在法庭上重复刚才说过的话。我还会向法庭出示我操作电脑的全程录像。”

万斯拿不准博士这番技术上的考证是否准确，但从博士悠然自得的神态判断，他也可能是在故弄玄虚。万斯谨慎地权衡各种风险。虽然也可以将博士送上非公开的军事法庭，但很难判他终身监禁。与其这样，还不如将他从涅墨西斯计划和政权中枢赶出去，那样就能立刻解除威胁。这不就足够了吗？

“应该是哪里搞错了吧。”万斯说，“我也觉得没有足够的证据逮捕你。”

“我可以相信您的话吗？”

“当然可以。我会让司法部长出面取消起诉。机密泄露不是你的责任，我可以保证。”

见博士仍不相信，万斯站起来，身子探进走廊，叫来艾卡思幕僚长，命其撤销起诉。艾卡思和等候在外的联邦调查局特工都面露疑惑。万斯当着他们的面关上门，回到壁炉前。

“博士，你马上就可以重获自由回家了。”

“谢谢您的好意。”国家科学奖的获得者微笑道，“我妻子一定很担心。”

“只有一点，你不能再担任我的顾问了。你应该可以理解吧？”

“嗯，没问题。”

交易完毕。万斯又跷起了腿，让自己平静下来。愤怒被熟练地压制下去，但与此同时，他又忍不住感慨万千：“博士，可以闲聊两句吗？”

加德纳警惕地点点头：“可以。”

“这只是一种假设。”万斯强调，“不涉及任何真实的东西，纯粹是为了满足好奇心。假设有这么一位科学家，他经过了彻底的身份审查，年龄六十多岁，性格温厚，成绩斐然，被所有人尊敬。他的生活相当朴素，与其地位极不相称。他不求名，不贪财，最看重的就是家庭，堪称市民的楷模。但就是这样一个人，不知为何却背叛了自己的国家。既不是因为被金钱所诱惑，也不是因为被人抓住了小辫子。这到底是怎么回事？他到底是为了什么甘冒如此风险？”

“也许是为了谋求高额的回报吧？”

“可是，根据当局的调查，他的财产丝毫没有增加。他没有获取其他的利益，比如美食、美酒或美女，更没有因此而得到特权地位。他出卖国家却没有获得半点儿利益。”

“总统阁下，您不太了解科学家这一人群吧。我们可是欲望特别强烈的人哦。”

加德纳从正面注视着万斯。总统意识到科技顾问的容貌开始变化。

“我们对智慧有着本能的欲望，强烈程度远超普通人的食欲或性欲。我们生来就渴望知识。”说到这里，老科学家的目光突然阴鸷起来，充满野蛮和饥渴，万斯不由得心头一震。博士抛弃了温厚笃实的面具，露出了自己身为梅尔韦恩·加德纳的本性。可是，博士同汲汲于富贵的人不同，他并不虚伪矫饰。科学家脸上的欲望露骨而又强烈。

“素数背后的真相、概括宇宙的理论、生命诞生的秘密——我们比其他任何人都更渴望了解。不不，我最想了解的还不是这些。我最想了解的是人。智人是否具备理解宇宙的智力，抑或我们永远也无法理解宇宙？在与自然之间的智力交锋中，我们何时才能取胜？”

“博士，你已经找到这些问题的答案了吗？”

“嗯，我偶然得到一台电脑。用这台电脑通信后，网络另一头的人回答了我。一开始我还以为是恶作剧，但很快我就领略到了令人恐惧的智慧之光，从此深信不疑。部分物理学者所倡导的‘强人择原理’[①]只不过是妄自尊大的痴话。正确认识宇宙的主体不是我们。我们之外还有更高等的存在。”

“莫非同你通信的就是奴斯？”万斯说出了自己下令抹杀的生物的代号。

加德纳没有回答这个问题。“请总统阁下允许我履行作为科技顾问的最后一项工作。大概五十年前，杜鲁门总统曾经问过阿尔伯特·爱因斯坦一个问题：‘如果外星人来到地球，该如何应对？’爱因斯坦的回答是：‘绝对不能发动进攻。’即便对超越人类的智慧生命发动战争，我们也没有取胜的可能。”

万斯开始思考，是不是自己轻视了非洲大陆中央突然出现的生物学上的威胁。然后，就像之前感受到不安时一样，他挺起胸，低头俯视对方：“博士的意思是，涅墨西斯计划是个错误？”

“对，杀死在这个地球上刚诞生的新智慧生物，你的这一决断完全是错误的。涅墨西斯计划应该立即中止。”

博士是第一个在万斯就任总统后，当面指责他错误的人。总统冷冷地说：“难道博士想救奴斯，即使叛国也在所不惜？”

---

① 简称“人择原理”，其主要的观点是，从物理学的角度来讲，宇宙无论是什么样子，都是为人类这种高级智能生物形成的。同时也只有人类，才能解释和说明宇宙到底是什么样的，并指出其本质及发生发展的基本规律。

对总统的不信任与不宽容，博士只能报以绝望的叹息，摇头道："我这么做不光是为了这个国家，也是为了全人类。如果我们向奴斯开战，对方为了种族延续，必定全力反击，将我们彻底打垮。"

"我们会灭绝？"

"这要看奴斯有多残忍。"

为了驱散沉重的气氛，万斯换上轻松的口吻说："如果他同我们一样有道德，就完全不用担心了。"

加德纳注视着最高权力者，打心底感到轻蔑，但转瞬之间，他又恢复了忧郁的神色，说："我当初也是这样想的。既然奴斯是进化后的人类，应该不会立刻就消灭我们吧。他需要继承人类积累的知识和技术；为了增加个体数，他还需要找到繁殖的对象。当然，前提是双方可以交配。可是，涅墨西斯计划招致了严重的危机。诞生在这个世界上的智慧生物，如果意识到有别的生物想杀他，他会怎么办？"

"无法想象。"

"不，很容易想象。请您想一想人类的孩子。对幼童来说，唯一的世界就是家庭，如果他知道这个家庭中有人要虐待他，他会怎样？将一个无力而幼小的生命抛入没有保护者、充满暴力的环境中，他会怎样？"

博士说的没错，万斯很容易想象到答案。童年时如巨人般耸立的父亲的身影浮现在他脑海中。总统顿时怒不可遏："谁说在那样的环境中，就培养不出正常的人类？这是科学家不应有的偏见吧？"

"我讨论的是风险。大多数人都会克服环境问题，过上正常的生活。还有人将愤怒转化为动力，最终出人头地。但也有一部分人，将对外界的愤怒与天生的暴力倾向相结合，最终走上暴力犯罪的道路。比如在公司里拿枪乱射的家伙，他们想毁灭自己和这个世界。而现在，涅墨西斯计划将恐惧、不安和愤怒植入了奴斯内心，破坏了他的自尊，让他认定自己被这个世界憎恶。如果继续推进这个计划，那奴斯就会沦为只有高度智力，灵魂却荒废的生物。”老科学家注视着总统，自顾自地说下去，“可怕的不是智力，更不是武力。这个世界最可怕的，是利用智力和武力的人。”

开着奥迪牌轿车行驶四十分钟后，鲁本斯抵达了马里兰州米德堡的国家安全局总部。他将车开进可以停放一万七千辆车的大型停车场的一角，那座堪称密码城的总部大楼便映入眼帘。整个大楼主体上覆盖着黑玻璃，透露着神秘和威严。这层黑玻璃以及大楼主体上安装的防护层，不仅可以防范外部偷窥，还可以阻断建筑内部发出的电波和声波。

鲁本斯来到访客管理中心，经过严格的身份检查，领取了代表重要访客的优先徽章。这时，等在一旁的微胖男子走上前来：“你是鲁本斯先生吧？我是W集团的洛根。”

他曾是国家安全局总部的特工。W集团的正式名称是“地球规模诸问题·武器系统局”。洛根的胸口佩戴着蓝色身份卡，表明他有权阅读最高机密密码。“请进。”他打开一扇旋转门，引导鲁本斯入内。他们的目的地是第一业务大楼。走廊里到处张贴着保密须知。

“好像出大事了。”洛根边走边说。

他说的是加德纳博士的事。国家安全局真是什么都知道。

“你听说过撤销起诉的原委吗？”

“我们也不清楚。”

多半是博士觉察到自己正遭到调查，想办法“起死回生”了，但具体用了什么手段还不得而知。审问都没进行就把博士释放了。博士从何时开始跟奴斯通信，他向对方泄露了什么情报，这些问题的答案都无从知晓。除了实际业务方面的问题，博士公然反对涅墨西斯计划这件事本身带给鲁本斯内心的触动更大。莫非博士认为那个计划是错误的？

洛根在走廊里停下，敲了敲门。大门敞开着，房间里摆放着一张会议桌，桌边坐着三名特工，年龄从二十岁到四十岁不等，脖子上全都挂着蓝色身份卡，但没有一个人穿西装。双方自我介绍后便直奔主题。

最先开口的是名叫杰根斯的年长特工。“从梅尔韦恩·加德纳家中没收的小型电脑产自中国台湾，去年夏天在东京的电器店出售。无法确定购买者。”

鲁本斯问：“电脑里有什么东西？”

“电脑遭到电磁波破坏，硬盘数据大部分丢失。”

“很难复原吗？我们想掌握通信记录。”

“数据已经丢失了。”

鲁本斯大失所望。加德纳博士和奴斯之间通信的内容将永远成谜。

“不过，”杰根斯继续道，“通过物理实验室的不懈努力，提取出了总计15MB的碎片信息。”

“哦？有什么内容？”

"我们发现了许多有趣的东西。"杰根斯说完，就将发言权交给了身旁的部下。

名叫杜根的三十多岁特工接着介绍："在15MB的信息中，有3MB是操作系统的代码。但这一操作系统与既有的所有操作系统都不一样。"

"怎么说？"

"这台电脑中安装的是自制的操作系统。多半是为了防范电脑遭到外部入侵，从零开始编写了系统代码。我们之所以无法入侵刚果和日本使用的电脑，原因即在于此。"

"找不到漏洞吗？"

"找不到，这个系统非常坚固。这台小型电脑很可能经过改造，专门用于通信。"

截获了通信却破解不了密码，想入侵通信装置却不得其门而入。鲁本斯很想问问世界最大的情报机构对此有何感想。

"这么说，只能通过电信运营商切断双方的通信线路了？"

"这也是个办法。不过如果对方准备了备用IP地址，就封堵不住了。"

看来他们已经用过这一招儿了。

"还查到什么信息？"

杰根斯意味深长地笑了："剩下的12MB信息由菲什解说。"

受上司委托，戴着厚镜片眼镜的二十多岁特工说道："从可疑电脑中提取的12MB信息都拷贝到了这张光盘上。"

菲什将一张光盘放在桌上，光盘表面印有机密分类代码：VRK。

"那是'仅限内部使用'的意思。"菲什用神经兮兮的口吻说。这个学生模样的男人似乎是数学家。“要看看内容吗？不过你看了也不明白。”

“是什么内容？”

“随机数。”

“啊？”鲁本斯不禁叫了起来。

“疑似随机数，但不知是用什么算法生成的。”

出人意料的成果。鲁本斯目不转睛地盯着光盘，就像收到了超乎期待的圣诞礼物的孩子。

“这就是解读密码的钥匙？”

“是。对方就是用这组随机数进行加密解密的。我们立即着手破解过去截获的所有通信。”

“破解出什么没有？”

“一无所获。”

鲁本斯并不失望。相反，他十分清楚国家安全局的意图。“那么，用这组随机数可以破解未来的通信？”

“可以。”

“也就是伏击。”杰根斯说，“刚果和日本之间的通信还是不切断为好。继续窃听下去，可能就会截获有意义的情报，例如敌人现在的位置。”

12MB的信息量可以印成几十本书。鲁本斯不禁心生期待，说不定自己会重新掌握正趋失控的计划。

“那就这么办。非常感谢你们的协助。”

“不客气。”杰根斯微笑道，“我还要报告一件事。昨天凌晨六点左右，日本和刚果之间的密码通信史无前例地增多了。”

鲁本斯算了下时差，那时正是刚果东部的三组武装分子追踪奴斯等人的时间段。

“敌人的中枢是在日本，这没错吧？”

“我们也这么认为。日本有一个指挥部，向刚果的奈杰尔·皮尔斯发出指令。”

在日本掌控营救奴斯行动的，是古贺研人吧？根据中情局的情报，还存在一个可疑人物，但没有确切的证据。这时，鲁本斯想起了一直萦绕在脑里的问题：“对了，我还有一个问题想问你们。”

“什么问题？”

“超级电脑的开发状况如何？”

“‘蓝色基因’已经开发完毕。”杜根说，“我们已经在超级电脑的开发竞争中战胜了日本。”

“听说，那台机器是为了预测蛋白质的三维结构而制造的？”

“是为了能获得与其相当的计算能力。只要能掌握蛋白质的正确形状，就几乎能独占药品的专利，从而巩固美国的优势地位。”杜根答道，但随即耸了耸肩，“不过，生物结构的复杂性超乎想象。即便拥有‘蓝色基因’的计算能力，也可能无济于事。”

“那么现在还不能确定受体的正确形状？”

“嗯，计算能力不足。只能期待将来在算法方面取得重大突破，但现在还做不到。需要二三十年的不懈努力。”

既然古贺研人已经着手开发治疗肺泡上皮细胞硬化症的药物，那他应该有相当的把握。他无疑得到了奴斯的帮助。鲁本斯这么想是有理由的，那就是日本警察提供的报告。在警察就其父的犯罪行为搜查古贺研人的住所时，他问了警察一个问题：“父亲窃取的是实验数据，不是软件吧？”

这一台词暗示的是，古贺诚治留给了儿子某种软件。莫非是进行电脑辅助药物设计的软件？如果这种软件与开发治疗现代医学无能为力的疾病的药物有关，那奴斯的智力水平就已经远超先前的设想。尽管他只有三岁，其智力却已超过人类认识的极限。

可是，真会有这样的事情吗？对这一无法理解的生命，鲁本斯开始感到本能的恐惧，但与此同时，他又隐隐感到一丝不安，仿佛自己忽略了什么重大的问题。

“你怎么了？”杜根问沉默不语的鲁本斯，“假如还有问题，我也会回答。”

“我正在整理思绪，能否稍等片刻？”鲁本斯微笑作答，全力思考是什么令他不安。

袭击孩子的绝症、特效药的开发——关于这些事情，他已经思考得相当透彻。这是为了让儿子患此病的佣兵乔纳森·耶格反叛的计谋。可是，鲁本斯转念一想，治疗绝症对奴斯来说应该也相当困难吧。与其如此，为何他不用更简单的办法呢？比如，用金钱收买佣兵。难道还有别的理由，迫使他必须采用开发治疗绝症的药物这种方法？想到这里，一个念头蹿入脑中，令鲁本斯的心脏几乎停跳。

“抱歉。”鲁本斯佯装镇静，起身询问厕所的位置，然后离开会议室，来到无人的走廊。

进入厕所的隔间中，鲁本斯呆立在马桶旁边，对突然面对的伦理问题展开深思。

如果继续推进涅墨西斯计划的紧急处置措施，将古贺研人逮捕，他所做的新药开发就会陷入停滞，结果等于间接剥夺了身患绝症的孩子的性命。全世界大概有十万名肺泡上皮细胞硬化症患者。这个数字与万斯政府在伊拉克战争中杀死的人数相同。

你想怎么办啊？鲁本斯在心底自问。奴斯在不违背道德的前提下，将十万名人质攥在了手中，然后开始试探鲁本斯的良心，看鲁本斯会不会阻止古贺研人的善行，对为疾病所折磨的孩子见死不救？

鲁本斯这辈子第一次遇到如此精于算计的头脑。即便鲁本斯绞尽脑汁布局，奴斯也会以超乎常人想象的妙计破解。何况，鲁本斯所有能采用的对策，都在涅墨西斯计划开始前就准备好了。鲁本斯越来越意识到自己处在不利的位置，他的焦虑正一点点带着他滑向危险的深渊。

难道不应该抹杀奴斯？这样的智慧生命，如果放任不管，实在太危险。

刚果的乔纳森·耶格也意识到了吧？奴斯正在利用他保护幼子的动物本能。

鲁本斯走出隔间，在盥洗台洗脸，清醒大脑。在日本进行的以古贺研人为目标的反情报活动，鲁本斯无权制止。即使向监督官埃尔德里奇建言，那个典型的官僚也听不进去。埃尔德里奇就算牺牲十万名儿童，也不会惹总统不高兴吧。现政府的内阁成员在赞成进攻伊拉克时就是这样，只要能保住自己的地位和权益，死多少人都不在乎。

鲁本斯得出结论，如今只有一种办法可以保护患病的孩子，那就是达成涅墨西斯计划本来的目的。如果抹杀奴斯一个人，能消除对美国的威胁，或许也不用逮捕那名日本研究生了。

鲁本斯回到会议室，杰根斯正拿着装有保密终端的话筒。这是一部可以将通话内容实时加密的数码保密电话机。

“有人找你。”

“不好意思。”鲁本斯接过话筒，是行动指挥部的国防情报局特工艾弗里打来的。

“我们联系不上埃尔德里奇先生，他在你那边吗？”

这是事先约定的原始暗语通信。万一被奴斯窃听，他也不可能知道其含义。

“不在。”鲁本斯答道。

“他是去看电影了？”艾弗里漫不经心地问。

涅墨西斯计划的紧急处置措施已进入第二阶段。如果埃尔德里奇“去博物馆了”就表示出现了问题，如果“去看电影了”就表示准备已经完成。

“有提案需要获得监督官的认可。”艾弗里继续用暗语说。

“如果不紧急的话，你们直接实施就行。”

“明白。那就这么办。”艾弗里说着便挂断了电话。

简短的对话过后，驻肯尼亚的美国空军便展开了第二次扫荡。因为没有使用之前的通信系统，被奴斯察觉的可能性非常小。这一次，应该会歼灭奴斯、人类学者和佣兵那伙人吧。

雨林内逐渐腐朽的男尸浮现在脑海中。鲁本斯竭力唤起心底的愧疚。不能对杀人这项工作安之若素。不能成为格雷戈里·万斯那样的人。可他知道这只是自欺欺人，他的心底仍然毫无罪恶感。他只能安慰自己，为了拯救十万名患病的儿童，只能这么做。被救的儿童中也包括贾斯汀·耶格，他的父亲乔纳森·耶格将用自己的命来换儿子的命。

7

“皮尔斯，快起来！”

凌晨五点，负责警戒的耶格摇晃着蜷缩在铺满树叶的地面上的人类学者。皮尔斯发出低声呻吟，睁开眼睛。阿基利跟其他人都在睡觉。

“怎么了？”皮尔斯不快地问。

“我听到了鼓声。”耶格小声说。

皮尔斯朝幽暗的东方转过头。打击乐器的低沉音色，从黎明前的雨林彼端传来。

“听出是什么了吗？”

皮尔斯凝神细听，然后摇了摇头：“太远太微弱，听不出。”

前一天好不容易才摆脱了武装势力的追击，但耶格等人也被迫返回伊图里森林深处，离最近的村落也有十五千米以上。

“武装分子又开始行动了？”

皮尔斯没有回答，而是将水壶中的水倒在手中，洗了把脸，然后从背包中取出笔记本电脑。睡在一旁的阿基利仿佛得到信号似的，也爬了起来，两只大眼睛在黑暗中发出光芒。耶格下意识地做好了防御姿势。

皮尔斯启动电脑，接收新消息。是“日本的援军”发来的电子邮件。

“有什么新消息？”

“没有特别重要的。全都是写给阿基利的邮件。”

“给阿基利的？”

皮尔斯将电脑转向阿基利。阿基利戴上耳机，注视着屏幕。

耶格渐渐看懂了阿基利的表情。现在，这个异形孩子脸上浮现出的是快乐，就像出神地观看电视儿童节目的孩子。耶格也饶有兴致地看着屏幕，上面浮现出与字母表不同的古怪文字。

“这是什么？”

耶格本来是问阿基利，但答话的却是皮尔斯。

“他在学习语言。”

“什么语言？汉语？”

“日语的一种。”

戴着耳机的阿基利不时点头，似乎还在学习那种语言的发音。

“写的是什么？”

“我也不懂日语。会不会是‘谢谢’和‘再见’？”皮尔斯站起来，再次凝听对话鼓的声音，然后说：“我们早点儿出发比较好。我有一种不祥的预感。”

“我也一样。”

两人分头叫醒了其他人。进入雨林已经一个星期，佣兵身上都开始散发恶臭味儿。

耶格抓住起床的米克，让他瞧一瞧阿基利正全神贯注盯着的电脑屏幕：“那是日语吗？”

米克扫了一眼，道：“我想是的。”

“什么内容？”

“不知道。”

“不知道？难道你是文盲？”

米克瞪着气呼呼的耶格：“那上面写的是与科学和数学有关的东西。但太深奥了，而且看起来有点儿古怪。”

"你一句话也翻译不出来。"

"不行。全部都是专业术语。"米克敬畏地注视着阿基利说，"这家伙的脑袋里装的都是什么啊？"

"不要打扰阿基利学习。"皮尔斯说，将两人从三岁孩子的身边拉开。

众人迅速洗脸，吃完早饭，围着地图确定行军路线。因为原本打算要走的路线上传来了鼓声，所以只好放弃前往科曼达，转而往东南部的贝尼前进。据皮尔斯说，贝尼近郊的飞机场安排了备有补给物资的小型飞机。

在消除夜营痕迹、准备出发的过程中，持续不断的打击乐器声令耶格心绪不宁。用这么长的时间在村庄之间传递信息，一定是发生了非常重大的事件。不过，无论听得多么仔细，都听不到枪炮声。

众人背上背包，皮尔斯向艾希莫解释行军路线，一直扑在电脑上的阿基利突然站起来，打手势叫皮尔斯过来。

"最新情报来了？"皮尔斯盯着屏幕，神情越来越阴郁。

"出什么事了？"盖瑞特问。

"涅墨西斯计划的紧急处置行动进入第二阶段：大规模扫荡。"皮尔斯调出地图，向众人解释道，"五组武装分子正沿着干道向雨林进军，总兵力四千人，正往西寻找我们。"

他指着敌人的进军路线，那条路线横贯众人所在地点的北部。

"正好。这样南部就空出来了。我们能一口气逃到贝尼。"

但皮尔斯猛烈摇头："不，一点儿都不好。他们这条路线与俾格米人的营地一致。他们打算一个不留地消灭姆布蒂人游群。"

佣兵们面面相觑。他们想起了训练会议上听到的可怕传闻：

武装分子会猎杀俾格米人作为食物。

“将发生种族屠杀。”人类学者黯然道，“这一带的俾格米人也许会灭绝。”

艾希莫似乎察觉到了异样，开始大声询问。阿基利注视着慌乱的父亲。皮尔斯介绍情况的同时，很少开口的盖瑞特说：“怎么办？”

“没办法。”米克立即答道，“我们有四千个敌人。”

“难道要坐视姆布蒂人被杀？”迈尔斯压低声音道，“艾希莫和阿基利的同胞会被杀光的。”

“别说傻话。你忘了昨天的事吗？我们已经坐视阿曼贝雷村的村民被屠杀了。”米克吐了口唾沫，嘲笑道，“你真是个伪善者。”

“浑蛋，你说什么？”迈尔斯正要去抓米克，却被尖叫声打断了。艾希莫正挥舞着双手，向佣兵们诉说着什么。

“他说让他回去。”皮尔斯翻译道，“他想回到同胞身边。”

耶格摇头道：“不行，会没命的。”

“难道就不能想点儿办法吗？”皮尔斯替愤懑的艾希莫代言，“就没办法帮助俾格米人吗？”

“我们能做的只有逃。”耶格斟酌了敌人的实力与位置之后，得出结论道，“要想救出阿基利，只能抛弃其他俾格米人。”

“等等。”盖瑞特开口道，“大家冷静。有一个办法可以救艾希莫的同胞。”

“什么办法？”

“打开我们的GPS。”

佣兵们知道盖瑞特在想什么，全部陷入沉默。见皮尔斯不明所以，盖瑞特又补充说明：“只要打开GPS，泽塔安保公司就会知道我们现在的位置，而这一情报将由国防部立即传达给北边的武装分子。他们就会转而向南进军，偏离姆布蒂人的营地。”

皮尔斯边听解说边评估其中的风险，然后神色严峻地说：“但如果这样做，四千敌人就会全都奔我们而来。”

“不错。”

耶格看着地图，计算敌我之间的距离：“离我们最近的敌人在十千米以外。或许我们逃得掉。”

“干不干？”

“干吧。”迈尔斯答道，抢在米克前说，“反对的话就自己逃吧，你这浑蛋。”

米克只是不服气地淡淡一笑，并没有反对。

盖瑞特放下背包，只留下便携式无线电通话器，抛弃了其他不需要的卫星通信装置，然后接过皮尔斯的一部分仪器，减轻了他的负担。盖瑞特拿着GPS装置对众人说：“我只开十秒钟，然后我们立即出发。接下来就是跟敌人之间比速度了。我来读GPS数据，谁来做记录？”

迈尔斯取出防水笔记本和铅笔，说：“我来。”

盖瑞特打开GPS，读出小屏幕上显示的经纬度。迈尔斯用铅笔记下，旁边的耶格拿出地图，标出众人所在的准确位置。现在，南非的泽塔安保公司正在忙不迭地联络国防部吧。

“好了，走吧。”

盖瑞特关闭GPS装置，佣兵组成菱形队形，朝东南方前进。必须抓紧时间拉开与敌人的距离。负责右面防卫的耶格刚确认完安全状况，就突然发生了大爆炸。毫无前兆，连炮弹的飞行声都没听见。突如其来的灼热冲击波贯穿耶格的全身，将他朝前抛了出去。

耶格一头栽进小河里，虽然脸被擦伤，但所幸没昏厥。耶格拍了拍脑袋，希望恢复因爆炸而丧失的听觉。随后他站起来转身查看，在刚才大家所在之处约莫五十米的后方，被炸开了一个大洞，以此为中心，四周的灌木都被掀翻了。

耶格趴在地上做好射击姿势，却不知道敌人是从何处发起攻击的。他慢慢抬起头，这才发现头上覆盖的树枝都折断了，他不由得毛骨悚然。敌人在头顶上。“捕食者”武装无人侦察机从六百米高空向他们发射了“地狱火”反坦克导弹。内华达州空军基地的“飞行员”远程操作无人侦察机发动攻击，就像玩儿电脑游戏一样。

耶格这才明白自己落入了陷阱。敌人肯定一直在等待他们打开GPS。

倒地的佣兵们一边发出悲惨的呻吟声，一边挪动身躯。

“阿基利！阿基利！”

艾希莫走在队列最前面，所受冲击最小。他大声呼唤着儿子的名字。随着皮尔斯应声倒地，阿基利整个娇小的身躯被抛了出去，此刻他正坐在落叶上放声大哭。

“保护好皮尔斯！小心无人机！”

耶格对其他三人大吼，然后丢掉背包，跑了出去。阿基利头上的树冠空缺了，毫无遮挡，倘若被“捕食者”红外线摄像机拍到，这个三岁幼童就会被“地狱火”导弹轰炸。

耶格伸出双臂，抱起阿基利，刚绕到大树背后，第二波爆炸就紧随而至。超音速袭来的导弹在爆炸前没发出半点声响，准确击中了阿基利刚才所在的位置。大树背后的耶格虽然躲过了冲击波和火焰，但内脏却感到了激烈的震荡。

“‘捕食者’搭载的导弹只有两枚。”躲在大树背后的迈尔斯大叫，“不会再有攻击了！注意监视！”

耶格一门心思安慰阿基利。他像过去安抚贾斯汀那样，伸开双臂，从背后抱住阿基利，让他坐在自己大腿上，温柔地摇晃。无论是体温，还是柔软的身体，阿基利给双手带来的触感，跟贾斯汀一模一样。耶格抚摸着阿基利的脑袋，终于意识到，这孩子其实跟贾斯汀一样。本来，这孩子会是个普通人，却因为某个微小的基因变异，遭到被人追杀的命运。他没有任何过错，成为新人类也不是他的愿望。

“阿基利！阿基利！”艾希莫尖叫着跑过来，身后跟着步履蹒跚的皮尔斯和负伤的佣兵。

耶格将正在闹别扭的阿基利交给艾希莫，问迈尔斯：“你没事吧？”

迈尔斯嘴角流血，道：“嗯，只是擦破了皮。”

两人都还在耳鸣，只好大声交谈。迈尔斯放下医用包，开始检查同伴们的伤情。阿基利、艾希莫以及米克并没有明显的外伤，鼓膜也没问题。皮尔斯缓过神，他跟耶格一样有跌伤和擦伤，不过没受重伤。唯一伤势严重的是队列末端的盖瑞特，他的双腿内侧插入了无数金属片，血肉模糊。多亏他背着背包，躯干部分没受伤。

“骨头没断，大动脉也没伤到。”迈尔斯一面处理一面说，“血止住就没事了。”

“能走路吗？”耶格问。

盖瑞特点点头。

皮尔斯脸上显出放心的表情，取出通信用小型电脑。他打开电脑，见画面正常显示，便长长地舒了口气。这台小小的机器才是大家的救生索。

“照料好盖瑞特后，我们立刻离开这里。”耶格说。

米克插话道：“等等。这究竟是怎么回事？我们不是应该能掌握国防部的动向吗？”

遭到逼问的皮尔斯皱起眉头，瞥了一眼日本人：“情报的收集和处理都是有极限的，敌人钻了我们的空子。”

“别开玩笑了！你其实什么都不知道吧！我们就是相信了那家伙，才倒了霉！”

“住口！你这浑蛋！”人类学者怒吼道，连正在接受包扎的盖瑞特也被吓了一跳，“我已经尽了全力！你这蠢货没资格对我说三道四！”

“什么？再说一遍试试，你这个饭桶！”

米克的英语虽然说得不利索，骂人的词汇却相当丰富。两人的骂战愈演愈烈。

“够了！”耶格出言制止，从米克身后拉住他。争吵很快平息了。破口大骂的皮尔斯突然歪着脸，泣不成声。在目睹阿曼贝雷村的屠杀后，他数次面临生命危险，精神开始崩溃。耶格搂住人类学者的肩膀，带他远离其他人。

“对不起。”皮尔斯止住哭声，“我知道我不太正常。”

“这件事是你发起的，不能半途而废。如果你丧失理智，我们所有人都会有危险。”

皮尔斯点头，断断续续地说：“我不知道战争竟会如此恐怖。”

这时，艾希莫抱着孩子走过来。姆布蒂人忧心忡忡地抬头看着皮尔斯，两人你一句我一句地交谈起来，他似乎想安慰自己的朋友。随后，艾希莫又对耶格说了些什么。

终于平复情绪的皮尔斯翻译道：“他说，‘谢谢你救了我儿子’。”

耶格不禁微笑起来，气氛稍有缓和。“不用谢。”

艾希莫也笑了，又对皮尔斯说了一段话。这次语气中带着恳求。皮尔斯听着，脸上略有困惑之情。

“他说什么？”

“他想带阿基利返回同胞身边。”

这显然不可能。倘若阿基利返回营地，那里的所有人都可能被杀。尽管艾希莫注定要跟自己的孩子诀别，但耶格还是对矮个子的父亲抱以深深的同情。

“告诉他，如果你儿子返回营地，所有姆布蒂人的性命都会受到威胁。”

艾希莫听到回答后，脸上流露出了绝望。他垂下目光，犹豫片刻，然后拿定主意说：“那我可以独自回去吗？”

耶格明白艾希莫的内心斗争。他很想陪伴儿子，却又对相依为命、互助互爱的同胞放心不下。

耶格必须做出现实的判断。如果没有艾希莫做向导该怎么办？他问皮尔斯：“有新情报吗？”

皮尔斯操作着手中的电脑，注视着屏幕：“是联合国维和部队的监视情报。北部的武装分子已经开始朝这里进攻了。他们正在通过无线电通话器传送我们的GPS坐标。”

耶格查看了地图。假如以东西走向的伊比纳河为参照，即便没有艾希莫的协助，他们也可以抵达东南部城镇贝尼。不过，倘若“捕食者”出现，局势就可能变得不利。因为在渡过宽广的伊比纳河时，无人机能从上空将他们看得一清二楚，他们只会沦为“地狱火”导弹的靶子。如果北方的大军抵达河岸，切断他们的退路，那他们就只有死路一条。

无论如何，艾希莫结束向导任务后，都要独自返回同胞身边。为了他的安全着想，现在让他回去反而更好。

“告诉艾希莫，他可以回营地。不过，最好从西边绕回去，否则很可能被敌人发现。”

皮尔斯用吉布提语翻译后，艾希莫连连道谢。耶格回到队友身边，说明了情况，让他们短暂道别。

不光盖瑞特、迈尔斯，就连板着脸孔的米克，也对艾希莫表示感激。佣兵们都没有忘记，是这个小个子的姆布蒂人，将他们从险境中救了出来。

艾希莫挨个儿与大家握手。最后，高个头的皮尔斯弯下腰拥抱了艾希莫。出生并成长于人类社会两极的两人，结下了深厚的友谊。

姆布蒂人的脸上始终带着腼腆的笑容，当临别前将儿子托付给皮尔斯时，他发出了短促而尖厉的叫声，那是从他心底喷薄而出的悲凉之音。

阿基利伸出双臂，好像在挽留即将离开的父亲。艾希莫边哭边走，每走两三步就回头张望。看不见的羁绊，令这个做父亲的依依难舍。

旁观的佣兵们忽然听见轻声的呼唤，惊讶地朝异形孩子看去。之前从未说过一个字的阿基利，由皮尔斯抱在怀里，正动着小嘴，拼命对父亲说着什么。

“艾帕……”

这不是婴儿的胡乱发音。阿基利正笨拙地张合着双唇，反复念叨着一个词。

“艾帕……艾帕……”

听到阿基利的发音，皮尔斯瞪大了双眼，悲苦地摇了摇头，小声对佣兵说：“‘艾帕’在他们的语言中，是父亲的意思。阿基利正在呼唤爸爸。”

耶格想到了里斯本医院中卧床不起的儿子。贾斯汀多半正因为无法呼吸而痛苦得打滚儿，同样一声声地呼唤着“爸爸”吧。

“告诉艾希莫。”耶格按捺住悲痛说，“我们会誓死保护阿基利。他一定能再见到自己的儿子，请他等着那一天。”

艾希莫闻言，连声道谢，紧紧拥抱了一下儿子，然后跑着离开了。佣兵们轮流安抚着痛哭不止的阿基利。

不一会儿，艾希莫矮小的身影就被雨林吞没。在场的所有人都感觉到守护自己的森林精灵消失了，但他们没有时间伤感。再这样下去，一小时之内他们就会被武装分子赶上。盖瑞特包扎完毕后，耶格催促大家上路：“走吧。”

盖瑞特起身。“他有东西落下了。”然后拾起落在地上的大树叶。卷起的树叶中，残留着艾希莫珍视的火种。

“这是他们的生命之火。”皮尔斯说，“我长期同俾格米人生活，但仍然有一个谜未能解开。除了使用火种外，我从未见过他们使用过其他取火的方法。说不定，这火已经在森林中燃烧了数万年，在俾格米人中世代相传。”

艾希莫回到了同胞身边，回到了这温暖的火光旁。耶格暗暗祈祷，俾格米人的生命之火能永远燃烧下去。

8

研人忍饥挨饿，将自己关在六叠大小的私设实验室中。桌上，父亲留给他的两台笔记本电脑正在高速运转。

A4大小的白色笔记本电脑上，“GIFT”软件的倒计时正在跳动。明晚就会计算出新药物的结构。

另一台黑色的笔记本电脑再次与刚果连接了起来。同上次一样，帕皮打来了电话，指示研人向奈杰尔·皮尔斯传递情报。可关键的卫星图像，每十五分钟就会中断一次，他只好这样断断续续地传递刚果的情报。他所见的图像不是地球同步卫星所摄，而是绕地球运行的若干卫星陆续经过刚果上空时拍下的。卫星上搭载的摄像机也不一样，一会儿是普通视频，一会儿是红外线图像，一会儿又变成了古怪的黑白图像。

黑色林海的特写画面出现时，研人紧盯着屏幕，搜索新的情报，但他看不见被树木遮挡的森林内部的状况。

“没有更低位置拍下的侦察图像吗？”非洲大陆的皮尔斯问。

但研人看到的只有高轨道拍摄的图像。“没有。”

对方陷入漫长的沉默。侦察图像刚消失，手机就响了起来。

来电显示为“不明号码”。这是里斯本的定时联络。研人一边再次感叹将全球联系起来的通信网，一边接起了电话。

“我通报一下今天的数值。”莉迪亚·耶格哽咽着说。

她报告的是贾斯汀的血气分析结果。通过分析动脉血就可以知道肺的状况。研人在笔记本上记下了三个指标性数值。

“你那边的情况怎样？”莉迪亚问。

“正在进行药物研发。”等待“GIFT”给出计算结果的研人只能如此回答。

“我等你的好消息。”莉迪亚说完就挂断了电话。

研人参照莉迪亚告知的动脉血氧分压和pH值，根据专业书上的氧离曲线，计算出了动脉血氧饱和度。这是表示血液中氧气与血红蛋白结合度的数值。肺泡上皮细胞硬化症的末期症状特征，即肺泡出血一旦出现，氧饱和度就会急剧下降，不久后患者便会死亡。因为氧饱和度的下降速度是一定的，所以根据数值的变化，便能准确地计算出患者的生命还有多久。贾斯汀·耶格所剩的时间只有十七天。如果贾斯汀在日本时间三月三日之前没能服用新药，等待他的就只有死亡。

父亲生前定下的最后期限是二月末，可以说准确地预测到了贾斯汀病情的走势。这恐怕也是智力远超人类的新人类所为。

研人还担心另外一个患者小林舞花的病情。他很想掌握那孩子的检查数值，但大学医院已由警方监控，他无法联络实习医生吉原，只能祈祷她能活到药物制成那天。

通信用的A5笔记本电脑发出短促的提示音，吸引了研人的目光。原来是收到了邮件，屏幕上出现了一段文字。研人告诉地球另一侧的皮尔斯，他收到了新的情报。

在雨林中穿行的皮尔斯痛苦地喘着气说："给我念一下内容。"

邮件使用的是英文。研人一边读一边在脑中将其翻译为日语。看样子是无线电通信记录，里面有一句说"导弹落点没有发现尸体"。

"好了。谢谢，研人。"

"这是什么？"

"应该是维和部队截获的敌人通信。"皮尔斯答道。

又到了等待时间。研人保存了文字，凝视着小型笔记本电脑。他突然有了一个想法。如果这台机器有接收电子邮件的功能，它会不会也保存了过去的通讯记录？

父亲从何时开始、基于何种理由牵扯到这件事中，这一直都是一个谜。研人觉得现在是解开谜团的绝佳机会，于是大胆地操作起电脑来。由于不熟悉这个从未用过的操作系统，他谨慎地操作鼠标，从硬盘中调出储存的数据。打开的新窗口中出现了一长串文件，文件名都是英文。文件列表太长，研人不知从何入手。好不容易找出搜索功能，研人将父亲的姓名用英文拼出来，进行全文搜索。

瞬间搜出了许多文件。依次查看后，全是记录父亲经历的报告。报告的抬头都是一样的："Defense Intelligence Agency。"研人对这个名字全无头绪，查看手边的电子词典才知道它表示"国防部国防情报局"，是一个情报机构。

可是，为什么这台电脑中会有情报机构的文件呢？研人迷惑了一会儿，很快想到了一个可能的答案。肯定是帕皮入侵了美国政府的通信网，窃取了情报机构的文件。既然他可以截获军事侦察卫星的图像，这种事对他而言自然也易如反掌。

继续查看文件，不久，研人发现了父亲用日语撰写的学术论文。那是关于姆布蒂·俾格米人病毒感染的调查报告。国防情报局的报告中增加了注释：同一时期，奈杰尔·皮尔斯博士在同一地域进行人类学田野调查。对啊，研人也想了起来。1996年，当刚果的国名还是扎伊尔的时候，父亲和皮尔斯就在那个国家相识了。文件中还有一项是“已确认的其他在刚果的外国人”，人名有一大串。研人草草扫了一下，发现了父亲之外的一个日本人的名字，不由得失声叫了起来。

Dr. Yuri Sakai。

是坂井友理。那个看上去弱不禁风的女人，同时期也在扎伊尔东部。父亲和坂井友理在远离日本的异国见过面？研人产生了不祥的预感，他想起了母亲提过的一个词：出轨。

研人对这个神秘的女医生的名字进行搜索，结果发现了一份附有大头照的文件。

研人瞪大了眼睛，死死盯着跃入眼帘的照片。照片上是一个三十多岁的女人，似乎是护照或者别的什么证件上的照片。虽然从照片上看起来稍显年轻，但那张不施粉黛的小脸让研人断定，此人正是那晚在大学校园找他说话的坂井友理。

这份报告的抬头是Central Intelligence Agency，也就是中央情报局。中情局对坂井友理做过调查。研人浏览了用英文书写的坂井友理的身份调查报告。

坂井友理　医学博士

1964年1月9日　东京都目黑区出生

1989年　城真大学医学院毕业

1991年　在父亲经营的私人医院坂井诊所上班

这些信息与报社记者菅井的调查结果相符。但接下来记载的事实，则是研人闻所未闻的。

1995年　参加了国际医疗援助团体“世界救命医生组织”（非营利机构）

1996年　作为该组织的成员奔赴扎伊尔东部，因该国爆发内战回国

1998年　父亲死后，关闭坂井诊所，前往医疗设施简陋的贫困地区，进行义务诊疗活动

其他情报：日本国内无犯罪记录

无经济问题

纳税记录见附件

户籍资料见附件

最后说的户籍资料是怎么回事？研人如此想着，向下滚动窗口。出现了一份日语文件的扫描件，是户籍的复印件，也有英文翻译，但研人不需要。研人最想知道的是坂井友理的现居地，但没有找到与她居住地有关的信息。研人接着查找她的籍贯和父母姓名等其他个人信息，却发现了一个无法忽视的事实。

平成八年十一月四日，坂井友理生了一个孩子。不仅如此，户籍上只写着这个孩子名叫“惠麻”，性别为“女”，父亲一栏却是空白。她也没有婚姻记录。也就是说，坂井友理是未婚生

子。研人忐忑地将年号纪年换算为公历，发现惠麻出生的平成八年正是1996年，即父亲诚治和坂井友理去扎伊尔的同一年。

研人不由哼了一声。父亲出轨的嫌疑，似乎正以最糟糕的方式被证实了。自己有一个同父异母的妹妹。父亲生前向母亲解释自己为何回家越来越晚时，说自己是给常年闭门不出的孩子当家庭教师，但实际上，他应该是去见女儿了。研人脑海中浮现出的一个模糊的形象，从旁印证了这一推测。与坂井友理接触的那晚，停在路边的商务车中隐隐约约的人影，恐怕就是她的女儿。

研人拼命在电脑中搜索否定这一猜想的材料，但再也没有找到更多关于坂井友理的信息。

研人离开桌子，在狭小的房间中来回踱步，反复思量。报社记者菅井应该还在对坂井友理做身份调查。不知他查到何种程度了。他即便掌握了这一事实，也会向研人隐瞒吧。研人自己也不打算将这一事实告诉母亲。

研人揪着头发，用手帕擦拭脏兮兮的眼镜，然后返回小型笔记本电脑前。不过，父亲这一段可能震动了整个古贺家的经历，也解答了困扰研人的问题：为什么中情局要调查坂井友理？为什么坂井友理要从研人手中夺走这台小型笔记本电脑？坂井友理的丑事被中情局掌握，所以她主动出击，试图消灭证据。这样想就说得通了。她现在肯定正在东京的什么地方搜索失踪的研人吧。

惶惶不安的研人进行了第三次搜索，这次，他敲入了自己的名字：

Kento　Koga

按下回车键，电脑列出包含自己名字的文件。排在开头的是中情局制作的报告。打开报告，研人大惊。文件中是自己被偷拍的照片。大学校园内，跟河合麻里菜说话的自己被长焦镜头捕捉了下来。原来早在那时，自己就已经处于美国情报机构的监视之下了。

报告中记载着研人的经历，巨细无遗，十分准确，其中有日本警察提供的人际关系报告。研人逐一核对罗列出的友人姓名，没有发现菅井和李正勋，这才稍感安心。美国方面还不知道研人有强大的援军，跟那两人联系是安全的。

另有记录表明，在对“町田地区”的搜索问题上，日本警察与中情局还发生过冲突。中情局要求日本警察“检查当地所有住户”，而警视厅公安部回答说“考虑到町田市的人口密度，十名搜查员是完不成任务的”。就目前来说，这个私设实验室还是安全的。

最后一份文件中，记录了一段不明所以的话。在给中情局“特种行动作战单位”的命令中这样写道：“对已被作为恐怖分子通缉的古贺研人，根据罪犯引渡条约，从当地警察手中接管后，必须立即进行特别引渡处理。”还说“移送目的地是叙利亚”。

他完全不知道自己为什么要被送到叙利亚去，但却真切地感受到了迫在眉睫的巨大危险。一旦被警察逮住，就不是坐牢那么简单了，也许会被带到国外，再也回不了日本。

他再次想起了父亲的遗言：“这项研究只能由你独自进行，不要对任何人说。不过，倘若你察觉自己有危险，可以立即放弃研究。”

研人的双手颤抖起来，忽然产生了尿意。我只是想帮助患病的孩子而已，怎么会摊上这档子事啊？可是，就算现在放弃新药开发，状况也得不到丝毫改变。美国的情报机构和日本的公安警察将继续对自己紧追不舍吧？

研人又打开刚才那份文件——偷拍照里，河合麻里菜巧笑嫣然，仿佛在鼓励研人“加油”。不管未来如何，如今自己只能尽人事听天命。

手机响了起来，研人回过神，接起电话。帕皮低沉的声音在耳边响起：“不要看不需要看的东西。”

研人惊讶地反问道：“难道你能监控我的电脑？”

“是的。”帕皮答话的同时，电脑上的画面自己动了起来。硬盘中的文件被一个个消除。小型笔记本电脑似乎与帕皮的主机连在了一起。本来研人想恳求留下河合麻里菜的照片，结果所有内容都被删得干干净净。

“我会向你传达重要事项，你专心干自己的工作吧。”

“我能问一个问题吗？”

“什么问题？”

研人竭力控制住颤抖的声音：“我被抓住的话会死吗？”

“会，死前还要接受拷问。”

想到指甲被拔掉的痛苦，研人不由得胆战心惊。

“不过，你只要按照我的指示行事，就不用担心。如果不想死，就不要擅自行动。”

研人只能相信对方。自己的公寓可是攻得破的要塞。

“明白了。”

“卫星图像传过来了，联络皮尔斯吧。”帕皮下达指示后就挂断了电话。

研人只好继续原来的工作。在高轨道拍下的雨林黑白图像中，出现了一条东西走向的大河。

扬声器中传出皮尔斯疲惫不堪的声音："我们现在抵达了伊比纳河。东南方向有一个名叫贝尼的大城镇。"

卫星图像上，雨林中呈现出灰色的一块，仿佛上面的树木被巨人拔掉了一样。那里就是贝尼吧。皮尔斯等人位于贝尼西北三十千米左右的地点。

"贝尼应该有一条通往北边的道路。那条路附近有什么动静？"

研人放大了画面，凝神细看。一列长长的车队周围有许多手持步枪的人影在晃动。

"似乎有军队。"

"多少人？"

"太多了，数不清。"

沉默片刻后，皮尔斯说："我来确认，你稍等一会儿。"

伊比纳河的水声，隔着树林也听得见。昏暗的森林中，耶格等人进退维谷。只要过了面前的这条河，就能逃往南方，但渡河半途很可能遭到武装无人侦察机的攻击。

"不行，东边全被封死了，大概有一千敌军。"皮尔斯从笔记本电脑上抬起头说，"我们只要去贝尼就会遇到他们。"

米克留意着北方追来的军队道："事到如今，我们只有渡河。"

耶格问皮尔斯："我们对'捕食者'一无所知吗？"

"'日本的援军'正在努力，但目前暂无成果。无人机运用的是与涅墨西斯计划不同的指挥系统。”

耶格看着地图，处境令人绝望。北面和东面有武装分子，南面有“捕食者”无人机。往西走的话，又会遇到拐了弯的伊比纳河。难道就没有逃出生天的办法吗？耶格想，朝坐在地上的阿基利望去，而对方也在看他。

“你有什么好主意吗？”耶格问，但阿基利表情僵硬，没有开口。

先是身陷险境，又与父亲分别，几经打击，这个异形孩子似乎对世界关闭了心扉。

这时，注视着笔记本电脑的皮尔斯说：“日本方面发来了变更计划的邮件：放弃前往贝尼的机场，让在南部的等待接应者北上，我们南下，与此人会合，然后经过名叫鲁茨鲁的城镇逃往国外。”

耶格在地图上查看变更后的路线。那条路通往乌干达。这样一来，就等于放弃了当初后备的三个行动方案，将所有人的命运交给了最后一个选择。

“可是，现在怎么办？过不过河？”

“暂时在这里待到明天早上，就可以确保安全。”

“什么意思？”

“意思是，天上的‘捕食者’会被赶走。”

佣兵全都面露怀疑。迈尔斯代表大家说：“这不可能。没有地对空导弹，怎么赶走无人机？”

“相信日本的援军吧。”皮尔斯自信满满地说，“可是——”他脸色一沉，“问题是过河之后。就算我们平安过河，假如南部的叛军开始进军，也会不可避免地同我们发生正面冲突。这将是我们最后，也是最大的难关。”

“南部的家伙是‘圣主抵抗军’吧？”

“不错。”

这是本地区最令人恐怖、最大规模的武装势力。据说已经强奸、屠杀了数十万当地人。

“看来我们怎么都得死了。”米克说，“死在这片该死的森林里，我们先想好遗书怎么写吧。”

谁都没搭理米克。面对令人绝望的处境，大家都不想把精力浪费在吵架上。

见佣兵结束了对话，皮尔斯呼唤耶格：“过来。我想给你介绍一个人。”

雨林里还有心思开这种玩笑啊，耶格想。

“看电脑屏幕。”

耶格依言望向小屏幕。皮尔斯敲击键盘，卫星图像就切换成一个亚洲少年的面庞。

“研人。”皮尔斯对着麦克风说，“我想向你介绍一个人。”

画面中，一个戴着小号眼镜的少年正看着耶格，他看起来身材瘦小，弱不禁风。

“这家伙是谁啊？莫非所谓‘日本的援军’就是这小子？”

“不是。他是开发治疗肺泡上皮细胞硬化症特效药的研究者。”

“什么？”耶格忧心忡忡地问，“他只是个高中生吧？”

“不。他二十四岁，在东京读研究生。名叫古贺研人。”

耶格瞪大了眼睛，难以置信地注视着这个即将拯救贾斯汀性命的研究者。

看着屏幕中强壮的美国人，研人为他们的魄力折服。对方脸上全是伤，战斗服下，双肩肌肉隆起，仿佛穿着铠甲一般。这就是之前与皮尔斯通信时，不时进入画面的士兵。对方深陷于眼窝中的双眼放着光，默默地凝视着研人。

“这是乔纳森·耶格。”画面外的皮尔斯说，“他是贾斯汀的父亲。”

父亲？自己要救的就是这个人的儿子？研人心头一惊，结束介绍的皮尔斯已经将耳机戴在了耶格头上。

“是研人吗？”

听见对方低沉的询问声，研人连忙点头。

“你真的在开发药物？”

“是。”

耶格的神色依然严峻。研人觉察到对方并不信任自己。

“你了解贾斯汀的病情吗？”

“嗯，了解。前不久我才跟你夫人通过电话。”

“你和莉迪亚通过电话？那贾斯汀现在怎么样了？把你知道的统统告诉我！”

尽管有些踌躇，研人还是准确传达了贾斯汀的病情：“根据检查数值，他还有十七天的生命。”

耶格立即垂下了目光，但斗志昂扬的表情没有变化。

“你的药来得及制作吗？”

研人本想回答“应该可以”，但还是决定换另一种表达。他觉得自己如果回答得模棱两可，屏幕中的耶格就会伸出手来揍他。“嗯，没问题。”

耶格放下心来。这是当父亲的人才有的神情。另一个困扰研人的谜团迎刃而解——

将来某一天会有个美国人来访。

“你要来日本吗？”

“嗯，我们有这个打算。不过——”耶格的声音越发低沉，“这里局势严峻，还说不准能不能抵达日本。搞不好，我再也见不到妻儿了。你明白我的意思吧？”

研人将其理解为，乔纳森·耶格做好了牺牲的心理准备。“明白。”

“如果那样的话，请你告诉我的妻儿，为了救贾斯汀，我已经尽了全力。”

研人仔仔细细地打量着这名士兵布满血和泥的脸。虽然他不清楚具体情况，但他知道，这位父亲为了救自己的儿子正在拼死战斗。惊讶之余，研人提出了一个质朴的问题。这个问题在日语里不常用，但用英语问出来则相当自然。

“你爱你的儿子吗？”

“嗯。”耶格答道，然后不解地问，“为什么这么问？难道你的父亲不爱你吗？”

“我不知道。”

“不知道？什么意思？”

研人不知如何作答，耶格继续问：“你没有父亲？”

“我父亲最近过世了。”研人答道，暗暗咒骂自己的境遇，父亲死了，自己自暴自弃，结果连命都要搭进去了。

“太遗憾了。”耶格关切地说，“我父母离婚后，生活就一团糟。不过我好歹还是活到了现在。”

研人想说：我没有你那样坚强。

“我也曾一度怀疑父亲不爱我，但我有了孩子之后才知道，父亲都是爱孩子的，无论发生什么都会保护孩子。”然后他自嘲似的补充道：“不过比母亲还差点儿。”

研人想到了耶格的妻子莉迪亚，感叹她组建了一个好家庭。

“总之我想救我儿子。请你一定赶快开发药物。我会感谢你的。”说完，耶格就把耳机还给了皮尔斯。

研人对屏幕中满脸胡子的人类学者说：“我能问个问题吗？”

“抓紧时间的话可以。”皮尔斯瞥了眼手表说，“视频通信会快速消耗加密用的随机数。希望你长话短说。”

“是我父亲的事。为什么古贺诚治会参与这件事？”

“九年前，你父亲和我在这里，在刚果相识。以此为契机，我将他带入了这个计划。”

“父亲也想拯救进化后的人类？”

“他最后做了这个决定。一开始他只是出于单纯的学术兴趣，但知道必须开发新药后，他决定冒险一试。你父亲想救助那些患病的孩子。”

研人不相信父亲有这样的热情：“真的吗？”

皮尔斯点头：“研人，你好像不怎么了解你父亲。古贺博士对自己未能在专业领域，即病毒学中取得重大成果而深感懊恼，所以他同意进行新药开发。他认为科学家的使命就是要对别人有用。”

父亲的自卑被彻底暴露出来，研人不怀好意地想。

“不久后，你父亲就觉察到自己陷入了危险，于是选择你作为继承者。他相信自己的儿子一定能完成药物开发。你父亲对你在药学方面的进步感到非常自豪。”见研人将信将疑，皮尔斯继续说：“你父亲是一位诚实的科学家。你现在努力制造药物的行为就是最佳证明。你的这种热情就是你父亲遗传给你的。”

研人不接受皮尔斯对父亲的称赞是有理由的，他试着把那个关键人物抛出来：“你知道一个名叫坂井友理的日本女人吗？”

皮尔斯表情骤变，眼神警惕起来。“嗯，知道。”

“她九年前也在刚果，对吧？她同我父亲是什么关系？”

“对坂井友理，你还是什么都不知道更好。接近她很危险，别理她。”

“为什么？我有权知道父亲的事。”研人紧逼不放。

皮尔斯岔开话题道：“视频通信差不多要切断了。你回去开发药物吧，有事再联系。”

皮尔斯通过主机进行远程操作，突然关掉了小型笔记本电脑。房间中一片死寂。研人觉得自己仿佛是世间活着的唯一的人，事实上，他已经独自一人很久了。自从在三鹰的医院同父亲永别之后，自己就变得无依无靠。

关机的屏幕上映出自己的面庞，从中似乎看得出父亲的影子。故事还没结束。父亲留下的另一台电脑还在计算着新药的化学结构。

“这次由你来当守护者。”也许这就是父亲想要告诉自己的吧。他想说：“去用科学这一种武器，守护十万个孩子！”

可是，留下如此遗言就撒手尘世的父亲，到底是怎样一个人呢？

9

安迪·罗克韦尔有一个不为人知的爱好。他从高中时代就有了这个爱好，但当时他没钱投入，上大学后又忙于学业，所以这么多年来，他不得不满足于入门水平的设备。直到进入萨克拉门托的银行工作，开始有了固定收入后，他才得以毫不吝惜地将闲钱都用到了这项爱好上，并在公寓的角落里辟出一块专门的区域。

高性能电脑、三台大型显示器、操纵杆、方向舵，还有令人仿佛身临其境的音响。投资额高达一万美元。由于担心被周围人说三道四，安迪并不打算让同事知道自己的这项爱好。一有空闲，安迪就会坐进自制的驾驶舱中，操作虚拟现实中的飞机，在地球上自由飞翔。

不到一年时间，从第一次世界大战的双翼机到最新型的大型喷气客机，他都能操作自如。其中他最中意的是最新锐的F16喷气战斗机，他曾驾驶这种飞机击落过无数俄制战斗机。在市场上，模拟飞行软件的技术日新月异，坐在多块显示器拼接成的大屏幕前，就会产生自己正在征服天空的幻觉。

把几乎所有游戏软件都玩腻之后，他收到了购入油门杆的网站发来的一封邮件。

在线游戏的革命！超真实飞行模拟游戏！

安迪产生了兴趣，当即点击进入了这家游戏网站。他最关心的是操作什么样的飞机，结果网站上竟然没有透露操作飞机的类型。不过，操作手册上写着“主力武器的使用方法”，看来应该是战斗机的一种。似乎是空中打击地面恐怖分子的模拟游戏。这个游戏的特色，是飞行开始的时间异常严格。据说迄今已有八千多玩家尝试挑战，但没有一个人完美地完成任务。

只有自己能完成任务。安迪忽然斗志高昂，获得登录密码之后，便开始等待第二天战斗时刻的到来。

第二天是星期六。下午一点，安迪坐进自己房间的操作席。登录游戏网站后，三块屏幕上呈现出一条向前方延伸的跑道。这是从驾驶舱看到的景象，但却令安迪无比失望。这哪里是什么超真实游戏嘛！黑白图像根本谈不上精细，甚至让人怀疑游戏开发者是不是偷工减料。而且，指定的时间到来后，画面竟然自己动了——飞机自动起飞了。

自己是不是上了劣质网站的当啊？安迪本打算退出了事，但最后决定看看再说。抛开画质不说，起飞时飘浮的感觉确实真实。突然，三面屏幕中，左右两面都切换成了别的画面。左边的屏幕上出现了一条指令：升至10 000英尺[①]时切换到手动操作。右边的屏幕上则是飞机底部的摄像机拍下的地面图像。从模糊的黑白画面判断，这架飞机被设定为正飞行在沙漠或热带大草原上空。

左边的屏幕上又出现了新指令：

切换为手动操作后，紧急下降，高度保持在500英尺以下。

---

① 合3048米。1英尺合0.3048米。

安迪渐渐对这个在线游戏产生了期待。说不定这真是个超真实模拟飞行游戏。

不断上升的飞机抵达了10 000英尺的高度。安迪遵照昨晚读过的操作手册，将飞机切换到手动操作模式。他一面留意着屏幕上的高度计，一面根据指示紧急下降。他将视觉情报和操纵杆传来的触感相结合，在脑中形成了假想的感觉。这是一架螺旋桨飞机。但机体非常轻，对地速度缓慢，时速只有90节，相当于每小时165千米。

太棒了！安迪激动不已。自己正在操作之前从未在游戏中出现过的飞机。这无疑是一架武装无人侦察机，正在超低空飞行避开雷达网。屏幕上飞机正面和地上的景象，正是安装在无人机上的红外线摄像机捕捉到的。

安迪玩儿上瘾了，一面抗拒着对坠机的恐惧，一面驾驶飞机贴着沙漠地表飞行。大概一个小时后，他收到了紧急升高到7000英尺的指令。安迪拉起操纵杆，抬升机头。转为水平飞行后，机体不时摇摆，安迪调节着油门，努力掌握无人机的特点。两个小时后，他仿佛同整架飞机合而为一，他驾驭自如。

屏幕上又出现了新指令：紧急下降到2000英尺。他前推操纵杆，飞机朝身下连绵的群山俯冲。越过群山后，景色便截然不同。他看到了一座相对现代化的城市。大片低矮的建筑包围着中心的高层建筑，安迪说不准这里是什么地方。也许是中东，也许是非洲。

飞机进入市区上空，右边的屏幕上出现了车队。十六辆车排成直线，行驶在看似高速公路的道路上。

这时，左边的屏幕上浮现出一条简短的命令：

攻击第六辆高级轿车。

飞行三个多小时后，攻击目标终于出现了。安迪在操纵飞机追踪车队的同时，也在进行攻击操作。如果这是真的“捕食者”无人机，发射导弹的就不是飞行员，而是操作员。但在游戏里，这只能靠一个人。

安迪的左手松开油门杆，用键盘调出准星，右边的屏幕上浮现出一个白色十字线，安迪将其锁定在从前往后数的第六辆车上。绵延的车队立刻加速，但十字线精准地紧跟着目标。安迪在目标周围画出一个四边形的框，框住轿车的黑色车体，准备好发射激光制导导弹。

安迪右手食指按在了操纵杆的发射按钮上。手指只消动几毫米，“地狱火”反坦克导弹就会将目标炸成齑粉。

任务即将完成。能完美地执行这项任务的果然只有我啊，安迪不由得扬扬得意，紧跟着他就扣动了扳机。就在这一瞬，他产生了一个疑问：这里不会是美国吧？

亚利桑那州凤凰城的演说结束后，副总统张伯伦坐上护卫车队中的第六辆车，前往天港国际机场。

关于人权问题的演讲远谈不上成功，但他访问此地还有别的目的。张伯伦之前曾担任过能源企业的董事长。今天，这家企业的总裁从得克萨斯州来到这里，在下榻的酒店密会张伯伦，向他汇报了公司蒸蒸日上的经营业绩。

伊拉克战争开战之前，这家公司的股价就开始上涨。万斯总统宣布胜利之后，伊拉克的复兴业务正式展开，公司因为承包下基础设施建设，股价持续创历史新高。而这一次，因为得到政府的巨额担保融资，承接下国防部总额高达七十亿美元的大型项目，所以公司的利润预计将比去年增长八成。对张伯伦来说，这是令人兴奋的消息。这家能源企业的政治献金一定会大幅增加。

不过，身处军工集团中枢位置后，张伯伦才对这里的最高逻辑之单纯深感震惊。这个逻辑就是恐怖。为了借战争大发横财，政策制定者只需要扩大别国的威胁，然后向国民宣传即可。只要将判断的根据作为国家机密掩盖起来，媒体就会不加区分地大肆传播威胁论。然后巨额税金就会被投入国防预算，而军需企业经营者的收入也会飙升。国家之间的紧张关系，会因为彼此猜忌而被无限夸大，有时候甚至会爆发战争，为一撮人提供取之不竭的金矿。而且，对当政者来说，树立外敌，还有提升自身支持率的附加效果。

艾森豪威尔预见到这一事态，于是在总统任期内的最后一场演说中，提醒国民警惕军工集团的危险性，但他没有得到回应。只要世界各国还存在贪图战争利润的企业，战争就不可能从这个世界上消失。

沉思良久的张伯伦猛然抬头。他发现，十五英寸厚的防弹玻璃外，风景掠过的速度突然加快。装甲轿车正在加速，但完全隔音的车内却仍然十分安静。张伯伦通过麦克风询问隔着一层玻璃的副驾驶席上的特勤局特工："为什么开这么快？"

扬声器中传来回答："请不要担心，早点儿到机场比较好。"

"出什么事了？"

这时，安放在后排的保密电话响了起来。张伯伦伸手制止同车的警卫，自己拿起了话筒。

“国土安全部通知我们，克里奇空军基地正在训练飞行的一架‘捕食者’无人机突然失去了联络。”

张伯伦一时还没有反应过来：“什么？”

“无人机从基地起飞后不久就失去了控制，开始紧急下降。本以为它坠毁了，但我们没有搜索到残骸。”

扩大搜索范围不就行了？张伯伦想着，便问：“为什么要把这件事报告给我？”

“首先，这架无人机上装满了实弹。其次，刚才雷达探测到有一架小型飞机越过了内华达州边境进入亚利桑那州。”

“捕食者”无人机起飞的克里奇空军基地位于拉斯维加斯近郊，距凤凰城仅三百英里左右。张伯伦下意识地望着车顶。

“但这条航路上也有不少民间企业的塞斯纳小型飞机提出了飞行计划，雷达探测到的不大可能是‘捕食者’。”

“有没有同小型飞机的飞行员通信？”

“尝试过。但飞行员对管制员的问题没有反应。”

张伯伦开始感到一丝不安。“捕食者”机体小，作战高度高，即使从头顶飞过也没办法知道。

“‘捕食者’不会是遭到黑客攻击了吧？”

张伯伦话音刚落，一枚反坦克导弹就毫无征兆地飞入车内。眨眼之间，导弹就钻进了副总统怀里，他还没来得及觉察到异样，身体就被炸得四分五裂。黑暗骤然降临，张伯伦当场殒命。“地狱之火”瞬间蒸发了飞溅出的血液，但紧接着又有一枚导弹袭来。已经同躯干脱离的张伯伦的头颅被炸成烧焦的骨片，在空中散开，撞在后面三辆车的防弹玻璃上，坠落在地。

大发战争财的当权者用自己的尸体证明了美国制造的杀人武

器有多么优秀。

鲁本斯握住汽车的方向盘，飞驰在印第安纳州南部的乡间公路上，全然不顾车速已经超过限速。他看到的尽是破破烂烂的电线杆、毫无生机的树木，以及零星的房屋。挡风玻璃的上半部分都被阴霾的天空所占据。

获知副总统张伯伦被炸身亡后，华盛顿特区陷入了狂乱之中。万斯总统被迫躲进白宫地下的紧急防空壕——总统紧急作战中心。他的家人则进入特情局的相关设施中避难。与国家安全有关的所有政府机构总动员，全力追查事件真相，但又缺乏统一协调。很明显，所有人都慌了神。在受现政府新保守主义影响的人当中，甚至出现了应当对宗教激进分子潜伏地区发动核打击的声音。

鲁本斯起初也猜想这次恐怖袭击是宗教激进主义者发起的，但在得知全世界配备的所有武装无人侦察机都收到了飞行禁止命令之后，他立刻明白是谁杀害了副总统。现在，非洲大陆中央，本应死路一条的奴斯一伙，应该已经逃脱了“捕食者”的监视，越过了伊比纳河，摆脱了危机。

鲁本斯将车停在路边，朝内后视镜看去，等待后面的车通过。看来他没有被跟踪。然后他取出地图，查看访问对象的住址。

涅墨西斯计划开始实施后，两名美国市民就被置于当局的严密监视之下，其中一名是收到过奈杰尔·皮尔斯报告“发现超人类”的邮件的文化人类学者。这个名叫丹尼斯·谢菲尔的老人因为严重的肝病正在疗养。国家安全局和中央情报局都报告说，没有理由怀疑这位年迈的人类学者。

鲁本斯想要拜访的，是另一名监视对象。这一行为多少伴随着危险，但鲁本斯已别无良策。局面持续恶化，多迟疑一秒都不行。加德纳博士被解除科技顾问职务之后，能跟鲁本斯交流的只有这个人了。

在单车道行驶了一段距离后，到达一片零星分布着住宅的区域，鲁本斯终于找到了落叶林掩映中的一座小房子。鲁本斯将车停在路边，朝两层高的白色木屋门走去。他偷偷环顾四周，说不定中情局的监视小组就潜藏在附近。

敲门后，门很快就开了，但里面的人没有应答。鲁本斯看着眼前矮小的老人，问道："您是约瑟夫·海斯曼博士吗？"

"对。"对方用低沉沙哑的声音说。

三十年前撰写《海斯曼报告》的学者从第一线退下已过了许久，如今他已年逾古稀。破旧的粗蓝布衬衫外披着一件毛织长袍，白发短而稀疏，讶异的视线中透露着阴森。他的眼光仿佛拒人于千里之外，不知这是他穷尽一生试图看穿自然真理的结果，还是与世俗战斗的痕迹。

"能见到您是我无上的荣幸。"鲁本斯没做自我介绍，就将带来的《科学史概说》递到了海斯曼博士面前，"我从学生时代开始就喜欢阅读博士写的书，所以打听到您的住址，想请您给我签一个名。"

鲁本斯打开书，在印刷着书名的扉页上用胶带贴着国防部发给鲁本斯的身份证。海斯曼仔细看了好一会儿证件，表情没有任何变化。

"不耽误您的工夫，假如方便，是否可以去房中谈谈？"

"请进。"博士说。

"谢谢。"

进入铺着木地板的屋内，楼梯右侧是饭厅，左侧是整洁的客厅。客厅中装饰有一排相框，其中有一张包括孙子在内的全家福。考虑到房外没有车，鲁本斯推测海斯曼夫人可能外出购物了。

“找我什么事？”海斯曼博士边问边落座。

鲁本斯站在房间中央，检查了所有的窗户以及窗后的情况。设置在远方的激光窃听器能通过探测窗户玻璃的震动，重构室内的声波。鲁本斯必须确保海斯曼博士的安全。

“我叫阿瑟·鲁本斯。我目前在国防部工作，原来是施耐德研究所的高级分析员。实际上，除了请您签名外，我还有事想同您谈谈。”

说着，他就取出夹在书里的卡片给博士看。卡片上写着这样一句话：

联邦政府正在监视、窃听您。

我下面提的问题，请您以“不”作答。

等博士看完这句话，鲁本斯继续说：“关于您写的《海斯曼报告》，能不能问您一些更详细的问题？”

“不行。”海斯曼拒绝道，“跟华盛顿那帮无聊的家伙打交道，是我这辈子犯下的最大错误。我不想回忆那时的事。”

话中饱含感情，不像是在演戏。鲁本斯希望这并不是博士的真实想法。

“您只需回答两三个问题就可以了。”

“没什么好说的。”

“就五分钟也不行吗？”

“不行。”

“这样啊，那很抱歉，给您添麻烦了。”

这样一来，就伪造出博士从未听说过特批接触计划的事实。鲁本斯对博士表达出毫无伪饰、发自肺腑的尊敬，继续说：“我刚才在门厅说的话都是真的。大学时，博士的书令我受益匪浅。请您至少为我签一个名吧。”

鲁本斯将书和第二张卡片递出去。

为了避免窃听，是否可以带我去里面的房间？厕所也可以。

“好吧。”博士说，“你专程前来，我送你一本别的书吧。到藏书室来吧。”

“谢谢您。”

鲁本斯跟在老人身后，穿过厨房，进入后院。那里有一座扩建的小屋，屋内的墙壁和屋子中央都被书架占据。从周遭数千册藏书，便能窥见博士的博学。

海斯曼顺手关上门，打开电灯，说：“窗户全被书架挡住了。没有椅子也没有火炉。这里可以吗？”

“可以。”鲁本斯答道。在昏暗的灯光下，能与仰慕已久但一直无缘得见的学者面对面，令鲁本斯兴奋不已，他就像与心仪的摇滚明星见面的少年一样忐忑不安。“麻烦博士您了，非常抱歉。但这都是为了博士的安全。”

“他们为什么监视我？”海斯曼不快地说，“法院基于什么证据允许他们窃听？”

“他们没有得到法院的许可。格雷戈里·万斯的行事风格就是这样。”

“这里是苏联还是朝鲜？愚蠢而可怜的总统。”海斯曼唾弃道，“这恰好证明了库尔特·哥德尔①是对的。”

“哥德尔？”听到这个天才逻辑学家的名字，鲁本斯不禁一愣，想起了科学史上的一段趣闻。

通过证明自然数论的不完全性震动了整个数学界的哥德尔，决定离开被纳粹占领的奥地利，逃往美国。要取得美国的公民权，就必须接受法官的面试。哥德尔对任何事都一丝不苟，他学习了美国宪法，却有了惊人的发现。从逻辑的角度看，美国宪法中隐藏着巨大的矛盾。标榜自由民主主义的宪法，背地里却构筑了合法诞生独裁者的系统。但哥德尔偏偏在面试时向法官讲解了他的发现。幸好他的担保人爱因斯坦事前同法官商量好了，哥德尔才得以顺利过关，正式取得了美国公民的资格。

这是科学史上一段罕为人知的笑话，但随着时间的推移，到了二十一世纪，它就不再是笑话，因为自认为凌驾于法律之上的独裁者已经出现。本来，以司法部长为首的法律顾问会讨论总统决定的合法性，但这一保险机制已经失效。在万斯政府中，法律专家的工作是迎合总统，歪曲法律。担任全军总司令的总统，可以不受法律约束，这事实上标志着独裁政治的确立。

美国已经在与宗教激进主义者的战争中败北，鲁本斯想，那个最看重自由的国家消失了。可是，为什么越是想守住自由民主主义体制，当政者就越容易陷入集权主义的泥淖呢？莫非在国家

① 数学家、逻辑学家和哲学家，最杰出的贡献是哥德尔不完全性定理。

这一构架之下，自由只不过是幻想？

“对了，刚才说到……”

鲁本斯试着转移话题，但海斯曼打断了他的话：“我之所以被监视，是因为那份报告吧？”

“不错。”

“第五种情况真的出现了？”

鲁本斯惊讶于对方清晰的思维。

“是的。”

“出现在什么地方？不会是亚马孙。东南亚还是非洲？”

“您为什么排除了亚马孙？”

“据我所知，亚马孙的少数民族有掐死畸形儿的习惯。即便那里诞生了新人类也活不下来。”

博士的话令鲁本斯略感震惊。二十万年的人类史中，在医疗科技不发达的一百多年前，与智人长相明显不同的新生儿，在任何文化圈中都会被扼杀。排除异质者的人类习惯，很可能扑灭了进化的火种。

可是，为什么这次俾格米人会让头部与常人迥异的婴儿活下来呢？莫非俾格米人社会形成了接受畸形儿的文化？这一点鲁本斯无从知晓。

“如您推测的那样，地点位于非洲的刚果民主共和国。新人类是俾格米孩子，已经三岁了。白宫主导的、正在进行的秘密计划发生了机密泄露，所以将博士纳入了监视范围。”

鲁本斯将涅墨西斯计划的内容和经过简明扼要地做了说明。海斯曼凝神倾听，在头顶电灯泡的照耀下，他仿佛一座矗立的雕像。途中听到三岁的俾格米孩子的代号是“奴斯”时，他笑着说："好名字。"然后问："你觉得进化的原因是什么？"

"或许是转录因子发生了变异。当然，这只是我的推测。此外还可能夹杂基因中发生的中性变异。不过，就算分析了奴斯的整个基因组，以现在的科学水平，也无法破解变异基因如何生成进化了的大脑。如果其中还有表观遗传学[①]的影响，那就更加难以探究了。"

博士点头道："请继续。"

当听鲁本斯讲完后，他再次流露出阴险的目光。

"三岁的孩子将超级大国玩儿得团团转，真痛快！"

"今天我来拜访您，正是为了聆听您的建议。"

"我没有任何建议。"海斯曼冷冰冰地拒绝道，"只是对见不到万斯那张哭丧的脸感到遗憾。"

"博士，"鲁本斯努力用镇定的声音问，"您似乎非常厌恶现政府。"

"不光是现政府我讨厌当权者。他们是所谓'必要的恶'，但恶得太过分了。说白了，我讨厌人类这种生物。"

鲁本斯认识到自己的心中潜藏着同博士一样的憎恶。

"为什么？"

"在所有的生物中，人类是唯一会对同类进行大屠杀的动物，人类就是这样的生物。人性就是残暴性。我认为，地球上曾经存在的别的人种——原人和尼安德特人——就是被智人灭绝的。"

"我们之所以活下来，不是因为更高的智力，而是因为更残暴？"

---

① 表观遗传学是研究基因的核苷酸序列不发生改变的情况下，基因如何表达可遗传的变化的一门遗传学分支学科。

“没错，在脑容量方面，尼安德特人比我们更大。可以确定的是，智人不愿与其他人类共存。”

虽然鲁本斯怀疑这一判断下得太草率，但许多发掘出的尼安德特人骨骸上都有遭受暴力的伤痕，以及被烹食的痕迹。四万年前的欧洲大陆上，只有两种动物具备烹饪猎物的知识：尼安德特人和智人。

“只要追溯人类历史就会发现，这是禁得起推敲的假说。”海斯曼继续道，“进入南北美洲的欧洲人，用武器和疾病杀死了百分之九十的原住民。几乎所有的土著民族都在这场大屠杀中灭绝。而在非洲大陆，为了捕获一千万奴隶，欧洲人杀害了数倍于此的无辜者。智人对同类都能如此凶残，对其他人类当然可想而知。”

想起刚果民主共和国的历史，鲁本斯不由得抑郁起来。那个国家所遭遇的灾难，不光是奴隶贸易。在被比利时国王利奥波德二世纳为私有地的刚果，反抗暴政的当地人都会被砍掉手，并被残忍杀害。比利时人的种族歧视思想愈演愈烈，以至于为了收集被砍下的手而屠杀一千多万人，连老人和孩子都不放过。到二十世纪，非洲大陆还贫穷落后，就是因为奴隶贸易和残酷的殖民地统治掠夺了人口这一重要资源。

“人类无法将自己和其他人种作为同一种生物加以认识，往往用肤色、国籍、宗教，甚至地域、社会和家庭作为自己的属性，其他集团的个体则被视为必须提防的异类。当然，这不是理性的判断，而是生物学上的习性。人类这种动物，天生就能区分异质的存在并加以提防。我认为这恰恰是人类残暴性的佐证。”

鲁本斯理解博士的主张：“换言之，这种习性对生存有利，所以作为物种整体的习性保留了下来。反过来说，那些不提防异类的人，都被作为异类杀掉了。”

“是，就像不怕蛇的动物因被毒蛇咬而导致个体数下降一样，结果怕蛇的个体存活了下来，作为其子孙，我们大多数人对于蛇都存在本能的恐惧。”

“但我们不是也具备希望和平的理性吗？”

“空谈世界和平，要比同邻居搞好关系简单得多。”海斯曼揶揄道，“可以说，战争是另一种形式的同类相残。人类运用智慧，编造出政治、宗教、意识形态、爱国心等词汇，试图掩盖同类相残的本能。而本质上，那只是人类的兽欲。为争夺领土而互相残杀的人类，和因为领地被侵犯而暴跳如雷、大打出手的黑猩猩，这两者有什么不一样？”

“那您怎么解释利他行为呢？这个世界上还是有善行和行善的人的啊。”说到这里，鲁本斯脑中浮现出一个寒酸的日本人形象。在中情局报告的那张照片中，是一个邋里邋遢、完全不招女性待见的小伙子。为什么这个叫古贺研人的人会甘冒生命危险开发新药呢？

“我没否定人类也有善良的一面。但正因为善行与人的本性相悖，所以它才会被视为美德。符合生物学本能的行动是不会受到称赞的。国家只有通过不杀害其他国家的国民来行善，但如今的人类连这一点也做不到。”

以鲁本斯的辩论能力，很难驳倒博士对人类根深蒂固的不信任。鲁本斯甚至觉得，海斯曼期望他报告中所警告的人类灭绝能够实现。

“对不起，我不能帮助你实施国防部的计划。出现新人类是可喜的事。智人是诞生二十万年也仍未停止互相残杀的可悲生物。只有在积聚杀人武器相互威胁的情况下才能共存，这就是人类伦理的极限。我想，是时候将这颗星球让给下一种智慧生物了。”

“博士，”鲁本斯不禁哀求起来，如今的事态让他不得不依靠海斯曼的睿智，“除了刚才说到的事，其实今天我来这里还有别的理由。您能不能再多给我点时间？”

“无论你说什么，我的态度都不会改变。”

“本来预定今晚正式发布消息，但我可以提前告诉您，副总统张伯伦被暗杀了。”

这似乎也出乎海斯曼的意料，但他只是微微挑眉。

鲁本斯说明了武装无人侦察机被入侵的始末，以及在刚果被围困的奴斯等人的状况。

“我下面要说的是最高机密，请您务必保密。国家安全局追查了空军网络的入侵者，迅速锁定了信号源。入侵‘捕食者’无人机的是——”

“宗教激进主义分子？”

“不，是中国军方。”

海斯曼目光游移起来。

“不过，真正的入侵者是谁，只有涅墨西斯计划的参与者清楚。那便是奴斯。问题是没有证据。美国政府先入为主地认为这是中国发动的网络恐怖袭击。如果美国与中国爆发军事冲突，那么被称为‘不稳定弧形带’的亚洲全域，以及俄罗斯、欧洲，乃至阿拉伯诸国和以色列都极有可能被卷入世界大战之中。”

“可是，如果这样的话……”海斯曼打住话头，双眼凝视着鲁本斯。

“没错，掌握核导弹发射按钮的正是万斯。”

藏书房一下子安静了。鲁本斯感叹于人类社会的和平是多么脆弱。为什么我们必须怀着人类自相残杀的恐惧活着呢？从人类诞生到现在的二十万年中，这种不安一直伴随着人类。人类唯一的敌人就是自己。“再这样下去，《海斯曼报告》中的第三种可能说不定就会发生。即便是有限使用核武器，只要第一枚核弹爆炸，人类的灭绝就无法避免。”

海斯曼沉默良久，终于抬起头说：“好吧，我回答你的问题。你想问什么就问吧。”

鲁本斯表示感谢，然后径直问道：“您认为涅墨西斯计划的成功率是多少？”

“零。在进化的智慧生物面前，我们毫无获胜的可能。”

“那现阶段该如何是好？”

“掌握奴斯的意图。”

“奴斯的意图？这怎么可能？对方拥有‘凭我们的悟性无法理解的精神特质’啊！”

“奴斯对我们的思维方式洞若观火，所以他给我们提出的问题，我们可以解答。换言之，他是可以与我们交流的。”

鲁本斯反思之前奴斯的种种表现，发现博士的话是对的。奴斯对人类在想什么了如指掌。

“对于毫无胜算的我们来说，必须理解奴斯的意图，‘选择正确的失败方式’。这样才能避免灭亡的命运。我们只有两种方式可以选择。”

鲁本斯以手扶额，拼命转动大脑。这是他人生头一次感到跟不上他人的思维。

“请等等。您是什么意思？”

"你还不明白？杀死副总统，不是一时气愤所为。奴斯是要通过无人飞机这件事告诉我们，他采取了什么策略。"

"奴斯的策略？"

"请将我们同奴斯的力量关系模型化。对人类来说，什么是我们的智力无法匹敌的？"

鲁本斯说出了脑中浮现出的唯一答案："上帝。"

"没错。人类和超人类的力量关系等同于人类和上帝的关系。毕竟对方是用超越人类智力的方式展开反击的。奴斯选择的便是'上帝的策略'。首先向人类表达和解的意愿，如果人类不听话，上帝就会痛施反击。如果人类愿意和解，上帝就会立刻收敛暴戾，不再报复。《圣经》中的上帝，不就是这样驯服人类的吗？"

鲁本斯哑然。奴斯被海斯曼识破的策略，酷似通过电脑模拟技术发现的囚徒悖论[①]的必胜法：以牙还牙策略。

"上帝是不可捉摸的，但并无恶意。"[②]

海斯曼轻轻一笑，然后正色道："因为我们一上来就发动攻击，所以对方只好以牙还牙。如果我们继续攻击，对方的反击也会越发强烈。等待我们的只有灭亡。不过，我们如果提出和解，就会得到赦免。但奴斯和我们之间支配与服从的关系不会改变。我们没有胜算，除了跪倒在他的脚下，别无他法。"

"结论，马上中止涅墨西斯计划。"

"嗯，那样一来，奴斯就会立即停止反击，通过某种方法消除核战争的威胁。因为如果不保护地球环境，他就会丧失生息之地。"

---

① 博弈论的代表性例子，反映一个群体中个人最佳选择并非团体最佳选择。

② 语出爱因斯坦。

鲁本斯这才忽然意识到之前忽略的一个问题及其答案。奴斯明明可以入侵“捕食者”，为什么不在刚果上空避免无人机的攻击，而要用无人机袭击副总统呢？

“如果现阶段杀死奴斯，那核战争的危险就无法消除。”

“对，他之所以杀死张伯伦，嫁祸给中国，就是为了达到这个目的。为了种族的存续，我们不得不保护奴斯。”

鲁本斯都记不得自己是第几次被这三岁孩童的智力所震惊了。

“如果我们不停止攻击奴斯，事态将会继续恶化。接下来，奴斯可能会暗杀中国政要，并嫁祸给美国。遭到黑猩猩攻击的人类也会反击，而且不会觉得这样做不道德。同样的道理，从伦理角度谴责奴斯是不对的。”

被人类用猎枪打死的猴子，不会知道自己身上发生了什么，鲁本斯想。

“总而言之，必须立即保护奴斯。我能告诉你的仅此而已。你满意吧？”

“是的。谢谢您给出的宝贵意见。”鲁本斯说，对自己做出的抹杀奴斯的决定深感耻辱，“我深受启发。”

海斯曼伸出手：“给我书吧。我不签名的话，你会被怀疑的。”鲁本斯一面感激博士的细心，一面将钢笔夹在《科学史概说》中交出去。海斯曼接过书，为了托住书而挽起左袖，这时鲁本斯有了意外的发现，不由得惊叫了一声。博士左腕内侧有一道微微变色的刺青，是一个字母和四个数字的组合：A1712。那应该是他在奥斯维辛集中营中的囚犯编号。

纳粹德国屠杀了六百万犹太人，堪称人类历史上空前绝后的惨祸。海斯曼博士是大屠杀的幸存者。以年龄推算，博士当时只是十多岁的少年。鲁本斯回想起客厅中连一张古老的相片都没有，于是明白，博士的家人全都没能活下来。

冷战时代，博士在美国政府的咨询机构就职，却坚决反对战争，倡导和平。他是当代首屈一指的学者，正是他让鲁本斯领略到科学的真正魅力。鲁本斯偷偷注视着正在签名的博士的手。这曾是一只在亲友接连遇害的极端环境中，被迫整日劳作的小手。这只手上，是否还保留着最后一次触摸母亲时感到的温暖呢？

想到这里，鲁本斯心中涌起了深深的感激之情——感谢眼前这位老人战胜了残酷的命运，将生命延续至今。鲁本斯很想告诉这位厌恶人类、态度冷淡的犹太科学家，我发自肺腑地敬爱您。

“给你。”

海斯曼将书递给鲁本斯，讶异地抬头看着他。鲁本斯眨着眼，强忍住即将漫出眼眶的泪水。海斯曼瞟了眼自己的左腕，似乎觉察到了鲁本斯的感情。他翻着满是油污和笔迹的书，说：“你似乎很喜欢我的书，谢谢。”

“我也要感谢您。博士的成就不光是您家人的，也是全人类的财富。”

海斯曼点点头，神情温和了许多，用与友人交谈似的温和口吻说：“现在地球上的六十五亿人，大概在一百年后就会全部消亡。既然如此，为什么要互相残杀呢？”

“因为有太多暴露出本性的人吧。”

博士笑道：“历史总是一再上演——愚者被权力欲支配，发动杀戮，却被美化成英雄传说。”

“所言极是。”

“关于你制订的那个计划，请容我再补充一句。”

“请讲。”

“你忽略了一个重大的问题。”

鲁本斯诧异地皱起眉：莫非还有别的问题？

“但这个疏漏影响不了大局。你姑且在工作的间隙，当作谜题思考一下好了。”

鲁本斯将涅墨西斯计划从头梳理了一遍，却没有找到谜题的答案。

“能不能给一点儿提示？”

“为什么奴斯要寻找治疗绝症的方法呢？”

鲁本斯先前已向博士谈到了这个问题的答案。目的有两个，其一是策反儿子患病的耶格，其二是以患病孩子为人质以确保古贺研人的安全。

“除了我提过的两点，难道还有什么隐蔽的目的？”

“对，从奴斯的角度看，开发特效药是最合理的解答。”

“解答？就是说，奴斯还有其他需要解答的问题？”

博士点头，意味深长地笑道：“你在监控计划实施的过程中，有没有发现什么怪事？有没有细微的疑问潜藏在心中一角，但没有浮现到意识的表面？”

说起来，还真有这样的感觉。但沉淀在无意识之下的问题无法呈现出清晰的轮廓，就像回想不出两天前做了什么梦一样。

海斯曼用说不清是单纯还是狡黠的眼神注视着鲁本斯，仿佛一位给学生出了难题的大学教授。“就把这个问题当作课后作业吧。再给你一个提示：你仍然低估了敌人的智力。请务必万分小心，冲破难关。”

10

“GIFT”上的倒计时单位切换到秒。

“还有五十九秒。”正勋说。软件即将计算出特效药的结构。

研人凝视着笔记本电脑的液晶屏幕，心中却恐惧起来。如果“GIFT”再次显示“None”，拯救患病儿童就无望了。相反，如果计算出了答案，那新药物的开发便由引导阶段进入制药阶段，负责人也由正勋变为研人。对自己能否挑起这副重担，研人完全没有信心。

还剩三十秒。研人有意识地放慢呼吸。如果一次呼吸量不到正常水平的一半，很快就会产生难以忍受的窒息感，这就是肺泡通气量低下的痛苦。患有肺泡上皮细胞硬化症的孩子，就是在这样的痛苦中绝望地挣扎。研人想到了小林舞花，药学者的使命感油然而生。我要打倒带来死亡的病魔，拯救那个孩子的性命！

“还有十秒。”

听到正勋的声音，研人连忙将视线转移回“GIFT”上。

“五、四、三、二、一。”研人和正勋一齐倒数，在数字跳到“零”时，两人的头都碰到了一起。屏幕中出现了一个全屏窗口，正勋大叫：“有了！”

窗口中浮现出的是化合物列表。“GIFT”给出的解答远远超出两人的想象：足足二十种预计活性百分之百的候补物质。列表中还包括各种药物的体内动态，点击之后，便出现从吸收到排泄以及毒性的详细预测值，甚至还有可以并用与禁止并用的既有药物一览。

“我不会是在做梦吧？”正勋说着，兴奋地趴在电脑上，仔细查看各种候补物质。大致看完后，他说："这些都是合格的药物，但我有一个地方想不通，比如这个……"

正勋调出一种候补物质，指着"代谢"指标说："这种药物的效果因人而异。生成代谢酶的基因不同，效果也会不同。某些人服用了这种药物，却因为药物被肝脏代谢殆尽，导致药效不佳。"

"也就是说，这种药物只能给拥有特定碱基序列的人使用？"

"对，比如有些药物可能会引起某类患者的肾脏毒性反应。"

如果不知道要救助的那两个孩子——贾斯汀·耶格和小林舞花——的碱基序列，那么让他们使用这些药物就会有危险。"没有所有人都适用的药物吗？"

"其中八种药物是安全的。点击这里就可以看到结构式，你来看看是否可以合成吧。"

"好。"

终于轮到自己上场了。研人做了一次深呼吸，坐进正勋让出的椅子里，面对超越人类智力水平的制药软件。点击列表中的一串连续编号，屏幕上便出现了两种化学结构式，分别表示能改变受体形态的变构[①]药，以及进入凹陷部分的激动剂。

碳、氢、氧、氮等元素相互连接，构成六角形的环状结构和锯齿形线条，这便是各种药物的形态。

研人紧盯着结构式，在脑中进行"逆合成"。要制造"GIFT"计算出的药物，就得让既有化合物和其他物质反应，再用合成的物质与其他物质反应，如此不断更替，最终生成所需的

① 某些物质能与酶分子上的非催化部位特异的结合，引起酶蛋白的分子构象发生改变，从而改变酶的活性，这种现象称为酶的变构调节或别位调节。变构调节在生物界普遍存在，它是人体内快速调节酶活性的一种重要方式。

药物。所谓“逆合成”，就是沿着反应链条逆向推算出从起始原料到目标药物之间的合成路径。通过这种方法，就能推定制造药物所必需的试剂与反应。

研人首先剔除了含手性中心的候补物质。因为制作这类物质，可能会同时生成它的对映异构体。要在合成过程中避免出现“镜中的牛奶”，必须耗费许多时间和精力。接下来，还要寻找可以发生酰胺化或酸化等简单还原反应的部位。能不能酮还原？有没有带卤素或杂原子的碳氢化合物？各反应的收获率是多少？尽管可以参考手中的专业书，但不明之处仍然很多。

“文献不够。”研人说，“不过，假如使用大学的终端，我倒是可以登录数据库看看。”

“是这个吧？”正勋紧跟着说，在“GIFT”的菜单里打开“数据库”功能。屏幕上跳出了研人希望查阅的化学信息网站。

“应该直接可以登录。‘GIFT’似乎通过不正当方式连入了数据库。”

研人决定不再纠结细节。使用这个网站就可以搜索一亿种化合物的数据，以及超过两千万种既有有机化学反应。

研人马上在编辑化学结构式的软件里，输入他所设想的反应，但出乎意料的是，他没有搜索到可靠的合成路径。他反复尝试，却越来越不安起来。硕士二年级的自己，是不是太不自量力了？但时间不等人，绝不能在这里止步不前。他只剩十六天的时间来合成两种药物。

无奈之中，研人只好将合成不出的候补化合物往后推，逐个检查剩下的候补化合物，但没有一种行得通。筋疲力尽的研人试到了最后一种候补化合物。以前要是多学习就好了！研人一面后悔，一面打开第八种结构式。

出现在屏幕上的激动剂呈细长形，由两个苯环和一个杂环，以及硫、氮和氨基构成。这个包含三个环状结构的功能团，可以同“变种GPR769”特异结合吗？与其并用的变构剂，也由三个环状化合物构成，只是组成方式和结构不同。

研人死死盯着屏幕上的这对组合。虽然没有多少证据，但他有一种直觉，这两种药物可以合成出来。研人将大脑中浮现的结构式逐个写在笔记本上，确认相应的反应。

“我感觉这回能成。”研人研究了半个多小时后说。尽管合成路径上还有不明晰之处，但两种药物都可以由起始物料通过大约七次反应生成。剩下的问题是合成所需的时间，但研人觉得应该刚刚赶得上。

“啊，是第八种吗？”正勋的语气轻快起来，“体内动态的预测值也是最好的，生物利用率也有百分之九十八。”

正勋恢复了研究者特有的严肃面孔，口齿伶俐地详细说明起来。研人一面听取血中半存留期的详细数据，一面在脑中勾勒合成药物的模样。用药方式不是注射，而是口服。也就是说，这是一种口服药物，用量一日一次，一次十毫克，儿童减半，服用后三十分钟就会见效。

“毒性呢？”

“非常低。没有致癌性和致畸性。长期毒性比阿司匹林都安全。不过，这种药物还可以与酷似‘变种GPR769’的十二种受体结合。”

药物可以同靶标之外的蛋白质结合，这意味着药物有副作用。

“但活性很低，‘GIFT’判断这种药物是安全的。”

“也就是说，基本没有副作用。”

“没错。”

一切都令人满意。但成功好像来得太突然了，研人反而心生警惕。

“怎么办？”正勋问，“试试合成第八种候补化合物？”

犹豫不决的研人想起了园田教授的一句话。这位已成功开发多种新药的教授，曾在讨论会间隙对研究生们说：“药物开发顺利时，就像有制药之神提前设计好了一样，一切问题都会迎刃而解。”

研人决定相信教授的经验法则。制药之神肯定存在吧！他一定在命令药学者，要平等地救治世界上所有被病痛折磨的人。

“就这么办。”研人说。

“好，那就定了。”正勋用力点头，“对了，药物的名字想好了吗？”

“这个嘛……”研人看着结构式思索起来。假如采用正式命名法，化合物的名称会长得离谱儿。“激动剂叫‘GIFT1’，变构药叫‘GIFT2’，怎么样？”

“好。”正勋微笑道，“这些就是给孩子们的礼物。”

因为要同时合成两种药物，如今实验室里的试剂和器具都不够。天亮后必须跟正勋分头去采购。

出色完成工作的正勋疲惫地问：“让我睡会儿行吧？”

研人看了眼手表，已经凌晨三点了。“睡吧。”

正勋钻到实验台下，用背包当枕头，皮夹克盖在身上当被子，倒头便睡。

研人取下眼镜，用袖子擦掉脸上的油脂，偶然瞥见了小型笔记本电脑。昨天与刚果的通信断绝后，便再没收到那边的消息。

士兵乔纳森·耶格那边，现在是什么情况呢？

对研人来说，A5大小的黑色笔记本电脑如同一扇通往非现实世界的窗户。这几天他都买了报纸，但国际新闻版面压根儿没有报道刚果民主共和国的那场战斗。倘若那里真的爆发了大规模战斗，为什么日本的媒体会无视呢？对地球另一头发生的事，如果新闻机构不报道，那就跟什么都没发生一样。自己生活的这个世界到底是怎么了？

无论如何，他都希望乔纳森·耶格还活着。如果贾斯汀战胜了绝症，他的父亲却死了，那就太遗憾了。

耶格在黑暗中睁开眼，听见有人在小声呼唤自己。他在防水垫上撑起身子，努力思考声音的主人是谁。累积的疲劳令他的身体和头脑都异常沉重。

“快起来！我掌握情况了。”

“情况？”

恢复清醒后，耶格想起了过去二十四小时里发生的事。“捕食者”的威胁消除后，耶格等人渡过伊比纳河，在雨林中往南挺进。关于为什么武装无人侦察机会离开刚果上空，皮尔斯没有做任何说明，佣兵们也不打算贸然询问。大家的注意力都集中在迫在眉睫的最大威胁上，占据南方国家公园的圣主抵抗军开始北上，似乎是要封锁耶格等人的去路。

现在是凌晨两点半，负责周边警戒的是迈尔斯。得到迈尔斯未发现异常的报告后，耶格问人类学者：“有发现什么吗？”

“看这个。”

原始森林笼罩在夜色之下，只见地面上，小型电脑的液晶屏幕发出微弱的光。阿基利蜷缩着瘦小的身躯，正在一旁熟睡。迈尔斯说得没错，阿基利的睡脸就像小猫一样。耶格蹑手蹑脚地移动到电脑前，避免吵醒孩子。

“终于接收到侦察卫星的图像了。这是十五分钟前的图像。”

耶格紧盯着屏幕，倦意一扫而空。卫星图像中密密麻麻全是热源，那代表有人，有数万之多。

“他们并非全是敌人，大部分是分散在东北方向的当地居民。随着武装集团从南北两方面逼近，他们都成了难民。”

“他们这是在森林里四散奔逃吗？”

“嗯。”皮尔斯指着屏幕说，“从北追击的敌人距我们三十千米以上，可以说已经被甩掉了。问题是南边的圣主抵抗军正在全速进军，打算将我们歼灭。”

皮尔斯指着南北走向的干道以及向西分出的岔道：“敌人分成几队，彼此相距十千米以上，对我们展开扫荡。”

耶格大惊。敌人的数量远远超出设想。而且，现在这个野营地就在敌人“L”字形的包围圈中。东、南两面都被封锁。天一亮，敌人就会大批涌入森林吧。

“这些家伙为什么如此气势汹汹？”

“杀了我们，一方面能获得大笔酬金，另一方面又能讨好美国。”

“局面对我们极其不利。”

“未必。我认为反倒是机会。”皮尔斯加重语气道，“圣主抵抗军是最后一关。只要突破了他们，就不会有武装势力阻截，我们就能逃到国外。”

“没那么简单吧。”

“别担心。”皮尔斯的手指在卫星图像上移动，越过塞满道路的圣主抵抗军，指向南方，“四十千米外有座叫布兰泼的镇子，装有补给物资的汽车就停在那里。只要得到通知，他们三十分钟内就能赶到附近。我们坐上车，很快就能抵达乌干达。今天上午就能逃出刚果。”

“开车的是什么人？”

“临时雇用的年轻人。乌干达导游。”

“那家伙靠得住吗？”在耶格听来，皮尔斯的计划就像痴人说梦，“问题是圣主抵抗军的包围圈，分布在这一带的兵力应该在一个师以上，即一万五千人到两万人。我们如何突破包围圈呢？”

“突破敌人的正中心。”皮尔斯敏捷地操作着电脑，打开了另一份文件，“看这个，日本的援军破解的维和部队作战要领。”

“维和部队？”耶格深感意外，快速浏览了这份联合国维和部队的机密文件。内容是针对圣主抵抗军的偷袭计划概要。今天早上六点，维和部队开始进攻圣主抵抗军主力部队。

“不会吧？联合国维和部队会这么主动？”

“在刚果，什么事都可能发生。大概十天前，圣主抵抗军设伏，杀死了九名维和部队士兵。这次是维和部队的报复行动。”

“维和部队的主力是巴基斯坦军？”

“是的。”

这帮维和部队会强奸逃难的当地妇女，臭名昭著。他们确实很可能发动报复攻击。耶格打开电筒，展开地图查看，尽量避免光线照到旁边的阿基利。预定的攻击地点是“L”字形的中心，也就是干道和分岔道的交会点。如果巴基斯坦军在这里将敌人分割开，就会打开一个向南突破的缺口。耶格等人或许就能逃出生天。

耶格重复读着计划要领。巴基斯坦军的计划并不是与圣主抵抗军全面对决，而是打了就跑，警告他们“不要惹我们”。执行整个计划只需要十五分钟。

“只好如此了。”耶格也表示赞同，“关键是时间。我们必须马上移动到缺口附近，越近越好。”

听到两人谈话的迈尔斯叫醒了盖瑞特和米克。

耶格开了个小会，但皮尔斯的高风险计划引来了反对。讨论来讨论去，大家也没有别的办法。如果要绕开敌人的包围圈，就得花更长时间，而且被北方来的武装集团追上的可能性也很大。此外，大家只剩下两顿口粮了，必须在一天之内获得补给物资。

最后，大家一致认定只能强行突破，于是戴上电量已不多的夜视仪，匆忙准备出发。因为携带的口粮不多，装备的重量减轻了二十千克左右。

耶格看着熟睡中的阿基利，问：“不叫他起来吃饭？”

“还是让他睡吧。”皮尔斯答道，用布将阿基利裹起来，抱在胸前。

“战斗开始后，盖住这孩子的眼睛和耳朵。”耶格吩咐道。

到达距目标地点八千米左右时，他们先打开手电筒，在日出前黑暗的森林中前行四千米，剩下的行程中则关闭手电筒，打开夜视仪。

清晨五点，微光逐渐射入雨林。众人停止行军，盖瑞特和米克出去侦察。不到半个小时，两人就回来了，向大家通报状况。

“干道上全是圣主抵抗军。”

皮尔斯问："能偷偷穿过缝隙，不被敌人察觉吗？"

"不可能。到处都是哨岗。"

盖瑞特指着地图说："我们准确的位置在这里。如果要从分岔道口突围，再往东南方向前进一点儿更好吧。"

"需要靠近敌人多少米？"迈尔斯问。

耶格斟酌了各种风险，给出了结论："四百米。"

"到极限了。"

"已经在步枪射程之内了，需要注意流弹。"

四名佣兵排成一列纵队，皮尔斯和阿基利跟在后面，朝待命地点移动。可四周的景象毫无变化，视野被树林隔阻，只能看到前方二十米。

"在这里等着。"耶格说，"我和米克去最前面，看清状况后用无线电通知你们何时行动。"

"但超过两百米就收不到电波了。"盖瑞特说，"我们必须再靠近些。"

众人只好继续接近敌人，最后在树林一角停住。耶格和米克留下皮尔斯等人，继续朝敌阵前进。

两人左侧是与前进方向平行的干道，横在前方的是岔道。两条路都是森林中辟出的，路边耸立着一排排大树。当然，从森林中是看不清外面的情况的，耶格和米克必须走到距岔道二十米的地点，那里距离干道和岔道的分叉点大概一百米。

耶格躲在大树背后，探出身子查看。在只容一辆车通过的泥路上，停着圣主抵抗军的车队。能见到的只有运送士兵的卡车，载货平台上的士兵有的在抽烟，有的在准备做饭。与之前的民兵组织不同，他们穿着统一的战斗服，甚至还戴着贝雷帽。

米克轻轻放下背包，从中取出克莱莫定向人员杀伤地雷、C-4高性能炸药以及引爆装置，指了指周围的四个点，示意在那里设置炸弹。耶格点头，然后爬上树，寻找视野更开阔的场所。爬到距地面五米左右，来到底层灌木之上，干道和岔道便映入眼中。透过双筒望远镜，他看到了俄制坦克和装甲车，以及士兵们手中无数的兵器：迫击炮、火箭推进式榴弹、重机枪、AK突击步枪。这些是从国外流入的“穷人的武器”。这个地方的杀人武器恐怕比生活物资都多吧。

距离维和部队开战只剩十分钟了。耶格将步枪换成带消音器的手枪，一面掩护米克一面想：我才不想死在这儿呢。

耶格坚信，自己之所以活到现在，就是为了闯过眼前的难关。

晚上十点半，鲁本斯接到白宫的紧急电话。“你去跟总统阁下当面汇报涅墨西斯计划的情况。”埃尔德里奇指示道。鲁本斯立即离开了行动指挥部。

与海斯曼博士见面后，鲁本斯通过各方渠道表达想要面见总统的诉求，现在总算得偿所愿了。但还不能高兴得太早，刚果最强大、最凶狠的武装集团“圣主抵抗军”已经完成了对奴斯的包围。在他看来，这次奴斯肯定是难逃一死，涅墨西斯计划的达成已经指日可待。

虽然已是深夜，国防部内部却人头攒动。鲁本斯在一楼的走廊上遇到了身后跟着一大批随从的拉蒂默国防部长。他们正急匆匆地赶往国防部的国家军事指挥中心。总统的核攻击命令最先会传到这些人耳里。

副总统张伯伦被炸身亡后，美军将戒备状态提高到了第三级。所有军事通信都被加密，以防敌国窃听。如果网络战也设置了戒备状态级别，那肯定已经提升到象征全面战争的第一级了。

鲁本斯坐进停车场里的奥迪牌轿车，一面朝首都中心行驶，一面思考总统在这个时间段召唤自己的意义。国家安全委员会连日在白宫开会，从外交、军事两方面，比较、讨论应对中国的方案。总统在会议间隙叫自己去，可见白宫开始关心涅墨西斯计划了，尽管这种关心的程度还相当有限。鲁本斯知道，暗杀副总统并非中国所为，而是诞生在刚果的新人类，但政府内部有人知道吗？如果有，那人便是自己的盟友，但那个人是谁？如果他是位高权重、能说服万斯总统中止涅墨西斯计划的人就好了。

抵达白宫后，鲁本斯接受了严格的身份核查，还被金属探测器从上到下扫了一遍，终于获准进入西厢。两名海军陆战队队员正守在门外，他进入大门，来到门厅。这是一个仅容十人的小房间，从内饰判断不像公共场所，倒是与富人私宅角落中的会客室有几分相似。

入口旁放着一张桌子，秘书坐在桌后负责登记。鲁本斯报了自己的姓名，坐在墙边沙发里的一个人站了起来。

“你就是鲁本斯？”

看到这个满头银发、留着小胡子、穿着西装的男人，鲁本斯大吃一惊。此人是中情局局长霍兰德。原来他就是暗中帮助自己的“同志”？

“见到您我深感荣幸，长官。”

鲁本斯做完自我介绍，与情报机构的首脑握手，坐到红色的皮革椅上。

“时间不多，我们长话短说。”霍兰德说着，瞥了眼负责登记的秘书，然后小声说，“那个计划进行得怎么样？”

“紧急处置阶段即将结束。”鲁本斯看着墙上的挂钟说。现在时间是晚上十一点，非洲大陆中部为凌晨五点。今晚向总统的汇报，或许是自己最后的机会。“当地最大的武装势力已经对奴斯形成了包围网，两个小时后就会开始扫荡。”

“我们的目标会活下来吗？”

“不会。”

霍兰德点点头，向鲁本斯投去责难的目光。“你是不是见过海斯曼博士？”

“是。”鲁本斯坦率地承认。他知道中情局的监视网捕捉到了他的行踪。

“博士说什么了？”

“什么都没说。”

“那就好。”

霍兰德回答得很干脆，鲁本斯判断长官并非敌人。

“海斯曼博士想保持沉默也无妨，我要问的是你的想法。这次张伯伦遭遇不幸，起因不在中国而在刚果，对吧？”

“对。”

“就是说，目前的危机是奴斯造成的？”

“没错。”

“那涅墨西斯计划还有变更的余地吗？”

“有。我的结论是，我们应该尽快保护奴斯，而不是大开杀戒。”

霍兰德没有表现出丝毫惊讶，仿佛早就预料到了这一回答。“不过，我们怎么知道他们的准确位置？”

“将驻留吉布提[①]的‘资源’送入刚果。奈杰尔·皮尔斯会使用卫星电话的电波，情报支援特遣队可以通过捕捉电波，确定他们的位置，然后命令三角洲特种部队的两个小队实施营救。”

“但这跟派无人机完全不同，光是向邻国申请通过领空，就要几天时间。更何况那里是第一次非洲大战的开战区域，我们不能随便采取军事行动。”

“那就立即将他们从恐怖分子通缉名单中划除吧，再告知当地的武装势力，就算杀了奴斯等人，他们也得不到一分钱。现在应该能做到这点。”

霍兰德依然板着脸，一言不发。

鲁本斯压低声音问：“长官，这个计划是我提出的，但里面有连我这个制订者都不知道的情况。为什么我们必须消灭沃伦·盖瑞特？”

“那家伙是叛国贼。”中情局局长一脸憎恶地答道，“他收集了有关‘特殊移送’的证据，打算到国际刑事法院起诉总统。”

鲁本斯闻言大惊。涅墨西斯计划原来还暗藏着另一个目的。他感叹沃伦·盖瑞特的大胆图谋，却也佩服他的勇气。

霍兰德刚要接着往下说，门开了。打开门的是总统幕僚长艾卡思。

“总统阁下在等你，请到办公室来。”

鲁本斯同霍兰德一道站起来，对他耳语道：“不抓紧的话，局面很可能难以收拾。”

“我知道。”霍兰德语速极快地答道，“我们低估了刚果的

① 非洲东部国家。

威胁，但现在变更计划极其困难。”

鲁本斯非常沮丧。难道涅墨西斯计划非得继续下去，直到杀死沃伦·盖瑞特吗？但这样会将世界带入更危险的境地。

鲁本斯跟着艾卡思来到细长走廊的尽头，那里放着一把椅子，上面坐着一个魁梧的男人，他左手手腕上铐着手铐，手铐的另一端铐在他脚边的手提箱上。鲁本斯不寒而栗。这个手提箱就是所谓的“核足球”。从三军中选拔的军官总在总统身边待命，以便总统随时下达核攻击的命令。

当艾卡思敲门时，鲁本斯回忆起自己走过的漫长道路。自从在圣菲研究所开始对掌权者的精神病理感兴趣以来，他几经周折，终于得到与最高研究对象会面的机会。鲁本斯即将见面的这个人，可能与任何时代都有的杀人狂魔无异。他手握核导弹发射按钮，可以随时对别国发射贫铀弹[①]。

幕僚长打开门，鲁本斯和霍兰德进入总统办公室。万斯总统在办公桌后看着他们，他穿着深蓝色西装，打着同色系领带，肌肉结实，可见平日里常健身。他的眼神既有几分粗野，又带几分多疑。

“这位是涅墨西斯计划的负责人阿瑟·鲁本斯。”

听到霍兰德的介绍，万斯走到房间中央。鲁本斯压制住心中莫名产生的畏惧感。如果不克服盲从权威的人类天性，就无法看穿对方的真面目。

总统不快地瞟了鲁本斯一眼。“现在那边是什么情况？”他问中情局局长，“如果是计划已完成的报告，我会很开心。”

---

① 以含有铀238的硬质合金为主要原料制成的炮弹和枪弹，具有放射性毒性与化学毒性。

“计划应该已经完成了，但是……”

“意思是，刚果的威胁可以解除吗？”

“可以。”

“那很好啊！”

万斯挥了挥手，示意两人坐下，自己也坐在沙发上，从动作可以看出他已相当疲惫。

“为什么在这么忙的时候，讨论这个不重要的计划？是不是出现了什么问题？”

“今晚请您腾出时间，是要向您汇报一种可能性。无人机被入侵一事，可能与涅墨西斯计划有关。”

万斯的眼神中流露出一丝紧张。鲁本斯对会谈开始不久万斯就表情骤变感到迷惑，总统那眼神竟然像个担心父亲责骂的孩子。他到底在害怕什么？

“什么意思？难道是上次提到的那个叫‘奴斯’的孩子干的？”

“有可能。”

“你们有明确的证据吗？”

“这次悲剧后，我方很快就掌握了凶手是中国的证据。这让我想到，之前美军中央司令部的网络遭到入侵，最后没查出攻击的来源。我相信凭中国网络战部队的实力，应该不会这么轻易就被追查到。”

“这话说不通，一个三岁的俾格米族小孩能干出这事？这不是天方夜谭吗？”万斯补充道：“我说‘俾格米族’，意思是他们生活的地方原始，没别的意思。”

“可假如他真的具备了《海斯曼报告》中提到的那种能

力……”

“我才不信那些鬼话！”

鲁本斯看出万斯很激动，眼眶周围微微充血。副总统之死所带来的恐惧，在他身上转化为强烈的攻击冲动。

霍兰德平静地劝说总统变更涅墨西斯计划。鲁本斯在一旁专心揣测万斯的心理。想成功说服总统，就必须知道总统害怕、愤怒什么。鲁本斯首先想到的是种族歧视。任何假借政治思想之名发动暴力的右翼分子，例如新纳粹主义或白人至上的信奉者，都有个共通的心理，那就是被扭曲的自尊。他们在成长过程中遇到一些问题，造成他们无法直接认同自己，只能通过认同自己所属的集团来间接增加自己的自信。但实际上他们只关心自己，因此假右翼会将攻击的矛头指向任何提出不同意见的同胞，而这些人原本应该是他们完全认同的集团成员。信奉新保守主义的万斯，也有全面肯定自己所属集团的倾向，但鲁本斯无法理解的是，总统刚才为何会表现出难以抑制的愤怒？在美国，如果政治家遭到种族歧视的指控，是非常严重的事。如果万斯的种族歧视强烈到难以自制，那他应该会在先前的政治活动中表现出迹象。所以他多半不是种族主义者。或许他只有少许的种族意识，但他平时具备足够的理性去抑制住。

中情局局长继续汇报，但很快万斯就皱着眉头打断了他的话：“我还是不相信区区一个孩子会让美国陷入危机。地球上的最高智慧生物，难道不是我们人类吗？”

“但假如这么想就与本次计划相违背了。涅墨西斯计划的目的是消除威胁人类的新智慧生命啊。”

“批准涅墨西斯计划，只是考虑到密码有被破解的危险。除此之外，别无他由。这个孩子只是碰巧数学才能非常突出吧！”

“既然如此，我们可以保护奴斯，利用他破解密码的能力，为美国服务。何况……”霍兰德犹豫片刻后道，“我们只拯救奴斯，不包括四名佣兵和人类学者。”

这是霍兰德能做出的最大妥协，但万斯当即否定：“不，没必要改变计划。”

政治决定看上去都是理性的判断，但很大程度上受到决策者人格的影响。鲁本斯从总统坚决的态度中窥见了人格偏见的痕迹。他之所以固执地要抹杀奴斯，应该是基于某种个人信念。这种信念是什么？答案只有一个。没错，在走上政治家道路之前，万斯就有酒精依赖症，是信仰的力量让他重新振作起来。鲁本斯已明白，变更涅墨西斯计划是不可能的。

“你叫阿瑟？”万斯将视线转向鲁本斯。

“是的。”

“阿瑟，我对你非常失望。为了对付一个孩子，你竟然如此大费周章，你这样很无能啊！”

“与奴斯相比，人类都很无能。”

鲁本斯口出不逊，令霍兰德不禁绷紧神经。总统也被震住了，愣愣地盯着年轻的计划负责人。

“请允许我向您解释一下我们的敌人。”鲁本斯换作恭敬的语气，开始将海斯曼的分析讲给总统听，只是没有提及海斯曼的名字。当然，他知道这段分析中暗藏地雷。果不其然，万斯听到奴斯采用的是“上帝的策略”时，立刻做出了反应。

“别再胡说八道了！”

万斯明显急躁起来，想继续询问，霍兰德抢先骂道：“你这个比喻不恰当，难道不能用更单纯的政治措辞吗？”

“失礼了。”鲁本斯致歉道，“这个比喻确实不妥，但是……”

“鲁本斯想说的是……”霍兰德沉稳地接过话头，示意鲁本斯不要再说下去，“如果我们停止攻击，威胁可能也会消失。”

总统将视线转移到霍兰德身上，无视鲁本斯的存在。鲁本斯注视着这个在策划伊拉克战争时向上帝祈祷的人。他被公认为虔诚的基督教徒。然而每当沐浴着天上的光芒时，他脚下不可避免会出现“诛杀异教徒”的阴影，但这并不意味着万斯的行为异常。崇拜全知全能的神，同时将异教徒视为敌人，这是人类常见的习性。区分敌我的标准不仅是肤色和语言，还包括信仰。不仅如此，信仰还有一种功能，那就是即便杀人如麻，只要在神面前悔过，就可以当什么都没发生。

鲁本斯渐渐看透了总统的内心。在万斯眼中，进化后的人类就跟异教徒没什么区别。

“好了，到此为止吧。”霍兰德还没说完，总统就站了起来。他似乎忍无可忍了。“我认为你们对这次威胁的分析太夸张了，希望你们别说那些不存在的威胁。当初发动伊拉克战争，不是也听取了你们的话吗？我问你，大规模杀伤性武器到底在什么地方？”

鲁本斯从这番话中听出了“罪恶感”和“转嫁责任”这两种心理状态。万斯曾在公众场合为入侵伊拉克雄辩滔滔，看来那只是身为总统的表演吧！

中情局局长无力还击，只好沉默不语。

“不过，我并不反对对伊拉克使用武力。”万斯一边走回办公桌，一边为自己辩护，这反而透露出他心中的罪恶感，“是我们将伊拉克人民从独裁者的暴政下解放出来，让他们获得了自由。”

美国是不是太强大了？鲁本斯想，统率这个超级大国的重责怎么能交由一个人承担？大权在握的万斯，可以随心所欲地使用权力，滥用暴力。面对自己的决定所导致的惨祸，他又惊慌失措，深感罪恶，只好借由信仰来获得心灵上的救赎。

对万斯而言，一旦承认世界上出现了更加进化的人类，就等于承认现存的人类不是神依自己的形象所创造出来的生命。人类将失去神的宠爱，那万斯犯下的罪过也就得不到赦免，杀害十万伊拉克平民的罪过将由万斯永远背负下去。

不仅如此，万斯面对神秘的高智慧新生物，就好像面对着自己。万斯很清楚，无论是权力还是智力，只要掌握了某种无法控制的巨大力量，就能将其转化为暴力。所以他才会惧怕那个新生物。那新生物从天而降的一击，轻而易举地葬送了副总统张伯伦。万斯心知肚明，必须率先发动攻击，否则下一个遭到攻击的就是自己。

鲁本斯直视着站在面前的最高权力者。

万斯一辈子与父亲对抗，曾经因为经营企业失败而嗜酒如命，最后靠神的力量才得以重塑人生。他是无法爱敌人的基督教徒。

这个名叫格雷戈里·S. 万斯的五十几岁的男人，只是一个平凡的人类。

“我们换个话题吧！”万斯整理着桌上的文件，对霍兰德说，“请阿瑟回避一下，我们俩单独谈谈梅森的事。”

“哦！梅森的事吗？”霍兰德说。梅森是众议员的政党领袖，曾被提名担任副总统。

“你去外面等一下。”霍兰德对鲁本斯说。

“真的非常抱歉，总统阁下。我是为了改善现在的危机状况，才会口无遮拦。请您谅解。”鲁本斯说。

“快把刚果的问题解决掉。”万斯只说了这一句，挥手让鲁本斯出去。

鲁本斯离开办公室。房间外，脚边放着“核足球”的“干净美国人”依然保持着同样的姿势。鲁本斯走过狭窄的走廊，返回门厅。

鲁本斯坐在沙发上，长长地舒了一口气，将头埋进双手中。他之前一直认为，政治领袖的霸气是发动战争的必要条件。无论保有多少枚核导弹，假如没有敢按下核导弹发射按钮的人，就无法对外国构成威胁。但通过近距离接触，鲁本斯发现，美军最高司令只是一个平凡的普通人，而且是人类这种生物的典型范本。也就是说，只要有足够的地位，任何人都可能按下核导弹发射按钮。只要发动战争的领导人不在乎自己的指令将间接害死多少人，就有可能爆发真正的战争。

鲁本斯回顾从圣菲研究所到现在的经历，印象最深的还是海斯曼博士的深刻洞察力。

过去二十万年间，人类不断地相互残杀，为了自我防卫，人类各自组成国家。人类永远害怕被外来集团侵略，终日处在被害妄想症的状态下。这种异常的心理状态存在于每个人类心中，反而成了“正常状态”。之所以人类无法达成完全的和平，就是因为人类彼此心存戒备，很难相信对方没有危险。人类为了掠夺食物、资源和领土，不惜伤害他人。人类觉得自己是这样，敌人当然也是这样，于是人类相互恐惧、相互攻击。不仅如此，人类还用国家和宗教做挡箭牌，来赦免自己的罪过。反正只要是非我族类，就是异端分子，就是敌人。

人类之所以一直对这种罪恶视而不见，是因为除了人类没有别的智慧生物能谴责人类。然而，现在不一样了。非洲大陆出现了另一种智慧生物，他拥有谴责人类同类相残的智慧。在比人类更接近于神的生命面前，为了表现人类的尊严，只能违背动物本性去维持和平。

但人类做得到这一点吗?

“鲁本斯。”一个声音从上方传来。

鲁本斯抬起头，只见中情局局长霍兰德正站在面前。中情局局长露出极不痛快的表情说:“你想干什么?事情全搞砸了。”

“对不起。”

“我们还谈到对你的处分。”

鲁本斯心中一凛，做好了最坏的打算。

“是要解雇我?”

“不，你的职位还是照旧。”

鲁本斯惊讶了片刻，很快意识到这背后的意义。倘若计划失败，他们需要一个人背黑锅。

“不过，所有指挥权都要交给埃尔德里奇。你只能在行动指挥部坐着。”

“明白了。”

霍兰德匆匆朝白宫西厢的出口走去。

一出门，刺骨的寒风便扑面而来。中情局局长的专用轿车已等在外面，但霍兰德没有上车，而是将鲁本斯带到离特勤局特工稍远的位置。

“鲁本斯，”局长小声说，“我下面说的话不是命令。对国防部主导的计划，我本来也没有指手画脚的权力。”

“我明白。”

霍兰德慎重地打量周围，确认安全之后说：“请救奴斯。”

鲁本斯默默地注视着情报机构的首脑。

“这个计划，埃尔德里奇肯定无法独自承担。他早晚会请你帮忙。到时候，请你尽力挽救奴斯。”

“是，长官。”鲁本斯站直身子答道。

霍兰德转身朝轿车走去。

鲁本斯看了眼手表。现在是非洲中部时间早上六点。地球的另一侧，最大的危机已逼近奴斯，但鲁本斯却无能为力，只能期待乔纳森·耶格等四名佣兵可以对抗刚果最大的武装势力。

即将爆发的这场小规模战斗，或许会成为左右世界命运的历史性一战。

到时候，奴斯便会看到人类这种动物最丑陋的一面。

手腕上的电子表显示已到六点，联合国维和部队作战的时间已到。

在树上监视的耶格观察了一会儿，但没有发现任何战斗开始的征兆。地上，米克也一动不动地注视着“圣主抵抗军”。

“还没动静？”无线电通话器中传来盖瑞特的声音。

耶格按了两下通话键，这是表示“等等”的信号。就在这时，干道的方向传来爆炸声。耶格用双筒望远镜一看，一辆被破坏的坦克冒起了黑烟。坦克周围，圣主抵抗军士兵正指着南方叫嚷着什么，看来战斗终于打响了。耶格将视线再次投向二十米开外的岔道，原本守在路旁的士兵纷纷跳上运兵车，拿起武器。

在断断续续的枪声中，干道上连续发生了多起爆炸。远方发射来的导弹击中装甲车，鲜血四溅，残肢横飞。随着尖厉的呼啸，无数迫击炮弹从天而降。

米克抬头看耶格，等待耶格发出行动开始的命令。耶格看到前方的敌人依然保持着战斗队形，便摇了摇头。敌人训练有素，现在强行突围，只会遭到对方反击。

过了三分钟，干道上的主力部队才出现混乱。攻击直升机的黑影从敌人头上飞过，送来一连串格林机枪炮的扫射。曳光弹精确地射进敌人的队列，中弹的士兵横七竖八地倒在地上。巴基斯坦军发动的报复攻击完全违背了维和部队的交战规则。又来了一架“眼镜蛇”攻击型直升机。这架直升机悬停在空中，瞄准了与干道直角相交的岔道。

耶格对着无线麦克风，小声而坚定地说：“前进！”

“明白。”后方两百米的盖瑞特答道。

攻击型直升机发射了机身两侧的反坦克导弹，开始分割包围岔道上的敌人。其中一枚导弹落在耶格附近，差点儿把耶格从树上震下来。不远处，圣主抵抗军开始迎战，但步枪的火力根本不值一提。攻击型直升机一边用格林机枪扫射，一边逼近，耶格面前的敌人只好逃窜进森林之中。

耶格向米克打了个手势，同时，呈扇形分布的四枚简易炸弹爆炸，涌来的敌人被直接掀翻。耶格和米克用装有消声器的手枪射杀了残余的士兵，将左右二十米范围内的敌人清除，从而打开突破口。

耶格连忙爬下树，盖瑞特等人也已赶到。抱着阿基利的皮尔斯张大了嘴，大口大口地呼吸着空气。阿基利似乎醒了，却像小猫一样紧闭着双眼。

攻击型直升机低空飞行，发出隆隆巨响，来到岔道上空，卷起漫天尘土。趁视野模糊的良机，耶格大叫："冲！"

佣兵们手持突击步枪冲入岔道，分为两组，各自对付左右两面的散兵。皮尔斯抱着阿基利从中间的缝隙穿出。短短五秒，盖瑞特和迈尔斯就打死了发现他们的四名敌兵。米克跳上运兵车，将缴获的火箭推进式榴弹和狙击枪装进背包。四名佣兵追上皮尔斯，开始在森林中狂奔。

敌人溃不成军，分散在森林中。佣兵们一见敌人，就用步枪和枪榴弹将其歼灭。混战中，耶格的右肩膀被后方射来的子弹擦过，在战斗中，这点儿伤根本不算什么。耶格完全没有感到疼痛，将三发子弹射入了朝自己开枪的敌人。

在周围佣兵们的保护下，中心的皮尔斯和阿基利都安然无恙。他们专心朝南奔逃，原来近在耳边的枪声渐渐远去。圣主抵抗军的威胁似乎解除了，全力奔跑的皮尔斯上气不接下气地说："十分钟前收到的卫星图像显示，前方有一支大约两百人的独立部队。"

耶格大声问："圣主抵抗军？"

"没错！"

莫非巴基斯坦军漏掉了这伙人？

"距离呢？"

"前方五百米。"

皮尔斯才说完，前方就传来了AK47的枪声。耶格大惊，再这样下去，双方就会迎头撞上。

"装补给物资的车在哪里？"

“正在干道上朝我们驶来，但因为有维和部队，车只能在两千米外等候。”

该直行还是该绕路呢？无论怎么走，前面等着他们的敌军兵力都有一个连以上。如果两百个敌人分散在森林中，己方无论怎么走都绕不过。如此看来，只好集中火力强行突破。

就在耶格举棋不定时，眼前突然出现了一个在森林中开辟出的村落。圆形广场旁边，有一排粗陋的土屋。此外，便是一座特别惹眼的红砖建筑。

“那是什么？”

“天主教教堂。”

这座教堂可以充当防御敌人的堡垒。耶格扫了一眼村子，村民好像都逃难去了。

“好，我们进教堂。”

“什么？”盖瑞特马上反问，“要是被敌人发现，我们就无处可逃了。”

“我们不是要躲在那里，而是要攻击敌人，将他们从森林中吸引出来。如果巴基斯坦军发现了他们，就会帮我们把他们解决掉。”

盖瑞特领会了耶格的意图，看了眼手表，说：“离维和部队作战计划结束只剩七分钟。快！”

耶格和米克充当先锋，冲到教堂前面。整栋建筑盖得方方正正，像巨大的砖块，尽管是平房，天花板却有两层楼高。耶格紧贴墙壁，透过窗户窥视内部。窗户上都是灰，什么也看不见。耶格只好同米克沿着墙根摸到木质门前。门口挂着汽车车轮，也许是某种形式的诅咒。

两名佣兵交换了眼神，一同踢开门，冲进教堂。耶格上下左右挪动枪口，准备迎敌，却被眼前的一幕惊得忍不住往后退。教堂里堆满了腐烂的尸体，从婴儿到老人，大群苍蝇如黑雾一般笼罩在教堂里。浓烈的尸臭将耶格和米克熏了出去。

“太臭了！”米克眉头紧皱着说。

耶格喘着气，怒不可遏。

“巴基斯坦军还不够狠，应该把那群人赶尽杀绝。”

“里面太臭，根本没法待。”米克大口喘着气，像潜水员那样深吸一口气，冲进教堂，将靠着墙壁的梯子拉出来，“上屋顶吧。”

耶格表示赞同，招手叫盖瑞特等人过来。敌人潜伏的森林中传出断断续续的枪声。爬上梯子，来到教堂屋顶，眼前呈现出三百六十度全景。一望无际的雨林如同黑色的大海一样覆盖着地表，山顶覆盖着冰雪的鲁文佐里山脉耸立在东方。回望北部，巴基斯坦军用直升机攻击还在进行着。在他们返回基地前，一定要将他们引过来。

耶格将同伴们拉上来，抽起梯子，以防敌人攀登。然后耶格分配任务：皮尔斯负责监视北侧，其他四人则集中火力防范南边的敌人。盖瑞特和迈尔斯分别在屋顶两侧，警戒东西两方的来敌。所有人都打开无线电通话器，以防枪声大作后听不见指示。

一百米外的广场对面森林中，出现几道枪口的闪光，其中夹杂着女人的尖叫。孤立的圣主抵抗军连队似乎不是在同巴基斯坦军地面部队交战，而是在屠杀他们绑架的村民。他们是要赶在维和部队发现之前，消灭大屠杀的目击证人吧。

耶格对敌人愈加憎恶。一定要让他们为自己的野蛮行径付出代价！一定！

四个佣兵在屋顶边缘架设枪架，开始用步枪齐射敌人潜伏的森林。考虑到可能有村民还活着，他们故意压低枪口。三十发子弹自动射尽，第一个弹匣打光，幽暗的树林中出现敌影。敌人发现了他们。

“现在开始要节约弹药！”耶格发出决战前的最后指示，“坚持到维和部队到来。”

佣兵们换上弹匣，继续瞄准前方。光线昏暗的雨林中隐隐浮现敌人的身影，就像风中的稻穗。转眼之间，敌人就从树木的缝隙中涌了出来。

耶格瞄准打头的敌人，却没有扣下扳机。眼前是不该存在的人间地狱。挥舞着AK突击步枪冲上来的是一群孩子。十岁上下的男孩们一边尖叫，一边朝耶格杀来。

半年前一个晴朗的日子，奥内卡的人生发生了翻天覆地的巨大变化。

在那之前，他只是一个普通的孩子，住在沿街的一个小村子里。他有个懒惰的父亲和勤劳的母亲，以及与自己年龄相差不多的哥哥和妹妹。早上起床后，他跟其他孩子负责去打水，然后去上学，或是到田里帮母亲干活儿、与同村的朋友玩耍，如此日复一日。最高兴的事就是每两周一次去远方的市场买东西，还有偶尔在晚上吃到鸡肉。尽管居住的土房非常狭窄，但每次吃饭的时候，他都会和哥哥阿嘎可、妹妹阿提艾诺满脸笑容地分享食物。

恶魔进村那天，奥内卡正在屋子前面同哥哥阿嘎可踢足球。阿提艾诺坐在门前，边唱歌边望着两个哥哥，但她的歌声突然被尖叫声所掩盖。尖叫声是村子边上的女人发出的，听上去与平常夫妻吵架的喧哗大不一样，是令人胆寒、充满恐惧的呐喊。

奥内卡与哥哥来到街上，想看看发生了什么事。一辆卡车正朝这边驶来。每到一家门口，就会跳下三个士兵。

“爸爸！妈妈！”阿嘎可大声呼唤父母。

在房后田里劳作的母亲、睡午觉的父亲，都面无血色地跑过来。这时，一辆卡车刚好停在奥内卡面前，三个持枪的男人从载货平台上跳下。

“快跑！”父亲大叫，抱起一旁的阿提艾诺。一名士兵冲上来，用绑在步枪顶端的长刀刺入父亲怀中的阿提艾诺。

近距离目睹这一幕的奥内卡，仿佛身处噩梦中一般。阿提艾诺只是在唱歌，没有做任何错事，为什么要受这样的惩罚？

妹妹顿时毙命。父亲表现出的不是悲哀，因为刺入阿提艾诺的长刀也扎进了他的胸膛。父亲发出痛苦的呻吟声，双臂抱胸，满地打滚儿。

个子最高的士兵走到惊恐不已的母亲面前，说：“我们要带走你儿子。”母亲下巴颤抖着，但没有说一个字。另一个士兵将一把刀伸到哥哥面前，命令道：“强奸你妈，然后割下她的脑袋。”阿嘎可瞪大了眼睛，使劲摇头。第三名士兵见状，立即挥斧朝哥哥砍去。

奥内卡低下头，闭上眼。但哥哥的尖叫声和肉体被肢解的声音，还是传进了他的耳朵。

奥内卡抽泣起来。士兵将沉甸甸的大刀塞进了他手中。那个恶魔说：“强奸你妈，然后割下她的脑袋。不然你的下场就跟你哥哥一样。”

泪水模糊了视线，奥内卡只看到哥哥的躯体、四肢和头颅都不见了。奥内卡不想死。他看着母亲，母亲已经脸色青紫。

“上吧。”恶魔脱下奥内卡的裤子，拨弄他小小的生殖器。

母亲一直在哭，直到一切结束之前。

自那刻开始，奥内卡彻底变了，感觉就像从另一个世界，眺望自己所在的这个世界。他被带上了车，从尘土飞扬的街上驶离。他看见了还在地上打滚儿呻吟的父亲。他知道，他再也不能回到这个地方了。

奥内卡与同村的十个孩子，一起被带到了训练营。他成了一名士兵，被迫上战场。排列在草原一角的简陋营房中，聚集着几百个孩子。他们不能洗澡，空气里飘荡着难闻的恶臭。

训练过程中，只要犯一点儿错，就会被当场杀掉。有的孩子只是因为摔倒了就被打死，或者从头淋上汽油烧死。每个孩子都会在死前发出动物般的嘶叫。奥内卡不想被杀，从拆卸步枪、打扫卫生到冲锋训练，他总是默默执行着分配给他的工作。三个月后，他参加实战，袭击与自己故乡一样的村子，帮助掠夺食物、燃料和女人。那个绑架奥内卡的指挥官，有个绰号叫“嗜血将军”。他将村民们绑在树上，命令孩子用刺刀刺杀，以锻炼胆量。奥内卡杀死了好几个人。

“我们要忍耐。”每个杀人结束后的晚上，奥内卡的好朋友洛卡尼就会反复念叨着，“用不了多久，美军就会来帮我们了。”

“美军？”

“嗯，美国军队会来惩罚坏人。你听说过‘笔比枪更厉害’这句话吗？”

奥内卡摇头。

“意思是报社记者比任何军队都强大，他们一定会来救我们。”

可是，美军没有来，笔也没有比枪更强大。洛卡尼再也等不下去，在某个晚上试图逃出营地，结果被抓住了。指挥官叫来奥内卡，命令他用棍棒打死逃兵。奥内卡敲碎了朋友的头颅。他再也没有人可以相信，再也无法关爱任何人。他对一切都无所谓了。这就是奥内卡的战争。

两天前指挥官下令屠杀聚在教堂中的村民，他没有半点犹豫。指挥官甚至命令孩子兵割开死者的尸体，吃掉他们的心脏和肝脏。至于年轻的女子，则被带入森林，成为指挥官发泄性欲的玩物。然而，今天早上却发生了超乎预料的事情。炮弹从远方呼啸而来，战斗直升机发起了进攻。奥内卡接到命令，收拾好搭在广场的帐篷，进入森林。收好帐篷后，他们开始杀害村中残留的女性。五个指挥官似乎非常惊慌。一个念头蹦进了奥内卡的脑子：发动袭击的是美军吧？如果是的话，自己这样的坏人不就大难临头了吗？因为此时此刻，自己正在射杀哭泣着乞求赦免的女人。

“组成冲锋队形！”“嗜血将军”突然大叫。

这时奥内卡才意识到自己正在遭受攻击。靠近广场的同伴中枪后纷纷倒地。奥内卡朝子弹飞来的方向望去。教堂屋顶上，几个人正在朝他这边射击。

“攻击那座教堂！把他们全都杀掉！”

孩子们装上弹匣，端着突击步枪，朝红砖建筑排成冲锋队形。

“嗜血将军”举起的手往下一挥：“全军冲锋！”

两百个孩子兵大喊着，朝广场另一侧的教堂冲去。奥内卡在前锋当中。他一如既往地没有感到任何恐惧。只是去杀人罢了。

他一边跑，一边用步枪瞄准教堂屋顶射击。不知从哪一刻起，硝烟味消失了，风送来了泥土的芬芳。这让奥内卡想起了故乡。一直尘封在记忆中的家人，竟然复苏了。

泥土的芬芳变成了母亲温柔的体香。奥内卡感觉自己就像被母亲抱在怀里一样。令奥内卡吃惊的是，母亲竟然没有生气。被自己杀害的母亲，如今竟然如此疼爱自己？

奥内卡哭了起来。他一边奔跑，一边哭泣。

我不是生而为人就好了。

假使生下来是鸟兽，我就可以同家人永远相亲相爱地生活下去吧。

敌人开始反击，教堂屋顶的人用全自动武器射击。奥内卡分明听见左侧传来子弹击穿头盖骨的破裂声。他斜视着被射杀的同伴，心想：我也死了吧。

喷射着火焰的枪口转向自己。然后，奥内卡被一枪击中头部。他再也看不见，再也感觉不到任何东西了。

米克朝孩子兵发动压制射击。冲在最前面的孩子鲜血四溅，纷纷倒地。后面冲上来的士兵被尸体绊倒，跌在尸体上。

耶格叫道："停止射击！"

但米克没有遵守命令，一边继续扫射，一边大叫："过来吧，王八羔子们！"打完弹匣里的子弹后，他又大喊："装弹！"这时，后续的孩子兵越过前面的尸体，再次发起冲锋。盖瑞特和迈尔斯不得已只好开枪，但两人都只是威慑射击。子弹在孩子们脚边画出一条线，终于遏止了他们前进的脚步。

"停止射击！"耶格命令道，然后拔掉手榴弹的保险栓，预测杀伤范围后，将其扔到孩子们前方。爆炸的同时，孩子兵全都趴到地上。不过，即便有人站着也不会受伤。

孩子们的哭声和尖叫声在寂静的广场上回荡。耶格心如刀割，暗自祈祷他们能尽快撤退。之前的计划已经破产。巴基斯坦军故意对孩子兵视而不见，现在无法指望维和部队伸出援手了。假如战斗继续进行下去，恐怕只会两败俱伤。

祈祷应验了。趴在地上的几个孩子掉头朝森林的方向撤退。这是全军撤退的信号吧，耶格隐隐期待着。但现实很快击碎了他的幻想。森林中射出曳光弹，临阵逃亡的孩子兵被处决了。目睹这幅光景的耶格，恶心得直想吐。

撤退就是死路一条，孩子兵只得绝望地再次冲锋。这跟“二战”时日军的自杀式攻击如出一辙。他们冲入毫无遮蔽物的广场，沦为活动的人肉靶子。虽然只是孩子兵，但他们手中的轻武器却是真家伙。AK步枪一齐乱射，对耶格等人构成压倒性火力。在数百发子弹的狂轰下，耶格等人藏身的屋顶边缘都被削掉了。最后一排的孩子兵站定，朝他们举起反坦克火箭。

“火箭推进式榴弹！”迈尔斯大叫着往后跑。直线飞来的火箭弹击中了教堂左侧的墙壁，房屋摇晃，砖块横飞，迈尔斯脚下的房顶坍塌了。迈尔斯拼死抓住残缺的房顶才没有跌下去。教堂中的猛烈尸臭喷涌而出，迈尔斯用尽全力将自己的下半身拖上来，爬到耶格旁边。

“这样下去我们都会死！”迈尔斯面色苍白地叫道，“怎么办？”

耶格背后的米克用缴获的火箭推进式榴弹对准孩子们。瞬间，从爆炸中心飞散出被炸裂的孩子兵的头颅和内脏。

“停止射击！停止射击！”耶格制止道。

米克充耳不闻，接着用AK步枪毫无怜悯地狂射。

“杀死那帮臭小子！一个个都该下地狱！”

米克的声音中似乎流露着欢喜。为了缓和死亡所带来的紧张，他的大脑大量分泌麻醉物质，让他陷入了战斗痴狂的状态。米克被杀戮的快感所支配，一边恶毒咒骂孩子兵，一边兴奋地继续扫射。

灼热的液体从耶格的胃里涌上喉咙。虽然孩子兵冲到了广场中央，但近半数的孩子都被米克杀死了。

这时，孩子兵发射的第二发火箭推进式榴弹炸开了教堂左前侧，屋顶剧烈摇晃起来。再来一发炮弹的话，整座建筑就会崩塌。

米克将AK47换成了枪榴弹发射器。

“米克，住手！”

“闭嘴！这是战争！”米克说，继续发射枪榴弹。榴弹在最前排的孩子兵脚下爆炸，造成七个孩子死伤。

耶格判断，现在只能战斗。就算要遭受永世的惩罚，也必须开枪。

“懂吗？这是战争！”耶格大吼着拔出手枪，射中了米克的太阳穴。

9毫米口径子弹没有贯穿头部，而是在米克头骨内来回反弹，完全破坏了整个大脑。微微弯腰的米克瞬间丧命，向前倒去，头部和鼻孔不断流出黑色的血液。

迈尔斯和盖瑞特目瞪口呆地看着同伴的尸体。耶格扣动扳机的右手也沾上了米克的脑浆。

“盖瑞特，用威吓射击阻止敌人前进！用手榴弹！”耶格接连不断地下达指示，“迈尔斯，发射枪榴弹！”

迈尔斯接过枪榴弹发射器，皱眉看着耶格。

“朝森林后方射击，将躲在里面的指挥官轰出来！”

“明白！”

迈尔斯调整射击角度，开始发射40毫米口径枪榴弹。耶格端起缴获的SVD狙击枪，用光学瞄准器瞄准森林入口的大树树干，试射了一发子弹，然后根据着弹点修正瞄准器。

残余的孩子兵渐渐逼近教堂。每个孩子的眼睛里都闪烁着邪恶之光，眼神迷离，透露出无法想象的暴力。耶格从中看到的是无法挽救的空虚灵魂。

几个孩子兵开始投掷手榴弹。虽然没有扔到屋顶上，但却在教堂不远处连续爆炸，令教堂摇摇欲坠。

盖瑞特一边拼死迎战一边说：“就要顶不住了！快发射枪榴弹！”

迈尔斯发射了枪榴弹，着弹点从森林深处由远及近移动，但隐藏在黑暗中的指挥官依旧没有现身。

孩子兵似乎看出耶格等人没有杀伤他们的意思，渐渐加快了逼近的速度，离教堂仅剩三十米。一个少年从尸堆中刨出了一把火箭推进式榴弹发射器。如果让他再轰一次，耶格他们多半难逃一死。耶格趴在地上，用狙击枪瞄准少年的大腿。

这时，耶格忽然察觉身边有人。他一开始还以为是已死的米克又动了，惊讶地抬起了头。结果发现，站在自己面前的是那个异形孩子。不知何时，阿基利来到他身边，俯视着他。那孩子表情痛苦，流露出与孩子兵相同的憎恶。

耶格保持着伏射姿势，怒吼道：“趴下！”

但阿基利对此置若罔闻，他在米克的尸体旁弯下腰，从背包中取出了什么东西。是一捆一万美元的活动资金。阿基利用小手拆开封条，将两百张五十美元纸币从屋顶撒下去。

小纸片随风飞舞，从教堂飘到广场。孩子兵被这突然飘来的东西吸引，顿时停住不动。发现这是从天而降的高额纸币后，他们争相抢夺。看着扔掉武器、围着金钱打架的孩子兵，阿基利的嘴角露出一丝讥笑。他已经将人类的欲望看得一清二楚了吧。

“耶格。”

听见迈尔斯的呼唤，耶格立即将视线挪回瞄准器上。驱策孩子兵的指挥官们，被连续爆炸赶到了雨林边缘。那是五个戴着贝雷帽的男人，其中一人似乎被枪榴弹所伤，浑身是血。

耶格毫不犹豫地扣下了狙击枪的扳机。第一个指挥官头部中弹，向后栽倒。他瘫软的身体尚未完全着地，耶格就击中了第二个指挥官的头。

一枪致命，真是便宜了他们。他本想用更加残暴的方法惩罚这些披着人皮的恶魔。

剩下三个指挥官觉察到有狙击手，转身便往雨林中跑。耶格又狙击射杀了两人后发现没子弹了。迈尔斯射出的枪榴弹落到最后一个浑身鲜血的指挥官脚下，数百枚金属片扎进他的全身，指挥官像破布一样当场瘫倒。

耶格从屋顶边缘探出身子，朝地上大喊：“指挥官死了！大家快逃！”

孩子兵全都停止了争抢，抬头看着耶格。

盖瑞特大吼着，用斯瓦西里语翻译出耶格的话。

孩子兵回过神来，举起步枪继续攻击，耶格和盖瑞特俯下身子继续叫喊：“指挥官死了！不会杀你们了！快逃吧！”

枪声越来越稀疏，最后消失了。耶格举起信号反射镜观察广场的状况。返回森林的孩子兵看到指挥官的尸体，面面相觑，交谈了两句后便四散而逃。

转眼间，战场上就阒寂无声。孩子兵丢掉武器，一个不剩地跑掉了。

确认安全后，耶格宣布：“敌人撤退了。”他站起身，感到一阵强烈的眩晕。

阿基利凝视着米克的尸体，然后抬头看着耶格，嘴角露出令人不寒而栗的笑容。耶格太累了，不想再去猜测阿基利的想法，只是默默地抱起他，交给了从北面跑来的皮尔斯。

佣兵们麻利地从米克的背包中取出身份证等证件，重新分配了食物和弹药。

“别介意。这就是战争。”盖瑞特俯视着米克的尸体，宽慰耶格道，“真实而残酷的战争。”

迈尔斯点头表示赞同。

耶格对二人道了声谢，思索起来。自己杀掉的这个叫柏原干宏的日本人，没有携带一张家人或朋友的照片，就来到了战场。恐怕他一辈子没有人爱，一辈子都生活在仇恨当中吧。

“走吧。”迈尔斯说。

众人放下梯子，从教堂北侧下到地面。

“待命车辆刚才发来消息，”皮尔斯说，“维和部队开始返回基地了，它正朝我们这边驶来，应该很快就到。”

“什么车种？”耶格问。

“兰德酷路泽[1]。我们去一百米外的干道边等吧。”

耶格与盖瑞特领头，皮尔斯和阿基利居中，迈尔斯殿后，一起向东面进发。教堂前的广场上堆叠着大约一百具孩子的尸体。耶格忍不住呕吐起来。

“快！”盖瑞特转身催促。他正要加快脚步，却像突然撞上了看不见的巨大物体，紧捂右腹，两膝跪地，向前倒去。

耶格趴到刚吐出的呕吐物上，用无线电通话器告知迈尔斯：“三点钟方向有狙击手。”

那里是广场的一角，孩子的尸体横七竖八。耶格透过瞄准器，发现了一个只剩半条命的少年抬起身子，仿佛就要在尸海中溺死一般。中枪的盖瑞特趴在地上，发出痛苦的呻吟声。

“挺住，盖瑞特。迈尔斯马上就到。”耶格鼓励道，将视线再次投向广场。

少年被火箭推进式榴弹击中，左臂被炸断，一只眼睛也瞎了。他用剩下的手臂举着AK步枪，表情呆滞，精神恍惚。尽管他拼死射击，但枪口却上下晃动。

耶格不禁自问：到底为什么？为什么要跟那个少年厮杀？

耶格不顾零星的枪声，冲到盖瑞特身边，将他拖到附近民宅的墙边。

“啊！可恶！痛死了！”

耶格卸下盖瑞特的所有装备，解开战斗服，伤口显现了出来。血正从肋骨右侧涌出。子弹射入肝脏附近，灼伤了五脏六腑。

盖瑞特脸色苍白，呼吸也急促起来。耶格将背包垫在他脚

---

① 丰田汽车出品的一款SUV。

下，抬高他的双腿，以应对休克症状。

“可恶！”盖瑞特用嘶哑的声音说，“竟然被小屁孩打中了。”

“没事的，不是什么大伤。挺住！”

耶格压住伤口止血，盖瑞特痛得打起滚儿来。耶格一边从医疗包里取出吗啡注射液，一边寻找卫生兵。迈尔斯先前被困在教堂背后，此刻正掩护着皮尔斯和阿基利朝这边艰难地移动。

“我会不会死在这里？”盖瑞特奄奄一息地说，“我还想做些好事呢。”

“你这么想，说明你是个善良的人。”

“不对……我把许多人送去叙利亚和乌兹别克斯坦接受拷问……”

“那不是你的主意。”耶格不禁打断道，“其实你可以一个人逃离这个雨林，却跟着我们一块儿，你是为了我的儿子，对吧？”

他没有回答。

盖瑞特闭上双眼，停止呼吸，表情平静地躺在地上。

耶格摸着盖瑞特的颈动脉，确认心跳已停，立即进行心肺复苏术，但他知道人不可能起死回生。盖瑞特的灵魂应该还没飞远，他很想问问，是否听到了他最后说的那句话。

赶过来的迈尔斯检查了盖瑞特的脉搏、呼吸和瞳孔，制止了仍在做心脏按压的耶格。年轻的卫生兵哭丧着脸，无力地摇着头，宣告战友已经死亡。

皮尔斯悲痛地自言自语道：“为什么会这样？”

“开枪的孩子兵怎么样了？”耶格问。

"倒在地上不动弹了。"迈尔斯说，"应该是死了。"

两人闭上嘴，默默祈祷片刻。他们从盖瑞特的随身物品里找出一张伪造的护照。在侧袋里还发现了一张盖瑞特与同龄女性的合影，以及一封遗书。收信人是"朱迪"，家住弗吉尼亚州北部。

耶格将这封信小心翼翼地放进裤兜。

"要埋起来吗？"皮尔斯问，"毕竟他救了姆布蒂人的命。"

虽然耶格知道应该尽快离开这里，但他更不忍心让盖瑞特曝尸荒野。他环顾四周，发现已经没有敌人的迹象。

"埋吧。"迈尔斯说，"三个人一起挖，用不了多少时间。"

耶格点点头，与迈尔斯一起将遗体搬进附近的森林，用折叠铲挖出一个坑，将盖瑞特放进坑中，在地图上标记出埋葬的场所。

把土盖在遗体上时，迈尔斯和皮尔斯都低垂着头，嘴里念着简短的祷词。

耶格注视着那个异形孩子，现场唯有他没有流露出哀伤情绪。他在人类学者怀中，看起来竟然十分开心。他第一次见到宗教仪式，正津津有味地在一旁观察。

难道这孩子只是将遗体看成一件东西，心中没有半点儿感情？想到这里，耶格一把抓住阿基利的小下巴，那感触与人类的幼儿没有区别。阿基利惊恐地抬头看着耶格。

耶格将三岁孩子的脸转向盖瑞特的遗体，说："阿基利，你听好了。我不知道你是怎么想的，也不知道你有什么感觉。或许你会觉得我们人类是愚蠢的物种，可你不要忘了这个人。他是为了保护你而死的。他舍弃最宝贵的生命，全是因为你。"

阿基利的双眼泛着泪光。耶格想起了儿子被自己训斥时的模样。他此刻也是在教导阿基利："从现在开始，你要背负着沃伦·盖瑞特的生命活下去。也就是说，你要像他一样好好活下去，懂了吗？”

阿基利轻轻点头，好像被强迫点头一样。

“好。”耶格说着松开了手。见阿基利惧意未消，便拍了拍他的大脑袋，对另外两人说：“咱们离开这个国家吧。”

埋葬盖瑞特后，四人用仅存的力气，开始穿越雨林。维和部队已经返回南部的基地，圣主抵抗军的士兵和村民全都不见了。清晨的阳光从树叶缝隙中洒下，小河畔，一大群蝴蝶正翩翩飞舞，宛如无数的花瓣。

世界如此美丽，耶格想。但这个世界上，偏偏有一种名为人类的有害动物。

走出森林前，皮尔斯取出电脑，确认没有侦察卫星监视：“安全。”

来到泥泞的干道上，停在南面的车子发动了引擎，朝他们驶来。耶格告诫自己不可大意，却抑制不住心头的狂喜。

大型SUV停在众人面前，驾驶席上的年轻黑人开口问道：“你是英国的罗杰吗？”

“是的。”皮尔斯答道，“你就是萨纽？”

“没错。”

“见到你真的很高兴，萨纽。”

“我也是。”萨纽爽朗地答道。但一见到皮尔斯身边穿着战斗服的两人，他就敛起了笑容，而看到皮尔斯怀中的孩子时，他眼睛瞪得都快掉下来了。

“这个孩子有病。”皮尔斯说，“其他的情况以后再说。我先问你，补给物资准备好了吗？”

“嗯，准备好了。”萨纽又恢复为阳光青年，跳下驾驶席，打开后备箱。里面堆放着装满食物和衣服的纸板箱。

耶格等人将矿泉水箱抬进森林洗澡，快速剃掉胡须，换上衣服，穿戴整齐，以免引人注目。耶格给阿基利戴上婴儿帽，遮挡他与众不同的头部和眼睛。

最后，皮尔斯给所有人分发了表明记者身份的报道证和伪造的护照，完成了逃往国外的准备工作。

“我们经鲁茨鲁进入乌干达。”

“然后呢？”迈尔斯问，“怎么离开非洲？”

“我有几套方案，但现在只能重新规划。我们的战斗力发生了变化，日本的援军应该在制订新的计划。”

“战斗力发生了变化”是指有两名计划执行者阵亡了吧。

谨慎起见，大家决定在越过刚果国境时，除萨纽以外的四人全部下车，徒步绕过检查站。迈尔斯坐进驾驶席，耶格坐进副驾驶席，其他三人则坐到后排。迈尔斯发动汽车，朝边境驶去。

耶格眺望着窗外的伊图里森林，下意识地在裤子上擦拭右手。他的手上似乎还残留着米克的脑浆。

进入这个国家以来，我都做了哪些正确的事？耶格想。还是说，我已经堕落到跟这里的武装集团一样，只是在欲望的驱使下杀死敌人和战友？冷静地反思，如果米克没有在教堂屋顶攻击孩子兵，我们这些人说不定已经全死了。米克清醒地认识到这就是战争，并且为了生存而战斗，也许他的所作所为才是正确的吧。米克将大家从危机中解救出来，耶格却责怪他心狠手辣，耶格应该向他道歉才对。

耶格开始后悔了，自己不该恨米克，杀了他，还将他的遗体弃之不顾。自己一生恐怕都无法摆脱这种罪恶感吧。耶格不禁泪水盈眶。生命是多么脆弱，人类是多么可恶，善良是多么无力，而自己又是多么善恶不分……想到这里，耶格既自责又自怜，竟无声地哭了起来。

“耶格，”驾驶席里的迈尔斯开口道，这名年轻卫生兵的声音颤抖着，“你要挺住！我也在努力忍着啊！”

耶格擦掉泪水，警惕地看向前方，却听到后排传来的抽泣声。是皮尔斯在哭。他的精神本就濒于崩溃，现在终于可以放松下来宣泄情绪了。也许是被自己的保护者所感染，阿基利也哭了起来。从猫一样的眼睛中流出的大颗泪滴，证明他拥有与人类相同的感情。耶格内心对异类的恐惧也减轻了些许。

只有萨纽一个人莫名其妙，满脸困惑地问：“大家没事吧？”

见到如此滑稽的场面，前排的两名佣兵忍不住笑出声来。

第三部

逃离非洲

出アフリカ

1

研人把自己关在昏暗无光的房间里，废寝忘食地开发新药，昼夜不分。

自开始合成药物已经一周了。其间帕皮没有打来电话，与刚果的通信也一直断绝，研人才得以专心从事实验。钻进地板上的睡袋小睡一会儿后，研人的脑海里突然掠过一个不祥的念头：乔纳森·耶格和奈杰尔·皮尔斯会不会已经死在非洲大陆了呢？还是说，没有消息就是好消息？

到昨天为止，新药合成都进行得十分顺利。为了制造GIFT1和GIFT2，起始物料经过三次反应，转化为化学结构完全不同的中间体。一系列反应结束后，研人将生成的所有化合物分离提纯，把样品送给大学里的正勋。药学院大楼地下实验室内进行核磁共振分析和X射线结构分析的仪器一应俱全，使用这些仪器就能确认生成物是不是目标物质。由于采用邮寄这种方式相当费时，研人只好雇人骑摩托往返于町田的实验室和锦糸町的大学之间。

从昨晚到今天，合成工作到了最紧要的关头。GIFT1的合成路径中，出现了论文搜索不到的反应，必须自行设计试剂和反应条件。贾斯汀·耶格还剩十天性命，不能有半点儿错误。研人之前花了好几天攻读反应机制相关的专业书，终于制订了有希望成功的实验计划，并付诸实施。将试剂和催化剂放入烧瓶中时，他的手都有点抖。反应进行了十二个小时，于今天下午晚些时候分离出生成物，然后将样品托人骑摩托交给正勋。现在，研人正在等待分析结果。

研人绕着占据六叠房间的实验台走来走去，为下一步反应做准备。他心中莫名地兴奋。通过尝试前人从未进行过的反应，自己终于进入了有机合成的世界。这次新药开发，不仅建立在诺贝尔奖获奖者的光辉成绩之上，还要感谢许多无名化学学者所积累的丰富经验。凭这点工作，自己只能忝陪末座吧。不过，说不定将来会有人利用这个反应制造新药。对研人而言，前景令人欢欣鼓舞。

公寓外传来摩托车的声音，研人抬起头。正勋好像到了。听到有人从外侧楼梯疾步跑上来，研人连忙走到玄关迎接朋友。

正勋打开门，劈头便说："结果出来了！"他急不可耐地脱掉鞋子，站在原地卸下背包，取出打印出的一卷纸。因为不能使用传真，文件也必须人工运输。

研人返回六叠大小的房间，浏览三种分析结果，即质谱分析、红外光谱分析，以及核磁共振分析。

最初的样本似乎与目标化合物相符。不仅分子量、质量、原子构成一致，红外光谱分析表明功能团也一致。

研人压抑着兴奋的心情，开始阅读核磁共振分析图表。图表上，沿横轴延伸的直线断断续续地攀升，形成好几个波峰，直线相当平滑，没有不纯物质。研人一边从图表中观察苯环的存在和氢原子的散布状态，一边在大脑中描绘与分析结果一致的化学结构式。有没有不一致的地方？看到这个分析结果，谁都能推导出同一个结构式吗？经过反复确认，研人终于攥紧拳头大叫道：“成功啦！”

“成功啦！”正勋也鼓掌欢呼。

“还剩下三个反应步骤，GIFT就完成啦！”

“这是我送给你的礼物。”满面笑容的正勋递给研人一个塞满汉堡和饼干的袋子。

研人心怀感激地接过礼物。他早就厌倦面包和杯面了。但他没有立即打开汉堡的外包装，而是检查副产物的分析，结果有了意外发现。烧瓶中似乎发生了出乎意料的副反应。

园田教授曾反复叮嘱“注意副反应”，研人现在终于明白了这句话的含义。因为如果只关注主反应，就会忽略潜藏在背后的副反应。过去，去实验室汇报实验结果的研究生常常会看到，园田教授独自一人因为什么事而兴奋不已，这是由于教授有了意外的发现，也就是隐藏在背后的副反应。现在，研人也像恩师一样兴奋，他感觉自己又在有机合成的世界里迈出了一步。

“你好像很开心。”正勋微笑道，“一起去吃饭吧？”

“你先去吃吧。”研人返回实验台前，“我准备好下一步反应后再去。”

“需要我帮忙吗？”

“帮我测一下小白鼠的血氧饱和度吧。”

“好。”

正勋拿着实验动物用脉搏血氧计，往壁橱里看了一眼便立刻呼唤研人。

研人转过头。正勋指着笼中一动不动的小白鼠说：“死了一只。”

死的是一只经过基因转录、被人工诱发肺泡上皮细胞硬化症的小白鼠。耳朵标牌上的编号是“4-05”。研人翻查笔记本，找到了每六个小时记录的动脉血氧饱和度图表。“4-05”是病情最严重的个体。

研人没有给实验动物取名，极力避免对它们产生感情，但心里仍然沉甸甸的。他一边在心里向死去的小白鼠默哀，一边在图表末尾写上“dead”（死亡）。

“我把这只小白鼠带去大学。”正勋说着，忍住恶心，伸手取出尸体。专攻理论研究的正勋还不习惯面对实验动物。“只要提取基因，注入CHO细胞[①]中，就可以获得受体结合实验所需的细胞。”

一旦病源基因在细胞中运作，细胞膜上就会出现“变种GPR769”受体蛋白质。

“你连这个也会？”

“不，我不行，我打算去拜托土井。我不会说出你的名字，放心吧。”

“你在大学食堂请土井吃顿饭他就会答应的。”研人笑道。

“对了，研人，我还有一件事放心不下。”

“什么事？”

“我们要救的两个孩子，小林舞花在大学医院，而贾斯汀·耶格在里斯本的医院，对吧？”

“是。”研人一直在担心小林舞花的病情。因为得不到她的检查数值，无法估算她还有几天可活，就连她是否已经死了都不

---

① 中国仓鼠卵巢细胞（Chinese hamster ovary），该细胞具有不死性，可以传代百代以上，是目前生物工程上广泛使用的细胞。

知道。就算派正勋去医院，也不能获准进入重症监护室。

“问题在贾斯汀那边。”正勋继续道，“我查了一下，给葡萄牙寄药的话，最快也要两天才能收到。”

“两天？”

研人这才意识到自己严重考虑不周。他原本认为把药交给来找自己的美国人乔纳森·耶格就行了。但现在与刚果通信中断，连耶格会不会到日本来都要打问号。研人甚至想到最坏的情况，即耶格已经战死了。

“如果邮寄药物，最后期限就必须提前两天？”

正勋点头道：“我们只剩下七天了。”

考虑到剩下的反应，以及随后的受体结合实验和小白鼠药理实验，研人不禁一阵晕眩。

“必须想办法加快速度。”

“我购买的高速色谱分析仪明天到货。”研人抱着一丝期待说。他花了一百五十万日元的重金购买了这台二手机器。“用它可以节约大量时间。”

“能节约出多少时间来？”

“总共十八个小时。”

“那还差三十个小时呢。”

两人面面相觑，默默地思索对策。

“万不得已的话，”研人说，“药物合成之后直接寄过去，省略后面的检验步骤。”

“最低限度的检验也不进行吗？那样就无法验证‘GIFT’的预测是否有效了。”

“可是，如果来不及……”研人把剩下的话吞了回去。

从笼子里取出的小白鼠尸体躺在实验台的一端。如果不能及时将新药送到里斯本，那贾斯汀·耶格的命运就同这只小动物一样。

刚果民主共和国东部，布兰泼以北二十千米处的战斗结束后，奴斯等人就从涅墨西斯计划的监视网中消失了。

在十天前的那场战斗中，他们到底采取了什么行动?

在行动指挥部里，鲁本斯坐在自己的座位上，仔细阅读“联合国驻刚果民主共和国观察团”提交的最终报告。

> 我们在曼乔阿村大屠杀现场，共发现一百四十九具尸体，其中有四十八具是当地居民，九十五具是从乌干达北部绑架的孩子兵，五具是“圣主抵抗军”士兵，还有一具从外表看是亚洲人。这名唯一的亚洲人没有携带护照等证件，无法确认其身份。更奇怪的是，只有此人死在教堂屋顶。尸检结果判定其死因是头部被近距离枪击。我军还发现了十二名受伤的儿童，他们称，曾有少数武装分子在教堂屋顶同他们交战，但目前尚不清楚该亚洲男子所属的集团，以及出于何种目的出现在此地。

报告中附有尸体照片，从面部判断，这个身份不明的亚洲人就是柏原干宏。

自己制订的计划中，已经出现了牺牲者。

鲁本斯从文件上抬起头，一面呆呆地环视行动指挥部，一面整理凌乱的心情。

为什么日本佣兵死了？如果尸检属实，他很可能不是被敌人，而是被同伴射杀的，而且不是误杀，是故意杀害。柏原干宏是因为让同伴陷入危机之中才被杀的吧。

然而，无论真相如何，鲁本斯都是凶手之一，这是不可动摇的事实。而且，如果耶格等人是出于自卫杀死孩子兵，他们的责任或许也应该由鲁本斯承担。还是说，自己只不过是执行涅墨西斯计划的齿轮，凶手的恶名应该由最高决策者万斯总统一人承担？

不管怎样，奴斯一行人已经逃出了危险。曼乔阿村的战斗结束后，位于当地上空的侦察卫星就拍摄到一辆离开战场的运动型多用车，这辆车进入拥有二十万人口的布兰泼城镇后，便消失了行踪。

此后整整十天，鲁本斯都没有得到任何关于他们下落的线索。

鲁本斯暗自祈祷这一状态能持续下去。因为这样一来，涅墨西斯计划就会自然破产。

“阿瑟！”埃尔德里奇来到桌前，领带松开，一脸疲惫。计划成功在望，却让奴斯逃掉了。不出霍兰德局长所料，虽然鲁本斯已将指挥权移交给埃尔德里奇，但埃尔德里奇却频繁地寻求鲁本斯的建议。

“你能不能猜测一下他们到哪儿去了？”

“现在还说不准。”虽然鲁本斯也想干扰埃尔德里奇的判断，让奴斯顺利逃脱，但无奈现在任何线索都没有，“乌干达跟卢旺达，都没有发现耶格等人搭乘的汽车通过边境检查站的迹象。”

“他们一定是逃往国外了吧？”埃尔德里奇似乎颇有自信，“那样的话，他们只可能往北或者往东走。”

“为什么这么说？”

埃尔德里奇指着正面屏幕上的非洲大陆地图说："因为皮尔斯海运公司的船停靠在北边的埃及和东边的肯尼亚，这是他们离开非洲大陆的唯一手段。可无论去其他什么地方，都很难逃离非洲。"

"但是亚历山大港和蒙巴萨港都处在中情局的直接监视之下，奴斯应该知道这一点，很难想象他会故意以身犯险。"

"照你这么说，他们哪里都去不了。他们都被作为恐怖分子通缉，无法通过非洲大陆的国际机场和港口离境。"

埃尔德里奇所言不差。此外，耶格等人还面临一个巨大的障碍。其他人可以伪造护照，化装易服，但奴斯是藏不住的。即使搭乘包租的私人飞机，也要通过行李检查，将三岁孩子藏在行李当中是行不通的。

"说不定，他们在非洲的什么地方，准备了长期潜伏的设施。"

埃尔德里奇刚说完，桌上的外线保密电话就响了。鲁本斯拿起话筒，是国家安全局的洛根打来的。

"虽然不能百分之百肯定，但刚果和日本之间中断已久的密码通信似乎又复活了。"

"真的吗？"

"嗯。我们截获了通过卫星手机进行的加密通信。根据通信卫星的位置判断，非洲的监视对象已经离开刚果，正在津巴布韦附近。"

"津巴布韦？"鲁本斯将视线投向非洲大陆的地图。那里在刚果以南很远，邻近南非共和国。

"总之就是在非洲大陆南侧，对吧？"

"没错。"

鲁本斯不得不怀疑洛根情报的正确性。他本以为，奴斯等人无论如何都不会去南方。因为在那个呈三角形的大陆南端，应该没有任何逃脱的路径。

“我们会用先前的随机数破解通信内容。如果有发现，会立即联系你。”

“拜托了。”鲁本斯说，心中却焦躁不已。如果能破解密码通信，那岂不是可以找到奴斯身在何处？

鲁本斯挂断电话，向埃尔德里奇报告了情况，监督官似乎又恢复了活力。“那些家伙低估了国家安全局的能力，这下他们成瓮中之鳖了。让中情局的特工都集中到非洲南部。”

原本即将自然破产的涅墨西斯计划，又恢复了生机。这个暗杀计划恐怕会继续下去，直到杀死奴斯。

成功逃出刚果后，耶格、迈尔斯和萨纽三人轮班驾车。一人开车，一人警戒，一人休息。

皮尔斯指示的方向是南方。耶格原本设想从印度洋离开非洲大陆，皮尔斯的选择令他深感意外。但即使问皮尔斯为何如此，他也不会说出脱逃的详细计划——皮尔斯似乎对唯一的外人萨纽心存戒备。而萨纽是难得的好旅伴，他主动同大家有一搭没一搭地闲聊，令枯燥的旅程轻松了许多。

一行人马不停蹄地向南行驶，位于头顶的太阳逐渐向北部的地平线靠近。这让他们意识到，地球真的是圆的。车子在一成不变的草原风光中疾驰，将伊图里森林抛在遥远的后方。耶格隐隐感到一丝寂寞。都说非洲大陆中暗藏着令到访者欲罢不能的魔力，也许耶格也中了这“非洲之毒”。

车子不时经过土著人的聚落，夜晚则在暗黑的山道上行驶，陆续穿越坦桑尼亚和赞比亚，进入津巴布韦，朝非洲大陆的最南端行进。他们曾在夜里遇到两次武装强盗的袭击，不过这对他们而言是小菜一碟。一通AK47扫射之后，轻而易举地将强盗赶跑了。

然而，令众人忧郁的不是这个问题，也不是长时间驾驶所带来的疲劳，而是阿基利。这个模样奇特的孩子，晚上总是无法安睡。睡着不久就开始呻吟、出汗，他似乎做了怪梦，每隔几个小时就会惊醒。皮尔斯醒着的话就会抱他哄他入睡，如果皮尔斯睡了，就由善良的萨纽抱他。大家曾怀疑他得了疟疾，但经过检查发现没有异常。阿基利的问题纯粹是精神上的。

贾斯汀开始与病魔长期战斗的时候，耶格也同样对儿子忧心不已。这个孩子的心理将发生什么样的变化？就算逃到了日本，安全得到保障，也不会有家庭愿意收养阿基利。难道随着年岁的增长，这个孩子的智力会突飞猛进，但精神世界却会一片荒芜吗？

开到津巴布韦和南非共和国的国境线附近，车子停了下来。耶格等人必须徒步穿越国境线，留萨纽一人驾车。不过与之前不同，秘密进入南非相当简单。国境线上的电铁丝网没有电，到处都是洞。经济发达的南非为了获得廉价劳动力，无限制地接受津巴布韦移民。众人决定在夜里穿越国境线。在夜视仪的视野中，闪烁的尽是去南非打工的津巴布韦工人的电筒灯光。

耶格等人进入南非，穿过稀疏的灌木，再次钻进车子。车一口气飞奔了五百千米，抵达约翰内斯堡郊外。晨光中浮现出一座数百万人口的大都市。大家下车，出神地眺望着广阔平原中屹立的建筑物。他们感觉自己仿佛穿越了时空，直接从太古世界进入了现代文明社会。

“萨纽，我们该向你道别了。”皮尔斯说，将一捆南非兰特纸币交给乌干达年轻人，“附近有公交车站，乘飞机返回你的国家吧。”

“好的。”萨纽答道，脸上流露出大冒险结束后的轻松与恋恋不舍。

耶格和迈尔斯都觉得，面前这个黑人青年就像把自己带出地狱的天使。

“你到家时，就会收到尾款。”

听到皮尔斯的话，萨纽精神大振：“非常感谢！这样我就可以辞掉木工的工作，专心学习电脑了。”

“木工？你不是导游吗？”

萨纽略带惊慌地说：“说实话，我的本业是木工。”

“无所谓了。你出色地完成了工作。”皮尔斯微笑道，“这件事请你务必保密。还有，你最好不要告诉别人自己有钱。”

“好的。”

耶格和迈尔斯相继同萨纽握手：“谢谢你，萨纽。”

“保重！”

“好。各位一路顺风！”

萨纽将装着换洗衣服的包从车上拿下来，最后摸着阿基利的头说：“你要乖哦。”

阿基利撒起娇来。他现在已对萨纽放松了警惕，这是好兆头，耶格想。

乌干达木工连蹦带跳地朝车站走去，路上屡屡回头，满面笑容。耶格坐上车后，久久地注视着后视镜中萨纽的背影。他已经很长时间没见到幸福的人了。

在安静的车厢里，皮尔斯开口了："我们在刚果耽误了，行程已经滞后。按原来的计划，我们现在已经到日本了。"

"那我们该怎么去日本？"副驾驶席上的迈尔斯问。

"先开车吧。"皮尔斯从后排指示道，"穿过约翰内斯堡，进入十二号高速公路，一直朝西南方向走。"

耶格点燃引擎，汽车发动起来。"有没有安全的机场或港口？"

"没有，能出国的交通枢纽全都被监视起来了。"

"那该怎么办？在这个国家里停留一阵？"

"迈尔斯，你有飞机驾驶证吗？"

"有。"空军出身的年轻佣兵答道，"在加入空军伞降救援队之前，我曾经驾驶过运输机。"

"你来驾驶商务喷气式飞机。"

正在喝水的迈尔斯被呛了一下，猛烈地咳嗽起来。

"商务喷气式飞机？我只驾驶过螺旋桨式飞机。"

"准备了操作手册。请你驾驶波音737-700ER。这跟驾驶大型运输机差不多吧？"

"那是什么飞机？"耶格问。

"只能乘坐一百人的小型飞机。增设了燃料箱，提高了续航距离。"迈尔斯答道，心里盘算着驾驶这架飞机的可行性，"非要我开的话也行，是不是舒适就不能担保了。对了……"他转头问皮尔斯，"这架飞机在什么地方？是包机吗？"

"不，是劫机。"人类学者说，不容两名佣兵反驳，继续道，"我要讲的这个计划，你们或许会觉得很难执行。但这是日本援军制订的成功率最高的计划。以我们现在的战斗力，没有别的选择。”

“可是，”耶格忍不住问，“我们去哪个机场劫机？我们就算要劫持飞机，也通不过登机口啊。”

“这一点不用担心。这个国家有一个机场不受中情局监视。”

“在哪里？”

“泽塔安保公司。执行守护者计划之前，你们曾在那里接受过训练。”

听到这个名字，耶格开始搜索记忆。在武器库对面，确实有一条可供运输机起降的跑道。“这么说，我们要返回开普敦？”

“没错，秘密运输武器弹药的中情局飞机，将抵达泽塔安保公司的机场。我们要劫持那架飞机。”

“等等。”迈尔斯说，“就算我们成功劫机，接下来怎么办？我们无论降落在哪儿，都无处可逃。特种部队一进攻我们就会完蛋。”

“不，一切都将隐秘进行。起飞前就将乘务员监禁在机外，没人能发出飞机被劫持的信号。”

“还有一个问题。飞机一旦偏离航线，就会被地面指挥部发现。也就是说，就算我们已经起飞，也只能沿着原定航线飞。”

“我们会暂时沿那条航线飞。原定目的地是巴西，但我们到大西洋上空就改变方向，前往迈阿密。”

“迈阿密？”耶格不禁笑了出来，“跟日本是两个方向。现在去美国有什么用？偏离航线的飞机一旦侵犯其他国家的领空，就会马上被击落。”

迈尔斯接话道：“而且，凭借700ER，也飞不到迈阿密吧？”

“续航距离没有问题。实际续航距离比飞机制造商公布的数据多百分之二十。商务型的700ER可以抵达一万两千千米外的迈阿密。”

耶格讥讽道：“这也是‘日本的援军’计算出来的吗？”

“是。”

“那家伙脑子没进水吧？即便燃料充足，万一被战斗机盯上可就完了。”

但皮尔斯毫不让步：“这是不确定因素最少、最可靠的计划。成败的要素是时间。我下面介绍详细方案，请你们听好，不要随意插话。”

“好，你说吧。”

皮尔斯从后排探出身子，从潜入泽塔安保公司开始介绍详细的计划。

2

贾斯汀·耶格的生命还剩两天。

这几天，研人夜以继日地进行药物合成，同时盼着莉迪亚·耶格的电话。但检查数值却异常严峻。最先进的疗法也对末期症状无计可施。贾斯汀的病情如预想的一样日趋恶化。他每多撑一天，药物就越有希望送达葡萄牙，可死神并不答应这一请求。

三月一日凌晨一点，研人绝望地将正勋迎进门。

“这是核磁共振分析，这是质谱分析和红外光谱分析。”正勋将分析仪器得出的结果交给研人，见研人闷闷不乐，便问：“你怎么了？”

研人确认了分析结果，合成十分顺利。他一边着手最后一道反应，一边说：“实验按预期进行。一切都按照原计划……但这也就是说，我们无法再挤出三十个小时。”

正勋表情阴郁：“还是赶不上啊。”

研人用力点头。

“GIFT1和GIFT2都不行？”

“GIFT2不用担心，有问题的是GIFT1。即将进行的最后一道反应，需要二十四个小时才能完成。最迟必须今晚将新药寄出，但反应要到深夜才结束。反应完成后，还要进行提炼和结构测定，假如让整个流程走完，绝对赶不上。我想我们是救不了贾斯汀·耶格了。”

正勋发出痛苦的呻吟声后，被实验器具占据的六叠大小的房间又陷入了沉寂。

研人默默进行着合成操作，心中懊悔万分。如果当时一收到父亲的电子邮件就着手实验，说不定就来得及了。即使救不了贾斯汀·耶格，至少还可以救小林舞花。研人气馁地想着，看了一眼朋友。眼镜背后，正勋的双眼开始发出研究者所特有的光芒。

“药物完成的准确时间是几点？”正勋问。

“如果把结构测定的时间考虑进去，应该是三月二日中午十二点。”

“那来得及。”

“来得及？”

“你有护照吗？”

“没。”

正勋闻言，毅然说道：“那我去。”

研人不解地问：“你说什么？”

“我带上药，飞去里斯本。”

研人愣愣地注视着搭档。

正勋取出笔记本电脑，连上网，进入航空公司的网站。“现在放弃为时尚早，坐三月二日晚上十点的飞机就来得及。从成田机场起飞，经巴黎到里斯本只需要十八个小时。”

研人连忙思索起来，问道：“就是说，日本时间三月三日下午四点，特效药就可以送到里斯本？”

“没错。”

“那样的话……”研人发现，从药物完成到正勋赶往机场，中间还有七个小时，“那时可以用CHO细胞和小白鼠进行验证。”

“对！我们依然来得及救贾斯汀·耶格。”

“太好了！”研人大叫起来，和正勋一同欢呼雀跃。正勋总能在危急关头力挽狂澜。

“告诉贾斯汀的母亲我的到达时间吧。”

“好。我来出旅费，你就坐头等舱吧。那样能更快办完入境手续。”

正勋笑道：“VIP待遇？”

研人又精神抖擞地投入工作，进行合成GIFT1前的最后一道反应。磁力搅拌机已经开始搅拌烧瓶内的液体。若干看不见的化合物相互碰撞，变化形态，一步步转变为治疗肺泡上皮细胞硬化症的特效药。

研人凝视着烧瓶中旋转的溶液，陷入沉思。

明天晚上，一切就会结束。

漫长而艰辛的大冒险终于要迎来胜利了。

经过彻夜研制，研人终于合成出GIFT2，一大早便将样品送去了大学。

研人小睡一会儿后，正勋就告诉了他好消息。红外光谱分析证明，GIFT2合成成功。变构药的制造算是告一段落。

而关键的激动剂GIFT1还在反应之中。到今天深夜为止，能做的就只有等待。

疲倦的研人躺在榻榻米上，盯着天花板发呆。父亲留下的实验明天就将完成。他不知道一切结束后，自己将何去何从。难道自己将作为罪犯潜逃一辈子吗？他很想出去探探风，但帕皮一直没有再给他打电话。

研人不知所措。除了实验，他还有一件事要做，那就是解开父亲身上笼罩的谜团，而现在或许是最后的时机了。

研人下决心去看看。他上网查到了要去拜访的地点。要获得坂井友理的消息，就只能从那里入手。地址是涩谷区的千驮谷。从这里出发，一个小时就能到。

研人穿上外套。他已经好多天没出门了，来到日光之下时竟有些站不稳。走下公寓的外侧楼梯，沿着冬日的街道踽踽而行。町田站的检票口还有警察蹲点吗？研人屡屡回头张望，但没有发现被尾随的迹象。

研人背对车站，在国道旁的人行道上等出租车。他摸出手机，打算给报社记者菅井打电话。现在是上午，研人担心对方会不会还没起床时，就听到了菅井的声音。

“喂？”

“我是古贺。”

父亲的老友似乎非常吃惊：“研人？你一直没给我打电话，我还担心你出什么事了呢。”

“很抱歉这么久都没联系您，您有没有再查到坂井友理的情况？”

“没有。”

“这样啊。”研人很是沮丧，看来只有自己挖掘线索了。

“对了，你这会儿在什么地方？”

“现在？这个嘛……”

研人犹豫着该不该告诉对方自己在町田，但不知为何菅井语气急迫地说：“你用不着告诉我，我们见面谈吧。最近你有什么安排？”

这个问题研人也不方便回答：“我目前没什么安排，但再过两三天就知道了。”

“是吗？”菅井说，压低声音继续道，“研人，你赶紧到别的地方去。”

菅井的声音突然变得紧张，研人不禁汗毛倒竖。

“您说什么？”

“别待在原地！赶紧离开！”

“什么意思？”话音刚落，国道对面就出现了一辆空出租车。

“详细情况我们见面再说，尽快联系我。”

“好。”依旧一头雾水的研人拦下了出租车。

“再见。”菅井说完就急匆匆挂断了电话。

研人坐进出租车。“去涩谷区千驮谷。”

“千驮谷的哪里？”司机问。

“非营利机构‘世界救命医生组织’所在的大楼。”研人将记录下的地址和大街的名字说了出来。

“啊，能乐堂附近啊。走高速吧？”

“好。”

“现在高速上的车比较少。”司机说着发动了汽车。

研人靠在椅背上，出神地望着外面的风景，思考着刚才同菅井的通话。报社记者为什么让他“赶紧离开”？研人紧张起来，转身透过后挡风玻璃查看，没发现有人跟踪。

菅井想干什么呢？作为报社记者，他是不是已经从什么地方得知研人成了罪犯，正被警察追捕呢？但令研人费解的是“赶紧到别的地方”这句话。莫非菅井担心警察在逆向追踪那通电话？谨慎起见，研人关掉了手机。

在开着空调的车内思考时，睡魔不断来袭。研人中断思考，想小睡一会儿，却在进入梦乡前睁开了眼。

一个念头闯进了他的大脑：菅井会不会就是帕皮？

自称帕皮的人之所以使用仪器改变自己的声音，就是因为研人认识他。而且，除了菅井，研人想不出还有谁详细知晓父亲推进的计划。

但这个推论也有问题。刚才那通电话中，知道警察动向的菅井发出了警告，但为什么菅井不先用帕皮的声音给研人打电话呢？

结果，研人一路都没睡，看着出租车进入市中心，沿着千驮谷附近错综复杂的道路抵达了目的地。低层办公楼林立的一角，便是研人要找的那座建筑。

研人下车后，在六层高的建筑入口找到了入驻单位表，上面写着“501室：经认定的非营利机构‘世界救命医生组织’”。研人朝电梯厅走去。建筑内部装修偏实用主义，除了铺着地毯之外，与大学药学院大楼没有太大差别。

研人乘电梯来到五楼，走过荧光灯照射下的走廊，来到501室前。镶在门里的磨砂玻璃后隐隐有人影晃动。没有对讲电话，研人只好敲了两下门后打开了门。

“你好。”研人还没来得及开口，接待台后面的女人就首先打了招呼。她从椅子上站起身，双手抱着一摞文件。

“不好意思，我姓古贺。我想咨询点事。”

年过三十岁的女人表情毫无变化，问道：“什么事？”

“贵组织中曾有位叫坂井友理的医生吧？”

“坂井友理？”女人歪着头说，“何时在籍的呢？”

“九年前。她去过如今的刚果民主共和国，也就是当时的扎伊尔。”

“唔……”女人似乎在回想遥远的过去，“请稍等。”她说完，抱着文件进入房间深处。

世界救命医生组织事务局由三部分组成：摆着大约十张桌子的办公室、用隔板包围起来的接待区，以及一间关着门的会议室。负责接待的女人走到最深处的一张桌子旁，与一个五十岁上下的男职员交谈。两人一边说话一边往研人这边看。真希望他们没有怀疑我，研人想。

男职员站起身，朝研人走来。他体格肥胖，几乎秃顶，但反而透露着威严。他的西装看上去也价格不菲。

“你是古贺……先生吧？”男人用与其体形相称的厚重嗓音

问道。

“是，我是古贺研人。”

“古贺研人先生，”男人又称呼了一遍，“我姓安藤，是这里的事务局局长。”他自我介绍道，递出了名片。

研人不太懂交换名片的礼仪，姑且用两手接过来。安藤的头衔一栏，除了“事务局长”，还写着“医学博士”。

“你想了解坂井友理医生的情况，对吗？”

“对。我的父亲九年前也去过扎伊尔，当时与坂井医生共事……”

安藤闻言笑道：“莫非你是古贺诚治医生的儿子？”

研人大惊：“正是，您认识我父亲？”

“嗯。我当时也在扎伊尔。那里爆发了内战，我们可以说九死一生啊。”

真是走运，研人想。安藤表情柔和，不仅没有提防研人，反而充满热情。

“你跟你父亲一模一样啊。”

“嗯。”研人勉强承认。

“到这里慢慢聊吧。”安藤将研人带到接待区，从旁边的咖啡壶中倒出热咖啡递给研人，“话说，你找坂井医生什么事呢？”

“我想询问她的联系方式。”

“哦！这个嘛……”安藤严肃起来，“回国后，我很多年都没联系过坂井医生。她离开了世界救命医生组织，我也不知道她的住址和电话。”

“这样啊。”研人思考着下一步怎么办。桌对面的这位壮年医生就是活证人，他应该知道九年前在扎伊尔发生了什么。

“不过，为什么你想联系坂井医生？是你父亲要找她？”

“不，其实我父亲上个月过世了。”

“啊？”安藤惊讶得一时说不出话来，“他还这么年轻……怎么会死？”

“主动脉夹层动脉瘤。”

安藤一边叹气，一边微微点头。“真是太遗憾了。”他沉痛地说。

“我觉得应该将父亲的死讯告知坂井医生。而且，父亲总提到扎伊尔的往事，我也想听听她的感受。”

“九年前确实发生了很多。”也许是为了缓和气氛，安藤微笑起来，“我们去的是非洲大陆的正中央，驻扎在扎伊尔东部名叫贝尼的街道，在那儿的周边行医问诊。有时去公路旁的村庄，有时去雨林中的聚落，逐个治疗那些没有医疗保障的当地人。可当我们正打算建立一个小诊所的时候，内战就爆发了。”

“父亲好像调查过俾格米人感染HIV的情况。他是跟您和坂井医生一起去的吗？”

“不，直到最后一周，我们才跟古贺医生有交流。”

研人对这个回答颇感意外：“在此之前，你们不认识？”

“是。俾格米人中有一支叫姆布蒂人，古贺医生负责采集他们的血液，发现病人后通知我们。”

安藤的话与研人的想象有出入。父亲与坂井友理不可能到这个阶段才第一次见面。“然后你们很快就回国了？”

安藤点头道：“那天是……对了，是文化日[①]，十一月三日。

---

① 11月3日，原是明治天皇的生日，昭和二十三年（1948年）改为为“文化日”，宗旨为“爱好自由与和平，推进文化事业的发展”。

从战火漫天的国家好不容易逃回来，才意识到日本的和平是多么难能可贵。”

听到一九九六年十一月三日，研人越发混乱了。坂井友理的户口复印件中写着，一九九六年的十一月四日生下了女儿“惠麻”。莫非她从扎伊尔回国后的第二天，就为父亲生下了女儿？研人决定从安藤嘴里套些话出来。

“听说坂井医生回国后很快就生孩子了？”

“生孩子？”安藤一愣。

“父亲曾说过，坂井医生生了个女儿。”

“没这回事。”安藤笑道，“如果坂井医生怀孕，我们怎么会不知道？我们这些人不是医生就是护士啊。”

“但我确实听父亲说过。”在这件事上，研人绝不能轻易放弃。他必须知道，父亲究竟有没有与坂井友理出轨，生下自己的异母妹妹。

研人正要接着讲下去，安藤突然举起手：“啊，等等。你多半是记成别的孕妇了吧？”

“别的孕妇？”

安藤第一次露出诧异的表情：“真是不可思议，前两天刚有报社记者来采访，我也对他提过这件事。”

“报社记者？”研人皱眉道，“哪一家报纸？”

“《东亚新闻》。”

“莫非是菅井？”

“不错，就是菅井。他说他是科学部的人。你认识他？”

“他是父亲的朋友。”研人答道，心中生出莫名的恐惧。为什么菅井刚才在电话里没提找到新情报？难道他掌握了父亲的重大机密，不想让研人知道？

安藤没有留意研人的忧虑，自顾自地说下去：“哦，这样就讲得通了。你是通过那个叫菅井的记者，得知你父亲跟坂井医生的事，对吧？”

怎么可能？还是自己把坂井友理这个名字告诉菅井的呢。“菅井是来调查什么情况的？”

“说是要写人物专题报道。”

“是坂井友理医生的专题报道？”

“对。坂井医生离开我们组织后，就移居到低级旅店街上，给打短工的劳动者看病。菅井想好好报道一下这位无私奉献的女医生。我们还聊到了扎伊尔时期。”

研人推测，菅井多半是编造出采访目的，来这里暗暗调查坂井友理。“菅井先生不知道坂井医生在什么地方吗？”

“不知道，他找不到坂井医生，不知如何是好。”

“那他还找您聊了些什么？”

“就是我刚才提到的另一个孕妇。我只是给了菅井一点儿暗示。对你，我当然会实话实说，但请你务必保密。对我来说，这是一段痛苦的回忆。”

“好。”研人点了点头，竖起耳朵。

“古贺医生在扎伊尔拜访我们时，还有一位美国学者跟他同行，是位研究俾格米人的人类学者。”

又出现了一个研人知晓的人物。“是奈杰尔·皮尔斯吗？”

“对对对，他满脸胡子，是个和蔼可亲的人。他们请我们去姆布蒂人的营地中诊治病人。我们去了之后，在一间简陋小屋中见到一名孕妇，她叫安佳娜，体型与孩子一般。给她看病的就是妇产科的坂井医生。”安藤啜了口咖啡，继续道，“诊察的结果是安佳娜严重妊娠中毒。附近没有设施完备的医院，所以我们打算将她送到尼安昆德镇子上的大医院，可这时内战爆发了，我们必须从当地撤退。所以问题来了，安佳娜怎么办。放任不管的话，她跟她肚子里的孩子都会性命不保。但干道被截断了，我们无法前往尼安昆德医院。”

“后来呢？”

安藤低语道：“我下面说的你千万要保密，好吗？”

“嗯。”

“在扎伊尔，俾格米人被认为比人类低等，并且没有公民权。我们商议之后，决定贿赂政府官员，给安佳娜办一份护照，将她带到日本来治疗。”

父亲竟然参与了这样的大冒险，研人感觉不可思议。回国后父亲之所以对此讳莫如深，就是因为这种行为本身是非法的吧。

“但办手续花费了大量时间。”安藤悔恨地说，“我们比预定时间晚了一天回到日本，尽管安佳娜在坂井医生的诊所接受了治疗，但安佳娜和孩子还是都没有保住。”

听到这悲惨的结果，研人也不禁心生同情，不过他立刻想到了一个大问题。既然带到日本的俾格米人孕妇和胎儿都死了，而坂井友理本人又没有怀孕，那坂井友理户籍上记载的女儿“惠麻”是什么人？

“对安佳娜来说，或许留在雨林死在家人身边更幸福。但那时我们当然不能见死不救。”安藤用低沉的嗓音继续说，“到底怎么做才是正确的，我现在都说不清。总而言之，扎伊尔的医疗援助行动在进行到最后时，发生了不幸的事件。你父亲不愿对你透露详情，或许是他也对此懊悔不已吧。”

研人又跟安藤聊了大半个小时，但并没有获得有价值的线索。

研人离开事务局，朝千驮谷车站方向走去。他完全不知道该如何解释新挖掘到的情报。他来到车站附近的套餐店，吃了多少天来第一顿像样的饭，然后坐进了出租车。

自己有一个同父异母的妹妹，这个最糟糕的可能性暂时可以排除。不仅如此，根据安藤局长的描述，父亲出轨这件事本身就子虚乌有。

研人想得太出神，搞错了下车地点。他本来和司机说走来时的那条国道，但突然想起了菅井的警告，连忙变更目的地：“再走一会儿，进入左边的小路。”

目前，新药制造成功在即，最好谨慎行事。下车后，研人在原地站了一会儿，查看附近是否停着车。然后他一面警惕着周围的动静，一面进入公寓的院子。没有人跟踪，也没有人埋伏，什么异状都没有。

研人放下心，爬上公寓外侧楼梯。这时，一个男人悄无声息地从建筑背后现身。研人吓得心跳几乎都停止了，定在原地一动不动。

“你是来找这间公寓里的人吗？”男人开口道。他外套下穿着便服。

“呃……嗯。”研人支吾起来，希望能糊弄过关。

“你认识二楼的山口先生吗？”

那间实验室，是用“山口”的名义签的租约吧。“嗯……”

“我是这房子的房东。”

“房东？”研人打量对方全身。来者年纪很大，如果是警察，肯定早就退休了。

“附近有人投诉有异味，不会是山口的那间屋子吧？”

研人立刻明白是试剂的味道。因为没有通风柜，只好用粗大的蛇皮软管安装在换气扇周围，权当排气装置。“应该不是吧。是什么味道啊？”

“投诉者只说是怪味。每天味道都不一样。”

“我觉得不是山口家传出来的。我来过很多趟。”研人说，心底盘算如果对方要求进屋看该怎么办。

但房东只是简单地说：“是吗？那就好。或许是一楼的岛田家。”

研人刚松了口气，正欲往前走，却猛然回头问房东：“这个公寓里，除了202室之外，还有其他住户？”

“嗯，一楼尽头的房间有人住。这里注定要拆迁，所以房租很便宜。”

在父亲准备的隐秘住所里，竟然还住着一个从未现身的人？研人觉得自己仿佛一直处在监视之下，不禁背脊发凉。这个叫岛田的人跟开发新药的事有无关系？还是说……

“这个叫岛田的是什么人？”

“什么人？”

“不会是一个五十多岁、像报社记者的人吧？”

“报社记者？”房东不解地注视着研人，“不，是个女人，大约四十岁。”

“女人……”研人嘀咕道，脑中浮现出一个女人的容貌，“莫非是一个身材苗条、长发及肩、不化妆的女人？”

“嗯，不错。”房东使劲点头，“你怎么知道？”

“这个……”研人张口结舌，连忙寻找借口掩饰自己的慌乱，“我见过她，还以为她是什么可疑分子呢。”

“不是可疑分子。她是这里的住户，请放心。”房东笑道，“你要出去吗？”他边说边朝通往街道的狭窄小路走去。

研人拼命整理混乱的思绪，直到老人的背影消失不见。他迈步走向公寓，但没有登上外侧楼梯，而是蹑手蹑脚地走进一楼。因为同外围墙靠得很近，有三家住户的一楼过道，在白天也显得异常昏暗。

研人站在尽头的103室门前，鼓起勇气敲了敲门。

无人应门。

薄薄的门板背后，一点儿响动都没有。

研人环顾左右，确认没人，然后又敲了敲门。门似乎没上锁，竟然嘎吱一声打开了。

“不好意思，打扰了。”他说，但无人回应。踌躇片刻后，研人脱掉鞋子，进入房间。没有其他人的鞋子。住在这里的人似乎外出了。

103室的室内布局，跟有实验室的202室一样。厨房、厕所，以及六叠大小的房间。燃气灶上放着平底锅，表明有人生活在这里。

研人提心吊胆地往前走，打开通往六叠大小房间的隔扇。里面的陈设相当简单。矮桌上放着电视，衣架上一件衣服都没有。研人意外地发现壁橱中堆着两摞被褥，说明这个房间里有两个人在生活，但整个房间就像廉价旅馆的单人间，不像生活的据点，而仅仅是暂居地。

为什么这里如此冷清？研人开始寻找答案。他发现这里没有衣服，也没有装衣服的箱子。如此看来，住在这里的人也许去旅行了。这时他想到，玄关没上锁。感觉似乎不像是去旅游，而更像是匆匆忙忙逃走了。

研人继续在房间里搜寻线索。他一看到电话就停下脚步。话筒是经过改造的，上面装着某种装置。

研人取下那装置仔细观察，找到一个小开关，打开电源。他憋住一口气，对着装置说了声“喂”。内侧扬声器中传出了声音，如同来自地底一般低沉。这就是自己曾听到过很多次的帕皮的声音。

谜团竟以如此意想不到的方式解开。研人手拿变声装置，呆呆地站在原地。怕研人听出自己的真声、对父亲要做的事了如指掌的人……

坂井友理就是帕皮。

但是，仅知道这一点，所有问题就能迎刃而解吗？对这一连串事件，现在可以勾勒出清晰的脉络图吗？

研人立刻想到那台小型笔记本电脑中关于坂井友理的报告。中情局之所以要调查这名女医生的身份，并非因为她是父亲的助手，而是因为她是一个值得注意的人物。那么，坂井友理遭到怀疑的原因是什么？除她以外，还有若干日本医生九年前在扎伊尔待过。这些人里只有坂井友理被选中调查，理由应该只有一个：是自己无意间泄露了坂井友理的信息。他将坂井友理的名字告诉了报社记者菅井。

想到这里，研人突然焦躁难耐，大脑痛得好像遭人殴打一般。与中情局暗通的不是坂井友理，而是那个记者。菅井正在调查研人的动向。

被抓住的话，就会死——

研人抑制住恐慌，努力回想他与菅井之间的谈话。自己到底泄露了多少情报？还好没提到过这个实验室，菅井也不知道研人有一个叫李正勋的搭档。研人又想到了另一件重要的事：刚才那通电话。菅井让他“赶紧去别的地方”，他的真实含义是什么？

研人猜测，菅井多半只是搜集研人的信息。但他觉察到中情局的意图，知道研人面临危险。他发现电话被逆向追踪了，于是想帮助研人。但这一推测只是让自己心里好受一点儿，并不能改变自己已被逼入绝境的事实。

自己还干过什么可能招致危险的事吗？研人从头梳理自己的经历，终于发现了一种可能性。

常年闭门不出的孩子的家庭教师。

绝不能让外人看到自己模样的孩子。

莫非……研人惊呆了。

午夜零点前不久，仍留在行动指挥部的鲁本斯陆续收到了两条消息。

第一条消息来自中情局，说是掌握了一直行踪成谜的古贺研人的消息。在疑似潜伏地——町田站的北侧，捕捉到了手机信号。据此计算出了古贺研人打手机的地点，误差在三百米之内。

报告上说，警视厅公安部正在重点搜索该地区，鲁本斯对此非常焦虑。古贺研人的新药开发进行到哪一步了？那个寒酸的日本研究生，是拯救十万个孩子的唯一希望。

中情局的报告中，有一句话令鲁本斯心中燃起一丝期待：“当地工作人员‘科学家’似乎觉察出我们想找到古贺研人的意图，开始逐渐脱离我们的控制。‘科学家’今后可能会帮助嫌疑人逃亡，我们正在制订相应对策。”

鲁本斯只能祈祷这个“科学家”会背叛主人，转而支持古贺研人。

另一条消息来自国家安全局的洛根，内容令鲁本斯惊愕不已——日本向非洲发送的密码通信被破解了。

看到这份报告，鲁本斯立即飞奔出行动指挥部，驾驶奥迪车赶往米德堡。奴斯通过卫星通信传递了什么信息，现在终于水落石出了。倘若知道了奴斯现在的位置，那就必须想办法把这条情报封锁住。

鲁本斯抵达国家安全局总部时，虽已是深夜，洛根仍然出来迎接。经过与上次相同的入门手续，鲁本斯抵达了会议室。房间中已经有三名安全局职员：一人是数学家菲什，还有两人是生面孔。

洛根首先介绍了戴着黑框眼镜的五十岁左右的男子：“这位是肯尼斯·丹佛德博士，语言学专家。”

鲁本斯同丹佛德握手。语言学家的手出人意料地有力。接下来介绍的是一名中年亚洲男子。

“他是石田·塔克，日语及日本问题专家。”

石田用略带东部口音的流利英语打了招呼。他应该是在美国长大的日本人吧，而且受过良好的高等教育。鲁本斯不禁感叹，世界最大的情报机构中真是人才济济。

大家落座后，鲁本斯开门见山地问：“你们发现什么了？”

菲什用一如既往神经兮兮的口吻说道：“从梅尔韦恩·加德纳的电脑中获取的随机数终于发挥了作用。不过，因为随机数被分为三段，所以破解出来的信息也有三种。首先是这个……”

菲什递出一叠复印图纸。鲁本斯扫了一眼，是一张用麦卡托投影法绘制的地图，包括从非洲到南北美洲大陆的广大区域。此外还有密密麻麻的数字信息。

“这是北大西洋海底地形图和洋流图，其他的是海水温度和洋流观测数据。”

鲁本斯一张张地查看。从非洲大陆西岸向西流动的北赤道洋流，在北美大陆附近成为墨西哥湾流，然后折向东北。这就是北大西洋的洋流循环。根据水温的不同，海水的颜色也从蓝色渐变到红色。

“今年的水温比往年都高。”菲什说。

“这是网上的公开信息？”

“没错。这是收集各国观测数据得出的，在相应网页上都公布过。”

“日本向非洲传送了这个情报？”为什么奴斯想得到北赤道洋流的信息呢？莫非南下非洲大陆只是声东击西，其实他打算从赤道附近通过海路逃脱？但这样的话，他的目的地就不是日本，而是北美大陆。

“我们也不知道这条情报的用途。另外，还有两条被破译的信息，一条是语音，一条是文本。请先听一下这段语音。”

菲什将一张光盘放进笔记本电脑。

在播放前，洛根解释道：“您听到的是孩子的声音。根据我们的分析，说话者是一个五岁左右的女孩。”

鲁本斯不解地问：“孩子？不是中年女人的声音吗？”

“不是。”

菲什敲击键盘，扬声器中传出了女孩的声音。鲁本斯听到后更加疑惑了，问道：“这是哪国语言？”

石田答道：“应该是近似日语的语言。”

“近似？”

“发音与标准语一致，但日本人也听不懂她在说什么。”

“什么意思？”

“语法相当奇特，频频使用任何词典都没收录的词语。不过，我们并非完全没有头绪。”石田将最后一份资料交给鲁本斯，“这是同时被破解的文本。”

鲁本斯看着资料，上面全是从未见过的文字，他一个都看不懂。“这也是日语？”

“嗯。那孩子就是在读这段文字。好像有什么人在教她读写。在解说这段信息之前，请允许我介绍一下日语。”

“请讲。”

“我会尽量介绍得简短些。”石田说，“日本人因为没有发明文字，公元三世纪之前都处在蒙昧的先史时代。五世纪后，日本人从中国输入了汉字，并开始学习。抽象概念也随着汉字进入当时日本人的思维。所以，现代日本语中有大约一半都是来自中国的外来语。比如这个，”石田取出便笺本，写下两个字，“每个汉字都拥有独立的含义，将其组合成词后便创造出新的概念。这个词的第一个字有‘两者相加’‘两物相融’‘顺畅有条理’的意思，第二个字则有‘没有突起’‘镇定’‘什么都没发生’的意思，而将两个文字结合起来，就成了表示‘和平’的单词。”

西方人和东方人的思维模式存在根本上的不同，鲁本斯想。但不存在孰优孰劣的问题。“汉字大概有多少个？”

“十万个以上。”石田坦率答道，“但现在日本常用的汉字只有两千到三千个。”

“日本人能记住这些汉字吗？”

“能。”石田笑着点头道，“或许你会觉得不合理，但汉字也有自己的优点。与表音文字相比，汉字可以作为视觉信息瞬间进入大脑，从而更快速地传递其所代表的意思。也就是说，汉字的可读性更强，既可以快速读书，也可以毫不费力地看电影字幕。虽然学的时候很辛苦，但读的时候就轻松多了。好，言归正传。”

石田指着被破解的文字中的几个词：“先论系”“后论系”“暂决解”。在鲁本斯看来，这些字词只是奇妙的图形。

“这些意思不明的词汇，是用汉字组合而成的新概念。所以我们听到女孩说的像是日语，但又不知她说的是什么。”

“这些单词能翻译成英文吗？”

“就像我刚才说的，每个汉字都有它的意思，我们只能据此用类推的方法翻译。这种译法其实相当牵强。”石田取出了字母文字译文，“但这里又出现了更大的谜团。”

鲁本斯努力解读翻译成英文的信息，却只能一知半解。

0,0 先论系（基于前面的逻辑或主张形成的体系？）1x1y 斯纳尼，后论系（基于后面的逻辑或主张形成的体系？）2x1y，时间函数 3x1y 斯纳尼 1x2y 真理值随概率变动 2x5y 突然出现的对策，扎纳尼，真理值与妥当性线性与非线性迁移。卡奥斯与卡奥斯的“窗”中出现的暂决解（暂时决定的解？）成为决定解的必要条件是超游知（“超游知”一词无法翻译）的判断——

“这是什么意思啊？”鲁本斯盯着译文说。上面的内容有如天书，但也并非完全支离破碎。“真理值随概率变动？”

“我从未听说过这种理论体系。”数学家菲什说。

鲁本斯问石田：“‘超游知’这个单词的意义无法类推吗？”

“综合文字的含义，应该是‘超越了未固定化的智慧或知识的判断主体’。但翻译后也不知所云。如果有人知道这个词的意思，那他一定知道‘超游知’这种东西的存在吧。”

无奈之下，鲁本斯只好将信息片段拼凑起来强行解释：“这是在暗示与复杂系统相对应的‘复杂逻辑’吧？就像与量子论相对应的量子逻辑一样。”

“可是，我们不知道复杂逻辑属于哪种公理系统。”菲什连忙答。

“请允许我陈述一下看法。”一直在旁边沉默聆听的语言学家丹佛德开口道，“一开始我执着于对文章进行分析，所以觉得这段信息毫无章法。但后来我不再关注文字的意义，而将注意力集中在语法上，就得出了有趣的推测，这可能是从语法层面发明的新人工语言。”

“就是说，是基于某种规则所写？”

“不错。在语法方面，这种语言与我们大脑所生成的自然语言截然不同。研究这段文字的过程中，我意识到我们使用的语言只是一元的。表意文字也罢，表音文字也罢，都是沿着时间轴单方向延伸的。但这篇文章不同。概念和命题在平面上往来穿梭，编织出完整的信息。平面上的位置用x和y构成的坐标表示，但我们还不清楚这些位置有何含义，或基于何种规则设定。读到最后，出现了z坐标，所以这种语言是有上下层级的。使用这种语法的话，困扰我们的许多悖论都将不复存在。”

“可是……”对这个不可思议的结论，鲁本斯仍然迷惑不解，“这段信息是小女孩儿念出来的，对吧？”

“对。”

“那这种语言就不仅可以阅读，还可以作为口语使用，如果文法太复杂，岂不是很不实用？”

“没错，我们的大脑是无法使用这种语言对话的。”

“我们的大脑？”丹佛德不经意间的一句话令鲁本斯恍然大悟。他的耳畔响起了海斯曼博士低沉的声音：

你忽略了一个重大的问题。

“如果用这种语言对话，就会迷失在语言之中。因为，如果不将散布在三元空间中的概念和命题的位置全部记住，交流就无法进行。除了语法之外，我还有一个发现。”丹佛德没有理会瞠目结舌的鲁本斯，指着译文中的两个单词，“原始信息中，反复出现了‘斯纳尼’和‘扎纳尼’。这两个词应该不是日语吧？”

石田摇头道：“日语中没这两个词。它们也不是汉字，而是用日语表音符号记录下的，所以只能从句子结构方面理解。”

丹佛德旁边的菲什会心地笑道：“这不就说得通了吗？连词增加了，逻辑常数也会增加。也就是说，语言不一样，逻辑就不一样。使用这种语言的人，拥有与普通人不一样的思维方式。”

但丹佛德的结论比年轻数学家的结论更现实：“也有可能，这只是一个精心设计的玩笑。”

鲁本斯竭力抑制住颤抖的声音说：“这次通信是从日本发往非洲的，而不是相反，对吗？”

“嗯，不错。”

鲁本斯内心产生的强烈冲击，转化为理性的兴奋。海斯曼博士提出的问题的答案，竟然如此超乎想象。

除了奴斯，还有一个进化后的人类。

为了佐证这个答案，鲁本斯想起了中情局的线人“科学家”的报告。从国际医疗援助团体的东京事务局得到的情报，是揭开真相的关键。

“石田先生。”

“在。”石田转过头。

“你了解日本的国内法和国内情况吗？”

“了解一点儿。”石田谦虚地答道。

“日本是不是有一种叫作‘户籍’的家庭登记证？”

“是的。”

“我听说会有人非法买卖这种户籍。”

“是有这种情况。犯罪组织会贩卖户籍。只要买到了别人的户籍，就可以隐匿自己的身份。”

“用什么方法买？”

“去流浪汉和打短工的人聚集的地区寻找卖家。缺钱的人才可能卖自己的户籍。”

“使用买来的户籍，就可以冒充别人的身份，与网络供应商签约，开设银行账户，出租不动产，对吧？”

“是的。”

“那要如何获得户籍？”

“出生之后去户籍管理机构登记。”

“需要什么证件？”

“医生开具的证明和出生登记证。”

“医生的证明可以由孕妇的亲人开具吗？比如，孕妇的父亲就是妇产科医生，他能开具证明吗？”

“法律上应该没问题。”

“我还有一个问题，日本的难民接纳制度是怎样的？”

石田抬起头思索起来：“日本曾有半个世纪由保守党连续执政，对接纳外国人态度非常消极。接纳的难民数量不及美国的百分之一，可以说不人道。”

“也就是说，在日本获得难民认证极其困难？”

“是的。日本常被诟病为奉行‘难民锁国’政策的国家。”

鲁本斯放缓语速，问题开始具体化：“基于刚才的情况，我想提一个假设。假设一个孕妇从爆发内战的国家逃到了日本，在生下女儿之后就死了，一个日本女人成了孩子的监护人。为了保护孩子，她该怎么做？”

面对突然提出的难题，石田思考片刻后答道：“首先还是要争取获得难民认证，但在日本，很可能无法通过难民认证，而被强制遣返。如果女孩的父亲还留在他的祖国，那可能性就更大了。她也可以将女孩收为养女，但那样就必须说明生母的身份，结果又绕回难民资格的问题上。”这时石田似乎想起了刚才的问答，微笑着问鲁本斯：“那个成为监护人的日本女人，她的父亲是妇产科医生吗？”

“是的。”

"为了保护孩子，她愿意知法犯法吗？"

"当然。"

"那就简单了。首先，她要开具死亡诊断书，证明孕妇在分娩前就已死亡。这样，孩子就不会成为难民了。再让父亲伪造出生证明，说孩子是自己女儿所生，然后将这份证明寄给户籍管理机构就行了。"

"就算孩子的母亲未婚，不清楚孩子父亲身份，也可以吗？"

"可以。只要将户籍中的父亲一栏空出来就是了。因为孩子的生母也不会出来声明自己的身份，所以不用担心这份伪造的申请被识破。"

鲁本斯满意地用力点头。Q.E.D.①。证明完毕。

人们掌握语言，将它作为交流工具。假如有人发送了意味不明的语言，必然存在另一个会使用这种语言的人。

奈杰尔·皮尔斯早就知道康噶游群中会出现超人类吧。因为九年前，第一个超人类个体就已经在日本诞生了。

扎伊尔爆发内战，一名孕妇被转移至日本，但她生下孩子后就死了。作为主治医生，坂井友理希望帮助这个孤苦伶仃的孩子，于是决定伪造证件，使其成为自己的孩子。那孩子先天异常的头部应该也激起了她的同情。然而，本以为是残障儿的俾格米女孩长大后，却表现出了惊人的智慧，于是坂井友理与人类学者皮尔斯取得联系。他研究了这个被命名为"艾玛"的孩子的智力，确信新人种已经诞生。两人预见到还会诞生第二个超人类，于是开始制订将其从战乱不已的刚果救出的计划。不对，主导计

① "证明完毕"的拉丁文缩写。

划的可能正是坂井艾玛。当时她还是唯一的超人类。对艾玛来说，必须想尽办法将这个早晚会出生的第二个超人类孩子带到日本。因为如果没有交配对象，物种就会灭绝。

从奴斯的角度看，开发特效药是最合理的解答。

海斯曼博士仅凭少量的线索，便看穿了谜底。艾玛和奴斯多半是同父异母的姐弟。如果将来近亲交配，耶格夫妻的悲剧很可能会再次上演。生下来的孩子，很可能会继承父母双方相同的病源基因。古贺诚治委托儿子研人进行特效药开发，无疑是治疗近亲结婚导致的遗传病的初步尝试。

鲁本斯试着计算坂井艾玛的实际年龄：八岁四个月。涅墨西斯计划的对手，不是在蛮荒之地出生的三岁幼儿，而是在发达国家掌控所有情报的满八岁的超人类。

再给你一个提示：你仍然低估了敌人的智力。

如果进化后的人类，在三岁时就能达到智人的智力水平，那现在坂井艾玛的智力水平，已远远凌驾于我们之上。

鲁本斯确信计划会失败。从被破解的密码通信看，坂井艾玛的思维能力明显已经超过智人。这个八岁的孩子认识世界的方式已经超过了智人理解能力的极限。

现在，在人类难以企及的智慧生物的保护下，奴斯一定能从非洲抵达日本，除非援助他的人类犯错。

想到这儿，鲁本斯突然担心起古贺研人来。那个研究生应该与坂井友理有接触。日本的警察如果抓住了他，就能顺藤摸瓜查到坂井友理。

研人回到自己的房间。他出门时上了锁，进门时却发现入口的地上放着一部崭新的手机，手机下还压着一张字条，写着：把之前用的手机丢掉。

研人拿起手机，看了看屏幕。已经有好几个未接电话，但语音信箱中没有任何消息。

实验室中，GIFT1的最后反应正在进行。研人脱掉鞋子，正要走进实验室，新手机突然响了。研人接起电话，又听到那仿佛来自地底的低沉声音："马上离开房间！"

"为什么？"研人问。

"你犯了错。你打给报社记者的电话被逆向追踪了，你的位置已经暴露。现在有五名警察在搜索公寓周边。找到你只是时间的问题。"

寒气爬上研人的后背。警察之所以这么快就赶来，会不会是因为公寓的房东向他们报告了异臭的事？

"可是，"研人用颤抖的声音说，"药物反应还没结束。"

"我这是为了保护你。"

"你是叫我放弃实验？"

"不错。"

"应该还有别的办法。将实验仪器转移到别的地方……"研人说，但他心里知道，必要的物资太多，将它们全部转移是不可能的。就算有车装载，也必须进进出出搬好几趟，动静太大。

"别说不切实际的话。你逃脱的机会只有一次。你一出门，保不定就会被认出来。你马上离开公寓朝东走，搭出租车去市中心。我随后会通知你下一个落脚点。”

研人看了眼手表，离GIFT1合成结束还有十个小时。接着还需要八个小时分离最终生成物，确定其最终结构。“还有一天就可以完成特效药开发了啊。”

“时间不够了。快逃！”

小林舞花满嘴鲜血的痛苦身影，浮现在研人的脑海中。研人坚信自己能救那个孩子。

“我不能逃。还有孩子等着我。”

“你会有生命危险。”

“你自己不是也曾救过一个孩子吗，坂井友理女士？”

虽然不是当面交谈，但研人还是感受到电话另一头的人很震惊。研人继续道：“你来抢电脑，就是不想让我也卷进来……为了让我远离危险，对吧？”

没有回答。

“但我还是卷了进来。我带着父亲的电脑走到了这一步，已经无法回头了。我会继续将新药开发进行下去。”说着，研人就挂断了电话。

研人等了一会儿，但对方并没有再打来电话。研人进入实验室，凝视着磁力搅拌机上的烧瓶，陷入沉思。

研人是在国道旁给菅井打电话的，警察应该是从研人打电话的地点开始向外搜索，而那里与实验室所在的公寓之间，还隔着好几栋商品楼。五个人挨家逐户地搜的话，要大约一天才能查到这里。

研人向天堂的父亲祈祷：

我会完成你的遗愿，请保佑我。

请保佑我拯救那十万个孩子。

祈祷结束后，研人又淡淡一笑，补充了一句：请原谅我错怪了你。

3

进入开普敦前，耶格和迈尔斯采购了所有必要的装备。电池等消耗品、各种工具、用来代替战斗服的黑毛衣和工装裤。皮尔斯没有携带打印机，只好在路上的网吧打印出必要的资料，交给两名佣兵。

傍晚时分，车子载着众人来到泽塔安保公司附近。公司坐落在丘陵地带的一大片平地中，沐浴着余晖。在铁丝网背后，耸立着有如旅游区酒店的公司大楼。公司大楼的背后就是飞机场。

众人留在车内，进行最后一次会议。“日本的援军”发来的数据包含了所有必要的情报。泽塔安保公司的设计图、监控摄像机的死角、警卫人员的配置和人数、解除各房间电子锁的密码，此外还有迈尔斯想要的波音737-700ER的操作手册。但手册实在太厚了，迈尔斯只读了有用的部分，将驾驶席的仪表和各种开关的位置记在脑中。

确定行动计划后，耶格将视线投向后排。阿基利正兴致勃勃地阅读着一摞资料。

“你在看什么？”

阿基利对耶格的提问置若罔闻。他不是故意的，因为他完全沉浸在了资料当中，两只眼角上挑的大猫眼，正飞速扫描着纸面。

“阿基利看的是北大西洋的洋流图。”皮尔斯代替阿基利回答道。

“我们不是要坐飞机吗？研究洋流做什么？”

“这是最后的王牌。”皮尔斯说，但脸上却流露出不自信的神色，“对这个脱逃计划，我也有不理解的地方，但现在只能相信日本的援军了。对了！”人类学者取出了阿基利与他们对话时使用的小型电脑。

“我安装了语音软件，今后阿基利输入的文本可以转化为声音输出。”

“那应该可以愉快地聊天了。”耶格说。

众人打开罐头，吃了在非洲大陆的最后一顿饭，将车开到泽塔安保公司的后面。

晚上九点四十分，巡逻车按时通过后，耶格发动了隐藏在树林背后的车子。他没有开车灯，径直穿过公路，停靠在铁丝网旁边。高四米的铁丝网上挂着画有骷髅的警示牌。铁丝网上通了一万伏的高压电。

耶格下车，戴上橡胶手套，坐在铁丝网旁，使用塑料工具撬开铁丝网。对原特种部队队员来说，这只是基本的入侵技术。地面与铁丝网之间打开一个大洞后，迈尔斯将一块大塑料板插进去，确保耶格能顺利通过。

为了避免触碰电网，耶格躺在地面和塑料板之间，钻进了泽塔安保公司的领地内。然后他立刻起身，跑到铁丝网内侧的电源箱边。金属箱只有他的腰那么高，上面挂着一把很小的锁。耶格用工具破坏了锁，打开箱门，找到报警开关，将其关闭，然后切断了通往警卫室的通信线路和电源。

迈尔斯朝金属网投了一把匕首，确认安全后，铁丝网外侧的三人也陆续从窟窿中钻了进来。

行动迅速进入第二阶段。四人选择走监控摄像机的死角，朝公司大楼背后迂回前进。见到熟悉的泽塔安保公司，耶格不仅没有紧张，反而有点儿怀旧。

夜里十点零五分，他们比预定时间提前五分钟抵达建筑后门。眼前是水泥制的武器库，武器库对面便是沐浴在橙色光芒中的机场。

众人屏住呼吸，焦急地等待着下一个机会。不久，远方的夜空中出现了机身上防撞灯的红光，喷气引擎的轰鸣声越来越近。那是中情局的空壳公司所属的波音737飞机，它正缓缓地朝地面降落。

轰鸣声变得震耳欲聋后，四人一同行动，跑到武器库入口处，在密码面板上输入密码，沉重的大门立刻开启。耶格和迈尔斯进入武器库，放下AK47，换上带消声器的M4卡宾枪，将装上子弹的手枪交给皮尔斯，之后所有人都穿上防弹背心。因为没有适合三岁孩子穿的防弹服，皮尔斯只好将阿基利背起来。人类学者的身体便是阿基利的防弹盾牌。

准备好携带的装备，众人推出推车，逐个挑选将装上飞机的物资，包括头盔与护目镜、小型氧气罐、方形降落伞等高空跳伞所必需的装备。因为拥有空降资格的两名佣兵必须分别携带皮尔斯和阿基利一起跳伞，他们特别检查了降落伞背带和连接器。

这时，机场传来的引擎轰鸣声达到了最大音量，然后戛然而止。飞机应该顺利着陆了吧。

耶格从武器库入口探出半截身子观察外部情况，确定行动是否可以进入第三阶段。这时出现了一个小意外。公司大楼后门打开，走出了一个高个儿男人。耶格很快就认出，那人是作战部长辛格尔顿。耶格飞速转动大脑，判断这是一个绝佳机会，可以为接下来的行动省去许多麻烦。于是他打手势告诉迈尔斯，敌人出现，让他跟上自己，悄无声息地溜到武器库外。

辛格尔顿似乎正要去机场迎接中情局特工。耶格从背后接近辛格尔顿，将手枪顶在他的后脑勺上，故意让他听到扣下扳机的声音，命令道："别动。"

辛格尔顿身体微微一晃，举起双手："谁？"

"老朋友。"

"光听声音认不出，能回头吗？"

"可以。"

私营军事公司的作战部长缓缓转过头。他一看到用枪对着自己的耶格和迈尔斯，就惊讶地瞪大了眼。

"是你们？守护者计划执行得怎么样了？"

"两个队友死了。"

"什么？"辛格尔顿的脸上浮现出微微痛苦的表情，"是因为感染了病毒吗？"

他的反应打消了耶格的顾虑。辛格尔顿并不清楚守护者计划的真实目的。耶格不再对他怀有敌意，但并没有放松警惕。

"计划仍在执行。接下来你按我说的做。"

"怎么回事？是国防部的意思吗？"

"随你怎么想。总之，你必须听我的。"

辛格尔顿终于明白，这不是一场玩儿过头的恶作剧。

"我不同意怎么办？"

"反抗的话，你应该知道我们是哪种人。"

赤手空拳的原军人逐次打量了两名佣兵，表情苦涩地点了点头："我怎么才能活下去？"

"到武器库去。"耶格命令道。

十分钟后，辛格尔顿离开武器库，独自朝机场走去。

全长三十米左右、曲线优美的小型客机，正停在机库前的停机坪上。周围有九名工作人员在搬运货物，给飞机加油。

辛格尔顿在舷梯下发现了五个美国人，于是走上前去："欢迎来到泽塔安保公司。我是作战部长麦克·辛格尔顿。"

运来武器弹药的中情局特工逐个自我介绍，与辛格尔顿握手。

"食堂里准备了简餐，各位在这里歇会儿再走吧。"

"嗯，好。"副驾驶露出亲切的笑容。

辛格尔顿等所有货物都卸下来后，命令所有搬运人员："大家都到这里集合。"

搬运人员集合后，辛格尔顿从中选出两人，说："武器库中有一辆堆满货物的推车，把车推过来，搬进客舱。"

"是。"两人答道，朝武器库走去。

波音飞机的机长诧异地问："搬上飞机的是什么东西？"

"刚才我收到指示，让我把增补的物资运上飞机。"

"是中央情报局发来的指示？"

"是的。"

一名特工从上衣口袋中掏出手机。见他要打电话回国确认，辛格尔顿不禁冷汗直冒。

“不好意思，请不要打电话。”

“为什么？”特工狐疑地问。

“因为这个。”辛格尔顿说，敞开了衬衣。他的胸部绑着便携式无线电通话器的麦克风和带遥控爆炸装置的C-4高性能炸药。“包括我在内，这里所有的人都被劫持为人质了。现在，武装分子正用狙击枪从远处瞄准我们。”

中情局的特工们望向跑道另一侧，机库附近太亮，根本看不见黑影中有什么。

“他们正通过声音监控这边的情况。各位请务必照我说的做。先将携带的武器和通信装置全都放到地面上。”

一名特工大概想到了什么，拔腿便跑。但就在他起步的瞬间，伴随着锐利的啸叫，一颗子弹划空而来，击中他的右肩。他短促地叫了一声，用手捂住伤口蹲了下去。

“他们训练有素。”辛格尔顿继续说，“只要我们不抵抗，他们就不会开枪。拜托了。”

特工们勉强遵从辛格尔顿的指示，跪在地上，接受搜身检查。他们被蒙上眼睛，堵住嘴，背着手戴上了塑料手铐。只有负责加油的人没被束缚，辛格尔顿命令他们道：“把油箱加满。”

这时，奉命去武器库推推车的两个工作人员回来了。他们觉察到停机坪的异样，立即停了下来，但一见绑在辛格尔顿身上的炸药，他们就猜到发生了什么。“快点儿！”辛格尔顿吩咐道。他们什么都没问便遵命行事。两人将物资搬进机舱，辛格尔顿让他们不要关舱门，取掉舷梯，待办完这些事后，他们也排进了人质的队列。

在这之后又加了一个小时的油，其间所有人都留在原地，相安无事。

工作人员加完油，将加油车从飞机主翼下开走，然后也被辛格尔顿戴上了手铐。耶格透过瞄准器看到这一幕，从地上站起来，放下狙击枪，换上M4步枪，穿过跑道走过来。

机库旁只有辛格尔顿一个人站着。辛格尔顿问："可以了吗？"

他低沉的嗓音中透露着疲倦、无力，以及不至于引起对方愤怒的敌意。

"可以了。"耶格答道，给辛格尔顿也戴上了塑料手铐。

迈尔斯、皮尔斯和阿基利从各自躲藏的地方现身。确认人质没有能力抵抗后，迈尔斯放下医用包，对肩部中枪的特工进行紧急处理。

"放心吧，你不会死。"

特工被塞住了嘴，发不出声音。虽然听不懂他说的是什么，但肯定不是在表示感谢。

迈尔斯钻进机库中的卡车，发动了引擎。所有人质都被押上载货平台，运到了公司大楼背后的训练场。耶格把所有人质的腿捆住，关进人质营救训练用的模拟房屋。

"这里什么时候进行下一场训练？"耶格问作战部长。

"后天。"

两天后在这里训练的佣兵一定会因为发现真的人质而大吃一惊吧。耶格也给辛格尔顿蒙上眼塞住嘴。"坚持两天吧。"说完他就离开了。

等在走廊里的皮尔斯看了眼手表。"顺利极了。"他说，

“我们离开这个国家吧。一起逃离非洲！”

众人坐上卡车，车子再次朝机库驶去。

夜深了，耶格抵达机场，眺望着即将乘坐的那架飞机。

纯白的机身上没有航空公司的标志，只有一个航空器注册编号：N313P。

迈尔斯取掉飞机的制动块，返回耶格身边，说：“帮帮忙。”

两人进入机库，抬出伸缩式梯子，靠在机体前部的门上。门距地面十米左右。迈尔斯率先攀上梯子，背着阿基利的皮尔斯和耶格也陆续登机。

飞机内部漆黑一片。迈尔斯打开手电筒，照亮客舱。舱内已改装为商务机的模样，与通常的客机差别很大。前部和后部有两个会议室，座位并非安置在窗边，而是围绕着中央的桌子。

众人放倒梯子，试图关闭舱门。但他们不熟悉关门的方法，半天也没弄好。正在大家争论时，黑暗中响起了一个电子声音：“让门与机体平行，然后向外推。”

是阿基利在使用电脑指挥大家。照他说的办法推动厚门，门终于平顺地关闭了。

“好样的！”迈尔斯摸了摸阿基利的头，朝驾驶舱走去。

微光射进驾驶舱中，映出驾驶席周围无数的装置。

“我还是第一次坐机长席。”说着，迈尔斯坐进了左侧的座位，然后将座位向前挪动，“耶格，你就坐我旁边吧。”

“我可以吗？”

“嗯，给我照着仪表盘。”

耶格坐进副驾驶席，取出电筒，一束光照在电子设备上。

迈尔斯摊开自制的检查清单。“燃料阀？辅助动力装置的开关？”他自顾自地嘟囔着，逐个打开开关。不一会儿，舱内亮起了灯，从液晶屏开始，仪表盘也陆续发出五颜六色的光。

迈尔斯又将同样的操作重复了一遍，成功启动了第二台引擎。现在，机舱里回荡起喷气式引擎强有力的咆哮。

“成功啦！一切顺利！”迈尔斯狂喜地大叫道。但耶格的不安一点儿都没有消除。“飞机起飞了再欢呼吧。”

皮尔斯抱着阿基利，坐到驾驶舱后部的位子。“比我们的飞行计划稍微提前了一点儿，不过还是起飞吧。”

“别忘了系好安全带。”迈尔斯用机长的口气叮嘱皮尔斯，然后再次面朝前方，“出发了。”

迈尔斯微微前推油门杆，引擎的轰鸣立刻高昂起来，整个飞机开始缓缓向前滑动。

见迈尔斯双手离开了操纵杆，耶格吓了一跳。当飞机在地面上滑行时，驾驶员使用的是座位左侧的另一套操作仪器。飞机忽左忽右，摇摇晃晃地沿着滑行道前进。进入跑道前有一个大转弯，这对临时机长来说，是一次大考验。他反复前进、停止，避免偏离跑道，终于转过了弯。

最后的方向转换结束后，飞机暂时停下来。现在，透过驾驶舱的窗户，可以看到眼前笔直的跑道，如今在跑道灯的照耀下它显得熠熠生辉。

“无线电频率、襟翼位置、应答器输入……”最后的检查结束后，迈尔斯对耶格说：“顺利升空后，就拉起这个杆，收起起落架。”

“还有呢？”耶格搜索着贫乏的知识储备，问道，“需要读出起飞前的速度吗？”

“这也需要，但我不知道正确的数值是多少。”

“什么？”

迈尔斯本想报以一笑，但面部却是僵硬的。“哎，算了。这样吧，速度计达到190节时，你就大喊‘VR’[1]。”

“这就行了？”

“相信我。”

迈尔斯左手握住操纵杆，右手将油门杆推至九十度的位置。引擎转速上升，低沉的轰鸣声逐渐转化为刺耳的高音。

“准备好了吗？”迈尔斯大叫。

“好了。”

“断开自动油门。”

迈尔斯将油门杆推到最大位置，机身突然紧急加速。座椅后背紧贴上耶格的后背。他感觉机体整个向左倾斜，差点儿惊恐地大叫。刚一冷静下来，机体就提升到了无法停止的速度。

驾驶席中的迈尔斯目不转睛地紧盯着跑道中心线，用脚下的方向舵调整前进方向。喷气式客机引擎全开，左摇右晃着急速冲过跑道。耶格注视着速度计。还没有到达190节。抬眼一瞥，即将抵达跑道的尽头，如果再不离地就要撞上外面的树林了。

“迈尔斯！”

耶格怒吼的同时，迈尔斯拉起了操纵杆。机头抬了起来，但角度不够。机体虽然离开了跑道，却眼看着就要逼近机场周围的铁丝网。

耶格一下子心灰意冷，心里仿佛开了一个空洞。他感觉身子

① 起飞抬前轮速度，也就是起飞离陆速度。

飘了起来。波音飞机擦着铁丝网边成功起飞，越过前方的树林，升入夜空。

驾驶席上的两个人半晌说不出话来。耶格好不容易才动了动僵硬的身体，收起了起落架。机体底部传来前轮和主起落架的声音。仪表盘上的红灯停止了闪烁。

迈尔斯面无表情，继续拉动操纵杆，突然回过神来似的动了动下巴。“喂？”他开始与负责航空交通管制的雷达管制员联系。飞机飞在大西洋上空期间，会一直处在雷达搜索的范围内。

与管制员简短地交流了几句后，迈尔斯说：“看来很顺利。劫机行为没有暴露。再过一会儿就切换到自动驾驶模式。”

“干得好，迈尔斯。”耶格称赞道。得分是C-，不过好歹起飞了。“那我们什么时候能抵达目的地？”

“需要大约十四个小时。半天后，任务就完成了。”

耶格点点头，全身放松，靠在椅背上。透过舷窗俯瞰地面，灯火辉煌的开普敦之外，便是广阔无垠的黑色大洋。本以为无法逃离的非洲大陆，正一点点向后退去。

“逃离非洲”的时间到了，想到这里，耶格突然感到一股看不见的力量正把自己往回拉。过去数百万年间不断孕育出新人类的这片大陆，似乎伸出了大手，想阻止耶格逃脱。我必须逃，耶格想。我必须摆脱这邪恶的力量，摆脱这多舛的命运。

耶格看了看手表——还没有到儿子生命终结的时间。贾斯汀还活着。父子两人还要继续战斗下去。

为了活着迎来十四个小时后的结局，耶格开始确认计划中有无漏洞。

4

研人完全丧失了时间概念。他看了一眼手表，现在是凌晨一点，警察应该已经中止了搜查行动。可以说，这座公寓暂时是安全的。

研人用薄层色谱法，确认反应已经结束。至此，生成GIFT1的所有合成操作都已完成。

研人将烧瓶从磁力搅拌机上拿下，仔细观察。烧瓶中装满了无色溶液。如果实验成功，那溶液中就含有能激活变种GPR769的激动剂。

研人谨慎地着手后期处理，从混合溶液中提取目标物质。首先提取出有机物，然后进行浓缩去除有机溶媒，再加以分离。研人用上了自己掌握的所有知识和技术，一步步创造这史无前例、堪称奇迹的新药。

天亮后不久，后期工作进入了最后的提炼阶段。垂直的细长玻璃管中，分离出了三种生成物。肉眼就能看出，极性不同的物质分成了三层。

他将各层物质转移到茄形烧瓶中，用旋转蒸发仪进行蒸馏。因为各种物质都溶解在有机溶媒中，必须去除溶媒，才能得到纯净的最终生成物。为了保证万无一失，研人又用真空泵将溶媒全部剔除干净。

最终生成物终于提炼完成。三个烧瓶中残留的物质都没有结晶，而呈泡状非晶质状态。这里面，GIFT1是哪一个？

研人来不及感慨就取出了手机。虽然还不到上午九点，但对方很快就接起了电话。

“喂？”

“在睡觉？”

“我早就起来等你电话了。”正勋答道，“情况如何？”

“成功了。”

“太好啦！”正勋用力说道，“接下来就是结构鉴定了。”

“生成物有三种，没有结晶化的物质。全部可以通过核磁共振分析来鉴定，现在能送到大学来吗？”

“没问题，我已经预约了共享机房。”

“样品之外，我还送来了写有GIFT1结构式的笔记本，给共享机房的伯母看看吧。”

“共享机房的伯母”是指维持和管理机房装置的光谱分析专家。她的眼力惊人地准确，无论分析结果多么复杂难懂，她只需看一眼图表就能知道样品的化学结构。只要请伯母出马，她就会判断出哪个样品是GIFT1。

“这样就不用将结果送回给我看了，可以节省时间。”

“好。对了，我已经买好机票了。”

正勋今晚就将前往里斯本。

“终于到最后时刻了。”研人说。

“加把劲儿，千万别在最后阶段犯错。”

研人点点头，将现在使用的新手机号码告诉正勋：“以后就打这个号码联系我。”

“出什么事了？”正勋问，“你没事吧？”

“没。”研人只能如此回答，“傍晚再商量药物交接的问题吧。”

“好。”

研人打完电话，叫来骑摩托送货的人，确认样品上的标签没有弄错。

贾斯汀·耶格的性命应该可以保住了，问题是另一个命在旦夕的人。小林舞花还躺在医院的病床上吧？还是说，那个孩子已经败给了病魔，升入了天堂？

研人想起正勋的话，鼓励自己：现在放弃还太早了。

美国东部时间晚上十一点。鲁本斯正想离开国防部，但刚到停车场就被叫了回去。

“紧急情况，请尽快回来。”留在行动指挥部的部下艾弗里在手机中说，“刚才发现了奴斯的行踪，似乎已经逃离了非洲。”

“什么？是乘船吗？”

“是飞机。‘航空专业’公司的飞机被劫持了。”

“航空专业”公司是中情局执行秘密计划的空壳公司。尽管心存疑问，但鲁本斯还是快速返回了国防部的地下一层。

他通过生物特征识别系统进入指挥部，艾弗里迎上来，语速极快地报告说：“一架秘密输送武器弹药的中情局飞机被乔纳森·耶格等人劫持了。”

“是哪里的机场？”

“泽塔安保公司的机场。”

原来如此，鲁本斯不禁感叹。他之前完全忽略了私营军事公司的机场。“四个小时前，有保安发现机场的灯光一直没关，于是前去查看，结果发现了被监禁的乘务员。现在，管制雷达已经捕捉到了被劫持飞机的踪影。”

“他们正朝什么方向飞？亚洲吗？”

“不，正在往大西洋的西北方向飞。”

鲁本斯又是一阵错愕。难道他们的目的地是北美大陆？

“这条航线同‘航空专业’公司提出的飞行计划一致。飞机应该会在累西腓降落。”

“累西腓？”

“位于巴西东端，南美大陆在大西洋的突出部。他们打算伪装成中情局特工，秘密进入巴西。”

鲁本斯觉得奴斯的计划不会如此简单。但只要不说破，让大家照这个思路制订对策，奴斯逃脱的概率就会大幅增加。就在这时，埃尔德里奇打来了电话。涅墨西斯计划的监督官毫不掩饰自己对这一意外事件的惊慌。八成是担心丢掉官帽吧，鲁本斯窃笑。

“我已经掌握了情况。将布置在巴西的所有中情局特工都集中到累西腓的瓜拉拉皮斯国际机场。”

“要不要联络巴西政府？”

“没必要。不要把国务院那帮家伙卷进来。那样会把事情闹大，就让情报机构来处理吧。”

“明白。”

“我现在就去那里。”埃尔德里奇挂断电话前，又撂下最后一句话，“这都是些什么破事！”

行动指挥部立即开始忙碌起来。军事顾问斯托克斯与其他工作人员进入房间，鲁本斯还来不及同他打招呼，霍兰德的保密电话就响了起来。抱着些许期待，鲁本斯接起了中情局局长的电话。

“鲁本斯，用平辈语气说话。”霍兰德开口道，“别让人听出你在跟高官对话。”

“嗯，我知道了。”鲁本斯顿时会意。

“你知道泽塔事件的详情吗？”

“不知道。”

“我刚跟一个叫辛格尔顿的人通了电话。据他说，沃伦·盖瑞特死了。”

“死了？”

“嗯，似乎是耶格说的。”

鲁本斯感到自己身上的罪行又多了一条。这个打算控告美国总统的勇敢男人壮志未酬，已经死了。激发盖瑞特的是一种自责，而鲁本斯此时对自己也抱有同样的自责。

“这下就有可能中止计划了。”中情局局长表现出的却是喜悦。但这不是因为奴斯会因此得救，而是他亲自经手的“特殊移送”的肮脏秘密，将不会被公之于众。

面对毫无罪恶感的霍兰德，鲁本斯怒不可遏，但现在最好将霍兰德争取到自己这一边。虽然涅墨西斯计划不可示人的目的已经达到，但要终止计划仍然困难重重，因为比霍兰德更加无耻傲慢，还手握世界最高权力的暴君，仍然想抹杀奴斯。

“我想听听你的意见。”霍兰德说，“将特工集中到瓜拉拉皮斯机场可行吗？奴斯可以顺利逃脱吗？”

“让尽量少的特工去。”鲁本斯说。令中情局局长也相信奴斯等人将秘密进入巴西，这才保险。“只要给他们故意留破绽，就没问题。”

“好的，我明白了。”

“现在就只有这样的对策吗？”鲁本斯反问。

“嗯，被劫持的飞机此刻在大西洋中央飞行，战斗机的续航距离没有那么远。而且，这架波音飞机平常用于毒品走私的监控，机上设有军用雷达。我们如果派出预警机，很快就会被发现。倒不如让他们在累西腓降落。”

“那架飞机的续航距离是多少？”

“一万一千千米多一点儿。最远可以飞抵迈阿密。”

听到美国的地名，鲁本斯感到一丝隐隐的不安。

“这架飞机上的防御装置如何？”

“没有任何防御装置。除了装有雷达，它跟普通商务喷气式飞机没有不同。在战斗机面前，它不堪一击。我想用不着通知巴西政府吧。”

奴斯要到哪里去？鲁本斯再次盘算起来。如果在累西腓附近再掉转航线，巴西空军就会立刻起飞。波音飞机进入其他任何邻国也都会被当地空军驱逐，只能在公海上空东逃西窜，最后耗尽燃油。可以确定的是，波音飞机不会飞到美国来。只要进入美国领空，它就会立刻被击落。

“雷达有没有发现什么？”驾驶席上的迈尔斯问。

“没。”耶格从设在驾驶舱后部的装置上抬起头说，“没有发现可疑飞机。”

从开普敦出发后，他们已经飞行了六个小时。天还没亮，在一万一千米的高空，群星璀璨，似乎触手可及。皮尔斯坐在副驾驶席上，抱着阿基利。阿基利正用手指着一个个的行星，仿佛在进行天文观测。

“就要忙起来了。”皮尔斯看着手表说，“燃料状况怎样？”

“节约了不少。”迈尔斯说，“真不可思议。”

“这是因为我们利用了向西的气流。”

波音飞机其实已经偏离了预定航线，但程度甚微，没有到会引起怀疑的程度。“日本的援军”随时会通过电子邮件告知自动驾驶系统的输入数值。大家用“艾玛”这一代号称呼“日本的援军”。名字是皮尔斯起的，在姆布蒂人的语言中，这个词的意思是“母亲”。

“艾玛是气象预报专家吗？”

“她什么都清楚。”皮尔斯笑道，转头问耶格，“准备好了吗？”

“嗯。大家都到这里来。”

驾驶席上的人都站了起来。飞机切换到自动驾驶模式，即便没有人操作，照样能顺利飞行。

进入客舱的四人开始检查降落伞装备。三个成人首先穿上保暖用跳伞服，耶格和迈尔斯相互帮助，背上了跳伞包，然后将供氧设备安装在身上，检查双人跳伞用连接装置。迈尔斯将身体前面的环状铁锁连接在皮尔斯的背带上，两人的身体被紧紧地固定在一块儿。

阿基利头很大，戴成人头盔正好合适。防风眼镜和氧气面罩与他的脸也相匹配。但因为他个头太小，没有合适的背带，只好将他放进背包中，悬于耶格的身体前面。

“看起来没问题了。”皮尔斯满意地说，“该偏离预定航线了，否则巴西空军的战斗机就会来拦截。”

众人卸下装备，返回驾驶室。

驾驶席里的迈尔斯将手放在操纵杆上，说：“我有一个问题。”

“什么问题？”

“偏离预定航线之后，我们真的要往北飞？那样肯定会进入美国的防空识别圈。战斗机肯定会起飞拦截我们。”

“现在只有这条飞行路线可行。”

“但我们会被击落。”

“艾玛说没问题。”

“别以为在公海上就能安然无事。美国空军的迎击范围包括‘领空外和防空识别圈内’。也就是说，即使在公海上也仍然会被击落。”

“对这点我也觉得不可思议。”皮尔斯承认道，“但艾玛的回答是：‘不用担心被击落，专心驾驶飞机。’我们应该思考的是如何在正确的时间抵达正确的地点。只要做好这些，就能顺利。”

迈尔斯转头看着副驾驶席上的耶格。

“事已至此，我们只能这么做了。”耶格说，“相信艾玛吧。”

“我觉得我们是赶不走战斗机的。”迈尔斯握着操纵杆说，“那出发吧。”

皮尔斯带着阿基利坐到后部的座位上。“准备好了！”他大声说。

迈尔斯前推操纵杆。波音飞机从一万一千米的高空机头朝下，朝海面迅速下降。

下午一点，被劫持的飞机从管制雷达屏幕上消失了。与此同时，华盛顿特区的保密通信网的通信量陡然大增。

不到一个小时，与国家安全保障有关的所有内阁成员都集结到白宫地下的局势研究室。

5

在正勋打来电话之前，研人一直处于惶恐不安的状态。GIFT1的合成成功了吗？使用小白鼠和CHO细胞进行的最终确认是否顺利？警察搜索到哪里了？

因为担心被警察发现，他不敢出门买东西。整整一天都没吃东西的研人，只好舔白糖应急。在这个节骨眼儿上，可不能让大脑停工。

研人忍受着身体上的饥饿和精神上的不安，忍耐到正午，才盼来了正勋的电话。

“成功啦！”正勋大叫，“GIFT1在样品里！”

研人睡意顿消，立即问：“标签编号是多少？”

“G1-7B。”

桌上排列着从“7A”到“7C”三个烧瓶。研人拿起居中的“7B”，不胜感慨地看着手中的烧瓶。GIFT1就在这里面啊。

“研人，你成功了！”尽管正勋是新药开发的一号功臣，他却毫不居功地向研人表示祝贺。

“不，这都是托了正勋的福。”研人笑道，“对了，拜托土井做的细胞怎么样了？”

“似乎还要点儿时间。下午四点应该就会送到。”

“好的。”研人开始调整最后的安排。正勋今晚就要去里斯本。“你什么时候从大学出发？”

“飞机十点起飞。七点出发的话，八点就能到成田机场。”

“好，那七点钟在大学医院前碰头。我带‘GIFT1’过来。”

“好。”

挂断电话后，研人再次忙碌起来。将GIFT1和GIFT2转换为盐酸盐，使其溶于水，然后调节浓度，给小白鼠口服。

饲养在四个笼子里的小白鼠，有二十只是普通个体，其他十九只被人为诱发了肺泡上皮细胞硬化症。研人决定每十只一批给药，药量遵照制药软件“GIFT”的指示。他逐个将小白鼠放在手掌上，用安装于注射器顶端的细长管子直接将药物注入它们的胃中。这种操作他之前练习过很多次，所以很快就做完了。

接下来进行动脉血氧饱和度测定。只需将测量装置夹在小白鼠的耳朵上，就能获得血液中氧饱和度的数据。如果发病的小白鼠在服用药物后，这个数据开始上升，就表明新药起效了。

然而，研人至今都拿不准，药理实验如此简陋是否可行。但如今情势紧迫，他没有时间进行代谢和毒性检测，只能相信“GIFT”的计算结果。

给药三十分钟后就显现了效果。“GIFT”预测得十分准确。没有给药的患病小白鼠，动脉血氧饱和度持续下降，而服用药物的患病小白鼠，在一段时间过后，该数值开始停止下降了。不过，现在得出结论为时尚早。研人告诉自己务必冷静，在实验笔记本上做好记录，将要送到里斯本的药物转移到容器中，然后每隔三十分钟测量一次小白鼠的动脉血氧饱和度。

一个小时、两个小时过去了，两组小白鼠的动脉血氧饱和度数值的差别越来越明显。三个小时后，研人开始期待服用新药的小白鼠的数值会上升。四个小时后，他的期待应验了。这组小白鼠的肺部功能开始恢复。肺泡重又可以换气，开始向身体中输送氧气。

研人惊愕地看到，刚才还奄奄一息的小白鼠，居然摇摇摆摆地活动四肢，到给水装置中喝水。眼前这一幕仿佛不是真实的。对新药的奇迹功效，研人始终都觉得难以置信。变构药的威力竟如此之大，令研人不禁怀疑这是不是睡眠不足导致的幻觉。

研人翻看实验笔记，检查测量是否发生了误差，这时突然传来了猛烈的敲门声。

研人吓得差点儿叫出声。

警察!

警察已经发现这间公寓了。

但很快，研人就听到门外有人说："摩托送货的。"他紧绷的肌肉顿时松弛下来。

土井制作的基因改造细胞终于送到了。

到玄关打开门，站在门外的不是穿着伪装的警察，而是货真价实的送货员。研人接过货物，将门关紧，返回实验室。

送货员送来的是一个小纸板箱，里面有四个塑料烧瓶、少量经过灭菌处理的器具，以及按操作步骤手写的实验指南。土井巨细无遗地说明了受体结合实验的操作方法。

烧瓶中是导入了病源基因的CHO细胞，细胞膜存在着导致肺泡上皮细胞硬化症的受体"变种GPR769"。这种受体被特殊荧光试剂标示了出来，如果被激活，就会发出蓝光。换言之，如果GIFT1和GIFT2能令受体发出蓝光，就意味着新药开发成功了。

阅读实验指南的研人突然意识到自己没有"酶标仪"这种装置，不由得心头发慌，但看到"单是发光的话肉眼也能确认"时，他又放下心来。

进行实验可以说是与时间赛跑。因为不熟悉操作，研人有点儿手忙脚乱。光是将培养细胞转移到浅底盘就耗费了不少时间。

他小心翼翼地操作，花了半个多小时完成了准备。

平底的圆形玻璃盘中，散布着基因改造细胞。研人用移液管吸起“GIFT”溶液，轻轻洒在细胞之上。

一开始并没有什么变化，因为至少需要十分钟G蛋白耦联受体才会被激活，慢的话可能需要一整天。但如果小白鼠的数据准确，这个实验在三十分钟以内应该就会有结果。

但是，三十分钟过后，一直没出现蓝光，研人开始焦急起来。莫非哪里操作有误？还是说，“GIFT”没有同受体结合？

研人离开桌子，再次对壁橱中小白鼠的动脉血氧饱和度进行测量。服用新药的小白鼠动脉血氧饱和度进一步上升。那为什么细胞没有发生任何变化？

研人将视线重新投向浅底盘，霎时反应过来——房间是不是太亮了，以至于眼睛捕捉不到细胞发出的微光呢？于是研人关上荧光灯，在漆黑的房间中摸黑前进，再次朝实验台上望去。只见小小的玻璃盘中，闪烁着无数的蓝色光点。一看到这一幕，研人如遭电击，不禁汗毛倒竖。

被激活了！

研人默默地注视着浅底盘，“GIFT”与受体陆续结合，接连不断地发出蓝色的光芒。

人类历史上前所未有的特效药被成功开发出来了！此时此刻，目睹“变种GPR769”被激活的人，世界上只有一个，那就是自己。自然只能一个人展露出掩盖已久的真容。

研人激动得战栗起来，沉浸在不可思议的陶醉感之中。人类大脑似乎对求知欲有一套奖赏系统。他沉浸在飘然欲仙的快感中，脸上浮现出微笑，这笑容不代表开心或雀跃，而是人生从未体验过的滋味。“但我不能停止研究啊。”父亲说这句话时，脸上也挂着这样的笑容。

研人忽然觉悟——这就是科学。父亲虽然没有取得什么大成绩，但仍然在日常的研究中，一点点地积累细微的发现，并且乐此不疲。解开自然之谜，能让他的大脑莫可名状地兴奋。

坐在椅子上的研人沉浸在幸福之中，但心中也对科学技术的可怕一面深感戒惧。开发原子弹的科学家们也是这种快感的俘虏吧。他们之所以埋头研发原子弹，并不是为了要残害生命，而是为了实现爱因斯坦的预言，并获得取之不竭的能源。挑战未知所带来的陶醉感，对人类社会是一把双刃剑。

研人站起身打开房间的电灯，穿上外套准备外出。他已将“GIFT”平分成两份，装到两个小容器中，分别给贾斯汀·耶格和小林舞花用。

这时，突然响起了敲门声。

研人顿时停下手上的动作，聆听门外的动静。

过了一会儿，玄关处的薄板门又响起了敲门声。研人想假装没人在家，但外面的人似乎不打算离去，一个劲儿地敲门。多半是看到电表在转，推测房间中肯定有人吧。

但研人已经不再胆怯，反而不由得怒火中烧。想到新药开发如此来之不易，绝不能前功尽弃。他将新药、实验笔记、手机和小型笔记本电脑装进包里，朝门口走去。

“谁？”他问。

一个男人答道：“我是警察，有点事想问您。”

“好的，我就来开门。”

站在门口的瘦个儿男人一见到研人，眼神陡然一变。“你是古贺研人吧？”

研人立刻转过身，屏住呼吸，将手中试管里的东西倒在警察的脸上。

“唔……”警察痛苦地呻吟起来，弯下身子，当场呕吐起来。研人防身用的试剂是一种低毒性的化合物，能发出猛烈的恶臭。衣服上只要滴一滴，就会臭得连电车都不能坐。而且这味道洗澡也洗不掉。这个警察明天怕是得请假在家了。

研人从趴在门口狂吐不止的警察身边溜过去，全速跑下公寓的外侧楼梯。天已经黑了，研人看了下手表，刚好下午六点。

没问题，研人一边找出租车一边想。从正勋抵达机场到飞机出发，有足足两个小时。现在赶去医院的话，肯定来得及。研人又饿又累，两腿发软，拼尽全力迈着步子。

无论如何一定要把药送到。

一定要挽救贾斯汀·耶格和小林舞花。

波音737客机以几乎要坠落的高度持续超低空飞行。

高度计上的数值是330英尺，但在副驾驶席上的耶格看来，飞机就是贴着海面在飞。曙光开始照射在漆黑的海面上，不时翻起的白色浪头宣告了黎明的到来。

迈尔斯拼死握住操纵杆。由于超低空飞行，整个机舱里回旋着警报声。迈尔斯大喊：“现在到哪儿了？”

“迈阿密东南约四百五十千米。”皮尔斯答道，紧盯着小型电脑，传达来自日本的指示，“一分二十五秒后爬升。方向东北偏东。爬升后再指示准确航线。”

“在这里爬升？”

这意味着，飞机将再次被管制雷达捕捉到。

“为什么不在偏东五十千米的地方爬升？故意在防空识别圈内爬升，简直疯了！美国会派F15战斗机攻击我们！”

“一切都在艾玛的掌控之中。总之先爬升吧。耶格，你知道如何自动驾驶吗？”

“嗯，交给我吧。”

仪表盘上方的自动驾驶装置只有小按钮和开关，操作简便，用这个装置就能设定飞机高度和机头方向。

“我们接下来的行动都以秒为单位。我们只要不犯错，就不会被击落。”皮尔斯又看着腿上的电脑，继续道，“二十秒后抬升机头。速度提升至430节，以15度仰角上升。然后高度维持在33 000英尺。”

“明白。”迈尔斯说。

皮尔斯开始读秒，读到“零”时，迈尔斯拉起了操纵杆。机体从近在咫尺的海面上抬升，朝着蔚蓝的天空飞去。

失联的波音飞机再次出现在雷达上。涅墨西斯计划指挥部里响起了一片惊叫声。以搭载的燃料计算，被劫持的飞机应该已经坠落了。

待在行动指挥部里的鲁本斯注视着对面的屏幕。上面显示的是北美防空联合司令部发来的CG画面，以及正在召开电视会议的白宫内的情形。CG画面呈现出佛罗里达半岛的轮廓，并用三角形标记出大西洋上空波音飞机的位置和方向。

“迈阿密东南四百五十千米的空域中突然出现的飞机，真的就是被劫持的中情局的飞机吗？”白宫地下的局势研究室里，参谋长联席会议主席问空军上将。

“只有这种可能。一分钟以内，我们的战斗机就会起飞迎击。”

“通信网络没问题吧？”参谋长联席会议主席确认道。空军的武装无人侦察机曾经有过遭敌人控制的先例。

“没问题，紧急起飞的‘猛禽’[①]可不是无人飞机。”

鲁本斯静观事态进展，开始担心起来。听到四架F22飞机组成的编队从佛罗里达州埃格林空军基地起飞，鲁本斯越发不安起来。波音商务机没有任何可以对抗空对空导弹的设备，肯定会被击落。

突然鲁本斯皱起了眉，他总觉得哪里怪怪的。

迈阿密东南四百五十千米的空域。

波音飞机出现的地点似乎别有深意。鲁本斯搜索记忆，终于想起来了。不久前发生的贩毒集团骨干事件就发生在这里。那个哥伦比亚人乘坐私人喷气机试图进入美国时，飞行员陷入昏迷，飞机即将坠毁。但毒贩握紧操纵杆，拉升低空飞行的飞机，竟然神奇地穿过了美国的防空雷达网。这架小型飞机再次出现在雷达屏幕上时，其位置便是迈阿密东南四百五十千米的空域。

鲁本斯渐渐明白了奴斯的想法。这起事件之后，北美防空联合司令部重新调整了防空体制，制订了包括F22战斗机在内的新防御计划，并且通过军事通信网将计划通告了各相关机构。凭借奴斯与日本的艾玛的网络入侵本领，他们一定窃取了这一机密情报，掌握了美国空军将对侵犯领空的不明飞机采取何种行动。而

---

① F22战斗机的代号。

刚才紧急起飞的F22编队，应该是艾玛引诱出来的。

“遭劫飞机改变了航线。”听到有人如此报告，鲁本斯抬起了头。

CG画面中，北上的三角形突然朝东北偏东方向飞去。鲁本斯再次陷入迷惑。波音飞机正在远离佛罗里达半岛，重返大海之上，朝大航海时代常有帆船遇难的魔鬼海域——马尾藻海前进。这片海域上，唯一可以降落的只有百慕大群岛，但落在那样的小岛之上就无处可逃了。换言之，奴斯等人只有三种结局：要么被战斗机击落，要么被追进死胡同，要么燃料耗尽落入大西洋。

“威胁正在远离。”参谋长联席会议主席说，然后询问美军最高司令官，“这架飞机飞出防空识别圈该怎么办？”

“继续跟踪。”万斯总统答道，从电视会议的画面中对行动指挥部里的人说，“没意见吧？”

“是，总统阁下。”涅墨西斯计划监督官声音颤抖地答道。对埃尔德里奇来说，现在的状况像一场噩梦。计划完全失控，他的前途也岌岌可危。

鲁本斯观察着会议画面中霍兰德的表情。列席者都逐一在小画面中出现，其中就有中情局局长，虽然看不清细微的表情变化。鲁本斯注意到一个男人从局长背后跑上来递给他一张纸片。

霍兰德戴上老花镜，盯着手中的纸片。他的头部和肩部瞬间僵住。好一阵子，他才轻轻摇头，对万斯总统说：“刚收到的情报，美国遭到了攻击。”

万斯皱眉问：“什么？”

“阿拉斯加州、威斯康星州、密歇根州、缅因州的火电站受到网络攻击，电力供应中断。另外，三十五座核电站的控制系统发生异常，停止运转。”

与局势研究室一样，涅墨西斯计划指挥部中，惊魂未定的特工们都陷入了沉默。

“如果不及时恢复，恐怕会有数万到数十万民众被冻死。对了……”霍兰德犹豫片刻，补充道，“网络攻击开始的时间，与战斗机紧急起飞的时间相同。”

原来这就是最后的王牌！鲁本斯想。超人类赌上种族的存续，发动了绝地反击。艾玛无论如何都要阻止紧急起飞的战斗机发射导弹。

研人乘上出租车，从锦糸町出口下高速，大学医院就在不远处。尽管比预定的时间晚了十五分钟，但只要立即将药交给正勋，就不会有问题。正勋骑摩托去成田机场，不会被堵在路上。

就在研人给司机指示去医院的路时，手机突然响了。来电显示是正勋。研人将手机贴在耳朵上，心中隐隐不安。“喂？”

“研人吗？你在哪儿？”

“已经快到了。大概三分钟。”

“等等。”正勋小声制止道，仿佛担心被旁人听见，“你先别过来。”

“为什么？”

“我在大学医院正门，看到外面的路上停着一辆车，司机似乎在监视门口。”

很可能是警察在蹲点。警察的监视对象，除了研人的老家和实验室，还包括大学医院。研人连忙捂住送话器，告诉司机：“不好意思，请靠边停车。”

“好。”司机说着变换了车道，将车停在路边。

研人挪开送话器上的手：“车有没有开动的迹象？”

“没有。”正勋答道，“怎么办？谨慎起见，我们到别的地方会合吧。”

“你等我一下。”

如果不避开警察的视线进入医院，就无法将药送给小林舞花。研人考虑过让正勋代替自己去送药，但医生会相信一个陌生的韩国留学生说的话吗？这时，研人心头忽然涌上一个疑问：小林舞花还活着吗？如果那孩子死了，岂不是白白冒了这么大的风险？

不，研人告诉自己。我就是为了那孩子才坚持到现在的，怎么能舍弃希望呢？

“司机先生，请您绕到医院后门去。就在前面的路口右转。”

“第二个红绿灯路口右转，对吧？”说着，司机打起了转弯灯，发动了车。

“正勋，”研人对着手机说，“我从后门进入医院。你帮我留意正门那辆车的动静。”

“明白。”

“不要挂断电话。”

研人从背包中取出耳机，连上手机，这样就能在保持通话的同时将双手解放出来。

出租车在大路上右转，进入通往后门的路。车头灯照亮了大学医院的水泥围墙。研人从后排探出身子，确认没有可疑车辆停在路边。好像没问题，没有警察在附近蹲点。

出租车停在后门前，研人匆匆付钱下车。

“你那边没动静吧？”研人问。

“没。”正勋答道。

研人一面祈祷小林舞花还活着，一面通过后门，对接待处的保安说：“我要给儿科的吉原医生送东西。”

“你是哪位？”保安问。

“东京文理大学药学院的土井。”研人谎报姓名的瞬间，心脏突然狂跳。接待处的窗户映出一个男子的身影，那是曾手持搜查令试图闯进研人公寓的门田。他从医院停车场一角的黑色车上跳下，快步朝这边走来。

“请进。”保安说。

进入医院大楼的研人朝电梯跑去，但他很快改变了主意。门田如果看到楼层显示器，不就知道他在哪一层下电梯了吗？

正勋的声音从耳机中传来：“喂，研人吗？车上的人下车进医院了。”

“我这边也来了警察。”研人边说边走进旁边的楼梯间，“好像发现我了。”

“怎么办？”

“你待在原地。我把药送到六楼的重症监护室之后，再想办法出来。”

“好。”

“暂时挂断电话。”

研人关掉手机，跑上楼梯。到达六楼，推开铁质大门，一条长长的走廊通往重症监护室。警察到这层来需要多少时间？走廊尽头的旋转门上装着窗户，透过窗户就可以看到电梯间。里面一个人都没有，暂时不用担心。

研人来到重症监护室前，隔着墙上的窗户往里看。你一定要活着啊，研人一面祈祷一面搜寻小林舞花。只见监护室左侧聚集了一大群人，穿白大褂的医生和护士，还有看样子像那孩子父母的夫妇围在病床边。

母亲频频拭泪，其他人也表情沉痛地低垂着头。研人暗叫不好，挪动位置，从人墙缝中看到病床上的孩子。她戴着氧气罩，正打着点滴。见她胸口微微起伏，研人高兴得差点儿跳起来。小林舞花还活着。躺在那里的仍然是一条生命。

研人快速打量左右，确认警察还没有到这一层。他找到病床边的吉原，举手吸引对方注意。正同医生学长谈话的吉原发现了研人，面露疑惑，朝研人走来。

吉原穿过自动门，来到走廊里，脱下口罩，不快地问：“这时候找我什么事？”

“那孩子什么情况了？”

吉原无力地摇了摇头：“快不行了。已经给她父母解释过了。她坚持不到明天早上。”

这番话反而激起了研人的勇气。还来得及！只要三十分钟，“GIFT”就会发挥威力。

“你来干吗？来看望舞花吗？”

“不，我是来送治疗肺硬症的药的。”

吉原皱眉道：“你说什么？”

研人从包中取出一个塑料袋，里面装着好些塑料容器。“口服，一日一次，这是半年所需的药量。请让病人现在就服药。”

但吉原的表情越发严肃起来：“哪里来的药？”

“这是中药。”研人临时敷衍道，“安全性得到过验证。”

“胡说八道！对肺硬症我做过深入研究。根本就没有什么治疗肺硬症的中药。”

“我用小白鼠确认过。”研人强忍住大叫的冲动，继续说，“这种药的效果立竿见影。现在给那孩子服用的话，肺部功能马上就会开始恢复。用脉搏血氧计测量就会看到效果。”

“但你没做过临床试验吧？医院的伦理委员会不会同意给病人服用这种药的。”

“这时候还伦理个屁！”研人脱口而出。

吉原沉下脸来：“你脑子没进水吧？来历不明的药能随便给病人吃吗？”

“但什么都不做的话，那孩子肯定会死的！”

这时从走廊深处传来了电梯到达的声音，研人惊惶地转过头。旋转门背后，两个护士走出了电梯。研人重又看着吉原说：“我已经用基因改造鼠确认了肺泡的换气功能。只需三十分钟，动脉血氧饱和度就会开始恢复。求你把药给那孩子吃吧。”

“可如果病理解剖的时候发现异常……”

“不会有病理解剖。那孩子不会死！这药绝对能救她！”

再次传来电梯到达的声音，一个穿西装的中年男人走出电梯，是门田。公安部的警察东张西望，正寻找着研人。

“该死！”研人咒骂道。没时间了。如果在这里被抓住，就无法将贾斯汀·耶格的药交给正勋了。他背对电梯厅，说：“是见死不救还是放手一搏，吉原学长你自己选择。求你一定要救舞花！”

研人将装着“GIFT”的塑料袋塞给吉原，逃回楼梯间。

“喂，等等！”吉原在背后叫道，但研人没有回头。再磨蹭下去的话，就会被门田逮住。研人夺路而逃，好像背后有妖怪追赶似的。这个样子想不引人注意是很困难的。研人跑到走廊尽头，推开通往楼梯间的铁门。看来只能一口气跑到一楼了，研人想。但他刚迈出一步，就听到楼下有人跑上来。沉重的皮鞋敲击着地面，研人的直觉告诉他，来者正是监视正门口的另一个警察。

这下两面受敌，只能往楼上跑。但如果楼梯和电梯都有警察，他就彻底无路可逃了。该怎么逃出医院？

也许逃不掉了，研人不禁绝望起来。他一步两台阶地跑上狭窄的楼梯，忽然听到摩托引擎的轰鸣从医院大楼外传来。抵达七楼的研人打开窗户往地面看去，只见长明灯的灯光中，正勋正骑着摩托往上看。

正勋发现了研人，右手松开油门，比画出手机的模样。研人连忙打开手机，立刻收到来电，耳机中响起了正勋的声音："你没事吧？"

"没事。"研人撒谎道。正勋是不会抛弃朋友的。他如果知道研人有难，一定会伸出援手。"我从这儿把'GIFT'扔给你，你快去成田机场！"

"好！"

研人取出装着新药的塑料袋，瞄准正勋投了下去。白色袋子刚好落在了正勋伸出的左手中。

"正勋，快走！"

正勋放下头盔面罩。"贾斯汀·耶格一定有救！"他高呼道，猛然启动摩托。

研人站在窗边，目送大型摩托冲出医院后门。也许这就是自己同亲友的最后道别吧。

随着摩托引擎声的远去，楼下的脚步声越来越清晰。研人推开门，溜进七楼的走廊，寻找藏身之所。厕所旁边是杂物间，里面有一个堆放拖把等清洁用具的小柜子，大小似乎容不下一个成人，但对身材矮小的研人而言，似乎没有问题。

研人钻进柜子。堆放着塑料桶、毛巾、扫帚的箱子里有一股呛人的霉味儿。他抱住双膝，蜷缩着身子，除了祈祷幸运之神眷顾之外，已没其他事情可做。

古贺研人仓惶离去后，实习医生吉原正欲将手中的药丢进垃圾箱，但研人说的一句话让他停了下来。

什么都不做的话，那孩子肯定会死的！

肺泡上皮细胞硬化症是最先进的医疗技术也无法治愈的疾病。难道喝了这个小容器里的无色透明液体，这种绝症就能治愈？

想到研人疲惫的模样，吉原觉得他应该没有开玩笑。研究生时代的酒会上，古贺研人总是独自坐在角落里，个性木讷。但就是这样一个内向的人，竟然泪眼婆娑地恳求自己让别人服下这种药。难道他说的只是玩笑？

什么都不做的话，小林舞花肯定会死。二十四小时后如果她还活着，那就是奇迹。给她服下这液体，真会发生奇迹吗？

不如试试吧，吉原对自己说。但这样做就会违背医院的伦理规定。

自动门打开了，主治医生、护士和小林舞花的父亲走出重症监护室。舞花的父亲三十五岁左右，形容憔悴，正在感谢主治医生倾尽全力治疗舞花。

舞花的母亲留在重症监护室的病床边，呆呆地盯着女儿发紫的脸。吉原看着舞花母亲的眼睛，对人类竟然能流那么多泪深感惊讶。或许，她正在心中默默与女儿诀别吧。

主治医生返回医务室后，吉原对舞花的父亲说：“小林先生，能跟你说句话吗？”

“可以。”舞花的父亲有气无力地答道，来到放着长椅的角落里。

吉原用旁人听不见的微弱声音说：“我接下来说的话，希望你能保密。”

小林皱眉道：“什么事？”

“请先答应我，不要泄露给其他人。”

小林不解地答道：“唔……好吧。”

吉原将手中的塑料袋递给他看：“这里面装的是可能治好肺硬症的中药。”

“什么？”舞花父亲的脸上浮现出一丝期待，他已经尝过太多次希望被无情打碎的滋味了，“有这种药？”

“但是，因为这种药的安全性还没得到确认，医院方面无法给舞花服用。我也不能将药正大光明地交给您。”

“那该怎么办？”小林急迫地问，似乎已经不想再受煎熬了，“有药却不能用，是这么回事吗？”

“只有一个办法，那就是马上办理出院手续。只要舞花不是这个医院的病人，就不受医院管辖。您一办完出院手续，就可以给舞花服用这个药。在病房中服用也没关系。”

舞花的父亲震惊得说不出话来。吉原继续说：“请马上行动。药物服用后三十分钟就起效。趁舞花还有呼吸，抓紧！”

6

佛罗里达半岛外海，高度一万一千米。破晓时分，天空呈现出一片诡异的色彩，从深藏青色变幻到橙色，而身下的海面还是漆黑一片。

但副驾驶席上的耶格却没有心情欣赏风景。燃料表的报警灯已经闪烁了好长一段时间了，搭载的燃料还剩不足百分之十。

驾驶席背后传来电脑合成的声音：“调整航向到093，高度1500英尺。”

阿基利笨拙地敲击着键盘，发出指示。

“又紧急下降？”迈尔斯问。

皮尔斯答道：“快！我说了，成败的关键是时间。”

耶格将阿基利说的数值输入自动驾驶装置。操纵杆自动摆动，波音飞机右转，开始下降。机头几乎对准正东方，可以看到海平面上太阳已经露出了头。

看着那红色的光点，耶格想到了防御迎击战斗机的方法。莫非坐镇日本的总指挥“艾玛”，打算利用太阳光扰乱瞄准引擎发射的红外线制导导弹？

“目标点还没有确定？”迈尔斯问。

“还没有。”皮尔斯答道。

“燃料已经不足三千磅了。我们二十分钟之内就将坠落。”

“没问题。一切都在按计划进行。马上就要进入马尾藻海了。”

“雷达探测到什么情况吗？战斗机追上来了吗？”

“没有战斗机紧急起飞的迹象。”

“怎么会……”迈尔斯说，努力在下降的飞机中保持平衡，离开驾驶席，“空军不可能没发现进入防空识别区的不明飞机。”

耶格问弯腰查看雷达屏幕的迈尔斯：“怎么样？”

“什么都没捕捉到。”

见迈尔斯的表情越发僵硬，耶格淡定地问：“你怎么了？”

“这不是好消息。看来美国派出的不是F15，而是‘猛禽’。”

耶格听说过“猛禽”这一名称。“F22？”

“没错。”

F22是雷达捕捉不到的最新型隐形飞机，战斗力堪称史上最强，曾在模拟战斗中创下令人瞠目的144∶0的击落比。而现在，F22正从背后偷偷靠近，打算击落波音商务机。

“只有发射导弹时，它们才会被雷达捕捉到。”迈尔斯说，“但当我们知道对方的位置时，已经太晚了。空对空导弹会以4马赫[①]的速度飞来。”

从佛罗里达州埃格林空军基地紧急起飞的四架F22战斗机编队正向马尾藻海飞去，巡航速度为1.8马赫。北大西洋上空万里无云，太阳已经升起，视野中尽是蔚蓝一片。

编队队长格莱姆斯上尉对这次出击深感自豪。反恐战争愈演愈烈，相继发生了哥伦比亚毒贩入侵领空事件和副总统遇刺事件，美军戒备状态被提高到第三级，尚处在测试阶段的最新隐形战斗机被秘密配备到第33战术战斗航空团。而这次的紧急起飞是

① 约5000千米每小时。

F22战斗机首次投入实战。

目标是遭劫的波音737-700ER飞机。通过数据传输器传送回来的雷达画面上，出现了敌机的身影。它正在一百二十千米前方的高空，反复微幅调整着航线。

令格莱姆斯感到意外的是，敌机正在发射强烈的雷达波，那是普通客机上不搭载的军用雷达。之所以下令派出拥有完全隐身性能的“猛禽”，就是基于这个原因吧。敌机尽管拥有侦察能力，但说到底也只是一架商务机，派“猛禽”有点儿过头了吧？

波音飞机沿着怪异的航线前进，突然开始紧急下降。从格莱姆斯的座机开始，一字排开的“猛禽”编队顺次下降高度，紧跟不舍。F22编队的行动不是平常的紧急起飞迎敌，它们已经飞出防空识别圈很长距离了。

格莱姆斯开始注意到燃料的剩余量。到底要在公海上追踪多久呢？再这样下去，还没追上敌机，自己就不得不返航了。想到这里，他似乎猜到了即将接到的命令。

三分钟后，敌机就将进入中程空对空导弹的射程。

难道连无线电通信和警告射击都不进行，就直接对目标实施视距外[①]打击吗？

“内华达、加利福尼亚、科罗拉多、纽约四州也受到了攻击。”电视会议画面中，霍兰德将简报念了出来，“另外，胡佛大坝的控制系统发生异常，得克萨斯州的输油管停止运转，所有金融机构的网络系统也出了问题。”

---

① 人的视野所见范围之外。

针对美国的网络攻击越来越猛烈。已有三十个州的电力供应停止，美国北部被迫重返无电时代。

鲁本斯在心里计算，照此事态发展下去，工业生产和金融系统自不待言，所有经济活动都将陷入停滞，美国至少会遭受数千亿美元的经济损失。除了冻死者之外，交通系统混乱和社会暴动必然也会造成许多人死亡。

人类与超人类之间的战斗已经演变成了“懦夫博弈”。双方就像两辆以极高速度相向而行的车，先避让的一方为败者。想赢就必须抱着必死的觉悟直冲到底。但如果对方也采取相同的策略，那双方就会同归于尽。

艾玛肯定不会先避让吧，鲁本斯想。为了保证物种的延续，她一定会紧握方向盘，踩死油门，争取博弈的胜利。

“中国！肯定是中国干的！”局势研究室里，拉蒂默国防部长号叫起来，“我们马上就采取报复措施！”

“目前，国家安全局正在分析原因。在未确定发动攻击的国家之前，匆忙做出判断是不……”

国家情报总监沃特金斯话音未落，屏幕上的画面便消失了，行动指挥部停电了。虽然在辅助电力系统的帮助下，局势研究室很快就恢复了正常，但无论是白宫的内阁，还是涅墨西斯计划指挥部的工作人员，都陷入了沉默，因为他们知道，首都华盛顿的电力供应中断了。

万斯总统开口道：“我想听听中情局局长的意见。你还是坚持上次的说法吗？”

被总统点到名的霍兰德毫不退缩地答道：“您指什么？”

“这些也是那个孩子干的吗？”

“只有一个办法可以确认。”霍兰德说，“现在立即终止涅墨西斯计划，不要花样。请您下令停止所有行动，并将命令传达给各相关机构。如果敌人就是奴斯，那他一定正在窃听我们的对话。得知我们停止攻击后，他也会停止攻击。”

见万斯沉默不语，霍兰德继续说：“我们不用付出任何成本，不会有损失。”

“怎么办？”空军上将插话道，“再不决断，F22就不得不折返了。要击落敌机的话，就必须现在下令。只要敌机进入导弹射程就能将其击落。”

“敌机正在朝正东，也就是太阳的方向飞行。”拉蒂默说，“F22将使用什么导弹？”

“AIM120，雷达制导导弹，不会受到阳光的干扰，百分之百能击落敌机。”

“但那是在公海上……”

拉蒂默打断霍兰德：“附近没有民用飞机飞行，而且击落的是中情局自己的飞机，谁会不满？”

霍兰德不依不饶：“等等，没有必要发射导弹。被劫持的飞机即将燃料耗尽，会在抵达百慕大群岛之前坠入马尾藻海。”

“该怎么办，总统阁下？”参谋长联席会议主席请求最高司令官做决断，“要不要击落被劫持的飞机？”

鲁本斯在一旁静观，期待万斯做出理性的决定。“懦夫博弈”的最优解是，一方继续直行，而另一方回避相撞。输的不是懦夫，而是更加理性的一方。当下，格雷戈里·S. 万斯将接受最后的考验。超人类正在逼迫人类社会最高权力者做出正确的决断。

“我再问一遍。”万斯打破沉默，转头面对霍兰德，“这场网络攻击是那个俾格米孩子干的，对吧？”

“是的。”霍兰德斩钉截铁地答道。

“那好，让他为攻击美国后悔吧。”万斯说，对空军上将下令道，“击落它！现在马上把被劫持的中情局飞机打下来。”

“是，阁下。”空军上将答道。

鲁本斯感觉自己此刻正站在历史的转折点上。人类社会的危险似乎都被压缩进了这短短的一瞬。政治领袖瞬间的疯狂，足以将数亿人的生命置于险境。如果未来爆发核战，那也会是一个疯狂的掌权者做出决断并加以实施的吧。

这下奴斯无计可施了。忧心忡忡的鲁本斯心中突然涌上一股强烈的冲动。

大开杀戒吧，鲁本斯在心里对超越人类智慧的生物说。

艾玛，你尽情地杀戮吧。

成为司掌天罚的女神涅墨西斯，快向狂妄自大的下等生物复仇吧！

玻璃驾驶舱的多功能显示器上，浮现出“击落目标”的命令。格莱姆斯上尉暂时解除无线电封锁，向正在编队飞行的僚机传达命令。

数据传输器传回的雷达画面上，低空飞行的敌机正在爬升，并调整方向朝北飞。不过，无论怎样挣扎，商务机都无法躲开空对空导弹。

格莱姆斯按下“主力武器”键。机体底部的武器舱打开，AIM120导弹准备就绪。这种最新锐的导弹是人类伟大智慧和杀意的结晶。飞行速度4马赫，导弹内置雷达，能在一分钟内准确击中四十千米以内的任何目标。自从人类用岩石和棍棒杀死同胞后，二十万年间，人类不断改良武器，最终得到了这种快如闪电的杀人工具。

格莱姆斯打开雷达，锁定目标。雷达波发射后，敌机就会觉察到“猛禽”的存在，但那时一切都已经于事无补。波音飞机绝无逃脱导弹攻击之理。

在平视显示器上浮现出两个字：发射。格莱姆斯握住扳机。

“Fox-Three[①]。”他念出发射中程导弹的暗号，然后用力扣下扳机。

空对空导弹呼啸而出，喷射着火焰，笔直地射向大洋彼端，就像扑食猎物的猛禽一般。刚想到这儿，格莱姆斯就看到奇怪的现象。飞到两千米外的导弹，被突如其来的红光裹起来，继而消失了。

格莱姆斯不明白发生了什么事，但从雷达画面上确认了导弹的消失。莫非是制导装置发生了故障？他正要通过无线电向僚机下达发射第二枚导弹的指令，嘴里却不由发出惊叫。飞机骤然失控，从高空坠下。格莱姆斯下意识地抓住了两脚间的弹射手柄，但他的座椅却没有弹射出来。机体后部的爆炸将格莱姆斯和“猛禽”在空中撕裂。

看到雷达屏幕上出现了战斗机的身影，耶格不禁汗毛倒竖。敌人距离之近超乎他的预想。波音飞机处在空对空导弹的射程之内。波音飞机紧急爬升，却没有足够的机动性能摆脱喷气式战斗

① 美军在朝敌人发射中距离导弹时，警告友军注意的暗号，本身没有任何意义。

机。“四十千米后发现敌机！”

听到耶格的声音，紧握操纵杆的迈尔斯转头问：“雷达有反应了？”

“是的。”

“我们被锁定了。”迈尔斯茫然地看了看四周，“导弹就要飞过来了。”

“别慌！”皮尔斯对两人说，但他的声音也因为恐惧而提高，“不要改变航向！按原计划前进！”

继续拉动操纵杆爬升的迈尔斯问耶格：“只看到一架飞机？”

耶格重新看向雷达，屏幕上出现了第二个光点，以比战斗机快得多的速度朝他们飞来。“发现了另外一架，正以不可思议的速度朝我们飞来！”

“那是导弹！我们该如何避开？”

“红外线制导导弹的话，可以利用阳光……”

迈尔斯打断耶格道：“不对！这个射程上，发射的应该是雷达制导型导弹。我们这下死定了！”

“等等！”耶格大叫。雷达上的光点突然消失了。“敌人不见了。”

“不见了？不可能。至少能看到导弹！”

这时皮尔斯大声插话道：“别管‘猛禽’了！现在我们的高度是多少？”

迈尔斯看着仪表盘答道：“17 000英尺。”

“好。现在切换到自动驾驶模式。我们进入行动的最后阶段。”

“终于到关键时刻了？”

“是的！”

就算空对空导弹袭来，他们也没有任何防御之策。大家将飞机交给自动驾驶装置，强忍住即将被击落的恐惧，转移到客舱之中。几分钟过去了，商务机仍然平安无恙。耶格怎么也想不通，飞机为什么还没被击落。

大家穿上装备，皮尔斯看了眼手表，说：“晚了二十秒。不能再耽搁了。接下来的每一步，都要分毫不差地完成。”

两名佣兵背着降落伞包返回驾驶舱。迈尔斯看着高度计向皮尔斯确认道：“飞机爬升至34 000英尺后开始减压，对吧？”

作答的是阿基利抱着的电脑。“修正为33 000英尺。航向设定为019。”

耶格将这些数值输入自动驾驶装置，然后问：“阿基利，是你把导弹赶走了，对不对？”

阿基利一言不发，只在嘴角浮现出魔鬼般阴森的笑意。

操作二号机的是马多克中尉。在右前方队长座机爆炸的瞬间，他就做出了紧急规避，急速爬升并向左猛转，然后恢复水平飞行。另外两架战斗机也同样散开，落到他的左右前方，重新组成编队。

编队队长格莱姆斯顺利逃出舱外了吗？马多克搜索海面，看到了令人难以置信的一幕。1000英尺下方广阔无垠的海面正在变成白色。

马多克本能地觉察到危险，解除了无线电封锁，正要通知僚机更改航线，但三号机、四号机相继爆炸。飞行员都来不及弹出就坠落了。

马多克再次紧急爬升，躲开空中飞散的碎片。因为加速过猛，他感觉大脑供血不足，眼前发黑。而且飞机似乎也受损了，“猛禽”开始失控。

僚机的残骸被纯白的海面吞没。马尾藻海上空只剩下马多克一人。为什么会这样？他惊骇不已地问自己。为什么“猛禽”会接二连三地坠落？是机械故障，还是受到了攻击？

“这里是阿尔法1，伊戈尔2，你听到了吗？”司令部问。

马多克答道：“这里是伊戈尔2。”

“报告现状。”

“其他三架飞机都坠落了，我不知道发生了什么事。”

“再报告一遍。”

“伊戈尔1、3、4已经坠落！”下一个说不定就要轮到自己了，马多克感到一阵恐惧。

“被击落的吗？”

“不清楚坠落原因。排气口发出红光，紧接着就爆炸了。飞行员无一生还。”

“目标是什么状况？”

“没有击落。”

“再次发动攻击。”

马多克怕得发抖。为了用导弹锁定对象，必须将机头对准变色了的海域。于是他暂时左拉操纵杆，转了一个大弯，沿着被染成白色的海面边缘飞行。“明白。”

启动机载雷达，目标波音飞机浮现在屏幕上。马多克立即锁定了目标，希望能尽快逃离这片诡异的海域。

“Fox-Three！”马多克念完代号就扣下了扳机。这时，身下本应平静的海面开始浑浊泛白。马多克瞪大了眼睛，不敢相信眼前的一幕。水面上布满无数的气泡，大海像是沸腾了一样咕嘟嘟冒泡。那场景壮观无比，仿佛有个城市般庞大的潜水艇，正在紧急上浮。就在一千米外，发射出的导弹上下摇摆着，坠入了水泡之中。霎时，周围的海面全都燃烧了起来。

马多克想避开火焰之海，但操纵杆却不听使唤。失控的“猛禽”急速坠落。马多克清醒地意识到，一种神秘的力量正抓住飞机，将其拽入海中。“大海燃烧起来了！我要弃机逃生了！”

这是紧急起飞的战斗机编队留下的最后一句话。

倾斜的波音飞机渐渐恢复正常的飞行姿势，在33 000英尺的高度水平飞行。

驾驶席后面的迈尔斯后拉油门杆，降低飞行速度，这时失速警报响了起来，操纵杆开始颤动。

耶格检查了头盔是否戴好，拉下防风眼镜，向大家发出指示：“戴上氧气面罩，检查呼吸！”

耶格将阿基利装进背包，悬挂在身体前面。迈尔斯把氧气面罩戴在阿基利头上，旋转氧气流量调节阀，确保阿基利能自由呼吸。高空跳伞的生命线——氧气供给系统没有异常。

确认所有人点头后，迈尔斯探出身子，关闭增压装置。舱顶立刻落下氧气面罩，仪表盘上再次闪烁报警灯。但那红光一点儿也不惹人注意，因为整个驾驶舱里所有的报警灯都亮了。

引擎传来的压缩空气被切断，舱内气压陡然下降。如果没戴氧气面罩，几分钟内就会窒息。迈尔斯一面等待内外压差达到平衡，一面指着燃料表，示意燃料箱几乎空了。“三十秒后跳伞！”皮尔斯叫道，从氧气面罩内发出的声音有些含糊不清。

大家钻出驾驶舱，进入客舱，跑到机体中央的紧急逃生口。那是主翼上方的一道舱门。迈尔斯和皮尔斯将降落伞背带连在一起，做好双人跳伞的准备。耶格一打开舱门，狂风就灌进了舱内。客舱里垂下的氧气面罩翻飞狂舞。因为舱内已经减压，四人没有被吸出舱外。

皮尔斯伸出手，张开手指，大吼道："还有十秒！"

几个男人匆匆交换了一下眼神。苦战了这么久，现在终于要结束了。他们的眼中全都流露出对患难之交的感激。

"五秒！"皮尔斯说。耶格双手抓住舱门。阿基利像小袋鼠一样从他肚子上的袋子里探出了头。

"四！三！二……"

皮尔斯继续读秒，在他念到"零"时，耶格纵身跳下飞机。他本以为自己会降落到正下方的主翼上，但狂风将他推至一万米的高空。水平尾翼从头顶掠过，他感觉内脏仿佛都快被吸出体外。在气流和引力的作用下，他猛烈翻转了好一阵子，最后终于在湛蓝的天空中伸开手脚，以平稳的姿势朝地面垂直坠落。

回头一看，迈尔斯和皮尔斯就在不远处。他们的后方，无人的波音飞机继续飞行。不过在下一瞬间，机头突然抬起，机体一歪，失去了升力。将众人带出非洲大陆的飞机，终于耗尽燃料，引擎停转，如同一枚巨大的树叶一样，落入马尾藻海。

耶格转回头。遥远的下方，是那颗蕴藏着莫大水量的蓝色星球。耶格眺望着这个美丽的球体，不禁感慨，自己马上就要回到地球了。

马上就要返回孕育了所有生命的地球了。

返回那个充斥着爱恨纠葛、善恶之争的灰色星球。

与马多克中尉失去联系后，空军上将立即下令派出战斗搜索与救援部队。“猛禽”编队遇到了什么事？面对这一匪夷所思的事件，列席国家安全委员会的人全都陷入了沉默。

不一会儿，连波音飞机都从雷达屏幕上消失了。那里距离百慕大群岛两百千米。

“怎么回事？”万斯打破沉默，“为什么从雷达上消失了？”

空军上将答道：“目标坠落了吧。”

“被击落了？”

“不，没有侦测到导弹发出的雷达波。遭劫的飞机应该是燃料耗尽坠落了。”

“有没有可能在海上迫降了？”

“不可能。飞机是垂直落下的，无疑是坠落了。”

总统转头面对中情局局长：“就是说，涅墨西斯计划成功了吗？”

“是的。”霍兰德将信将疑地说，“奴斯已经死了。”

然而，通过电视会议系统旁听对话的鲁本斯坚信奴斯还活着。

他想起了守护者计划的执行者的选拔标准。这些人都具备空降资格，包括奈杰尔·皮尔斯。

这时，南部十州电力供应停止的报告传了过来。霍兰德看了眼简报，对总统说：“接下来，我们是否应该放弃涅墨西斯计划的相关行动，专心应对眼前的危机？”

万斯将视线投向正面的屏幕，上面投映的雷达画面上什么都没有。“好吧，就这么办。”

“不光是政府，所有情报机构都停止行动，可以吗？”

万斯点头道：“那个计划已经不存在了。”

“听到了吗，埃尔德里奇？”霍兰德从画面中对埃尔德里奇说，“虽然多少有所牺牲，但涅墨西斯计划到底成功了。让所有特工停止活动，立即解除对相关人等的通缉，停止办理他们的‘特殊移送’手续。”

“是，长官。”埃尔德里奇答道，命令行动指挥部的诸多下属与各相关机构联系。中情局、国家安全局、国防情报局、联邦调查局等情报机构开始着手收尾计划，向分散在日本与非洲大陆的特工下达停止活动的命令。

涅墨西斯计划的终结，让人联想到巨大怪物的死亡。怪物断气后，美国全国的发电站都开始恢复运转。阿拉斯加、密歇根、缅因、威斯康星……各个州都传来了好消息，但局势研究室里不是一片欢喜，而是再次被不安的气氛所包围。

“是谁下令发电站恢复运转的？”拉蒂默国防部长问。

没有人答话。

万斯继续问：“是‘奴斯’？”

过了一会儿，霍兰德提了第三个问题：“要恢复行动吗？”

总统稍加思考，微微摆头道：“不用了。”

耶格从高空自由下降，在八千米的高度拉开降落伞的开伞绳，打开了降落伞。长方形的降落伞在头顶打开，降落速度骤减。他操作左右两侧的拉手，控制降落伞，朝目标点降落下来。因为在高空就打开了降落伞，降落点与目标点之间的水平距离可能有三十千米。方形降落伞太小，不用担心被雷达捕捉到。

在空中下降了一个小时左右，终于看到了大海正中的目标点。皮尔斯海运公司的大型货船就像远海中的孤岛一般。

耶格一边朝甲板上密密麻麻的集装箱顶部降落，一边心想，冒险终于就要结束了。自己能活下来简直就是奇迹。从开普敦逃到这里的路线设计得如此周密，令他惊叹不已。代号“艾玛”的日本援军，肯定是大脑极其发达的人。

耶格脑海里浮现出那个如同森林精灵般的男人艾希莫在讲述自己同怀孕的妻子诀别的经过时，艾希莫指着日本人米克说“穆尊格”。被“白人医生”带走的怀孕的妻子，再也没有返回伊图里森林。

从名字判断，“艾玛”应该是女性。阿基利应该有个同父异母的姐姐。

货船越来越近。耶格看准时机，将手中的拉手拽到腰下，停止降落，两脚落在集装箱上，全身重新感觉到地球的重力。

阿基利也安然无恙。迈尔斯和皮尔斯紧随其后，落在甲板前部别的集装箱上，降落伞缓缓飘落在他们背后。

耶格和迈尔斯竖起大拇指，互致庆贺。

两名佣兵与新人类一起完成了“逃离非洲”的壮举。

7

法国航空公司的飞机准时降落在里斯本机场。

李正勋从头等舱的座位上站起来，第一个冲出舱外。想到有人正在焦急万分地等他，他恨不得快一点儿到达会面的场所。入境审查在中转站巴黎就完成了，正勋径直就去了行李提取处。

液体新药无法带入客舱，他只好托运。

等了好久，终于，行李传送带上出现了背包，正勋检查了包里的东西。事先转移到塑料小箱子中的新药没有一枚被弄坏，依然完整无缺。

然后是最后一关海关检查。匆匆离开日本时，正勋只带了一个包裹。正担心自己行李太少会不会被怀疑时，他看到排在免税窗口的乘客都未经检查就放行了，于是松了口气。

正勋急匆匆地走出到达大厅，周遭都是异国的景色。里斯本机场规模很小，不像国际机场，但外壁都镶嵌着玻璃，天花板又特别高，所以并不显得拥挤。

环视左右，正勋很快就发现了要找的人，她正双手高举着写有“贾斯汀·耶格”名字的一张大纸。正勋立即跑向那名金发的美国女人。

“你是李先生？”莉迪亚·耶格问。

虽然只有三十来岁，莉迪亚看起来却异常苍老。这位母亲一定为了独子吃了好多年的苦吧，正勋想。“是的，你是耶格女士吧？”

“真高兴见到你。”莉迪亚强行挤出的微笑令人心痛。此刻，她的孩子正挣扎在死亡线上。

必须争分夺秒。正勋取出塑料制的小箱子，简短地说明道："这里面装着新药，给贾斯汀一天吃一次，其他的请放入冰箱储存。这里有半年所需的药，我会尽快将追加的部分送过来。"

"谢谢。"莉迪亚用颤抖的声音说，"费用是多少？"

"不必付了，这是送给你儿子的'礼物'。"

莉迪亚用手指擦掉滚出眼眶的泪水。

"那就快回到贾斯汀身边去吧。"

莉迪亚点点头，朝出租车站台跑去。但没跑两步就停下来，转过头，抽出宝贵的时间说："谢谢！你救了我的家人。"

正勋这辈子第一次真切地感觉到，自己的人生迈向了正确的方向。药学是值得他奉献终生的事业。之前的一切努力都得到了回报，想到这里，正勋就振奋不已。

"这药是我跟朋友一起研制出来的，你要感谢他。"正勋露出温和的笑容，"他叫古贺研人。"

研人睡了很久，醒来时身上一股霉味。看到时钟指向六点，他都不知道是早上六点还是晚上六点。研人裹在睡袋里查了下日期，才知道自己竟然连续睡了十六个小时。

昨晚，躲进大学医院装清洁用具的柜子里不久，手机就响了。来电显示是帕皮，但传入耳朵的不是先前低沉的合成声，而是正常的女声。

"是研人吗？"对方问，研人立刻就听出是坂井友理。但研人担心附近有警察，所以不敢答话。坂井友理告诉他，一切都结束了，没必要再躲下去了，然后挂断了电话。

研人将信将疑，但蜷缩在小柜子里的身体开始强烈抗议。他觉得自己无法再保持这样的姿势了，于是爬出了柜子。

医院的走廊里没有一个人。没有医生和护士，也看不到警察。研人匆匆跑下楼梯，在六楼停下来，将门推开一条缝。从走廊尽头窥视重症监护室，他看到小林舞花的主治医生和吉原跑进了监护室。留在走廊里的孩子父母目不转睛地注视着监护室内。不一会儿，舞花父亲的脸上闪过了一丝笑容。研人意识到，吉原肯定给小林舞花服用了“GIFT”。

研人笑了。舞花终于得救了，太好了。

研人轻轻关上门，下到一楼，从便门走出医院。他饿得差点儿跌倒，于是到附近的便利店买了两份便当，在路边吃了起来。他不知道接下来到哪儿去，是去大学附近自己的出租屋，还是去町田的实验室？

不知为何，研人想回到父亲留给他的实验室。他觉得那里才是自己应该待的地方。研人钻进出租车，返回东京都另一头的破旧公寓。

房间的入口处还残留着警察的呕吐物和试剂的强烈恶臭。研人屏住呼吸打开门，进入房间。实验室还是同离开时一模一样。没有被警察搜查过的痕迹，没有东西被翻出来。他感觉危机这次真的过去了。

研人望着恢复健康的小白鼠，沉浸在幸福之中，给参照组的九只老鼠也喂了“GIFT”。他刚钻进睡袋，就立刻感到强烈的睡意，深深地沉入了梦乡。

也许是补充了睡眠的缘故，研人感觉自己精神焕发。他从睡袋里爬出来，在厨房洗了把脸，正想着必须去桑拿店好好泡个澡时，无意中看了眼手机。语音信箱收到了两条留言。播放第一条留言，手机里立刻传出了正勋开朗的声音。

“研人吗？我是正勋，在里斯本。任务完成了。我刚把‘GIFT’交给莉迪亚女士。”

研人笑盈盈地听着搭档的话。

“我马上就回日本，到了之后再联系。”

新药开发的第一功臣，即将完成四十个小时环游地球的壮举。研人不得不再次感佩正勋充沛的精力。

语音信箱中的第二条留言是坂井友理的。她说自己发来了重要的信息，让研人打开那台A5大小的笔记本电脑。密码并不复杂，只需要连续敲两个“1”就可以了。

研人一面祈祷不是什么坏消息，一面打开了电脑。在蓝屏上输入两个“1”，电脑就进入了系统，屏幕上很快就现出邮件软件的界面。

研人滑动鼠标，点开收件箱，不由得轻声叫了一下。收件箱里有一封名为“研人，我是爸爸”的信，发信人是“多摩理科大学古贺诚治”。

是父亲发来的消息。与最开始那封邮件一样，这封邮件也是父亲生前就准备好的吧？研人正欲点开查看，但突然停住了手。这也许是父亲留给自己的最后遗言。想到这儿，研人突然觉得自己不该匆匆打开。

研人的手暂时松开鼠标，调整了一下呼吸，然后再度握住鼠标，打开了邮件。与第一次一样，屏幕上浮现出了一段小字体的文字。

研人：

如果你收到这封邮件，那就表示我已经发生了不测。爸爸本以为能很快返回你和你母亲身边，但愿望似乎落空了。爸爸可能再也不能与你见面了。

研人心想，他确实没法与父亲见面了，再也看不见父亲寒酸的模样，再也听不到他发牢骚。自己也无法与父亲交谈，一起露出那神秘的微笑。

事情变成这样，我感到非常遗憾。研人，你要照顾好妈妈。我还有很多话想跟你说，但要说的太多，无法一一罗列。爸爸不想自欺欺人，说自己是一个称职的父亲，或者说自己度过了无悔的一生。事实刚好相反，我是个失败的人。我本想给你一些建议，以免你重蹈我的覆辙，但就连这一点我都做不到。我只能告诉你一件事，人生难免不如意，你可能在失败中奋起，也可能在失败中沉沦，都看你自己。人只有通过失败才会变得更强。这句话请你一定要记住。

光这句话怎么够？只要十分钟，如果能同父亲再见十分钟就好了……研人打从心底希望父亲能活着，那样的话，他又会对自己说什么呢，会对自己做出什么人生训诫呢？

最后，我有些问题想问你——

爸爸交付给你的研究，你完成了吗？

你有没有拯救患病的孩子？

你有没有为人类做出贡献？

你是不是真心真意地热爱挑战未知世界？

自然是不是只对你展露出令人倾倒的真容？

还有，你是否体验到任何艺术都无法给予你的感动？

我知道，你一定都做到了。

有你这样的儿子，我感到无比自豪。请你继续坚定地在药学这条道路上走下去。

就说到这儿吧。

永别了，研人。

一定要当一名优秀的科学家。

爸爸

父亲的遗书到此结束。

研人感到两行热泪滚下脸庞。原来自己一直都在压抑着悲伤。自己和正勋，竟然想用一滴药水拯救成千上万即将从这个世界消失的生命。

但我做到了，研人向父亲的在天之灵报告道。在杰出的搭档的帮助下，我终于成功了。父亲，您一定要继续保佑我。保佑“GIFT”能进入正规的研发轨道，拯救十万个患病的孩子。

我将继续沿着这条路走下去。

研人的冒险才刚刚开始。

尾声

エピローグ

初春的阳光照进白宫西厢前的玫瑰园，万斯站在办公室窗边，想起了涅墨西斯计划刚开始的那一天。虽然季节不同，但那天的早晨也像现在这样。他站在这里，等待参加总统每日例会的成员集合完毕。

“总统阁下，”艾卡思幕僚长说，“可以开始了吗？”

万斯转过头。在一排熟悉的面孔中，有一张新面孔。除此以外，一切都与那天早上一模一样。这位梅尔韦恩·加德纳的继任者，总统新的科技顾问正紧张地坐在沙发边，他的名字应该叫拉蒙特。

万斯落座后，国家情报总监沃特金斯一如既往地递出一本皮质活页本：“这是今早的总统简报。”

开头两条最重要的情报，是关于美国遭到的前所未有的网络攻击。

与沃特金斯一起来的国家安全局分析员负责向总统汇报：“必须承认，副总统张伯伦的悲剧是我们造成的。我们曾怀疑这是中国军队搞的鬼，但事实并非如此。”

万斯不熟悉网络技术，他打断对方的话：“请尽量说简单点儿。”

“是，那我省去技术分析环节，直接说结论吧！我们发现中国军队的电脑也遭到了入侵，这显示他们只是遭到嫁祸而已。”

“那真正攻击我们的人是谁？”

“很遗憾，我们无法确定具体是谁。我们只能肯定，那件事不是中国干的。”

“就是说，有人杀了美国副总统，却没有留下一丝线索？”

虽然于心不安，但分析员还是不得不承认：“是的。”

万斯并没有生气，反而感到恐惧。对那个人而言，杀死总统恐怕也易如反掌吧！

沃特金斯说：“我们高估了中国的威胁，国家安全委员会应当重新商讨修订对华政策。”

旁边的霍兰德局长点头道：“正在制订的军事行动计划也一并停止了吧。”

万斯没有作答，他翻了翻总统每日简报，就第二条情报发问：“针对美国全国的网络攻击，也没弄清楚是谁干的吗？”

分析员不得不承认：“很遗憾，确实不知道。后来我们还发现了更奇怪的事，所有金融机构系统崩溃后，又全部恢复正常了。如果数据未能复原，我国的经济可能会瘫痪。”

“敌人为什么这么做？”

“我们只能想象，或许这是他们的示威行动。”

沃特金斯觉得分析员的说话方式过于直率，连忙救场道：“我们迫在眉睫的工作是完善法律。不仅公共设施，金融机构也必须制订防范网络攻击的对策。”

“难道这样就万无一失了？”

没有人回答总统的提问。

万斯不快地干咳了两声，将注意力转移到第三条情报上：“F22坠落事故？这是怎么回事？”

“解释这件事需要一点儿专业知识，所以我把拉蒙特带来了。”沃特金斯说，将发言权交给了新上任的总统科技顾问。

拉蒙特摘掉老花镜，从后排转头看着总统说：“四架战斗机先后坠落绝不是因为受到了攻击，而是遭遇了自然灾害。”

万斯皱起眉头，显然无法接受这样的解释：“自然灾害？”

“是的，佛罗里达半岛外海的海底深处，蕴藏着大量甲烷水合物。所谓甲烷，就是常见的天然气，在极端低温高压的环境下会被禁锢在水分子中。这种结晶破裂后，封存在海底的大量甲烷，会一起喷射进大气之中，而F22编队刚好不幸地低空飞行经过甲烷层。”

见万斯依然不解，拉蒙特继续道：“也就是说，四架战斗机及其发射的导弹带着燃烧的喷气引擎冲入可燃性气体中。飞机因为引擎不完全燃烧而坠落，或因引擎发生爆炸而坠落。飞行员之所以在最后一次通话中说‘大海燃烧起来了’，是因为燃烧坠落的残骸点燃了喷出海面的甲烷。”

总统办公室里正襟危坐的高官们一脸茫然，不知是否应该接受科学家的这种解释。

“我能问个问题吗？”霍兰德说，“这种甲烷水合物只存在于佛罗里达半岛外海吗？”

“不，南北美大陆和远东的海域都很常见。”

“那同样的事故应该在各地都会频发啊。”

拉蒙特摇头道：“只有佛罗里达外海才具备一种特别条件，那就是北大西洋洋流。非洲大陆流来的暖流汇入墨西哥湾流后，改变了方向，汇入佛罗里达外海。只有在这片海域，甲烷水合物才会遭遇如此高温的海水。而海水温度的上升，正是导致甲烷气体释放的催化剂。”

“就是说……”万斯说，“‘猛禽’编队全军覆没是偶然的不幸？”

“是的，它们经过的时间点不对。”

“这一事故有没有可能是人为策划？”

“不可能。”拉蒙特断言道，“什么时候、什么地点会有大量甲烷释放，这是不可能预测到的。何况还要诱导超音速飞行的飞机在准确的时间点穿过甲烷层，人类不可能做到。”

“人类？”万斯小声重复道，然后问霍兰德：“写这份报告的是上次那个小子吧？”

“阿瑟·鲁本斯？”

“嗯。”

“他已经辞职了，写报告的是另一个分析员。”

万斯点点头，然后陷入沉默。他忽然察觉到一道与众不同的视线。

有人正监视着自己，那双眼睛仿佛可以看穿一切。

阿瑟·鲁本斯深夜来这个房间向自己汇报时，就是用这样一双眼睛看自己的。

不，不对，那不是人类的眼睛。

万斯所恐惧的正是这道无论何时何地都从天上俯视他的视线。副总统张伯伦没能逃脱这道视线。

“可以进入下一个议题了吗？”艾卡思问，“是关于伊拉克的战况的。”

万斯绝望地意识到，自己到死都无法摆脱这道视线了。

鲁本斯在简朴却雅致的客厅里坐下来。窗外阳光灿烂，印第安纳州的春意越来越浓了。桌上刚端上来的茶正冒着热气。

鲁本斯与大学者正在享受这段悠闲的时光，他们已经不用再担心遭到窃听了。

“现在安全了吧？”海斯曼问，啜了口夫人沏的红茶。

“是的，计划已经结束。表面上成功了，但我相信，奴斯现在正偷偷前往日本。”

鲁本斯向学者讲述了副总统遇袭身亡之后的经过。海斯曼听完后，脸上浮现出满意的笑容。这是一个有健全判断能力的市民，在为独裁者的失败而欢呼。

“对了，上次您给我提出的问题，我终于找到答案了。”鲁本斯说，“答案是‘还有一个’，对吧？”

“没错，我们从一开始就毫无胜算。你知道另一个的年龄和住址吗？”

“我只知道她在日本，年龄八岁，名叫坂井艾玛。”鲁本斯继续道，交代了俾格米人孕妇前往日本的经过，“坂井友理是一位责任心特别强、特别有爱心的养母。”

“这再好不过了。”海斯曼点头道，“母爱是一切和平的基础。”

“今后他们会做何打算？”

海斯曼一本正经地说：“在种族根基确立之前，他们应该会隐匿起来。利用这段时间研究智人的生物习性，然后悄悄地支配我们。”

“具体地说，他们会怎么做呢？”

“我不知道，我也是低等动物的一员。”海斯曼笑道，“从他们的角度考虑，首先应该会考虑消灭核武器吧。对他们而言，满世界都是为争夺领地而打得头破血流的猴子，随时有可能向对方发射核导弹。又或者，他们可能会杀死战争意愿强烈的政治领袖。”

那样一来，这个星球就会由更温和的人接手，鲁本斯想。“从长远的角度说，他们会怎么做？会不会像三十年前博士的报告中所写的那样，将我们灭绝呢？”

“这取决于他们有多么残暴，还有繁殖的速度。在未达到维持文明所需的个体数之前，他们应该会将我们作为劳动力加以保留。”

鲁本斯想起了人类历史上真实发生过的“性选择”案例。欧亚大陆的男性中，有一部分拥有某种特定的Y染色体。通过被称作“分子钟”的生物学技术，可以推算出这种染色体出现的时间与十三世纪成吉思汗的征服路径一致。蒙古帝国的皇帝及其子嗣，在欧亚大陆肆意杀戮、掠夺、强奸，将被征服地区的美女集中于后宫淫乐，生下难以计数的后代。于是，八百年后的现在，继承了成吉思汗基因的男性就多达一千六百万，假如女性子孙的数量与男性一样，两者合计将多达三千二百万。或许连成吉思汗也没察觉，这才是战争的真实目的吧。正如其图腾“苍狼”那样，作为野兽，成吉思汗无疑是优秀的个体。

那么，作为新人种仅存的两个个体，艾玛和奴斯将以怎样的速度繁衍子孙呢？他们会利用的不是后宫，而是生殖医疗技术。考虑到他们都是智人胎生的，他们有可能采用人工授精和代孕技术大量繁殖。何况他们还具备革新现有医疗技术的智力，在八百年的时间内繁殖数千万子孙也并非不可能。

最糟糕的情况下，智人也许会在三十世纪前被赶出地球。不过，数十年前人类差点儿因为核战而毁灭，相比之下，新人类留给我们的时间已经很长了。

“真想亲眼见一见下一代人类啊。”海斯曼说，“虽然很冒昧，但我由衷地希望他们是热爱和平的种族。”

在鲁本斯的想象中，艾玛和奴斯的子孙构筑的社会中，应该没有国家这一单位。那是智人绝对无法缔造的世界。全世界融为一体，共同拥有一个故乡——地球。

“对了，你对未来有何打算？”海斯曼问。

“我会到某个研究机构谋职，投入新领域的研究，我将它命名为‘生物政治学’。”

“具体地说，研究的是什么？”

“研究动物如何运用科学技术争夺地盘。通俗地讲，就是研究道貌岸然的掌权者，在决策时受到兽性影响的程度。此外还会涉及发动战争的掌权者的精神病理，所以这是一项跨学科的研究。”

“听上去很有趣。”海斯曼开玩笑似的说，“我很期待你的研究成果。”

“谢谢，我会揭露人类的兽性，界定人兽的区别。”说着，鲁本斯抬起了头，“说起来，上次见面的时候，博士曾将人类定义为‘进行大屠杀的动物’，对吧？”

“嗯，确实说过。”

“我想到了一个反证。”

海斯曼闻言，好奇地探出身子：“哦？是什么？”

“智人的数量有六十五亿。作为大型哺乳动物，可以说智人相当繁荣。这难道不是利他的行为超过了排他的行为的结果吗？也就是说，人性当中，善比恶更多一点儿，将人类定义为‘互相协助的动物’或许并不为过。”

“不，这是经济活动的结果。”海斯曼仍对人类持彻底悲观的态度，“帮助别人，是为了金钱。举个简单的例子，发达国家向发展中国家的政府提供开发援助，其根本目的是投资。对非洲的援助不管标榜得如何高尚，其目的就是获取资源和消费者。还有治疗顽症的药物开发，利益也是排在第一位的。如果某种疾病的患者不多，制药企业就不会开发治疗药物，因为这些药挣不到钱。”

听到这番话，鲁本斯不禁莞尔，仿佛看到了从阴云缝隙中射下的一道光芒。“但还是有人愿意奋不顾身救助他人吧？比如冒险救出掉下站台的外国人，或者赌上性命开发新药的人？”

“有是有，但数量极少。这些人可以说也是一种进化后的人类吧？”海斯曼答道，露出沉稳的笑容，“不用专门去见奴斯，说不定在大街上就能见到新人类。”

“搞不好长得弱不禁风。”鲁本斯说。

大型集装箱货船载着耶格等人穿过巴拿马运河，进入太平洋，平稳地驶往横滨港。大家都沾了皮尔斯海运公司大公子的光，每人分配到一个带浴室的房间，食物也是无可挑剔，还可以在酒吧尽情喝酒。

耶格明白，用酒精对精神创伤消毒很快就会陷入酒精依赖，所以严格控制了酒量。他去蒸了桑拿，在甲板上的小游泳池里游了会儿泳，彻底放松身心。他将利用不足两周的宝贵航行时间，补充身体上的消耗。

船内也可以上网，耶格这几天不断收到里斯本传来的好消息。莉迪亚发送的照片中，贾斯汀明显正在奇迹般地康复。主治医生格拉德博士明确表示，只要并发症也得到改善，贾斯汀就可以出院了。

想到那个看起来不是很可靠的日本年轻人，耶格忍不住笑了。就是这样一个高中生模样的学者，竟然征服了从未治愈过的疾病。

到达日本的前一天，皮尔斯召集耶格等人在高级船员用餐的食堂集合。阿基利也来了。为了避免引起其他船员注意，这个三岁孩子在船上的时候也戴着帽子，遮住奇怪模样的头部。

大家围坐在四座圆桌旁，皮尔斯开口道："上岸前我们再开一次会。对于二位，我有个提议。"

"什么提议？"耶格问。

"如果你们有什么债务问题，尽管说出来。"

"为什么？"

"皮尔斯财团会帮你们还债。"

迈尔斯惊讶得差点儿晕过去："真的？"

"嗯，不仅如此，财团还会给你们发养老金，负担你们的生活。如果你们想工作，还会提供职位。"

两名佣兵面面相觑。迈尔斯说："我就去守公司大楼的停车场吧。"

皮尔斯笑道："总之，你们没必要再用枪了。"

这听上去简直像是在做梦，耶格刚想微笑，却心事重重地沉下了脸："已经阵亡的两人怎么办？如果盖瑞特和米克有家人的话，能不能给他们一些补助？"

“我们会妥善安顿盖瑞特的家人。但米克没有家人，我们什么都做不了。”

“太遗憾了。”耶格发自肺腑地说，用力挥了挥右臂。这已经成了他的习惯动作。枪杀米克的瞬间，从米克太阳穴喷出的血和脑浆溅到手上的感觉，还鲜明地烙印在耶格的脑中。耶格放弃自我辩解，任由愧疚之情在心中泛滥。他知道，自己如果不体会这种痛苦，就会坠入邪恶的深渊不可自拔。也许，耶格这一辈子都不会告诉贾斯汀，父亲为了救他在战场上干了些什么。“还有那个日本人——古贺研人。那家伙似乎还有一个韩国人帮手，这两个人怎么办？”

“这个不用担心。财团也会保证他们将来的生活。现在还没告诉他们，其实财团对他们有长远的打算。财团将出资创建制药公司，迟早会让他们担任公司高管的。”

“那我们就给他们当保安吧。”迈尔斯说。

耶格回想起古贺研人的模样：“他们有那样的能力吗？”

“没问题。”呆板的人工合成声音插话道。

大家都将视线转向三岁孩子。阿基利正在往电脑里打字：“我们会支持他们的。”

“‘我们’是指你和艾玛？”

“是的。”

耶格想起刚果雨林中，阿基利第一次通过电脑与自己对话的场景。

“你说你编写了制药软件，这是真的吗？”

“是的。”

“谢谢，多亏了你和艾玛，我儿子才能活下来。”

“不客气。”阿基利用正式的礼节客气地答道，“我也要感谢你们。”

“谢我们什么？”

“是你们保护了我，使我免遭伤害。”

耶格和迈尔斯略感震惊，掀开阿基利的帽子，注视着他猫一般的眼睛。阿基利望着耶格，耶格发现阿基利是双眼皮，顿时觉得他的面目没那么可怕了。

“这是我的工作。”耶格说，“跟你一样，我们人类也非常珍惜自己的生命，请你务必记住这点。”

“好。”阿基利答道。

会议结束后，大家休息了一会儿，凌晨时分就起了床。大型货船已经进入日本领海，不远处便是东京湾。耶格和迈尔斯检查了夜视仪。两名佣兵还有最后的工作要完成。

四人随船长来到狭窄的甲板上，将装有舷外马达的小型橡皮艇放下海，沿着绳梯转移到橡皮艇中。迈尔斯打头，皮尔斯随后，最后是背着阿基利的耶格。猛拽启动绳，马达便轰隆作响。

船长在甲板上深深鞠躬，载着皮尔斯海运公司大公子的橡皮艇向东北驶去。

虽然只是凌晨四点，海平面上已隐隐浮现出陆地的轮廓。登陆地是距东京约一百千米的房总半岛东侧。那里是淡季的海水浴场，而不是埋伏着敌人的战场，所以一路上他们有说有笑，并不紧张。

不一会儿，他们就来到目的地附近，暂时关掉引擎，用红外线望远镜观察海岸线的状况。长长的沙滩背后是一面水泥墙，墙上有行车道，道旁以一定的间隔设置了街灯，视野分外清晰。

“没有人钓鱼。”迈尔斯说，抬起视线，“墙上有两个男人，还停着一辆摩托。没有其他车辆。”

“是日本的友人吧。”皮尔斯说着，开始拨打手机。夜视仪中的男人也把手机贴在了耳朵上。

“能不能闪一闪摩托车大灯？”皮尔斯说，没打电话的男人走到摩托车边，闪了两下灯。

皮尔斯挂断电话说：“检查完毕，没有问题。”

迈尔斯再次发动马达，漂浮在海面上的橡皮艇重新出发。陆地越来越近，在上沙滩前一刻，迈尔斯关闭了引擎，船靠惯性登上了浅滩。

黎明前的寂静中，只听到波浪有节奏的拍打声。耶格背着阿基利，从橡皮艇上跳下来。水没到大腿根部，水温很低。耶格保持身体平衡，慢慢迈开步子。阿基利搂住他的脖子，他能感到阿基利身体的温暖。耶格默默地想，贾斯汀康复之后，就把他带到日本来吧。

越往前走，水的浮力就越小。不一会儿，波浪终于跟不上耶格的脚步。沙滩上留下一串深深的脚印。

耶格踏上了日本的土地。

所有的任务都完成了。

几个人从黑色橡皮艇上跳下，迈开坚定的步伐，朝岸边走来。

在等待这些人到来期间，研人感慨万千。过去的一个月，他仿佛生活在童话中一般。

将来某一天会有个美国人来访。

这个美国人，即将出现在研人眼前。

所有危机都结束后的第二天，坂井友理又打来了电话，说乔纳森·耶格将来日本。当时正勋正好从葡萄牙回来，两人一商量，决定一起迎接耶格。

此后的一周多时间，研人积极回归社会。他给老家打去电话，母亲听到儿子的声音吓了一跳，为儿子平安无事高兴不已，一个劲儿地嘘寒问暖。从母亲口中，研人得到一个意外的消息：警察后来找到母亲，为冤枉了研人而道歉。

得知警察不再通缉他后，研人战战兢兢地回到实验室。园田教授瞪大了眼睛欢迎研人，显然警察已经向教授澄清过了。重获清白的研人，得以名正言顺地重返实验室。

研人考虑找个时间向园田教授说说治疗肺泡上皮细胞硬化症特效药的事。因为假如由教授出面，就可以找到大型制药公司，采用正规开发流程进行生产。

“如果专利让我们赚了大钱……”正勋劝研人道，“就把钱投入新的开发吧，研究目标就选择那些别人不愿碰的罕见病。”

对此研人当然没有异议。

但有一个人研人一直联系不上，那就是报社记者菅井。坂井友理似乎调查过父亲这位老朋友的背景。

“那个人什么都不知道。”她说，“请原谅他吧。”

对此研人当然也没有异议。

东方已经泛出鱼肚白。耶格等人很快就来到水泥墙下，爬上阶梯，朝国道旁的停车场走来。

研人紧张地等待着。街灯中出现了一个魁梧的美国人。研人在脑中搜索着初次见面时的英文问候语，但语言此时此刻已不重要。爬完阶梯的耶格认出了研人，双方默默对视了片刻，突然抱在了一起。强壮的佣兵紧紧搂住研人，用力拍打研人的背，研人甚至担心自己要骨折了。

“谢谢你，研人！”耶格大笑着说，“你救了我儿子！”

“别……别客气。”研人用英文答道。

耶格转头问正勋：“把药送到里斯本的是你吧？”

“是的。”正勋答道，耶格也一把抱住了他。正勋随之大笑，两人互拍着背。

接下来大家开始自我介绍。奈杰尔·皮尔斯再次表达了对研人父亲的哀悼。斯科特·迈尔斯露出温和的微笑，与研人和正勋握手，他看起来一点儿都不像佣兵。研人的目光最后落在了三人带来的孩子身上。那孩子戴着一顶与其体形极不相称的大帽子，正抬头看着研人。

“他是阿基利。”皮尔斯说，“我们终于将他从刚果的腹地带到这里来了。”

就是这个孩子？研人惊异地蹲了下来。帽檐下，一对眼角上挑的大眼睛怔怔地瞪着他。孩子乌黑的眸子里，流露出猜不透的感情。研人的惊奇感很快就消失了，反倒觉得阿基利长得十分可爱。

“你好，阿基利。”正勋盯着孩子的脸说，“欢迎你来这里。”

“他还不会说话。”皮尔斯说，“而且我们刚逃离战场，他非常疲劳。”

这倒提醒了研人，他在町田的实验室通过笔记本电脑看到的刚果战场的画面中，包括耶格在内一共有四名佣兵，其中一个还会说日语。他怀疑剩下的两人都战死了，却不敢提问进行确认。

如今重提悲惨的往事只会徒增尴尬。战场有多么残酷，只有上过战场的人才知道吧。

研人隔着帽子抚摸阿基利的大头，道："放心吧，这里没有战争。这个国家的人已经决定不再打仗了。"

阿基利的表情微微一变。研人从他的眼角阴影中读出了怀疑。他大概不相信研人说的话吧。

"阿基利，你的家人来了。"

听到皮尔斯的话，所有人都回头看着国道方向。一辆蓝黑色的商务车打着转向灯，驶入大家所在的停车场。研人觉得这辆车似曾相识。坂井友理来大学找他时，等在外面的就是这辆车。

商务车从众人面前开过，停在稍远的地方。两侧的门打开，驾驶席上的日本女人和副驾驶席上小学生模样的女孩跳下车来。

"阿基利！"女孩大叫道。

阿基利立刻做出反应。"艾玛！"他出声道，然后摇晃着大脑袋冲了出去。

在黎明的微光中，研人仔细观察着紧拥着弟弟的艾玛。出乎意料的是，艾玛并没有给他模样奇特的印象。她的肤色与亚洲人相近，除了突出的额头，面部没有其他明显特征，看上去像是亚非混血儿。看来，随着年龄的增长，新人类的外形将越来越接近正常人类。不过，她虽然有小学生的体格，却仍然是一张婴儿脸。

坂井友理离开这对小姐弟，朝研人走来。她脸上挂着淡淡的笑意，与那晚在大学相见时判若两人。

皮尔斯走上前去，迎接曾经与他在扎伊尔共事过的女医生。两人简短地交谈几句后，便开心地拥抱了起来。

与所有人见过面后，坂井友理说："非常感谢。谢谢你们保护了新生命。”

“我也想跟艾玛打个招呼。”耶格说。

坂井友理面露难色：“那孩子很怕生。”

艾玛和阿基利从远处看着他们，就像两只害怕人类的小动物。更准确地说，他们就像是害怕大猩猩的人类。

正勋问：“‘GIFT’真的是那孩子开发的？”

“嗯。”

“就那孩子一个人？”

坂井友理点头笑道：“有件事忘了告诉你们。那个制药软件过了一定的时间就会自动消失。今天你们回去后，就会发现它已不存在了。”

“是要叫醒我的好梦吗？”正勋痴痴地说，表情有几分落寞。研人笑着拍了拍搭档的肩膀，以示安慰。

“大家一会儿去哪里？”友理问。

“我要回町田的公寓。”研人说。父亲留下的实验室中，正在合成未来三年贾斯汀和舞花所需的“GIFT”。“我要把药交给耶格先生。”

“好的。我也要回去了。详细地址不便透露，有事我会主动联系你们。”

“好的。”

“那下次再见吧。”说完，坂井友理便与在场的所有人一一握手，朝商务车走去。

年幼的姐弟俩紧跟上友理，友理温柔地将艾玛和阿基利先后抱起放到后座，跟一个称职的母亲一模一样。她朝众人挥了挥手，随即坐进了驾驶座。

曙光初现的天空下，商务车亮起了红色的尾灯，静静地开了出去。

正勋注视着驶上国道的商务车，说："早知道就用那个软件做更多的实验了。"

研人也满怀遗憾地说："说不定能开发出治疗癌症的药物呢。"

"以后只能靠我们自己努力了。"

"嗯。"

正勋所言极是。在进化后的新人类看来，人类的智慧低得可怜，并且野蛮原始。可是，这点智慧和思想，也是人类在生物进化过程中努力的结晶。人类只能竭尽全力，开动自己那不完善的大脑，去直面所有的困难。

商务车载着阿基利在国道上转了个弯后，便消失不见了。海边再次陷于寂静中。

"一切都结束了。"一直默默目送阿基利离开的迈尔斯开口道，"耶格，你不会感到寂寞吗？"

"我打算养只猫。"耶格答道。

致谢

在本书的写作过程中，我得到了许多人士的帮助。他们不吝宝贵的时间，传授我专业知识。我谨在此对他们表示衷心的感谢。

首先是药物化学方面，我先后得到了以下诸位专家的指导：

佐藤寿彦（东京女子医科大学医师、爱思唯尔股份有限公司首席药物信息官）

矶贝隆夫（东京大学研究生院药学系研究科、ASTELLAS制药公司理论科学特邀讲座教授）

田沼靖一（东京理科大学药学院教授、药学院院长、基因组制药研究中心主任）

长濑博（北里大学药学院生物药化学研究室教授）

平山重人（北里大学药学院生物药化学研究室助教）

山本直司（星药科大学药品制造化学研究室助教）

林田康平（北里大学药学院生物药化学研究室研究生）

本田雄也（东京理科大学研究生院药学研究系药学专业田沼研究室毕业生）

佐伯和德（东京理科大学研究生院药学研究系药学专业田沼研究室博士三年级）

我有幸获准采访北里大学长濑博教授。在实验室里，教授用超过十个小时的时间，向我详细讲解了制药的关键所在——有机合成。如果没有教授基于深厚学识与经验的教导，等待本书主人公的一定是悲惨的命运吧。对作者来说，长濑博教授的指导就是最好的“GIFT”。我对教授深表感激。

其次，在网络和电脑方面，高木浩光（独立行政法人产业技术综合研究所信息安全研究中心主任研究员）给予了我热情的指教；在飞行器方面，青木谦知（航空记者）向我提出了中肯的建议；在语言和逻辑方面，野矢茂树（东京大学）发表了宝贵的意见。

再次，金泰完、金玄玉、崔钟焕、李应敬向我讲述了韩国文化的有趣知识，我对他们同样万分感谢。

我在这里再次对以上诸位的帮助表示谢意。同时声明，文中考证如有瑕疵，一切责任都由作者本人承担。

最后，我要向阅读本书的读者表示衷心的感谢。

谢谢您阅读本书。

主要参考文献

[1] 立花隆.文明の逆説（《文明的反论》）.讲谈社.

[2] 立花隆.21世紀知の挑戦（《二十一世纪智力的挑战》）.文艺春秋.

[3] 立花隆.サル学の現在（《灵长类学的现在》）.平凡社.

[4] 乔治・奥利弗著、芦泽玖美译.ヒトと進化（《人与进化》）.美玲书房.

[5] 中原英臣,佐川峻.ウイルス進化論（《病毒进化论》）.早川书房.

[6] 京都大学研究生院药学研究系编.新しい薬をどう創るか 創薬研究の最前線（《如何制造新药？制药研究最前线》）.讲谈社.

[7] 野崎正胜、长濑博.創薬化学（《制药化学》）.化学同人.

[8] C.G.沃尔姆斯编著、长濑博监译.最新創薬化学（《最新药物化学》）.Technomic.

[9] 田沼靖一.ゲノム創薬 合理的創薬からテーラーメイド医療実現へ（《基因组制药——从合理制药实现定制医疗》）.化学同人.

[10] 藤井信孝、辻本豪三、奥野恭史编辑.インシリコ創薬科学 ゲ

ノム情報から創薬へ（《电脑模拟制药科学——从基因组信息到制药》）.京都广川书店.
[11] 罗伯特・扬・佩尔顿著、角敦子译.ドキュメント現代の傭兵たち（《现代佣兵记录》）.原书房.
[12] 戴夫・格罗斯曼著、安原和见译.戦争における「人殺し」の心理学（《战争杀人狂的心理学》）.筑摩书房.
[13] 鲍勃・伍德瓦德著、伏见威蕃译.ブッシュの戦争（《布什的战争》）.日本经济新闻社.
[14] 詹姆斯・莱森著、伏见威蕃译.戦争大統領（《战争总统》）.每日新闻社.
[15] 赛默・赫什著、伏见威蕃译.アメリカの秘密戦争（《美国的秘密战争》）.日本经济新闻社.
[16] 威廉・哈腾著、杉浦茂树、池村千秋、小林由香利译.ブッシュの戦争株式会社（《布什的战争股份有限公司》）.阪急Communications.
[17] 斯蒂文・格雷著、平贺秀明译.CIA秘密飛行便（《秘密航班——恐怖分子嫌疑人移送工作全貌》）.朝日新闻社.
[18] 詹姆斯・班福德著、泷泽一郎译.すべては傍受されている 米国国家安全保障局の正体（《监控一切——美国国家安全局的真相》）.角川书店.
[19] 小仓利丸.エシュロン 暴かれた全世界盗聴網 欧州議会最終報告書の深層（《梯队——被揭露的全世界窃听网，欧洲议会最终报告的深层》）.七森书馆.
[20] 戴维・帕斯托.メッセージ・マシーン テレビ解説者を操る国防総省（《消息机器——操纵电视解说员的国防部》）.日本

导游2009年7月刊.
[21] P.W.辛格著、小林由香利译.子ども兵の戦争（《孩子兵的战争》）.NHK出版.
[22] 尼古拉斯・维德著、安田喜宪主编,沼尻由起子译.5万年前 このとき人類の壮大な旅が始まった（《五万年前——人类伟大之旅的起点》）.EAST PRESS.
[23] 市川光雄.森の狩猟民 ムブティ・ピグミーの生活（《森林里的狩猎民族——姆布蒂・俾格米人的生活》）.人文书院.
[24] 船尾修.循環と共存の森から 狩猟採集民ムブティ・ピグミーの知恵（《循环与共存的森林——狩猎采集民族姆布蒂・俾格米人的智慧》）.新评论.
[25] 每日新闻科学环境部.理系白書 この国を静かに支える人たち（《理科生白皮书——默默支撑这个国家的人们》）.讲谈社.
[26] 野中广务、辛淑玉.差別と日本人（《歧视与日本人》）.角川书店.
[27] 吉村昭.関東大震災（《关东大地震》）.文艺春秋.
[28] Lewis Carroll. *Through the Looking-Glass, and What Alice Found There*（《透过镜子，爱丽丝发现了什么》）.
[29] D. A. May & J. J. Monaghan. "Can a single bubble sink a ship?". *American Journal of Physics*（"一个气泡能让一艘船沉没吗？",《美国物理学杂志》）.